**Für meine Tochter!
Danke für Deine Inspiration und
Deine unerschöpfliche Liebe!**

Phylicia C. Key

Litha -
Schatten des Lichts

Die Prophezeiungen von
Gold und Silber

Bibliografische Information der Deutschen Nationalbibliothek:
Die Deutsche Nationalbibliothek verzeichnet diese Publikation in der Deutschen Nationalbibliografie; detaillierte bibliografische Daten sind im Internet über http://dnb.dnb.de abrufbar.

TWENTYSIX – Der Self-Publishing-Verlag
Eine Kooperation zwischen der Verlagsgruppe Random House und BoD – Books on Demand

© 2019 Phylicia C. Key

Herstellung und Verlag:
BoD – Books on Demand, Norderstedt

ISBN: 978-3-740-76265-0

Sommer

Prophezeiung aus dem 2. Buch der 7. Generation

Und ins Licht
Deines Selbst sollst Du treten,
Dich zu finden
und die Wahrheit zu erkennen,
um Dich
und die Deinen zu retten.

JD

§ Eins §

Das Erwachen

Dunkle Strähnen löst der warme Wind aus dem schlampig geflochtenen Zopf. Das kleine Mädchen, die Bäckchen vor Aufregung gerötet, strahlt mit der Sonne um die Wette. Leuchtend grüne Augen sehen erwartungsvoll den Armen entgegen, die es in den warmen braunen Ledersattel setzen.

Behutsam streicht es über den Hals des Pferdes. So fein, so warm ... Um mit allen Sinnen diesen Moment in sich aufzunehmen, lehnt es sich nach vorne und schließt die Augen. Der Kopf verharrt am schlanken Hals des Pferdes.

„Wie fühlt es sich da oben an?"

„Unbeschreiblich schön!" Vorsichtig umschlingen die kurzen Arme den Hals des Tieres. „Und es riecht so gut und ist so warm." Tief zieht es die Luft durch die Nase ein.

Die Frau lächelt das Kind an. Für den Bruchteil einer Sekunde blitzt ein dunkler Schatten in ihren Augen auf. Rasch verdrängt ihn die Fröhlichkeit. „Wer eine richtige Reiterin sein will, kann auf Sicherheit nicht verzichten und braucht unbedingt eine passende Reiterkappe!" Rote, wilde Locken wirbeln um ihren Kopf.

„Natürlich, Mami!" Das Mädchen verdreht die Augen „Was wäre ich dann für eine Reiterin?! Hihi."

„Stimmt! Beug' dich etwas runter, Krümelchen, damit ich sie dir aufsetzen und befestigen kann."

Unsicher bewegt die junge Reiterin den Kopf, um das ungewohnte Ding auf Gewicht und Druck zu testen – na ja, etwas eng sitzt dieser Topf schon. Trotzdem mindert das nichts an der Freude darüber, endlich auf einem echten Pferd zu sitzen!

„Bist du bereit?"

Ein konzentriertes Nicken folgt, und damit geht es los. Die erste Runde, geführt von der Mutter, auf einer Koppel. Das Mädchen fühlt die Felder und Hügel hinter sich. Jede Zelle fühlt die Freiheit, die hinter dieser ersten Begegnung noch wartet. Breit grinsend, kann es das Kind immer noch nicht fassen: „Ich sitze auf einem Pferd. – Endlich!" Glückselig schließt es die Augen und reckt das Gesicht der Sonne entgegen. Mit allen Sinnen leben – sagt Mami immer! – ein Teil dieser Welt sein. Die Sonne ist warm ... Die Vögel singen. An den Beinen spürt es, wie der Bauch des Pferdes dicker und wieder dünner wird. Gemütlich wackelt das Pferd hin und her, hin und her. Die Wärme des Tiers überträgt sich auf das Kind. Das unerwartete Schnauben erzeugt ein glucksendes Lachen bei der Kleinen. Ist es unzufrieden? Als würde es lauschen, zieht das Mädchen die Augenbrauen konzentriert zusammen – ihm ist langweilig. Es hofft, heute den Zaun verlassen zu dürfen. Raus aus diesem langweiligen Kreis – um zu laufen! Das Mädchen lächelt, es fühlt das gutmütige Herz und liebt die freie Natur ebenso, es vertraut ihm. Ihr Lächeln nimmt verschmitzte Züge an. Beide wissen, dass es nicht bei einem gemächlichen Ritt bleiben würde. Die Arme seitlich ausgebreitet, legt es den Kopf in den Nacken und genießt die Gefühle.

Die Zeit steht still ... für diesen Augenblick. Immer wieder kehren die kleinen Hände fasziniert an den Hals des Pferdes zurück. Spielerisch gleiten die Finger durch die Mähne. Im Schritt spazieren die Drei am Rand des Zauns entlang.

„Schneller, schneller! Schneller, Mami! Ich will schneller!" Selbst schaukelt es nun im Sattel hin und her. „Ihm ist es auch zu langweilig."

„Ihm?" fragend sieht die Mutter das Kind an. Ein wissendes Lächeln umspielt ihre Lippen.

„Na, dem Pferd. Er will auch schneller. Na ja, ich glaub er will eigentlich raus. Da", mit ausgestrecktem Finger zeigt es um sich, „und auf der Wiese laufen."

Sollte die Mutter verwirrt sein über die Aussage ihrer Tochter, ist sie eine Künstlerin des Verbergens, denn keine Spur von Überraschung zeigt sich auf ihren Zügen. Vielleicht tut sie es auch als Kleinkind-Träumerei ab ... „Er wird sich noch etwas gedulden und sich vorerst mit ein paar schnellen Runden hier drin zufrieden geben müssen."

„Oh, schade." Die Schnute auf dem Gesicht des Kindes bringt die Frau mit dem Feuerhaar zum Lachen. Hm. Nachdenklich neigt es den Kopf. Die Geste wirkt, als würde es jemandem aufmerksam zuhören. Interessiert beobachtet die Mutter das Geschehen – Du bist bereits so geübt, meine Kleine. Leider wirst du wieder alles verlieren und von vorne beginnen müssen, nur dann ohne meine Unterstützung. „Egal! Hauptsache schneller!"

Immer lauter und triumphierender wird das Lachen des Mädchens, während seine Beschützerin neben ihr herläuft, eine Hand an den Zügeln und eine am Bein des Kindes.

Gemeinsam genießen sie den Wind in ihren Haaren und die warmen Sonnenstrahlen, die ihnen dieser Herbsttag schenkt.

„Cleo!"

Verwirrt greift das Mädchen in die Mähne des Pferdes ...

„CLEO!"

Die leuchtenden grünen Augen ihrer Mutter ...

„CLEEEOOOO!!"

„Ich hab dich lieb, Krümelchen!"

„Mami ..."

„Du musst jetzt gehen."

„Ich will aber noch nicht!" Traurig und bettelnd sieht das Kind die Mutter an. Fixiert das lächelnde Gesicht. Klammert sich daran ...

„Wir werden uns wiedersehen. Das verspreche ich dir!"

Die Wärme der Sonne verlässt das Mädchen.

„Happy birthday to you! Happy birthday to you! Happy birthday, dear Cleo, happy birthday tooo yoouuu! Jetzt wach' schon endlich auf, du Schlafmütze! Du verpennst deinen ganzen Geburtstag."

„Ally??" Wie konnte das sein?

„Ja wer denn sonst, du Dummerchen? Das Christkind?"

Es war ein Traum.

„Irgendwie wär' mir das lieber." Ganz verschlafen rieb ich mir die klebrigen Dinger aus den Augenwinkeln. „Was machst du in meinem Zimmer?" Gott, war es hier drin hell. Notiz ans Gehirn – Vorhänge zu vorm Schlafengehen!

„Hey, du Neunmalkluge. Du hast Geburtstag!" Beide Arme in die Hüften gestemmt, stand meine Schwester in einer perfekt einstudierten, frustriert wirkenden Pose neben dem Bett.

„Und Wochenende! Da kann ich wohl doppelt bestimmen, wann ich aufstehe. Verschwinde! Ich will schlafen ..." Ein wütendes Grunzen kroch zum Abschied aus meiner Kehle, bevor ich mich wieder tiefer unter der Bettdeckenhöhle verschanzte.

„Oh das gibt's ja nicht! Da will man einmal seiner kleinen Schwester ..."

Bla bla bla – jeden Tag, immer dieses möchtegern-selbstaufopfernde Geschwafel. Würden ihre Worte Stoff produzieren, könnte sie sich selbst eine neue Garderobe zaubern! Wenn nicht sogar, eine eigene Weberei eröffnen.

Gelb für die Eifersucht. Rot für Stinkesauer: *Cleo, was hast du jetzt schon wieder gemacht?* Blau für das unverständliche Gemurmel, wenn sie schlief. Rosa für die unzähligen Telefongespräche, die sie mit ihren Busenfreundinnen führte – die Palette besaß Ausbaupotenzial.

In den letzten Jahren hatte sich dieses Geschwafel auch noch verstärkt!

Oh. Verdammt!

Nein. Das war jetzt nicht wahr!

Oh doch! – bestätigte etwas tief in mir drin.

Das. Kann. Einfach. Nicht. Wahr. Sein!

Diese Ziege hat mir doch glatt mein Kissen geklaut. Ungläubig tasteten meine Hände über das Bett.

„Vermisst du das hier?" Ihre Pose war an Selbstgefälligkeit nicht zu toppen.

„Gib es her." Die Worte drangen wie ein Knurren aus mir, aber sie grinste mich weiter an. „Ich warne dich, Ally ..." Es gab Tage, da könnte ich sie, ohne zu zögern, mit der nächstbesten Rakete ins weite Universum verballern. Besonders wenn sie mit meinem Kopfkissen triumphierend herumwedelte!

Mein Unterbewusstsein war nun auch mit einer Gehirnzelle erwacht und streckte unter der Bettdecke den Daumen nach oben hervor, bevor es sich wieder, um weiterzuschlafen, verkroch.

Genau! Heute war einer dieser Tag.

„Was ist, wenn ich dir dein heiliges Kissen nicht gebe? Hä?"

Selbstgerechtes Miststück.

Was sollte man darauf antworten? „Das willst du nicht wissen!" Diese Standardfloskel klang wie ein Brummen. Um ehrlich zu sein, meine Gehirnzellen verweigerten noch die Produktion einer schlagfertigeren Antwort. Meine Synapsen-Autobahn berichtete von einer Massenkarambolage und hunderten Kilometer Stau. Kein klarer Gedanke kam durch, besonders kein gemeiner. Ich war irgendwie – bäh! ... Verdammt, wie spät war es und wie viele Minuten hab' ich erst geschlafen? Zum Glück existiert etwas in uns, tief verwurzelt in unserem Inneren, das zur Aufrechterhaltung lebenserhaltender Maßnahmen unabdingbar ist – wie mein Kissen zum Beispiel – und sich in allen Lebenslagen aktiviert: der Selbsterhaltungstrieb! In diesem Stadium, ein vorprogrammierter Schwesternstreit, waren die Aussichten auf einen tollen Tag eher mäßig.

Immer noch hundemüde und mir eine schöne Gemeinheit ausdenkend, ließ ich mich zurück auf die Matratze fallen.

„Und wenn doch?"

Sie konnte es einfach nicht lassen. Immer tiefer musste sie bohren. Ally wusste nie, wann es genug war. Warum gab sie mir nicht einfach das verdammte Kissen zurück und verschwand aus dem Zimmer?

Na warte! Huhu – Reflex komm heraus! Komm heraus! Sie verlangte, nein, sie bettelte nach einer Gemeinheit. „Sperre ich dich in meinen Kleiderschrank, spaziere gemütlich in dein Bad, schnapp' mir dein gesamtes Makeup plus deinen Haarfestiger und Gel und was du dir noch so alles in die Haare und ins Gesicht klatschst und verarbeite das alles zu einem einzigen giftigen Brei. ... Noch Fragen?" Meine Stimme klang so unbeteiligt und desinteressiert, dass ich mich nach ein paar Sekunden ohne Reaktion von ihr fragte, ob ich diese Worte überhaupt laut ausgesprochen und sie mich gehört hatte. Was sich sogleich wiederlegte.

Klatsch! Volltreffer.

„Danke", drang es erstickt unter dem Kissen hervor.

„Das hat man davon ..."

Nein. Bitte nicht zweimal hintereinander, das überstand ich nicht. Ich vergrub mein Gesicht noch tiefer im Kissen und ergab mich einem Frustrations-Erstickungs-Schrei.

„Boah Ally, mach' die Tür zu, und zwar von draußen!"

Bammmm! Spätestens jetzt waren die Nachbarskinder auch wach.

„Wahh!"

Verdammt, verdammt, verdammt!

Der Stau im Gehirn begann, sich langsam zu lösen. Die Chancen standen bei null, wieder einzuschlafen und wenn doch, würde ich nie mehr in diesem Traum landen!

Ältere Schwestern waren zu nichts nutze.

Nicht einmal, um sie wie Fliegendreck an die Wand zu klatschen.

Von meinem Unterbewusstsein erhielt ich mein zweites Daumen-nach-Oben an diesem Tag, bevor es sich wieder umdrehte, um weiterzupennen. Na toll! Wenigstens klappte es bei irgendwem.

Konnte dieser Tag noch besser werden?

Einen Wutanfall unterdrückend, krallte ich mir das Kissen und klammerte mich für einen Moment daran, um die Tränen zu unterdrücken, die auf gemeinste und spontanste Weise drohten, meine Augen unter Wasser zu setzen. Der Grund, warum ich mit den Tränen kämpfte, war mir im ersten Augenblick nicht klar, da der Nebel der Wut noch zu tief hing. War es, weil mich diese Ziege aus dem Traum gerissen hat? Oder sie mich wieder einmal bis zur Weißglut gereizt hat? Oh ja, das beherrscht sie wie keine andere! Oder ...

„Ach, Mam! Du fehlst mir so sehr!" Die Erkenntnis traf mich wie ein heimtückischer Blitz. Keine Barriere der Welt konnte diesen Tränenwall vor dem Zerbersten bewahren.

Keine Ahnung, wann ich sie das letzte Mal so sehr vermisst hatte.

Keine Ahnung, wie lange ich so da lag.

Vielleicht war ich doch wieder eingedöst, als ein kaum wahrnehmbares Klopfen an der Tür mich aus meiner Dämmerung riss.

Oh nein, nicht schon wieder!

Wollte ich mich wirklich verraten?

Erste Reaktion – Kissen über den Kopf.

Ein weiteres Mal erklang es ... fast schüchtern.

Zweite Reaktion – Bettdecke über den Kopf-Kissen-Haufen.

Nee ...

RUHE! Schrie mein geheimes Innerstes.

„Cleo-Mäuschen?"

Hm? Puh! Glück gehabt, es ist nur Dad.

„Alles okay bei dir?"

„Ja. Komm rein. Ich hab' nur Ally vergrault."

„Ähm ... Ich warte in der Küche auf dich."

Gott! Es war wirklich zum Haareraufen. Den Menschen, den man nicht in seinen vier Wänden ertrug, der platzte einfach rein, wie es ihm passte, und den, den man hereinbat, der scheute wie ein ängstliches Reh.

Als wär' mein Zimmer ein so dermaßen großes Chaos, dass man nicht darin überleben konnte. Vorsichtig warf ich einen Blick durch den Raum. Na ja, ein paar Klamotten lagen in verkalkulierten Abständen, aber doch regelmäßig verteilt herum. Wozu noch einen Kleiderschrank? Ich lebe aus dem Wäschekorb, der die Aufgabe des Möbelstücks weitreichend erfüllt.

Es jetzt Unordnung zu nennen, nur weil das Snowboard im Sommer neben der Balkontür parkte – übrigens, wenn es richtig stand, diente es als perfekter Kleiderständer - und nicht in der Garage, wo Dad es gern hätte, ginge nun doch zu weit. Das Hausverbot im Winter verstand sich von selbst. Patschnass und matschig, aber im Sommer fühlte es sich einsam in der kalten und dunklen Garage.

Ein wütender und vorwurfsvoller Blick traf mich von innen. Ach, konntest du auch nicht mehr einschlafen? Geteiltes Leid, halbes Leid.

Schon gut! Ich geb's ja zu. Das Board hatte ein paar kleine Defekte, die ich hier repariert hatte und nicht in der feuchten, kalten Abstellhalle für Verkehrsmittel. Danach war ich einfach zu faul gewesen, es wieder runter zu tragen. Zufrieden?!

Andere Menschen haben Haustiere, ich habe Unordnung!

Skepsis schlug mir wie tosende Wellen entgegen. Konnte man dieses Unterbewusstsein nicht deaktivieren? Ausschaltknopf, Reset …

Ich kehrte wieder zu dem ursprünglichen Gedanken zurück.

Vielleicht lag es doch daran, dass mich Dad einmal unter der Dusche erwischt hatte? Seitdem stellte er sich an, als hätte ich einen ekligen Bazillus in meinem Zimmer versteckt oder gar den kurvenreichen Körper eines Top-Models! Huhu – Pah! Dass ich nicht lache. Weit verfehlt mit üppigem Busen oder einem prallen, knackigen Po und was noch so dazu gehörte – ich wuchs, aber nur nach oben! Nicht nach links, nicht nach rechts, nicht nach hinten und schon gar nicht nach vorne – nur schnurstracks nach oben! Eben ohne Busen und Po …

Echt frustrierend für eine fünfzehn ... Stopp, ne! Für eine mit heutigem Tag Sechzehnjährige!

Väter wurden irgendwie eigenartig, wenn ihre Töchter drohten, ins hormongesteuerte Alter rüberzuschlittern. Meiner zumindest!

Als würde ich nackt schlafen! Ich schob die Decke etwas zur Seite und betrachtete das Schlaf-Schlabber-Shirt mit einem Totenkopf-Aufdruck darauf, verziert mit dicken, fetten roten Buchstaben und dem Namen meiner Lieblingsband. Oh ja! Ich grinste bei der Erinnerung. Gestern hatte ich mich gefühlt, als wäre mein Geburtstag gewesen, nicht heute. Das Konzert der deutschen Punk-Band war wie erwartet der Hammer gewesen!

Es grenzte an ein Wunder, dass sich bereits wieder Töne aus den Stimmbändern quetschten und die geschädigten Gehörnerven wieder ihre Funktion aufgenommen hatten. Bei der Grölerei und den Massen an Dezibel, die den Verbindungsgang zwischen Ohrmuschel und inneren Miniaturknöchelchen überschwemmt hatten, konnte ich dem menschlichen Körper nur erneut meinen größten Respekt aussprechen! Trotz der Warnhinweise war es immer wieder ein Erlebnis, die alten Meister rocken zu sehen. Das war das beste Geburtstagsgeschenk seit langem! Natürlich von meiner besten Freundin.

Wieder im Hier und Jetzt, gähnte und streckte ich mich ausgiebig, bevor ich die mir zur Verfügung stehenden Optionen abzuwägen begann.

Erstens sollte ich diesen müden, schlappen Körper unter die Dusche zwingen, wobei ich aber ausging, dass ich in knapp drei Stunden wieder schwitzte, wie frisch aus dem Fluss gefischt. Oder mich für Option zwei entscheiden: Die Jeans von gestern, die mich da unten vom Fußboden so sexy anlächelte, und mit Deo und einem sauber gewaschenen Shirt Frische vortäuschen?

Hm, eine wirklich schwere Entscheidung, aber ich entschied mich für ... Kandidat Nummer zwei! Gratulation, Sie sind der glückliche Gewinner!

War ja klar. Klappe ans Unterbewusstsein. Diese selbstgerechte Haltung ertrug ich nur einmal am Tag.

Ein Freudenschrei entschlüpfte mir, als ich unter der Jeans die Fernbedienung für die Anlage entdeckte. Leider ward die Freude nicht von langer Dauer. Der iPod befand sich nicht an der für ihn vorgesehenen Stelle. Verdammt! Wo versteckst du dich wieder?

Mit suchendem Blick wendete ich die Hose, stellte sie auf den Kopf und – hups – fiel mir das Teil vor die Füße. Ta-da! Zum Glück steckte es in der Schutzhülle. Dieses Ding würde bei den Erdbeben und unverhofften Zusammenstößen, die es regelmäßig erleiden musste, ohne Gerätebodyguard schon lange nicht mehr existieren.

Mit Musik geht alles viel leichter.

Angezogen, Arme und Beine in eigenartigen Formationen in der Luft herumwedelnd, fand ich mich vor dem Spiegel wieder. Gut, dass mich keiner sehen konnte! Von Tanzen befand sich mein Hüftschwung weit entfernt. Nachbars lebende Hunde-Knackwurst-Dackel-Mischung würde bei diesem Anblick ohne Kommando den Bewusstlosen mimen und seine kurzen Stelzen von sich strecken. „Hallo, du mit Krauslametta übersätes Haupt." Mehrere Male hatte ich bereits mit dem Gedanken gespielt, meine dunkelbraune Schafwolle gegen eine Igelfrisur in Grün zu tauschen. Das würde dem ganzen einen rebellischen Touch verleihen. Irgendwie fehlte mir aber dann doch der Mut dazu. Ob es nun an der Farbe oder dem Verlust der Locken lag, konnte ich noch nicht beantworten.

Auf der Suche nach einem Haarband, mit dem ich den Plan verfolgte, die Wildnis auf meinem Kopf zu bändigen, nahm ich eine scharfe Rechtskurve Richtung Zahnbürste und gab mir Mühe, bei dem Versuch mein Gesicht zu säubern, nicht zu ertrinken. Was sich als schwieriges Unterfangen darstellte, wenn man nebenbei lauthals sang.

„N'Tgn ie dsn. Ünsch – scht – man sich, Unendlichkeit!"

Hm – vielleicht nicht gerade ein Geburtstagswunsch. Meine unterirdische Freundin beendete das Headbangen und sah mich fragend an.

Tja, das war ich. Egal, wo ich wandelte, organisiertes Chaos und Musik waren zuverlässige Begleiter. Leider auch in höchst ungünstigen Momenten, wie Schule, Straßenverkehr, wichtige Veranstaltungen wie Demonstrationen oder dergleichen ...

Beim Eintreten in die Küche summte ich immer noch einen Song der gestrigen Set List. Tatsächlich fand ich meinen Erzeuger dort: Tasse auf dem Tresen, die linke Hand versuchte geistesabwesend mit dem Löffel, Milch und Zucker mit dem Kaffee zu verbinden, ohne in die Unterseite eine zweite Öffnung zu reiben. Die restliche Aufmerksamkeit des väterlichen Elternteils war auf die Tageszeitung fokussiert – die ich mir gleich unter den Nagel reißen würde! Mit vertuschtem Grinsen hing eine Seite meines Gehirns immer noch am gestrigen Abend fest, bestimmt war ein Artikel abgedruckt.

Neugierig studierte ich Dads Äußeres: Zerzaustes Haar, aber leider nicht vom Schlafen, sondern eher von einer durchzechten Nacht, und sein Nachtschwärmer-Kumpel nannte sich Arbeit. Verschönert mit tiefer gelegten Augen, leicht angeschwollenen Lidern, versetzt mit einem Hauch Rot der Netzhaut – der neueste und wirklich anhaltende Schrei unter den Komponisten! Alles wie gehabt. Bei diesem Anblick kämpfte ich jedes Mal mit einem leichten Pochen hinter der rechten Schläfe. Unbewusst glitt meine Hand an diese Stelle, um entspannende Massagebewegungen auszuführen. Ich war wahrlich zu jung für Stresskopfschmerz! Um mich abzulenken, sah ich mich weiter im Raum um, nur um mit einem Und täglich grüßt das Murmeltier-Effekt empfangen zu werden: meine unberechenbare Schwester. Handy am Ohr und in ein quietschendes Gespräch mit irgendeiner Busen-Freundin vertieft. Die Nagelfeile in der rechten Hand und einer Scheibe Knäckebrot mit Magerkäse auf dem Teller. Das Glas Wasser nicht zu vergessen – echt Rosa!

„Morgen!" *Etwas mehr Fröhlichkeit, wenn ich bitten darf.* Mein inneres Ich schielte nachdenklich zu mir empor. *Schließlich ist heute dein Geburtstag!* Wer wird schon gern älter. Ich fühlte mich wie Peter Pan – Junge, ich weiß genau, was in dir abging. Ich würde am liebsten die Zeit zurückdrehen. Wie wäre es mit zehn Jahren?! An einen ruhigeren, ausgeglicheneren, nein, einen Punkt, an dem wir noch vollzählig waren ...

„Guten Morgen, mein Mäuschen." Naja, zumindest änderte sich nicht alles, wenn man ins hormonell gesteuerte Alter abdriftet.

Nach einem Guten-Morgen-Kuss für Dad durfte ich erfreut feststellen, dass mir der tägliche Weg zu unserem multifunktionellen Kaffeevollautomaten – übrigens die beste Anschaffung, die diese Designerenergiesparküche zu bieten hatte! – erspart blieb. Dad schob mir meine Lieblingstasse mit dem schwarz-weiß Aufdruck BIS ZUM BITTEREN ENDE zu. Irgendwie hatte er es geschafft, diese vor mir hinter seiner schlanken Gestalt zu verbergen.

Die Erinnerung wies Lücken auf, wann es sich um den Beginn meiner, nennen wir es mal human, Koffein-Abhängigkeit handelte. Womöglich war es für einen angehenden Jugendlichen wie mich zu früh, aber da schienen sich ein paar von Mams Genen durchgesetzt zu haben. Gemeinsam grinste ich mit meinem kleinen inneren Ich in die dampfende Kaffeetasse. Die Person, der ich die anderen fünfzig Prozent meines Erbguts zu verdanken hatte, bekundete immer wieder seine Missgunst gegenüber diesem erhöhten Konsum.

Dieser aufreibende Zwiespalt endete vor circa drei Jahren nach einer heftigen Diskussion, die so ähnlich verlief: „Cleo, du bist zu jung für Kaffee!"

War dreizehn zu jung? Nachdenklich hatten sich Falten auf meiner Stirn gebildet. Andere verbuchten bereits ihr erstes Komasaufen in diesem Alter und ich bekam Anschiss wegen einem Überschuss an was? Energie? „Warum? Laut einer wissenschaftlichen Studie, die ich vor kurzem in einer Fachzeitschrift gelesen habe, soll ein gewisses Maß dieses herrlich duftenden, gerösteten Heißgetränks gesundheitsfördernd sein – so vier bis fünf Tassen am Tag ..." Sein Blick ließ mich zweifeln, dass er mir das abkaufte, aber ich hatte das wirklich gelesen, hm, oder im TV gesehen? – Ohne Scherz! Naja, man sollte nicht jeden Brei in sich hineinstopfen, der einem serviert wird, auch wenn er angeblich auf wissenschaftlicher Basis herumlungerte. Ein bisschen Hausverstand schadet angeblich nicht. Darf ich unserer Haushälterin Herta Glauben schenken, sollte meiner nicht so verkümmert sein wie der von Ally – natürlich drückte sie das eleganter aus als ich. Nach fast einer Stunde Fakten hin und her schieben, hatte ich ihn dann soweit. „Ich stimme dir zu, dass Koffein den Gesundheitshaushalt weniger beeinflusst oder schädigt wie Nikotin, Drogen, Alkohol oder chemisch hergestellte Shampoos ...?" Nachdenklich die Lippen gekräuselt, hatte er einen Punkt hinter mir fixiert. „Was war noch mal das letzte?"

Genervt hatte ich die Augen verdreht, „Deos mit Aluminiumzusatz. Ebenso darfst du den angeblich so minimalen Ansatz von Konservierungsstoffen, verstecktem Zucker oder Ersatzstoffen wie Aspartam und anderen Inhaltsstoffen, die laut irgendwelchen Herstellern erst ab einem gewissen Prozentsatz gesundheitsschädlich sind, in unseren Lebensmitteln nicht außer Acht lassen ..."
Ups. Schnell hatte ich mich für mein Lieblingsthema ereifert und hoffentlich noch rechtzeitig die Notbremse gezogen. Nur ein Jahr zuvor hatte ich einen derartigen BIO- und Weltrettungswahn entwickelt, mit dem ich fast das ganz Haus in ein chemisches Labor mit den Insassen als Versuchskaninchen umfunktioniert hätte. Was soll ich sagen? Meine Eltern taten ihr Bestes, um Mutter Erde zu schützen, aber erklär das mal einem Teenager, der panische Angst vor Hitze und der Schneeschmelze entwickelt – und das war erst der Anfang! Ich hatte dazugelernt, und um nichts auf der Welt wollte ich die abgeflauten Gemüter von damals erneut reizen. Am Ende war es soweit gekommen, dass ich befürchten musste, zuhause nichts mehr zu essen zu bekommen oder ein neues Quartier im Garten beziehen zu dürfen. Alle Hausbewohner hatten mich auf jeweils ihre Art bedrängt, einen Gang runterzuschalten. Etwas Ruhe kehrte erst ein, nachdem ich Herta zum Einkaufen begleitet hatte und bei der Essenszubereitung für die Familie dabei sein durfte. Geduldig beantwortete sie immer meine Fragen – danke für deine Ge-

duld, Herta! Es hatte weitreichenderen Nutzen als geahnt. Nicht nur, dass ich von meinem Welt-Retter-Trip wieder auf der Erde landete und versuchte, auf andren Wegen unseren blauen Planeten zu retten, nein, ich habe auch etwas Kochen gelernt. Das heißt, ich werde nicht verhungern und mich von giftigem Fast Food, wie es unsere Haushaltsfee nannte, ernähren, wenn sie das nächste Mal ihren wohlverdienten Urlaub konsumierte. War sie dieses Jahr schon mal weg? Hm, Unachtsamkeit war eine Tugend meines Alters, aber keine Entschuldigung. Ich nahm mir vor, Dad danach zu fragen. Schließlich war sie auch nicht mehr die Jüngste.

Langer Rede kurzer Sinn, es wurde kein Verbot gegenüber meinem geliebten Café Latte ausgesprochen, obwohl ich nie vorhatte, mir diese Glimmstängel oder andere Diskussionsinhalte anzugewöhnen – aber das brauchte Dad bei den Verhandlungen ja nicht zu wissen! Grins.

„Musst du denn immer so viel Kaffee in dich hineinschütten?" Dieser Kommentar drang aus der rosa Ecke und unverkneifbar für meine Schwester – ich schwöre, sie wäre sonst daran erstickt. Ebenso ein Teil der morgendlichen Routine und gleich folgte der nächste. Einen Moment ...

Mein Unterbewusstsein suchte verzweifelt nach einer Abstellmöglichkeit für seine Tasse imaginär-dampfenden Kaffees, um sich wissend die Ohren zu zuhalten. *Muss das sein? Immer diese Theatralik.*

Langsam, mit einem aufgesetzten Grinsen, drehte ich mich zu meiner ach so liebreizenden Schwester um. Manche Routine war einfach unwiderstehlich ... „Und du? Kannst du denn nicht mal was Richtiges zum Frühstück essen? Butter, Marmelade, richtiges Brot oder gar ein Omelett? Vielleicht auch ein vitaminreiches Müsli? Immer nur dieses Hungerzeug! Das", den Zeigefinger anklagend auf das beschuldigte Objekt gerichtet, „kann auf Dauer nicht gesund sein!" Oh ja, gib mir einen Grund, nur einen klitzekleinen ... angespannt warteten ich und meine unterbewusste Hälfte auf die nächste Klatsche.

„Mädels, Mädels. Jetzt hört doch auf, euch zu zanken! Und das schon am Morgen ..." Mit beschwichtigenden Armbewegungen versuchte Dad, Eindruck auf uns auszuüben. Wo warst du die letzten sechzehn Jahre? Auf dem Mond? Es kostete mich Mühe, den Blickkontakt mit Ally nicht zu brechen, und ihn fragend anzusehen. Ich liebte diese Routine. Sie war echt zum Bäh ... Ja, ja, schon gut. Du kannst den Finger wieder aus dem Rachen ziehen und deinem Würgereflex ein Ende setzen. Muss mein kleines inneres Ekelpaket denn immer alles so wörtlich nehmen? Noch immer bekriegten sich Ally und ich mit stummen Gesten.

„Es gibt wichtigere Dinge." Dann sah er mich an. Hab' ich etwas verbrochen? Augenblicklich spürte ich den tödlichen Schwesternblick auf der Brust. „Komm mal her, mein Mäuschen! Lass dich drücken und dir gratulieren!"

Eingelümmelt im Duft meines Vaters, Aftershave, alte Bücher und Holzpolitur – schien keine so produktive Nacht gewesen zu sein, wenn er das Klavier geputzt hatte –, schloss ich die Augen und genoss seine Wärme.

Die Größe vermachte mir sein Erbgut. Er war lang. Echt lang und drahtig, aber ich mit meinen nagelneuen sechzehn Jahren reichte ihm bereits bis zur Schulter – Respekt! – und noch kein Ende in Sicht. Im Gegenteil zu meiner Schwester. Deren Körper sich wohl bewusst war, wann die Zeit anbrach, das Wachstum auf andere Körperstellen zu verlagern. Nein, ich war mir unschlüssig, wann besagter Punkt bei ihr eingetroffen war, aber eins war sicher, bei dem Vorderbau, den sie bereits herumschleppte, mussten seitdem mindestens vier Jahre vergangen sein.

Verdammt! Schon wieder nervte sie mich. Ich unterdrückte den Reflex, erneut mit den Augen zu rollen, und schickte stattdessen ein Gebet in die Ferne: Liebes Universum, ich wünsche mir zu meinem Geburtstag einen Tag, an dem ich mich nicht über meine Schwester ärgern oder gar an sie denken muss. Ich weiß, dass dies nicht leicht zu bewerkstelligen sein wird, schließlich kenne ich das Ersterzeugnis der DNA-Vereinigung unserer Erzeuger, somit hast du 365 Tage Zeit, um diesem Wunsch auf die Sprünge zu helfen. Zustimmend nickte mein kleines Unterbewusstsein, aber alles andere als überzeugt von der Umsetzung dieses Wunsches. Wie wäre es mit mehr positiver Energie?

„Alles Gute zum Geburtstag, mein Schatz!" Dad schob mich etwas zur Seite, zog unter der Zeitung einen weißen länglichen Umschlag hervor und reichte ihn mir.

Fragend sah ich ihn an. „Was ist das?"

„Tja, das wirst du später in deinem Zimmer herausfinden." Er zwinkerte mir zu. Dieser Hinweis war mehr als eindeutig: Der Inhalt war nicht für Allys Augen und Ohren bestimmt. War diese Variante der Geschenkübergabe wirklich förderlich für den bereits bestehenden Zwist seiner Töchter? Die Neugierde und aufkeimende Freude siegten über den Gedanken an Mitgefühl und Geschwisterliebe – wie buchstabierte man eigentlich dieses Wort? Hm, was ist da nur drin? Warum machte er ein derartiges Geheimnis daraus? Meine kleine innere Freundin rieb sich bereits die Hände, sei es jetzt aus Neugier, oder weil Ally den schlecht versteckten Hinweis genauso verstanden haben musste. Ein paar Minuten Geduld würden wir noch irgendwo ausgraben. Unschuldig wie ein Engel ignorierte ich sie und stopfte den Umschlag in die rechte Gesäßtasche. Dankend wollte ich Dad noch einmal umarmen, doch der packte mich an den Schultern und strahlte mich wie eine Sternschnuppe an. Wow! So hab' ich ihn schon lange Zeit nicht mehr gesehen. „Sechzehn Jahre ... Zzzz – wie die Zeit vergeht! Ich weiß noch genau, wie ich dich zum ersten Mal in meinen Armen gehalten habe ..."

Oh nein! Nicht das schon wieder! Mein Grinsen verabschiedete sich genauso schnell, wie es entstanden war. Ich liebte es als kleiner Pimpf, wenn mir Dad mit seiner melodischen Stimme Gute-Nacht-Geschichten oder Szenen aus meiner frühen Kindheit erzählte ... Seine Stimme war immer noch dieselbe, aber ich war nicht mehr fünf oder acht – sollte ich mir vielleicht die Ohren zuhalten? Sorry, wenn das hart klingen sollte, aber diese Pampers-

Storys überschritten, kombiniert mit diesen wechselhaften Launen, eindeutig eine Grenze der Verträglichkeit. Die ersten Male sind sie lustig, dann nur noch nett, und irgendwann platzen einem die Gehirnzellen vor Überfütterung. Blamm ... Plong ... Kabumm!

„Dad, könnten wir heute diese reizende Geschichte auf später verschieben? Ich muss Cleo noch ein paar Sachen wegen der Party heute Abend fragen."

Ich schien nicht die Einzige zu sein, die dieses Thema nicht verkraftete, obwohl das bei Ally wohl jedes Mal zutraf – schließlich ging es mir an ihrem Geburtstag genauso. Zum ersten Mal an diesem Tag fand ich es cool, dass auch meine Schwester existierte, aber so wie ich Ally kannte, würde sie diesen Augenblick gleich wieder zunichtemachen!

„Welche Party?" Diese zwei Wörter sprangen gleichzeitig aus meinem und dem Mund meines Vaters, nur dass er mich dabei verwundert ansah. Ups! Dad fing sich als erster. „Also, wenn das eine Überraschungsparty für Cleo hätte werden sollen, ist das gerade total danebengegangen, Ally!"

„Nein, sollte es auch nur indirekt."

„Hm?" Tja, Dad und ich eben.

Mein kleines inneres Ich streckte mir beide Daumen entgegen. Nur weiter so!

„Ich hab' dich doch schon vor ein paar Wochen gefragt, ob wir die Party bei uns im Garten machen können, aber es geht einfach nicht ohne ein paar Infos von Cleo." Wie schaffte sie es nur immer wieder, sich diese Unschuldsmiene ins Gesicht zu pflanzen?

„Aha." Dachte er bei diesen Worten das Gleiche wie ich? Nein, er dachte mit Sicherheit nicht, dass seine älteste Tochter einen an der Waffel hat! Nöö! Vehement schüttelte auch mein Innerstes den Kopf.

Naheliegender war, dass er darüber nachdachte, welche Erinnerungen er an dieses angebliche Party-Gespräch in seinen Gehirnwindungen fand und was er darauf geantwortet hatte. Die Antwort konnte ich ihm geben: Sollte dieses Gespräch wirklich stattgefunden haben, würde er sich nicht mehr daran erinnern, egal wie sehr er sich anstrengte, in seinem Noten-Chaos-Gedächtnis nach Dialogen zwischen Ally und ihm zu suchen. Die eheste Antwort: „Mhm. Ok. Wie immer du willst, Kleines." Und warum? Weil unser Dad gerne mal in Arbeit versank. Sich darin gerne bis zur Zimmerdecke hinauf eingrub und wenn möglich, sich auch mehrere Tage oder Wochen strikt weigerte, einen Ausgang aus diesem Zimmerdecken-Arbeits-Chaos zu schaufeln. Und Ally ... Tja, Ally wusste genauso wie ich, wie sie Dad handhaben musste. Vielleicht wusste sie es sogar besser, denn sie übte ja täglich. Meine Vermutung war, sie würde den richtigen Moment abgepasst haben, wenn er versunken in eine seiner Kompositionen war, egal ob für einen Film, ein Musical oder nur eine Werbung. Vielleicht feilte er wieder an etwas Eigenem – immer mit vollem Einsatz dabei. In diesem Stadium konnte man sich für alles eine Erlaubnis erschnorren. So kam ich zu meinem ersten verfrühten Punk-Konzert, durfte an der ersten Demo teilnehmen oder an anderen Dummheiten. Mam hätte das alles durchschaut, uns durchschaut und dem nie zugestimmt. Der negative Effekt dabei, irgendwie ließ mich immer mittendrunter der Spaß im Stich. Geschah es doch nie in echtem Einverständnis. Irgendwann keimte ein Gedanke: War Dad sich dessen bewusst? Setzte er das vielleicht gekonnt gegen mich ein? Wusste er, wie es in mir drin aussah, und erteilte mir gleichzeitig eine unterschwellige Strafe – eine emotionale Strafe? Vielleicht arbeitete er insgeheim darauf hin, dass ich dies erkennen und aus Eigenregie damit aufhören würde, auf diese Art eine positive Antwort zu erschnorren. Hm, falls das wirklich der Fall sein sollte, stehe ich dem eher skeptisch gegenüber, dass dies je eintreffen würde – sorry, ich befinde mich gerade in einer egoistischen Phase. Aber eines möchte ich festhalten: Eltern können sehr wohl listig sein und waren nicht zu unterschätzen. Darum fand ich es umso bemerkenswerter, dass er trotz seines andauernden Stresslevels an meinen Geburtstag gedacht hat – ich bekomme schon noch heraus, wer dich mit Hinweisen versorgt hat. Herta?! Ally mit Sicherheit nicht! Die würde es mir nie gönnen, dass sich Dad an meinen Geburtstag erinnerte.

„Wie dem auch sei – wie viele Gäste hast du eingeladen, Ally?" Er hat eindeutig die Suche aufgegeben.

„Naja, so um die Dreißig."

„Wie bitte?" Augenbrauentango – yeah! So nannte ich es, wenn Dads Augenbrauen zuckten, als wäre der Blitz eingeschlagen. ECHT COOL!

Aber Moment mal! „Was?" Überrascht sah ich Ally unfreiwillig an. „So viele Leute kenn' ich ja gar nicht!" Im Geiste verschaffte ich mir einen kurzen Überblick über den aktuellen Stand meines Freundeskreises – hm, ich kam nicht über die zehn hinaus, und da waren bereits Leute miteingeschlossen, die ich aus rein schulischen Gründen sympathisch fand.

„Quatsch! Natürlich kennst du die! Lass dich einfach überraschen."

„Ja, wie denn nun? Indem ich so tue, als wüsste ich von nichts?" Hilfe! Konnte mir bitte irgendjemand ihre verdrehten Gedankengänge erklären? Mit überkreuzten Armen vor der Brust, schüttelte meine innere Freundin weiterhin stur den Kopf. Dankeschön!

„Töchter, macht das unter euch aus. Ich muss weiterarbeiten!" Na toll! Wie immer!

„Okay, Dad." Ich hasste dieses Ally-Sieger-Grinsen.

„Aber ein paar Sachen möchte ich noch klarstellen. Um ein Uhr ist Schluss! Wenn es zu laut wird, wird die Party sofort beendet und wehe, es werden mehr als dreißig Leute!" Und wie gedenkst du das zu überprüfen, Vatilein, wenn du wieder mal nicht anwesend sein wirst, hm?

„Ach ja, und klär das mit den Nachbarn ab!"

„Keine Sorge, Dad, ich mach das schon!"

Aber sicher doch! Und mich fragte mal wieder keiner, oder was?! Es handelte sich auch nur um MEINE Geburtstagsparty ... Mein Blutdruck stieg bei dem Anblick von Allys Ha-und-wieder-einmal-hab-ich-es-geschafft,-meinen-Vater-um-den-kleinen-Finger-zu-wickeln-Grinsers.

Langsam verstand ich die Gesten meines Innersten nicht mehr. Was schaukelte sie da im Arm? Und wen soll ich streicheln? Huhu! Auch schon einen an der Waffel, oder was?

In dieser Atmosphäre blieb ich um nichts auf der Welt eine Sekunde länger. „Ich bin dann weg!"

„Moment! Wo gehst du hin, Cleo? Ally braucht dich doch noch für die Vorbereitungen der Party." Verdutzt drehte sich Dad wieder zu mir um.

„Die kriegt das auch ganz gut ohne mich hin. Ist ja nicht das erste Mal, dass sie eine Party schmeißt!"

„Stimmt!" Oh! Das kam auch selten vor, dass wir derselben Meinung waren. Misstrauisch wagte ich einen Blick in ihre Richtung. Dad warf einen verwirrten Blick von mir zu Ally und dann wieder zurück zu mir, bevor er kopfschüttelnd mit seinem lauwarmen Kaffee die Küche verließ –, aber nicht bevor ich ihm die Morgenzeitung unter dem Arm herauszog. Er quittierte dies nur mit einer weiteren hochgezogenen Augenbraue.

„Dan-keee." Man, warum konnte ich das mit dem Augenbrauen-einzel-Hochziehen nicht? Die Vorfreude verdrängte die Frage. Es gab noch Wichtigeres – die Tageszeitung! Warum waren diese Informationsblätter immer so riesig und zehntausendmal zusammengefaltet. Ich werde das nie verstehen. Was machten die Menschen, die keinen so überdimensional großen Tresen in der Küche stehen hatten?

„Ich weiß, dass da etwas ist. Es steht immer ein Artikel drin ..." Mir war egal, ob Ally das Gemurmel hörte oder nicht. Als kleines Kind war ich auch immer ihrem Schlummergefasel ausgesetzt gewesen. Damit war es genauso wie mit den Baby-Geschichten, am Anfang noch lustig, dann nur noch nervtötend. Ich liebte mein Zimmer und die Einsamkeit, die es mir schenkte! „Wo steckst du?"

„Cleo?"

„Ah! Da! Ich wusste es!" Auf welcher Seite befand ich mich? Abgesehen von der kleinen Überschrift auf der Titelseite: *Die Hosen rocken das Stadion Letzigrund!*

und im Innenteil auf Seite fünf – gut gemacht, Jungs! Oh ja, das haben sie wirklich und ich war dabei! Juhuuu! Aber mir fehlte noch etwas und das senkte den Enthusiasmus ... Kein Wort über die Umweltschutzdemo, die für nächste Woche angesetzt war. Auf den Lippen herumkauend, überdachte ich die nächsten Schritte. Was war schiefgelaufen? 21. Juni – warum stand nichts in dieser verdammten Zeitung? Paul hatte mir zugesichert, dass es einen Artikel geben würde. Und noch einmal blätterte ich die Seiten durch und checkte jede Überschrift.

„Cleo!"

Meine Beteiligung an einem Gespräch mit ihr sank unter null.

„Cleo!"

Ich akzeptierte die Leere der Vereinbarung mit dem Redakteur und lenkte die Aufmerksamkeit zurück zur Musik. Das würde noch ein Nachspiel haben.! Keiner legt sich mit mir an, schon gar nicht, wenn es sich um unsere Erde handelt.

Würde Dad entdecken, wenn ein Abschnitt fehlt?

„Cleo?!!"

Sprach Blondie tatsächlich mit mir? Mein Unterbewusstsein hatte uns beide den Rücken gekehrt und schien, selbst etwas zu lesen.

Ally stand auf und stellte sich genau gegenüber von mir an den Küchentresen. „Verdammt! Ich rede mit dir!" Oh, Miss Möchtegern-IT-Girl hatte sich erhoben, um Kontakt mit ihren Untertanen aufzunehmen. Zumindest stand jetzt eins fest: Sie redete definitiv mit mir. So ein Käse!

„Hörst du mich denn nicht?"

„Nur wenn es unausweichlich ist." Mein Blick haftete auf dem Artikel.

„Ein paar Details würde ich noch gerne mit dir besprechen." Wann hatte sie diese Oberlehrer-Stimme einstudiert?

„Ally, du hast mich nicht gefragt, ob ich eine Party möchte." Mit athletischen Armbewegungen versuchte ich, das Papierzelt so zusammenzufalten, dass der Artikel ganz oben lag und die Zeitung so klein wie möglich wurde. „Also, lass mich mit diesem Kleindreck in Ruhe!" Wow, es war doch gar nicht so schwer, einen Haufen Papier wieder fast ordentlich zusammenzufalten, wenn etwas Durchblick bestand. Zufrieden mit mir und diesem kleinen Wunder, klemmte ich mir die Zeitung, Dad nachahmend, unter den Arm, griff nach der Tasse und verstaute diese im Geschirrspüler.

Ich unterdrückte ein Grinsen, als ich den Strike sah, den mein kleines bissiges Ich zog. Selbst hielt es einen Notizblock in Händen. Was hast du dir notiert? Wenn du schon dabei bist, vermerke bitte, dass ich diesen Schleimer von Paul anrufe und ihn frage, was der Mist soll. Informationen über meine Eltern erschleichen und dann die Abmachung nicht einhalten? –Das ist ein absolutes No-Go!

Aber zuerst plante ich, mein eigenes Geburtstagsgeschenk in die Tat umzusetzen. Einige Sachen musste ich noch zusammenkramen, bevor ich abhauen konnte. Hoffentlich bekam ich alles unter einen Hut. Man sollte sich nicht zu viel vornehmen, verdammt! Benn würde mir den Kopf waschen, wenn ich zu spät zur Arbeit kam. Wieder mal. Ich musste mich echt beeilen!

„Wohin gehst du?" Ally klopfte mit einem pinken Kuli auf ihrem Party-Organisations-Block herum. Ja, sie besaß extra einen Block – nur dafür.

„Was geht dich das an?" Der Schock über ihr Möchtegern-Mutter-Gehabe war fast echt. „Du brauchst mich doch gar nicht, um diese Party zu organisieren ..."

„Trotzdem kannst du mir sagen, wohin du gehst. Schließlich bin ich hier die Frau im Haus ..."

Doppel-Schocker! Hart und unerwartet! Meine kleine innere Freundin verlor das Bewusstsein und knallte auf den Boden ihrer Welt.

„Was? Moment!" Hatte sie das wirklich gesagt? Vor meinem inneren Auge spielte ich die Szene noch mal retour und dann auf Play. War die Alte jetzt total bescheuert? „Du bist was?" Und ich war der streunende Haushund, oder wie? In mir fing es an zu kochen und zu brodeln. Mein inneres Ich rappelte sich mit einem bedeckten Blick wieder empor. Wut war besser als Riechsalz, aber zumindest wusste ich jetzt, was es vorher mit dem Arm-Geschaukel gemeint hatte. Ich sollte mich nicht so aufregen! Tja, dafür war es jetzt zu spät! Unglaublich, wie schnell sich dieser Vulkan, angefüllt mit Perplexität, Wut und Frustration, erhitzte. Ruhig Blut, vielleicht bekamen wir das ohne Verletzte hin. „Sind jetzt deine letzten funktionierenden Sicherungen durchgebrannt?" Tief durchatmen! Deine Synapsen brauchen Sauerstoff, sonst sagst du etwas, das du später bereuen wirst. Ganz ruhig! „Ally, du bist ganz sicher nicht die Frau in diesem Haus! Du bist Achtzehn – und mehr nicht!" Angefressen drehte ich mich um und plante, laut stampfend aus der Küche zu marschieren, wie es sich für eine noch pubertierende Jugendlichen ziemte – doch an der Tür blieb ich wie versteinert stehen. Was war das?

Dieses Gefühl am Rücken ...
Es breitete sich aus. Immer weiter.
Beginnend in der Mitte der Wirbelsäule.
Zugleich heiß und kalt.
Es presste mich regelrecht zur Tür hinaus.
Feine Schweißperlen traten mir auf die Stirn.
Mein Herz raste. Ich spürte, wie es hart gegen den Brustkorb drückte. Haltsuchend stützte ich mich am Holzrahmen ab. Ich befürchtete, nach vorne zu kippen. Meine Handinnenflächen waren feucht. Ich zitterte. Ich musste kämpfen, um nicht abzurutschen. Was war das?! Es drückte mir die Luft aus der Lunge. Ich konnte nicht atmen! Die Zeitung glitt zu Boden.
Meine Füße fühlten sich an wie Blei.
Dieser Druck gegen das Kreuz ... ich... ich konnte dem nicht mehr standhalten. Immer weiter presste es die Luft aus den Lungen – wie Wasser aus einem Schwamm. Meine Hände begannen zu zittern. Es verbog jeden einzelnen Wirbel. Oh Gott! Panik befiel mich. Was war nur mit mir?
Voller Angst wollte ich mich zu Ally umdrehen. Um Hilfe schreien ...

Nichts! Wie gelähmt. Ich musste mich beruhigen – aber wie?!

Hab' ich einen Herzinfarkt? Eine Lungenembolie? Bandscheibenvorfall? Schützend überkreuzte ich die Arme vor der Brust. Vielleicht half es, tief durchzuatmen.

Einatmen.

Ausatmen.

Langsamer! Ermahnte ich mich.

Die Zunge drückte ich gegen den Gaumen. Warum ich das tat, war mir schleierhaft! Noch mal. Ein und aus.

Und ein weiteres Mal ...

Langsam. Sehr, sehr langsam legte sich dieses scheußliche Gefühl.

Die Muskeln entspannten sich ebenso langsam, wie sich auch dieses Gefühl auflöste. Gierig sogen meine Lungenflügel Sauerstoff in sich ein.

Was war das? Kalter Schweiß stand mir auf der Stirn ...

Woher kam das so plötzlich?

Eine Panikattacke?

Ein Schwächeanfall?!

Ich hoffte! Alles besser als ein Herzinfarkt.

Nachdenken. In Ruhe.

Kopfschüttelnd und noch etwas zittrig, angelte ich nach der Zeitung.

Auf Puddingbeinen und mit einer Gänsehaut am ganzen Körper verließ ich die Küche.

~ Zwei ~

Nach diesem ... ich nenn es Küchenzwischenfall, stolperte ich auf Puddingbeinen zur Garderobe. Zögerte, was wollte ich hier? Mir mein Alter wieder ins Gedächtnis rufend, griff ich nach Helm plus Schlüssel und hoffte, den Weg in die Garage nicht auf allen Vieren bewältigen zu müssen. Bedacht einen Fuß vor den anderen – Achtung! Achterbahn –, mit der linken Hand an der Wand abgestützt, fand ich langsam wieder etwas Körpergefühl. Meiner Meinung nach viel zu langsam!

Um mir selbst etwas zu beweisen, schließlich war es der erste offizielle Ausflug, schwang ich mich etwas zu hastig auf den Elektroroller. Fast hätte ich samt dem Ding das Gleichgewicht verloren. Zum Glück ging vor Schreck nur meine innere Freundin zu Boden und nicht ich – dank der besseren Reflexe –, womit sie sich mit einem tödlichen Seitenblick revanchierte.

Ich wollte bereits durch das halb geöffnete Tor brausen, als mein Blick zufällig auf den Helm fiel, der einsam am linken Unterarm baumelte. Verdammt! Etwas Frischluft und Fahrtwind würden mich hoffentlich wieder in den grünen Bereich geistiger und körperlicher Zurechnungsfähigkeit befördern. Die wilden Locken über die ungewohnte Benommenheit schüttelnd, zog ich den Kopfschutz über.

Endlich alles da wo es hingehörte, war auch das Tor ganz offen, und ich brauste die Einfahrt hinaus. Nur gut, dass unser Haus das Ende der Siedlungskette bildete, denn ich hatte übersehen, auf andere Verkehrsteilnehmer zu achten. Tief durchatmend spürte ich, wie sich langsam die Reste dieses ... Nebels von mir lösten. Befreiter atmete ich tief durch und genoss den wenigen Verkehr. Es dauerte keine fünfzehn Minuten, bis ich bei den Stallungen ankam. Die Vesper ließ ich am Parkplatz des Gestüts zurück. Zum Glück bewies ich noch ausreichend Geistesgegenwärtigkeit, um Schlüssel und Handy einzustecken.

Mit jedem Schritt auf dem Weg zu der dunkelgrünen Holztür lösten sich die letzten Teile der grübelnden Anspannung und schufen der Vorfreude Platz. Dort benannte ein goldenes Schild den Bewohner. Wie immer spürte er meine Anwesenheit noch Meter entfernt. Unter pechschwarzen Haaren musterten mich dunkle Augen. Die hatten es in sich. Sie konnten ein schelmisches Grinsen in sich tragen oder hinterlistig funkeln, aber auch Traurigkeit, Schmerz und Mitgefühl ausdrücken. Doch so wie jetzt erlebte ich sie nur selten. Als ich vor der Stalltür zum Stehen kam, sahen wir uns lange an. Musterten uns gegenseitig, versuchten, das Innenleben des anderen einzuschätzen. Bestätigend schnaubte er – meine Gefühle schienen ihm oft besser bekannt als mir selbst –, ich durfte eintreten. Solche Situationen verursachten mir immer eine Gänsehaut. Jeder seiner Blicke traf bis tief in die Seele. Er wusste ganz genau, was in mir vorging. In der Box betrachtete ich den Rappen genauer. Der Tierarzt musste da gewesen sein. Der Verband am rechten Vorderfuß war verschwunden. Bestätigend nickte er gelassen mit dem stolzen Haupt. „Na, Celtic, mein Guter. Wie geht es dir? Alles gut verheilt?" Behutsam strich ich mit beiden Händen über seinen starken, geschmeidigen Hals. Es tat so gut, ihn zu fühlen. Durch ihn fand ich wieder zu den Wurzeln im Boden, die mir Stabilität gaben. Ohne Anordnung änderte er die Position, damit ich mir die verheilte Stelle genauer ansehen konnte. Vorsichtig glitt meine Hand das Bein entlang. Die Narbe war noch deutlich zu fühlen. Mein Gewissen drohte, mich zu erdrücken. Es war meine Schuld. Wäre er nicht so ein Kämpfer, hätte er das nicht so gut überstanden. Wäre am Ende vielleicht sogar ... nein, daran durfte ich nicht denken! „Da haben wir ganz schönen Mist gebaut. Dieses heimtückische Gestrüpp hätte uns fast das Genick gebrochen. Das werden wir in Zukunft meiden." Kniend strich ich vorsichtig über die schlanke und stramme Fessel. Celtic beugte sich herunter, um mir ins Haar zu schnauben. Diese Aktion verursachte ein Kribbeln auf der Haut, unwillkürlich musste ich lachen. Das war sein Trick, mich lockerer zu machen, und nach ein oder zwei Mal klappte es immer. Keiner kannte meine Stimmungen besser und keiner konnte auch damit so gut umgehen wie er. Immer noch kichernd, richtete ich mich auf, strich ihm die wilde Mähne aus dem Gesicht, bevor ich mich darin vergrub und die Arme um seinen Hals legte. Dieser Geruch! Er wirkte beruhigend auf mich. Tief atmete ich ihn ein und fühlte die Rückkehr meines Selbstvertrauens, das sich vor Angst verkrochen hatte. Keine Ahnung, wie lange wir so beieinanderstanden, aber langsam begann er zu tänzeln und mit den Hufen zu scharren.

„Versteh schon. Dein Bedarf an Kuscheln ist gedeckt. Du willst endlich raus – nach der lang verordneten Pause. Ich verrate dir was: ich auch!"

Geputzt, gestriegelt, aufgesattelt und das Zaumzeug befestigt – heute verlief alles im Schnelldurchlauf –, an der Nasenspitze war es uns anzusehen, wir hatten es eilig. So eilig, dass ich nicht bemerkte, wie mein Handy wild vibrierend aus der hinteren Hosentasche fiel und im Stroh versank.

Reiterkappe! Wo war nur dieses verdammte Ding wieder?! Dieser Topf auf dem Kopf war mir verhasst, aber damit wurde der Sicherheit Genüge getan. Etwas mürrisch gestand ich mir ein, dass er mir bereits ein paar Mal das Oberstübchen gerettet hatte. Aber jetzt war er einfach nicht auffindbar, vom Erdboden verschluckt – gut, dann eben heute ohne, wir wollten es sowieso ruhig angehen.

Geschmeidig bewegte sich Celtic aus der Box. Neugierig beobachtete ich sein beeinträchtigtes Bein. Es sah gut aus. Zufrieden schwang ich mich in den Sattel. Erneut tänzelte er. Die Steigbügel waren zu lang – eigenartig, die Sohlen der Schuhe baumelten einige Zentimeter über der Trittfläche – mit geübten Handgriffen verkürzte ich sie auf meine Länge. Hatte jemand den Sattel verwechselt?

Endlich ging es los. Zum Glück bewahrte ich im Spind eine zweite Garnitur Sonnenbrillen und Handschuhe auf – verdammt, die Sonne brannte vom Himmel wie in der

Sahara. Von wegen der Klimawandel ist ein Hirngespinst. Mein geheimes inneres Ich driftete relaxed mit einem Schirmchen-Drink auf der Luftmatratze im imaginären Pool.

Naja, jedem das seine.

Mit den Fersen stupste ich Celtic leicht in die Flanken und gab ihm somit das Kommando zum Start. Ein kleiner Satz. Schneller als erwartet bewegte er sich vorwärts. Mühsam hielt ich ihn im Zaum. „Nicht so schnell, mein Guter. Der Doc reißt uns den Arsch auf, wenn wir es zu flott angehen." Unsere Atmung beschleunigte sich. „Scheiß drauf!" Als wir das Gestüt verließen und auf freies Gelände mit saftigem Gras und blühenden Blumen gelangten, gab ich ihn frei – ihn und mich! Was brauchten wir mehr? In der Vorfreude verdrängte ich eine wild mit den Armen wedelnde Gestalt auf einem Fahrrad. Alles wurde in diesem Moment nebensächlich ... Jegliches Zeitgefühl ging verloren. Kein Gedanke an Schule, an Schwestern, Träume oder schlechte Erinnerungen. Nur Celtic, die Natur und ich – das perfekte Trio!

Ich wählte eine Route, die wir gut kannten. Was Vor- und Nachteile mit sich brachte. Die Strecke bescherte uns kaum Überraschungen, zum anderen bestand genau darin wieder die Gefahr, sie verleitete uns durchaus zum Übermut.

Natürlich hätte ich Celtic bremsen können, widerstrebend, aber er hätte sich gefügt. Aber nach den Wochen der Ruhe brauchten wir beide diesen schnellen Ritt.

Den Wind. Die Sonne. Das kühle Wasser des Bachs. Die Weite und Größe der umliegenden Berge – hier war ich Zuhause.

Am Ende landeten wir durchnässt auf unserer Weide.

In meinen Ohren rauschte es, und mein Kopf pochte wild. Schwer atmend und nach Luft ringend, ließ ich mich in Gras fallen. Endlich mit meiner Welt wieder in Einklang. Die Sonne brannte mir ins schweißgebadete Gesicht.

Neben mir hörte ich Celtics wohliges Schnauben. Er stand bereits im Schatten eines Baumes und nahm sein zweites Frühstück ein.

Der Duft der Blumen stieg mir in die Nase. Ausgelaugt, aber entspannt lag ich da und lauschte dem ruhiger werdenden Herzschlag. Ein wohliges Grinsen breitete sich auf meinem Gesicht aus. – Ja! Wir waren immer noch in Höchstform. Der Rappe entfernte sich, blieb aber immer in unmittelbarer Nähe. Dann und wann drang ein zufriedenes Schnauben an meine Ohren.

Das Gras tanzte mit dem Wind und trieb ihn über den feuchten Körper. Ein Kitzeln, Gänsehaut, das Grinsen wurde breiter. Ja, so stellte ich mir den heutigen Tag vor, verbunden mit dem Gefühl von Freiheit. Aus dieser Perspektive betrachtet, feierte ich des Öfteren im Jahr Geburtstag.

Langsam kroch auch mein verängstigtes kleines Ich wieder aus seinem Versteck. Nachdem es im Trab seinen Schirmchen-Drink verschüttet hatte und wir es im schnellen Galopp im Pool fast ertränkt hätten, war es – pitsch-patsch nass – in eines seiner geheimen und geschützten Verstecke untergetaucht. Jetzt schielte es vorsichtig hervor und schenkte mir wieder mal einen seiner perfektionierten missbilligenden Blicke. Ob es sich die von Ally abgeguckt hat? Unwillkürlich verkrampften sich meine Innereien. Sein Blick wurde entschuldigend bei den aufkeimenden Küchenerinnerungen, die ich zum Glück niederkämpfen konnte. Nichts auf der Welt durfte diese heilige Ruhe zerstören!

Erneut wurde die Zeit an diesem Tag zu etwas Unbedeutendem. Gut möglich, dass ich eingedöst war, doch auf einmal regte sich etwas in mir – irgendetwas hatte sich verändert. Halbschlaftrunken und mit dem geistigen Ergründen dieser Veränderung beschäftigt, hörte ich ein Klimpern. Diese Veränderung konnte ich ohne Schwierigkeiten zuordnen. Der linke Mundwinkel hob sich, die Entspannung stieg erneut und ich fühlte ein wohlig warmes Gefühl, das sich im Bauch ausdehnte.

Dieses Gescheppere und Gequietsche konnte nur zu Ilvys Fahrrad gehören. Das alte Ding hatte Schrottplatzqualität, aber dieses verrückte Huhn liebte es so sehr wie ich mein Snowboard.

„Hej! Verdammt, Cleo, wo treibst du dich die ganze Zeit rum?" Ilvys geliebter Drahtesel landete im Gras. Die letzten Meter lief sie. Schwer atmend ließ sie sich neben mir auf ihren Hintern plumpsen.

Rumtreiben? Waren wir verabredet? Die Chance, den Gedanken zu Ende zu führen, blieb mir verwehrt, sprudelte es bereits weiter aus ihr hervor.

„Hast du mich auf dem Gestüt nicht gesehen?"

Gesehen? Wann? Meine Stirn legte sich nachdenklich in Falten. Ilvy schob mir links und rechts die Haare beiseite.

„Gut, du hörst mich." Ah, sie hat nach dem iPod gesucht.

Pause.

Für wie lange? Muss ich sie ansehen, damit sie weiß, dass ich sie registriert habe? Ich wollte die Augen nicht öffnen, damit wäre eine Positionsveränderung unausweichlich, was zusätzlich den Verlust des Trancezustandes und auch des perfekten Sonnenplätzchens mit sich gezogen hätte.

Hm? Nö ... Solange Ruhe herrschte, gab es keinen Grund dafür.

Was Ilvys Suche nach zugestöpselten Ohren anbelangte, sprach die Erfahrung aus ihr. Vergangenen Winter hatte sie mir eine unglaubliche Neuigkeit – von der ich heute nicht mehr wusste, um was es sich gehandelt hatte – erzählt und vergebens auf eine Reaktion von mir gewartet. Bis sie festgestellt hatte, dass meine Gehörgänge mit Kopfhörern verstopft waren, und ich, dass sie anwesend und mit mir gesprochen hatte.

Interessiert und mich mit einer hochgezogenen Augenbraue strafend, sah mich meine innere Verräterin an. *Antworte endlich!*

Na schön! Eigentlich plante ich, noch ein paar unergründete Hemisphären meines inneren Ichs zu erforschen – dann eben nicht.

„Wann warst du auf dem Gestüt?" Die Augenlider können aber bleiben, wo sie sind, oder? Es ist doch gerade so angenehm. Biittee.

„Als du dich vom acre ... ähm, Acker gemacht hast."

Ich schmunzelte in mich hinein. Es war doch immer wieder schön zu erleben, wenn sich in Ilvys Schwedisch-Deutsch oder Schwyzer-Schwedisch-Deutsch mit kaum schwedischem Akzent ein paar Eitelkeitspatzer mischten. Echt süß, aber Gott schütze meine Haut, ich würde es ihr nie sagen. Ilvy stammte ursprünglich aus Skandinavien. Also ihre Mutter war Schwedin und ihr Vater Schweizer. Die beiden lernten sich auf irgendeiner Forschungsreise – von der ich nicht mehr wusste, welche – kennen. Gemeinsam lebten sie kurze Zeit in Norden. Irgendwann musste ihr Dad wieder zurück. Widerstrebend folgte ihm Frau mit Kind. Das ging nicht lange gut. Ihre Mutter fühlte sich hier nicht wohl. Was Ilvy und ich bis heute nicht verstanden. An den Bergen und dem Gewässer konnte es nicht liegen – was war da oben anders? Vielleicht die Sprache?

Also kehrte sie mit dem kleinen langhaarigen Blondschopf wieder zurück nach Schweden und heiratete kurz darauf einen anderen. Da aber Ilvys Vater auch nicht auf sein Töchterlein verzichten wollte, begann Ilvy zum Weltenbummler zu mutieren – ein halbes Jahr dort und das andere hier.

Ilvy liebte ihren Vater sehr und nachdem ihrer Mutter vom neuen Lover Zwillinge entschlüpften, fühlte sie sich in der Schweiz schnell wohler als in der unfreiwilligen Heimat – was vielleicht auch ein klein wenig mein Verdienst war. Sie landete in meiner Klasse. Um von vornherein ein paar Wirrgärten aus der Welt zu schaffen – ich habe ein Zicken-Problem. Damals wie auch heute habe ich leichte bis üblere Schwierigkeiten mit Mädchenkram. Ich mochte Jungs immer schon mehr als mein eigenes

Geschlecht – unkomplizierter, als Kumpels perfekt. Trotzdem klappte es schnell zwischen uns beiden, und Ilvy entpuppte sich nicht als eines dieser Zicken-Schicki-Micki-Mädchen, die in unserer Schule durch die Gänge stolzierten, jeden Modetrend ausleben mussten und sich gegenseitig auf Instagram verfolgten.

Süß, dass sie so heißt wie die süße beste Freundin von Wicki aus der Kinder-Zeichentrickserie – ILVY. Ich steh' drauf! Irgendwann, so in der sechsten Klasse, hab' ich dann aufgehört, sie damit zu nerven. Belastend war dieser immer wiederkehrende Trennungsschmerz, den wir alle sechs Monate erlebten. Zum Glück gab es eine Erfindung namens Internet, die uns half, die Zeit zu überbrücken.

Die Vögel zwitscherten von den Bäumen und die Bienen summten. Mein Gegenüber schien sich beruhigt zu haben. Neugierig hielt ich Ausschau nach einem schmatzenden Geräusch ... Hey! Wo ist Celtic?

Blitzschnell schoss der Kopf zur linken Seite. Er würde nicht abhauen, aber trotzdem ... Von der Sonne geschützt, stand er immer noch unter dem Baum und durchbohrte mich mit seinen Blicken. Was war nur heute mit diesem Pferd? Stank ich? Mühevoll unterdrückte ich den Impuls, an mir zu schnüffeln. Naja, gut möglich. Lange verhakten sich unsere Blicke, bis er den Kopf senkte und das schmatzende Geräusch einsetzte. Nachdenklich schloss ich wieder die Lider. Als wäre er sich nicht sicher, ob ich wirklich ich sei. Bewusst verdrängte ich auch diesen Gedanken – zum Grübeln habe ich später noch genug Zeit!

Endlich schien sich der Körper restlos an das ruhende Erdgefühl zu erinnern. Gleichzeitig legte sich mein inneres Weichei mit wachsamen Augen wieder auf ihre Luftmatratze. Keine Sorge, ich hab' nicht vor, mich in den nächsten Minuten zu bewegen. Die Haut kribbelte durch den warmen Wind. Die Hose nahm ich enganliegend und feucht auf der Haut wahr. Das Gewicht der Schuhe teilte die kühle Erde mit mir und verstärkte das Gefühl einer angenehm erwärmten rechten Seite.

Rechts?
Hm. Nur rechts??
Wie oft würde ich an diesem Tag noch die Stirn runzeln? Wer weiß, vielleicht entdecke ich heute Abend im Spiegel bereits Falten.

Genervt von den wirren Verzweigungen des Gehirns, blinzelte mein innerlich schmollendes Ich unter seinem Sonnenschirm hervor.

Warum ist dieses Gefühl nur rechts?

Es war früher Nachmittag, die Sonne stand relativ hoch. Das sollte doch reichen, um den ganzen Körper gleichmäßig zu erwärmen.

Irgendwie ... es war eigenartig.

Irgendwie ... war da noch etwas. Es gelang mir keine bessere Beschreibung. Es war, als würde Erleichterung in dieser Wärme mitschwingen.

Seltsam. Sehr seltsam!

Mein kleines neugieriges Unterbewusstsein schlich sich an wie ein Gepard an seine Beute. Spürst du es auch? Der Drang, die Augen zu öffnen, war kaum noch zu ertragen, doch da verflüchtigte sich dieses Gefühl so schnell, wie es gekommen war, und ich wurde mir der gleichmäßigen Atemzüge neben mir wieder bewusst.

Dieses Gefühl! Ich wollte es festhalten und kniff die Augen fest zusammen.

Woher kam es?

Warum war es da?

Auf der Jagd nach der zerrinnenden Spur – aber es gelang mir nicht, sie zu fassen – verblasste sie wie ein Pinsel voller Farbe, den man unter fließendem Wasser auswusch. Endlich mal einer Meinung richtete sich mein inneres Selbst, verkleidet als eine Mischung aus Sherlock und Holmes, auf und spendete mir einen nachdenklichen Blick. Ach, auch so klug wie ich?

Auf der Verwirrung blieb trotzdem ich sitzen.

„Mich hat deine doofe Schwester wieder mal nicht eingeladen!"

Schock, schwere Not!

Wäre ich über achtzig und im Besitz eines unerkannten Herzfehlers – meine Pumpe hätte sich augenblicklich ausgeklinkt.

Ilvy! – Sie hab' ich total vergessen.

Wüsste ich es nicht besser, wäre sie mein heißester Tipp für die unerklärliche Wärme. Aber dafür saß sie viel zu weit entfernt. Das war keine Körperwärme!

Sherlock sah mich neugierig mit einem Glupschauge durch seine Lupe an – iih! – und rieb sich nachdenklich mit der freien Hand das Kinn.

Etwas mulmig schüttelte ich weiterführende Gedankengänge ab. Adrenalin ... ja, daran musste es liegen. Unglaublich, wie mich die Suche nach diesem Hormon immer wieder aus der Realität riss! Einer dieser heimtückischen Wege durchzuckte mich wiederkehrend – habe ich bei der Suche nach dieser Lebensdroge Celtics Verletzung verursacht?!

Weil ich unbedingt wieder diesen Rausch erleben wollte? Hat das Verlangen danach, mein Entscheidungsvermögen über den Sprung getrübt? Wenn dem so war, trug ich die ganze Schuld daran. Es traf mich wie ein Sinne tötender Schlag! In mir verkrampfte sich alles. Das werde ich mir nie verzeihen ... Ruckartig setzte ich mich auf. Zog die Knie an die Brust, schlang die Arme darum und legte den Kopf darauf. Vorsichtig schielte ich zu dem Rappen. Seelenruhig graste er vor sich hin. Gut, dass er nichts von meinem inneren Durcheinander mitbekam. Immer und immer wieder hatte ich den Sprung durchgespielt ... Er ging an diesem verhängnisvollen Tag reibungslos. Ohne Schwierigkeiten hatten wir bereits ein paar unbedeutende Hindernisse hinter uns gelassen. Dort drüben über den gefällten Baum, auf der anderen Seite der Weide, aufgeschichtet zu einer kleinen Pyramide, noch weitere. Nichts Aufwendiges. Nichts, das uns aus der Reserve locken würde. Ich genoss die Sprünge. Wenn sein muskulöser Körper gemeinsam mit meinem Spannung aufbaute, sich in die Länge zog, sein Rücken sich wölbte und sicher mit den Vorderbeinen die Landung abfederte. Fast wie fliegen, nur fast. Hier war nicht ich der Boss, sondern er.

Mein Freund. Mein Seelenverwandter. Doch dann ging etwas schief – verdammt schief, nur wusste ich bis heute nicht was. Wir peilten eine Hecke an. Unbedeutend in Höhe und Breite. Celtic, groß und kräftig in seiner Statur. Ohne Zögern stimmte er dem Vorschlag zu. Wenige Meter entfernt gab ich ihm das Kommando, erneut zu beschleunigen. Mein Körper presste sich tiefer in den Sattel. Füße in den Steigbügeln sicher platziert. Er folgte. In perfekter Kombination zwischen uns, sprang er ab. Alles im grünen Bereich. Kein Zögern.

Bis er aufkam ...

Er knickte ein. Mit dem rechten Vorderbein.

Dieses Geräusch ..., das seine Kehle verließ, werde ich nie vergessen. Ein Moment voller Angst und Schmerz. Durch seine gebeugte Haltung hob ich ab. Es kam nicht zum Sturzflug ... mehr ein Rollen. Als wollte er mich schützen. Dennoch landete ich hart auf der rechten Körperseite. Die blauen Flecken und Kratzer, die ich mir dabei einfing, waren unbedeutend. Mein Pferd, mein wunderbarer Freund, lag bewegungslos am Boden! Seine dunklen Augen waren weit aufgerissen und sahen mich voller Angst an. Panisch kroch ich auf allen Vieren auf ihn zu. Wo lag der Fehler? Verlagerte ich den Oberkörper zu weit, zu früh nach vorne? War die Kombination doch nicht so perfekt, wie ich dachte?

Der einzige Irrglaube war der, dass ich mit Celtic versuchte, ein Gefühl zu finden, das mir dieser verdammte Sprung aus luftigen Höhen vor über einem Jahr überraschend geschenkt hatte. Das ultimative Gefühl von Freiheit. Doch noch am Leben zu sein. Das hatte mich wie Blitz und Donner getroffen. Mit Celtic kam ich nah an diese persönliche Danger-Anzeige, die mich in gefährliche und glückselige Höhen trieb, aber es hat noch nie ganz gereicht. Auch nicht die Angst nach dem Sturz oder seine Verletzung waren ausreichend. Das war etwas anderes – er hätte sich das Bein brechen können. Dieses Gefühl ... war betäubend! Heiße Tränen hatten meine Sicht getrübt. Irgendwie hatte ich es geschafft, Dad zu alarmieren. Wild hatte ich um mich geschlagen, als ich mitansehen musste, wie sie ihn wegbracht haben. Das ewige Warten auf Informationen und am Ende die Operation. Tage und Nächte war ich nicht von seiner Seite gewichen. Keine Ahnung, was aus ihm geworden wäre, wenn er nicht diesen eisernen Überlebenswillen in sich getragen hätte.

Trotzdem blieb die Sehnsucht nach diesem Gefühl.
Frei.
Frei zu sein.

Mein inneres Selbst flatterte wild mit den Armen und imitierte einen Vogel. Spotte nur, du Hosenscheißer! Bei dem Sprung warst du ganz Grün im Gesicht und hast dich vor Angst verkrochen. Zum Schluss hast du dich in Luft aufgelöst – für zwei ganze Tage.

Zwei Jahre noch. Du wirst schon sehen! Zwei verdammte Jahre und ich kann frei entscheiden, und dann wirst du dich wieder verkriechen. Dad kann sich dann sein blödes Sprung-Verbot sonst wohin stecken.

Ach Mist, noch zwei lange Jahre. Entmutigt ließ ich mich wieder ins Gras zurückfallen – für den Augenblick würde der Rappe reichen. Er war mir vertrauter als irgendein anderes Wesen auf dieser Welt. Als junger Hengst hatte ich ihn gemeinsam mit Mam ausgewählt – oder sollte ich lieber sagen, er hatte mich ausgewählt? Ein Gutes haben diese Ausflüge ins Land der Tagträume, man landet sanft und erholt in der Realität. Ein Geräusch drang von rechts zu mir und enttarnte sich als ein entrüstetes Räuspern.

Hey du Schnarchnase! Jetzt aber zackig zurück in die Realität! Okay, okay! Nur mit der Ruhe. Wo waren wir? Was hatte Ilvy gesagt? Ach ja! Schwester doof – welch Neuigkeit! –, nicht eingeladen!

„Wen interessiert schon, was Ally sagt, macht oder erwartet?!" Dieser Satz bildete immer einen guten Start, meine Tussi-Schwester betreffend. „Mich nicht. Und dich brauchts es auch nicht zu kümmern!"

„Trotzdem ist es gemein! Ich bin deine beste Freundin, und das nicht erst seit gestern. Das gehört sich einfach nicht!"

„Ilvy ...", um was ging es noch mal?

„Indirekt gibt sie mir damit zu verstehen, dass sie mich nicht mag und auch nicht akzeptiert als deine Freundin."

Warum steigerte sie sich da so rein? Es hörte sich fast so an, als wäre Ilvy mein Freund und müsste gegen die Ablehnung meiner Mutter kämpfen. Aber Ally war nicht meine ... Moment mal! Das stank doch verdammt stark nach einem Déjà-vu. Nun doch etwas verunsichert, schlug ich die Augen auf und hoffte, dass meine Stimme die aufkeimenden Gedanken nicht gleich verriet. „Ilvy. Ally ist nicht meine Mutter!" Was sich als schwieriger gestaltete, als mir lieb war – ich war kurz davor zu schreien. „Ich brauche keine Bestätigung von ihr – für gar nichts und schon gar nicht für meine Freunde!" Etwas Dampf abgelassen und in der Hoffnung auf wiederkehrende Ruhe, schloss ich erneut die Lider. Von wegen, das Thema war noch lange nicht vom Tisch. Was geht? Sonst war das auch nicht so ein Brennpunkt. „Ilvy, um was geht es eigentlich, ich hab' den Faden verloren."

„Deine Party – du Schnarchnase."

Schnarchnase? Hey! Ich entpuppte mich vielleicht heute als etwas sehr müde und entspannungsbedürftig, aber war es mir zu verdenken? Kurze Nacht – unheimlicher Traum – blöde Schwester! – scheiß Gefühl – geiler, aber anstrengender Ritt – anstrengende beste Freundin, und das alles innerhalb weniger Stunden! Wo blieb da meine verdiente Erholung? Und irgendwie war das Gerücht bezüglich eines Geburtstags, kombiniert mit Feier, in Umlauf geraten. Innerlich seufzend, stützte ich mich auf den rechten Arm und blinzelte beim Versuch, ihr ins Gesicht zu sehen, gegen die Sonne.

„Das. Ist. Nicht. Meine. Idee! Ally nimmt meinen Geburtstag als Vorwand, um eine ihrer Partys zu schmeißen. Wäre es meine, würden die Gäste aus anderen Menschen bestehen! Wie zum Beispiel, Nobelpreisträgern, Amnesty- und Greenpeace-Aktivisten oder Drag Queens, vielleicht Albert Einstein, Nelson Mandela, Lincoln oder Martin Luther King – vorausgesetzt der Option der Wiederauferstehung. Aber das Allerwichtigste und auf gar keinen Fall zu vergessen, meine beste Freundin." Bereits zum dritten Mal veranstaltete Schwesterchen diese gefälschte Geburtstagsparty, und das wusste Ilvy. Darum stellte diese ungewohnte Aufregung ein Rätsel für mich dar, das ich nicht schaffte zu lösen. Trotz der Lächerlichkeit dieser Situation nahm ich Ilvys Entrüstung über Allys neuerliche Straftat etwas genauer unter die Lupe. Ein Gefühl flüsterte mir zu, dass da noch mehr war.

Ein lächerliches Trostpflaster für diese sinnlose Diskussion war zu sehen, wie sie im Schneidersitz neben mir im Gras saß, mit gekreuzten Armen vor der Brust und stur gerade ausschauend. Verschönert mit roten Frustrations-Wangen. Die perfekte Lachfalle. Und erneut machte mich irgendetwas stutzig, und ich sah noch genauer hin. Regte sie sich ernsthaft über diese Lappalie auf? Unschlüssig betrachtete ich sie von Kopf bis zu den Zehen.

Wenige Monate nachdem Ilvy, weit entfernt von ihrer Mutter, hier bei ihrem Vater gelandet war, hatte sie sich aus Trotz und versuchter Rebellion den langen, goldschimmernden Zopf zu einer Igelfrisur umgestalten lassen – was ihr echt hammerstand! Zumindest war der Kurzhaarschnitt wesentlich einfacher zu handhaben. Ilvy gestaltete ihre Frisuren über Nacht im Schlaf. Im Gegenzug meine ewige Dauerwelle, die in kurzgeschorter Form die Spiegelung eines braunen Schafs aus mir machte. Was für ein Duett! Als sie sich nach einem Aufenthalt bei ihrer Mutter die Haarspitzen rot gefärbt hatte, wurde für mich die Frage, wie die Monate im Norden waren, überflüssig. Momentan verbreiteten die Stacheln ein Lavendel-Flair. Ich tendierte eher zu Grün, aber diesmal war meine Meinung ohne Bedeutung, denn Ilvy flirtete mit einem Jungen aus der Abschlussklasse und der beherbergte ein Faible für Violett.

Na ja, was soll's! Auch das zog vorbei. In ein paar Wochen war die Farbe ausgewaschen, und der Typ würde sich genauso lange halten. Ilvy war in dieser Beziehung vogelfrei. Mochte es an ihren Eltern oder an einer hormonell gesteuerten Verwirrung liegen, dass ihr alle drei bis vier Wochen ein anderer Junge die rosarote Brille aufsetzte – bislang hatte sich Mr. Right noch nicht blicken lassen. Den musste der liebe Storch wohl erst noch backen. Schwedengirl suchte den perfekten Ker, für das perfekte erste Mal. Wenn ich sie fragte, wann sie gedenke, von ihrer Romantik rosa getränkten Wolke wieder runter zu steigen, wurde ich nur als unromantisch und fantasielos bezeichnet – so viel zum Thema Realist und erdverbunden. Da nahm ich doch lieber an der nächsten Demo teil und hoffte auf möglichst viele Teilnehmer, als an die große Liebe zu glauben.

„Ilvy", erneut verließ ich den geliebten Ruhepol und sah ihr tief in die blauen Augen. Das schien ein wichtigeres Gespräch zu werden, als ich am Anfang erwartet habe. „Seit wann interessiert dich, was meine Schwester von dir denkt, von dir hält, und dass sie dich auch noch mögen soll? Es interessiert ja nicht mal mich, was sie von mir denkt!" Hoffentlich war das jetzt nicht der falsche Ansatz ...

„Sie ist ja auch deine Schwester. Ich bin auch froh, wenn ich die Doppelgänger wieder los bin." Ich wiederholte ihre Worte in Gedanken ... Puh! Das wär' fast danebengegangen. Zur Erklärung: Bei den Doppelgängern handelte es sich um Ilvys kleine nervigen Halbgeschwister, die Zwillinge Oscar und Olivia.

Aber wieder zurück zu Ilvys Problem.

„Auch wenn ich sie nur alle sechs Monate sehe und sie mich manchmal kaum noch wiedererkennen, was sowieso irgendwie schräg ist", mit dem Zeigefinger vollführte sie eine kreisende Bewegung neben der linken Schläfe, „finde ich, dass es wichtig ist, sich mit so vielen Menschen wie möglich gut zu verstehen." Das roch nach Arschkriecherei.

„Wer sagt das?" So eine Krötenscheiße konnte doch nicht wirklich ihren Gedankengängen entsprungen sein.

„Ich sag' das."

Werden wir nun bockig? Ich schielte zu meinem inneren Ich, das nur mit den Schultern zuckte. Vielen Dank!

„Nein, tust du nicht! Wer hat dir einen solchen Dumm-

Batz erzählt? Ich mag, wen ich will, und ich kann hassen, wen ich will! So machen das viele Menschen. Und Ally ist kein Mensch, den ein anderer, der ein bisschen Grips vorweisen kann, mögen muss! Meine Schwester ist der Schicki-Micki-Typ. Ein Möchtegern-IT-Girl und hat nur Haarspray, versetzt mit Helium, unter ihren nachblondierten Ponyfransen versteckt." Wow, auch eine Art, Adrenalin zu produzieren, aber dieses mochte ich definitiv nicht!

„Aber warum hängen dann alle so an ihren Lippen?" Ilvy sah mich mit ihren Rehaugen fast flehend an.

Schon wieder ein Wow! – aber dieses war auch nicht positiv. Ein ekliger Geschmack bildete sich in der Mundhöhle. Speichel kam hinzu. Warum war mir auf einmal so kotzübel? Und wo kam diese unangemeldete Welle der Enttäuschung her? Zugleich brannte es im Bauch – vermutlich vergleichbar mit Sodbrennen –, ich hatte noch nie welches. Es brannte höllisch, und es sollte schleunigst wieder verschwinden! Der Puls stieg. Alles begann sich zu drehen ... Dieses eigenartige Gefühl, nicht wirklich greifbar, mittlerweile bekannt, aber auch nicht ... kam es von mir?! Würde ich es nicht besser wissen und zu hundertzwanzig Prozent von meiner Jungfräulichkeit überzeugt sein, wäre mein erster Tipp schwanger zu sein.

Mit grünlichem Gesicht hing mein verschrumpeltes Ich über einem Kübel und wedelte mit der Hand – schon gut! Ich schenke dir keinerlei Beachtung.

War ich dabei verrückt zu werden? Beruhigend legte ich die Hände über den Bauch. Verdrängen, weg damit, ich wollte mich auf Ilvy konzentrieren, aber dieses Gefühl wurde stärker. Das Brennen ließ nach, stattdessen legte sich grauer Nebel vor meine Augen, und alles um mich herum war nur noch schemenhaft zu erkennen – und zum Kotzen war mir noch immer!

Langsam ergriff mich Panik. Was war mit meinem Sehsinn?! Mehrmals blinzelte ich, aber die Sicht lichtete sich nur für eine Millisekunde. Hab' ich mich beim Reiten verletzt? Hat mir gestern jemand was ins Getränk gekippt? Nein, ich hatte es immer bei mir. Ich betastete den Kopf. O-kay. Kein Helm.

Ein paar dünne Äste hatten im Wald feindliche Übergriffe gestartet, nichts Gravierendes, das Bedenken in mir ausgelöst hätte. Nein. Das war ein traumhafter Ritt und zum Abschluss der Sprung über den Bach.

Einfach perfekt!

Ein Arzt. Ich musste dringend zu einem Arzt. Oh nein, ich hasse Ärzte. Vergesst es – kein Arzt! Gedanken jagten Gedanken, und ich schaffte es kaum, einen von ihnen zu behalten, um Klarheit in das Ganze zu bringen. Sie waren wirr und flogen hin und her. Die Panik stieg von einer Sekunde zur nächsten.

„Cleo, alles ok?"

„Ah!" Ich zuckte. Na, wir sind aber heute schreckhaft. „Ich weiß es nicht. Ich kann nicht richtig sehen." Immer wieder rieb ich mit den Fingern nervös über die geschlossenen Lider. Verdammt, was war nur los? Wo kam das her? Der Puls donnerte durch die Ohren. Warum verschwand dieser Schleier vor den Augen nicht? Ein feines Rinnsal Schweiß zog sich die Wirbelsäule entlang.

„Hast du zu lange in die Sonne geschaut?"

„Nein." Ich bin doch kein Baby mehr! Die Sorge lief Gefahr, sich in Zorn zu verwandeln. Irgendwie mischte sich die Erinnerung an heute Morgen in die wirren Gedanken. Es war anders, und doch fühlte ich eine Ähnlichkeit. Diese Starre beim Verlassen der Küche ...

Tief durchatmen.

Mein Brustkorb hob sich.

Nochmal. Tief durchatmen.

Verschwinde endlich! Und nochmal durchatmen.

Atme Cleo!

„Hier."

„Was ist das?"

„Ein nasses Taschentuch. Vielleicht hilft es."

Ilvy nahm meine Hand und legte etwas Kühles, Feuchtes hinein. Damit wischte ich über beide Augenlider und atmete erneut tief durch. Sachte schob Ilvy meinen Kopf nach vorne und legte mir ein weiteres Tuch in den Nacken, das andere hielt ich an die Stirn. Langsam legte sich das Rauschen des Pulses. Zu langsam. Lieber noch mal tief durchatmen. Unsicher öffnete ich ein Lid nach dem anderen und ... tatsächlich, langsam lichtete sich der Nebel, und ich konnte eine vor mir hockende Ilvy erkennen. Wann hat sie sich bewegt? Sorgenfalten überzogen ihr Gesicht und weit aufgerissene blaue Augen musterten mich.

„Kannst du mich sehen?" Eine ihrer Hände lag auf meinem Knie, die andere bewegte sich langsam vor meinem Gesicht hin und her.

Wann hat sie mich berührt? Ich musste wirklich schwer mit diesem Was-weiß-ich beschäftigt gewesen sein, wenn ich Bewegungen direkt neben oder vor mir nicht wahrnahm.

„Danke, ja. Es ... es wird langsam." Erleichtert versank ich wieder in Dunkelheit.

„Was war denn los?"

„Ich weiß es nicht." Erschöpft schüttelte ich den Kopf.

„War alles in Ordnung beim Ritt? Gab es Probleme? Hatte Celtic wieder eine seiner Zickereien?" Wow. Ihre Stimme hatte sich mit jeder Frage noch mehr in Hysterie verwandelt.

„Nein, nein! Es war alles in Ordnung. Es war wunderbar. Celtic ging und sprang perfekt, und er zickte nicht." Müde. Schlafen. Bett. Das wollte ich.

„Du bist mit ihm schon wieder gesprungen?! Du willst euch wirklich umbringen?" Sie stand auf und sah mich von oben herab säuerlich an.

„Hey, ich wäre nicht gesprungen, wenn ich mir nicht zu hundert Prozent sicher gewesen wäre ... Er hat nicht gescheut oder dergleichen. Kein bisschen!" Immer noch konnte ich den Nachhall des warmen Windes im Haar spüren, der sich dort verfangen hatte, als wir ohne Rücksicht auf Verluste mit den Amseln ein geheimes Wettrennen quer über die Wiese gestartet hatten. Aufgepeitscht durch Wind, Sonne und Adrenalin – alles im Einklang der Natur. Spüren, dass wir noch am Leben waren – bevor wir wieder in leichten Trab und dann in Schritt gefallen waren, um uns zu erholen für eine weitere Jagd. Er hatte es genauso gebraucht wie ich, besonders nach der langen Pause.

Beruhigend atmete ich noch ein weiteres Mal durch, um der Diskussion den Wind aus den Segeln zu nehmen. „Beruhig' dich, Ilvy. Es war nichts Großartiges ... Ich würde nie ein unnötiges Risiko eingehen." Mein Blick schweifte zu Celtic, der kaum zwei Meter entfernt stand und mich intensiv beobachtete. „Er weiß am besten, wie weit er gehen kann. Ich habe ihn nur begleitet. Beim letzten Mal war es mein Fehler." Es war erdrückend, aber auch zugleich befreiend, es endlich auszusprechen. Trotzdem! Für diese wenigen Sekunden – Ja! Für die lebte ich. Um dann wieder ruhig und gelassen auf seinem Rücken zu mir zu finden.

Wieder keimte die Erinnerung an den einzigen Moment in meinem Leben in mir auf, der diesen toppen konnte – der Tandemsprung. Ich war vierzehn und am Ende. Jedes Lebensgefühl war aus mir gewichen und zum Glück gaben mich gute Freunde nicht auf. Tristan hatte ich dieses Erlebnis zu verdanken. Oh ja, dieses Kribbeln im Bauch, das ich beim flüchtigsten Gedanken daran immer noch wie einen heißkalten Schauer spürte. Vom ersten Augenblick an liebte ich es, aus der Short Skyvan zu springen. Bei diesem Monster von Maschine, das gewiss seine Jahre auf dem Buckel hatte, gestaltete sich der Absprung um vieles einfacher. Durch eine Ladeluke am Heck boten sich mehrere Möglichkeiten. in den freien Fall zu gelangen – nicht wie bei den viel kleineren Cessnas, bei denen man sich durch eine Öffnung zwängen musste, die einem ein zusätzliches mulmiges Gefühl bescherten.

In der Skyvan haben bis zu zwanzig Springer Platz – doch wir waren nur zu dritt. Dieses Kribbeln der Vorfreude unter der Haut, das sich bis zur kleinen Zehe aufgebaut hatte, war bereits reines, heißes Adrenalin. Das Geschirr des Fallschirms fest am Körper gezurrt. Diese innere Anspannung ... der freie Fall. Im ersten Moment schrie ich mir die Seele aus dem Leib.

Nie im Leben hätte ich die Augen geschlossen! Es war unbeschreiblich. Der Luftdruck. Der Wind. Die Sonne. Adrenalin – heiß, pulsierend, überall im Körper verstreut. Endlich wieder atmen – dieses Gefühl, am Leben zu sein!

Rasend schnell kam die Erde auf uns zu. Die Augen weiteten sich ... Ich flehte – bitte, lass es noch nicht zu Ende sein! Bis zum heutigen Tag war ich Tristan dankbar für seine Hartnäckigkeit. Dieser Sprung verhalf mir zu einem neuen Lebensgefühl. Für diesen Sprung habe ich Dads Arbeit ausgenutzt und im Nachhinein dafür bezahlt – aber das war es wert gewesen, und ich würde es jederzeit wiederholen. Dads Reaktion war Hausarrest – drei Monate lang! Vermutlich hätte er mich am liebsten bis zum dreißigsten Geburtstag eingesperrt. Ich hatte seine Unterschrift gefälscht, wenn auch zu Beginn unwissend. Keine gute Idee! Wenn man so etwas erlebt, möchte man es mit den wichtigsten Menschen im Leben teilen, und dazu gehörte nun mal er. Sprungverbot war die Strafe – bis zu meiner Volljährigkeit. Seitdem war klar, was ich mir zum achtzehnten Geburtstag schenken würde.

„Vielleicht war es für deinen Kreislauf zu viel? Die Demo, das Konzert und dann der Ritt nach der langen Pause", sie musterte mich immer noch eingehend. Langsam wurde es unangenehm. „Willst du was trinken? Wo ist deine Wasserflasche?"

„Ich hab' keine dabei. Ilvy, es ist wieder alles in Ordnung." Mit den Händen rieb ich mir übers Gesicht. Dann erklang ein vertrautes Geräusch. Sehnsüchtig richtete ich den Blick auf die Propellermaschine am Himmel. Nehmt mich mit ... Zwei Jahre noch.

Celtic stupste mich mit der Nase an, als verstünde er mein Gefühlschaos. Geistesabwesend strich ich ihm über den Hals. Das war doch Wahnsinn, wenn man eingehender darüber nachdachte. Vielleicht sehnte ich mich nach dem Tod? Aber warum sollte ich? Jeder macht in seinem Leben Höhen und Tiefen durch, der eine schlimmere, der andere weniger actionreiche ... aber deswegen gleich das eigene Leben aufgeben? Oder wie Ilvy es immer ausdrückte: „Du bist süchtig nach Leben!" Nachdenklich sah ich der Maschine hinterher. Der Beweis, noch am Leben zu sein. Das gelang am besten, wenn ich so viel Adrenalin wie nur möglich durch den Körper pumpte. Leider erzeugten das aber nicht die gemütlichen und von Vereinen vorgezeichneten Reitrouten. Es musste mich fordern, anspornen – mich und Celtic. Er brauchte dieses Gefühl genauso wie ich – da war ich mir sicher! Egal was es war, Ilvys Version schien mir die optimistischere zu sein – und ohne Optimismus ging es einfach nicht!

„Hier." Sie reichte mir ihre Wasserflasche.

„Danke." Fast gierig trank ich in kleinen Schlucken. Meine kleine innere Stimme prostete mir mit ihrem Schirmchen-Drink zu – na, auch wieder unter den Lebenden?

Ilvy glitt zurück auf ihr zerdrücktes Blumenplätzchen. Ihre Finger spielten mit einem Grashalm.

„Wie geht es dir?"

„Das ..."

„Nein. Das meinte ich nicht."

Oh. Das. „Was ... Was willst du hören?" Frustration und Wut begannen augenblicklich mit ihrem Kampf gegen die Trauer.

„Wie es dir wirklich beim Gedanken an sie geht?"

Dies war der eigentliche Grund, oder sollte ich es den Auslöser für die Adrenalin-Suche nennen? Kälte durchzog mich – ich fröstelte! Das feuchte Tuch schob ich von mir. Die Beine zog ich ganz nah an den Körper und umschlang mit den Armen die Knie. Mit Mühe unterdrückte ich das Bedürfnis, hin und her zu schaukeln, so wie Mam es früher bei mir getan hatte, wenn ich Angst hatte oder traurig war. Zwei Wochen noch, dann haben wir ein weiteres Jahr ohne sie überstanden. Gefühlserschöpft sackte ich in mich zusammen. Meine innere kleine feige Sau versteckte sich immer in der letzten Ecke, wenn mich die Erinnerung fast knockout setzte. „Sie fehlt mir." Zitternd entwich mir der Atem. „Und es tut immer noch scheiße weh! Ganz tief drin", bei den Worten klopfte ich mir mit der Faust gegen die Brust, um den Schmerz noch stärker zum Ausdruck zu bringen. „Tief drin in mir. Am schlimmsten ist, dass keiner mehr über sie spricht. Kein Wort. Nicht einmal von Dad." Ich spürte, wie es mir die Kehle zuschnürte. „Auf dem Klavier steht ihr Foto, aber sieht es jemand an? Oder spielt noch jemand auf dem Klavier? Ja, Herta, wenn sie auf den Tasten Staub wischt."

„Cleo ..."

„Verdammt!" Meine Stimme gewann wieder an Stärke. Wut vermischte sich mit Trauer. Mein kleiner innerer Feigling war immer noch abgetaucht. „Dieser blöde Autounfall ist doch erst knapp zwei Jahre her und niemand spricht mehr über sie! Und Ally ... Die spielt sich auf, als würde sie Mams Rolle übernehmen. Diese dumme Ziege!" Energisch wischte ich mir mit der Hand über die rechte Wange – verdammte Tränen. „Niemand kann sie ersetzen, schon gar nicht so wer Selbstherrlicher wie sie!" Mit der Stirn knallte ich immer wieder auf die zusammengepressten Knie. Ich hasste es, wenn ich derartig und unverhofft zusammenbrach. Zum Glück saß nur Ilvy neben mir und nicht die halbe Schulklasse.

„Niemand kann deine Mutter ersetzen." Meine beste Freundin legte mir einen Arm um die Schulter. „Niemand kann irgendeine Mutter ersetzen!"

Tränen. Zu viele, und immer noch tropften sie hinterhältig über mein Gesicht, das ich zwischen Brust und Knien einklemmte.

Mein kleiner innerer Feigling schlich mit roten Augen und verschmiertem Make-up um die Ecke – wann, bitteschön, hattest du Zeit, dir diesen Kleister ins Gesicht zu schmieren?

Stille kehrte ein. Freundinnen wussten, wann es an der Zeit war, die andere mit Gedanken zu beglücken oder doch lieber die Klappe zu halten.

Keine Ahnung, wie lange wir den Vögeln und dem immer wieder startenden Flugzeug lauschten. Wie lange ich mir Mams Gesicht bewusst vor Augen führten – ich darf sie nicht vergessen! Keinen Winkel ihres Gesichts. Wie lange ich hin und her überlegte, ob ich Ilvy von dem Traum erzählen sollte ... endlich raffte den Mut zusammen, um das Schweigen zu brechen.

„Ich hab' heute von ihr geträumt." Scharf zog Ilvy die Luft ein. Diese Träume verursachten in ihr immer ein mulmiges Gefühl. „Es war, als würde ein Video abspielen. Eine Erinnerung. Aber nicht aus meinem Gedächtnis. Als wär' ich ein Zuschauer ..."

„Unheimlich." Sie schüttelte sich.

„Hm. Etwas. Ja."

„Kenne ich ihn? Welcher war es?"

Langsam wagte ich es, den Blick zu heben und zum blauen Himmel schweifen zu lassen. Ich kniff die Augen zusammen, die auf das Strahlen empfindlich reagierten. „Als Mam mich zum ersten Mal auf Chester gesetzt hatte." Sie kannte die Geschichte. Sie kannte auch das dazugehörige Foto – mit dem unerklärlichen Lichtreflex im Hintergrund. Eine Lichtspiegelung? Ich wusste es nicht.

„Wie ging es weiter?"

„Ich spielte wieder im Doppelpack mit."

„Konntest du das Muttermal am Hals erkennen?"

Mein zweites *Ich* war mir bereits des Öfteren in den Träumen begegnet. Seit ich ein kleiner Zwerg war, besuchte es mich immer wieder in dieser unterbewussten Welt. Jede Nacht tauchte ich ab. Ich konnte mich an jede dieser Erscheinungen erinnern, auch wenn sie noch so belanglos schienen. Es gab eine Zeit, da führte ich Buch über die Ausflüge; bald merkte ich jedoch, dass dies nicht nötig war – es war fast wie ein Fluch, denn es gab auch viele, die ich gerne vergessen hätte. Und ab und zu tauchte dieses Spiegelbild meiner Ich-Gestalt auf. Den Auslöser für das spontane Auftreten konnte ich nicht erklären. Sie begleitete mich ein kleines Stück. Worte waren nicht notwendig, ich verstand sie auch ohne. Ich spürte, wenn sie sich näherte. Es begann mit einem Kribbeln, das mir ihre Ankunft signalisierte und endete immer mit dem gleichen Abschiedsgruß – dem um Schweigen bittenden

Zeigefinger an den Lippen und einem aufmunternden Lächeln. Als ich klein war, schwor ich mir, nie jemandem etwas davon zu verraten. Nicht einmal Mam, der ich so gut wie alles erzählte, erfuhr etwas von diesen *Traumbegegnungen*.

Es war mein Geheimnis – meins ganz alleine. Bis Ilvy kam. Irgendwie suchte es dann nach einem Ventil. Unser gegenseitiges Vertrauen war so tief, und ich musste mich ihr anvertrauen. Was mir half, die Sinne beisammen zu halten, als sich die Begegnungen vor knapp zwei Jahren häuften und ich Angst bekam, den letzten Rest Verstand zu verlieren. Dennoch verschwieg ich das blaue Band. Irgendetwas hinderte mich daran. Nicht die Befürchtung, dass Ilvy nun doch Zweifel an meinem Geisteszustand bekunden könnte, sondern dass es ihre überreizte spirituelle Ader noch mehr aufpeitschte, auf der sie bereits schwelgte. „Ja, es war da."
„Und dieser goldene Schimmer?"
„Ja." Sie fand das Ganze nach all den Jahren immer noch hochinteressant. Ihr Bücherregal bog sich unter der Last, die sie über Traumdeutung angesammelt hatte, und gierig durchsuchte sie das Netz danach. Aber wirklich schlauer wurden wir bislang noch nicht. Viele Vermutungen und Möglichkeiten standen im Raum, aber was sollte das bringen? Wollte ich, dass die Träume endeten? Das Spiegelbild war ein stetiger Begleiter, ich würde es schrecklich vermissen, wenn es mich nicht mehr besuchen käme.
„Wie ging es weiter?"
„Ally platzte ins Zimmer. Sie musste mir unbedingt zum Geburtstag gratulieren." Ich rollte mit den Augen.
„Warum hat sie nicht damit gewartet, bis du zum Leben erwacht bist?"
„Ich hab' keine Ahnung." In einer hilflosen Geste flogen meine Arme nach oben. „Ich nehme mal an, sie wollte die Erste sein." Diese Vermutung lag am nächsten, oder sie wollte mich einfach nur nerven.

„Tja, da hatte sie Pech!" Ein selbstgerechter Ausdruck lag auf Ilvys Gesicht.

„Stimmt. Nachdem es bereits nach Mitternacht war, als wir vom Konzert abgedampft sind ..." Ilvy erwiderte mein schelmisches Zwinkern.

„Erster! Strike!" Abruptes Schweigen. „Vielleicht war dieser Traum eine Art Geburtstagsgruß von deiner Mam."

Dieses Mal lag mir die Frage nach ihrem Geisteszustand auf Brusthöhe, als mir schlagartig klar wurde, dass sie das ernst meinte und ich es sogar in Betracht zog. Es war schwer für mich, als Realist, als ein Mensch, der nach Bodenständigkeit und wissenschaftlichen Beweisen suchte, derartige Gedanken zu verstehen – geschweige denn, sie zu zulassen. Ilvy schwebte auf dieser Welle und glaubte an solche Para-Dingsbums-Dinge. Meine Begeisterung traf es nicht. Trotzdem erleichterte es den Umgang mit solchen verdrehten Situationen. Ein Weg damit klarzukommen, wenn es keine Erklärungen gab, um den Geisteszustand auf einem ausgeglichenen Level zu halten. Es einfach so hinzunehmen. Trotz diesem fest verankerten Realismus war es dieser kleine Funken Irrsinn, der mich rettete, nicht ganz die Nerven zu verlieren. „Vielleicht." Mam ... Tröstend trottete mein kleines Ich auf mich zu. Keiner spürte diesen Verlust so sehr wie sie.

„Aber trotzdem irgendwie nett von ... Ally."

„Nett?" Wumms und tschüs gute Laune! Dieses Auf und Ab, Hin und Her, Warm und Kalt ... Hey, was war heute los mit diesem bunten Huhn? So eine blöde Ältere-Schwester-Diskussion hatten wir noch nie. Bewusst ließ ich den Blick über die Berge schweifen. Es half nichts. Genervt zog ich die reine und erfrischende Luft tief in die Lungen. „Meine Schwester ist nicht nett. Punkt. Aus. Sie wollte höchstens Nettigkeit vortäuschen."

„Denk doch nicht immer so schlecht von ihr."

Meine kleine innere Welt zog eine der imaginären Augenbrauen nach oben – verdammt jetzt kann die das auch –, klopfte anklagend mit dem Fuß und zauberte schulterzuckend wieder einen Schirmchen-Drink hervor.

„Sie hat genauso ihre Mutter verloren wie du."

Ups. Verschluckt. Na, so was! Tja, so schnell konnte es gehen, mein kleines Poolentchen. Hochmut kommt vor dem Fall! Moment mal! ... Verwundert sah ich zu Ilvy. Über den Elternstatus gab es keine Diskussion, mit dieser Aussage hatte sie recht. Natürlich hatte Zickenliese ebenso einen wichtigen Menschen verloren und ein paar Tränen am Grab vergossen, aber seitdem nie wieder. Zumindest nicht in der Öffentlichkeit. Ich gehöre zu den Letzten, die den Hauch einer Ahnung haben, was sie treibt, wenn sie sich mal, von angeblicher Trauer gepackt, in ihrem Zimmer verkriechen sollte ... Halt. Stopp! Return! Meine Schwester verkriecht sich nicht in ihrem Zimmer. Ally und Mam, das war wie ... wie Schokopudding und Chili, wie Hunde und Flöhe, einfach wie Feuer und Wasser. Erinnerungen an Streitereien, unnötige Diskussionen, Machtkämpfe prägten das Bild der beiden. Ally forderte sie immer heraus. Der bestätigende Blick auf meine innere, kurz vorm Ersticken bereits blau angelaufene Poolente, die ebenso Zeugin war wie ich, ließ mich recht behalten. Du sitzt ja immer noch in deiner Badewanne herum. Das hast du davon, sei nicht so gierig und selbstgerecht mit dem Drink. Ein Nicken reicht völlig aus, ich weiß, dass du mir zustimmst. Mam ließ sich nicht für dumm verkaufen, Dad hinkte ihr diesbezüglich immer noch Meilen hinterher. Unser gewiefter Elternteil hatte ihr schnell mal den Hahn zugedreht. Nein, ich würde eher sagen, das Ally aufblühte seit dem Tod unserer Mutter – dadurch erhielt sie alle Freiheiten der Welt, naja fast. Stopp! Ich spulte auf Ilvys Wortwahl vor der Traumveröffentlichung zurück. Das Ganze war doch mehr als nur ein bisschen mysteriös! Ilvy – Ally – Ally – Ilvy?!? Was lief da schief im Staate Dänemark? Es gab kein Drumherum, ich musste Ilvy auf den Zahn fühlen.

„Was ist los? Warum verteidigst du heute Ally so vehement? Das hast du noch nie gemacht, hm?" Wieder stieg die Propellermaschine auf. Unbewusst regte sich etwas in mir – irgendetwas hatte ich vergessen. Meine Poolente zuckte nur die Schultern und war noch bemüht, mit ihrer farblichen Veränderung wieder ins Reine zu kommen.

„Nichts." Gott! Jetzt spielte sie doch glatt die Unwissende. Langsam fand ich das zum Kotzen – meine blöde Tussi-Schwester vermieste mir den ganzen Tag! Den ganzen Geburtstag – Betonung auf Geburtstag.

„Komm schon." Geduld war eine Tugend, in der ich nicht unterrichtet worden war. „Spuck's aus!" Das Misstrauen drückte immer mehr auf die Leber. Wenn es nicht bald ein Ventil bekommt, würde ich Ally heute noch mit ihren Tüdelidü-Klamotten und der Clownschminke in den Pool stoßen.

„Na ja. Manche Menschen ändern sich oder haben einen Grund, warum sie so sind, wie sie sind." Ich nickte. Kein Zweifel. Da hat sie vollkommen recht. Aber was hat das mit Blondie zu tun? Ich wartete auf weitere Äußerungen ...

Warum sprach sie nicht weiter? War das alles? Schulterzucken aus Richtung der Tauchente. Vielleicht brauchte Ilvy einen Denkanstoß. „Ich bin ganz Ohr."

Sie zögerte. Druckste herum, als hätte sie einen Mord begangen. Das musste ja ein sehr heikles Thema sein. „Ich meine, dass Ally vielleicht doch ganz nett ist und du es vielleicht nur schwerer erkennst – also, als Schwester, meine ich – und es vielleicht doch sicher einen guten Grund dafür gibt, warum sie so beliebt in der Schule ist."

„A-ha." Mir persönlich waren das eindeutig zu viele *Vielleicht* in nur einem Satz, auch noch mit der Namenskombination eines DNA-Strangs, der meinem ähneln sollte. „Und jetzt willst du herausfinden, warum alle Gehirnlosen aus Allys Clique sie so unbeschreiblich toll finden und sie zu ihrer einzigen Göttin erkoren haben oder die anderen Synapsenblockierer unbedingt zu dieser Clique gehören wollen?"

„Nein, so war das nicht gemeint ..."

Bedacht wandte ich mich Ilvy zu. Wer wusste schon, was dieses unsichere Gleichgewichtsorgan noch für Überraschungen für mich parat hatte? „Hör zu." Denk nach. Sag keinen Blödsinn. Scheint ein heikles Thema zu sein.

„Du bist jetzt seit vielen Jahren meine beste Freundin. Das heißt, du kennst gewisse Menschen schon ziemlich lange und gut und blablabla ... Jetzt frage ich mich ..." – Was tat ich hier eigentlich? Oh Mann, ich konnte das nicht. Ruhe bewahren? Bei Miss Rosa? Sonst noch Schmerzen?! „Welcher Teufel hat dich geritten, deine Meinung über meine bescheuerte, egoistische, Ach-ich-bin-die-Tollste-ohne-mich-wärt-ihr-nichts-Schwester zu überdenken?"

Schweigen.

Na ja. Ich wäre nicht ich, könnte ich das als Antwort gelten lassen. „Also, spuck's aus. Wer findet sie so toll, dass du deine Meinung überde ... Moment!" In diesem Augenblick fiel es mir wie Schuppen von den Augen. „Nicht dein Ernst!" Ilvys Blick ruhte auf dem Gras zwischen ihren Beinen – sie quälte ein Gänseblümchen, indem sie dem kleinen Gewächs die Blütenblätter einzeln ausriss! Was war das hier? Die Er-liebt-mich-er-liebt-mich-nicht-Show? Verdammt! „Dieser Penner aus der Abschlussklasse, mit dem du die ganze Zeit liebäugelst? Wie heißt der noch mal?" Mit der Handinnenfläche klopfte ich mir auf die Stirn. Das war doch nicht wirklich wahr? Oder?!

„Marc."

„Ach ja, genau! Marc, die Flasche." Nein! Sie sabotierte doch nicht gerade unserer Freundschaft für diesen Arsch?! So weit musste es mit ihren Schmetterlingen im Bauch kommen? Ich hoffte, ich würde mich nie verlieben – da kam doch echt nur Scheiße dabei raus!

Mein inneres Quietschentchen stand, die Arme vor der Brust verschränkt, und mit hochrotem Gesicht da – bereit zum Feuerspucken! Geteiltes Leid war halbes Leid – so ein Schwachsinn!

„Hey!" Ilvy wollte zum Gegenschlag ansetzen, zum nächsten Level unseres Streit-Diskussions-Wort-Schlagabtausches, aber diesen Level hatte ich bereits übersprungen.

„Hör mir jetzt genau zu, denn ich werde es nur einmal sagen!" Mit dem ausgestreckten Zeigefinger drohte ich ihr. „Dieser Vollidiot steht seit der achten Klasse auf Ally. Sie hat ihm nie eine Chance gegeben, hat ihn immer links liegen gelassen, und jetzt checkt der Typ, wie nahe du ihr möglicherweise stehen könntest und dass du aus vollkommen unerklärlichen Gründen auf ihn stehst. Kommt dann einfach so zu dir und sagt, du sollst sie auch super finden?" Mit weit aufgerissenem Mund starrte ich sie an.

„Ich ..."

„Das ist jetzt nicht wahr!" Äußerlich zum Zerreißen gespannt, aber innerlich bebte es, und ich hatte Angst, nicht nur die Beherrschung zu verlieren, sondern noch ein weiteres Mal in Tränen auszubrechen.

Verdammt! Tief durchatmen ...

Etwas ruhiger sagte ich: „Sei mir nicht böse, Ilvy, aber das stinkt doch weit bis in die Atmosphäre hinauf!" Celtic schnaubte in meinen Nacken. Seine Nähe und Wärme tat mir gut und gab mir Kraft für die nächsten Schritte.

Mir wurde das zu blöd. Die Geduld war am Ende. Etwas zu energisch kramte ich die Sachen zusammen, stieß dabei aus Versehen an Celtics Nüstern und wurde im Gegenzug von ihm angerempelt. Er ließ sich selten etwas von mir gefallen, gab mir immer klar zu verstehen, dass er auch Gefühle besaß, und das liebte ich an ihm. Geistesabwesend streichelte ich ihn entschuldigend. „Kann ja sein, dass ich ein etwas verschobenes, verkrachtes, voreingenommenes Bild von Ally habe. Das streite ich nicht ab." Kraft suchend atmete ich tief durch, bevor ich weitersprach. „Aber das habe ich nicht ohne Grund. Und wenn ich du wäre, würde ich mal überlegen, ob der Typ an dir interessiert ist oder über einen mega-komplizierten Umweg – nämlich über dich – an meine ach so beliebte Schwester herankommen will." Irgendwo vibrierte etwas. Nachdenklich hielt ich inne und griff an die hintere Hosentasche – verdammt! Wo hab' ich das Handy? Wie spät war es?

„Hier." Ilvy reichte mir das iPhone.

Verkrampft nahm ich es entgegen. „Wo hast du es her?"

„Du hast es wieder mal in der Box verloren." Sie zählte immer noch Grashalme.

„Danke."

Aufgepackt wie ein Kamel mit Sattel, Zaumzeug, das Handy zwischen Ohr und Schulter eingeklemmt und auf Rückruf, stapfte ich die paar Meter zu dem Rappen. Hätte ich beim Absatteln die Steigbügel ordentlich über den Sattel gelegt – wie es sich gehörte – würden sie nicht über den Boden vor den Füßen schleifen, und wäre ich nicht so wütend gewesen, hätte ich es bemerkt. Mein Fuß hätte sich nicht im Steigbügel verfangen und mich zum Stolpern gebracht, und dann hätte dieser Abgang sicher würdevoller ausgesehen! Man kann nicht alles haben – blödes Teil! –, aber ich hasste es, mit Ilvy zu streiten. Ausgerechnet am Geburtstag und dann auch noch über ein derartig sinnloses Thema!

Zum guten Schluss hab' ich auch noch Benn vergessen! Verdammte Kacke! Im Augenblick war ich unschlüssig, was mir am meisten Kopfschmerzen bereitet. Dieser Tag konnte einfach nicht *noch* schlimmer werden!

Misstrauisch wippte mein selbstgerechtes Ich mit hoch gezogener Augenbraue mit dem rechten Fuß.

Ach! Verzieh dich hinter deine Luftmatratze.

Drei

Natürlich kann es noch schlimmer werden! So ist es doch immer: Beim entferntesten Gedanken, mehr geht nicht mehr ... BOOM!! ... folgt die nächste Ohrfeige. Denn schlimmer geht immer.

Im Grunde wäre es ganz einfach gewesen: Ich hätte nicht springen sollen! Am liebsten würde ich diesen Sprung streichen. Genauso wie den vor ein paar Wochen! Wie viel Dummheit konnte ein einziger Mensch beherbergen?

Man kann nun wirklich nicht behaupten, ich wäre eine Reitanfängerin gewesen. Bin schon oft genug gesprungen – über Mauern, Gattern, Tore, auch Gräben mit oder ohne Wasser, Bäume, Sträucher, Büsche – und gestürzt, dass ich hätte wissen sollen, bei der geringsten Ablenkung irgendwo in der Pampa zu landen und mich ernsthaft verletzen zu können. Oder noch viel schlimmer, Celtics Leben erneut auf das Spiel zu setzen ... ich wollte nicht wissen, welches Ende uns dann bevorstand. Wie blöd musste man eigentlich sein! Unfassbar, ich konnte von Glück sprechen, dass er nicht lahmte oder irgendeine andere schwerwiegendere Beeinträchtigung davongetragen hat. Aber diese Aktion schoss den größten und fettesten Vogel ab! Ich bin der dümmste auf Erden wandelnde Mensch. Warum lerne ich nicht aus meinen Fehlern ...?

Diese verdammte Hecke war wie aus dem Nichts aufgetaucht. Musste von sehr, sehr fleißigen Heinzelmännchen kurz vor unserem Eintreffen ruckzuck gepflanzt und mit Mega-Super-Wachstumsdünger gepuscht worden sein. Trotzdem hätte ich ausweichen und Celtic in eine andere Richtung lenken können. Aber neeein ... Die dumme, dumme Cleo trieb ihr funkelnagelneu genesenes Pferd weiter an, das aus Instinkt zögerte, dieses Scheuen sie aber aus purer Blödheit und Eigensinn überging. Trotzdem vertraute er mir. Schob seine Ängste zur Seite und folgte den Anweisungen für den Sprung! Diejenige, deren Reaktion und Konzentration schwächelte und lahmte, war ich.

Ich hatte sein Vertrauen missbraucht – schon wieder!

Durch das verspätete Signal sprang er zu spät ab. Streifte mit den Hinterbeinen die Hecke. Strauchelte. Fing sich wie durch ein Wunder und seinen Wahnsinnsreflexe noch ab. Doch auf mich schlugen Entsetzen über meinen Egoismus und die Erinnerung an das letzte Versagen ohne Pardon ein. Ich hatte es verdient. Denn um die angebliche Kompetenz noch dümmlicher dastehen zu lassen, hatte ich es verabsäumt, den Sattelgurt nachzuziehen. Ein Sturz war quasi vorprogrammiert, aber wie, das hatte ich mir selbst ausgesucht: Im weiten Bogen flog ich seitlich, schief, verdreht – keine genaueren Erinnerungen – im hohen Bogen von seinem Rücken. Alle Schutzengel der herumstreifenden Seelen hatte ich mir ausgeborgt, all ihre Kräfte mit meiner Dummheit in einer Sekunde verschwendet. Mit dem Schädel und der rechten Körperhälfte schlug ich auf den von Blättern und Tannennadeln übersäten Waldboden auf. Wie durch ein Wunder umging ich die umliegenden Steine. Dann ging das Licht aus. Natürlich könnte die geistige Beeinträchtigung durch die vorangegangene Auseinandersetzung mit einer gewissen besten Freundin ihren Teil dazu beigetragen haben, aber das durfte einer guten Reiterin einfach nicht passieren und blieb reine Spekulation. Keine Ahnung, wie lang ich am Boden lag – zuerst mit geschlossenen Augen und dann mit weit aufgerissenen. Schwer atmend stand Celtic neben mir. Stupste mich immer wieder mit der Nase an. Scharrte mit den Hufen und hoffte auf eine Bewegung von mir. Er muss doch sauer auf mich sein, donnerte es wiederholt durch den Schädel. Mich hassen oder mir wenigstens die kalte Schulter zeigen – nichts davon. Diesen Rappen habe ich nicht verdient.

Als sich Körper und Geist langsam wieder zusammenfügten, hielt ich Ausschau nach dem kleinen inneren Weichei, das sich nach einem angsterfüllten Aufschrei in Luft aufgelöst hatte. Erschöpft schloss ich die Augen und begab mich gedanklich auf die Suche nach Schmerzen und möglichen Verletzungen. Die Kälte und Feuchtigkeit des Waldbodens suchten sich ihren Weg durch die mit Erde und Laub verschmutzte Kleidung. Vorsichtig und schaukelnd startete ich die ersten Versuche, eine waagrechte Position einzunehmen. Erst da spähte mein kleines inneres Ich um eine seiner imaginären Ecken. „Autsch." Schwindelig. „Wow." Alles drehte sich. Vorsichtig tastete ich den Kopf ab. Gut, keine zu großen Schmerzen, abgesehen von diesem Brennen und andauernden Pochen an der rechten oberen Stirnseite. Einer Vorahnung folgend, tastete ich mich an diese Stelle heran. „Au." Verdammt. Die Augen weiteten sich. „Blut!" Es war bereits geronnen. Mein kleiner innerer Angsthase verschwand wieder. So viel zum Thema Verlässlichkeit und Beistand – auf das Unterbewusstsein war auch kein Verlass mehr! Nachdenklich betrachtete ich die verschmierten Finger, bevor ich in der Gesäßtasche nach einem Taschentuch angelte – in der anderen steckte der Umschlag von Dad. Erleichtert atmete ich aus, als ich die Kanten ertastete. Vorsichtig tupfte ich das Blut von der Stirn. Kein Bedarf nach einem Spiegel. Blutig. Dreckig. Mit Sicherheit kreidebleich – wohin mit mir? Zurück zum Stall? Na toll, was für eine Blamage – schon wieder. Außerdem wartet Benn auf mich!

Zeit? Handy? Langsam suchte ich danach – schnelle Bewegungen lösten ein unglaubliches Elendsgefühl in mir aus, und ich hatte keine Lust, den Café Latte von heute Morgen wieder freizugeben. „Scheiße!" Der Schock über die Verspätung traf mich schneller als mein Gehirn arbeiten konnte. Mit einem Ruck stand ich. Zu schnell – zu spät! – die Reaktion des Körpers folgte prompt. Wankend suchte ich Halt an einem Baumstamm. Tunnelblick, ein Megapochen im Schädel und kotzübel. Vielleicht doch zum Arzt?

Celtic platzierte den vorderen Teil seines Kopfes auf meiner Schulter. Er stützte mich und bewahrte mich so vor dem Umkippen. Dieses Mal gewann ich den Kampf gegen die Schwärze, die mein Bewusstsein gnadenlos verfolgte. „Ach, mein Guter", mit einer ungeschickten

Handbewegung strich ich über seine Wange, „was würd' ich nur ohne dich tun?" Müde lehnte ich das Gesicht an ihn.

Die Propellermaschine startete wieder. Ah! Viel zu laut! Mit den Händen hielt ich mir die Ohren zu. Zugleich zeigte mir aber auch das Geräusch, wie nah wir uns dem Ziel befanden. Gemeinsam setzen wir uns in Bewegung. Was hätte ich für vier Beine gegeben ...

Wenige hundert Meter lagen noch zwischen mir und einer schattigen plus erleichternden Sitzgelegenheit. Vielleicht fanden sich außerdem trockene Klamotten, irgendwo kugelte sicher etwas von mir herum. Eventuell auch ein Glas Wasser, oder jaa ... Händewaschen. Die kleinen Freuden des Lebens kamen einem in manchen Situationen so schön und unerreichbar vor.

Hypnotisierend lag mein Blick auf der Eingangstür, die immer deutlicher durch die Blätter der Bäume durchschimmerte. Sie führte zum Schulungsraum und dem Büro. Aus tiefsten Herzen wünschte ich sie mir herbei. Keine zwei Minuten später erschien dort eine große, einschüchternde Gestalt. Durch die grimmige Haltung, die auch aus dieser Entfernung gut zu erkennen war, kam ich kurzzeitig aus dem Links-rechts-, Links-rechts-Takt, den meine Gedanken steuerten, an die Füße weiterleiteten und mich so vor dem Hinfallen bewahrten. Welches Bein kam als nächstens mit Heben, Abwinkeln, Absetzen an die Reihe? Dieser schwerfällige Rhythmus veranlasste die Gestalt, etwas genauer auf mich zu achten und die Wut auf meine Verspätung in den Hintergrund zu leiten. Als er begann, auf mich zu zugehen, wirkte er immer noch angepisst. Verdammt, vielleicht wäre es besser gewesen, mein Kopf wäre doch mit dem Stein kollidiert? Diesen Gedanken fegte ich schnell beiseite, froh, dass nicht mehr passiert war.

Der schleppende Gang und die Tatsache, dass ich neben Celtic ging und ihn nicht ritt, ließen seine Haltung augenblicklich von stinke-sauer zu mega-besorgt umschlagen. Seine Schritte wurden schneller. Von weiten rief er nach Karin, „Ruf einen Arzt – sofort!!" Ein letztes Mal beschleunigte er. Ich hatte ganz vergessen, wie schnell er sein konnte. In letzter Sekunde schaffte ich es, erst in Benns Armen in die schwarze Welt abzudriften, die mich bereits den ganzen Weg hinterhältig verfolgt hatte. Den Protest, ich will keinen Arzt, nahm ich mit in die Dunkelheit. Keine Ahnung, wo ich mich danach befand, aber augenblicklich tat nichts mehr weh – und das war gut so!

Leider war dieser Zustand nicht von langer Dauer.

Ein Pochen und Vibrieren im Kopf, als würde ein Bulldozer darüber rattern, rüttelten am Unterbewusstsein. Erst als ein Lid nach dem anderen angehoben wurde, gab ich die Finsternis frei, in die ich mich eingehüllt hatte. Flatternd öffnete ich die Augen, ich versuchte die verschwommenen Bilder zu etwas Erkennbaren zusammenzufügen. Das Sehvermögen spielte erneut Karussell. Für eine Sekunde gelang es mir, ein scharfes Bild aus diesem Puzzle zu machen. Benn hinten an der Tür. Benn?

Vorsichtig sah ich mich weiter um. Bloß keine hastigen Bewegungen – nicht mit den Augen rollen, ermahnte ich mich.

Von vorne. Benn. Türe. Benns Büro. Rot? Ah! Die Couch. Ich lag auf der Couch im Büro. Etwas tauchte vor meinem Gesicht auf. Wow – nicht so nah! Der Brechreiz kam im selben Augenblick wie die Kotzschüssel unter dem Kinn. Zum Glück beruhigte sich die Lage wieder, als ich die Augen schloss. Ein ersticktes Grunzen entrang sich der Kehle – oh, mein, Gott! Hatte das mein Körper von sich gegeben?

Als wieder Stille einkehrte, vernahm ich Musik. Ich dachte nicht daran, mich in irgendeiner Art und Weise zu bewegen – eine Minute noch. Also konzentrierte ich mich auf die Stimme des U2-Frontmanns. Wie immer war es die Musik, die mir die nötige Ruhe und Stärke gab – wie bereits mein ganzes Leben lang. Die Minute war vorbei, und die Augenlider starteten einen neuerlichen Versuch. Karin saß neben mir. Mit besorgtem Blick kühlte sie mit einem Lappen meine Stirn. Ihr kurzes rotes Haar stand ihr noch wirrer als sonst vom Kopf. Intensiv beobachteten mich graue Augen und schienen jede Bewegungen zu speichern. Zu Analysieren.

Oh Mann! „Ich ... ich bin ..." Vergiss es, sprechen bedeutete einen erhöhten Kraftaufwand, den ich eindeutig in diesem Moment nicht aufbringen konnte.

„Süße, du bist umgekippt. Zum Glück hast du es bis zu uns geschafft." Mit sorgenvoller Miene strich mir Karin eine Strähne aus dem Gesicht.

„Celtic?!" Mit einem Ruck saß ich und katapultierte die improvisierte Krankenschwester fast von der Couch. Scheiße! Kotzkübel – schnell!!

Blitzschnell war Benn bei mir und drückte mich wieder zurück aufs Kissen. „Halt still, verdammt!" Mann! War der sauer. „Ihm geht es gut. Glaubst du, wir verarbeiten ihn zu Pferdewurst, während du knockout bist?" Sichtlich um Ruhe bemüht, atmete er tief durch, bevor er weitersprach. „Er grast draußen unter dem Baum." Er wirkte ... er wirkte ... Ja, wie wirkte Benn? Wie eine Mischung aus genervt, unendlich besorgt, sauer und ... machtlos. Warum? Was hatte ich ihm getan? Warum war er genervt? „Cleo, du hast eine Gehirnerschütterung. Hoffentlich nicht noch mehr. Du musst vorsichtig sein." Seine Hände ruhten immer noch auf meinen Schultern, als wollte er sicher gehen, dass ich keinen weiteren dummen Versuch startete.

„Der Arzt ist unterwegs." Karin trat ein paar Schritte zur Seite, damit Benn Platz nehmen konnte.

„Arzt?!" Panisch, Hilfe suchend sah ich mich nach ihr um, während sie mir ein Glas Wasser brachte. „Ich will keinen Arzt!" Hätte Benn mich unter seinem Griff nicht festgeschraubt, ich wäre auf Nimmerwiedersehen-Tschüs verschwunden. Gott! Er kannte mich echt zu gut.

„Beruhige dich, Cleo. Jesus und sein Daddy können so etwas Anstrengendes wie dich in ihrem Himmelreich noch nicht gebrauchen. Die wollen ihre Ruhe und nicht so etwas Tollpatschiges und Nerviges wie dich. Der Doc soll dich nur durchchecken – verstanden!" In einer Mischung aus genervt und ich-weiß-dass-du-recht-hast nahm ich das Glas entgegen. Endlich lockerte er seinen Schraubgriff, blieb aber neben mir sitzen. Beide fixierten mich mit ihren Blicken. Mr. Möchtegernboss nahm mir das Glas ab, nachdem ich es gierig geleert hatte. Erschöpft sank ich tiefer in die Kissen und wagte es, die Stirn abzutasten. Dieses Mal fand ich kein Blut, sondern einen kleinen Verband.

„Ich hab' die Wunde gereinigt." Sein Blick richtete sich auf Karin „Es ist ein Schnitt, circa drei Zentimeter lang, nicht so tief. Es hat bereits zu bluten aufgehört, als du bei uns angekommen ..."

„Was hast du dir in Dreiteufelsnamen nur dabei gedacht?" Unterdrückter Zorn sprach aus der Männerstimme. In seinen Augen loderte es wild und dunkel. Meine menschliche Lebensversicherung machte Anstalten, das Schlachtfeld zu verlassen. Hey! Bist du verrückt? Du kannst mich in diesem Zustand nicht mit ihm alleine lassen – in seinem Zustand wohlgemerkt! Sie durfte mich nicht im Stich lassen, ansonsten befand ich mich dem Benn-Aufprall schutzlos ausgeliefert. So hatte ich ihn noch nie gesehen. Klebt ihm Hörner an den Kopf, einen Schwanz auf den Arsch und einen Huf ans Bein – so viel zum Thema Dreiteufelsnamen. Und es gibt ihn doch, die Ausgeburt der Hölle, zumindest für diesen Augenblick. Die Eingangstür schlug zu und ich verkrampfte mich. Himmel oder Hölle?

„Karin? Benn?" Die Stimme kannte ich? Irgendwoher ... mir fehlte der Zusammenhang. Verdammt!

„Wir sind im Büro, Doc." Karin stand auf und ging ihm entgegen.

Benn musterte mich immer noch eingehend. „Bleib cool, Cleo! Es ist nur Doc DeViner." Und das sollte mich weswegen beruhigen? Wer war er? Kannte ich ihn? Haben wir schon ein Tässchen Kaffee miteinander getrunken, oder warum sollte mich das beruhigen? Die Panik zeichnete sich deutlich auf meinem Gesicht und an der Körperhaltung ab – ich versuchte mich ja zu entspannen. Leichter gesagt als getan.

Rotschopf betrat mit einem großen, schlanken Mann, Ende vierzig, braungebrannt, einem freundlich wirkenden Gesicht, das ein Lächeln andeutete – das ich irgendwoher kannte –, wieder den Raum. „Natürlich muss er freundlich wirken. Wie sollten ihm sonst seine armen Patienten vertrauen?", schimpften die Gedanken hinter der pochenden Stirn – diese armen Lämmer, wenn sie doch nur etwas Hirn hätten, würden sie nicht immer blind diesen Typen in ihren weißen Kitteln vertrauen.

„Da ist unser Patient." Als wäre das nicht offensichtlich, geleitete Karin den Fremden immer näher in meinen Distanzbereich. Benn stand auf und reichte dem Doc die Hand, bevor dieser zu mir kam und exakt an der gleichen Stelle Platz nahm, wo die Ausgeburt der Hölle noch vor drei Sekunden gesessen hatte – Lucifers Anwesenheit war mir um das Hundertfache lieber, ach, was sag ich, um das Tausendfache!

„Hallo, Cleophea!" Verdammt, so hatte mich seit Ewigkeiten keiner mehr genannt, und woher ...?

„Hi." Kennen wir uns? Misstrauisch beäugte ich ihn.

„Wie geht es dir?" Er öffnete seine Tasche und kramte darin herum. Hey, die war mir total entgangen. Tasche – Arzt – Spritze – Blut! Alarmglocken! – Alle gleichzeitig!! Weg! Sofort! Adrenalin und Selbsterhaltungstrieb erwachten ... Augenblicklich standen der selbsternannte Sanitäter und Bodyguard neben mir, als hätten beide die aufkeimende Panik aus meinen Poren gesaugt – Fluchtweg blockiert. Verdammt! Mit allen Ausreden versuchte ich, mir Entspannung vorzugaukeln. Die menschliche Psyche bildete eine manipulative Sache in vielen Bereichen, leider wurde das in unserer Gesellschaft auf vielerlei Art und Weise ausgenutzt. In diesem Augenblick wollte ich mir nur einen positiven Ausgang dieses Zusammentreffens einreden: Keine Spritze – warum auch?! Mir fehlte nichts! Ein bisschen Schwindel, mehr nicht. Kaum Blut verloren – unter uns –, zumindest nicht so viel, dass es bedenklich wäre. Er trug keinen weißen Kittel. Nur Jeans und ein T-Shirt, das sollte ihn freundlich und patientennahe erscheinen lassen ... Die Unruhe in mir steigerte sich von Sekunde zu Sekunde. Die Beine kribbelten, und ich hatte den starken Drang, mich zu bewegen – zu fliehen. Abgelenkt durch den inneren Tornado, fiel mir erst jetzt sein fragender Blick auf. Oh, wie es mir geht, war die Frage. „Rette, was du retten kannst!", donnerte es durch die Gedanken. „Alles okay. Mir geht es gut!" Seit wann klang meine Stimme wie die von Minnie Mouse? Wenn das nicht Verrat genug war.

„Du bist vom Pferd gefallen – hat mir Karin am Telefon erzählt. Stimmt das?" Er kramte immer noch in der Tasche.

„Das kann sie nicht beweisen. Sie hat es nicht gesehen." Erschrocken schlug ich mir mit der flachen Hand auf den Mund. Alter, hatte ich das wirklich gesagt und das Offensichtliche geleugnet? Lieber Gott, reiß ein Erdloch für mich auf, in das ich kopfüber versinken kann! „Entschuldige, Karin." Von mir selbst enttäuscht, sah ich sie reumütig an. Kopfschüttelnd, aber mit einem Lächeln – PUH! – betrachtete sie mich liebevoll. Wie konnte ich eine Frau verletzen, die ich wie eine ältere Schwester schätzte – gegenüber der wirklichen. Blut ist eben nicht immer dicker! Zurück zum Thema.

Mano! Ich mag keine Ärzte. Schon gar nicht mit diesem Bester-Freund-Lächeln. Bester-Freund-Lächeln? DeViner? Tristan DeViner? Tristans Onkel? Na klar! Verdammt, dieser Schädel hatte echt was abbekommen, wenn er nicht einmal das logischste zusammensetzen konnte. Die kurzzeitig geschärften Sinne schalteten wieder einen Gang tiefer. Was soll's, er wird mich schon nicht gleich ins Krankenhaus verfrachten. Oder?! Röntgen? Nöö! Ich hab' mir ja nichts gebrochen. Oder?

Kaum entspannt, sofort wieder verkrampft.

Erneut erahnte Benn den kleinen inneren Cleo-Phobie-Krieg. Er rückte noch näher, kniete sich neben die Couch und strich mir beruhigend über die Schulter. „Ganz ruhig, Kleines." Seine Augen wirkten entspannter, nicht mehr so besorgt und wild, „der Doc will dich nur untersuchen." Zustimmend nickte dieser.

„O-kay." Dieser Sache zu vertrauen würde alle natürlichen Abwehrmechanismen lahmlegen, aber die Drei gaben sonst nie Ruhe. Trotz und ein Funke Vernunft, der sich von irgendwoher Gehör erkämpft hatte, siegten über die Angst.

„Also Cleo, wie geht es dir und was ist passiert?" War ja klar, dass er sich mit der ersten Antwort nicht zufriedengegeben hatte.

Na, ganz der schnelle Blitz heute! Halt die Klappe, du feiges Ding, verkleidet als Mumie auf Zahnstocher-Krücken. Als wärst *du* gestürzt! Wann? Während du dich mit vollgeschissener Hose in Sicherheit gebracht hast?

„Ähm." Gut. Stimme wieder im Normalbereich, „mir platzt gleich der Schädel – es pocht, hauptsächlich um die Wunde."

Der Doc hob den Verband an, um sich den Schnitt anzusehen. „Sieht gut aus. Nicht so tief – keine Angst" Wer hat denn hier Angst?! Gebt mir irgendwas, mit dem ich mich zudröhnen kann, und erst wieder aufwache, wenn alles vorbei ist. „Das muss nicht genäht werden." Puh! Behaltet dieses die Sinne raubende Gift. Alles im grünen Bereich! Über die Schulter gewandt, sagte er zu Karin: „Das hast du gut gemacht. Deine Ausbildung zur Sanitäterin macht sich doch immer wieder bewährt. Du solltest wieder Einsätze fahren." Krass! Karin ist Sanitäterin – ich will auch!

Warum weiß ich davon nichts?

„Mal sehen, Doc." Sie zwinkerte ihm zu. Aha, Verschwörung im Gange!

Der Doc brachte einen neuen Verband an, nachdem er eine Salbe darauf geklatscht hatte. Er schien meinen fragenden Blick zu spüren: Ich will den Schaden auch sehen. Leider war dieser Winkel ohne Spiegel eine Sache der Unmöglichkeit. Ich musste wohl oder übel auf die nächste Gelegenheit warten.

„Die Wunde ist sauber. Ich habe eine desinfizierende Salbe darauf verteilt. Eine andere gebe ich dir mit. Diese wird die Wundheilung unterstützen." Eine kalte kleine Tube landete in meiner leicht geöffneten Hand. „Damit betupfst du die Stelle zweimal täglich und klebst ein frisches Pflaster darauf. Pass auf beim Ablösen, die Kruste könnte kleben bleiben und die Wunde aufreißen." War das alles? Bestimmt nicht. Ich hob die Hand und betrachtete das Doppeldate für die nächsten Tage. Der Doc stand auf und trat ein paar Schritte zur Seite. „Kannst du dich aufsetzen?" Benn wollte mir behilflich sein. „Warte, ich glaub', sie kann das." Ein tadelnder Blick wanderte von einem zum anderen. Ja, Benn! Sicher kann sie das. Aber eben auf die langsame Tour. Vorsichtig richtete ich mich auf und stellte die Beine, eins nach dem anderen, auf den Boden – volle Konzentration auf den Gleichgewichtssinn und dessen Auswirkungen auf den Rest von mir. Kurzer Schwindel, niederbeißend, ein Gefühl wie in Watte gepackt, aber die erste Reaktion verschwand unerwartet schnell. Es folgten ein paar Gleichgewichtstests: Ein blendender Lichtstrahl in die Augen, um die Pupillen zu betrachten. Abtasten an bestimmten Stellen, besonders an der Wirbelsäule, und die Frage nach Schmerzen. Danke, ich hatte es kapiert und antwortete ehrlich. Was würde es mir bringen, daheim vom Stuhl zu kippen? Nichts! Mein neuer persönlicher Aufpasser verließ kein einziges Mal den Raum. Auch als der Doc mit dem eiskalten Ende seines Stethoskops die Lunge plus Herz abhörte, rührte er sich nicht vom Fleck. Mann! Wie wär's mit einer Vorwärme-Vorrichtung für diese Metalldinger – könnte bitte jemand seinen Erfindergeist aktivieren? Ich kam mir vor wie beim Kinderarzt, das musste eine dunkle Erinnerung sein.

Es war ein eigenartiges Gefühl, unter Benns Augen derartig herumgeschubst und -kommandiert zu werden. Das war sonst immer sein Job.

„Und?" Mittlerweile tigerte er im Büro auf und ab. „Was denkst du?" Das Telefon hatte mehrmals nach Aufmerksamkeit verlangt, aber er nahm nicht ab. Karin war schließlich diejenige, die im vorderen Bereich der Schule den Anruf nach nicht enden wollendem Läuten entgegennahm. Telefondienst war sonst Chefsache ...

Warum ließ mich der Typ nicht allein? Was war sein Problem? Er benahm sich schlimmer als Dad.

„Es sieht schlimmer aus, als es ist." Der prüfende Blick des Weißkittels ruhte auf mir und verfolgte jede Bewegung. Erleichtert durfte ich feststellen, dass sich mittlerweile das typische DeViner-Lächeln wieder gebildet hatte – eindeutig ein Familienvermächtnis. „Ein paar Anzeichen, die auf eine Gehirnerschütterung hinweisen, aber im Großen und Ganzen ... Tut mir leid, Cleo!" Oh, mein Gott! Ich dachte, es sah gut aus – blanke Panik stieg in mir auf! „Mehr Glück als Verstand." Was?! Alter Schwede! Ich stand kurz vor einem hysterischen Anfall und der riss hier Witze.

„Soll ... hm ... Soll das heißen, ich bin okay?" Nach dem Schock mussten deutlich formulierte Worte folgen.

„*Okay* wäre nun zu viel des Guten, aber ich kann dir zumindest mitteilen, dass du, sollte sich dein Zustand nicht verschlechtern, vorläufig zu keiner weiteren Untersuchung ins Krankenhaus musst."

Ach du heiliges Kanonenrohr! Fast hätte ich mir in die Hosen gepinkelt bei dem Wort *Untersuchung,* und fast hätte mich das so sehr abgelenkt, dass das wichtigste Wort – NICHT – spurlos an mir vorübergezogen wäre. Aber nur fast. Pfeifend entwich der angehaltene Atem aus den Lungen. Ein frisch gefülltes Glas Wasser tauchte wieder vor meinem Gesicht auf, bevor der Doc weitersprach. „Cleo ... Moment." Was?! Doch etwas übersehen? Bestand die Gefahr zu erblinden? Unsicher zwinkerte ich mit den Augen. Hatte er es sich anders überlegt?! „Du bist Tristans kleine Cleo?"

Schockiert sah ich ihn an. Was sollte das bitteschön bedeuten? Wollte er jetzt das Eis brechen? Bin ich Tristans Schoßhündchen? Ich bin gar niemandes kleine-Cleo. Nicht mal die von Tristan – guter Freund, ehemaliger Fast-Bruder hin oder her! Nun doch angepisst, wenn auch nur gedanklich, trank ich von dem Wasser und funkelte mein Gegenüber wütend an. In der Hoffnung, den Blick hinter dem Glas ausreichend zu verstecken, schließlich ersparte er mir den Trip zu seinen Kumpeln in die

Weiß-Kittel-WG, tauchte ich mit unschuldiger Miene wieder auf. Irgendwie nagte der Verdacht im Hinterkopf, dass Benn beim kleinsten Wink des Docs betreffend Krankenhaus und Notwendigkeit ein Blaulicht in seiner Werkstatt gebastelt und mich persönlich zu diesen Anti-Bakterien-Typen gefahren hätte. Die Sorge bezüglich seines Beschützerinstinkts nahm neue Dimensionen an. Vielleicht hatte ihm sein letzter Auslandsaufenthalt nicht gutgetan. Die Sprungschule diente als offizielle Tarnung, um Geld für seine eigenen waghalsigen Sprünge in aller Welt zusammenzutrommeln. Bei all den wirren Gedanken bildete sich einer, der drohte, die innerliche Entrüstung über das Kleine-Cleo-Vergehen des Docs, zunichte zu machen. War der Doc eine noch verpeiltere Spätzündung als ich?

„Entschuldige, Cleo, so war das nicht gemeint." Verdutzt sah ich ihn an. Hey, was war heute los? War ich eine so schlechte Schauspielerin? Nicht mein Geburtstag – NEIN! – Heute-lesen-wir-in-Cleo-wie-in-einem-offenen-Buch-Tag?!

„Schon gut." Was soll's. Dann war ich es halt. Das änderte nichts an der Party in meinem Inneren, dass ich nicht ins Krankenhaus musste. „Ich nehm' mal an, die bin ich. Oder Tristan kennt so viele Mädels mit diesem Namen."

Der Doc lächelte immer noch. „Nein. Er ist zwar ein kleiner Frauenheld, aber Cleo gibt's nur eine und die klang in seinen Beschreibungen immer nach seiner kleinen Schwester."

„Es ist ja schön, dass er so über mich spricht, aber dann könnte er sich wenigstens mal bei seiner Möchtegern-Adoptivschwester melden." Das gefiel mir schon wesentlich besser, trotzdem beschlich mich Unruhe. „Kann ich heim?" fragte ich kleinlaut. Ich musste die Worte aus seinem Mund hören.

„Ja." War das ein Ja? Ein tatsächliches Ja? Eins ohne Widerruf? Moment, was kramte der schon wieder in seiner Tasche herum? Nach zerrenden zwei Minuten und vielen sinnlosen Ausdrücken über die Unordnung in seinem Koffer reichte er mir noch eine Salbe zur Narbenbehandlung und als Draufgabe noch ein paar wasserfeste Pflaster. Kein Wasser auf oder in die Wunde! Ich hab's verstanden. Viel Ruhe und keine hastigen Bewegungen. „In zwei Tagen möchte ich dich zur Kontrolle in der Ordi sehen, und falls noch andere Symptome oder eine Verschlechterung des momentanen Zustands auftreten, darfst du nicht zögern. Sofort ins Krankenhaus! Hast du mich verstanden?" Ja, ja. Bla bla bla – schon klar! Ich wusste, dass er recht hatte. Bedacht nickte ich. Bloß keine unnötigen Erschütterungen. Natürlich versüßte er mir das Ende mit einem ganz besonderen Bonbon – Reitverbot!! Hey, Moment! Unbewusst hatte ich damit gerechnet, aber wer hört bitteschön auf sein Unterbewusstsein? Die Worte dann doch im Gehörgang aufzufangen, stellte zwei total unterschiedliche Paar Schuhe dar. Ein paar Tage waren verständlich – zwei oder drei –, aber mindestens drei Wochen! Genaueres würde er mir in zwei Tagen mitteilen. Halbpanisch wollte ich ihm erklären, dass das nicht ging, aber Benn war schneller. Schnitt mir das nicht geborene Wort ab und bedankte sich für die schnelle Hilfe. Gedankenverloren schüttelte ich eine Hand. Karin tauschte noch ein paar unverständlich-sachliche Worte mit ihm, die zu meinem persönlichen Kopfsalat keinen Zutritt mehr fanden. Dass Benn wieder neben mir Platz nahm, zog an mir ohne Anklopfen vorüber. Keine Ahnung, wie lange wir stumm dasaßen, als er mir eine Packung Tabletten reichte und damit die Stille brach. „Die hat der Doc Karin zum Abschied in die Hand gedrückt. Ich weiß, du magst das Zeug nicht, aber er meinte, falls die Schmerzen unerträglich werden und du nicht schlafen kannst." Langsam benötigte ich eine Tüte, mit der ich das ganze Zeug heimschleppen konnte. Bei diesem Glückstag war es vorprogrammiert, dass ich noch etwas verstreute – Hänsel und Gretel, danke, ich kenne den Weg.

Wieder kehrte dieses einstimmige Schweigen zurück, und die Gedanken bildeten Flügel: Celtic – Dad – Scheiße! – wieder Celtic – nach Hause – Dad – endlich schlafen – und noch mal Celtic! Und zum krönenden Abschluss noch ein dickes SCHEISSE!! „Du machst dir Sorgen um Celtic?" Seine Adleraugen gönnten mir noch immer keine Verschnaufpause. Die Lippen genervt verzogen, überlegte ich, ob mein Oberstübchen die Gedanken feinleserlich, in Großbuchstaben, für alle gut lesbar auf der Stirn vermerkt hatte. Vielleicht noch mit etwas Blinklicht versehen? Floss das alles aus dem Loch in der Nähe der Augenbraue? Sonst stellte es auch kein Problem dar, alles hinter einer Mauer der Verschlossenheit zu verstecken – also, irgendetwas lief heute schief! Verdammt schief ... Stumm nickte ich und fügte gedanklich zu seiner Frage Dad noch hinzu. „Mach dir keine Sorgen. Karin bringt ihn zurück aufs Gestüt." Ha! Doch nicht ganz das offene Buch – ich überdachte die kommenden Wochen. Wer würde sich da um den Rappen kümmern und ihn reiten? Ilvy schied aus. In der Zeit, seit wir uns kannten, hatten wir es gerade mal geschafft, dass sie ihn berührte oder mir beim Putzen half, und da musste er festgebunden sein. Sie besaß eine der hartnäckigsten Pferdephobien, die ich kannte. Beim ersten Mal war sie schreiend auf ihren Drahtesel gesprungen und hatte die Pedale zum Qualmen gebracht. Bis heute haben wir noch nicht herausgefunden, woran das lag. Sie mag ihn und bezeichnete ihn selbst als ein liebenswürdiges und treuherziges Wesen, aber sie konnte sich nicht erklären, wo der Ursprung dieser Angst lag. „Und falls du niemanden hast, der ihn reitet – du weißt, auf wen du zählen kannst." Mit diesem Angebot wurde jeder Zorn in mir besänftigt, und ich war einfach nur froh, solche Freunde zu haben. Seit Mams Tod wurden sie zu einer Art Familie – wären Dad und Herta nicht, würden sie den Job übernehmen.

„Danke, Benn." Schwer schluckte ich. „Ich weiß das sehr zu schätzen." Beschwichtigend tätschelte er mein Knie und lächelte mich zum ersten Mal an, seit ich hier blutüberströmt aufgetaucht war. Seine bessere Hälfte lehnte am Türrahmen, auch ihre Sorgenfalten hatten sich in Lachfältchen verwandelt.

„Happy birthday, Cleo!", flüsterte sie.

„Verdammt!" Zu schnell ließ ich den Kopf gegen die Brust sinken und würgte den Speichel die Kehle hinab. Für einen kurzen Moment vergaß ich die negativen Abweichungen des Tages ... Kichernd verschwanden die beiden. Benn kichert? Das konnte nichts Gutes bedeuten! Alle Alarmglocken gingen an. Ich mochte keine Überraschungen, aber ich fühlte den herannahenden Kitsch. Als wäre ich kurz vorm Absprung, platzierte ich die letzten zehn Zentimeter meines Hinterteils auf der Couch. Nach einer gefühlten Ewigkeit kehrten die beiden mit einer Schokotorte zurück, bestückt mit einer einzigen giftgrünen Kerze. Zur Krönung sangen sie auch noch Happy Birthday. Gott, wie peinlich! Meine Ohren wechselten die Farbe in ein blinkendes Ampelrot. Verdammt, das war echt süß und freute mich genauso wie die Tatsache, dass Dad daran gedacht hatte. Kurz kehrten die Gedanken zu dem Umschlag in der hinteren Hosentasche zurück. Ich tastete danach und atmete erleichtert aus – er war noch da!

Mein kleines inneres verscheuchtes Reh wagte sich wieder in den Vordergrund und stimmte quietschend mit ein – gut, dass nur ich das ertragen musste.

Den Gedanken, wie ich schon wieder so lange Zeit ohne meinen Rappen und unserem Freiheitsgefühl überstehen sollte, verschob ich nach hinten – jetzt hieß es Geburtstag feiern! Zum Arbeiten war ich heute nicht fähig, also warum dann nicht die verordnete Ruhe mit einem Stückchen Torte versüßen? – Hoffentlich erklärte sich mein Magen damit einverstanden. Später würde ich noch genug Zeit finden, um den Sprung zu analysieren.

Nach der kleinen, aber sehr feinen Geburtstagsfeier mit Karin und Benn drängte es mich zu Celtic. Er graste unter einem Baum. Ich erwartete, dass er scheuen würde, aber nein. Nein! Nicht mein Junge! Er kam sogar auf mich zu, als wollte er fragen: „Na, wie geht's dir, du verrücktes Huhn?" Bedingungslos ließ er sich von mir berühren. Schuldgefühle überrollten mich wie eine Flutwelle. Dieses wundervolle Tier, ich hatte es einfach nicht verdient. Tränen quollen aus den Augen, als ich mich an ihn schmiegte und die Arme um seinen Hals legte. „Es tut mir so leid. Bitte verzeih mir, Großer. Ich bin so dumm!" Tief zog ich seinen Geruch in mir fest.

Beruhigend legte Karin eine Hand auf meine Schulter – wann war sie dazugekommen? Irgendwie hinkte heute alles. „Benn fährt dich nach Hause. Du kannst ganz beruhigt sein, ich bringe deinen Traum von Pferd sicher zurück." Sie stellte sich dichter neben mich und machte sich so mit ihm bekannt und er mit ihr.

„Danke, Karin." Schniefte ich.

„Gern, Cleo, sehr gern. So bietet sich für mich auch wieder mal die Gelegenheit zu reiten, wenn auch aus Gründen, die mir anders lieber gewesen wären." Wem sagst du das?! „Noch dazu auf einem derartig stolzen Pferd." Ohne Zweifel. Celtic stellte mit erhobenem Kopf und abschätzendem, aber wohlwollendem Blick klar, wer hier der Boss war, und dass Karin durch die Situation geduldet wurde. Aber das reichte! Er würde sie nicht abwerfen.

Benn half ihr beim Aufsteigen. Steigbügel wurden angepasst und der Sattelgurt nachgezogen. Im ersten Moment wirkte Celtic etwas unruhig, scharrte und tänzelte, gewöhnte sich aber schnell an die neue Gestalt und das Gewicht auf seinem Rücken.

„Mach's gut, mein Bester, und pass auf Karin auf!" Bestärkend strich ich ihm noch mal über Mähne und Kopf. Seine Augen bohrten sich in meine. In der Brust umspannte eine eiserne Klaue mein Herz und riss es bei der Tiefe und der Sehnsucht in seinen Augen ohne Vorwarnung entzwei. Ich schniefte und gab ihn frei. Gemeinsam sahen Benn und ich den beiden hinterher. Karin winkte, bevor sie in leichten Trab verfiel.

„Erzählst du mir, warum du von Celtic gestürzt bist?" Er sah immer noch in ihre Richtung. Hatte er das wirklich gesagt, oder war es meiner gehandicapten Einbildung entsprungen? „Du bist nicht so hirnlos, dein gerade genesenes Pferd zu einem Sprung anzutreiben, den es nicht schaffen kann. Außer du warst so hirnlos und konntest den Sprung nicht einschätzen ..."

Stille.

Nur das Rauschen der Blätter war zu hören. Die Sonne verzog sich langsam hinter den Bäumen.

„So schätze ich dich nicht ein." Sein Blick lag schwer auf mir. „Was oder wer hat dich so sehr aus der Reserve gelockt?" Benn legte schon wieder den Arm um meine Schultern und führte mich zum Pick-up. Langsam sollte ich wirklich akzeptieren, dass ich mich von Menschen umgeben befand, die mich gut kannten – vielleicht zu gut – und sich auch etwas aus mir machten. Was tut man mit diesen Menschen und derartigen Gefühlen? Mir bereiten sie Angst ... Nähe ist etwas, mit dem ich nur schwer umgehen kann.

Die Autofahrt zog sich, Abendverkehr, was mir die Zeit verschaffte ihm die Storys des Tages ausführlich zu erzählen. Am Ende sprudelte auch Allys Weckruf aus mir hervor und dass es ab diesem Moment steil bergab ging. Das Angenehme, er hörte zu. Einfach nur zu. Äußerte ein paar Grunzer zu Ally – es war kein Geheimnis, dass auch er nicht viel von ihr hielt, wohlgemerkt mehr durch Tristans Geschichten als durch meine. Vor einiger Zeit habe ich begonnen, Ally von den Orten fern zu halten, die sich als Energiequelle für mich entpuppten. Wie dem auch sei, als er in unserer Einfahrt den Motor abstellte, endete ich mit dem Redeschwall und den Worten: „Du und Karin, ihr habt meinen Geburtstag gerettet." Erst da bemerkte ich, wie ausgetrocknet sich der Mund anfühlte. Verdutzt starrte ich auf die ineinander gefalteten Hände im Schoß. Es kam nicht oft vor, dass ich so frei von der Seele sprach. Wieder diese angenehme Stille.

„Geht es dir besser?" Ein Lächeln bildete sich auf seinen Lippen.

Ich atmete tief durch. „Ja", sagte ich überzeugt, „das tut es. Danke."

„Hey! Wofür?"

„Einfach für alles und besonders dafür, dass ich euch meine Freunde nennen darf." Keine Ahnung, woher auf einmal diese hinterlistigen Tränen kamen, aber ich fand mich schluchzend an seiner Brust wieder, während er mir über die Zottel-Mähne strich. Langsam wurde diese Flennerei peinlich.

„Ist schon gut, Kleines. Du wirst sehen ..." Benn nahm mein Gesicht in seine Hände.

Ein beklemmendes Gefühl beschlich mich – irgendetwas stimmte hier nicht. Er war schon am Nachmittag so eigenartig gewesen und jetzt das. Panik stieg in mir auf. Oh. Mein. Gott! Die Phantasie ging mit mir durch. Er war so alt wie Dad. Ich mochte ihn – sehr! - und Karin.

Karin!!

STOPP!!

Wie gelähmt starrte ich ihn an.

Im Bewusstsein einer zweideutigen Situation, fielen seine Hände von mir ab. Er grinste, aber ich konnte es nicht deuten. Es lag etwas Eigenartiges darin. So hatte ich ihn noch nie gesehen. Einige seiner heutigen Reaktionen fielen in die Kategorie „Eigenartig".

„Keine Sorge, Cleo. Mir geht es wie Tristan. Du rufst auch in mir eine Art ... geschwisterliches Fürsorgegefühl hervor." Er wollte noch etwas hinzufügen, aber es kam nicht mehr außer „Entspann dich." Ja klar, die Entspannung wartet um die Ecke. Hoffentlich hatte dieser verkehrte Moment nichts kaputt gemacht. Zur Bestätigung erhielt ich einen brüderlichen Schlag auf die Schulter. Autsch! Kurz rieb ich an der schmerzenden Stelle. Um die Situation noch weiter zu entschärfen, entsorgte ich die restlichen Tränenspuren mit dem Handrücken. „Ich wollte nur sagen, dass es wieder besser wird, Cleo. Das verspreche ich dir, und auf deine Freunde kannst du dich immer verlassen, egal, wo du bist und egal, wo sie sind – vertrau einem alten Mann." Aufmunternd zwinkerte er mir zu.

„Danke, Benn ..."

„Und was das Wikinger-Mädchen betrifft, du wirst sehen, ihre Hormone werden sich genauso schnell wieder beruhigen, wie sie in Wallung geraten sind." Deine Worte in Gottes Ohr! Wie immer musste ich bei seiner Bezeichnung für Ilvy lachen. Er mochte sie und Karin freute sich genauso, sie zu sehen.

„Du hast sicher recht, alter Mann." Gleiches mit Gleichem. Spielerisch boxte ich zurück. Wer weiß, wie sich der Rückstoß auf den Kopf und seinen zerrütteten Inhalt auswirkte?!

„Gut, und jetzt schau, dass du zu deiner, oder sollte ich besser sagen zu Allys Party kommst – man wird schließlich nur einmal sechzehn." Mann oder Frau wird immer nur einmal ... was auch immer.

Der Lärm war nicht zu überhören. Am liebsten wäre ich wieder mit Benn zurückgefahren. „Denen ist meine Abwesenheit nicht aufgefallen." Schwang da etwa Enttäuschung mit? Oh, nein! Gewiss nicht!

„Cleo, genieße dein Leben. Hör auf, so negativ zu denken, alles ins kleinste Detail zu analysieren und jedes Wort und jeden Gedanken auf die Waagschale zu legen. Du bist jung, intelligent und hübsch. Und jetzt steig endlich aus, ich will nach Hause zu meiner Frau. Die ganze Arbeit ist nur wegen dir liegen geblieben." Lachend öffnete ich die Tür, verabschiedete mich von einem gut gelaunten Benn, und winkte ihm nach, als er aus der Einfahrt fuhr. Unschlüssig sah ich aus einiger Entfernung in den Garten.

Gefahr. Glück. Was ist schon Gefahr? Für meinen Teil begann diese bereits beim Überqueren einer stark befahrenen Straße – nein, das grenzte an Selbstmord. Dieses Stadium hatte ich hinter mir gelassen, aber es hatte mich an eine Grenze getrieben, an die ich nie wieder gelangen möchte. Damals war es einfacher, mit einer Wand zu sprechen als mich von etwas abzubringen, das ich mir in den Kopf gesetzt hatte. Oder mich von etwas zu überzeugen, das ich nicht wollte, und handelte es sich auch nur um Grundlegendes wie tägliches Essen und Trinken. Die damaligen Gedanken drehten sich vielleicht nicht um

Selbstmord, aber die Kluft zwischen Lebenserhaltungstrieb und seinem Gegenpart war sehr schmal.

Gefahr ...

Die Erinnerung an das Versprechen, das ich Dad geben musste, nachdem er mich richtig zur Schnecke gemacht hatte – schreien, wütende Beschimpfungen, Drohungen, Verbote und Tränen –, nie wieder aus einem Flugzeug zu springen, brannten wie ein schmerzendes Mal in mir. Die Erleichterung auf seinem Gesicht wärmte immer noch mein Herz, ließ es aber auch im selben Moment brechen. Es fiel ihm nicht leicht, mir diese Worte abzuringen, nachdem ich endlich aus der Dunkelheit meines Zimmers gekrochen gekommen war und versuchte, wieder am Leben teilzunehmen. Nach monatelanger Aktivitäts- und Lebens-Abstinenz erweckte mich ein Sport, der mich gleichzeitig auch das Leben kosten konnte. Welch' Ironie ... Vor einigen Wochen stand die Erinnerung an diesen Tag wieder deutlich in seinem Blick. Dieser Sturz mit Celtic – „Pass auf, Cleo! Dieses Mal hat es ihn erwischt, nächstes Mal vielleicht dich!", donnerte seine Stimme durch die Tierklinik. Er wollte es mir verbieten, ich konnte es in seinen Augen lesen, aber er hatte es nicht getan. Noch nicht ... Oh. Oh! Ich musste dringend mit ihm reden, und zwar schnell. Bevor er es aus anderen Quellen erfuhr. Der Gestütsbesitzer oder Ally, die erfährt immer alles vor den anderen, woher ist mir ein Rätsel. Hoffentlich stand morgen nichts in der Zeitung. Diese sensationsgeilen Geier schreiben jeden Dreck, der ihnen in die Quere kommt. Neeein, das ist ja wohl alles andere als interessant.

Vor knapp zwei Jahren sah es anders aus, und es dauerte Wochen, bis endlich Ruhe rund um unsere Familie eingekehrt war.

Trotzdem, lieber auf Nummer sicher gehen. Ich nahm mir vor, für die nächsten Tage vorsichtshalber den Postboten abzufangen – ich hab' nichts Besseres zu tun, nachdem mir der Doc Couchruhe verordnet hat. Hm, Herta bewies sich auch in diesem Aufgabenbereich als sehr gewissenhaft und pünktlich, wenn nicht Ally schneller war. Vielleicht könnte ich einen Deal mit unserer Hausfee aushandeln. Einen, der auf Langeweile basierte und mit leichter Hausarbeit Ablenkung suchte ... So ein Käse. Darauf fällt die nie rein! Und außerdem bleibt dann immer noch Ally.

Unschlüssig sah ich mich um. Nach ein paar Stunden Verspätung, einem Pflaster auf der Stirn und einer Tüte mit dem Logo der Sprungschule drauf befand ich mich nun endlich im ersten Stock und starrte aus dem Fenster. Auf der Unterlippe kauend, betrachtete ich die Geschenke. Dad wird mir den Kopf abreißen, wenn ich ihm erzähle, was passiert ist. Auf ihn muss es so wirken, als hätte ich nichts, aber auch rein gar nichts aus dem letzten Unfall gelernt. Nur dieses Mal trage ich, wie von ihm prophezeit, die Verletzungen davon und nicht Celtic. Was ich ihm psychisch, seelisch angetan habe, darüber will ich gar nicht nachdenken.

Deprimiert kramte ich den Umschlag aus der Gesäßtasche und betrachtete ihn. Egal, was sich darin verbarg, ich war ihm unwürdig. Traurig und ungeöffnet stopfte ich ihn zurück.

Dusche. Ja, die hatte ich bitter nötig, aber ich bewegte mich keinen Millimeter. Mit Daumen und Zeigefinger massierte ich den Nasenrücken, während sich die donnernden Klänge von *David Guetter* und *Avicii* durchs Haus schoben. Auch ohne irgendwelche geheimen Ritzen gelangten sie in jeden Raum. Boom Boom Boom Boom ...

Ich liebte den Blick aus meinem Zimmer, das am Morgen von Sonnenstrahlen durchflutet wurde. Von hier aus hatte ich die perfekte Aussicht auf unseren Garten, die Berge und die umliegenden Wälder.

Da stand ich. Meine Gedanken kreisten, und fast begann ich zu glauben, dass dieses Pochen hinter den Schläfen von den ewig gleichen Runden kamen, die diese drehten und nicht vom Sturz. Bewusst wandte ich mich ab und öffnete die nächstgelegene Tür.

Endlich geduscht, die Wunde versorgt, wie vom Doc befohlen, griff ich in die feuchten Haare, die sich bereits wieder kräuselten wie wildes Gestrüpp.

Eingehüllt in einen flauschigen giftgrünen Bademantel, bedruckt mit Riesensonnenblumen – vollkommen ausreichend für mein Vorhaben, die Party auszusetzen –, starrte ich wieder in den Garten. Das waren nie und nimmer dreißig Personen, die sich da unten tummelten. Verflucht! Das waren um ein geschätztes Dutzend mehr! Manche Gesichter kannte ich von der Schule. Andere waren eindeutig zu alt. Älter, als einfach nur Schulfreunde zu sein ... Wen hatte Ally da nur eingeladen?

Benns Absicht hatte ich verstanden, nur das da unten interessierte mich nicht. Kein bisschen. Dort würde ich keine lebenswichtigen Erfahrungen verpassen. Dafür kehrte Celtic zurück in meine Gedanken. Keine drei Tage würde ich überstehen. Nicht nach der langen Abstinenz, die wir bereits erleben mussten, und ich hatte mich schon so auf die Ferien gefreut. Genug Zeit für ausgiebige Ritte. Natürlich lagen noch wenige unwichtige Schulwochen dazwischen, aber die waren, wie gesagt, – unwichtig. Mit beiden Händen zog ich kräftig an den Haaren. „Ahh! Ich bin soo blöd!" Entweder das oder ein Schreikrampf mit Tob-Spruch-Anfall auf meine Dummheit. Unbedacht knallte ich mit der Stirn gegen das Glas. „Autsch!"

Ablenkung! Ich musste mich ablenken. Es half nichts. Es war bereits geschehen, und Celtic war zum Glück nichts passiert. Du bist auch noch am Leben, und den Kratzer wirst du ebenso überstehen. „Finde dich endlich damit ab!"

Draußen war es bereits dunkel. Die Lichter und Fackeln um den Pool zogen sich quer durch den Garten – in einer Anordnung, die nur Ally und ihre Busenfreundinnen verstanden. Schatten bewegten sich, die einen rhythmischer, die anderen steif und ungelenk. Andere standen in Gruppen zusammen. Tuschelten, tranken oder knutschten.

Hm. Dad war sicher irgendwo unterwegs und bekam wieder mal nichts davon mit. Er blieb nie, wenn Ally derartiges plante und alle wussten es. Wie, wertgeschätzter Vater, willst du also die Anzahl der Gäste überprüfen, wenn du nicht da bist? Den Mundwinkel nach oben gezogen, wanderte der Blick weiter. Irgendwo tanzte Ilvy. Kurz war ihre Mähne sichtbar.

Bei dem Gedanken an unseren Streit und dass ich mich dadurch fast ins Jenseits befördert hatte, spielte mein Bauch Kieselstein-fang-mich-doch mit dem Zwerchfell. Ich hasse diesen Tag!
Ich stand immer noch im dunklen Zimmer. Keiner brauchte wissen, dass ich zu Hause war. Ich bezweifelte, dass es irgendwen von den Anwesenden interessierte. Genervt machte ich kehrt und wäre fast auf der Post ausgerutscht, die Dad unter der Tür durchgeschoben hatte – das machte nur er. Herta brachte sie vor Ally in der ersten Schreibtischschublade in Sicherheit, in der ich sie oft erst Tage später entdeckte. Wer schrieb heutzutage noch dringende Briefe?! Hm, am Samstag Post? Wohl eher ein Überbleibsel von gestern.
Die Tür wegen dieser neugierigen Gattung von Schwester zu versperren, hatte ich schon längst aufgegeben. Zu gegebener Zeit wird sie einen genialen Save-Knacker abgeben, so à la *Danny Ocean*. In Gedanken versunken, schüttelte ich, den körperlichen Einschränkungen angepasst, den Kopf und angelte umständlich nach der Rutschgefahr. Nö, eher doch nicht! Dafür fehlte es ihr an Genialität. Heute schien sie zu beschäftigt mit den Partyvorbereitungen, um das Postgeheimnis zu brechen. Bei dem Gedanken landete ich wieder bei dem Briefumschlag in der hinteren Jeanstasche. Ich schlenderte zurück ins Bad und kramte in der Hose herum.
„Ah! Da bist du ja." Interessiert hob meine kleine, neugierige innere Nase ihr Haupt. Was wohl da drin war? Genervt stupste mich mein inneres Ich an. Schulterzuckend riss ich den Umschlag auf, lang genug gewartet, und hielt verdutzt zwei Konzertkarten in der Hand. „Was?!" Am Freitag schon? Cello? Ein Cellokonzert. Nicht irgendeines. Das zweier Meister. Zweier kreativer

Freigeister – 2 Cellos! „Oh. Mein. Gott!" Die Stimme nur noch ein Hauch. „Wie hast du das geschafft, Dad? Dieser Tag scheint doch noch positiv zu enden." Mit einem frisch lackierten Sonnenschein-Dauer-Grinsen heftete ich die Karten – die ich nicht mehr ergattert hatte – an die Pinnwand.

Dieses Konzert wird einfach nur genial werden! Seit Jahren wartete ich auf die Möglichkeit, die beiden live spielen zu hören. Mit einem breiten Grinsen wollte ich zur Balkontür zurückkehren, um Ilvy zu suchen und ihr davon zu berichten, aber etwas auf dem Schreibtisch fing meinen Blick ein. Die Strahlemann-Gedanken wurden von etwas Dunklem niedergetrampelt. Unschlüssig, in Erinnerungen gefangen, nagte ich an der Unterlippe. Die Finger zitterten. Hätte ich doch die Zeitschriften am Boden liegen gelassen. Unter den Sport- und Reisemagazinen lugten die Ecken zweier Umschläge hervor. Die Glückwunschkarte der Großeltern aus London, eine zweimalige Sache im Jahr, die andere folgte zu Weihnachten. Kurz überflog ich die Zeilen. Wunderte mich über die eigenartige Wortwahl – die war neu, vielleicht typisch britisch? –, bevor sie bei dem Gerümpel auf dem Schreibtisch verloren ging.

Und dann war da noch ein Brief.
Erinnerungen, Erinnerungen, Erinnerungen, Erinnerungen ...
Immer wieder Erinnerungen! Gute. Schöne. Lachende. Traurige. Verzweifelte. Tränenreiche ... ans Leben klammernde.
Mittlerweile schien ich geübt darin, die Gedanken in den Ecken meines Gehirns hin und her zu schieben, wo ich sie gerade benötigte – meist weit, weit weg von der Realität. Es lebe der Verdrängungsmechanismus! Ich dachte, alles aufgearbeitet und für mich geklärt zu haben, aber das würde wohl nie der Fall sein. Ich nahm den zweiten Umschlag in die Hand. Kaum zu erkennen, stand ich immer noch im dunklen Zimmer, das nur schemenhaft von der Gartenbeleuchtung erhellt wurde – aber ich

wusste, er war cremefarben. Ebenso wusste ich, was darauf stand und um wessen schwungvolle Schrift es sich dabei handelte. Hin und her und wieder zurück und wieder auf die andere Seite wendete ich ihn bei den herumtanzenden Schatten und versuchte zu verstehen. Es gab keinen Zweifel! War schlichtweg unmöglich ... und dennoch! Wie kann das sein? Wer erlaubt sich einen derartigen Scherz, eine solche Sauerei?!

Behutsam glitten die Fingerspitzen über das Papier. Rau. Die Maserung zeichnete sich deutlich ab. Eindeutig. Unverkennbar. Ich zögerte, wollte daran schnuppern. Stoppte auf halben Weg ... Der Rosenduft stieg mir bereits auf halben Weg in die Nase. Mam ... Doch es war unmöglich! Kein Blatt ihres geliebten Briefpapiers konnte ich nach ihrem Tod finden. Nicht weil sie auf E-Mails oder dergleichen umgestiegen war. Nein, sie nutzte diesen Technik-Hick-Hack – wie sie es immer nannte – nur, wenn es unbedingt nötig war. Zu gern hätte ich mir welches aufbewahrt!

Für ihr Leben gern schrieb sie ihre Gedanken nieder. Ihre Meinung darüber teilte ich. Ein Brief stellte eine viel persönlichere Art dar, wichtigen Menschen Nachrichten zu übermitteln. Worte wurden genauer gewählt. Die Spannung auf eine Antwort war viel größer als heutzutage – eine Nachricht muss sofort beantwortet werden. Aus allen Orten der Welt bekam ich Post von ihr. Wenn sie mit einem Orchester auf Tournee war, was nicht sonderlich oft vorkam, aber wenn doch, dann in vielen verschiedenen Städten in möglichst kurzer Zeit – dann kam aus jeder ein Brief, geschrieben auf diesem Papier.

Als wir noch klein waren, las sie uns Dad vor oder unser Kindermädchen. Später versuchten wir es selbst und dann bekam jede von uns einen Brief – ihren eigenen Geheimbrief von Mam. Trotz E-Mail-Meidung war sie eine moderne Frau, hatte Stil und war unglaublich schön. Elegant gekleidet, sie liebte es, sich für ihre Auftritte in Schale zu werfen. Ihre rote Lockenpracht war neben ihrer Kunst der Hingucker auf jeder Bühne, nein, egal, wo sie sich gerade bewegte. Diese Ausstrahlung zog jeden in den

Bann. Spätestens wenn man ihr in die tiefgrünen Augen blickte, war man verloren – so war es auch damals um Dad geschehen. Oft hatte ich mir die Geschichte ihres Kennenlernens erzählen lassen – faszinierend für ein kleines Mädchen.

Meine Mutter, Cassandra, war trotz Abraten der Familie am Ende ihres Studiums ins Ausland gegangen, um dort an ihrer Karriere zu arbeiten. Österreich war ihr Ziel. In Wien traf sie zum ersten Mal auf Thomas Wyss – meinen Dad. Die beiden verloren sich nach Mams Engagement aus den Augen. Keiner wusste von dem anderen mehr als nur den Vornamen. Wie durch ein Wunder trafen sich die beiden wieder in der Schweiz. Cassandra bewarb sich für eine Stelle als Pianistin. Bei dem Stück handelte es sich um eine Produktion, an der Thomas beteiligt war. Eine Uraufführung. Die beiden erkannten einander nicht. Dad saß versunken in seine Unterlagen in den Besucherreihen. Mam, weit von dem späteren Selbstvertrauen entfernt, sprach kaum ein Wort und wenn, dann nur zu den anderen Produzenten und dem Regisseur. Als sie die ersten Klänge anstimmte, hob Dad den Blick und erkannte die rote Mähne wieder. Laut Dads Erzählungen hatte er ihren Namen immer wieder ausgesprochen, immer lauter, bis sie aus der Welt der Musik aufgetaucht und von den Noten aufgesehen hatte. Derartig vertieft und angetan war sie von der Komposition. An diesem Nachmittag hatten sie sich wiedergefunden. Sie wurde Teil des Orchesters und reiste mit ihm durch halb Europa. Als er ihr den Heiratsantrag machte, gestand er ihr, dass ihre erste Begegnung ihn zu der Komposition inspiriert hatte.

Nach Mams Tod sprach er nie wieder darüber.

Aus reiner Macht der Gewohnheit wollte ich den Poststempel lesen.

Es war zu dunkel. Ich musste es wissen, auch mit der Gefahr, entdeckt zu werden. Auf der Suche nach der Lampe schlugen Schulbücher und der Wecker auf dem Boden auf. Der unerwartete Krach ließ mich zusammenzucken. „Grr. Wieder so typisch! Ich hasse diesen Saustall." Ich sollte die Suche auf die Schreibtischplatte erweitern, bevor ich eine Schatzkarte dafür anfertigen muss. Endlich! Licht.

„Frankreich?" Minuten verstrichen, ohne dass sich etwas in den Gehirnwindungen regte. Bewusst versuchte ich diesen trauerartigen Zustand abzuschütteln.

Moment, da stand noch etwas. Es war leicht verschmiert und der Stempel hatte sich nicht ganz abgedruckt. Lupe. Wo hat sich diese Lupe versteckt? Auf gut Glück zog ich eine verborgene Schublade auf. „Es geschehen noch Zeichen und Wunder – oder: Ich hab' dich einfach schon zu lange nicht mehr gebraucht." Musste aus der Zeit stammen, in der Herta mir geholfen hatte, mein Zimmer in Ordnung zu halten. Ich kann mich nicht erinnern, diese Schublade je befüllt zu haben. Neugierig beugte ich mich über den Stempel. „Chartres?" Nachdenklich kratzte ich mich mit dem Stiel der Lupe am Hinterkopf. „Die Kathedrale. In der Nähe von Paris?" Irgendetwas regte sich in mir, aber ich konnte es nicht definieren. Schulterzuckend wendete ich den Brief.

Kein Absender.

Eindeutig Mams Handschrift und das Papier verdeutlichte unter dem Licht die vorangegangenen Vermutungen. Meine Hände zitterten. Der Umschlag flatterte zu Boden. Gänsehaut überzog den Körper.

Unbewusst rieb ich mir über die Oberarme.

Unbehagen zog an den Mageninnenwänden. Unsicher, wacklig auf den Beinen kniete ich mich hin, um den Brief aufzuheben. Einsame Tränen bahnten sich ihren Weg über die erhitzten Wangen und endeten in einem gesprengten Kreis auf dem Umschlag. Alle Energie entwich auf Knopfdruck aus meinem Körper. Kurz verweilte ich in dieser gebeugten Haltung, bevor ich mich erschöpft empor rappelte. Das war alles so surreal. Sauer über diese schwächliche Reaktion wischte ich die letzten Spuren der Tränen energisch mit der Hand beiseite. Das waren eindeutig zu viel Wasser für einen einzigen Tag. „Geh rational an das Ganze ran." Ich schniefte ein letztes Mal. „Es muss eine logische Erklärung geben." Kurz dachte ich an

Benns Worte – ja klar! Trotzdem. Auch wenn ich diese durchgerüttelten Gehirnzellen zu irgendeiner Arbeit animieren könnte, es würde keine logische Schlussfolgerung zustande kommen.

„Scheiß drauf!" Die Neugier siegte über die Angst – ich öffnete den Umschlag. Vorsichtig, wie *Diane Kruger* im *Vermächtnis der Tempelritter* mit der Unabhängigkeitserklärung der Vereinigten Staaten, schob ich einen Zeigefinger in die obere linke, nicht zusammengeklebte Ecke. Noch nie hatte ich das Zerreißen von Papier körperlich so wahrgenommen. Meine Seele schien bei jedem Millimeter des Papiers ebenso Risse zu erleiden. Bei geschätzten zwanzig Grad Minus innerer Körpertemperatur entfaltete ich den Brief.

Hallo, mein Krümelchen,

Jap, das war Mam. Keine andere Person hatte mich so genannt.
Verstand kämpfte mit Zuneigung. Verstand kämpfte mit Hoffnung.
Der Blick verhakte sich mit dem Datum.
Wow! Heute vor ... Was? Das war ...
Unmöglich! Pause ... Denk nach! Gedankenverloren sah ich durch das Fenster in die Ferne. Unmöglich! Erschöpft plumpste ich auf das Bett. Ich sehnte mich nach einer Umarmung von ihr, einer von jenen, mit denen Teenager immer zwangsbeglückt werden. Ihrem lauten, fröhlichen Lachen, welches das weiträumige Wohnzimmer ausfüllte. Diesem Glitzern in ihren Augen, wenn sie wieder einen heimlichen Familienausflug geplant hatte. Alle möglichen Ideen geisterten auf der hyperaktiven Synapsenautobahn herum. Mein Hier und Jetzt kämpfte gegen die Hoffnung an, dass sie noch leben könnte. Ich stellte sie mir eingehüllt im grauen Trenchcoat vor. Den Hut und die Sonnenbrille tief ins Gesicht gezogen, das Auffällige darunter versteckt. Wie sie um Ecken spähte und einen unauffälligen und doch wieder verdächtigen Typen ausspionierte – in geheimer Mission. Sie musste

uns verlassen, um uns zu schützen. Es war einfach zu gefährlich für uns als ihre Familie. Sie war dem Bösen dicht auf den Fersen, jagte es. Der Autounfall war nur eine Täuschung. Und doch saß ich hier in meinem Zimmer im steil voranschreitenden einundzwanzigsten Jahrhundert, mit einem Brief in der Hand, der fast so alt war wie ich. Die Realität holte die Bond-Fantasien ein, und mit ihr kehrte der Gedanke an Unterstützung in den Vordergrund. Wo ist dieses freche Ding von Unterbewusstsein, wenn man es braucht? Von wegen stabil und unterstützend ...

Es war die ganze Zeit da. Nachdenklich blickte es mich an und überließ die Entscheidungen mir. Signalisierte mir, dass es felsenfest hinter mir stand.

Weiterlesen oder zum Teufel damit?

Ich jonglierte den Brief in den Händen. Wog die Optionen und die Nachwirkungen ab. Am Ende kam ich zu dem Schluss, dass ich mich das restliche Leben dafür hassen würde, wenn ich ihn nicht zu Ende las.

„Also dann. Mut. Mut, komm heraus!" Bestätigend nickte mir meine kleine innere Unterstützung zu.

Bitte erschrick nicht, wenn Du diese Zeilen liest.

„Ha, ha. Schon zu spät. Hätt' ich Hosen an, wären die bis zum Rand voll."

Ich weiß es ist viel, was ich von Dir verlange, aber lies diesen Brief bitte aufmerksam und versuche dabei, Dich von der „normalen" Realität, in der wir Menschen leben, zu lösen.
Cleo, da draußen gibt es noch viel mehr!
Ich werde versuchen, Dir alles so erdennah wie möglich zu erklären.

Erdennah – interessantes Wort in Bezug auf diese Situation.

Bitte lies einfach und denke später darüber nach.

Toll, die nächste, die mir vorhält, zu viel zu denken. Naja, dann werde ich dieser himmlischen Anordnung Folge leisten. Mein kleiner innerer Kraftprotz setzte sich abwartend und aufmerksam auf seine imaginäre Blumenwiese.

Letzte Möglichkeit zum Rückzug – bin ich denn bescheuert, auch nur darüber nachzudenken? Es war eindeutig ihre Handschrift, und diese Überzeugung trieb mich zum Weiterlesen.

In <u>meinem</u> Augenblick liegst Du oben in Deinem Bettchen und schläfst. Der Tag war anstrengend für Dich – Dein zweiter Geburtstag!

Er war wunderschön und Ally fürchterlich störrisch und eifersüchtig ...

Ich bin schon sehr gespannt, was die Zukunft für euch beide bereitzuhalten vermag.

Thomas bringt gerade deine Schwester ins Bett, und ich nutze den Augenblick, um Dir diesen Brief für <u>Deine</u> Zukunft zu schreiben – Deine, hier und jetzt in vierzehn Jahren!

Ich werde Dir viele Geheimnisse verraten.

Geheimnisse Deiner Familie und Geheimnisse Dich persönlich betreffend!

Ich hoffe, ich kann Dir alles so verständlich wie mir möglich vermitteln – falls dies überhaupt möglich ist ...

Noch verwirrender konnte es kaum werden.
STOP!
Einen derartigen Gedanken hatte ich heute bereits, und es kam alles anders.

Zu Beginn vielleicht gleich den ersten Schock, um diesen Brief ein bisschen erklären zu können. Ich weiß, dass ich sterben werde. Kurz nach Deinem vierzehnten Geburtstag!

Tief durchatmen – ist ja nicht das erste Mal an diesem Tag! Hektisch hob und senkte sich meine Brust. Die Lunge brannte von der beschleunigten und tiefen Atmung. Ich ... hyperventiliere. Ruhig Blut. Atme ruhig.

Gib nicht auf, Cleo! Meine kleine innere Unterstützung zeigte sich in motivierender Pose. Strahlte Stärke und Zuversicht aus, und gierig saugte ich beides in mich auf.

Danke!

Als sich Puls und Sauerstoffaufnahme wieder eingependelt hatten, las ich weiter. Sonst würde es nie ein Ende geben.

Das Wissen über mein Ende und den ungefähren Zeitpunkt treibt mich seit Deiner Geburt an und belastet mich sehr, aber trotzdem werde ich versuchen, Dir eine möglichst sorgenfreie Kindheit zu schenken!

Woher ich von meinem Tod weiß?

Das kann ich Dir erst später erklären. Bitte versuch es jetzt einfach so hinzunehmen!

Krümelchen, das alles ist sehr kompliziert. Du wirst noch weitere Briefe von mir erhalten, in denen ich Dich Stück für Stück in eine andere Welt einführen werde. Ich weiß nicht, ob der Anfang unserer Familiengeschichte auch der richtige für Dich ist. Darum beginne ich mit etwas anderem und bitte Dich, zuallererst in Dich hinein zu fühlen. In dein Innerstes. Zu fühlen, wie es in Dir aussieht. Ob an Deinem heutigen Geburtstag irgendetwas anders, ... eigenartig war?

Cleo-Maus, nicht der Tag an sich, sondern ob etwas anders war an Dir, etwas Neues? Ein Gefühl – etwas in Dir drin? Etwas, das Du noch nie zuvor gefühlt, getan oder erlebt hast?

Ich starrte auf die Schrift, versuchte zu verstehen, was ich da las. War ich durch die Gehirnerschütterung in ein Stadium geistiger Trägheit verfallen. „Dieser ganze Tag war zum Kotzen – und ich wünschte, er wäre endlich zu Ende!" Der Brief landete als Blitz-Wurfgeschoss hinter dem Kleiderhaufen. Bevor ich über diesen verdammten Tag nachdenken konnte, musste ich mir zuerst mal über diesen Papierkram klar werden.

War es ratsam weiterzulesen? Irgendwie fühlte ich mich nur ... keine Ahnung, wie ich mich fühlte. Es bricht alles zusammen – schon wieder! Ich finde keine Erklärung. ... Gefangen in einem Gefühlstornado, sprang ich auf und wanderte ratlos im Zimmer auf und ab. Landete irgendwann vor dem Musikplayer und stand aktionslos davor. Konnte mich nicht entscheiden. Was brauche ich? Stille oder Ablenkung? Klassik, Pop. Rock? Scrollte die Interpreten durch und blieb bei einer amerikanischen Band hängen – *3 Doors Down* ... Warum nicht? Ein paar härtere Gitarrenklänge taten mir im Augenblick sicherlich gut. Langsam entspannte ich mich bei den ehrlichen Gitarrenklängen und stellte mich dem heutigen Tag im Schnellverfahren.

Allys *Erweckung* – die Küche, Dad – mein Abgang ... Als der Kreislauf verrückt gespielt hatte. Das waren keine Nachwirkungen des Konzerts, das wäre ja ganz was Neues.

Dann der Streit mit Ilvy.

Diese halbseitige Wärme der Sonne ... Das war angenehm, aber auch etwas eigenartig. Den Rest blenden wir lieber aus – das war der negative Höhepunkt. Was genau meinte Mam? Das eigenartigste des heutigen Tages war ohne Umschweife ihr Brief. Den toppte nichts!

Zusammengefasst war dieser Tag einfach nur Obermist und hatte nicht den Ansatz einer Chance unter die heißbegehrten Top Ten zu gelangen! Aufstöhnend und ein Augenverdrehen unterdrückend angelte ich nach dem Brief.

Hast Du etwas entdeckt?
Bist Du Dir unsicher?
Ich kann Dir vielleicht etwas auf die Sprünge helfen ...
Du bist, entschuldige, Du warst immer ein sehr – wie soll ich sagen? –, ein sehr sensibles und empfindsames Kind. Als könntest Du spüren, was die Menschen um

Dich fühlen ... Mit Deinen zwei Jahren, die ich Dich jetzt habe, kann ich mit Recht sagen, dass ich Deine Gesten gut deuten kann. Du kannst dich noch nicht mit den richtigen Worten mitteilen. Oft bist Du zu nervös, aber ich sehe, wenn Du fühlst, was in anderen vorgeht und wie Du Dich dabei verhältst ... Du versuchst, es mir zu erklären, aber ich bin nicht wie Du. Für Dich ist das etwas ganz Normales. Etwas tagtägliches.

Wenn Dein Vater und ich nicht einer Meinung sind, sitzt Du in einer Ecke und hältst Dir die Ohren zu. Das machst Du nicht lange, als wüsstest Du genau, dass es nichts bringt, weil diese Gefühle sich nicht durch den Gehörsinn mitteilen.

Wenn Ally traurig ist, egal, wo sie sich gerade befindet – im Kindergarten, bei einer Freundin, in ihrem Zimmer, egal wo – Du fängst spontan zu weinen an und quiekst unter Tränen ihren Namen ...

Ich könnte noch viele dieser Beispiele nennen, und man könnte auch sagen, Du seist einfach ein sehr sensibles kleines Mädchen, aber ich vermute, nein, ich bin mir sicher, dass dies DEINE Gabe ist!

Ja, Deine GABE!

Die Gabe der Empathie ...

Cleo, Deine Gene leiten sich aus einer Familie mit unterschiedlichen Begabungen ab. Mit magischen Fähigkeiten.

„In jedem zweiten Geschlecht wird das letzte Kind eines Hexenkindes der Mutter Erde eine Hexe oder einen Hexer schenken."

So steht es in der Prophezeiung.
DU bist das letzte Kind eines Hexenkindes!
Die Bezeichnung „Hexe" ist in unserer Familie nur selten in Gebrauch. Vielleicht liegt es an den massiven Verfolgungen von damals, den Unschuldigen, die dabei ihr Leben lassen mussten, auch weil damit oft Böses in Verbindung gebracht wurde, was aber auf gar keinen Fall auf uns zutrifft. Darum hat sich in den zurückliegenden

Generationen die Bezeichnung „magisch", „eine Kraft", die „Kunst" oder „mit einer Gabe gesegnet" eingebürgert.

ICH?! Eine HEXE?! Nee ...
Hexenkinder? ... Hey, was für ein Quatsch war das eigentlich? Wie lautete der Spruch nochmal? Jedes zweite Geschlecht ... das letzte Kind eines Hexenkindes! Erneut flog der Brief in hohem Bogen aufs Bett. Die Knie dicht am Körper drapierte ich das Kinn darauf. Die Finger vergruben sich in den Haaren. Der Magen fühlte sich an, als würde ein wütender Koch über einem offenen Feuer Suppe aufbrühen und mein kleines inneres Ich grölend darum herum tanzen. Ganz zu schweigen vom Kopf, der die Bilder einer Abrissbirne speicherte, die gerade Starterlaubnis erhalten hatte. Die Gehirnwindungen spielten Baseball mit Gedankenfetzen. Das konnte doch alles nicht wahr sein. Ein Traum! Das musste ein Traum sein. Es gab keine logische Erklärung! Ich musste noch schlafen. Ally hat mich noch nicht aufgeweckt. Mein Geburtstag stand noch in den Startlöchern. Fest zwickte ich in den Handrücken. „AU! Verdammt!" Sprang auf und ab, auf und ab. Auf und ab. „Wach auf! Wach auf! Wach doch endlich auf!" Aber außer Schwindelgefühl, Kotzübelkeit und Schmerzen an der lädierten Körperseite passierte gar nichts. Energielos fiel ich wieder auf das Bett. Soviel zum Thema Traum. Es gab keine rationale Erklärung – für diesen Moment. Also versuchte ich, mich wieder an das zu halten, was Mam am Anfang des Briefes geschrieben hatte: *Lies bitte einfach und denke dann darüber nach.* Tja, leicht geschrieben, wenn einem so etwas vor die Nase gesetzt wurde.

Puh! Ich musste mich wieder beruhigen, sonst würde das nie etwas mit dem Weiterlesen. Tief durchatmen. Und noch mal. Einmal geht noch. Mein Lungenvolumen musste sich bereits verdoppelt haben bei diesen ständigen Atemübungen. So, Gedanken sammelt euch! Wie lauteten Mams Worte? Das letzte Kind eines Hexenkindes? „Wenn ich das letzte Kind bin und Mam das Hexenkind und sich das in jeder zweiten Generation wiederholte, dann würde das heißen, dass Granny eine ..." Nein!! „Unmöglich." Die Neugier wurde von neuem entfacht.

Ganz recht! Du bist die nächste Generation – DU besitzt magische Fähigkeiten! Viele Deiner Vorfahren, ob weiblich oder männlich, besaßen dieses außergewöhnliche Gen und haben dieses an die Nächsten weitergegeben. Alle reisten viel in Europa umher, auch gejagt, bis sich der Großteil um das 17. Jahrhundert in England niederließ. Aber zu dieser Geschichte erzähle ich Dir ein andermal mehr.

Deine Granny, meine Mutter, besitzt ebenso eine magische Fähigkeit. Ich habe keine, aber ich beneide sie nicht darum. Ich hatte die Ehre, ihre Gene an Dich weiterzugegeben! Der Spruch ist veraltet. Er ist auch jahrhundertealt, aber er hat sich bis zum heutigen Tag bewährt.

Ally besitzt dieses Gen nicht. Darum bitte ich dich, es für dich zu behalten, so lange es Dir möglich ist. Die Kluft, die sich bereits zu meiner Zeit, einer sehr jungen, frischen Zeit, zwischen euch bildet, wird wahrscheinlich bestehen bleiben. Ich hoffe das Beste, dass sich dies noch wandelt, aber ich glaube, dass diese Hoffnung nicht sehr fruchtbar ist. Es wird der Zeitpunkt kommen, an dem sie es verstehen wird, nur jetzt ist sie nicht bereit dafür ...

Deine Tante Abbygale hat ebenfalls zwei Töchter, beide in deinem Alter, aber ich kann Dir nicht sagen, ob Caroline oder Lucy dieses Gen in sich tragen. Es besteht kein Kontakt zwischen uns.

Ach Krümelchen, es bricht mir das Herz, dass ich nicht bei Dir sein kann, um Dich zu unterstützen, Dich zu führen, Dich zu behüten ... und Dir eine Antwort auf die Fragen zu geben, die jetzt auf Dich einstürmen!

Es wäre meine Aufgabe, Dich zu führen, von Anbeginn des Erwachens Deiner Gabe bis zur vollen Reife. Von da an sollte Dich die Meisterin bis zur vollen Stärke geleiten. Ich zerbreche, wenn ich daran denke, was Du noch alles bewältigen musst, mich das Schicksal Dir entreißt und ich Dich alleine, ohne meine Unterstützung zurücklassen muss. Aber Du wärst nicht mein Krümelchen, wenn ich nicht mit Gewissheit wüsste, dass Du nie aufgibst – egal, was kommen mag!

Du bist bereits jetzt eine sehr willensstarke, kleine Person. Das musst Du auch sein, bei den Gefühlen die tagtäglich auf Dich einstürmen.

Cleo, ich werde Dich im Moment nicht mit mehr belasten oder verwirren.

Das war genug für einen Brief.

Du wirst bald einen weiteren erhalten, in dem ich versuchen werde, Dich mit den neuen Veränderungen vertraut zu machen.

„Aber was ist die Gabe von Granny und warum jetzt und warum wusstest du, wann du sterben würdest, und woher kommt dieser verdammte Brief und die anderen? ... Ach, Mam! Warum bist du nicht bei mir?" Mit letzter Willenskraft wiederstand ich dem Drang, aus diesem blöden Fetzen Papier einen Flieger zu basteln und ihn endgültig in Richtung Pool abzufeuern.

Ich verstehe, dass Du wütend bist, Krümelchen, sehr gut sogar, denn ich bin es auch! Versuche, bis zu meinem nächsten Brief in Dich hineinzufühlen und Deine Gabe etwas kennenzulernen. Ich weiß, dass Du bereits eine wage Vermutung hast, worauf ich anspiele.

Deine Granny ist Meisterin der Telekinese und als kleine Zeitüberbrückung oder Hausaufgabe: Ich habe Dir einmal ein Foto von ihr gezeigt. Kannst Du Dich an die Kette erinnern, die sie darauf um ihren Hals trägt?

Versuch Dich zu erinnern ...

Ich weiß, Du schaffst es!

Alles Liebe zum Geburtstag!
Ich liebe Dich, mein Krümelchen!
Bis bald
Deine Mami
C.

Vier

„Die Kathedrale Notre-Dame de Chartres in Chartres ist das Urbild einer hochgotischen Kathedrale. Was?" Ich hätte Geschichte mehr Beachtung beimessen sollen. Keiner dachte in diesen Unterrichtsmomenten, dass sich eine Situation ergeben könnte, in der es tatsächlich Verwendung fand. Kopfschüttelnd überflog ich den Text, in dem eine Tunika erwähnt wurde, die Maria angeblich bei der Empfängnis von Jesus getragen haben soll. Unterschwellig stellte ich mir die Frage, wie es zu dieser Behauptung gekommen war? Trotz Gen- und Blutanalysen und anderen Wunderwerken, mit denen die Wissenschaft heutzutage auftrumpfen konnte, benötigte man dafür dennoch Erbgut, mit dem man dieses vergleichen konnte, oder? Wusste irgendein Geheimbund von Nachkommen Marias oder Jesus, die uns verheimlicht worden waren? Hoch skeptisch ließ ich diese Überlegungen fallen – sie brachten mich nicht weiter.

Keine Ahnung, wie lange ich mich bereits auf Spurensuche befand. Ein innerer Impuls hatte mich nach unten in Dads Arbeitszimmer getrieben. Warum nicht ins Internet? Dort begannen die meisten Recherchen. Andererseits suchte ich nach einem Buch. World Wide Web hin oder her, ein Buch blieb ein Buch und ich musste dringend etwas Greifbares in Händen halten. Etwas Schwerwiegendes, also suchte ich in der Bibliothek nach dem passenden Brockhaus und begann, darin zu stöbern. Hastig blätterte ich die Seiten um. Stieg die Treppe, den Blick auf die Seiten gerichtet, wieder hinauf in den ersten Stock. Strich mit dem Zeigefinger über die alphabetisch angeordneten Schlagwörter. Begleitet von den Geräuschen aus dem Garten, die auch vor meiner Zimmertür nicht haltmachten. In die Welt der Wörter versunken, sah ich auf. Ein Bumpern. Anders als die tiefen Bässe der

Musik. War das ein Klopfen? Kopfschüttelnd tauchte ich wieder in die Lektüre ...

Die anfängliche Zerstreuung durch Mams Worte gewährte mir langsam kleine Lichtblicke. Immer deutlicher stand für mich fest, ich musste etwas unternehmen. Musste ein Muster für mich finden. Eines, das mich wieder an meine geistige Gesundheit glauben ließ.

Für mich existierten nur zwei Möglichkeiten, um an ein Problem heranzugehen. Zum Ersten: ich klinke mich geistig komplett aus. Lasse das Problem herankommen und entscheide spontan aus dem Bauch heraus. Die Lösung ist eine Fifty-fifty-Chance. Hm, wenn ich so zurückdachte, hatte mich dieses Gefühl noch nie im Stich gelassen. Trotzdem stand ich einer Kombination aus dieser Aufgabe und den offensichtlichen Möglichkeiten skeptisch gegenüber.

Die zweite Variante: an das Problem rational heranzutreten. Fakten sind nun mal Fakten! Und wo fand man diese? In einem Buch oder im Internet. Abgesehen von Fake News. Danke, ich befand mich in meiner eigenen falschen Neuigkeit. Mal ehrlich, wie sollte man an eine Geschichte wie diese nüchtern herangehen? Aber mir blieb nichts anderes übrig. Mein Bauch hatte sich, seit ich Mams Worte gelesen hatte, im Steinchen Herumschleudern zum Meister ereifert und trainierte hartnäckig weiter. Vielleicht strebte er eine Olympiateilnahme an. Also stopfte ich die Option Bauchgefühl in die hinterste Ecke, in diesem Zustand am besten gleich vergessen.

Meine kleine inneres Ich, diese Mischung aus Sherlock und Holmes, stand mir tapfer mit Hut, Mantel, Lupe und lungenschwärzender Qualm-Pfeife zur Seite. Was ich ihm auch riet, nachdem es mich schamlos im Stich gelassen hatte, um die eigenen Wunden zu lecken. Meine Welt stand Kopf und fuhr Achterbahn, über die Auswirkungen wollte ich noch nicht nachdenken. Seit langem fühlte ich mich wieder ratlos. Unsicher, total verunsichert. Also blieb mir keine andere Wahl. Eine klare Herangehensweise, eine sichere Aufklärung war unumgänglich. Ich würde herausfinden, wer mich so schamlos an der Nase herumführte. Aber wie sollte ich das machen? Wo anfangen? Die kleinsten Hinweise konnten relevant sein ...

Es war bereits mitten in der Nacht. Jegliches Zeitgefühl war mir bei der neusten An-die-Decke-Starr-Technik abhandengekommen. Als ich so dagelegen und den Brief ein zweites Mal gelesen hatte, dann noch ein drittes Mal, bei dem sich meine kleine innere Freundin endgültig wieder aus ihrem Versteck wagte, erwog ich nach dem vierten, doch Meister Google um Rat zu fragen. Zu diesem Zeitpunkt schien die Party noch im vollen Gange zu sein, aber es interessierte mich weniger als je zuvor. Wo sollte ich anfangen?

Wenn ich das Wort „Hexe" eintippte, würde ich nur mit unübersichtlichem Zeugs bombardiert werden. Da etwas Brauchbares oder etwas über Mams Familie raus zu filtern, grenzte an eine Sisyphusarbeit! Für die anderen Geschichten, Mythen und Legenden hatte ich keinen Nerv. Woher auch? Fantasy gehörte nicht zu meinen Lieblingsthemen. Egal ob in der Flimmerkiste, auf Papier gedruckt oder in der Realität, Fantasy war einfach zu weit entfernt von der wirklichen Welt. Für mich stand fest, Vampire, Werwölfe, Zauberer und dergleichen waren weitergesponnene Hirngespinste. Früchte, entstanden aus der menschlichen Angst hauptsächlich von Personen, die den Bezug zur Realität verloren oder Schwierigkeiten hatten, mit und in ihr zu leben. *Harry Potter* und *Twilight* kamen mir in den Sinn oder *Der Herr der Ringe* – Wahnsinnserfolge! Bei den beiden erstgenannten widmete ich mich jeweils dem ersten Teil und das auch nur unter Ilvys Druck und Betteln. Mit Müh und Not schaffte ich bei *Der Herr der Ringe* alle drei Teile der Verfilmung. Mein kleiner Sherlock sah mich strafend an. Na schön, ich hatte den Zweiten total verpennt, und im Nachhinein war ich immer noch der Meinung, nichts verpasst zu haben. Kaum erwähnenswert, dass *Der Hobbit* spurlos an mir vorübergezogen war. Meine Beste lag mir in den Ohren, etwas zu verpassen.

Dan Brown war mein Fall. Dad wäre nicht glücklich, wenn er wüsste, dass ich mich an seinen *Simon Beckett*-Büchern vergriffen hatte – und das in deinem Alter! –, aber die Forensik war ein interessantes wissenschaftliches Thema, das mich fesselte, genauso wie Computer. Mathematik bestand ebenfalls aus Regeln, an die man sich halten musste, sonst brach das System zusammen und Chaos aus. Ein ernst zu nehmendes Ergebnis war somit unmöglich. In einer Sache teilten Ally und ich die Ansicht: In meinem Kopf liefen einige Synapsen nicht geradeaus. Ihrer Meinung nach sollte ich mich für Liebesromane, Schnulzenfilme und natürlich Jungs interessieren, schließlich funktionierte das Ganze im Livestream nicht ohne das andere Geschlecht. Dass Krimis, Aktion, Thriller, Pathologie, unsere Erde, Natur und der Klimawandel mich reizten, erweiterte die Kluft zwischen uns Schwestern noch mehr. Michelangelo blitzte kurz in den Gedanken auf – Freigeister sind es, die unsere Welt verändern. Freigeister sind es, die ihre Ideen nicht aufgeben, die daran glauben, die Rebellionen entfachen, die für das Wohl anderer eintreten, die nicht hirnlos einer Mehrheit vertrauen ... Meine Schwester befand sich weit von diesen Menschen entfernt. Zu oft quälten mich Gedanken an unsere Unterschiede. Oft fragte ich mich, warum wir nicht zusammenfanden, so wie ich es bei anderen Geschwistern miterleben durfte. Warum war ich nicht gut genug in ihren Augen? Nicht die Schwester, die sie annehmen konnte. Was hatte ich an mir, dass sie mich so sehr hasste? Irgendwann kam der Tag, an dem man die sehnsüchtigsten Wünsche im Klo runterspülte. Ich angelte nach dem Umschlag.

Chartres. Warum genau Chartres? Was hatte diese Kathedrale damit zu tun? Oder versteifte ich mich auf etwas, das eigentlich nur purer Zufall war? Aber viel wichtiger, falls dieser Brief echt war – um ehrlich zu sein, ich zweifelte kaum noch daran –, wer hatte ihn verschickt?!

Den Schulkalender auf dem Schoss überflog ich Dads Aufenthaltsorte. Ich trug jede seiner Reisen ein, um mich fristgerecht auf Allys Tyrannei vorbereiten zu können. Er bildete den ersten Verdächtigen. Jede Seite genau im Blick, zwei Monate rückwirkend. Verdammt! Es wäre zu leicht gewesen. Genauso schnell schied der Hauptverdächtige wieder aus. In den vergangenen Wochen hatte er sich nicht im Ausland aufgehalten, ergo auch nicht in Frankreich.

Ally – Oh. Mein. Gott! –, die strich ich gleich wieder von der Liste.

Herta. Nöö. Die war immer da. Nicht mal richtig Urlaub, soweit ich mich erinnerte.

Ilvy – hm, wir hatten zwar diesen Streit und sie wollte mich für dumm verkaufen, aber Meinungsverschiedenheiten gab's öfter. Aber so etwas? Neee, so ein Geheimnis könnte sie nie und nimmer für sich behalten. Außerdem war sie noch nie in Paris.

Tristan – er lebte ein knappes Jahr in London. Keine Ahnung, ob er einen Abstecher nach Paris gemacht hatte. Würde Mam ihm derartiges anvertrauen? Sie mochte ihn. Seine Eltern und unsere waren seit langem miteinander befreundet. Mit dem Bleistift kritzelte ich DeViner auf eine freie Seite. Christopher und Margret waren die heißesten Spuren, ich musste dem nachgehen.

Gleichzeitig tippten sich Sherlock und ich mit dem Stift gegen die Unterlippe. Der nähere Bekanntenkreis fiel zum Großteil aus. Da diese Gedanken zu nichts führten, musste ich mir andere Anhaltspunkte suchen. Einen Anfang, eine Verbindung, Fakten, etwas, das mich weiterbrachte, das nach einem Schema ablief. Irgendetwas Handfestes!

Zurück zum Internet. Vielleicht konnte mir Wikipedia weiterhelfen. Keine zwei Minuten später durchforstete ich das Inhaltsverzeichnis. Angefangen bei der Bedeutung, Geschichte, irgendetwas über Fassaden, Ausstattung und Innenraum. Las weiter bei Besonderheiten, Literatur und endete bei Weblinks.

Ja ja, bla bla! Oder auch nichts finden ...

Für was sollte ich mich entscheiden? Unschlüssig scrollte ich nach unten und mir wurde ganz schlecht bei den vielen, vielen Seiten die es über diese Kathedrale zu berichten gab. Es half nichts, ich entschloss mich, ganz oben zu starten, und endete bereits nach dem zweiten Absatz wieder. Das war ja alles auf seine Art interessant, aber beinhaltete nicht das, wonach ich suchte. Wonach suchte ich überhaupt? Frustriert fuhr ich mit den Fingern durch mein struppiges Haar. Warum kam mir diese Kathedrale so bekannt vor? Geschichtsunterricht? Nein, ja doch, schon, aber das war es nicht!

„Da muss was sein." Hoffentlich leitete mich mein Bauchgefühl nicht in die Irre. In der Auflistung wurden Besonderheiten erwähnt. Den Bleistift wieder an der Lippe, scrollte ich runter. Runter. Runter. Halt, was war das? ... Zurück! Irgendetwas war mir ins Auge gesprungen. Wo war es? Da. Unter Geschichte: Ein keltischer Brunnen inmitten einer katholischen Kathedrale? In einer Krypta? Das Becken des Brunnens ist perfekt nach den Himmelsrichtungen ausgerichtet. Das ist doch mehr als eigenartig? Das passt doch nicht zusammen ...

Im Schnelldurchlauf überflog ich die anderen Absätze und stieß erneut auf die Jungfrau Maria. Moment mal. Im oberen Teil steht, dass Maria die Tunika bei der Empfängnis Jesu getragen hatte, und hier wird wieder von seiner Geburt geschrieben. Na, was nun? Ok, damals besaßen die Menschen nicht so viele Klamotten wie heute, vielleicht hatte sie es bei beiden Ereignissen getragen. Dass sich dadurch ein Marienwallfahrtsort ergeben hatte, stand außer Frage. Trotzdem blieb die Skepsis unerschütterlich. Nachdenklich lehnte ich mich zurück und kippte fast von der Sitzgelegenheit. So bequem dieser Sack auch war, so beherbergte er auch seine Tücken. Der kleine Schreck hatte den Gedanken keinen Abbruch getan. War dieses Tuch wirklich echt? Die konnten sich ja nicht mal darüber einigen, zu welchem Zeitpunkt sie es getragen hat! Da könnte ja jeder daher kommen. Das Einzige, was ich zum jetzigen Augenblick wirklich toll fand, war, dass es eine Marienkirche war. Die Euphorie bereits getrübt, überflog ich dennoch, was Wikipedia weiteres zu bieten hatte. Ich scrollte weiter nach unten und gelangte endlich zu den Besonderheiten. Hoffnung keimte auf, und ich vertiefte mich ...

Okay, sie steht anders als die anderen Kathedralen. Ein Hoch auf den Architekten, den – wie ich herauslas – kein Schwein gekannt hatte, sich aber gegen Normen gewehrt und sich etwas anderes hatte einfallen lassen. Ein für mich magisches Wort zog mich an – Zahlenverhältnisse? Viele Wissenschaftler haben sich mit dem Bau von Chartre beschäftigt? Die Augen brannten. Unschlüssig, ob das Weiterlesen dieses Artikels wirklich die richtige Option darstellte, stand ich auf, um den trägen Beinen wieder etwas Leben einzuhauchen. Alles total steif. Auch Sherlock tigerte in seinen geheimen Hallen auf und ab.

Hm ... wissenschaftliche Erkenntnisse. Von denen fand ich keine genaueren Auflistungen in diesem Artikel. Notiz ans Gehirn: Diese Zahlenverhältnisse morgen genauer unter die Lupe nehmen. Was mich aber in diesem Absatz stutzig machte, war das Wort „esoterisch". Nein, heute nicht mehr. Für den Augenblick warf ich die genauere Durchleuchtung über Board.

Vielleicht sollte ich noch auf anderen Seiten nach Informationen suchen. Die Hexenverfolgungen, die Mam erwähnt hatte. Plötzlich veränderte sich etwas. Ich schwöre, irgendetwas geschah in diesen vier Wänden. Kalt, mir wurde kalt. Eine grässliche, säurehaltige Gänsehaut überzog meinen Körper. Der bloße Gedanke daran bereitete mir Übelkeit. Ich zitterte. Der spottende Blick meines inneren Ichs traf mich. Ich schwöre, die Raumtemperatur war gesunken. Ich wartete nur darauf, den Atem im kleinen Wölkchen aus dem Mund aufsteigen zu sehen. Aber nichts geschah. Erleichtert atmete ich aus. Ich weiß. Ich weiß. Ich sollte bei den Bettlektüren lieber die Füße stillhalten, aber bei den ganzen Thriller und Krimis weiß ich, dass sie erfunden sind. Aber das! Verdammt! Diese Massaker, diese Morde waren Tatsachen –

auch wenn sie schon hunderte von Jahren in der Vergangenheit lagen.

Skeptisch betrachtete ich die Rückseite des Bildschirms. Wo war nur diese Kälte hergekommen? Die Neugierde wurde in vielerlei Hinsicht geweckt. Was nun? Mein kleines inneres Ich zeigte mir die blitzenden Zähne. Hast recht. Zähne zusammenbeißen und durch.

Neue Suchbegriffe: „Hexenverfolgung' bezeichnet das Aufspüren und Verhaften, Foltern – verdammt! – sowie Bestrafen, insbesondere die Hinrichtung von Personen, von denen man glaubte, sie praktizierten Zauberei beziehungsweise stünden mit dem Teufel im Bunde." Mir graute bei der Erinnerung an einen Schulausflug in eine alte Burg. Dort hatten wir einen Abstecher in das dortige Verließ gewagt. Die Folterwerkzeuge und die Streckbank hatten mich nächtelang um den Schlaf gebracht –, da fand ich die aktuelle Bettlektüre wieder richtig romantisch. Mit einem mulmigen Gefühl in der Magengegend las ich über die Ausbreitung der Verfolgungen in Mitteleuropa und dass drei Viertel der Opfer Frauen waren. Bei den Worten Global und Gegenwart weiteten sich die Augen – was? Immer noch? Hey! Wir leben im einundzwanzigsten Jahrhundert! Wenn uns etwas global Schwierigkeiten bereitete, dann waren es die Erderwärmung sowie die Ignoranz und Geldgier mancher Machthaber. Auf der Suche nach innerer Ruhe, schloss ich die Augen und zählte von Zehn runter. Dieses engstirnige Verhalten verleitete den Puls, Marathonrhythmen für Einsteiger anzunehmen, und benötigte besondere Aufmerksamkeit, um wieder in ruhigere Schläge zurückzukehren.

Diese schlaflosen Nächte würden mit diesen veralteten Tatsachenberichten ein Revival erleben, trotzdem las ich weiter.

Soweit ich diesen Absatz verstanden hatte, waren es vor allem die damaligen Vertreter der katholischen Kirche, die das volkstümliche Heilwissen und die damit verbundenen Zaubertraditionen als Teufelspakt ansahen und sie als ... betrachteten. Als was? Apostawas? Apostasie? Häresie? Der was? Genervt verzog ich die Mundwinkel. Okay, das Überspringen wir. Es wird uninteressant, wenn man Wörter googeln muss, nur weil man ihre Bedeutung nicht wusste. Die Suche wurde spezifischer: Die damaligen Verfolgungen und die Beteiligung der Kirche. Im Internet stieß ich auf eine Theologieseite, aus der deutlich hervorging, dass bis zum heutigen Tag keine einzige Glaubensrichtung eindeutig Stellung zu dieser Thematik bezogen hat. Fassungslos starrte ich auf die letzten Worte – scheinheilige Feiglinge!

Dann stieß ich auf die Inquisition – die abgesandten Richter der katholischen Kirche. Sie waren es, die den Freifahrtschein zum Richten über unzählige Frauen und Männer mit sich trugen. Als ich erneut bei den Foltermethoden ankam, gesellte sich zur Gänsehaut auch noch Übelkeit. Bewusst verlagerte ich die Suche nach Italien – nach Rom. Im Geschichtsunterricht zählte diese Stadt zu den spannendsten Themen. Eroberungen, Morde, Intrigen, unglaubliche Bauwerke und Erfindungen. Das römische Reich und ihre strahlenden Herrscher. Nachdenklich, das Kinn in eine Hand gestützt, starrte ich auf ein Bild des Petersdoms. Mit einem Finger der anderen wickelte ich eine verirrte Locke auf und wieder ab. Was sollte ich mit dem Ganzen anfangen? Kirche, Hexen, Kathedralen, die dort standen, wo sie eigentlich nicht stehen sollten oder durften ...

Wieder wurde das Wummern außerhalb der Zimmertür stärker. Nein, das war kein Bass. Das war ein Klopfen. War es das bereits die ganze Zeit? Das Geräusch würgte den Rest der dahin schweifenden Gedanken ab. Auf der Suche nach der Fortsetzung – es fühlte sich so wichtig an – verschob ich das Klopfen an den äußeren Rand des Bewusstseins. In dieser Situation war es mir vollkommen egal, wer vor der Tür stand.

Viel wichtiger war, was wollte mir Mam mit alldem sagen? Eine kleine Geschichtsstunde? Wozu? Irgendwie hörte sich das nach einem gestrickten Märchen an. Aber warum sollte sie mich derartig auf dem Arm nehmen? Mein Blick heftete sich auf den Brief, den ich neben den

Laptop gelegt hatte. Erneut zählte ich die Indizien im Geiste auf. Es war ihre Handschrift – davon war ich überzeugt! So oft hatte ich sie gelesen, Mam beim Schreiben zugesehen und selbst versucht, diese Schnörkeleien nachzuahmen ...

Klopf! Klopf!

„Keiner da!"

Oder trat ich geradewegs in eine Falle? Ally? – Aber warum? Wir stritten und zankten uns, aber keiner verletzte den anderen auf eine derartige Art und Weise ... Nein. So gemein war selbst sie nicht! Oder? Ein Funken Skepsis blieb. Mam schrieb ebenfalls von einer Kluft zwischen uns, die bereits damals entstanden war.

Stopp!

Die skeptischen Gedanken gewannen an zu viel Höhe, und es vermischte sich Realität mit ihren eigenartigen Zeilen, von denen ich nicht zu hundert Prozent sicher war, unter welchem Einfluss sie verfasst worden waren. Mit der Stirn knallte ich auf die Tischkante.

„Autsch." Oder will ich es nicht wahr haben? Habe ich Angst, dieser Brief könnte mich aus der neu gefestigten Welt reißen und zurück in dieses Chaos katapultieren in dem sie Ally, Dad und mich allein gelassen hatte.

Klopf! KLOPF!

Oder? Oder? Oder?! Die Gedanken nahmen wieder an Fahrt auf.

Kathedrale – Hexen – heiliger Brunnen – Hexenverfolgung. Chartres. Irgendwas war an dieser Kathedrale dran. Nur was? Aber Hexen und Kirchen, das weiß sogar jeder Atheist, geht gar nicht. Trotzdem, die Zweifel blieben, es musste einen Zusammenhang geben.

Wir waren keine sehr christliche Familie. Wenn wir eine Kirche betraten, dann aus einem speziellen Anlass und nicht, wie manche Menschen, um Gebete zu sprechen oder sich an diesem Ort Gott noch näher zu fühlen. Schockiert hielt ich inne. War dies ein Hinweis, dass ich keine Kirche mehr betreten konnte? Die verkrampften Muskeln lockerten sich. Wenn das zutraf, so war der Verlust kein allzu großer. Nach Art der Religion, die unsere Eltern lebten, befand sich Gott oder das Überirdische überall um uns, und Mutter Erde beschenkte uns mit all der wunderbaren Natur und ihren Geschöpfen und gestattete, dass wir mit ihnen leben durften. Eiskalt rann es mir erneut den Rücken runter. Das Pochen hinter der Stirn verlor sich. Diese Ansicht über das Göttliche in unserer Welt hatte sich mit Mams Tod schlagartig geändert. Warum sollte ich an derartig Grausames glauben, an einen herzlosen Gott, der mir einen der wichtigsten Menschen in meinem Leben entrissen hatte. In mir lebte die Wissenschaft; dieser Durst nach handfesten Beweisen war immer stark verankert in mir gewesen. Mams Tod hatte die Urknall-Theorie zu meiner Religion gemacht. Ein ewiges Streitthema, schließlich gab es keine Augenzeugen, und wer uns Menschen kennt, weiß, dass wir sehen müssen, um zu glauben. Aber können wir Gott sehen? Zumindest ergaben sich für die Wissenschaft immer wieder neue Methoden, Theorien zu beweisen, neue aufzustellen und immer mehr in die Weiten unseres Universums vorzudringen. Für mich stand fest, dieser Gott war eine Phantasie des verunsicherten Menschen, der in der Not und in der Qual seines Leidens etwas brauchte, an das er glauben konnte und seine Hoffnungen band. Seid doch ehrlich, wann beten die Menschen vorrangig? Wenn es ihnen mies ging, oder Angst das dominantere Gefühl darstellte. Freunde lasst euch sagen, es hilft nichts, ich hab' es versucht und bin auf ganzer Linie gescheitert, und ich bin mir sicher, dass es bereits vielen anderen auch so ergangen ist. Aber von mir aus, wenn es denjenigen hilft, ihre Not zu überstehen, sollen sie daran festhalten. Jeder hat das Recht, an das zu glauben, was er will, sei es nun die Wissenschaft oder die Weltreligionen.

KLOPF! KLOPF!
Eine Schimpftriade lag mir auf der Zunge. Verdammt, nicht jetzt! Ich glaubte auf einem guten Weg zu sein ... Aufgeregt wetzte ich die Handflächen aneinander.
KLOPF! KLOPF!

Grrr. Hartnäckig!

„Cleo, ich weiß, dass du da bist. In deinem Zimmer brennt Licht." Es war doch ein Fehler gewesen, auf Beleuchtung umzusteigen! „Darf ich rein? Bitte ..."

Ilvy? Was? Jetzt?!

Mehr als ungelegen. Unsicher sah ich mich im Zimmer um. Der durch unseren Streit entstandene Säurepegel hielt nie lange im roten Bereich. Dieses bunte Huhn war schließlich meine beste Freundin und hatte schon allerhand Dreck mit mir durchgestanden.

Verweichlicht. Ja, das bin ich! Außerdem brannte ich darauf, jemandem von diesem Schlamassel zu berichten. Vielleicht konnte sie etwas Licht ins Dunkel bringen. Mir rauchte der Kopf, und die Synapsen litten an Übermüdung und den Nachwirkungen des Sturzes. „Sicher, komm rein."

Zögerlich öffnete sich die Tür. Ein bunter Igel schaute durch den Spalt. „Hej. Wie geht's?"

„Hej. Geht schon. Selbst?"

Sie kam nicht weiter rein? Der Streit schien sie doch etwas kleinlaut gemacht zu haben. Ich sah genauer hin. Warum waren ihre Augen so gerötet ...? „Hast du geheult?"

„Was ist mit deiner Stirn?" Die Fragen schossen wie aus einer Pistole.

Unüberlegt jumpte ich zur ihr, schwankte gefährlich und zog Ilvy ins Zimmer. Zum Abschluss knallte ich die Tür zu. In diesem Haus schlief sowieso nie jemand, warum also betont leise sein!?

Die rasche Abfolge an Bewegungen bereute ich augenblicklich. Zur Krönung wurde mir auch noch schwindlig, übel, und alles begann sich zu drehen. Scheiße! Bloß kein Blackout ...

„Cleo!!" Sie versuchte, mich zu stützen. Ihr gegenüber wirkte ich zwar schmächtiger, aber in der Länge maß es einen Kopf Unterschied zwischen uns, was den Stützfaktor etwas erschwerte. Zum Glück reichte es aus, bis sich Gehirnwindungen plus Gleichgewichtsorgan von der Karussellfahrt erholten und versuchten, wieder im Gleichklang zu arbeiten. Mit einer Körperhälfte lehnte ich am Türrahmen, die andere hing auf Ilvy. „Cleo?" Die Angst in ihrer Stimme schnürte mir die Kehle zu, „was ist mir dir?" Welche Gedanken kreisten wohl unter ihrem bunten Haupt? Die Hand zur Stütze auf ihrer Schulter deutete ich in Richtung Bett. Kleine, prüfende Schritten begleiteten uns dorthin. Als ich saß und nicht drohte, zur Seite zu kippen, reichte sie mir eine der Wasserflaschen, die ich neben dem Schreibtisch bunkerte. Lange Zeit starrte sie nachdenklich auf ihre ineinander verschränkten Finger. Vorsichtig neigte ich den Kopf von einer Seite zur anderen und befand, dass sich alles am richtigen Platz befand. "Keine unkontrollierten, hastigen Bewegungen", ermahnte ich mich.

„Was ist passiert?" Es schien, als hätte Ilvy ihre Gedanken ebenfalls sortiert und war nun bereit, sie mir mitzuteilen.

„Das Gleiche könnte ich dich fragen." So schnell gab ich nicht klein bei. Es blieb eine Tatsache, dass sie geheult hatte.

„Cleo, du kannst nicht bestreiten, dass du schlimmer aussiehst als ich." Mit den Händen zeigte sie auf ihr gerötetes Gesicht. A-ha! Ich hab' recht, aber ob dieses Pflasterchen an der Stirn schlimmer ist? Darüber lässt sich streiten. „Du hast einen dicken Bluterguss im Gesicht, mal abgesehen von dem Verband an deiner rechten Stirnseite." Der Wir-lesen-Cleos-Gedanken-Tag schien noch nicht vorbei zu sein. Bluterguss? O-kay, der war neu, aber ich musste zugeben, an der Stelle pochte es ohne Unterbrechung. Bislang konnte ich es vermeiden, mit dem Spiegel zu kollidieren. Vorsichtig betastete ich die beschriebene Stelle. An der Schläfe abwärts verlaufend, der Schmerz wies mir den Weg. Auf der Lippe kauend, betrachtete ich die Schemen meines Ichs im Fenster. Vielleicht sollte ich doch einen genaueren Blick riskieren. Wie auf Wolken bewegte ich mich ins Bad – ich muss es sehen, sofort! Ilvy befand sich dicht hinter mir. Sie vertraute meinen Kräften nicht – um ehrlich zu sein, ich auch nicht. Wie hatte ich es geschafft, die Treppe runter und wieder rauf zu gelangen, ohne zu stolpern oder zu stürzen? Rechts hinter mir blieb sie stehen. Eine Hand auf meiner rechten Schulter. Gemeinsam starrten wir in unsere Gegenüber an der Wand.

„Ach du heiliger, dampfender Misthaufen ... Wie sehe ich nur aus?" Fast die komplette rechte Gesichtshälfte war mit dunkelblauen, violetten Schattierungen verschönert. Die grünen Augen sahen mich nicht nur erschrocken an, es lag ein Gruselfaktor in der gesamten Farbkombination. Das i-Tüpfelchen lieferte dieser weiße Klecks von Verband auf der Stirn. Ich hob die Hand, widerstand aber dem Drang, diese Farbenpracht erneut zu berühren.

„Komm, wir gehen zurück."

Ein stummes Nicken war alles was ich in diesem fassungslosen Zustand zustande brachte. Dad lässt mich nie wieder auf ein Pferd steigen ... Die Verzweiflung stand mir bis zum Hals. Was sollte ich tun?

Herta! Gleich morgen musste ich sie um ihr Hausmittelchen bitten. Dieses Öl, das sie mir immer auf die blauen Flecken schmierte, wenn ich es nicht rechtzeitig schaffte, den Körper vor unbeweglichen Dingen in Sicherheit zu bringen? Bäume, Straßen, Schaukelgestelle ... Irgendein Kraut. Ach, sie würde es schon wissen, wenn sie mich sieht. Erschöpft sank ich wieder aufs Bett. Herta kannte mich und die Sturzergebnisse seit meiner frühesten Kindheit. Sie war die perfekte Mischung aus Kindermädchen, Köchin, Seelsorgerin, Süßigkeitenfabrik und Erste-Hilfe-Koffer. Kurz, sie war wie eine Oma für mich.

Zurück zu Ilvy, die mich immer noch fassungslos musterte.

„Das blaue Ding ist neu", ich deutete auf die betroffene Stelle, „also, ich meine, ich hab' es selbst noch nicht gesehen. Hat sich wohl erst in den vergangenen Stunden gebildet." Quassel, Quassel, Quassel, „hm ...", was soll's! „Ich bin vom Pferd gefallen."

Sie sprang so schnell vom Bett auf, dass ich es nicht wagte, ihr mit Augen oder Kopf zu folgen. Gott, wie sehr ich mich nach Normalität sehnte – ich dachte an Celtic. Wie schwer musste es erst für ihn gewesen sein, nur drei Beine benutzen zu können, den natürlichen Instinkten nicht folgen können. Wie es ihm heute Nacht ging? Mir Mut zusprechend, straffte ich die Schultern – ich schaffe das. Ich würde nicht aufgeben und positiv an den Tag denken, an dem ich wieder auf seinem Rücken über die Felder jagen konnte – ohne über irgendetwas zu springen. So viel zum Thema Mut. Wann speicherte ich endlich ab, dass Sicherheit vor Adrenalin kam?

„Wann?", ihre Stimme klang schrill.

„Nicht so laut." Viel zu schrill.

„Entschuldige." Sie ließ sich wieder neben mich sinken. „Es ist meine Schuld."

„Was?!" Jetzt war es an mir, die Dezibel in der Stimme zu erhöhen. „Spinnst du! Wie kommst du auf diese bescheuerte Idee?" Naja, wenn man es genau nahm ...

„Aus mehreren Gründen. Es war auf dem Rückweg, oder?", keine Chance zum Antworten. „Ich hab deine Konzentration gestört mit unserem dummen Streit. Dabei hattest du vollkommen recht. Alles! Einfach alles. Was Marc betrifft und deine Schwester sowieso."

Nun befand ich mich in der Zwickmühle. Man stelle sich die Situation vor. Ein dummer Streit, der mich fast das Leben gekostet hätte, ausgelöst durch eine Störung der Konzentration – dennoch mein Fehler blieb. Denn als gute Reiterin musste ich einschätzen können, was ich mir und dem Pferd zumuten konnte und was nicht. Das Schlimmste, eine gute Reiterin denkt immer zuerst an die Sicherheit – oh Mann! Ich war alles andere als professionell. Auf der anderen Seite war es für jeden ein schönes Gefühl, erklärt zu bekommen, dass man recht hatte. Was meine Schwester und Marcimarc betraf, hatte ich das unbestritten. Sollte ich ihr einen Teil der Schuld übertragen? Vielleicht im anstehenden Gespräch mit Dad? Nein, das war nicht fair ..., aber es wäre nett, wenn sie das nächste Mal gleich auf mich hören würde und ich dafür ein Nahtod-Erlebnis weniger verbuchen könnte. Sollte ich ihr gleich vergeben? „Dieses Eingeständnis hat dir jetzt echt wehgetan oder?" Dad würde ich außen vor lassen, aber sie durfte etwas leiden. Nur ein bisschen. Das aufgesetzte Grinsen ließ keine Gemeinheit versteckt.

„Scheiße, ja." Gemeinsam verfielen wir in lautes Gelächter und in diesem Moment war es mir so egal, wie sehr mir der Schädel brummte. „Es tut mir leid, was ich gesagt habe, und noch mehr, dass du dich verletzt hast. Ich weiß, dass ich meinen Beitrag dazu geleistet habe. Erzählst du mir, wie es passiert ist?"

„Ja, aber erst wenn du mir sagst, was bei dir los ist. Ich will endlich dieses leidige Thema Marc-die-Flasche abhaken." Angewidert verdrehte ich die Augen. Nicht gut – Notiz ans Gehirn, keine gute Idee bei einer Gehirnerschütterung. Vielleicht sollte ich doch eine von diesen Schmerztabletten einwerfen.

Ilvy nickte, holte sich eine Flasche Wasser und ließ sich auf den roten Sitzsack in der anderen Ecke fallen.

„Du hast geweint." Aufmerksam beobachtete ich ihre Reaktionen.

Ein oberflächliches Schulterzucken. Eben nur oberflächlich! „Na ja, nicht wirklich." Also gut, Ortswechsel. Ich angelte nach dem gelben Sitzsack hinter dem Schreibtisch und platzierte ihn ihr gegenüber. Dann wartete ich noch eine geschlagene, totenstille Minute, bis mir der Geduldsfaden riss. „Entweder man weint oder man weint nicht. Natürlich gibt es dazwischen noch das mit den Tränen-runter-Kullern, Elefantentränen, aber das zählt nicht! Also, das ist auch Weinen." Tränen-Szenen waren nicht meins. Ha, und das von dem Mädchen, das den heutigen Tag kaum etwas anderes getan hatte. Idiotin und Lügnerin – was für ein Tag! Die letzten Taschentücher befanden sich hinter dem Schreibtisch. Wo sonst? Mein Unordnungsmagnet. Vorsichtig streckte ich mich und angelte nach der Box. Hm, viele waren es nicht mehr. Hoffentlich reichten die, aber das meiste schien ohnehin vorbei zu sein. „Hier."

„Danke!" Oh-oh, das war der Startschuss, ich hatte mich getäuscht. Damit ging es erst richtig los. Vielleicht lag im Bad noch eine Packung? Tränen flossen über Ilvys

Wangen, und ich wusste nicht einmal zu hundert Prozent, ob es nur an dem Abschlussklassentyp lag. Zeit für Annäherung. Bedächtig platzierte ich meinen geschundenen Körper dicht neben sie – alles mit der Ruhe, Mädel. Ich komme, aber eben langsam. Tröstend legte ich einen Arm um ihre Schulter und reichte ihr ein Taschentuch nach dem anderen. Mit der Zeit würde der Grund für diesen Weinkrampf ans Tageslicht treten und mein Rat folgen. Immer wieder quetschten sich zwischen den Schluchzern ein paar unverständlich zusammengeschobene Worte aus ihrem Mund. Der Fußboden verwandelte sich in eine Schneelandschaft plus kleinen Hügel. Nebenbei versuchte ich, mir ein Bild von dem Ausmaß ihrer zerstörten Schmetterlingswelt zu machen. „Und außerdem bist du an allem schuld." Wow, ein zusammenhängender, verständlicher Satz. Applaus! Moment mal. Woran bitte schön bin ich schuld?

Verwundert sah ich sie an. „Was? Woran denn?"

„Durch den Streit ... mit dir ... heute ..." Ein Elefant trötet leiser! Verwundert reichte ich ihr erneut die Packung.

„Ich würde es jetzt nicht Streit nennen, eher eine Meinungsverschiedenheit. Eine der etwas stärkeren, härteren Art. Vielleicht auch Diskussion, aber ..."

„Cleo, verdammt!"

„O-kay. Es war ein Streit, der mir auch ganz schön an die Nieren gegangen ist, den ich nicht verstanden habe. Wie man ja sieht." Mit der Hand deutete ich an den Kopf. „Was aber nicht erklärt, warum ich an deinen Tränen schuld bin." Vorhin hatte sie etwas von Pool-Schlund-Schluss-Fund oder so etwas gerotzt. Hä? Willkommen am Hauptbahnhof Zürich, wann bitte geht der nächste Zug nach Klarheitsstadt?!

„Hast du mir vorhin überhaupt zugehört?" Ilvy schob meinen Arm von ihrer Schulter.

„Zugehört schon, aber kaum etwas verstanden" In der Hoffnung auf etwas Verständnis versuchte ich, ihre geschluchzten Worte nachzuahmen, doch das entlockte ihr nur ein Schulterzucken. Genervt stand sie auf und stellte

sich ans Fenster. Was gab es da draußen so Interessantes zu sehen? „Ich hatte gehofft, du würdest mir nach Ende deines Wein-Schluchz-Schnäuz-Krampfes noch mal alles in unserer Sprache erklären."
Stille.
Hey, David Guetta und Avicii hatten Pause – wie das? War die Party etwa schon vorbei? Die Lichter brannten, aber ich konnte mich nicht weit genug vorbeugen, um die Neugier nicht augenblicklich zu enttarnen.
„Du hattest recht." Hey! Das zweite Mal an diesem Abend.
„Cool, ich hab' gern recht. Wer hat das nicht?! Aber warum schon wieder? Aber warum bin ich trotzdem an deinen Tränen schuld?"
Brrr. Ich rieb mir über die Oberarme. Wo kommt diese plötzliche Kälte her? Verwirrt betastete ich die Finger – warm. Ich zog den Bademantel enger und sah mich im Raum um. Am Schreibtisch war es kein Frösteln, Gänsehaut rauf und runter und eisige Kälte, aber das war etwas anders. Das war die Reaktion auf den Artikel gewesen. Es war eine laue Sommernacht, kein Grund für Gänsehaut. Erklärung suchend, testete ich erneut den Atem. Stieß bewusst lange die Luft aus – keine Spur von einem Hauch. Das klappte im Winter. So ahmte ich als Kind immer Zigarettenrauch nach. Im Raum war von Kälte nichts wahrzunehmen, auch bei geschlossener Terrassentür nicht. Woher auch?! Dieser Zustand betraf nur mich. Ich schielte zu Ilvy. Sie zeigte in ihrem sexy geschnittenen, weißen Sommerkleid keinerlei Anzeichen von einem Frösteln. Der Blick wanderte weiter zu Mams Brief und dann zurück zu Miss Angepisst. Das kann nicht sein.

Hatte sie recht?
Das war unmöglich! Waren das ihre Gefühle, die ein Frösteln in mir auslösten? Konnte ich tatsächlich spüren, was in anderen Menschen vorging? War das ihr Kummer, der sich wie Eis über mich legte? Diese Kälte? Irgendwie musste es zu erkennen sein ... Ein Unterschied. Beim genaueren Hineinfühlen kristallisierte sich ein feiner Un-

terschied heraus: Es kam von Innen. Die Gänsehaut und das Frösteln waren die körperliche Reaktion, aber der Ursprung lag nicht in der Zimmertemperatur oder anderen äußerlichen Einflüssen. Interessant, auf einmal schien es kein Problem mehr zu sein, innen von außen zu trennen, wenn man wusste, worauf man zu achten hatte – eine hauchdünne Grenze. Es war wie mit dem Rhein, er trennte die Schweiz von Österreich, eine natürliche Grenze. Eindeutig keine schweizerische Kälte! Moment, das war nicht das erste Mal heute. Ich versuchte, diese Begegnungen zu sammeln. Zu vergleichen. Ähnlichkeiten zu finden. Ilvys Kälte war nicht schmerzhaft oder sonderlich stark. Ich konnte es beschreiben, nicht mit Worten, oder festhalten – na ja, das wäre übertrieben, vielleicht eher ab- oder eingrenzen. Das, was ich wahrnahm, bildete ein Gemisch aus wirren leisen, unterschwelligen Tönen und doch fühlte ich auch ... Farben, oder? Nicht direkt Farben. Farben kann man nicht fühlen. Die sinkende Tiefe der Wärme und die steigende Höhe der Kälte. Da ich meine eigenen Töne erkannte, konnte ich diese von den ihren unterscheiden. Aber ich wusste nicht, warum sich ihre mit meinen verankerten, warum sie in mir herumtrieben und wie ich sie voneinander lösen konnte. Auch bei genauerem Hinhören blieb es ein Rätsel. So ähnlich war es auch mit den Farben und ihrer Wärme. Wenn ich mir sicher war, wie es in mir drin aussah – wie ich mich fühle –, und wusste, wie es mir ging, erkannte ich mein Farbmuster und die dazugehörige Temperatur, aber auch hier war es mir unmöglich, eine genaue Trennung durchzuführen. Alles verschmolz miteinander. Mist. Nicht nur, dass mich diese sinnlose Situation nervte, nein, ich hatte mir hiermit selbst bewiesen, dass ich gewissen Teilen in Mams Brief Glauben schenkte. Verdammt! Ich musste mit jemanden darüber sprechen. Ilvy würde sich perfekt für dieses Durcheinander anbieten, aber solange sie derartig drauf war, war es unmöglich. Wir mussten das schrittweise angehen. Ihr Blick beschränkte sich immer noch starr auf eine Szene außerhalb der Scheibe. Kapitulierend warf ich die Arme nach oben: Dann war ich eben neugierig. Leicht schwankend, mit beiden Händen abgestützt an Griffbereitem, stand ich auf und stellte mich neben sie.

Uhh jaa! Hier war es besonders kalt. Eiskalt. Polarkappenkalt. Wärmend rieb ich über die Oberarme. Mir blieb das Wort im Mund stecken. Was ich da sah, raubte mir die Argumente und ich verstand die Kälte. „Ach du dickes Kanonenrohr ..." Dieser Arsch von ... mir fiel keine Bezeichnung ein, stand dicht neben Ally und spielte mit einer ihrer Haarsträhnen. „Hat es dieser ... Idiot endlich geschafft." Das Siegesgeheul plus Tanz verkniff ich mir aus mehreren Gründen. Es tat mir von Herzen leid für Ilvy, aber ich wusste, er war ein Arsch, gekoppelt mit einem Vollidioten. Sollte ihn doch meine Schwester haben. Ilvy hat etwas viel, viel Besseres verdient.

„Scheint so", schnäuz-schnief. „Irgendwann im Laufe des Abends ist Ally aufgefallen, dass ich an ihm hänge wie der Efeu an einem Baum."

Welch poetischer Vergleich.

„Ich hab dir ..." Wenn ich wollte, konnte ich mir vieles verkneifen, aber irgendwann reichten die Reflexe nicht mehr.

„Ich weiß. Du hast mir heute versucht zu erklären, dass genau das passieren wird." Oder jemand fand schlagartig seinen gesunden Menschenverstand wieder. Eine kleine Träne kullerte über das von Make-up verschmierte Gesicht. Makeup? Ich betrachtete sie eingehender. Die volle Ladung? Was waren das denn für neue Sitten? Scharfe Geschütze?

„Seit wann kleisterst du dich wie eine Barbie-Puppe zu? Vergiss es", entschuldigend hob ich die Hände, „Abschlussklassen-Idiot." Genervt zog ich sie fort vom Fenster, zurück zu dem Sitzkissen. „Ich kann dich beruhigen. Ally wird ihn nicht länger als eine Woche behalten, und er wird auch nicht mehr als einen Kuss von ihr ergattern – wenn überhaupt! Sie behält ihre heilige Jungfräulichkeit für den Richtigen auf."

Schnäuz!

„Sie steht auf diese Masche – die Unnahbare! Ich glaube nicht, dass sie noch Jungfrau ist. Sicher hatte sie irgendwas mit einem Typen. Vielleicht ausgelöst durch irgendeine Tristan-Frustaktion. Hat ihn dann bezahlt oder angedroht, ihn im See zu ertränken. Oder sie besitzt ein markantes Detail aus seinem Leben, das sie gegen ihn in der Hand hat, sollte er etwas ausplaudern!"
Schnäuz.
„Und dann wird dieser Schleimer merken, dass er nicht mal ein Hauch von Interesse für sie war. Ihm wird das Herz noch genauso wehtun wie dir, wenn nicht noch schlimmer, denn er läuft ihr schon seit Jahren wie ein geleckter Dackel hinterher. Du hast nur ihre kurzweilige Aufmerksamkeit auf ihn gelenkt. Bitte!" Mano, was sollte ich denn noch alles sagen? Meine Kehle war schon ganz ausgetrocknet und langsam gingen mir die Argumente aus. Ganz zu schweigen von dem Schwindelgefühl, das sich im Kopf verstärkt ausbreitete. „Nicht wieder weinen! Ilvy, ich hab' dir doch gesagt, dass er nur ein Vollidiot ist. Ally will nur einen Typ und der sitzt in London und studiert dort Kunst." Hilfe! In so etwas bin ich sauschlecht. Trösten!? Ich kam mit diesen Gefühlsduseleien selbst kaum klar, wie sollte ich das bei einem anderen Menschen können?! Hilfe!!

Mit hocherhobenem Finger drohte mir meine kleine innere Kampfsau und zeigte damit deutlich: *Reiß dich zusammen, und steh deiner besten Freundin bei – wie es sich gehört!* Hast ja recht. Vorsichtig legte ich wieder einen Arm um ihre Schultern.

Schnief.

Verdammt.

Schnäuz.

„Tristan DeViner!" Oh Gott sei gedankt! Sie kann sprechen.

„Ja." Mir war gar nicht bewusst, dass ich die Luft angehalten hatte. „Du weißt, dass Ally auf ihn steht, seit sie dreizehn ist, und für ihn war sie nur das kleine Mädchen eines Kollegen, eines Freundes seines Vaters." Gott, ich steh auf diese Story! Ally hatte sich vor Tristan total zum Affen gemacht, aber der hatte nie mehr wie ein Taschentuch oder einen Kaugummi für sie übrig. Als er plante, zum Studium nach England abzureisen, hatte sie sich vergangenen Sommer in seine Wohnung geschlichen – weiß der Geier, woher sie den Schlüssel hatte. Leider konnte ich nie herausgefunden, was dort geschehen war, mit Sicherheit etwas Peinliches, denn Tristan brachte Ally mit hochrotem Kopf und total verweint nach Hause.

„Aber du nicht. Du bist für ihn wie eine kleine Schwester, und das wurmt sie bis heute, dass genau DU ihm auf eine spezielle Art nahegekommen bist." Ihre Stimme gewann wieder an Festigkeit.

„Kann sein", ich zuckte mit den Schultern. Das hörte sich so an, als wäre Tristan Superman. Vielleicht nicht ganz. Kam aber nahe ran. „Ihr habt mir ein bisschen von dem Lebensgefühl zurückgegeben, das ich verloren hatte. Auch wenn es dir nicht passt, er hat mir das Fliegen gezeigt, aber dann verließ auch er mich." Als er nach seinem letzten Sprung wieder landete, bevor er nach Good-Old-Kingdom abreiste, wagte ich es, ihn nach Ally zu fragen. Er meinte, es handle sich um ein peinliches Missverständnis, und er wisse nicht, wie meine Schwester auf einen derartigen Gedanken gekommen sei. Aus. Ich beließ es dabei. Verstand, dass er zu sehr Gentleman war. Natürlich stachelte das so manche Phantasie von Ilvy und mir an. Eine romantische und entschärfte Variante: Ally hatte für ihn gekocht oder ihn gefragt, ob er mit ihr gehen wolle – die sexuellen Gedanken, für die wir damals noch zu naiv waren, verursachten bei uns ein Jahr nach dieser Aktion nur viele Lachkrämpfe. Ally splitterfasernackt in Tristans Wohnung oder Bett – alter Schwede! Erfahren würden wir es wohl nie. Ally würde mir eher die Augen auskratzen als mir zu erzählen, was damals vorgefallen war. Und Tristan, der war zu weit weg, und ich bezweifelte, dass ich nochmal den Mut aufbringen würde, ihn zu fragen. Chance vertan! Seit diesem Vorfall hatte sich der Zickigkeitsstatus von Ally verdreifacht. Insgeheim hegte ich den Verdacht, dass sie vermutete, ihr Schwarm hätte mich eingeweiht. Den Teufel werde ich tun und sie darüber aufklären.

„Aber ich werde dich nie verlassen." Wieder in der Realität lehnte Ilvy ihren Kopf an meine rechte Schulter. Autsch, seit wann tat auch die weh? Sie spürte die Verkrampfung und zog sich verständnisvoll zurück. Danke! Für einen Tag genug pubertäre Ausfälle.

Verdammt, ich war ein Krüppel. „Ich weiß, aber heute hatte ich ein Gefühl, dass mir echt Angst machte." Einfach raus damit. Die Zweideutigkeit dieser Aussage wurde mir erst im Nachhinein klar. Was bereitete mir mehr Unbehagen, der Sturz oder Mams Brief samt den Konsequenzen?

„Es tut mir leid, Cleo!" Schweigen. Sie dachte wieder an unsere Zankerei. Keine bedrückende, sondern eine erleichterte Stille, und das kalte Gefühl verwandelte sich endgültig in Wärme. „Warum bist du nicht runtergekommen?" Mein verdutzter Blick sprach Bände. „Schon klar, ich hätte es wissen müssen."

„Was soll ich da unten?" Fragend hob ich die Hände und sah sie bedeutungsvoll an, bevor ich sie wieder senkte. „Irgendwann, als der Tag so an mir vorbeizog, hatte ich vor, an MEINER Party teilzunehmen, aber nach diesem Nachmittag hatte ich null Bock auf Allys Clique. Hab' ich was verpasst?"

„Nö, nicht wirklich."

„Wie hast du es geschafft, ohne ersehnte Einladung doch dabei zu sein?" Schweigend und emotionslos sah sie mir in die Augen. Ah! Schon klar. Spontane Überrumpelungstaktik. Big Sister hätte auch nichts ändern können.

„Erzählst du mir jetzt, was passiert ist nach unserem Streit?" Auf ihrem Gesicht bildete sich eine Grimassen-Mischung aus Neugierde, ehrlichem Interesse, aber auch Sorge. Hm, eine interessante Konstellation, die mir beinahe ein Grinsen entlockte.

„Das willst du nicht wissen."

„Oh doch! Nachdem du das mit der Angst gesagt hast – jetzt erst recht!" Geschlagen und doch wissend, nickte ich und begann ab dem ach so selbstbewussten Desaster-

Abgang zu berichten. Den hatte sie noch miterlebt. Je mehr ich erzählte, umso mehr veränderte sich ihre Gesichtsfarbe, wurde von Nuance zu Nuance bleicher, als ihr der Grund für die Unachtsamkeit bestätigt wurde. In ihrem Gesicht übernahmen Sorge und Schuldgefühl überhand.

„Ilvy, ich bin hier." Zur Bestätigung griff ich nach ihren verkrampften Händen und löste die Fäuste, um die weiß hervor quellenden Knöchel zu entspannen.

„Ja, das bist du." Sie atmete tief durch.

„Es war meine eigene Schuld. Ich habe zu spät reagiert. Den Sattelgurt schlampig befestigt und so weiter. Dich trifft keine Schuld. Ich reite lange genug und sollte wissen, was ich Celtic und mir zumuten kann, und dass ich, dumme Nuss, den Gurt nachkontrollieren muss."

„Den Beweis, dass du das noch nicht zu hundert Prozent kannst, hast du aber erst vor kurzem geliefert."

Boom! Das saß. So weh es auch tat, dieses Mal hatte sie recht.

„Autsch. Punkt für dich."

Ilvy sah mich an und ihre Augen waren wieder gerötet von den Tränen, die sie dieses Mal mir zu verdanken hatte.

„Dennoch bleibt es zum Teil auch meine Schuld!" Sie zog den Kopf ein, „egal was du sagst. Es steht fest. Wenn ich dich nicht so aufgeregt hätte, hätte deine Konzentration nicht gelitten und wahrscheinlich wärst du gar nicht gesprungen." Hoffentlich regnete es nicht gleich wieder in ihrem Gesicht. „Ich begleite dich morgen zur Beichte zu deinem Dad."

„Ilvy ..." Der Magen zog sich unangenehm zusammen. Ich wollte ihr noch sagen, dass wir uns mit einer Teilschuld zufrieden geben sollten, aber dazu kam ich nicht mehr. Augenblicklich wich alle Farbe aus meinem Gesicht, als das Ausmaß von Ilvys Schuldgefühlen mich mit voller Intensität und unangemeldet traf. Oder waren es doch die Auswirkungen der Gehirnerschütterung, die mich überrollten? In diesem Augenblick und mit dieser Wucht, gepaart mit meinen Gefühlen, war es mir schier unmöglich zu unterscheiden, wessen Innenleben gerade in mir aufquoll.

Teamwork?

Verflucht!

Es musste einen Weg geben, meine Emotionen von jenen der Außenwelt auf Dauer zu trennen – Schnitt! –, bevor sie sich in mir noch weiter ausbreiten konnte. Was, wenn ich das irgendwann von allen Menschen in meiner Umgebung wahrnahm?

Beim Einkaufen. Im Kino. Bei einer Demo oder in einem Konzert?

In der Schule – oh Mann, da waren viele, zu viele Gefühle unterwegs!

Egal wo, ... einfach unter Menschen. Das hält doch keiner auf Dauer aus. Da verabschiedet sich jede Sicherung über den Jordan. Piep! Piep! Bitte einen Platz für Miss Cleophea Wyss in der Klapsmühle reservieren – erste Reihe fußfrei! Ich stellte mir vor, wie ich, von Schmerzen überflutet, den Kopf zwischen den Händen hielt, total irre und schreiend durch die Straßen taumelnd ... Zombie! Exorzismus!!

„Cleo?"

„Hm?" Diese zwei Buchstaben befanden sich eindeutig einige Tonlagen zu hoch.

„Alles okay mit dir?" Ilvy hockelte vor mir und musterte mein Gesicht. Mir war nicht aufgefallen, dass sie den Standort gewechselt hatte und ich die Finger wie Brotteig knetete. Ihre warmen Hände legten sich über meine.

„Ich weiß nicht." Die Verzweiflung in mir stieg, und dieses Mal war ich mir sicher, dass es meine war.

„Was war heute Abend los?" Unsere Blicke trafen sich.

Los! Rück endlich raus damit. Mein inneres Ich starrte mich mit überkreuzten Armen vor der Brust an. Ist ja schon gut, dräng mich nicht!

Stotternd begann ich: „Ich ... ich hab' einen Brief von ... von meiner ... Mam bekommen ..."

*Prophezeiung aus dem 1. Buch
der 7. Generation*

Du bist Dein eigen
Zukunft Schmied.
Doch ist das Schicksal
eines jeden sein.
Auch wenn Du davor fliehst –
wird es Dich finden,
in diesem oder jenem Sein.

JD

⚡Fünf⚡

Die Entdeckung

Vereinzelt suchen sich Wolken einen Weg über den strahlend blauen Himmel. Ein flauschiges Schäfchen setzt sich vor die Sonne ... am hinteren Horizont, hat eine verblüffende Ähnlichkeit mit Afrika und da drüben brüllt ein Löwe kämpferisch um seine Freiheit. Die Sonne schenkt diesem Tag ihr schönstes Lächeln und verzaubert mit ihrer Wärme die Blumen. Schmetterlinge tanzen in der Luft und fleißige Bienchen summen von einer Blüte zur nächsten. Kleine Fingerspitzen suchen sich einen Weg in eine zarte, langgliedrige Hand und werden dabei liebevoll gedrückt. Gleichzeitig drehen sich die Köpfe im langen Gras und zwei lachende Gesichter sehen sich an.

„Warte. Augen zu! Ich hab' eine Überraschung!"

„Für mich?"

„Sicher! Für wen denn sonst?"

„Okay, aber lass mich nicht zu lange warten!"

Die kleine Gestalt springt auf und nimmt die Wiese unter die Lupe.

Blumen, so viele bunte und duftende Blumen. Die Vorfreude entlockt den Fingerspitzen und dem Bauch ein lustig-juckendes Gefühl. Vor ihren Füßen reckt eine dunkelblaue Blüte ihren Kopf in Richtung Sonne und einen Schritt weiter rechts viele weiße Blumen. Weiter hinten tanzen gelbe zu den Wogen des Windes.

Da drüben waren doch pinke. Beim Herunterrollen des Hangs hatte sie welche gesehen. *Ah, hier!* Mit hüpfenden Bewegungen sucht sich das Kind seinen Weg durch das Meer der bunten tanzenden Köpfchen. Die Entfernung wird größer. Die Farben sind verlockend. Schließlich will sie den schönsten Strauß der Welt! Ein warmes Kribbeln tastet sich über ihren Rücken, bis es sie wie eine sanfte Umarmung umschließt.

Langsam, mit einem Lächeln der Vorfreude bestückt, dreht sie sich um und sieht erwartungsvoll den Hügel hinauf.

Da steht sie. Barfuß – wie sie selbst. Mit lockigem braunem Haar. Der Wind löst ein blaues Band daraus und weht es zu dem Blumenkind, das es aufhebt. Der Stoff fühlt sich glatt und geschmeidig zwischen den Fingern an, dieses Blau ... es funkelt wie das Meer im Sonnenlicht. Genauso wie das Mädchen! Ihr weißes Kleid strahlt. Nein, nicht das Kleid. Das Mädchen ist zur Gänze von einem goldenen Schleier umhüllt. *So müssen Engel aussehen!*

Auf ihrem Gesicht liegt ein tröstendes Lächeln und ihre grünen Augen strahlen ihr Gegenüber an. Wie immer zieht der große dunkle Fleck, am Hals des Mädchens die Aufmerksamkeit des Blumenkindes auf sich. Es reagierte noch nie beschämt auf das offensichtliche Interesse. Ganz im Gegenteil! Als wolle es das andere Kind damit auf etwas aufmerksam machen ...

„Krümelchen?" Für eine Sekunde blickt das Mädchen an dem Kind vorbei, ein freudiges Glitzern liegt für diesen kaum wahrnehmbaren Moment in ihren Augen. Dann legt es den Zeigefinger an die Lippen, winkt dem Kind fröhlich zu, bevor es auf der anderen Seite des Hügels langsam kleiner wird.

Nein! Geh noch nicht! Das Blumenkind zappelt. Der Schatten wird immer länger und das Mädchen langsam kleiner. *Was nun?* Unentschlossen ... *Ihr nach? Und was dann? Du kannst doch nicht einfach so gehen?! Nicht schon wieder!* Enttäuschung macht sie mutig. Einen Schritt weiter den Hügel hinauf ...

„Krümelchen?"

Nein, ich kann nicht. Hin und her gerissen, blickt das Mädchen den Hang hinauf und hinunter. *Da unten wartet Mami auf mich.* Nervös kaut sie an den Fingern. *Ich werde dich wiedersehen. Ganz bestimmt! Das weiß ich ...* Die kleinen Hände können den Strauß kaum halten, als sie sich auf den Rückweg macht – sie hat sich doch weiter entfernt als gedacht! Um keine der kostbaren Blumen zu verlieren, bindet sie die blaue Schleife um das Ende des Straußes. Die Schatten der fliegenden Tiere und Kontinente begleiten sie. In ihrem Bauch zwickt es eigenartig. Hoffnungsvoll wendet sie sich noch einmal zum Hügel um. *Wo bist du hingegangen? Lass mich nicht schon wieder allein!* Diese Leere macht ihr immer von Neuem Angst, wenn das Mädchen sie verlässt. Während sie sich eine Träne aus dem Augenwickel schiebt, wird sie vom warmen Wind in die Arme genommen und spürt Trost und Zuversicht in dieser Geste der Natur.

„Krümelchen, langsam halte ich diese Spannung nicht mehr aus! Alles in Ordnung bei dir?" Das Kind spürt die aufkeimende Sorge ihrer Mutter.

Keine Angst, ich bin nicht allein.

„Komme schon!" Das Blumenkind läuft den abgeflachten Teil des Hügels hinunter und kniet sich neben die Frau. Vorsichtig hält sie ihr den bunten Strauß unter die Nase. „Riech mal!"

„Mhm! Das duftet herrlich. Darf ich die Augen jetzt aufmachen?"

„Sicher." Das Kind strahlt mit der Sonne um die Wette.

„Oh, wunderschön! Ist der für mich?" Die Frau setzt sich auf und nimmt dem Mädchen die Blumen ab, nur um ihr Gesicht noch tiefer in den Düften zu vergraben.

„Für die beste Mami der Welt!"

„Bin ich das wirklich?"

Eifrig nickt das Mädchen.

„Oh, mein süßer Schatz, danke!" Die Frau zieht das kleine Mädchen fest an sich, und der Duft der Blumen vermischt sich mit dem Geruch der Mutter, den das Mädchen tief in sich einsaugt. Dabei entdeckt die Frau das samtene blaue Band. Nachdenklich betrachtet sie es. „Woher hast du das?" Immer noch sieht sie das Mädchen strahlend an, aber dem Kind ist die kleine Veränderung nicht entgangen und erinnert sie an die Geste des Mädchens.

„Ich habe es beim Blumenpflücken gefunden." Es fällt ihr schwer, nicht die ganze Wahrheit zu sagen.

Doch die Mutter nickt und gibt sich mit dieser Antwort zufrieden.

„Ich habe auch eine Überraschung für dich!"

„Was ist es? Was ist es?" Vor Aufregung hüpft die Kleine auf und ab.

„Wird nicht verraten. Komm mit!"

Hand in Hand und barfuß laufen die beiden den Hügel hinunter. Schrilles, glückliches Gelächter trägt der warme Wind noch weit mit sich hinfort. Das weiße Kleid und das lockige braune Haar des Mädchens flattern in der Brise.

Ganz oben am Hügel vereint sich ein goldener Schleier mit den Schatten von Mutter und Tochter. Die warme Brise bringt die Erinnerung an die Begegnung und die Fröhlichkeit zu seinem Ursprungsort zurück.

Sonnenaufgang. Doch ich war bereits seit einer Stunde wach. Keine Ahnung, wo dieser geschundene Körper seine Energien abzapfte. In eine Decke gewickelt, kauerte ich am Boden vor der Balkontür und sah den ersten Strahlen bei der Begrüßung des neuen Tages zu. Was hatte mich geweckt? Ilvy war die Nacht bei mir geblieben. „Mit diesen Verletzungen lasse ich dich sicher nicht alleine!" Zuerst protestierte ich. „Wo ist dein Dad?" War ihr aber im Nachhinein dankbar für ihre Hartnäckigkeit. Wir zogen die Matratze unter dem Bett hervor – auf der seit Jahren nur sie schlief. Dort lag sie. In voller Länge ausgestreckt und tief schlummernd. Nicht nur die Haare standen wie unbrauchbare Gegenstände in alle Richtungen, nein, auch ihre Extremitäten schienen momentan ohne jegliche Verwendungsmöglichkeit zu existieren und irgendwie an ihr zu hängen. Ein Schmunzeln bildete sich auf meinem Gesicht – eine bekannte Szenerie, die guttat bei all dem Neuen. Wenn ich Mams Brief richtig verstanden hatte, würde noch einiges auf mich zukommen. Der Brief ...

Nach diesem wiederkehrenden Traum konnte ich nicht mehr einschlafen und war schlussendlich nach unzähligen Bettseiten-Wechseln und einem Brummschädel leise aus dem Bett geschlüpft.

Lange hatte ich die Packung Schmerztabletten in der Hand hin und her gedreht, so lange bis sich die Schmerzen wieder auf einen erträglichen Level verzogen und mir somit die Entscheidung abgenommen hatten. Nun saß ich hier. Einige Dinge konnte ich bereits für mich klären: Für den Postboten war es noch zu früh, der trudelte selten vor neun ein. Davor wollte ich noch mit Dad reden, ohne Ally – Sommer, Party, Sonnenaufgang. Dafür hatte ich noch grob geschätzte dreieinhalb Stunden Zeit. Die Befürchtung bezüglich eines Artikels auf irgendeiner Klatsch- und Tratsch-Seite hatte ich grinsend als nicht relevant abgetan. Zu diesem Zeitpunkt waren mir eindeutig die Nerven durchgegangen. Niemand würde davon erfahren, Karin und Benn hielten dicht, und der Doc hatte Schweigepflicht. Außerdem bezweifelte ich meine Wichtigkeit bei der Presse. Ally war da, ihre Person betreffend, anderer Meinung.

Nach dem Enthüllungsgespräch könnte ich mich getrost der Post widmen. Hoffnung keimte in mir, vielleicht war ein Brief von Mam dabei. Die Angst, den letzten Rest gesunden Menschenverstand zu verlieren, saß mir tief im Nacken, und wenn ich nach diesem Traum an das blaue Samtband dachte, das in der Holzschatulle ganz oben auf dem Bücherregal lag, steigerte das nicht das Vertrauen daran. Jeder Psychiater würde mich in die Schublade mit der Aufschrift „Schizophrene Persönlichkeit" stecken, besonders beim Gedanken an mein kleines stützendes inneres Ich. Beide, mein Spiegelbild und mein inneres Ich, waren immer schon Teile von mir. Schlief das eine, war das andere wach und umgekehrt – meine kleinen geheimen Bodyguards. Ohne sie wäre ich vor zwei Jahren an Mams Tod zugrunde gegangen.

Vergangene Nacht schafften es Ilvy und ich viel zu spät ins Bett. Lange hatten wir über den Brief diskutiert. Schlossen Gedanken aus, zogen Ideen in Betracht. Schlussendlich einigten wir uns auf die einzige Möglichkeit: Ich musste wohl oder übel alles so hinnehmen, wie es kam, und lernen, damit umzugehen. Kein Grund für meine Nerven, sich von der nächstbesten Brücke zu stürzen. Damit begannen aber auch schon die Probleme. Sich mit der neuen Situation einfach mal abzufinden, war in der Umsetzung schwieriger, als nur darüber zu quatschen – Abwarten und Tee trinken.

Es war traumhaft, den neuen Tag erwachen zu sehen. Ich rappelte mich empor und öffnete die Balkontür. Frische Luft umwehte den geschundenen Körper. Stunden später hatten sich noch ein paar blaue Flecken an Körperstellen, von denen ich nicht mal gemerkt hatte, dass diese Boden-Aufprall-Kontakt erleiden mussten, dazugesellt. Deprimiert zog ich die Decke enger um mich und atmete tief ein.

Nachdem Ilvy den Brief das erste Mal im Stillen studiert hatte, war sie wie von der Tarantel gestochen im Zimmer herumgelaufen. Dann gab sie sich die Zeilen noch ein weiteres Mal – lautstark. Beim dritten Mal herrschte eine trügerische Ruhe, und beim vierten Mal war's mit der Ruhe wieder vorbei. Als hätte ich diese Zeilen noch nie gelesen – Augen-Verdreh! –, durfte ich natürlich auch Zeuge jeder ihrer ausgesprochenen Gedanken werden. Fassungslos, welche Erkenntnisse sie gerade gewonnen hatte, tigerte sie im Zimmer herum. „Du bist eine Hexe!" Nachdem sie die zusammengezogenen Augenbrauen entdeckte, korrigierte sie auf: „Tschuldige. Ein magisches Wesen." Die Skepsis blieb, wo sie war, und Ilvys Freude schien noch mehr gen Stratosphäre zu preschen. „Cleo, ist dir eigentlich klar, was das bedeutet?"

„Mein Leben ist ab jetzt das reinste Chaos und total versaut?!" Zur Vorsicht ließ ich es wie eine Frage klingen, um nicht wieder als fantasielos abgestempelt zu werden. Eines musste ich trotzdem klarstellen: „Ilvy, hör zu träumen auf." In Mams Brief konnte ich nichts von Spaß an der Sache herauslesen.

Verdutzt starrte sie mich an. „Wer träumt denn hier? Cleo, das", sie wedelte mit dem Brief vor meiner Nase herum, „das da ist Realität. Kein Traum! Kein Buch und kein Film!"

„Das mag schon sein, aber ist dir überhaupt klar, was das für mich bedeutet?" Fragend sah sie mich an. Das dachte ich mir. Hier ging es nicht darum, dass sich nichts davon wissenschaftlich belegen ließ. „Ich kann die Gefühle von jedem in meiner näheren Umgebung empfangen ..."

„Das ist der Wahnsinn, oder?!" Ihre Begeisterung schien keine Grenzen zu kennen, nur leider steckte sie mich dieses Mal nicht an.

„Nein. Das, finde ich nicht." Mittlerweile war ich zu der Überzeugung gelangt, dass ich an diesem Tag bereits fünf Mal Besuch von diesen *fremden* Gefühlen erhalten hatte. Unangemeldet und unvorbereitet. Mam, einen Tag früher wäre echt kein Fehler gewesen! Wann würde es das nächste Mal passieren? Das machte mich nervöser als jedes Referat. „Ilvy, ich kann es nicht kontrollieren – verstehst du nicht? Was bringt es, wenn ich das Gefühlschaos anderer Menschen spüre – fremder Menschen. Bis jetzt hatte ich Glück, weil ich mich nur in der Nähe von euch aufgehalten habe, aber was ist wenn mir das mitten auf der Straße oder im Unterricht passiert?" Bei Straße fiel mir ein, dass meine Vesper noch am Gestüt parkte. Gänsehaut überzog mich – Schwein gehabt!

„Cleo. Du solltest ..."

„Was?!" Ein Ansatz von Aggression lag in meiner Stimme. Ich hatte ihr von den Vermutungen erzählt, und auch wie ungeschützt und verletzlich ich bei der Sache abschnitt.

„Du solltest abwarten ..."

„Worauf?" Die Geduld war am Ende.

„Auf den nächsten Brief und hör auf, mich immer zu unterbrechen und anzuschnauzen." Die Arme vor der Brust überkreuzt und mit Schmollmund stand sie vor mir.

Meine Arme flogen in einer bekannt resignierenden Bewegung in Richtung Himmel. „Sorry. Aber wann sollte das sein? Sie hat nichts Konkretes geschrieben." Etwas zu fest packte ich sie an der Hand. „Ich habe Angst, dass ich bald durchdrehe. Dass ich mein letztes bisschen Verstand verliere!" Ich klopfte mit dem Zeigefinger auf die unversehrte Seite meiner Stirn. „Wenn ich unter Leute gehe und deren Gefühle über mich hereinbrechen."

„Ich verstehe ja deine Angst ..." Sie befreite ihre Hand aus dem Klammergriff, der sich bei ihrer Antwort verstärkt hatte. „Ich meine, ich empfinde oder fühle das ja nicht so wie du". Sei froh, dass dem so ist. „Aber ich kann es mir irgendwie ... vorstellen." Der Gedanke, an ihr den gesamten Frust schonungslos freien Lauf zu lassen, bereitete mir Unbehagen, aber zugleich auch eine schändliche Genugtuung. Wie tief war diese ... diese Gabe mit mir verankert? „Und was deine Mam betrifft, ich glaube, es ist schwierig konkret zu werden, wann der nächste Brief dich erreichen soll, schließlich ist sie tot, oder was meinst du?" Bamm! Das saß. Autsch! Aber gerechtfertigt, und ich verstand, was sie mir damit sagen wollte. „Glaubst du wirklich, deine Mutter würde dich ohne Schutz und in dieser Angst durch die Stadt ziehen lassen oder wollen, dass du dich in deinem Zimmer einsperrst? Niemand kannte dich besser als sie." Argumente, die der heißen, aufgestauten Luft ein Ventil bescherten. Etwas ruhiger schüttelte ich den Kopf. Nein, das würde sie nicht wollen.

„Das glaub' ich auch nicht."

Es fiel ihr sichtlich schwer, die Aufregung, die in ihr tobte, unter Kontrolle zu behalten – verrücktes Ding! „Geht es dir besser?" Diesmal lag ihre Hand auf meiner Schulter.

Ein Schulterzucken. „Ehrlich? Keine Ahnung."

„Gut" Ein Blick auf die Uhr und bestimmt teilte sie mit, dass drei Uhr morgens eine gute Zeit war, den Tag zu beenden. Ich hatte erwartet, keinen Schlaf zu finden, doch eingeschlafen war ich schnell. Tief und fest, aber zu kurz für meinen Geschmack.

Trotzdem war ich hellwach. Die morgendlichen Sonnenstrahlen trafen um diese Uhrzeit meinen Lieblingsplatz auf dem Balkon. Vor einigen Jahren hatte Dad hier draußen einen Hängesessel montiert. Ich genoss die Ruhe. Hier und da zwitscherten ein paar Vögel, auch Bienen waren in ihre Arbeit mit den Dahlien auf dem Balkon vertieft.

Nachdenken – über so vieles. An der Situation war nichts zu ändern. Konnte ich sie akzeptieren? Ich musste auf Mams nächsten Brief warten und hoffen, dass er bald eintrudelte und ich mehr erfuhr. Es sollte kein Problem sein, für ein paar Tage an Orten zu verweilen, die kaum Gefahr für mich und meine Gefühlswelt darstellten. Hausarrest stand mir sicher bis Ende des Jahres bevor, also konnte ich mir die Gedanken an die Leute in der Stadt schenken. „Hm. Das dürfte ja wohl zu schaffen sein", sinnierte ich leise vor mich hin. Die Hintertür des Hauses schloss sich. Herta. Wenn ich nicht zufällig vorzeitig aus dem täglichen Winterschlaf erwachte oder irgendwo im Haus herumspukte, bekam ich von ihrem Kommen und Gehen nie etwas mit. Hiermit erklärte ich die Entspannungsphase für beendet. Es war an der Zeit, den Plänen Taten folgen zu lassen. In der Hoffnung, nicht noch mehr geschundene Körperstellen zu entdecken, hantelte ich mich steif wie ein Besen aus der Sitzgelegenheit und wäre fast auf der Decke ausgerutscht – aber nur fast! Grinsend verbuchte ich eine Verbesserung des Gleichgewichtsorgans; auch wenn sie minimal war, so schien ich doch nicht mehr bei jeder Bewegung ins Taumeln zu geraten. Ausgewaschene und ausgefranste Jeans und ein zitronengelbes Shirt mit dem Aufdruck I'm NOT ILL! I'm ONLY CRAZY! tat es für mein Vorhaben. Dieses Gelb würde die Leuchtstreifen im Gesicht noch mehr unterstreichen – was soll's, ich hatte nicht vor, an einer Modenshow teilzunehmen. Vorsichtig zog ich das Shirt über den Kopf. Autsch! Vielleicht wäre die Entscheidung für eines der Hawaii-Hemden schmerzfreier gewesen. Vermerk ans Gehirn: Oberkörperbekleidung mit Knopfleiste oder Reißverschluss auswählen. Im Bad schnappte ich mir das Verbandsmaterial plus Salben, versorgte die Wunde und vermied dabei, den Frontalcrash genauer zu betrachten. Behutsam schloss ich die Zimmertür und schlich barfuß in Richtung Küche, wo ich hoffte, Herta zu finden.

Mit einer dampfenden Tasse Kaffee lehnte ich am Küchentresen. Noch immer in die Zeitung vertieft auf der Suche nach einem Artikel, der mir das Leben noch ein bisschen erschweren konnte. Sollte ich mich über den bisherigen Nichtfund freuen oder das Gegenteil behaupten? Im Grunde änderte es nichts. Die aktuelle Frage lautete: Wie kann ich dieses Desaster auf schonungsvollste Weise Dad beibringen? Ich war noch immer zu keiner Lösung gekommen. Wenn er es herausfand, und das würde er mit Sicherheit, spätestens wenn er mich sah, und das würde er ebenso bald, verabschiedete sich bis zum achtzehnten Lebensjahr jede Chance, Celtic zu reiten, geschweige denn, ihn zu sehen. Schockartig verlor ich an Farbe – was, wenn er ihn verkaufte?! „Was für ‚ne verdammte Kacke!" Mit der flachen Hand schlug ich auf die Zeitung.

„Hey, hey Kleines! Solche Kraftausdrücke und das bereits zu dieser frühen Stunde?" Erschrocken fuhr ich zusammen – wann hatte mein zerzauster Dad die Küche betreten? Hm, ein Wink des Schicksals? Oder nur ein blöder Zufall, dass er auf einmal hinter mir stand. Verunsichert rieb ich mir die schmerzende Handfläche. Die Gedanken betrieben Bungee Jumps – ich wagte es nicht, mich zu ihm zu drehen. Seine Reaktion machte mir jetzt schon Angst.

Die Kaffeemaschine brummte. Unauffällig warf ich ihm einen Blick zu und versuchte, die Chancen abzuschätzen. Hm, schwer zu sagen. Er murmelte etwas vor sich hin. Wirkte nicht schlecht gelaunt, aber das sollte nichts heißen. Diese radikalen und spontanen Gefühlsschwankungen schienen genetisch veranlagt zu sein – Ally war das perfekte Beispiel.

Jetzt oder nie! Nervös machte ich einen Schritt auf ihn zu, hielt aber inne, als ich mich an etwas erinnerte. Ein verlockender Moment um herauszufinden, ob ich diese

Gabe bewusst einsetzen konnte. Vielleicht empfingen diese neuen Antennen ein paar Gefühlswellen.

Während Dad mit dem Kaffee einen Abstecher zum Kühlschrank unternahm, um diesen einen Spritzer Milch zu stehlen, verlagerte ich meine volle Konzentration auf ihn. Ein letzter Blick, dann schloss ich die Augen und versuchte, ihn über andere Sinneskanäle wahrzunehmen. Sein Gemurmel, der Luftzug seiner Bewegungen, seine Gestalt. Das war aber nicht das, was ich suchte! Auf der Unterlippe kauend, suchte ich einen Weg, der mich tiefer in mein Innerstes führen würde. Zu dem Punkt im Bauch, aus dem gestern diese ganzen Gefühle vermehrt geströmt waren. Angespannt wartete ich. Nach längerem Hineinfühlen, es fühlte sich wie Stunden an, spürte ich etwas, ein Ziehen – aber war es das, was ich suchte? Da! Da ... Hey, bleib doch! Schon war der Funke wieder verschwunden.

„Alles ok bei dir, Mäuschen?" Dad stand dicht neben mir und hatte mir eine Hand auf die Schulter gelegt. Überrascht blinzelte ich. Das hatte ich total verpasst! Es war deprimierend, aber was erwartete ich? Diese Gabe war erst einen Tag alt, und ich war immer noch nicht sicher, was ich davon halten sollte. Kann man die zurückgeben? Verkaufen? Verschenken?

„Eigentlich schon."

Skeptisch legte er den Kopf schief und sah mich an. „Du weißt, was ich von diesem Wort halte."

„*Eigentlich*?" Unschuldig schielte ich ihn an.

„Ja, genau DAS."

„Das Wort „*eigentlich*" impliziert die Absicht oder das Vorhaben oder das Tun und widerspricht selbigem aber im selben Augenblick." Das Grinsen verkniff ich mir.

„Cleo! Aus welchem Wörterbuch hast du das geklaut?" Seine Stimme nahm einen warnenden Tonfall an.

„Das hab' ich absichtlich vergessen." Gott! Was hatte er nur mit diesem verdammten Wort? „‚Eigentlich' deutet auch indirekt auf etwas hin. Geheimes. Verstecktes. Etwas, mit dem man nicht gleich herausrücken möchte?" Erwischt! Schuldbewusst schob ich den Kopf tiefer zwischen die Schultern. Das löste ein ungutes Ziehen in der rechten Gesichtshälfte aus. Jetzt oder nie ... du Weichei!

„Stimmt. Also was steckt dahinter?" Sein fragender Blick lastete schwer auf mir. Okay, Cleo – einmal tief durchatmen, bevor ich mich ihm ganz zuwandte. „Oh mein Gott!", im selben Moment – schepper, klirr – stürzte seine Tasse zwischen unseren Füßen zu Boden. Scheiße! Verdammt, die war ein Souvenir aus unserem Frankreichurlaub – Frankreich? Urlaub? Der Gedanke verpuffte, denn ich war barfuß. Wenigstens trug er Hausschuhe – wenn auch jetzt in Kaffee getränkt. Erschrocken, erschüttert und noch so einiges schnappte er nach Luft. „Cleo!" Eindeutig, ihm fehlten die Worte. Wie ein Fisch ohne sein Überlebenselixier Wasser versuchte er, nach Luft zu schnappen bis es endlich klappte. „Wie siehst du aus? Was hast du gemacht? Dich mit einem LKW gestritten?!" Zumindest hatte er nun beide Hände frei, um mein Gesicht in alle Richtungen zu drehen, um Beweismittel Nummer eins genauer unter die Lupe zu nehmen. Bei manchen Bewegungen gab ich unterdrückte Autsch-Laute von mir. Erschrocken hielt er in seiner Folter inne. „Hast du große Schmerzen?"

Noch während ich erwog, den Kopf zu schütteln – mir hatte es bei seinem schockierten Gesichtsausdruck die Sprache verschlagen – hob er mich auf den Küchentresen. Schmerzvoll zuckte ich zusammen. Alarm im rechten Rippenbereich! Verdammt, da also auch. Entsetzt ließ mich Dad los und sah mich mit weit aufgerissenen Augen an. Aus der Gefahrenzone – vorerst! Zu meinen beiden Seiten stützte er sich mit den Armen ab und betrachtete erneut das Farbenspiel. Für einen kurzen Moment schloss er fest die Augen. Oh! Das sah nicht gut für mich aus. Er ahnte es. „Warst du beim Arzt?"

Stummes Nicken. Auch ohne Magie, die zum Glück gerade pausierte, spürte ich seinen inneren Kampf.

„Benn hat Doc DeViner geholt und der hat mich durchgecheckt." Die Stimme war nur ein ersticktes Krächzen. Der Kampf mit den Tränen wurde immer unerbittlicher.

„Benn?!" Sein strenger, fast wütender Blick traf mich, und ich schnallte augenblicklich den Argumentationsfehler. „Bist du Fallschirm gesprungen?" Seine Stimme wurde drohend und sein Blick eisig. „Obwohl ich es dir verboten habe?"

„Dad! Nein. Nein, Dad! Ich bin nicht gesprungen. Das würde ich nie tun!" Panik stieg in mir auf. Das würde ich wirklich nie tun! Meine Augen wurden so groß wie Tennisbälle.

Langsam entspannte sich sein Blick – puh!! –, er merkte, dass ich es ehrlich meinte. Trotzdem behielten sie etwas Wachsames. Vorsichtig wagte ich es, die Muskeln etwas zu entspannen.

„Warum warst du dann dort?"

„Es ist in der Nähe des Flugplatzes passiert. Ich sollte bei Benn aushelfen, um ..." Hin und wieder jobbte ich bei ihm, um das Taschengeld etwas aufzupolieren: Putzen, kleinere Büroarbeiten, Fallschirme zusammenlegen – was eine gute Übung für meine zukünftigen Pläne war, und natürlich wurde ich mit ein paar Franken gerecht entlohnt. Ab und zu bestellte er mich genau dann, wenn er einen Theoriekurs abhielt. Ich war mir sicher, dass er das absichtlich tat, so kam ich zu gratis Unterrichtseinheiten. Dads Kinn sank auf die Brust. Tiefdurchatmend schloss er erneut die Augen. Was mir etwas Zeit verschaffte, die durchgerüttelten Nerven wieder in ruhigere Gewässer zu geleiten. Was nicht von langer Dauer war, denn langsam sickerte der Unfall in die Flussbiegungen der Realität ab, und es brach aus ihm heraus. „Du hättest dir das Genick brechen können!" Sein hin und her gerissener Blick – zwischen Erleichterung und Wut – heftete sich wieder auf die violett-blauen Verfärbungen. „Verdammt. Cleo! Ist dir das überhaupt klar?" Er wurde laut – zu Recht! Spätestens jetzt klebte Ally an irgendeiner Wand und lauschte sich beide Ohren platt. Ihr schadenfrohes Gesicht sah ich deutlich vor dem inneren Auge.

„Ja." Flüsterte ich. Den Kopf versteckte ich wieder zwischen den Schultern. Wo versteckten sich nur die

Hausschuhe? Noch mehr Verräter! Ich befand mich umzingelt davon.

Mehrmals atmete Dad tief durch. Ein eindeutiges Anzeichen: Er versuchte, sich wieder unter Kontrolle zu bringen und einen klaren Gedanken zu fassen. „Ist dir noch mehr passiert?" Stumm schüttelte ich den Kopf. Die Entscheidung war gefallen, es war besser, kein weiteres Wort über die Rippenprellung zu verlieren. „Ist Celtic was passiert?"

„Nein", ich wagte es, in seine blauen Augen zu sehen, die mich fixierten, „nein, er hat alles unbeschadet überstanden. Zumindest äußerlich. Ich bin von ihm runtergefallen ..." Schnell versuchte ich, auch diese Fehlinformation zu korrigieren, als Dads Blick steinern wurde. „Er hat mich nicht abgeworfen! Es war mein Fehler!" Der Tonfall nahm bettelnde Attitüden an, und die anbahnenden Tränen trugen den Rest zu den Schuldgefühlen bei.

Dad packte mich fest bei den Schultern. „Cleophea, ist dir überhaupt klar, wie viele Schutzengel du hattest?" Verdammt, er sprach meinen Namen aus – nicht gut. Gar nicht gut! „Wo warst du nur mit deinen Gedanken?" Leicht rüttelte er an mir. Bei dem Schmerz, der sofort in die rechte Körperseite schoss, biss ich, hoffentlich unbemerkt, die Zähne fest zusammen. Gott, lass es schnell vorüberziehen. Leichter Schwindel setzte ein, auch Schmerzen bahnten langsam ihren Weg durch den vorderen Kopfbereich – aber ich nahm das alles hin. Es war nur ein Tropfen auf den heißen Stein, auf der Schmerz- und-Buße-Skala. Das Ausmaß meiner Dummheit trat in diesem Moment derartig stark in den Vordergrund, dass sich ein panisches Augenwässerchen startklar machte. Nicht nur, dass ich wieder mal hirnlos mein Leben aufs Spiel gesetzt hatte, nein, ich hatte auch ein Versprechen Dad gegenüber gebrochen. Erschrocken sah ich ihn an. Hoffentlich vertraute er mir noch! Für unsere Eltern war es immer ein wichtiges Gebot, dass wir uns an das hielten, was wir uns versprachen – wir versprachen nicht viel, benutzten dieses Wort mit Vorsicht, fast heilig, nie leichtfertig oder als Floskel. Wenn es verwendet wurde, hatte es Gewicht. Genauso wie ich ihm schweren Herzens versprochen hatte, nicht mehr aus einem Flugzeug zu springen, solange er die Verantwortung für mich besaß. Den Schock über einen möglichen Vertrauensbruch verstand ich sehr gut.

Vielleicht war es die ganze Story über das Unglück, das mich komplett aus der Bahn geworfen hatte. Es zog einen Vertrauensbruch mit sich, an dem ich bis zu meiner Volljährigkeit zu nagen habe:
Vor knapp zwei Jahren kam Mam bei einem Autounfall ums Leben - zwei Wochen nach meinem vierzehnten Geburtstag.
Von einer Probe im Zürcher Opernhaus unterwegs nach Hause. Die Strecke kannte sie im Schlaf, schließlich fuhr sie diese mehrmals in der Woche, was sag ich – täglich mindestens zwei Mal! Nur leider war es unmöglich, einen betrunkenen Gegenverkehr einzuplanen. Aus unerklärlichen Gründen – abgesehen von den Promille in seinem Blut – wechselte er die Straßenseite und knallte frontal mit hundert Sachen in ihren Wagen.
Es war mitten in der Nacht. Kein Mensch auf der Straße.
Dad und ich vertrieben uns die Zeit mit einem Brettspiel – er wollte mir unbedingt Schach beibringen. Je weniger ich es verstand, desto mehr packte mich der Ehrgeiz.
Nachdem Mam überfällig war, nicht an ihr Handy ging, rief Dad den Portier der Oper an. Der teilte uns mit, dass sie ausnahmsweise pünktlich bereits vor drei Stunden das Haus verlassen hatte. Die Sorge stand ihm ins kreidebleiche Gesicht geschrieben. Er dachte doch tatsächlich, er könnte mich davon abhalten, ihn auf seiner Suche zu begleiten – weit verfehlt Vater! Wir waren keine fünfzehn Minuten unterwegs, als uns die vielen Blaulichter den Weg wiesen. Der Alko-Lenker verstarb am Unfallort – Drecksau! Wie gern hätte ich die Wut und die Trauer an deinem versoffenen Körper entladen. Mam wurde mit lebensgefährlichen Verletzungen hektisch,

aber unter geschulten Händen in den Rettungswagen geladen. Diese nüchterne und distanzierte Aussage kann ich erst jetzt, nach fast zwei Jahren Kampf, von mir geben. Das auch nur mit dem Vorbehalt, jederzeit in Tränen auszubrechen und eines nahenden Nervenzusammenbruchs.

Dad und ich mussten uns durch die Schaulustigen zu den Einsatzkräften durchkämpfen. Warum tauchten die immer erst auf, wenn sie keiner mehr brauchte? Wir erhaschten nur mehr einen unscharfen Blick auf Mams blutverschmiertes Gesicht. Aus ihrem Mund ragte ein Schlauch. Einer der Sanitäter drückte in regelmäßigen Abständen einen Beutel, der die Lungen mit Luft versorgte. Verschwitzt lehnte der Notarzt über ihr und war in die Herzrhythmusmassage vertieft – die Türen schlugen zu.

Wie gelähmt hing ich an Dad. Mit weit aufgerissenen Augen starrte er dem Einsatzfahrzeug hinterher. Was nun?

„Dad! Wir müssen ihnen folgen." Fest zog ich an seinem Ärmel. Wollte zum Auto. Tränen brannten in den Augen. Mam! Sein Blick schweifte weiter über die verbeulten, ineinander verkeilten Fahrzeuge. In den letzten Tagen war Mam auf Dads Bitte auf den SUV umgestiegen. Er hasste es, wenn sie bis tief in die Nacht mit ihrem kleinen Cabrio unterwegs war. Seinen Wunsch hatte sie schmunzelnd beherzigt. Das hatte ihr vielleicht für ein paar Minuten das Leben verlängert.

Unsere Blicke verfolgten dunkel gekleidete Männer, die einen Leichensack schlossen und zu einem Fahrzeug trugen. Unbehaglich sah ich zu Dad auf. In diesem Moment schien er zu allem fähig. Endlich reagierte er auf mich. „Komm", drückte meine Schulter, sah mich aber nicht an.

Bei unserem Eintreffen dauerte es eine Ewigkeit, bis die Lady bei der Anmeldung endlich verstand, was wir von ihr wollten – alte Nachteule! Eingeschüchtert – war es Dads oder mein Anblick – führte sie hektisch ein paar Telefonate bis sie uns erklären konnte, dass Mam noch im OP war und noch keine Informationen zur Verfügung standen, sie würde sich aber weiter darum kümmern.

Wir wurden in den Aufenthaltsraum geführt.

Wir saßen, tranken, schliefen – irgendwie – und tigerten herum. Ally wurde irgendwann von der Mutter einer Freundin ins Krankenhaus gebracht. Dad hatte sie informiert. Dann wiederholten wir zu dritt unseren Sitzen-trinken-schlafen-Modus.

Es war die Hölle – unsere ganz persönliche Hölle!

In dieser Nacht waren Ally und ich Geschwister, uns wirklich nahe, und ich dachte, wir würden endlich zu den Schwestern werden, die ich mir immer gewünscht hatte. Leider kam es anders, und ich musste lernen, das zu akzeptieren.

Gegen neun Uhr vormittags traten zwei Ärzte in OP-Kleidung zu uns – im Schlaf hatten wir Dad umzingelt. Aber er war wach. Er war es die ganze Zeit – ich wusste es einfach. Steif stand er auf. Ally und ich folgten ihm.

Sachlich erklärte uns einer der beiden Ärzte, was alles an Mams Körper bei dem Unfall zu Bruch gegangen war und wie im Laufe der Operation der Rest Stück für Stück aufgegeben hatte. Es folgte der übliche Kram, den man aus TV-Sendungen kannte: Wir haben alles erdenklich Mögliche für Ihre Frau getan. Nur leider hat das nicht gereicht. Ihre Verletzungen waren zu schwerwiegend.

In diesem Moment wich jeglicher Rest Lebensenergie aus mir.

Ally brach in Tränen aus. Sie war bereits tief in ihre Trauer versunken und klammerte sich an Dad, um noch irgendwie stehen zu können. Fassungslos starrte er die Ärzte an. Ich wusste bereits, dass sie es nicht geschafft hatte, als die beiden auf uns zugekommen waren. Bewusst hatte ich den Fokus auf die zweite Ärztin gelenkt. Ruhig stand sie neben dem Quassel-Arzt – eindeutig ihr Boss – und sah uns nach einander an. Als mein Blick den ihren einfing, fand ich etwas, was bei dem anderen Arzt bereits verloren war – herzen schweres Mitgefühl! Ihre Anwesenheit spendete mir in diesem Augenblick mehr Trost als all die Floskeln des Oberarztes. Beide reichten uns zum Abschied und zur Bestätigung ihres Beileids die Hand, bevor sie gingen und die junge Ärztin mir ein kleines, vorsichtiges, aber trauriges Lächeln schenkte.

Dichter, grauer Nebel umfing mich in diesen sterilen Wänden. Hielt mich fest und gab mich nicht mehr frei. Wochen, nein, Monate blieb er an meiner Seite, wurde mir zum Freund und keinen anderen ließ er hindurch. Schirmte mich ab. Behütete meine Trauer und Einsamkeit. An diese Zeit konnte ich mich nur mehr vage erinnern – meist durch Erzählungen. Selbst nahm ich nur wahr, wie dieses kleine Lebensfeuer in mir immer weiter schrumpfte.

Der Tag, an dem sich eine Wendung bemerkbar machte, war zu Beginn nicht weniger trübselig und grauverhangen als jene, die ihm voran gegangen waren. Unaufgefordert betrat Tristan das abgedunkelte Zimmer – eindeutig von Ilvy alarmiert. Die beiden hatten sich bei ihrer Cleo Lebenserhaltungsmission abgewechselt. Irgendwie war ich gespannt, was er für heute geplant hatte, und doch wünschte ich mir, er würde einfach wieder verschwinden und mich in Ruhe lassen. Zuerst war ich stinksauer über die immer-wieder-Einmischung, doch im Nachhinein bin ich den beiden dankbar für ihre Hartnäckigkeit. Die zwei Streithähne hatten sich meinetwegen verbündet – das war ein interessanter Wandel. Ilvy mochte Tristan nicht und umgekehrt war es dasselbe. Warum, das habe ich nie herausgefunden. Es passte eben nicht. Soll vorkommen.

Ilvy blieb unsicher, auf Sicherheitsabstand – ich konnte sehr aggressiv reagieren – am Eingang stehen, während Tristan die Vorhänge und die Fenster aufriss. Meine Beste schloss die Tür. Von außen, aber das war mir im ersten Moment nicht bewusst. War es aus Vorahnung, weil sie wusste, was folgen würde? Den größten Teil der Auseinandersetzung musste sie deutlich gehört haben. Einen der Turnierpokale hatte ich wütend nach Trist geworfen, als mir langsam dämmerte, dass ich diesen Möchtegern-Bruder nicht so leicht loswerden würde wie an den anderen Tagen. Die Schreie, die nur erstickt aus mir drangen – das Gesicht im Kissen -, als er mich ohne Schonung im Bett auf den Bauch gedreht hatte, konnten nicht spurlos an Ilvy vorbeigerauscht sein. Es war harte Arbeit, die vier Extremitäten zu fassen zu bekommen, die wild nach ihm geschlagen und getreten hatten. Warum sollte ich es ihm einfach machen? Wollte ich doch, dass er sich verpisste. Mich im Selbstmitleid ertrinken ließ ... Die vergangenen Monate hatten ihre Wirkung nicht verfehlt – ich war abgemagert, mit fettigem Haar und bleichem Gesicht. Kraftlos. Der gesamte Körper fuhr auf Sparmodus.

Als die Energiereserven aufgebraucht waren, zerrte er mich aus dem Bett. Nur widerwillig und unter heftigen verbalen Wutausbrüchen, die er alle tapfer wegsteckte, schleifte er mich zur geöffneten Balkontür. Schonungslos verfrachtete er mich an die frische Luft. Verdammt war das hell! Wie ein Vampir wollte ich zurück in die Finsternis und drängte ins Zimmer. Er war erbarmungslos und um vieles stärker. Diese Welt – pfui - ich wollte nichts von ihr sehen! Nichts von ihr wissen.

Als er sich vergewissert hatte, dass ich auf eigenen Beinen stehen konnte, rückte er von mir ab, aber ohne den Griff um die zusammengequetschten Arme zu lockern – in diesem Augenblick traute er mir nicht. Ich mir ebenso wenig.

Die Sonne stach mir ins Gesicht. Der verräterische Körper sog jeden Strahl, jede Wärme, jede Energie, jedes Geräusch gierig in sich auf. Weg - ich versuchte mich erneut abzuwenden. Keine Chance. Sein Griff war unbarmherzig wie der einer Schraubzwinge. Schlagartig verließen mich die wenigen Kräfte. Wie ein nasser Sack ging ich zu Boden. Unbarmherzig schob er mich in eine sitzende Position. Löste vorsichtig den Klammergriff, lehnte meinen Rücken gegen die kalte Mauer und setzte sich zu mir. Er zögerte. Nahm mich dann doch in die Arme und wiegte mich hin und her – immer wieder, unendlich lang –, bis endlich die Tränen kamen. Ein Ende war nicht in Sicht, erst nachdem sein Sweatshirt durchnässt war und sich

Ilvy endlich zu uns auf den Balkon wagte, wurden sie weniger. Er hatte noch kein Wort gesagt, seit wir auf dem Balkon gelandet waren. Sein Griff lockerte sich, er gab mir mehr Luft zum Atmen und ließ die Kräfte der Sonne weiterhin schonungslos auf mich wirken. Vorsichtig strich er mir eine Strähne hinters Ohr.

„Cleo."

Die letzten Tropfen Rotz verteilte ich auf dem Ärmel des muffeligen Pyjama-Shirts. Ilvy kniete neben uns. Tristan schob mich etwas von sich, damit er mich besser ansehen konnte. Sein bohrender Blick war deutlich spürbar und brannte sich in meine linke Kopfhälfte. Es war unausweichlich, schwerfällig hob ich den Blick und sah ihn an. Seine sonst so strahlend blauen Augen wirkten dumpf, ohne den üblichen Glanz und voller Sorge. Auch seine strubbeligen blonden Haare wirkten nicht organisiert-zerzaust. Mit anderen Worten, er sah scheiße aus. Wir zitterten beide. „Ist ..." War das meine Stimme? Nach einigen Anläufen und Räuspern fand ich sie unter verklebten, verkrusteten und ausgedörrten Bändern. „Ist dir kalt?" Wie lange hatte ich nicht mehr gesprochen?

Es war unverkennbar, wie sich etwas von seiner Anspannung löste. Leicht senkte er den Kopf und holte dann kontrolliert Luft. „Nein, Cleo. Mir ist nicht kalt." Er sah mich wieder an. Dieses Mal lag etwas Wärme in seinen Augen, aber sein Gesicht war immer noch angespannt. „Ich zittere, weil ich sauer auf dich bin." Ja, das hörte ich. Sein Tonfall beherrschte viele Sprachen. Moment mal! Sauer? Auf mich? „Weil ich mir Sorgen um dich mache und Angst habe, dass du dich aufgibst." Hä? Was geht dich mein Leben an? Mam! Ich hab' Mam verloren! Sie ist nicht mehr da ... wird nie wiederkommen. Nie wieder mit mir am Klavier sitzen. Nie wieder lachend durchs Haus laufen. Mich nie wieder trösten. Mich nie wieder zur Strafe zu Herta in die Küche schicken ... Ich hab' einen der wichtigsten Menschen verloren! „Cleo!" Grob nahm er mein Gesicht und zwang mich, ihn anzusehen. „Hör endlich auf, dich kaputt zu machen."

„Lass mich los, du Idiot!", donnerte es durch die Gehirnwindungen. Ich wollte ihn anschreien, beschimpfen, ihm sagen, er solle sich um seinen eigenen Dreck kümmern, doch mir fehlte die nötige Kraft.

Diese sogenannten Freunde tauschten verräterische Blicke. Gemeinsam schnappten sie mich unter den Armen und stemmten mich hoch. Auf Puddingbeinen schleppten sie mich ins Bad. Als Tristan sich vergewissert hatte, dass Ilvy mit mir alleine klarkam, verließ er den Raum.

Ohne ein Wort zog sie mich aus. Schlapp und desorientiert saß ich auf der Truhe und machte keine Bewegung. Sie gab nicht auf und zerrte die muffelnden Klamotten von mir runter. Half mir stumm beim Hineinsteigen in die Wanne. Sachte senkte sie mich in die Wanne. Das warme Wasser nahm mich in Empfang. Zerrte an dem Nebel, der sich bemühte, die Einrisse der Sonne wieder zu schließen. Still und ohne Widerstand ließ ich alles über mich ergehen. Sie wusch mir die Haare – drei Mal! Den Rücken und auch die Beine. Wie taub. Alles. Alle Sinne waren taub und ich wie in Watte gepackt. Als sie bei den Armen ankam, hielt sie mir Waschlappen und Seife demonstrativ vor die Nase. Gereizt, aber zu müde übernahm ich den Säuberungsakt. Mit einem eiskalten Wasserstrahl spülte sie mich ab. Mit gebrochener Stimme schrie ich auf. Miststück! Qualvoll reanimierte sie damit ein paar Lebensgeister und belehrte den Nebel eines Besseren. Kreischend verfluchte ich sie bis ans Ende der Welt.

„Cleo! Hör auf, dich zu verkriechen ... du machst uns alle kaputt." Meine Antwort blieb in den Gedanken hängen, und der hartnäckige Rest löste sich auf dem Weg zu den Lippen in Luft auf. Absichtlich reagierte ich nicht auf ihre Tränen.

Es klopfte. Schnell wickelte sie mich in ein paar Handtücher. Durch den Türspalt reichte er Ilvy einen Stapel Klamotten, die mir meine neue Nicht-beste-Freundin mühevoll anzog – ich war ihr keine große Hilfe. Die Risse in der Dunkelheit, die mich umgab, vergrößerten sich –

es war die Anwesenheit meiner Freunde, die versuchten, mich wieder ins Leben zurückzuholen.

Irgendwann, Ilvy hatte es geschafft mich fertig anzukleiden und die Haare zu föhnen, saß ich am Küchentisch, eine dampfende Tasse Kaffee vor mir. Die beiden verbrüderten sich mir gegenüber. Gnadenlos starrten sie mich an. Jede Bewegung wurde zur Kenntnis genommen. Durch ihre Aufmerksamkeit schwand erneut ein Stück des einhüllenden Nebels. Schon wieder einer dieser vielsagenden Blicke – irgendetwas hatte sich zwischen ihnen verändert. Das nervte. Mein Unterbewusstsein wollte mich auf etwas aufmerksam machen, aber ich konnte es nicht halten. Bitte, sagt jemand etwas. Irgendetwas. Diese Totenstille weckte die Aggression in mir.

„Hm. Weißt du eigentlich, dass in ein paar Tagen der Frühling beginnt?" Das kam von Trist. Seiner Stimme fehlte jegliche Nuance von Mitgefühl. „Du hast den Herbst ausgeblendet. Den Winter total verpennt. Einer deiner Lieblingsjahreszeiten nicht den Hauch einer Chance gegeben." Es schien angestrengt diesen Nebenbei-Tonfall beizubehalten. „Den ganzen Schnee – Cleo –, du bist kein einziges Mal auf dem Board oder den Skiern gestanden."

Schweigen.

Was interessierte mich dieser verdammte Schnee?! Der kam jeden Winter, aber Mam ... Eine Erinnerung regte sich in mir – Mam, wie sie mir das Skifahren beigebracht hatte. Wie wir – Mam, Dad, Ally und ich – das erste Mal gemeinsam einen Berg runter gebrettert waren und wie sie mir erlaubt hatte, auf das Snowboarden zu wechseln. Frustriert und verletzt schob ich gewaltvoll die Erinnerungen von mir. Noch mehr Schmerz ertrug ich nicht.

Ilvy spürte den Kampf mit den Tränen und wollte zu mir, aber Tristan hielt sie zurück. „Cleo, keiner von uns wird je verstehen, was du durchmachst", er atmete tief ein, bevor er weitersprach. „Wie du leidest und was in dir vorgeht. Weil du und Ally ihr diejenigen von uns seid, die ihre Mutter verloren haben." Um Worte ringend griff er in sein zerzaustes Haar. „Aber wir fühlen mit euch, besonders mit dir. Weil du unsere Freundin bist. Meine kleine Schwester bist." Seine Stimme nahm einen flehenden Tonfall an. „Und wir versuchen zu verstehen." Bedeutsam berührte er Ilvy am Arm.

Seit wann waren die zwei so dicke? Verschwörung – für den guten Zweck?! Sarkasmus war in dieser Zeit mein Verbündeter. Behutsam legte sie ihre Hand auf meine. „Cleo, wir haben große Angst um dich. Angst, dass wir dich verlieren." Langsam entzog ich mich ihr und verschränkte die Finger miteinander unter dem Tisch. „Cleo, bitte! Denk doch auch an Celtic. Er vermisst dich."

Stille.

„Er ist total unruhig. Lässt keinen an sich ran. Auch seine Lieblingspflegerin nicht. Seit gestern frisst er gar nichts mehr."

Nikki. Celtic ...

„Du musst wieder Leben in dich lassen." Dieser Kommentar kam wieder aus der anderen Ecke.

Leben in mich lassen? Celtic ... Warum tust du das? Die sagen das so einfach. Versteht denn keiner, dass ich mich innerlich tot fühle?

Trist sah auf die Uhr. Plötzlich verabschiedete er sich – noch ein Termin. Wenn alles klappte, würde er bald mit einer Überraschung vorbeischauen. Bitte keine Überraschungen! Aber somit war wenigstens einer weniger.

Natürlich blieb Ilvy. Auch über Nacht. Aus einem meiner Lieblingsbücher las sie mir auf dem Balkon in der wärmenden Sonne vor. Wir streamten zwei Filme. *Smaragdgrün* – eindeutig ihr Fall. Aber sie kannte mich gut genug und entschied für mich: *Attention A Life in Extremes* – damals hegte ich bereits Bewunderung für den Extremsport. Trotz dieses interessanten Themas rieselten die Bilder, ohne im Speicher zu landen, an mir vorüber und waren weg, bevor ich überhaupt etwas verstanden hatte. In einem der lichten Momente verlangte ein Gedanke, Ilvy in die Macht meiner Dunkelheit einzuweihen. Wie tief dieser Verlust saß und welche Schmerzen und welche Leere er in mir geschaffen hatte. Doch der Einfall war zu schwach.

Irgendwann führte sie mich wieder ins Bad, und ich schaffte es ohne größere Hilfe, mich fürs Bett klar zu machen – den Anblick im Spiegel vermied ich. Ich wusste, dass ich wie eine wandelnde Leiche aussah.

Nach einer traumlosen Nacht erwachte ich am späten Vormittag – die Matratze war leer. Panik packte mich. Hatte nun auch sie mich verlassen?! Mit weit aufgerissenen Augen saß ich im Bett. Verzweifelt knetete ich die Bettdecke, bis sich leise die Tür öffnete und Ilvy auf Zehenspitzen hereinschlüpfte. Als sie sah, dass ich wach war, bildete sich ein zaghaftes Lächeln. „Hej, du bist wach, ich ...", wie eine Rakete schoss sie zu mir. „Cleo! Was ist los? Hast du schlecht geträumt?"

Hatte ich schlecht geträumt? Kopfschüttelnd und überglücklich, dass sie nicht gegangen war, zugleich aber auch geschockt über die heftige Verlust-Reaktion, saß ich wie versteinert da und starrte sie an.

„Was dann? Cleo, was ist los? Hör bitte nicht wieder auf zu sprechen – ich halte das nicht länger aus." Sie griff nach meiner Hand. Müde sah ich darauf – meine war immer einen Tick dunkler gewesen – das Blatt hatte sich gewendet. Nun war ich die Bleichnase.

„Ich ... muss aus Klo." Steif stieg ich aus dem Bett und hantelte mich ins Bad. Jede Bewegung war anstrengend und kostete viel Kraft. Schweißgebadet schleifte ich mich zurück ins Zimmer. Nachdenklich stand Ilvy an der offenen Balkontür. Sie wirkte müde und hatte ausgezehrte Ähnlichkeit mit mir. Langsam nahmen meine Gedanken ihre Arbeit auf. März? – davon hatte einer der beiden gesprochen ... Tristan! War er da? Wann? Und warum? Das Zeitgefühl hatte sich in den letzten Monaten in Luft aufgelöst. Warum war Ilvy hier? – Um diese Jahreszeit war normal Schweden-Time. März. Verdammt. Auf der Suche nach weiteren Erinnerungen plumpste ich in einen der Sitzsäcke.

„Du hattest Angst, ich sei ... weg, oder?" Ein Flüstern, bei dem ich mir nicht sicher war, ob es in der Realität oder in meinem Geist seinen Ursprung hatte. Nur ihr fragender Blick überzeugte mich von der ersten Vermutung. Keine Ahnung, wie sie den Nagel auf den Kopf getroffen hatte, aber was brachte es zu lügen? Schließlich war sie meine beste Freundin – hoffte ich mal. Stumm nickte ich. Worte waren nicht nötig. Ihr nachdenklicher Blick scannte meine Erscheinung. „Warum grenzt du mich so dermaßen von ... von deinem Schmerz aus?" Tränen glitzerten in ihren Augen. Einen langen Augenblick betrachtete ich sie. Wir hatten uns beide verändert. Mussten ein Stück schneller erwachsen werden.

„Ich weiß es nicht." Seit langem sah ich ihr wieder direkt in die Augen und hielt dem Blick stand. „Vielleicht weil ich alleine damit klarkommen muss, oder du wirst es nicht verstehen. Sie ist meine Mutter. Sie war ..." Ilvy kam zu mir und kniete sich vor mich hin. Sie sagte nichts. Gab mir Zeit, die Gedanken zu sammeln. „Es tut so weh. Nimmt kein Ende. Wird nicht leichter." Halt suchend holte ich Luft. „Ich dachte, ich würde an diesem Schmerz zerbrechen, dachte, er wäre auch mein Ende."

Scharf zog sie die Luft ein. Ein weiteres Mal an diesem Tag nahm sie meine Hand. „Das wirst du nicht. So wahr mir Gott helfe ..."

Unsanft unterbrach ich sie mit einer heftigen Handbewegung. „Hör auf. Es gibt keinen Gott!"

Rasch erkannte sie ihren Fehler. „Du hast recht." Das beruhigte mich. „Trotzdem werde ich dich niemals alleine lassen. Schon gar nicht, wenn ich weiß, dass du mich brauchst und du mich trotzdem wegschiebst."

Das tat gut. Weiter versuchte ich, etwas Klarheit in die Welt meines Oberstübchens zu bekommen. „Was tust du überhaupt hier?" Verdutzt starrte sie mich an. Mein Fehler? Hatte ich etwas verwechselt? „Solltest du nicht in Schweden sein?" Ah! Ihre Frustfalte zwischen den Augenbrauen entspannte sich, und im nächsten Moment erklärte sie mich für bescheuert. Dann folgte eine kurze Zusammenfassung der Diskussion mit dem skandinavischen Elternteil, die sie gemeinsam mit ihrem Dad geführt hatte. Sie musste versprechen, nach Verbesserung meines Zustands sofort die Reise anzutreten, erst dann wurde dem Antrag stattgegeben. „Mutter nervt total. Jeden zweiten Tag ruft sie an. Da kommt es mir doppelt gelegen, dass du endlich dein Komadasein aufgibst, nach ... naja Tristans Radikal-Erweckung. Irgendwie fühlt es sich jetzt noch mehr falsch-falsch an, wenn ich bald abreisen muss. Dad sah das irgendwie kommen und verschaffte mir eine Auszeit, indem er verschlug, dass ich für ein paar Tage bei dir einziehen sollte."

Tristan – Radikal-Erweckung? Langsam dämmerte es.

„Warum versteht sie das nicht? Ich muss jetzt einfach bei dir sein!" Frustriert fuhr sie sich mit beiden Händen durch ihr Strubbelhaar. Um Verständnis bettelnd, sah sie mich an. „Sie hat kein Mitgefühl. Sie will damit nur Dad Leid zufügen."

„Wenigstens lebt deine noch, auch wenn sie für zehn nörgelt und nervt." Das saß. Die Worte taten mir sofort wieder leid, aber es war die Wahrheit. Zum Glück nahm sie es mir nicht krumm.

„Tristan war ... gestern da?" Ich musste es wissen. Der Gedanke nervte langsam.

Etwas zu laut atmete mein Gegenüber aus. Was mir bereits einen Hinweis darauf gab, dass ich falsch lag. „Nein. War er nicht. Und dies war auch nicht die erste Nacht, die ich bei dir verbracht habe – mal abgesehen von den letzten Monaten."

„Wann war er da?" In welchem Zustand hatte ich mich befunden?

„Vor vier Tagen." Verdammt! Das war viel. „Kannst du dich an etwas erinnern?"

In kurzen Sätzen schilderte ich ihr, was mir die Erinnerung zuschob.

„Schläfst du seitdem bei mir?"

Steifes Nicken. „Wir haben uns abgesprochen, dass du nie wieder in diesen Zustand verfallen darfst." Besorgt sah sie mich an. „Am ersten Abend haben wir zwei Filme ausgewählt – wir schauten nur einen an." Ups, nächste

Fehlspeicherung. „Der zweite Abend war der schlimmste. Als hättest du eine Art Rückfall oder so. Ich hatte eine Scheißangst und hatte die Notrufnummer bereits am Handy. Ich konnte dich nicht wecken. Irgendwie kamst du dann doch wieder zu dir, und mit Hertas Hilfe haben wir dir etwas Suppe eingeflößt." Ein trauriges Kopfschütteln folgte bei dieser Erinnerung. „Am Tag warst du in einer Art Dämmerzustand. Irgendwie da und dann doch wieder so weit weg. Es war Schwerstarbeit, dich nur für Minuten aus diesem Zustand zu reißen." Die erlebte Verzweiflung spiegelte sich deutlich in ihrer Stimme. „Gestern schauten wir den letzten der beiden Filme. Er war toll. Diese Extremsportler sind echt wahnsinnige Typen – Respekt, aber mal ehrlich, die sind doch wirklich verrückt, ihr Leben derartig aufs Spiel zu setzen." Ah! Doch nicht ganz falsch. „Tristan rief immer wieder an, um sich nach dir zu erkundigen. Das war auch der Grund, warum ich zuerst bei der Tür rein kam. Er war dran und sagte", sie sah auf ihre grellgelbe Uhr „dass er in circa einer Stunde hier sein wird." Ich versuchte, mich an die letzten Monate zu erinnern. Kaum eine Reaktion. Als hätte es manche Abschnitte nicht gegeben. Wie hatte ich das überstanden? Mit wessen Hilfe? Dad? Ally? Ilvy ... Herta! „Erzähl mir von den Monaten danach."

Ilvy schluckte schwer, begann aber mit ihrem Bericht. „Die Tage waren nicht immer gleich ..." Es gab bessere Zeiten, an denen ich es geschafft hatte, zur Schule zu gehen. Halbwegs was mitbekommen hatte und auch etwas Nahrhaftes zu mir genommen hatte. Zu Weihnachten verschlechterte sich schlagartig mein Zustand. Einstichstellen an den Armen – Infusionen. Ein Arzt war hier gewesen. Heftige Diskussionen über eine Zwangseinweisung. Krankenhaus. Psychiatrie. Ich erinnerte mich dunkel an leises heftiges Stimmengewirr: Dad und Herta. Die Erinnerung fühlte sich wie gestern an. „Keine Sorge. Herta hat es nicht zugelassen. Sie hat alles in ihrer Macht Stehende getan, dass dein Dad dem Arzt nicht nachgegeben hat." So viel Zeit hatte ich verloren. „Tristan und ich haben alles im Internet durchforstet. Wir suchten nach Erklärungen. Nach Möglichkeiten. Wir wollten das Richtige tun." Ein humorloses Lächeln lag auf ihren Zügen. „Dein ... Zustand hat unsere Abneigung gegeneinander auf Eis gelegt. Vor einer Woche saßen wir gemeinsam hier in deinem Zimmer, und du hast wieder nicht reagiert. Wieder brach ich in Tränen aus und Tristan fasste einen Entschluss – Radikal-Erweckung nannte er es." Puh! Warte, ich brauchte einen Moment, um das alles zu verdauen. Nachdenklich wanderte der Blick aus dem Fenster. Wie konnte ich so weit abdriften? Ich fühlte mich so sicher, so geborgen in diesem dunklen Nebel. In dieser Einsamkeit, in der ich immer wieder in Mams Arme flüchten konnte ... Es wurde Zeit, das zu beenden.

„Wer hat den Arzt gerufen?"
Verblüfft sah sie mich an. „Du erinnerst dich?"
Mit der Hand deutete ich eine schwankende Bewegung an.
„Herta." Die Frage nach Dad ließ ich ruhen. „Soll ich dir einen Latte bringen?"
Hm, warum eigentlich nicht. „Bitte."
Das bekannte Strahlen kehrte langsam wieder auf ihr Gesicht zurück. „Gern. Bin gleich wieder da." Mit einer Alles-klar-Geste hob ich die Hand, und sie schlüpfte zur Tür hinaus.
Nachdem ich endlich wieder Koffein dem Körper zugefügt und den Geschmack genossen hatte, erfuhr ich eine weitere Neuigkeit. Eine aktuelle. „Wir machen einen Ausflug." Wir hatten unser Tratsch-Territorium auf den Balkon ausgeweitet. Immer noch zu hell für meinen Geschmack, dennoch begann ich, eingewickelt in Decken, die Frühlingssonne zu genießen. Am letzten Rest Kaffee nippend, sah ich sie über die Tasse fragend an. „Tristans Plan?"
Ein erneuter Blick auf die Uhr. „Er wird jeden Moment da sein."

Ein Ausflug. „A-ha." Ilvy hatte mit mehr Reaktion gerechnet. Ich verzog die Lippen „Euch werde ich nicht mehr los, oder?"

Sie grinste. „Nö. Der Zug ist abgefahren". Leiser fügte sie hinzu: „Und wenn, dann nur für kurze Zeit und wenn wir uns sicher sind, dass du alleine klar kommst." Verstehe – übersetzt hieß das, wenn ich wieder an das Leben glaubte. Wollte ich das?

Kein weiteres Wort drang über ihre Lippen. Wo ging's hin? Was planten ihr zwei? Im Schnellmodus verfrachtete sie mich ins Bad und drückte mir die vorbereiteten Klamotten in die Arme.

Nach Tristans Eintreffen, einer erdrückenden Umarmung, ging es rasend schnell weiter. Als hätten die beiden Angst, ich könnte es mir anders überlegen. Hm, als hätte mich je irgendjemand gefragt, ob ich eventuell andere Pläne hätte, oder ... Es könnte uns jemand erwischen. Mittlerweile weiß ich es – es war Dad, vor dem wir auf der Hut waren. Die Sorge war begründet, er hätte das niemals durchgehen lassen. Zum Glück waren wir schneller, und ich erhielt den Sprung zurück ins Leben.

~ Sechs ~

Die Flucht war ein voller Erfolg. Keine Menschenseele war uns begegnet. Dad hatte sich, wie gewohnt, in seinem Arbeitszimmer verkrochen.

Wenn ich diesen Ausflug heil überstand – denn aus irgendeinem Bauchgefühl heraus traute ich den beiden nicht ganz über den Weg – und wieder in meiner eingehüllten Welt war, schwor ich mir, einen Blick ins Arbeitszimmer zu riskieren. Wenn ich noch genügend Kraft dafür aufbringen konnte ...

Was unser Transportmittel betraf – keine Sorge –, wir saßen in Tristans babyblauen Bully Bus. Naja, er war nicht zur Gänze in dieser ... ähm Farbe lackiert. Ab dem unteren Rand der dreizehn Fenster aufwärts, wurde es schneeweiß –, die acht anderen an der seitlichen Dachschräge nicht mit einbezogen. Trist liebte dieses Monster auf vier Rädern. Genauso wie er es liebte, mit diesem Wunder der 70er durch die Welt zu gondeln. Mich wunderte es immer wieder, dass er es schaffte, dieses fast sechzig Jahre alte Automobil in Gang zu setzen. Das verdankte er wohl der vielen Restaurationsarbeiten und seinen Kumpels, die fast genauso viel Arbeit in das Goldstück gesteckt hatten wie er. Tristan legte viel Wert darauf, den Retrolook zu erhalten ... er selbst lebte Retro! Aber dieses halbe Wohnmobil konnte sich sehen lassen und war sein ganzer Stolz.

Eine der Rücksitzbänke war mit Rucksäcken beladen. Oder waren es Schlafsäcke? Irgendwie stieg das Verlangen rapide, so schnell wie möglich in meine sicheren vier Wände zurückzukehren. Doch dafür war es zu spät. Wir entfernten uns schnell vom See. Tief im Sitz versunken, saß ich zwischen den beiden. Die Gegend war mir bekannt, aber ich hatte keine Ahnung, wohin uns die Straße führen würde.

„Wie gut kennst du die Unterschrift deines Dads?" Diese Frage kam so unerwartet, dass ich nicht darüber nachdachte und nur gelangweilt mit den Schultern zuckte. „Nichts dabei, er schreibt nur seine Initialen."

Mit der Andeutung eines Lächelns reichte er mir ein Blatt. „Schreib sie da unten mal hin." Mit dem Finger wies er auf besagte Stelle. Warum? Ich verstand nicht, tat aber wie geheißen und zeigte ihm das Ergebnis. „Du kennst sie doch auch."

Mit einem kurzen Blick auf die betreffende Stelle meinte er: „Stimmt. Und du hast das perfekt gemacht."

Stumm reichte er das Papierstück an Ilvy weiter, die nur nickte und es einsteckte. Wären dies nicht zwei Menschen, denen ich blind vertraute, hätte ich das niemals getan – so vernebelt war mein Hirn nun auch nicht. Trotzdem musste es einen Grund für dieses Verhalten geben; ich war mir sicher, dass ich diesen noch erfahren würde.

Immer mehr Berge und Wälder begleiteten uns, und langsam wurde mir unwohl – ich hatte keine Lust auf Camping – und ich begann, an den Fingernägeln zu nesteln. Es grenzte an ein Wunder, dass ich überhaupt noch welche hatte. Vor einigen Wochen begann der Selbstverstümmelungstrieb – kauen oder reißen, bis es blutete. Der Schmerz zeigte mir, dass ich noch Gefühle in mir trug. Noch am Leben war.

Bemüht, der Umgebung keine weitere Beachtung zu schenken, hielten wir nach einer circa dreißigminütigen Fahrt auf einem kleinen Parkplatz. In diesem Moment wurde es ohrenbetäubend laut. „Wow!" Suchend sah ich mich nach der Ursache um und entdeckte eine limettengrüne Propellermaschine, die gerade landete.

„So aussteigen, Ladys! Wir sind da." Enthusiastisch schwang er seinen Körper aus dem Bully. Eilig folgte ihm Ilvy.

Verdammt! Was sollte ich hier? Unsicher schielte ich aus der Frontscheibe und zuckte vor dem blitzblauen Himmel zurück. Sehnsucht nach Bett, der Stille des Zimmers und dem sicheren Nebel breitete sich in mir aus. Es war viel zu hell und zu laut, und die Verbrüderung der beiden nervte langsam. Was trieben die beiden schon wieder? Wild mit den Armen auf das Innere deutend, standen sie am Heck des Wagens. Seine Hände lagen beruhigend auf ihren Schultern? Ein paar Sekunden später stand er an der Tür und half mir beim Aussteigen. War ich krank? Hatte ich mir ein Bein gebrochen? Trotzdem entschlüpfte mir ein „Danke." Einfach zu gut erzogen! Hektisch sah ich mich um. Mehr um mir die beiden vom Hals zu halten als wirklich Interesse an der Umgebung zu entwickeln. Eine Straße mitten im Nirgendwo – unfassbar! – War das legal?

Wie war das noch mal mit dem Interesse?!

„Komm." Tristan warf sich einen der großen Rücksäcke über die Schulter. Den kleineren trug Ilvy. Keiner ließ mich aus den Augen. Er schnappte wieder nach meiner Hand – nein, nicht krank! Behandelt wie ein kleines Kind. Nervös, aber fröhlich zwinkerte mir meine Beste zu.

„Was wird das hier?" Gemeinsam schlenderten wir auf ein Gebäude am unteren Bereich zu. Eine riesige Halle. Das große Tor stand weit offen. Abstellplatz für Landarbeitsmaschinen? Die limettengrüne Propellermaschine kreiste über uns. Sehr unauffällig! Aber die Farbe gefiel mir. Wir hielten weiter darauf zu und ich konnte das Schild über dem Eingang lesen:

ST. CLOUDE FLUG- UND SPRUNGSCHULE

„Hey, Leute", ein unangenehmes Gefühl breitete sich in mir aus, „ich frag' jetzt noch mal. Was. Machen. Wir. Hier?" Erwartungsvoll sah ich von einem zum anderen. Vielleicht war beim ersten Mal die Frage nicht angekommen? Tristan lebte sein Dauergrinsen, aber Ilvy fühlte sich sichtlich unwohler. Die Fröhlichkeit stellte nur mehr einen Schleier über ihrem Gesicht dar. Na gut. Wenn keiner mit mir spricht, halt' ich eben auch die Klappe. Na wartet!

Aus der Glastür – die mit Stickern aus aller Welt geschmückt war – kam uns eine Frau entgegen. Ohne zu übertreiben, sie sah toll aus. Jetzt nicht im rein optischen Sinne, sie war eher klein, aber sie strahlte wie die Sonne. Ihre Fröhlichkeit war mit den Händen fast greifbar. Dieses Strahlen aus allen Poren traf mich fast so hart wie die kalte Dusche vor ein paar Tagen. Doch die Pumuckl-Frisur toppte alles. Auch wenn es nicht Absicht war, ich fand dieses Abbild des blühenden Lebens auf Anhieb sympathisch, und das passte nicht zu dem momentanen Gemütszustand.

„Hey, Tristan!" Endlich! Meine Hand erhielt wieder ihren verdienten Freiraum, dem sie seit dem Ausstieg aus dem Wagen beraubt worden war. Als würde ich weglaufen. Na ja, vielleicht ... Der Gedanke hatte kurz etwas Verlockendes. Die beiden umarmten sich. Bei genauerem Hinsehen wurde klar, dass die Gestalt-des-blühenden-Lebens bereits die Dreißiger-Marke überschritten hatte. Trotzdem stand es ihr. Mein selbsterwählter großer Bruder stellte zuerst Ilvy und dann mich vor. „Du bist also der Glückspilz des Tages." War ich das?? Darüber war ich mir nicht ganz schlüssig, aber wie es der Höflichkeit gebührte, schüttelte ich die mir dargebotene Hand.

„Scheint so." Misstrauisch suchte ich Trists Blick, der immer noch seinen Dauerstrahler trug. Schwenkte um zu Ilvy, die mittlerweile beunruhigt wirkte.

„Hast du das Papier plus Unterschrift?" Hey! Das war doch das, auf das ich vorhin Dads Unterschrift gekritzelt hatte ... Was ging hier ab, verdammt?! Der Gedanke, danach zu greifen und nach einer Erklärung zu verlangen, drängte sich verräterisch schnell an die Oberfläche. Pumuckl tat die verwirrten und verunsicherten Blicke als Nervosität ab. Hey Leute, wie wär's mit Antworten und zwar zack-zack! „Dann werden wir euch mal vorbereiten. Benn befindet sich auf dem Rückweg. Die ersten zwanzig befinden sich bereits in der Luft." Grinsend zwinkerte sie Tristan zu, der ihr Lächeln fröhlich erwiderte.

Mein Blick wanderte unsicher zu dem limettengrünen Ungetüm, das am Ende der Straße aufsetzte. Verdammt, wie blöd war ich eigentlich? Das war eine Landebahn – ich sah zum Gebäude –, und das ein Hangar. Das Flugzeug rollte aus und kam nicht weit entfernt zum Stehen. Der Motor verstummte, die Geschwindigkeit der Propeller verringerte sich, bis sie stoppten. Es war niemand zu sehen. Wie auch immer, zurück zu Pumuckl. „Für was vorbereiten?" Vielleicht bekam ich von ihr ein paar Antworten, sie schien mir sehr redselig.

„Na ja, Cleo, in diesen Klamotten geht's nicht." Verdutzt sah sie mich, dann Tristan und seine Komplizin an. Rotschopfs Blick wandelte sich von interessiert zu verwundert und endete bei ernst. „Weiß sie nicht Bescheid?" Strafende Blicke trafen meine beiden Begleiter. Schuldgefühle waren deutlich auf ihren Zügen zu erkennen – auf Ilvys deutlich mehr.

„Tristan?!" Pumuckl nahm eine bedrohliche Haltung ein. Wie sie das mit ihrer Größe geschafft hatte, war mir ein Rätsel – aber es verfehlte seine Wirkung nicht.

„Nicht, naja, direkt." Er druckste herum. Die ganze Aufmerksamkeit galt meiner Haltung und einem passendem Gesichtsausdruck – bloß nicht selbstgerecht wirken. Das hast du nun davon, du Geheimniskrämer!

„Und was dachtest du, mit welchem Vorwand du sie ins Flugzeug bekommst, hä?! Knockout?" Rotschopf betrachtete ihn mit vorwurfsvollen und weit aufgerissenen, nach Erklärung suchenden Augen – wie sie diese Kombination so fließend hinbekam, war mir schleierhaft. Ich musste mir eingestehen, dass der Schock über ihre Aussage mein Gefühl der Überheblichkeit einfach verschlungen hatte und meine Haltung samt Gesichtszügen mir nicht mehr gehorchte. Mein Mund stand einfach offen. Trotzdem. Was sollte ich in diesem Flugzeug? Ilvy wand sich neben mir.

Fraglich, wie groß ihre Beteiligung an der Sache war.

„Sie soll selbst entscheiden." Wer war nun das wieder? Eindeutig zu viele neue Gesichter für einen Tag. Die Gehirnzellen arbeiteten auf Hochtouren. Neugierig drehte ich mich in Richtung Flugzeug. Da stand er. Der personifizierte Piloten-Gott. Groß. Muskulös. Unter dem weißen Shirt braungebrannt. Braune Lederjacke. Das dunkle, zu einem Pferdeschwanz gebundene Haar, schätzungsweise schulterlang. Zum krönenden Abschluss eine verspiegelte Ray-Ban Sonnenbrille auf einem ersten Gesicht. Mano. So viel pulsierende Männlichkeit haute sogar einen desinteressierten Teenager wie mich vom Hocker. Was Ilvy betraf, vermied ich es einfach, jegliche Reaktion von ihr wahrzunehmen. Leichtfüßig kam er die Stufen des Flugzeugs runter und legte mit wenigen männlichen Schritten die Distanz zu Pumuckl zurück. Ohne den bohrenden Blick abzuwenden ... Aber wen sah er an? Immer diese verspiegelten Brillen! „Du sollst selbst entscheiden." Ich spürte die bohrenden Augen auf mir. Wie nett!

Interessiert sah ich in die Runde. Vielleicht gab's ja jetzt ein paar Antworten – tja, Freunde, dumm gelaufen! „Was soll ich entscheiden?", fragte ich ihn herausfordernd.

„Tristan! Du hast ..."

„Ein Sprung." Der Piloten-Gott unterbrach Rotschopf. „Ein Sprung aus geschätzten viertausend Metern Höhe." Bewusst ließ er das auf mich wirken. „Im freien Fall. Der circa sechzig Sekunden dauern kann; die Möglichkeit besteht, eine Geschwindigkeit von 180 Stundenkilometer zu erreichen."

Was wollte er mir damit sagen? Wollte er mir Angst machen? Fragend sah ich zu Trist – gelassen, fast etwas zu selbstbewusst stand er da. Keine Spur von Schuldgefühlen – ist es das, was du dein Lebenselixier nennst?! Er nickte und ich verstand. Kein Wunder, dass Ilvy mulmig zumute war. Bei ihrer Höhenangst musste sie nahe dran sein, sich in die Hosen zu pinkeln. Aber springen? Ich hatte keine Ahnung davon.

„Man nennt es einen Tandemsprung." Das Interesse war geweckt. „Mit anderen Worten, du springst als Känguru-Baby mit einem erfahrenen und ausgebildeten Fallschirmspringer. Einem Master." Känguru-Baby? Was meinte er damit? Saß ich in einem Beutel? Tandemsprung ... Ahh! Langsam dämmerte es. Nachdenklich drehte ich mich zur Propellermaschine. Darum die Unterschrift – ich war erst vierzehn. Wussten Pumuckl und der Piloten-Gott darüber Bescheid?

„Cleo." Eine Hand legte sich sachte auf meine Schulter. „Es tut", ich schüttelte sie ab, „mir leid. Ich wollte dich nicht anschwindeln." Auf einmal wirkte er niedergeschlagen. Nun tat er mir doch etwas leid. Aber nur ein bisschen.

„Ich sagte von Anfang an, dass es eine beschissene Idee ist ..." Wie es schien, führten Tristan und Ilvy eine alte Diskussion weiter. Sollten sie doch. Ihre Stimmen blendete ich einfach aus – darin war ich in den letzten Monaten zur Weltmeisterin mutiert. Ich sah mich genauer um. Die Bäume, die Berge, der strahlend blauen Himmel über uns. Von da oben. Freier Fall ...

Die beiden Erwachsenen ließen mich keinen Moment aus den Augen. Als versuchten sie, aus mir schlau zu werden. Tja, hinten anstellen. Was das betraf, musste ich das erst mal selbst schaffen. Vielleicht war das ein guter Anfang?

„Haltet endlich die Klappe – beide! Cleo muss das selbst entscheiden." Seine Stimme hatte sich nicht erhoben. Trotzdem hielten die Streithähne sofort inne. Oh! Eine Art Elektroschock mit Hochgeschwindigkeit rauschte durch den Körper. Woher kannte Mister Piloten-Gott meinen Namen? Die Nackenhaare legten sich langsam. Sehr ungewöhnlich ... „Aber ich glaube nicht, dass sie den freien Fall wagt." Lag in seinen Worten eine Herausforderung? „Geschweige denn, dass sie sich in der mentalen Verfassung dafür befindet." Hey, mal ehrlich, das konnte doch keiner auf sich sitzen lassen, oder? Das hatte den gleichen Effekt, als würde mich jemand als feige bezeichnen. Alles hatte eine Grenze, und meine war somit erreicht. Was die mentale Sache betraf, hatte er vielleicht nicht unrecht, aber der freie Fall war es, der mich reizte. Seine Augen lagen immer noch hinter der Sonnenbrille verborgen, aber ich ging jede Wette ein, dass wie herausfordernd grinsten. Pumuckl zog an seiner Lederjacke, als sie meinen trotzigen Gesichtsausdruck bemerkte. Das gab ein witziges Bild – mit ihren Haarspitzen reichte sie ihm nicht ganz bis zur Schulter. Wo landete sie dann mit platt gedrückten Haaren – Ellenbeuge?

Trotzig reckte ich das Kinn ein Stück weiter nach vorn. „Ich nehme die Herausforderung an, Mister Buschpilot." Jedes verräterische Kribbel-Gefühl, das sich irgendwo in Schwärmereien hätte verirren können, wandelte sich streitlustig ab und reihte sich in der Sparte „Kampfbereit" ein.

Seine Mundwinkel zuckten bei dem Spitznamen – oh. Oh! Hatte ich das wirklich gesagt? Jetzt nicht den Schwanz einziehen! Ein kleines Grinsen bildete sich auf seinem Gesicht. Verdammt. Der Typ schien auch noch Sinn für Humor zu haben. „Gut. Dann machen wir uns bereit und werden sehen, ob du da oben immer noch so eine große Klappe hast." Wir? Uns? Fragend wandte ich mich an Tristan, der den Mund zu einer Antwort öffnete, aber zu lange zögerte. „Tristan darf noch nicht mit dir springen." Die Stimme des Piloten klang mir eine Tour zu selbstgerecht.

Na warte. „Warum nicht?" Ein ungutes Gefühl klopfte an das Gefühlstor im Bauch.

„Weil er die dafür benötigte Ausbildung noch nicht abgeschlossen hat. Und um deiner nächsten Frage vorzugreifen, da Karin zu klein ist für deine Länge, wirst du mit mir springen."

Die Kinnlade opferte sich der Schwerkraft, aber zum Glück konnte ich das unschöne Synonym für *Mist* gerade noch runter schlucken.

„Traust du dich noch immer, Kleines?" Mr. Möchtegern-Unwiderstehlich trat einen Schritt näher und nahm endlich die Unnahbar-Sonnenbrille ab. Seine braunen Augen blickten hart in meine. Wieder eine Herausforderung? Nein. Das war verwirrend. Zuerst forderte er mich heraus – ich nahm die Herausforderung an –, und jetzt wollte er mir Angst einjagen? Mit viel Kraft und Mühe widerstand ich dem Drang, den Blick abzuwenden. Falsche Adresse, Mister!

„Zuerst herausfordern und dann Angst säen." Trotz platzte aus mir heraus. „Was für ein Flieger-Typ sind Sie eigentlich?" Mit deinen eigenen Waffen schlag ich dich, du hinterlistiges Aas.

Beeindruckt wich er einen Schritt zurück, nachdem ich einen angriffslustigen nach vorn getan hatte, ohne den Blickkontakt zu trennen. Dann die Überraschung. „Du hast recht. Das war nicht fair und auch unsportlich." Er streckte mir die Hand entgegen. „Ich bin Benn." Ein ehrliches Lächeln lag auf seinen Lippen, das auch bis zu seinen Augen reichte.

„Ich Cleo, aber das wissen Sie ja bereits." Woher auch immer. Diesen Seitenhieb konnte ich mir nicht verkneifen. Benn quittierte ihn mit einem Nicken, aber woher er ihn wusste, erfuhr ich trotzdem nicht. Auch egal. Es war ein tolles Gefühl, wenn das Gehirn langsam wieder zu seinen Funktionen zurückkehrte. Aus einem mir nicht erklärbaren Grund fühlte es sich so an, als hätte ich gerade eine Schlacht gewonnen. Man könnte nun sagen, dass dies der Beginn einer unglaublichen Freundschaft war, aber so leicht machten Benn und ich es uns doch nicht. Diskussionen standen an der Tagesordnung.

Mr. Pilot erklärte mir alles Nötige für den Sprung – Höhenmesser, Helm, Kleidung, Schirm – die Sicherung an ihn. Er nahm mich mit in den Hangar, in dem sich ein Raum befand, in dem einige PODs an einer Art viel zu großem Kleiderständer hingen. Er wählte einen aus. Öffnete ihn, um mir zu zeigen wie die Schirme zusammengelegt wurden. Auf den ersten Blick war alles nur ein wirres Etwas aus viel plastikartigem Stoff, viel zu vielen Schnüren – entschuldigung, Fangleinen – am Ende wirkte es, als würde man einen Schlafsack mit S-Schlägen zusammenlegen. Neugierig sog ich alles, jedes kleinste Detail in mich auf. Alles musste ich wissen. Gelöchert hatte ich den Jumpmaster, dass er am Ende gedanklich aussah wie ein Emmentaler. Doch er war ein geduldiger Lehrer und hatte Spaß an meiner Wissenssucht.

„Woraus besteht ein Fallschirm?" Nachdenklich sah ich dabei zu, wie er die Fangleinen sortierte und glatt strich.

„Aus einem leichten und strapazierfähigen Gewebe, meist Polyamid, also Nylon." Seine Routine wirkte beruhigend. Er folgte einer genauen geistigen Anleitung.

„Wie oft kann man mit einem Schirm springen, bevor es heißt, ein neuer muss her?" Kein Ende der Fragenflut in Sicht.

„Die Sonneneinstrahlung verkürzt die Lebensdauer eines Fallschirms, und natürlich kommt es darauf an, um welches Gewebe es sich handelt, aber im Durchschnitt zwischen tausend und dreitausend Sprünge!" Benn deutete mir, auf seine Seite zu kommen.

„Wow! Gibt es mehr Fallschirmarten?" Gemeinsam sahen wir uns seine Vorarbeit an, die ich zu schätzen lernte. Genauigkeit war das A und O! Das Leben eines Springers hing besonders davon ab.

„Zwei. Rundkappen- und Flächenfallschirme."

Rundkappen? „Ah, das sind diese Pilze am Himmel. Mit welchem springen wir?" Woran sollte ich das erkennen? Dieses riesige Stück Stoff hätte alles darstellen können – ein 4-Mannzelt?

„Genau, diese Pilze", er schmunzelte. Ihn schien der Vergleich zu gefallen. „Wir verwenden einen Flächenfallschirm. Im Sport sind diese die gängigsten."

„Warum?" Er kniete wieder, um mir zu zeigen, wie er die Leinen in einer genauen Reihenfolge in die Hand nahm. Gott! Sah das kompliziert aus. Langsam bekam ich Angst, ihn zu verwirren und ihm den Überblick zu rauben. Wer weiß, am Ende würde dieser Stofffetzen sich nicht so öffnen wie er sollte. Gab's einen Rettungsfallschirm?

„Flächenfallschirme verringern das Sinken hauptsächlich durch dynamischen Auftrieb. Ihr Querprofil entspricht dem einer Flugzeugtragfläche." Mit einer freien Hand deutete er auf besagte Stelle am Rand des Stoffes. „Der Flächenschirm ist an der vorderen Kante geöffnet und an der hinteren geschlossen, sodass er von der anströmenden Luft gefüllt wird und sich versteift."

„Was du da tust ist verwirrend. Gibt es unterschiedliche Falt-Varianten?" Eine einfachere? Eine, die ich mir vielleicht auch merken konnte?

„Side-Pack und Pro-Pack. Anfänger lernen meist zu Beginn den Side-Pack, aber ich arbeite vermehrt mit dem Pro-Pack." Er deutete mit dem Kopf auf den Fallschirm.

Alles klar! Nein, ganz und gar nicht. „Warum?" Ja, warum zeigst du mir das Schwierigste?

„Das Pro-Pack liegt bereits in seiner späteren Flugrichtung im POD. Der Öffnungsvorgang läuft deshalb natürlicher ab, was in der Regel zu einer wesentlich weicheren Öffnung führt. Beim Packen benötigt man mehr Platz, es muss mehr und genauer trainiert werden und benötigt erheblich länger Zeit. Eine Verdrehung der Leinen kann aber bei jeder Variante verhängnisvoll enden." Was sein penibles Verhalten bezüglich der Leinen erklärte.

„Verstehe." Tat ich das wirklich? Man, Trist, ich beneide dich wirklich nicht. „Was ist ein POD?"

„Die Abkürzung für Parachute Opening Device", er stupste das rucksackartige Teil an. „In dieser halboffenen Tasche liegt der gepackte Fallschirm. Komm. Lass uns den Schirm gemeinsam packen."

„Wirklich?" Erstaunt ging ich neben ihm in die Hocke. Wow! Wie cool war das denn?! Besonderen Wert legte Benn darauf, was ich beim Absprung aus dem Flugzeug beachten musste und auch bei der Landung. Die Einführung dauerte schätzomativ etwas länger als bei anderen Tandemsprüngen. Nicht weil ich nichts verstand – hey! Es war einfach unglaublich interessant. In seinem Bauch weiteten sich die Fragenlöcher aus, aber er beantwortete alles genau und mit einer Freude und Geduld, die mir zeigte, dass er das liebte, was er tat, und das vertrieb auch das letzte mulmige Gefühl in mir.

„Was ist ein 3-Ring-System?" Wir waren bei den letzten Handgriffen angekommen.

„Es erlaubt dem Springer, den Fallschirm komplett abzutrennen." Letzte Handgriffe und der POD sah wieder aus wie vor der Demonstration. Trotzdem blieb ein gewisser Nervenkitzel und die damit verbundene freudige Aufregung – ich würde gleich in tausenden Metern Höhe aus einem Flugzeug springen. Was für ein Adrenalinkick! Bereits der Gedanke daran trieb mir das Hormon wie eine Droge durch den Körper. Mann, war ich aufgeregt! Gab es Pampers für Halbwüchsige? Herr Ober, einmal bitte für mich – dringend! Trotz den ausführlichen Erklärungen schlüpfte ich immer noch leicht zittrig in den geliehenen Freefly-Kombi. Wer fliegt das Flugzeug, wenn Benn mit mir sprang. Unsicher schweifte der Blick durch den Raum. Tristan bereitete sich ebenfalls vor. An seinem Helm hatte er eine Kamera befestigt, um alles zu dokumentieren.

„Benn?"

Gespannt auf eine weitere löchernde Frage wandte er sich mir zu. „Was ist?" Ebenfalls in einem Kombi gewickelt, kramte er in einem Schrank nach einer passenden Schutzbrille.

„Wer fliegt das Flugzeug, wenn du springst?" Mittlerweile hatte mir Benn die Ansprache „Sie" verboten. Jawohl verboten! Mir sollte es recht sein, mit einem Du war es sichtlich angenehmer und vertrauensvoller, sich in den Tod zu stürzen.

Was mein kleines inneres Ich betraf, das gab während der ganzen Zeit keinen Mucks von sich. Erklärte mich für geisteskrank und verschwand dann wieder hinter seiner Zeitung – bei den Todesanzeigen! Makabres Miststück! Mittlerweile war es ebenfalls wieder zu Kräften gekommen und nebelfrei.

Benn lächelte mich mit seiner angeborenen Selbstsicherheit an, die aber leider nicht mehr die vom Hocker-runter-reiß-Gefühl-Nummer bei mir auslöste. Hey! Er befand sich in Dads Alter. Bei dem Gedanken an ihn überkamen mich kurzzeitig Schuldgefühle, die ich aber gekonnt verdrängte. In den letzten Monaten schaffte ich es zum Verdrängungs-Profi-Nummer-eins. „Keine Sorge. Wir haben noch einen zweiten sehr guten Piloten." Interessiert folgte ich seinem ausgestreckten Finger – Pumuckl! Mir entglitt ein weiteres Mal an diesem Tag die Kinnlade – Karin besaß einen Flugschein?! Dieses kleine ... Wesen soll diese riesige, giftgrüne Ente fliegen. Das Bauch-Gefühls-Tor öffnete für den Bruchteil einer Sekunde seine Pforten und gewährte jedem ängstlichen

Gefühl Einlass, das sich davor aufgestaut hatte. Zu diesem Gefühlsbeschuss erhielt ich von meinem inneren Ich nur eine desinteressierte hochgezogene Augenbraue. Na dann – ich war auf mich allein gestellt. Karin hatte sich ebenfalls umgezogen und las sich in Benns Büro irgendetwas auf einem Klemmbrett durch, während sie nebenbei telefonierte.

„A-ha." Mehr entrang sich unmöglich meiner Kehle.

„Cleo du brauchst dir keine Gedanken machen. Karin fliegt jeden Tag – irgendjemand muss Missie unter Kontrolle halten, wenn ich springe." Aufmunternd zwinkerte er mir zu. Missie? Nannten sie so das Flugzeug? Missie? Benns Blick streifte Karin, und die Wärme, die darin lag, war unverkennbar. Der Stich im Magen kam ohne Vorwarnung und unbarmherzig. Es kostete mich viel Mühe, mich nicht zusammenzukrümmen. So hatte Dad Mam auch immer angesehen ... Zum Glück riss er mich wieder aus den trüben Gedanken. „Unterschätze nicht ihre Größe. Den Unterschied macht sie mit ihrem starken Willen und ihrer Kraft allemal wett." Ein stummes Nicken war meine Antwort – ich kämpfte immer noch mit den Nachwehen dieser Gefühle.

Tristan stand nun neben mir. Nachdenklich betrachtete er mich – was? Verstellungsaktion missglückt? Durch die aufkeimende Panik, dass er etwas von dem inneren Wirbelwind mitgekommen hatte, sah ich die Sorge in seinen Augen nicht.

„Bist du bereit?" Er nestelte am Verschluss meines Anzugs herum.

„Tja, keine Ahnung." Ich zuckte mit den Schultern. „Woher soll ich das wissen?" Eine ehrliche Antwort. „Machst du dir etwa jetzt über deine Idee Gedanken?" Nun sah er mir in die Augen. Oh mein Gott!

„Um ehrlich zu sein – ja." Besorgt wollte er sich mit beiden Händen durch die Haare fahren. Eine fing ich auf dem Weg dorthin ab und hielt sie fest. Er druckste herum, doch mein Blick hielt stand. „Du warst Benn gegenüber so – ich weiß auch nicht – offen." Unentschlossen hob er die Schultern. „So ganz anders als in den letzten

Monaten. Als kämst du wieder aus deinem Schneckenhaus gekrochen, und natürlich frage ich mich dann, ob dieser waghalsige Sprung überhaupt noch nötig ist. Vielleicht reicht einfach eine außenstehende Person, um dich herauszulocken?"

Aha! Daher wehte der Wind. „Verstehe." Ich tat es wirklich und dachte darüber nach. „Was wäre, wenn wir es abbrechen und ich doch wieder in das Schneckenhaus zurückkrieche – ein zweites Mal wirst du mich nicht mehr hierher schleifen können." Dass dies eine Lüge war, würde ich ihm nicht gestehen. Ich denke, er bräuchte es nur zu erwähnen, und ich wäre dabei – das Problem war Dads Sanctus!

Nachdenklich knetete er meine linke Hand. „Das ist ja gerade das Dilemma. Ich will dir helfen, genauso wie Ilvy, aber ich will dir auf gar keinen Fall schaden, kleines Schwesterchen." Mit einer flinken Bewegung ergriff ich seine gestikulierenden Finger und drückte auch diese etwas fester. Er seufzte, und ich sah ihm tief in seine blauen sorgenvollen Augen. „Cleo, du warst die letzten Monate so weit weg von uns. Immer habe ich Ilvys Vorschlägen, dich auf ihre Art und Weise da rauszuholen zugestimmt, weil ich mir dachte, sie hätte den besseren Draht zu dir und weiß was du brauchst ... Cleo ... ich hab' einfach nur Angst, dass du von diesem Gefühl nicht mehr los kommst." Welches Gefühl meinte er? „Hey, sieh mich an!" Ein Wirbelwind an Gefühlen in seinen traurigen Augen. „Wenn ich eines weiß, dann, dass keiner weiß, was einem die Zukunft bringen wird, und jede Chance genutzt werden muss." Eine Bewegung hinter ihm verlangte nach Aufmerksamkeit. Benn wollte starten. „Ohne euren Zusammenhalt stünde ich nicht hier. Ohne dein Durchsetzungsvermögen hätte mich Ilvy wohl noch länger bemuttert. Aber ich habe auch Angst. Wenn ich das nicht tue, falle ich vielleicht wieder in dieses schwarze Loch, das bereits viel zu sehr mein Zuhause geworden ist." Er seufzte erneut, umarmte mich und drückte mir einen Kuss ins Haar. Benn kam näher, und ich flüstere: „Das ist meine Chance, und ich denke, dass dein Bauchgefühl gar nicht so übel ist." Mit diesen Worten im Einklang sah ich ihm in die Augen. „Lass uns das machen. Wenn ich das nicht tue, werde ich es mit Sicherheit bereuen." Nach einem letzten Drücker ließ ich ihn los und drehte mich mit gestrafften Schultern zum Jumpmaster. „Von mir aus kann's losgehen."

Benn nickte und zu viert verließen wir das Gebäude. Ilvy und mein inneres Ich sah ich erst nach dem Sprung wieder – beide kreidebleich.

Die Erinnerung an Mams Ableben und dieser Beinahe-Tod von gestern bescherten meinem Körper eine gruselige Gänsehaut.

In der Hoffnung, die Kälte aus mir und dem Geist tief in mir drin zu vertreiben, überkreuzte ich die Arme vor der Brust. Wärme, irgendwo musste doch ein Fünkchen Wärme versteckt sein. Augenblicklich stürmten Dads Gefühle über mich herein.

Ich konnte es nicht anders beschreiben als mit Schmerz. Tiefer, aufbäumender Schmerz, verbunden mit einer solchen Angst, die das Herz packte, es fest fesselte, quetschte und drohte, aus dem Rhythmus zu werfen! In der eigenen geschwächten Gefühlswelt war es mir unmöglich, auch nur irgendeine Abwehr aufzubauen – ich war meinen und seinen Gefühlen schutzlos ausgeliefert.

Wie brodelnde Lava pulsierte es in mir. Ein immer wiederkehrender dumpfer Schlag, der in jedem Körperteil weiterhallte, in jedes Organ eindrang und von innen an die Wände donnerte. Der Schmerz war so groß – jeder Gedanke wie ausgelöscht. Mein Körper versteifte sich.

Keinen Plan. Nicht einmal den Ansatz, wie ich aus diesem Gefühlsalptraum wieder rausfinden sollte. Die Atmung beschleunigte sich. Was kann ich tun?! Etwas zuckte ...

Was war das? Durch eine dichte Wand fühlte ich etwas um mich. Im ersten Moment reagierte ich mit Angst. Was kam jetzt schon wieder?! Bis sich ein vertrautes Gefühl in mir die nötige Aufmerksamkeit erkämpfte. Es waren die Arme meines Vaters, die er um mich gelegt hatte. An seiner Brust fühlte ich mich immer sicher, und wenn ich seinen Herzschlag hörte, wurde das Gefühl noch stärker. Der starke stetige Rhythmus stützte den in mir pochenden Schmerz. Trotz dieser Sicherheit verminderte sich dieses Pochen nicht, es wurde nur leiser, und der letzte Wall der Tränengänge brach. Bitterlich weinte und zitterte ich am ganzen Körper. Wie bei einem kleinen Kind strich er mir über Kopf und Rücken und flüsterte beruhigende Worte in mein Haar. Erschöpft nahm ich alles hin.

Der erste verzerrte Gedanke: Das sind nicht nur meine Tränen!!

Es war tröstlich, aber erst als er langsam wieder seine Gefühle unter Kontrolle brachte, bekam auch ich wieder eine Chance, aufzuatmen und die indirekte Angst vor einem Herzversagen zu verarbeiten. Still reichte mir Dad eine Rolle Küchenpapier.

Schnief! In letzter Zeit flossen in diesem Haus eindeutig zu viele Tränen! Und wie es der Teufel wollte, waren es meist meine ...

„Geht's wieder?"

Schnief! „Ja. Danke."

Mit gesenktem Kopf betrachtete er seine Hände und dann wieder mich und dann wieder seine Hände. Die eingekehrte Stille störte nur ich mit dem Abreißen von Papier und der Nase-Putz-Wisch-Aktion. Ich zuckte zusammen, als er wieder zu sprechen begann. „Sie fehlt mir." Pause. Geistesabwesend schob er an der Nagelhaut seines linken Zeigefingers herum. „Jeden Tag, jede Minute, jede verdammte Sekunde meines Lebens."

Damit hatte ich nicht gerechnet, dass dieses Gespräch bei Mam landete. „Mir auch." Oh verdammt, und wieder kämpfte ich mit den Tränen.

„Ich kann nicht schlafen. Also arbeite ich, bis ich umfalle", sein Blick wanderte aus dem Fenster, „dann schlafe ich irgendwie. Wenn ich in unser leeres Bett steige, ist es so, als könnte ich sie fühlen und riechen. Aber das sind nur Erinnerungen ... oder Träume. Sie ist nicht mehr bei mir." Schweigen breitete sich zwischen uns aus. Seine Erschöpfung legte sich wie dumpfe Müdigkeit über mich.

Einsam und leer. Seine Trauer war noch immer so stark. In den letzten zwei Jahren hatte sie sich kaum verändert. Ich erkannte das. Wieso und warum gerade jetzt so deutlich? Als würde sich sein innerstes Leid vor mir ausbreiten, betrachtete Ich ihn mit einem anderen Augenpaar. Diese Tränen waren Großteils seine gewesen – gut gehütet. Der Teil, den er nicht zulassen wollte, den er nicht akzeptieren konnte. Der Teil, der nicht ohne seine geliebte Frau leben konnte.

Es fraß ihn auf.

Mir wurde klar, dass ich durch diesen Sprung die Möglichkeit erhalten hatte, einen Schritt weiterzugehen und er nicht. War ich tatsächlich die Person, die am meisten Tränen in diesem Haus vergoss? Was sollte ich auf sein Eingeständnis antworten? Hey, Dad, ich hab' erst gestern einen Brief von ihr erhalten?

Scheiße! Aber ich durfte nicht zulassen, dass er sich wieder verschloss. „Ich träume ab und zu von ihr. Ich weiß aber nicht, wie ich damit umgehen soll."

Interessiert sah er mich wieder an. Wie immer trug er ausgewaschene Jeans und ein x-beliebiges T-Shirt und wie immer war alles an ihm zerknittert – sogar der Fünf-Tage-Bart –, oder war es bereits ein Zehn-Tage-Bart? Nur etwas hatte sich gerade verändert. Ein Glitzern lag in seinen Augen, und ich glaubte, die Vermutung lag nahe, dass es ihm in diesem Moment so erging wie mir: Ein derartiges Gespräch hatte es noch nie zuvor zwischen uns gegeben, und es war längst überfällig gewesen!

Ally und ich besuchten eine Gruppe für Teenager, die einen Trauerfall erlebt hatten. Dort wurden wir von Psychologen betreut, aber das bildete keinen Ersatz für ein offenes Gespräch mit einem wichtigen Menschen.

Diesen Augenblick werde ich nicht unnütz verstreichen lassen!

„Einerseits freue ich mich darüber. Irgendwie fühlte ich mich ihr dort nahe. Aber wenn die Träume dann zu Ende sind, vermisse ich sie noch mehr und stärker als davor." Die Augen füllten sich wieder. Verdammt! Wo kam nur immer so viel Wasser her?

Es war tröstend, als er mich in seine Arme zog. Mit den Erinnerungen an sie doch nicht ganz alleine zu sein, war ein tröstender Gedanke. Immer noch fühlte ich seinen Schmerz, aber dieses Mal war er nicht so heftig, drängte nicht in jede Ritze meines Körpers, und auch der Überraschungseffekt fehlte. Keine Ahnung, wie lange wir so beieinanderstanden, aber es war unausweichlich: Wir mussten wieder zurück in die Realität und meine Dummheit besprechen.

Als Ally gegen zehn Uhr in die Küche kam, saßen Dad und ich lachend am Esstisch mit unserer vierten Tasse Kaffee.

„Was ist denn hier los?" Wie angewurzelt blieb sie im Türrahmen stehen. Erst als sie sich unserer Aufmerksamkeit sicher war, schob sie sich in Richtung Kühlschrank.

„Wir haben nur über unseren letzten Campingausflug geplaudert." Dad lachte immer noch. Für Schwesterchen-Rasa war diese Erinnerung nicht so prickelnd. Damals hatte sie es geschafft, samt Angel in den Genfer See zu fallen, aber für mich war es Abenteuer pur. Es war der letzte Urlaub mit Mam.

Verdammt, sie hatte damals bereits gewusst, dass es unser letzter sein würde, nur noch ein Katzensprung bis zu ihrem Tod.

Gott, was musste sie durchgemacht haben!

„Was findet ihr nur so toll daran, über einen Urlaub zu sprechen, der nur langweilig war und so total ab von der kulturellen Welt." Ich hasste diese angespitzte Art zu reden, die sie seit ein paar Monaten an uns testete. Aber welch Wunder, sie setzte sich tatsächlich zu uns an den Tisch und das ganz ohne Handy am Ohr. Respekt, Schwesterchen – Akku leer? „Verdammt! Wie siehst du denn aus?!" Ah, ich hatte ganz vergessen, dass mein süßes Schwesterchen die neue Körperfarbgestaltung noch nicht gesehen hatte. Mit riesengroßen Augen starrte sie mich an.

„Na, was wohl? Ich bin vom Pferd gefallen!"

Mit einem Was-sonst-Nicken öffnete sie ihren Joghurt. „Wird auch Zeit, dass dir der Gaul endlich zeigt, wie der Hase läuft ..."

„Ach halt doch die ..." Kein Mensch schaffte es, mich in so kurzer Zeit derartig auf die Palme zu treiben.

„Ruhig Blut, Mädels. Es reicht! Wir haben übers Campen gesprochen." Bestätigend sah er sich in der Runde um. Von Ally erhielt ich noch einen argwöhnischen Blick, bevor Dad weiterfuhr. „Ally-Schatz, bei diesem Urlaub ging es darum, mal komplett weg von diesem Rummel zu kommen." Diesen Kosenamen verwendete er bewusst, wenn er beabsichtigte, ihre Nerven wieder zurück auf die Erde zu befördern.

„Und deshalb mussten wir auf hartem Boden schlafen und uns über Moskitos ärgern? Da hätte es auch ein Luxus-Hotel auf Bora Bora getan – umgeben von Palmen und klarem türkisfarbenem Meer. Das ist auch Natur!"

„Stechmücken."

„Was?" Dieser tödliche Blick gehörte mir.

„Keine Moskitos. Das waren Stechmücken."

„Na und, wo ist da der Unterschied?!" Es war unglaublich! Die blickte mich doch glatt so an, als hätte ich einen IQ von 70.

„Deine Moskitos findest du eher auf Bora Bora als an einem See in Mitteleuropa, du Dreimalkluge!" Die Stimmung war noch zu aufgeheizt – sorry, Dad!

„Wie hast du mich gerade genannt?" Langsam hegte ich den Verdacht, dass Ally und ich gemeinsame angenehme Situationen unbewusst oder auch absichtlich – ich konnte nur für mich sprechen, also unbewusst – zerstörten. Warum hatte ich nicht damit gerechnet? Warum hatte ich mich nicht gerüstet? Warum schaffte sie es immer wieder, mich bis aufs Blut zu reizen, und das manchmal nur mit ihrer bloßen Anwesenheit?

„Mädels, es reicht jetzt, wirklich!"

„Aber Dad ..."

„Allegria. Was hast du gerade nicht an meinen Worten verstanden?" Dad blickte sie fragend an, und meine

Schwester zog doch tatsächlich den Kopf ein. Was für ein verrückter Tag!?!

Er hatte sich das erste Mal seit ... keine Ahnung wann, bei ihr durchgesetzt, und das mit nur wenigen Worten. Respekt, Dad!

Interessiert sah ich ihn an. Ob ich ... vielleicht ... was hatte sich bei ihm verändert? Soll ich ... oder lieber nicht ... hm ... mit diesen *anderen Augen* ein genaueren Blick auf ihn werfen? Keine Ahnung, wie ich das vorhin gemacht hatte, ich versuchte mir diese Situation ins Gedächtnis zu rufen. Die Gefühle, die ich dabei empfunden hatte, wie es in mir drin ausgesehen hatte. Schwieriger als gedacht, das Ganze wieder heraufzubeschwören.

Vor meinen Augen verschwamm etwas. War das vorhin auch so gewesen? Die Konzentration brach und Kopfschmerzen meldeten sich. Nach dem ersten Versuch war mir bereits klar, dass die anderen Augen gerade nicht zur Verfügung standen.

Abwechselnd blickte er von einem zum anderen und stellte damit klar, dass er uns beide damit meinte, bevor er die Küche verließ.

„Das war alles deine Schuld, du Klugscheißer!" Keine zehn Sekunden waren vergangen. Klar, dass ich wieder die Schuld daran trug – ich verdrehte die Augen. Hey! Cool, das funktionierte wieder ohne Schmerzen.

Immer noch starrte Ally auf ihr Glas Wasser.

„Ja, wie immer!" Mit der Zeitung unter dem Arm verließ auch ich die Küche, mir wurde es hier eindeutig zu kalt. Ich konnte diese Gefühle zwar nicht abwehren, aber ich konnte ihnen aus dem Weg gehen. Auch wenn Allys Auftauchen das Gespräch mit Dad beendet hatte, so war es schön gewesen, und ich war mir sicher, dass es für ihn auch so gewesen war. Die meiste Zeit hatte ich ein wärmendes Gefühl in mir, und ich war mir sicher, dass dies nicht nur von mir stammte. Wie Balsam für Seele und Körper nach den zehrenden Schmerzen. Abgesehen von dem verdienten Monat Hausarrest, der mit den Sommerferien startete, und Haushaltsdienst, war es echt das Beste seit langem. Dad erlaubte Besuche bei Celtic – schließlich gehörte er gepflegt und versorgt. Auch das Reiten nach der Genesung und dem O.K. vom Doc wurde gestattet, aber nur in der Reithalle oder im abgesteckten Bereich des Gestüts. Wie lange ich keine Ausritte im Gelände machen durfte, hatte er noch nicht festgelegt. Das war aber nicht das schlimmste. Der Oberhammer, er hat mir Reitstunden aufgebrummt. Mir Reitstunden! Seit gut zwei Jahren hatte ich keine mehr. Wozu auch? Prüfung und alles erledigt und, naja, wenn ich so darüber nachdachte, vielleicht war eine Auffrischung nicht das schlechteste. Trotzdem wurmte es mich. Während der Reitunfähigkeit musste ich die Betreuung selbst finanzieren. Schöner Mist – das riss ein tiefes Loch in mein Budget. Ich sah den Weihnachts-Überraschungstrip zu Ilvy nach Schweden schon davonschwimmen. Mano, aber um ehrlich zu sein, war es nur fair, und ich war noch glimpflich davongekommen. Wer weiß, was ihm noch alles eingefallen wäre – ich hatte schon die SALE-Anzeige in der Zeitung vor mir gesehen. Tatsache, es war meine Schuld, und ich musste dafür geradestehen. Obwohl ich kurzzeitig mit dem Gedanken gespielt hatte, mich einfach davonzustehlen, um Celtic zu reiten. Den hatte ich dann doch lieber schnell runtergeschluckt. Das war es nicht wert. Ich war nicht Superwoman, und vielleicht fand ich noch eine Möglichkeit, das fehlende Geld bis Weihnachten zu verdienen. Aber am meisten bedeutete mir die tiefe Ehrlichkeit in unserem Gespräch, dass auch er Mam immer noch schmerzlich vermisste. Nach all der Zeit, in der keiner mehr über sie gesprochen hatte, hatte sich das Gefühl eingebrannt, dass nur mehr ich an sie dachte.

Natürlich ging es Dad auch so – sie war seine Frau, seine Partnerin gewesen, und die Erinnerung an sie endete natürlich nicht im Wohnzimmer. Nun verstand ich, warum er das Schlafzimmer mied wie die Pest.

Trotz des schönen Vormittags holte mich der zweite Grund für die neuerworbene Briefkastenmanie wieder ein – kein Brief von Mam.

Wie auch, es ist Sonntag – Dummerchen! Mein inneres Ich hob eine abwertende Augenbraue. Danke! Was wäre ich nur ohne dich. Das Warten begann von Neuen, und ich hasste es zu warten! Noch dazu ohne Lieblingsfreizeitbeschäftigung ...

Ich machte kehrt und entschloss mich, Ilvy eine Tasse Tee zu bringen, aber erst, nachdem ich Herta die frohe Botschaft über das Haushaltskommando über meine Person überbracht hätte. Ihre Freude darüber war greifbar für mich.

Doch zuerst musste ich sie finden!

Sieben

Als ich am nach dem Sonnenaufgang den Balkon verlassen und mich auf die Suche nach Herta gemacht hatte, fand ich sie bereits in ihre Arbeit vertieft an der Spüle. Der Großteil ihres Haares war grau durchzogen, mit übrig gebliebenen dunkelbraunen Akzenten. Sie trug es locker zu einem Dutt aufgesteckt. Ihr Körperbau drängte leicht ins Rundliche – genau richtig zum Umarmen, was sie mir umso sympathischer machte. Mir, als grob geschätzte herumlaufende hundertachtundsiebzig Zentimeter – ich maß meine Größe nur mehr an den zu kurz gewordenen Hosen -, reichte unsere Hausperle knapp bis an die Schulter. Wie immer trug sie ein dunkelblaues Kleid und eine weiße Schürze, an dessen Seite ein Geschirrtuch baumelte. Dad, Mam und ich waren der gleichen Meinung, dass sie keine adrette Arbeits-Kleidung benötigte, aber sie bestand darauf, und Ally fand es einen „Hammer", eine richtige Angestellte zu haben. Soweit ich ihre Ansichten über die Kleiderwahl verstand, wollte sie einfach eine Trennung zwischen Privatleben und Arbeit – auch okay. Seit knapp zwei Jahren zählte auch ein Gärtner zu unserem „Hausinventar" aber der ließ sich nur dann blicken, wenn es unbedingt nötig war – Rasen viel zu lang oder Blumen und Bäume einer Wildnis ähnelnd -, also zählte der nicht zu Allys Prinzessinnen-Phantasien. Den Pflanzen, die tägliche Betreuung benötigten, schenkte Herta ihre Aufmerksamkeit.

Als sie mein Barfuß-Getapse hinter sich hörte, bekam ich ein leicht verwundertes „Guten Morgen! Wer hat dich aus dem Bett geworfen?", aber sie wandte sich nicht um und unterbrach auch nicht ihre Arbeit.

„Guten Morgen, Herta." Mein freches *Morgen*, das ich mir während der Früh-Teenager-Jahre angewöhnen wollte, trieb sie mir gleich im Ansatz wieder aus. Wie es einer Oma gebührte, ob geliehen oder nicht, streckte sie mir die Wange entgegen. Im nächsten Moment würde ich enttarnt sein. Doch zu dem Guten-Morgen-Küsschen kam es nicht mehr. Hatte ich unbewusst gezögert? Abrupt drehte sie sich um. Erschrocken trat ich einen Schritt zurück. Ihre braun-grünen Augen musterten mich vom obersten abstehenden Haar bis zum kleinsten neongrün lackierten Zehennagel. Mit keiner Wimper zuckte sie, als sie die Hämatome mit ihrem Blick streifte und das weiß schimmernde Pflaster passierte. „Komm mit" bellte mir der Dobermann entgegen. Natürlich folgte ich ihr auf dem Fuß. Unser Weg führte uns in Richtung Keller. Dort bewahrte sie die geheimen Kräuter-Gebräue auf, die vor Licht und Wärme geschützt werden mussten. Beim vordersten Raum blieben wir stehen und sie öffnete die alte Holztür.

Unsere Eltern hatten dieses Grundstück mit einem baufälligen Gebäude darauf gekauft, kurz bevor Ally und ich das Licht der Welt erblickt hatten. Da sich Mam in die Aussicht und in den Keller verliebt hatte, willigte Dad ein. Ich hab' nie verstanden, was sie an diesem alten Gemäuer so toll gefunden hatte - vielleicht würde dieses Verständnis im Laufe meines Erwachsenwerdens noch in mir reifen. Jedenfalls taten die beiden alles, um den Steinkeller zu retten. Das neue Wohnhaus wurde erst vor wenigen Jahren im modernsten Stil, naturbelassen und ökologisch gebaut. Bis dahin musste ich mir ein Zimmer mit Ally teilen – bäh! Sie wollten ein Haus, das unserer Mutter Natur keinen Schaden zufügte und möglichst ohne außenstehende Mithilfe funktionierte: Solar- und Photovoltaikanlagen auf dem Dach für Strom und Warmwasser, Holzofen und Wärmespeicher – hey! Ich war kein Techniker, aber Interesse war oft genauso viel wert. Was unser Wasser betraf, hatten wir einen tiefen Brunnen im Garten, der mit dem Haus verbunden war, und eine Regenwasserfilteranlage. Trotzdem bestand ein Anschluss an die öffentliche Wasserversorgung. Nachhaltigkeit stand bei diesem Projekt an oberster Stelle. Gut so! Schließlich wollte ich in den nächsten Jahren immer noch Snowboarden, ohne auf Sandbänke ausweichen zu müssen. Leider war das nur ein Tropfen auf den heißen Stein, die immer weiter voranschreitende radikale Ausbeutung unserer Erde, war eine Schande. Tiere vom Aussterben bedroht, manche Rassen existierten bereits nicht mehr. Die globale Erwärmung, das Abschmelzen der Polkappen und Gletscher. Die Treibausgase, die ansteigende Umweltverschmutzung. Unfassbar, dass so viele Menschen das Offensichtliche nicht sehen wollten. Besonders die geldgierigen Möchtegern-Machthaber verschlossen gerne ihre Augen davor. Bei derartigen Themen konnte ich mich in Rage reden. Vielleicht bekam ich deshalb in Bio keine Referatsthemen mehr? Naja, bei der nächsten Demo würde ich wieder genug Spielraum erhalten, um die aufgestaute Wut und Fassungslosigkeit hinauszuposaunen. Verdammt, in wenigen Tagen war es so weit – mit blauem Gesicht konnte ich nie und nimmer dort hingehen ... Ich verschob den Gedanken auf später.

Zurück zur Gruselkammer. Herta knipste das schummrige Licht an und trat vor ein Regal mit unterschiedlich gefärbten und geformten Glasbehältern. Bei näherer Betrachtung war bei so manchen die Ähnlichkeit mit den grünen Olivenölflaschen in der Küche unverkennbar. Ein halb abgekratztes Etikett bestätigte die Vermutung. Tja, eine gute Art der Wiederverwertung.

„Da haben wir es ja. Ein neues ist bereits in Arbeit." Sie griff nach einer der hintereinander aufgereihten Flaschen. Eine dunkle Flüssigkeit bewegte sich träge darin – woher sie ohne Hinweis wusste, was sich darin befand, war mir ein Rätsel. Mit ihrem Zaubergebräu ging sie zum Holztisch, auf dem sich weitere Utensilien zum Abtropfen befanden. „Bei deinen linken Händen und Füßen muss man immer auf alles vorbereitet sein." Hey! So schlimm war das nicht mehr. Ich bestreite nicht, dass ich als kleines herumflitzendes Irgendwas eher auf der tollpatschigen Seite gelebt hatte, aber mit den Jahren kehrte auch bei mir die Sicherheit in den Extremitäten und Bewegungen ein.

Herta wendete eines der kleineren Behältnisse auf dem Tisch. Entnahm aus einer Schublade einen Trichter und füllte das Gefäß halbvoll mit der purpurfarbenen

Flüssigkeit. „Du weißt, was das ist, Cleo?" Mit einem Korken verschloss sie die Öffnung und reichte es mir.

Ich nickte: „Johanniskrautöl", und nahm es entgegen. Zum Glück war mir in letzter Sekunde noch der Name dieses Krauts eingefallen.

Sie gab die Flasche noch nicht frei. „Trag es nicht auf, wenn du planst, in die Sonne zu gehen. Am besten erst am Abend." Erneutes Nicken. „Und stell' es im Bad in einen Schrank, aber vergiss es nicht." Und weil es so schön war, nickte ich noch einmal. Erst dann durfte ich die Tinktur an mich nehmen. Gemeinsam kehrten wir, nachdem sie wieder alles an seinen Platz gestellt und die Tür sorgfältig verschlossen hatte, zurück in die Küche.

Dort bereitete sie mir eine Tasse Tee aus einer ihrer geheimen Kräutermischungen zu. Mein Gott! Tee trank ich nur, wenn ich wirklich, wirklich krank war, aber den Teufel würde ich tun und dem Ekel Ausdruck verleihen – ich hätte sowieso keine Chance gegen sie.

Da saß ich mit Herta und dem dampfenden Gebräu am Küchentisch – so ein Küchentisch hat etwas magisch Gesprächsförderndes. Dieses heiße Wasser mit Zusatz duftete nicht schlecht, aber Kaffee roch besser!

„Du bist vom Pferd gestürzt." Fünfzehn geschlagene Minuten waren während ihrer Tee-Zeremonie vergangen. Es hatte unbestritten etwas Beruhigendes an sich. Ein bisschen verstand ich die Asiaten und diesen Brauch, aber nur wegen dem Ritual.

„Jap."

„Cleo, sprich ordentlich."

Ich hätte es wissen müssen. „Entschuldigung. Ja. Bin ich", gestand ich kleinlaut.

„Hat es also dieses Mal dich getroffen." Das war ebenso keine Frage. Sie wusste es – woher auch immer. „Sonst noch Verletzungen? Welche, die du verstecken kannst?"

Vorsichtig schüttelte ich den Kopf, zeigte trotzdem auf Stirn, Schulter und Rippen.

„Ah. Plus eine kleine Gehirnerschütterung – verstehe. Bei einer ordentlichen würdest du zwischen weißen Laken in einem Krankenhausbett liegen." Wie machte sie

das nur? Zufrieden nippte sie an ihrem Tee. „Wer kümmert sich um deinen Rappen?"
„Karin übernimmt vorerst den Job."
Zustimmendes Nicken war die Antwort. „Karin reitet ihn, aber unser kleiner Paradiesvogel könnte ihn ja wenigstens füttern." Ilvy hielt sich tapfer mit ihrer Pferde-Angst. Mittlerweile wagte sie sich bereits in Celtics unmittelbare Nähe, aber nie im Leben würde sie sich auf seinen Rücken hieven. „Diese Angst wird sich nie auf einem erträglichen Niveau einpendeln. In ihr steckt noch viel mehr davon, und es hat nichts mit Tieren zu tun."
Was? Fragend sah ich sie an. Wovon sprach sie? „Gibt es sonst was Neues?" Ein eigenartiger Klang versteckte sich in ihrer Stimme, war aber genauso schnell wieder verschwunden, wie ich ihn mir eingebildet hatte. Kurz dachte ich darüber nach, sie darauf anzusprechen, verschob den Gedanken aber dann doch in die Kategorie „Getäuscht". Herta nahm sich kein Blatt vor den Mund.

Gern hätte ich meinen Kummer bei ihr abgeladen, doch es ging nicht. So gut wie möglich pflasterte ich mir ein zuversichtliches Lächeln ins Gesicht. „Du weißt ja, dass mich nichts so schnell umbringt."

„Cleo! Und du weißt, dass ich dieses Wort aus deinem Munde nicht mag."

„Entschuldige." Wieder zog ich den Kopf ein. Auch an ihr waren die letzten Jahre nicht spurlos vorüber gegangen. Vor einigen Monaten hatte sie mir in einem schwachen Moment gestanden, wie schlimm es für sie war, unsere Familie, insbesondere mich, an Mans Tod zerbrechen zu sehen. Der Zustand der Machtlosigkeit hatte sie an ihre eigenen Grenzen getrieben.

„Du musst es deinem Vater vor Ally sagen ..."

„Das wäre mein nächster Weg gewesen, aber ... wann kommt der Postbote?" Im Hinterkopf plante ich bereits die nächsten Schachzüge.

„Warum?" Skeptisch betrachtete sie mich. Ich wusste, dass sie ihre eigenen Vermutungen über mein eigenartiges Verhalten anstellte. Kopfschüttelnd wandte sie sich dem blubbernden Topf auf dem Herd zu. „Gegen neun Uhr."

„Danke." Ich hatte noch zwanzig Minuten. Entweder Dad tauchte vorher in der Küche auf, oder ich erwischte die Zeitung heute vor ihm. Der Tag hatte gut angefangen, ich war schneller als er – in allen Belangen.

Mann, war das heiß!
Hier draußen lag der Schmelzpegel vergleichbar mit Butter in einer heißen Pfanne. Neugierig hob ich die Sonnenbrille an und betrachtete Ilvy über den Laptop hinweg. Dieses verrückte Huhn brutzelte bereits seit dreißig Minuten genüsslich in der Sonne. Alle zehn Minuten bitte wenden, damit unser Abendessen auch von allen Seiten gut durch wird. Einmal Gesichtsbestrahlung mit und einmal ohne Augenschutz. Vor fünfzehn Minuten hatte ich ihr ein Ultimatum gestellt, entweder ab in den Schatten oder Zwangseinreibung. Ihre Antwort war ein herausforderndes Grinsen. Sie nutzte meine Schwäche durch die Verletzungen schamlos aus – aber sie unterschätzte mich. Das hämische Grinsen war ihr vergangen, als ich neben ihrer Liege mit einer Sprühflasche Sun Blocker aufgekreuzt war. Nach einer unausgesprochenen Drohung hatte sie sich doch einverstanden erklär, den UVA- und UVB-Strahlen zu trotzen. Auf die Beschwerde hin, dass ich nur das Vitamin D und nicht die Bräune nötig hätte, sie aber schließlich beides, hatte ich ihr ohne Vorwarnung das kühle, weiße Zeug auf den Rücken gesprüht. Der Aufschrei war ausreichend Genugtuung gewesen – für den Moment.

Unser Mittagessen, das aus einer riesengroßen Schüssel Salat bestanden hatte, hatten wir in der kühlen Küche zu uns genommen. Wie immer hatten wir an der Kücheninsel-für-Zwei Platz genommen. Herta plädierte für den Esstisch, aber wegen uns beiden? Nee, viel zu viel Aufwand. Meine Ersatzoma sollte sich lieber darüber freuen, dass wir nicht aus ein und demselben Behälter geschlabbert hatten. Wir hatten uns auf das Niveau begeben, Teller zu verwenden, und zwar für jeden einen. Bei all den

Köstlichkeiten, die sie uns heineingeschnippelt hatte, grenzte es an ein Wunder, dass keine Marinade am Kinn kleben geblieben war. Der Inhalt bestand Großteils aus frischen Zutaten aus dem Garten: grüner Salat in unterschiedlichsten Varianten, Gurken, Paprika, Tomaten, Rucola, Radieschen – bei der Erinnerung lief mir erneut das Wasser im Mund zusammen! Verfeinert wurde das unglaubliche Bio-Grünzeug-Ernährungskonzept mit einer ordentlichen Portion Schafskäse und einem guten Schuss Kürbiskernöl. Dazu servierte sie uns selbstgebackenes ofenfrisches Oliven-Ciabatta. Gott, ich liebte diese Küchen-Göttin!

Danach verzogen wir uns nach draußen. Es gab kaum einen Ort, an dem ich mehr Zeit zum Entspannen verbrachte. Die Ruhe. Die Natur. Unser Haus lag angenehm abgeschieden von dem Trubel, der sich um die Hauptstadt drehte, und doch waren wir sofort am Ort des Geschehens. Von einer Seite bot sich ein unglaublicher Blick über den Zürich See. Man konnte die Schiffe und Segelboote sehen. Auf der hinteren Seite befanden sich ganz nah der Wald, die Berge und Gipfeln, ganz oben bedeckt mit einer Schneedecke. Schlimm, wenn man sich in der größten Hitze nach dem Winter und in der Eiseskälte nach dem Sommer sehnte. Als wäre ich das erste Mal hier, schaute ich von der Terrasse weiter zu dem saftigen Grün des Rasens. Vorbei an den vielen Blumen, die Mam hauptsächlich mit Ally und mir gepflanzt hatte. Ihre Lieblingsrosen – weiße Polarsterne – überzogen einen großen Teil. Umringt von Lavendel, zierten auch dunkelrote Kletterrosen die Steinmauern, die den Garten unterteilten. Drei Vogelhäuschen standen das ganze Jahr dort. Eines von Ally – etwas schief – sie nahm es nicht so genau, aber es besaß trotz des lila Anstrichs Flair. An einem anderen Teil, zwischen zwei Obstbäumen stand meins. Auch nicht korrekt nach Maß, aber es gehörte zu den ersten Handwerksarbeiten in der Schule, und ich war heute noch stolz darauf. Das letzte entstand unter Dads Schaffensdrang, nur leider versagten ihm mitten unter der Zusammenstellung seine Künste, und so wurde es eine Gemeinschaftsarbeit. Bei der Erinnerung, wie er sich mit dem Hammer auf seinen Finger geschlagen hatte, verbiss ich mir nur schwer ein Grinsen. Es war ein kleines Paradies. Das Gestell für Schaukel und Rutsche wurde letztes Jahr aus Sicherheitsgründen entfernt. Das Holz war morsch, und genutzt wurde sie auch nicht mehr. Als Ersatz und für sentimentale Stunden hatten wir an einem stabilen Ast des Apfelbaums die Einmannschaukel wieder befestigt. An der Stelle des ehemaligen Kleinspielplatzes befand sich immer noch ein leerer Fleck. Vielleicht sollte ich Dad fragen, ob wir eine Familienschaukel hinstellen könnten. Es war ein schöner Gedanke, gemeinsam mit Ally und ihm – nein, mit ihm allein –, dort zu sitzen und Gespräche zu führen wie heute Morgen.

Hinter einer der niedrigen Mauern verbarg sich der Gemüsegarten und das duftende Prunkstück – eine Kräuterschnecke. Seit ich laufen konnte, hatte mich Mam mit Weisheiten über die unterschiedlichen Gewächse eingedeckt. Die Heilkräfte. Ihre Wirkungsweise. Geschmack. Welchen Lebensraum sie benötigten. Ihre Freunde und Feinde – welches mit welchem harmonierte. Über die kleinen Unterschiede zwischen den ähnlichen Arten. Wie viel ich davon noch wusste, stellte ich lieber nicht unter Beweis. Das Grundsätzliche geisterte sicherlich irgendwo verloren und orientierungslos in den Gehirnwindungen umher. Zumindest konnte ich mit Gewissheit Rosmarin von Basilikum oder Petersilie von Majoran unterscheiden, auch Schnittlauch von Bärlauch schaffte ich und dass man letzteren nicht mit dem Maiglöckchen verwechseln durfte, das im Gegensatz zu ihm giftig war. Hm, ein eher dürftiger Beitrag. Ein kleines Glashäuschen, in dem Herta Tomaten und Gurken zog, gab es auch. Unsere Leihoma hatte alles übernommen, und sie pflegte und hütete Mams Lieblinge. Sie wäre glücklich darüber, wenn sie das wüsste. Mein Blick kehrte zurück zu den Notizen, die wir angefertigt hatten. Viel war es nicht, die Anhaltspunkte waren eher dürftig. Desinteressiert legte ich die Zettelwirtschaft und den Laptop zur Seite – genug für heute. Mir brummte nicht nur der Schädel. Diese Suche verbrannte zu viel kostbare Energie und es qualmte aus den Ohren. Ein Versuch zur nötigen Entspannung wurde gestartet. Ruhig lag ich im Liegestuhl. Schloss die Augen. Konzentrierte mich auf die Atmung. Genoss die Wärme durch die Sonne auf den Beinen. Der Oberkörper lag bewusst im Schatten. Ich atmete aus und wieder ein. Versuchte, bewusst die Muskeln zu entspannen. Begleitete in Gedanken von der rechten Seite jeden Körperteil. Schultern, Arme, Finger. Rippenbereich; ab der Hüfte wurde es wärmer, weiter zum Oberschenkel bis zu den Zehen. Die linke Seite empor. Die Wärme blieb ... Die Stirn legte sich in Falten. Begann der Schatten ab der Mitte? Nein, ich würde dem Drang wiederstehen, die Augen zu öffnen. Neugierig versuchte ich den Grund auf eine andere Weise zu entdecken. Ein tiefer Atemzug fand an mein Ohr. Ilvy lag dort. Der gestrige Tag hatte mir eine Kostprobe der Gefühlswelt und ihre Auswirkungen auf ... mich gezeigt. Wärme, kein Schmerz. Es mussten positive Gefühle sein; damit konnte ich gut umgehen, besonders da ich nun wusste, woher sie stammten.

Vielleicht war ich dieser ... Gen-Mutation doch gewachsen. Vielleicht konnte ich diese neue Seite in mir doch in den Griff bekommen. Vorsichtig fühlte ich noch tiefer in mich hinein. Wurde mir jedes Körperteils noch bewusster. Alles wurde schwer – ich fühlte die Polsterung der Liege und die Armlehnen. Jetzt bloß kein Geräusch. Brav weiter an nichts denken und nicht das Atmen vergessen. Langsam ein und wieder aus. Durch die Nase ein und durch den Mund ausatmen ...

KRAWUMM!!

Die Augen sprangen auf. Ich schoss von der Liege empor.

Was war das?!? Ilvy war ebenfalls hellwach und sah mich fragend an. Ahnungslos zuckte ich mit den Schultern. Es kam vom hinteren Ende des Gartens – die Hochbeete. Herta!

„Au." Leise und doch kaum überhörbar.

„Herta?" Kein weiterer Augenblick verstrich. Ilvy sprintete mir in die angepeilte Richtung hinterher. Solche

Reaktionen waren nicht nur untypisch für meine LeioOma, sondern auch mehr als nur ungewöhnlich. Hatte sie sich ernsthaft verletzt? Und seit wann war unser Garten so groß? Schweiß drang aus allen Poren. Die Angst, sie zu verlieren, hetzte mich wie ein gejagter Hase über die Wiese. Ein irrationaler Gedanke: Was sollte ihr hier passieren? Getrieben von einer inneren, tiefen Angst ... Begraben von einem mit Erde angehäuften Schubkarren, lag sie fluchend am Boden. Mit den Händen versuchte sie, das Metallding samt Ladung von sich runter zu schieben. Wo war der Gärtner, wenn man ihn brauchte?

„Herta!"

„Schafft dieses verdammte Ding von mir runter!" Erneut folgte eine Verwünschung, die alles andere als passend für sie war. Ilvy und ich knieten uns neben sie und versuchten, den Karren mit der schweren Komposterde von ihr herunterzuheben. Erneutes Fluchen. Dieses Mal jugendfrei. „Ich werde zu alt für diesen ...", genervt sah sie uns an, „.... Dreck!" Ob sie nun den Kompost oder die Arbeit allgemein meinte, war nicht einzuordnen. Dads Bestrafung schob sich in den Vordergrund. Mit Schuldgefühlen behaftet, half ich ihr beim Aufstehen.

„Warum hast du nichts ... Du blutest!" Am Schienbein klaffte eine acht Zentimeter lange, stark verdreckte Wunde. „Arzt." Hauchte ich. „Einen Arzt. Schnell." Hektisch griff ich nach Ilvys Arm. Mit geweiteten Augen zog sie das Handy aus der hinteren Hosentasche meiner Shorts. Wann hatte ich das eingesteckt?

„Stopp!" Ups. „Seid ihr verrückt?!" Oh, oh! Schlagartig zog sich ein pochender Schmerz, hämmernd von beiden Schläfen zu meiner Stirn und auf der anderen Seite wieder runter. Immer stärker sammelte er sich an dem Punkt zwischen den Augen.

Verdammt. Nicht schon wieder! Ängstlich versteckte sich mein scheues inneres Ich hinter einem Kastanienbaum. Warum Kastanie? Und wie kam der dorthin? Fragt mich nicht! Ich musste diesen Schmerz irgendwie von mir wegschieben. Es war Wut. Wilde, selbstverteidigende Wut, und ich spürte die Energie, die von Herta ausging und erbarmungslos auf mich niederprasselte. Alles klar, sie war sauer auf sich selbst, aber Stopp! Dieser Schmerz ...

Angepisst fegte Herta Erde von ihrer Gartenschürze. Ich musste sie irgendwie beruhigen. Irgendwie Entspannung in die Situation bringen. „Okay. Keinen Arzt ... Aber lass dir von uns helfen." Besänftigend hob ich die Hände. Sie war sauer, und diese Säure brannte überall in mir. Dieses andauernde Pochen verlagerte sich auf den Hinterkopf. Als planten die Schmerzen, meinen Kopf zu sprengen. Zu viele Dinge forderten mich zum Kampf: Hertas Verletzung; ihre donnernden Gefühle; Entscheidung Arzt oder nicht; auch Ilvys Ratlosigkeit drängte sich immer weiter in den Vordergrund; doch am meisten Energie verbrauchte ich, um nach außen hin den Schein der Normalität zu wahren.

Kurz schwankte ich. Ach, meine Verletzungen hatte ich ganz vergessen – die beeinträchtigten mich auch, irgendwie. Vielleicht konnten sie mir von Nutzen sein?

Zusammenbrechen stand aber nicht zur Debatte. Ich biss die Zähne zusammen. Da fühlte ich eine Energie. Eine Stärke, irgendwo aus dem Inneren des Körpers. Sie stellte sich an meine Verteidigungslinie. Stützte mich. Woher? Ich wusste nicht, dass es sie gab. Erleichtert empfang ich sie und konnte dadurch die hereinstürzenden Gefühle etwas zurückdrängen. Schlagartig schien sich Hertas Gefühlswelt zu beruhigen und somit auch der pochende Schmerz in meinem Kopf. Die Stärke aus der Mitte schien dies ebenfalls zu bemerken und bestätigte dies durch ihren Rückzug.

Überrascht, verwirrt durch die aufeinanderfolgenden Veränderungen betrachtete ich die Umgebung genauer. Die verdreckte Gartenfee wirkte ganz normal und immer noch mit dem Abklopfen ihrer Schürze beschäftigt. Aus einer Seitentasche zog sie ein Tuch, um ihr Schienbein vor dem Blutrinnsal zu schützen.

Irgendetwas stimmte hier nicht. Keine Ahnung, an was es lag. Ilvy kniete neben Herta, entwand ihr die improvisierte Kompresse und tupfte vorsichtig die Ränder der

Wunde ab. Eindringlich sah sie mir in die Augen. „Tu etwas", stand deutlich darin.

Ich musste etwas sagen. Mich bewegen. Reagieren. Schnell. Die Untätigkeit fiel bereits auf. „Das mit der Gartenarbeit wird wohl in der nächsten Zeit mein Part sein."

Herta schenkte meiner Besten ein dankendes Lächeln, bevor sie zu mir aufsah. In ihrem Blick hatte sich etwas verändert. Unangenehm berührt – als wäre ich ertappt worden –, stellte ich mich aufrechter hin und bemerkte erst da, dass ich mich am Hochbeet abgestützt hatte. Wann war das passiert? So viel zum äußeren Schein.

„Geht es dir gut?" Mit sorgenvoller Miene sahen mich beide an. Was sollte ich antworten? Dass Hertas Gefühle mich umgehauen hatten? Und nicht der kaputte Körper. „Bin wohl zu schnell durch den Garten gelaufen." Naja, wenn ich so darüber nachdachte, konnte das durchaus mit der Wahrheit in Verbindung stehen.

„Wie tief ist es?", fragte ich, um das Thema von mir abzulenken.

„Nicht sehr tief." Ilvy betrachtete die Wunde. „Wenn wir die Haut wieder an ihren Platz bringen und sie mit Strips festkleben, wächst sie vielleicht wieder an." Der bunte Igel sah zur Verletzten hoch, die sich am Rand der kleinen Mauer niedergelassen hatte. „Aber zuerst muss sie gereinigt werden." Um dieses kleine Sanitäter-Wissen zu erklären: Seit ihrer Kindheit war Ilvy Mitglied beim Jugendrotkreuz. Nun wartete sie auf den Führerschein und eine Sanitäter-Ausbildung. Diese Freizeitbeschäftigung lag nicht im Zukunftsplan ihrer Mutter. Verdammt, ich wollte auch!

Zustimmend nickte unserer Patientin, und gemeinsam machten wir uns auf den Weg ins Haus.

„Ach, Herta", ich stützte meine Leihoma auf der rechten Seite, „warum hast du nichts gesagt? Ich helfe dir doch auch gerne ohne aufgebrummte Strafarbeit."

„Du?" Herta sah mich zweifelnd an. „Du bist selbst ein halber Krüppel, und außerdem ist das keine Bestrafung für dich – dir macht das Spaß! Das wär' was für Ally. Dich müsste man shoppen schicken oder zum Stylisten – das ist wahre Strafe für dich." Verdammt, diese Frau kannte mich besser als Dad. Grins!

„Au." Hey! Was war das? Als hätte mich ein Blitz am obersten Punkt des Schädels getroffen. Verwundert ließ ich den Blick über die anwesenden Personen wandern. Ilvy wirkte in Gedanken versunken, warum sollte sie mir Schmerz zufügen? Moment! Ich betrachtete Herta genauer. War sie das? Hatte sie mir absichtlich ...? Nein? Oder? Die Frau besaß eindeutig zu viel Energie für ihr Alter.

„Hör auf, so frech zu grinsen." Jetzt drohte sie mir auch noch mit dem Finger.

„Schon gut." Der Schmerz verschwand genauso schnell, wie er eingeschlagen hatte. War das Absicht? Oder doch die Nachwirkungen der Gehirnerschütterung? Trotzdem ein Doppel-Dankefür die Zustimmung, dass ich die Strafe antreten durfte, und ein indirektes, dass sie die Kraft wieder aus ihren Gedanken und Gefühlen genommen hatte. Moment ... Das war tatsächlich sie gewesen! Sie hat mir einen gedanklichen Faustpack verpasst. Wie hat sie das gemacht? War der Absicht? Wusste sie ... nein, woher sollte sie?

Nachdem wir Ilvys Notfallplan in die Tat umgesetzt hatten und Herta von mir nach ihrer letzten Tetanus-Impfung gelöchert worden war, schlich ich zu Dad ins Arbeitszimmer. Ihre Verletzung hatte nicht ausschließlich mit dieser Wunde zu tun. Ich konnte es an ihrem Gang erkennen. Doch für die Umsetzung meines Plans brauchte ich seine Unterstützung. Wie immer fand ich ihn im Arbeitszimmer, aber vollkommen unerwartet nicht am Klavier oder am Schreibtisch – nein! –, er las ein Buch. Oh! Was sollte ich davon halten? *Coelho* – wow! – ich hatte ihn einmal versucht. Leider wurde ich nicht besonders schlau aus ihm. Vermutlich war ich noch zu jung für diesen Lebenswegweiser. *Der Alchemist* – Dad müsste ihn eigentlich auswendig rezitieren können, so oft wie ich dieses Buch schon in seinen Händen gesehen habe.

„Na, Dad. Wieder auf Sinnsuche?"

Mit einem weichen Lächeln drehte er sich zu mir, und ich sah freudig, dass er das romantische Bild von Mam und ihm wieder auf das Tischchen mit der Leselampe gestellt hatte. Beide in schwarzer Abendgarderobe, lächelnd sahen sie sich an, und Dad überreichte Mam ihre Lieblingsblumen – weiße Lilien. Sie liebte ihre Rosen, aber Lilien waren etwas ganz besonders zwischen ihnen. Als wäre die Kamera in diesem Moment für die beiden unwirklich. Es war der Abend ihrer ersten Prämiere.

Unglaublich, wie sehr ich mich freute, es wieder an seinem alten Platz zu sehen. „Du hast es wieder hingestellt."

Entspannt folgte er meinem Blick. „Ja", zaghaft berührte er den vergoldeten Bilderrahmen. „Nach unserem Gespräch ist mir einiges klar geworden." Beide sahen wir lange das Foto an. Mam strahlte über das ganze Gesicht, und ihr lockiges Haar leuchtete wie Feuer. Ihre Augen verfingen sich in jenen meines Vaters. Ach, Mam, wie sehr musst du gekämpft haben. Immer mit der Gewissheit, dass du uns verlassen musst. Eine einsame Träne kämpfte mit der Unebenheit meiner Wange. Mit einem traurigen Lächeln wischte ich die Erinnerung bei Seite – rechtzeitig.

„Was führt dich zu mir, mein Engel."

Ach ja, ich war ja nicht grundlos hier. „Herta hat sich bei der Gartenarbeit verletzt."

Schon sprang er auf. „Schlimm?" Er sah mich fragend an, während er sich auf den Weg zur Tür machte.

„Hey, warte." Ich erreichte ihn noch rechtzeitig, bevor er sie öffnen konnte. „Keep cool, Dad. Halb so schlimm. Denk ich mal. Ilvy hat sie verarztet, aber sie will nicht nach Hause gehen. Kannst du uns helfen, sie zu verscheuchen, ich meine, zu überzeugen. Und vielleicht sollte sie doch zum Arzt. Irgendwas stimmt nicht mit ihrem Knie." Vielsagend sah ich ihn an.

„Ally?"

„Da sie nicht am Pool mit ihren Freunden herumhängt, gibt es nur zwei Möglichkeiten bei dem Wetter. Shoppen oder am See und dort brutzeln."

„Mit einem Jungen?" Typisch Erziehungsberechtigter. Kopfschüttelnd verneinte ich. Zumindest konnte ich mir das nicht vorstellen. Marc war mit Sicherheit bereits Geschichte. Doch Dad verstand, was ich ihm damit sagen wollte. „Das heißt, die Menschen, die sich alleine versorgen können, sind zu Hause." Meinte er damit tatsächlich auch sich?

„Das heißt, die Menschen, deren Hertas Gesundheit am Herzen liegt, sind zu Hause." Sein tadelnder Blick traf mich, aber es war die Wahrheit.

„Wo ist Herta jetzt?" Sachte legte er einen abgegriffenen Briefumschlag, umfunktioniert zum Lesezeichen, zwischen die Buchseiten.

„In der Küche. Bei den Vorbereitungen für das Abendessen."

Sicherheitshalber verzogen sich Ilvy und ich in eine abgeschiedene Ecke der Küche. Ein Gefühl flüsterte mir nichts Gutes zu, wenn ich Dad mit Herta diskutieren sah. Der Glaube an einen Erfolg pendelte sich im niedrig angesetzten Bereich ein. Nichts gegen sein neu erwachtes Durchsetzungsvermögen, aber das war Herta und nicht Ally!

Minuten verstrichen und ihr anfangs wütender, wild umherschweifender Blick – sie suchte sicher mich – verwandelte sich unter seinen Worten langsam in Einsicht. Ich war überrascht, als sie den Kopf senkte, mich entdeckte und mir einen müden Blick zu warf. Dad hatte sie tatsächlich überzeugt. Respekt! Und das zum zweiten Mal innerhalb von vierundzwanzig Stunden. Es schien, als würde er zu neuer Stärke finden. Ohne Widerrede ließ sich Herta samt Fahrrad in den Wagen verfrachten, um nach Hause gefahren zu werden. Ilvy und ich winkten den beiden vom Ende der Einfahrt nach.

„Kaum zu glauben. Sie hat nachgegeben." Kopfschüttelnd und perplex sah sie mich an. Ich konnte nur stumm zustimmen, sie hatte meine Gedanken ausgesprochen.

Zurück in der Küche sahen wir uns ratlos um. Was hatte Herta fürs Abendessen geplant? Während der Debatte mit Dad hatte sie stur Zwiebel geschnitten. Ein interessierter Blick in den Kühlschrank – Hackfleisch. Hm. Das bescherte uns viele Möglichkeiten. Angefangen bei

Spaghetti, zu Burger oder ... Chili. Genau! Grinsend drehte ich mich um. Im Abstellraum checkte ich Bohnen und Mais sowie weiteres passendes Gemüse plus ein paar Kräuter. Leider musste Ilvy ihre Begeisterung vortäuschen, aber ich versprach, nicht zu großzügig mit dem Gewürz zu sein. Wo befand sich nochmal Hertas Chili-Vorrat?

Als ich am Morgen nach dem Gespräch mit Dad und Herta wieder zurück in mein Zimmer kam – ich öffnete ganz sachte die Tür, was überflüssig war –, saß Ilvy auf dem Boden und steckte ihre Nase in den Laptop. Tief versunken, bemerkte sie erst meine Rückkehr, als ich ihr die dampfende Tasse unter die Nase hielt.

„Hej." Die Nachdenk-Falten auf ihrer Stirn entspannten sich, und sie lächelte mich dankend an. „Konntest du ein paar Punkte auf deiner Liste erledigen?", fragte sie, während ich Hertas Anweisungen folgte und das Fläschchen auf den befohlenen Platz stellte.

„Jap. Erziehungsberechtigten und Kräuterhexe über Schäden und Schandtaten informiert." Ein gutes Gefühl. „Auch Ally weiß es."

Kurz verdrehte sie die Augen und nippte an ihrem Tee. Derweil besah ich mir das Papier-Kritzel-Chaos etwas genauer. Sie war fleißig während meiner Abwesenheit gewesen und hatte Dads alten Drucker aus der Versenkung geholt und angeworfen. Ein Erbstück. Das antike Ding verwendete mehr Tinte als nötig und war eher künstlerisch als punktuell-präzise einsetzbar. Für Schulkram durfte ich deshalb den neuen in Dads Büro nutzen. Somit wurde das Abkommen besiegelt, und ich beendete den ersten Anti-Koffein-Streik. Nebenbei erwähnt, war es nicht schlecht zu wissen, dass ich ohne ausreichende Koffein-Dosis unausstehlich und sehr gereizt wurde. Ich nervte jeden und alles nervte mich. Eine sehr unangenehme Situation für Personen in meinem näheren Umfeld.

Rund um die schwedische Spürnase lagen Papierschnipsel – hat sie gebastelt? Unleserliches draufgekritzelt oder gedruckt, in kleinen Stapeln sortiert, dessen System ich nicht verstand. Aber sie schien voll und ganz in ihrem Element. Die restlichen Chips der Party dienten als Frühstück. Oberflächlich wischte sie sich die fettigen Finger an den Hosenbeinen der Jeans sauber, bevor sie wieder auf dem Lapi herumtippte. Hey, das sind meine Jeans! Und mein technisches Altbaugerät ... Schulterzuckend nahm ich es hin. Wir befanden uns eindeutig wieder beim Thema.

Den Hintern parkte ich neben ihr und versuchte, mir über ihr organisiertes Chaos einen Überblick zu verschaffen. Die Minuten verstrichen, und ich blätterte einige dieser geheimnisvollen Mini-Stapel durch – ohne Hoffnung, etwas zu verstehen oder einen wirklichen Zusammenhang zu finden. Es war ihr Ordnungssystem und nicht meins. Die Angst vor dem Anschiss, sollte ich etwas durcheinanderbringen, war sehr real. Also entschied ich mich für den Blick über ihre Schulter und einfach zu warten.

Das mit den Warten hielt nicht lange an. „Ach, du Scheiße! Was liest du da?" Sie würdigte meinen Ausbruch keines Blickes.

„Über die Hexenverfolgungen im 16. Jahrhundert", kam ihre knappe Antwort. Vergebens wartete ich auf eine erweiterte Ausführung – musste spannend sein. Die Gedanken reisten zu meinen eigenen Recherchen von gestern und warum sich das Kopfkino fast in einen Horrorstreifen verwandelt hatte. Mein inneres Ich warf die Arme in die Luft, verdrehte die Augen und verabschiedete sich für die nächsten Stunden in ihre Hängematte – ängstliches Ding! Aber um ehrlich zu sein, auch bei Tageslicht fühlte ich mich nicht wohl bei dem Thema.

„Ilvy, was tust du hier? Und was ist das für ein Papierchaos?"

Auf ihren theatralischen Seufzer musste ich fast zwei Minuten warten – hatte sie den Artikel jetzt fertig, oder nur den Absatz? Sie verpasste der Seite ein Lesezeichen und stellte den Laptop auf dem Bett ab. „Ich recherchiere." Zur Unterstützung erhielt ich noch einen ihrer selbstgerechten Blicke, mit dem sie mir deutlich zeigt,e für wie dumm sie diese Frage eigentlich hielt.

Danke, kannte ich bereits. „A-ha." Aber ich konnte mich auch noch dümmer stellen. „Und was genau?"

„Über Hexen." Mano, wieder so eine Antwort. Musste man ihr alles aus der Nase popeln? Dieses Mal schien sie den genervten Blick deuten zu können, oder es brannte ihr im Geheimen selbst, von den Erfolgen zu berichten. Auf jeden Fall sprudelte es ohne Vorwarnung aus ihr heraus. Sie begann, Passagen aus Mams Brief zu rezitieren. Einer groben Einschätzung zufolge konnte sie ihn bereits aufs Wort genau auswendig. Immer wieder stellte sie Spekulationen an und hatte Neues, möglicherweise von Mam bewusst Verstecktes entdeckt. Ihre Fragen, auf die ich meist keine Antwort hatte, formten aus mir einen gut durchlöcherten Emmentaler. Meiner Meinung nach, die in diesem Moment leider nur die wenigsten interessierte, hatte Mam in diesem Brief keine Hinweise versteckt. Wie hätte sie mir als Zweijähriger schon verklickern sollen, worauf ich vierzehn Jahre später achten sollte. Hm. Das ergab doch keinen Sinn. Total unlogisch. Was Ilvy schlussendlich auch einsah und außerdem, warum sollte sie Hinweise verstecken? Stand doch auch ohne Verschnörkelungen darin, dass ich eine Hexe war – naja, wenn schon, wäre doch das einen versteckten Hinweis wert gewesen, oder? Stelle sich doch mal einer vor, dieser Brief wäre für Allys verdrehte Ansichten auffällig genug gewesen, um das Postgeheimnis zu brechen – was ja nichts Neues wäre –, aber wenn ausgerechnet dieser in ihren Händen gelandet wäre ... Nicht auszudenken, was sie daraus gemacht hätte! Oder was ihre hinterhältigen Gedanken multipliziert hätten. Oh Mann, bloß in nichts reinversetzen, das zum Glück nicht eingetreten war. Auch ohne Zusätze war es bereits kaum möglich, einen klaren Gedanken zu fassen, war doch alles so ... so unmöglich. Persönlich konnte ich gut und gerne darauf verzichten. Aber mich fragte ja keiner. Ilvys Faible für Krimis, das wir teilten neben ihrem Romantikhype und all diesen Detektiv-Geschichten, aber besonders dieser Para-

Schnickschnack hatten nun ein passendes Ventil gefunden. Von all diesen unterschiedlichen Möglichkeiten und Varianten zu dieser Thematik, die aus ihr hervorsprudelten, bekam ich nichts außer Kopfschmerzen und die waren definitiv meine! Im Gegensatz zu mir vertiefte sie sich in dieses Google-Hexen-Thema. Auch magische Fähigkeiten und viele andere Begriffe stopfte sie in die Suchmaschine. Das war der Stapel Papiere zu meiner Rechten, wie sie mir erklärte. Vermehrt suchte sie nach Hexenniederlassungen, also in welchen Gebieten Europas sich diese vermehrt angesammelt hatten oder sesshaft waren. Überrascht weiteten sich meine Augen ... was man nicht alles im Netz fand. Auch Althergeholtes wie die Verfolgungen – ihr aktuelles Thema – befand sie als wichtig, besonders worauf diese beruhten und wovon sie ausgelöst worden waren. Die Kirche wurde mir wieder um ein weiteres Eck unsympathischer. Meine Gedanken kehrten erneut zur gestrigen Suche zurück – Chartres! Sollte ich Ilvy von der Briefmarke und der Kathedrale erzählen? Diese Entscheidung wollte ich später treffen ...

So manches, was sie herausfand, war interessanter als zuerst erwartet, aber auch viel unnützes Zeug, das von den Gehirnwindungen gleich wieder in Richtung Ausgang weitergeleitet wurde. Somit war entschieden: Die Internet-Recherche fiel in ihr Repertoire. Ihre Entscheidungen zwischen wichtig und unwichtig schienen ein gutes Gleichgewicht gefunden zu haben. Ein anderer Stapel bezog sich auf Hexenkünste und zog mein Interesse auf sich. Besonders jene, die meinen und Grannys glichen. Leider gab es auch Aufzählungen von Fähigkeiten, die mir die Gänsehaut über den Körper jagten, wie das schwarze Senden. Damit konnte man seinem Gegner Wunden zufügen, und dabei brauchte er nur in Sichtweite sein, oder das Fear. Soweit ich verstand, konnte diese Magie im Gegner Angst hervorrufen. Unfassbar, was alles im Netz stand. Ich hoffte stark, dass dies nur eine Erfindung von uns Menschen war und diese Kräfte nicht wirklich existierten. Bei der rapid ansteigenden Zahl der schwarzen Gegner wurde mir mulmig im Bauch, und ich verdrängte diese bösen Fähigkeiten bewusst. Doch ein kleiner Funken Misstrauen, der ganz heimlich vor sich hin glomm, wurde geschürt.

„Lass dich nicht zu sehr davon beeinflussen. Wer weiß, ob diese schwarze Magie tatsächlich existiert. Schließlich ist das hier keine TV-Serie, und deine Fähigkeit wirkt mehr wie eine stark ausgeprägte mentale Stärke." Dass Ilvy ebenso dachte, beruhigte mich zwar, aber ... meine weitentfernte, kaum beachtete Granny wusste das genauer. Wenn es ein Gut gab, dann existierte auch ein Böses! Oder? Dabei musste es sich nicht mal um Magie handeln, das war Teil der *einfachen* Realität! Seit die Menschen existieren – das älteste und vielleicht auch bekannteste Beispiel: Adam und Eva im Ring-Rang mit der Schlange. Und wer hatte gewonnen? Dieses giftige Mistvieh, und die Menschen hatten auf ewig Hausverbot im Paradies – wenn man dem Glauben schenken durfte. Das alles verstärkte nur meinen Hang zur Urknall-Theorie. Hexe hin oder her. Schließlich war es auch die Kirche, welche die Frauen und Männer verfolgte und der Hexerei und was weiß noch welcher Unzüchtigkeiten beschuldigten. Klar gesteht man unter Folter! Die Kirche. Hm. In mir bildete sich eine Frage: Kann ich oder kann ich nicht?

Etwas konkreter. Da diese Gen-Mutation erwacht war, konnte ich immer noch geheiligten Boden betreten? Wenn nicht, war ich dann eine schwarze Hexe? Oder hatte das Betreten von geweihtem Boden nichts mit Gut und Böse zu tun? Schließlich gingen die Menschen mit ihren Sünden auch ins Haus Gottes, aber waren sie dann schlichtweg böse? Diese Gedanken verbreiteten, trotz meines Unglaubens, Unbehagen in mir. So leicht beeinflussbar ...

Von diesen Gehirnwindungen zermartert, bekam ich Kopfschmerzen. Eine Lösung würde ich nur durch einen praktischen Test erhalten. Ein weiterer Punkt auf der neuen Hexen-to-do-Liste. So weit, so unklar. Das Thema schwarze Magie würde sich allgemein nicht so leicht aus dem Gedächtnis tilgen lassen, solange es nicht geklärt war, aber bis dahin konnte ich es hinter einer dicken

Mauer verstecken und die einzige Tür dazu fest vernageln, vermauern und den Schlüssel in den Gully werfen. Meine neugierige Nase würde sich nur noch mit Sicherheitsabstand oder auf direkte Anweisung in die Nähe von Ilvys Nachforschungen begeben.

Mam schrieb von einer Prophezeiung. Darum kam sie zu dem Schluss, dass eine Seherin oder etwas dergleichen ebenso Teil der Familie sein könnte. Zwischendurch tauchte immer wieder die Frage auf, inwieweit Dad von dem Ganzen wusste. Hatte sie ihm davon erzählt, oder tappte er vollkommen im Dunkeln?

Fragen über Fragen ... nur wo blieben die Antworten?

Als Dad von seinem Krankentransport zurückkam, duftete es nach mexikanischen Gewürzen in der Küche. Aber so ein richtig deftiges Chili benötigte seine Zeit.

„Braucht ihr Hilfe, Mädels?"

„Nö, alles im Griff, Dad." Ilvy und ich lehnten am Küchentresen, unterbrochen bei unserer Unterhaltung über den gestrigen Tag. Es war uns ein Anliegen, den Kloß in unseren Bäuchen zu vertreiben. „Wir holen dich, wenn es so weit ist."

Mit einem Daumen nach oben verzog er sich wieder ins Arbeitszimmer. Ich war gerade dabei gewesen, Ilvy von den Konzert-Tickets zu erzählen, die ich von Dad bekommen hatte. „Keine Ahnung, woher er die hat, aber das ist der Hammer. Ich kann es schon nicht mehr bis Freitag erwarten." Nervös wetzte ich mit dem Hintern auf dem Hocker. Die Aussprache tat gut. Für einen kurzen Moment schaffte ich es, bei diesen einfachen Tätigkeiten abzuschalten – schneiden, anbraten, umrühren –, aber das war leichter gesagt als getan. Umso mehr ich über die ... Geschehnisse nachdachte, desto verwirrender wurde es. Aber dieses Denken, dieses nicht endende Kreisen der Gedanken war nicht zu stoppen. Ilvy schien es ähnlich zu gehen. Vielleicht war es wie Sport für sie. Nach einer kurzen Pause – geschätzte drei Minuten – brachte sie uns wieder zum aktuellen Thema zurück. „In all der Hektik habe ich eine wichtige Person übersehen."

Geistesabwesend und mich an mein Nichts-Denken klammernd, rührte ich im Topf vor mich hin. Schweigen. Wartete sie auf eine Frage von mir?

Stille. Nur das Blubbern im Topf. Verdammt. „Wen denn?" Um ehrlich zu sein, es interessierte mich ja doch. Sie saß auf einem der Hocker und schob eine Chili-Schote zwischen ihren Fingern hin und her. Gott, wasch dir Hände, wenn du fertig bist mit dem Spielen. Bitte noch, bevor du dir im Gesicht herumwuselst.

„Deine Großmutter."

Granny? „Wieso? Auf was spielst du an?"

„Cleo, lebst du auf dem Mond?" Ab und zu? Ja. Dort sollte es sehr ruhig und schwerelos sein.

„Sie ist ein wichtiges Bindeglied."

Was wusste ich eigentlich von meiner Großmutter?

Der Gedanke an sie, im fernen England, erfüllte mich nicht gerade mit Hochmut. Weshalb verstand ich nicht. Mam hatte nie viel über sie gesprochen. Vielleicht war das der Grund für meine Unsicherheit. Ein geistiges Bild aus irgendeiner Ecke hervorzuziehen oder einen Eindruck von ihr anzufertigen, gestaltete sich mehr als schwierig. Meine Großeltern waren kein Geheimnis, oder meine Tante. Es sprach nur niemand über sie. Was genug Raum für Spekulationen ließ. Für Ally und mich war es, als hätten wir keine, bis zu den Feiertagen und Geburtstagen. Danach verschwanden sie ohne größeres Aufsehen wieder, was keinen weiter störte, weil sie ja so wieso nie wirklich da waren. Man kann nichts vermissen, dessen Existenz einem nicht bewusst ist – oder nur sehr gering. Als ich kleiner war, versuchte ich, aus Mam mehr herausz kitzeln, aber nachdem sie nur einsilbig antwortete, wurde das Thema schnell uninteressant.

Schemenhaft erinnerte ich mich an ein Telefonat, ein paar Monate vor Mams Unfall. Ich kam durch die Terrassentür, angelockt von ihrer Stimme. Sie hatte mich gebeten, die frisch gepflanzten Rosen zu gießen, während sie sich um das Abendessen kümmern wollte. Ally schlich im selben Moment ins Wohnzimmer. Wir waren auf Anhieb verschwestert, als es darum ging, unbemerkt zu bleiben. Leider verstanden wir nur Bruchstücke. Mam wanderte im Raum auf und ab. Das Handy ans Ohr gepresst.

Dunkelrote Backen. Eindeutig aufgeregt. Oder sauer? Ihre Stimme schwankte zwischen einem herrischen, flüsternden Ton und einem nur schwer unterdrückten Wutanfall. Mit wem sie sprach, war geklärt, nachdem das Wort Mutter oft genug ihre angespannten Lippen verlassen und sie im schnellen Englisch gesprochen hatte. Leider war es schwierig, ihren Worten zu folgen. „Nein, Mutter! Wir bleiben, wo wir sind." Als Antwort Gemurmel – jetzt stand sie in meiner Nähe –, genauso energisch wie das ihre. „Das Mädchen ..." Der Rest des Satzes ging leider unter. „Hör auf!" Jetzt wurde es richtig laut. „Das ist meine und Thomas Entscheidung. Das ist mein letztes Wort." Damit beendete sie das Gespräch und legte das Handy etwas zu energisch auf dem Klavier ab. Ihr Atem ging schnell. Ich wagte nicht, mich zu bewegen. Keine Ahnung, wie viel Zeit verstrichen war, aber zumindest wirkte sie nicht mehr so gereizt, als sie sagte: „Ihr könnt rauskommen." Wieder hatte ich keine Ahnung, woher sie wusste, dass wir da waren. Mein Tipp, irgend so ein Mutter-Instinkt-Ding. Schulterzuckend sahen sich Ally und ich an und traten gleichzeitig aus unseren Verstecken. Wieder einmal durften wir eine Belehrung über das Thema Telefonate belauschen über uns ergehen lassen. „Ihr hört nur die Hälfte des Gesprächs. Außerdem ist es unhöflich. Oder wollt ihr, dass ich dasselbe bei euch tue, wenn ihr mit euren Freundinnen Geheimnisse austauscht?" Welche Geheimnisse? Damals war ich noch zu jung, um auf den Gedanken zu kommen, ihr etwas zu verheimlichen, oder dass dieser Streit nicht für die Familie bestimmt gewesen sein könnte. Ally kannte diese Leier besser als ich, aber ich bekam es genauso ab wie sie.

Das war der letzte Anschiss von ihr. Um was es in diesem Gespräch gegangen war, erfuhr ich nie. Nach dem Tadel sprachen Ally und ich nicht darüber. So erfuhr ich auch nie ihren Teil.

Ich besaß keine unmittelbare Erinnerung an Granny, die nicht mit einem Foto oder einer Grußkarte in Verbindung stand. Eine Frage wurde immer lauter – hatte ich sie jemals persönlich gesehen?! War sie jemals hier? Nach Mams Tod? Beim Begräbnis ... Auch diese Suche verlor sich im Dünensand. Eigenartig und dann immer wieder diese Postkarten, in denen nichts Persönliches, von Herzen Kommendes darin zu lesen war. Die Postkarte ... Verdammt! Auf die hatte ich total vergessen. Wortlos drückte ich Ilvy den Kochlöffel in die Hand und stürmte die Treppe hinauf.

Nachdenklich stand ich schnell atmend im Türrahmen, bevor ich das Zimmer betrat.

„Verflucht!" Sie lag doch auf der Tischplatte. Wo war dieses dumme Stück Papier nur gelandet? Der Schreibtisch hatte sie regelrecht verschlungen. Nach einer frustrierenden Suche, vielen Flüchen und gutem Zureden spuckte das überladene Bretterstativ sie zwischen einem alten Physikbuch und dem Geschichtsreferat vom letzten Schuljahr wieder aus. Kopfschüttelnd betrachtete ich die Karte – wie war die nur zwischen dieses alte Schulzeug gerutscht? Zeit war kostbar, und das Chaos nicht wert. Auf der Außenseite der Karte befand sich ein Rosenstock mit weißen Blüten – Mams Lieblingsrosen –, der Polarstern – ich würde sie überall erkennen. Entweder ein blöder Zufall oder bewusst gewählt. Ich war unschlüssig. Sollte mir das Großmutter sympathischer machen? Hinten drauf stand:

Liebe Cleophea!
Mit 16 trittst du ein
in eine Welt des Scheins.
Das Licht wird dich finden
und mit deinem Schicksal verbinden.

Alles Gute zu deinem Geburtstag!
Deine Großeltern

Hm? Was sollte das? Schon wieder so eine Sprücheklopferei. Das klang genauso geschwollen wie diese Prophezeiung im Brief. Bei diesen verschwommenen Informationen würde es mich nicht wundern, wenn auch dieses Schein-Licht-Schicksal-Geschwafel dazu zählte. Mit der Karte in der Hand kehrte ich zurück in die Küche. So sehr ich mich auch anstrengte, ich konnte das Bild von Großmutter, auf das Mam hingewiesen hatte, nur schemenhaft zusammenfügen. Kleine Einzelheiten hatten sich eingebrannt, andere waren verschwommen. Ilvy und ich tauschten die Utensilien – Karte gegen Kochlöffel – und wieder las sie sich mehrmals die Zeilen durch. Ihr Detektiv-Instinkt war von neuem erwacht. „Eigenartig." Nachdenklich kraulte sie sich ihre Strubbelpracht.

„Was meinst du?" Keine Sekunde ließ ich sie aus den Augen.

„Eindeutig eine Prophezeiung." Mir blieb die Luft irgendwo zwischen Kehlkopf und Gaumenzäpfchen hängen, als sie mir die Karte genau vor die Nase drückte. „Die Wortwahl – gleich! Der Klang – gleich!"

„Ja und?" Dann war es eben gleich, was brachte uns diese Erkenntnis? Um den Augen Entspannung zu verschaffen, trat ich einen Schritt zurück. Diese Schielerei machte mich ganz dumm im Kopf.

„Hast du dir bereits Gedanken über das Foto gemacht?"

„Äh, nein. Naja, nicht direkt."

Abwartend und zugleich fragend sah sie mich an. „Also?"

Kapitulation. Am Topfrand klopfte ich den Löffel ab, warf noch einen letzten prüfenden Blick auf das rötliche, gelb untersetzte Geblubber und legte den Deckel darauf.

Abwartend lehnte sie an der Kücheninsel. Mit einem kleinen Hops schwang ich mich auf die Arbeitsfläche, exakt an die Stelle, auf die mich Dad am Morgen gehievt hatte.

„Es ist schwierig." Das war noch gelinde ausgedrückt.

„Lass dir Zeit. Wir haben nichts weiter vor."

Ich starrte ins Leere. Keine Ahnung wie lang. Irgendwann verschwand sie aus dem Bewusstsein und Mam tauchte auf. Wir saßen am Klavier – wie so oft –. und ich löcherte sie wieder einmal mit ungeduldigen Unendlich-Fragen.

Wie alt war ich? Fünf oder sechs? Ich weiß es nicht.
„Warum sind Daddys Eltern nicht mehr bei uns?"
„Weil ihre Aufgaben auf unserer Erde für sie getan waren und ihre Seelen bereit neu zu starten." Mam strich mir das Zottelhaar aus dem Gesicht – ein sinnloses Unterfangen! Keine zwei Sekunden später baumelten sie wieder davor herum. Bereits damals hatte sie mir von der Wanderung der Seelen erzählt – so nannte sie es, wenn ein Mensch verstarb. Die Geschichten über Gott und seinen Sohn, der sich für uns geopfert haben sollte, bekam ich zum ersten Mal in der Schule zu hören. Vielleicht legte sie den Grundstein für meine Skepsis an den Religionen.

„Aber warum wollten ihre Seelen weiterwandern? Und wieso waren ihre Aufgaben erledigt? Sie mussten doch wissen, dass wir sie noch brauchen. Dass ich sie noch brauche!" Mein Gesicht verdüstert sich. „Ich konnte sie nicht mal kennenlernen. Das ist ungerecht!" Motzig überkreuzte ich die Arme vor der Brust. Damals war das meine Masche, um die Tränen zu verheimlichen, die mir bereits in den Augen brannten.

„Cleo. Keiner weiß warum eine Seele sich entschließt weiterzuwandern. Alle sind unterschiedlich und alle haben bereits viele Leben gelebt. Sie sind meist sehr erfahren. Aber du darfst nie vergessen, sie leben in unseren Herzen weiter." Ich setzet zur Reklamation an, ... doch Mami war schneller. „Ich weiß, was du sagen möchtest. Wie können sie weiterleben, wenn du sie nie kennengelernt hast?"

Siegessicher nickte ich.

„Dafür haben die Menschen etwas sehr Tolles erfunden." Mami stand auf. „Um sich zum Beispiel an schöne Momente zu erinnern, haben sie Bilder gemalt und Geräte erfunden, mit denen sie das festhalten können", und ging zu einem der Wohnzimmerschränke.

„Fotos?"

„Ja, genau." Sie entnahm eine schuhkartongroße, weinrote Schachtel mit goldenem Beschlag. Wieder neben mir öffnete sie den Deckel - ich konnte nicht hineinlugen –, sie entnahm ein Bild, das aussah wie ein Familienporträt. Nach genauerem Hinsehen erkannte ich Mam und Dad. Dad hielt Ally auf dem Arm – ihr Blick war bereits damals unverkennbar. Neben Mam stand eine brünette Frau mit Dads fröhlichem Lächeln und neben Dad ein Mann mit seinen Augen. Selbst für mich kleinen Pimpf war klar, dass er sein Lächeln von seiner Mutter hatte. Doch wo war ich? „Du weißt, wer das ist?" Lächelnd sieht sie mich an. Ich nickte – das Foto, das sie mir zeigte, kannte ich nicht, aber ein anderes auf Dads Schreibtisch zeigte Oma und Opa bei einem Herbstspaziergang. Fragend wanderte mein Blick zwischen dem Foto und Mam hin und her. Irgendetwas war auf dem Bild anders an ihr. Ihr Körper. Ihre Augen. Aber was? Wie sollte ich sie danach fragen? Doch sie verstand und griff wieder nach der widerspenstigen Locke. Dann zeigte sie auf das Foto und sich selbst. Was hatte das zu bedeuten? Ich verstand die Geste nicht, und langsam keimte Wut über diese Unwissenheit in mir auf. Sie wies mich an, genauer hinzusehen. Eine von Omas Händen ruhte auf Mams Bauch. Meine Augen wurden groß, und Erstaunen ersetzte die Wut. „In deinem Bauch?" Ich betrachtete Mams jetzigen Bauch – unter dem Schlabberpulli war nicht viel zu erkennen – aber ich wusste, dass er flach war. Auf dem Foto war die Wölbung unverkennbar. Bestätigend nickte sie. Das Foto stellte sie vor dem Notenheft auf dem Klavier ab und kramte erneut in der geheimnisvollen Schachtel.

Die Erinnerung begann zu schwanken. Alles wurde schummrig.

NEIN! Bitte nicht jetzt. Bleib daaa.

Unscharf erkannte ich, dass sie ein weiteres Foto aus der Schachtel nahm. Nicht jetzt. Die ganze Kraft und Konzentration legte ich in die Verbindung.

Eine Frau saß auf einem Sessel – Nebel verzerrte das Bild. Ich glaube, er war braun. Ihr Haar trug sie streng nach hinten gekämmt, das verlieh ihren blitzenden grünen Augen einen noch strengeren Ausdruck. Identische Augenfarben, vielleicht der Grund für die starke Erinnerung. Doch mit einem markanten Unterschied: die von Mam lächelten, natürlich nur so lange sie sich nicht provoziert fühlte. Von diesem Feuerspeien konnte Ally ein Lied trällern, zu diesen Zeitpunkten ähnelten sie denen von Großmutter.

Erneut wankte die Szene und begann sich weiter zu entfernen. Ein letztes Mal verstärkte ich die Konzentration – Kopfschmerzen kündigten sich an.

Das Kleid ..., das Granny trägt, reichte bis zum Boden. Diese langen Kleider gefielen mir als Kind besonders gut und dieses Grün war eine Erinnerung wert. Wie eine Prinzessinnenrobe. Aber nur das Kleid. Ihr Gesichtsausdruck lud zur Gruselstunde und passte zu ihrer stocksteifen Haltung – als hätte sie einen Besen samt Haaren verschluckt und kämpfte nun mit Verdauungsproblemen.

Um ihren Hals hing eine Kette. Ein Anhänger funkelte – wieder Grün. Irgendwie ist alles an ihr Grün ...? Schade, die Haare nicht, das hätte dieses streng angelegte Konzept etwas aufgeheitert. Dieser Gedanke verschlechterte die Konzentration sofort um ein gravierendes Stück. Die Schärfe verblasste immer weiter, und trotzdem war die Erinnerung an Grandpa ein Kinderspiel. Ein dunkelhaariger, am Ansatz der Schläfen ergraut, schmunzelnder Mann, der seinen Humor nicht verloren hatte. Wie kam ich auf diesen Gedanken? Und wieder verlor ich ein Stück mehr das Bild. Schneller versuchte ich, alles in mich aufzusaugen. Sein schwarzer Anzug saß maßgeschneidert. Eine seiner kräftigen Hände ruhte auf Großmutters linker Schulter und in der anderen hielt er einen Stock – mehr aus dekorativen Gründen als aus gesundheitlichen.

Seine Augen meines Gran Pier (so sein Kosename) waren blau und warm – die Erinnerung war klar! Diese Wärme hatte Mam von ihm. Ich mochte ihn auf Anhieb. Das kleine Mädchen am Klavier neben ihrer Mutter, verspürte auch diese Zuneigung.
Das Amulett! – Ich musste noch mal zurück! Doch die Erinnerung ließ es nicht zu.
Sie packte beide Fotos wieder in die Schachtel.

Mit letzter Kraft versuchte ich, die kleine Cleo zu überzeugen, Mam davon abzuhalten. Es war unmöglich. Es war eine Erinnerung. Bereits geschehen – vergangen. Frustriert schlug ich mit geballten Fäusten auf die Arbeitsplatte und verlor damit den letzten Rest dieser Erinnerung. Langsam verzog sich der Nebel. Blinzelnd sah ich mich um. Ilvy lehnte, den Kopf in den Händen abgestützt, am Tresen und beobachtete mich sichtlich fasziniert. Verwundert sah ich mich um. Hatte ich nicht auf dem Tresen gesessen?
Mein Gegenüber richtete sich auf. Sie schien beschlossen zu haben, dass ich mich wieder ganz im Hier befand. „Wo warst du?" Gespannt umrundete sie die Kücheninsel, stellte sich neben mich und schnappte nach meinem Handgelenk.
„Nicht ganz ... hier."
„Hm. Das habe ich bemerkt." Ihr Blick schweifte unauffällig zu ihrer Uhr. „Dein Puls rast." Unsere Augen trafen sich. „Was hast du gesehen?"
So genau wie mir möglich schilderte ich ihr das Erlebnis – es gestaltete sich wie ein Puzzle. Zwischendurch trank ich gierig einige Schluck kaltes Wasser. Sie machte sich Notizen und versuchte mich davon zu überzeugen, eine Skizze des Amuletts anzufertigen. Was dachte die von mir?! Ich war weiß Gott weit entfernt von jedem zeichnerischen Talent. Somit beschränkte sich das meiste auf Ilvys unleserliche Kritzeleien.
Nachdem ich alles noch einmal durchgekaut hatte, war das ursprüngliche Hungergefühl wie weggeblasen. Nachdenklich saßen wir uns gegenüber. Totenstille.

Diese Schachtel. Sie ging mir nicht mehr aus dem Kopf – weinrot und gold. Seit jenem Tag hatte ich sie nicht mehr gesehen. Wo war sie? Unsere Blicke trafen sich.

„Ist sie noch dort?"

Schulterzucken. „Lass uns nachsehen." Eilig verließen wir die Küche.

Mit zwei Meter Abstand fanden wir uns vor dem beschriebenen Schrank ein. Dad hatte ein paar von Mams Sachen gemeinsam mit Herta auf dem Dachboden verstaut oder an wohltätige Organisationen weitergeleitet.

„Ich hab' keine Ahnung, ob die Schachtel überhaupt noch existiert." Der Mut sank mir bis zu den Knien. Eine warme Hand legte sich auf meine nackte Schulter.

„Ich bezweifle, dass dein Dad oder Herta etwas weggegeben haben, ohne hineinzusehen." Ihre Unruhe war deutlich an dem Gezappel zu erkennen. „Aber wenn es nicht mehr da drin ist, wo ist es dann?" Schweden-Girl zeigte unsicher auf den Schrank und verlieh meiner Furcht Worte.

Mit einem tiefen Atemzug zog ich den Mut wieder auf Brusthöhe. „Lass es uns herausfinden." Sie blieb dicht neben mir, als ich vortrat und die Schranktüren öffnete. Hey! Seit wann hatte Ally auch den in Beschlag genommen?

Make-up-Täschchen. DVDs, Schmuddel- und Schundzeitschriften, Schachteln – nur leider die falschen. Auf einer stand „Fotos", aber darin befanden sich Briefe ohne Stempel und welche die retourniert worden waren. Retourniert? Interessiert warf ich einen genaueren Blick darauf. „Verdammt! Weißt du was das ist?" fragte ich Ilvy.

Kurz blickte sie von der unerwarteten Ausbeute zu mir. „Nö, sag's mir."

„Briefe. An Tristan."

„Was?!" Erstaunt wandte sie sich mir zu.

Komplett perplex zeigte ich ihr die Box. „Retourniert. Er hat nicht einen einzigen gelesen." Langsam blätterte ich sie durch. „Keiner ist geöffnet."

„Glaubst du es ist die falsche Adresse?"

Ich betrachtete einen der Umschläge eingehender und schüttelte den Kopf: „Ich hab die gleiche."
„Schau, da sind auch Postkarten." Ilvy verschob die Briefe. Die Schrift auf den Karten war uns beiden bekannt.

Liebe Allegria,
dein Grandpa und ich gratulieren dir
zu deinem 18. Geburtstag und
wünschen dir viel Lebensfreude und
Gesundheit!
Alles Gute für die
Abschlussprüfungen und
Deine weitere Zukunft.

Deine Großeltern

„Interessant." Ilvy zog die Karte heraus.
„Findest du?" Angepisst nahm ich sie ihr wieder weg und stellte die Schachtel an ihren Platz zurück. Hoffentlich bemerkte Ally nichts. Warum nervte es mich, dass sie normale Postkartengrüße von unseren Großeltern erhielt und ich nicht.
„Kein sinnloses Wort, nicht einmal ein Reim – nichts lässt bei ihr auf eine Prophezeiung schließen." Verwundert sah mich das Schnüffelmonster an.
„Ich weiß." Sollte ich die andere auch öffnen?
„Ihre klingt so nett." Angewidert klang ihre Stimme. „Ganz anders als deine."
„Ich weiß!" Verdammt! Ich zog an einem anderen Karton. Er klemmte?
Etwas energischer, tollpatschig, er entglitt mir und krachte zu Boden. Natürlich sprang der Deckel auf und der gesamte Inhalt verteilte sich auf dem Boden. „Scheiße!" Gemeinsam knieten wir da unten und sammelten die verstreuten Fotos ein. Fehlte nur noch, dass meine Ach-so-tolle-Schwester genau in diesem Moment gedachte, heim zu kehren.

„Ach du Schande! Ist das Ally?" Wie versteinert hing Ilvys Gesicht über einem Foto „Die ist ja voll besoffen auf dem." Das Bild landete direkt unter meiner Nase. „Wo ist das?" Dieses Direkt-vor-der-Nase-Ding entwickelte sich langsam zu einer blöden Angewohnheit von ihr. Doch das wurde augenblicklich egal ... Schock! Ja, das war Ally. Gott schütze sie! Wenn Dad das sah, war sie tot. Mausetot. Sie stand im Mini-mini-mini-Rock auf einem Tisch – verdammt, man konnte sogar den Ansatz ihres Slips sehen – und trug nur ein kurzes, sehr kurzes und hautenges Tank Top ... ohne BH! Man konnte die Brustwarzen erkennen. In einer Hand jonglierte sie ein Glas mit einer gelblichen Flüssigkeit – Bier? –, und in der anderen schwang sie eine Zigarette. Es schien, als würde sie tanzen. Jungs, Alter schwer einzuschätzen, standen um den Tisch und jubelten. Zwei ihrer Freundinnen versuchten offensichtlich, sie herunter zu zerren. Beide wirkten nüchtern oder zumindest zurechnungsfähig.

„Schwer zu erkennen." Zu dunkel die Umrisse.

„Sie hat kaum etwas an." Gut erkannt, Sherlock! „Warum bewahrt sie solche Dinge in diesem Schrank auf? Dermaßen ... offensichtlich?" Die Frage war mehr als berechtigt. Warum bewahrte sie derartiges hier auf? Gedankenversunken tippte ich mir mit dem Foto ans Kinn und sah Ilvy an. Warum bewahrte man überhaupt so etwas auf? „Was denkst du?"

„Hm." Nachdenklich betrachtete sie den Inhalt des Schranks. „Ihr wusstet alle, dass er ausgeräumt wurde?"

„Mehr oder weniger. Bei mir zog's irgendwie im Stillen vorüber." Ich warf einen weiteren Blick auf das Foto. Gemeine Gedanken bildeten sich. Was ich alles damit anstellen könnte ... Ein ruhiges Leben – ohne Schikanen. Das perfekte Druckmittel. So schnell konnte ich gar nicht schalten, tauchte mein innerer Engel auf und drohte mir mit bösem Blick und erhobenem Finger. Schon gut – ich bin ja nicht Ally!

„Vielleicht dachte sie, dass es hier sicher sei."

„Warum?", verständnislos sah ich mich um. „Mitten im Wohnzimmer? Jeder geht mehrmals täglich daran vorbei."

„Und jeder wusste, dass hauptsächlich deine Mutter hier Dinge aufbewahrte, und keiner von euch würde ihn freiwillig öffnen, nicht du und auch nicht dein Dad, und warum sollte Herta das tun?" Das war gut. Sogar verdammt gut! Verdreht, aber sehr gut. Diese konfuse Kombinationsfähigkeit musste man ihr wirklich lassen.

Einleuchtend nickte ich ihr zu. „Das würde zu Ally passen."

Wir legten die anderen – uninteressanten – Fotos zurück in die Schachtel, verschlossen diese und hofften, wieder alles an die richtigen Stellen sortiert zu haben.

Ratlos standen wir vor dem Schrank. Was nun?

„Warum hat deine Mam England verlassen?"

Aus welcher Ecke kam diese Frage? „Keine Ahnung. Sie hat nie darüber gesprochen. Ich kann Dad fragen, der weiß das sicher." Dachboden ... Zwei Gedankengänge waren immer schwierig, zu einem zu bündeln. Irgendwie gelang es mir dann doch. „Lass uns raufgehen. Auf den Dachboden. Dort lagern Mams Sachen. Vielleicht finden wir dort etwas."

Achts

„Hatschiii!" Schon wieder. Das war bereits das dritte Mal, seit wir es geschafft hatten, auf den Dachboden zu gelangen. Ich war der Meinung, dass ich bereits den schlimmsten Kampf bestritt, aber hier hochzukommen, war ein außer Kontrolle geratener Bürgerkrieg.

„Gesundheit." Ilvy stand immer noch mit kaltschweißiger Stirn an der offenstehenden Tür.

Die Lungenflügel weigerten sich, die eingeatmete verbrauchte Luft wieder abzugeben, ich versuchte, nicht mehr so tief einzuatmen – verdammte Hausstauballergie! Kaum vorstellbar, was sich alles über die Jahre ansammelte. Der Blick schweifte durch den Raum. Kartons, Kisten, veraltete Möbel ... wofür? Falls Ally auszog und sich keine leisten konnte. Erinnerungsstücke, die ich zum Großteil nicht kannte. Und Staub im Überfluss – die Nase kribbelte erneut. Langsam traten mir Tränen in die Augen. Herta setzte sicher keinen Fuß an diesen Ort der Vergangenheit – ich verstand sie vollkommen. Innerhalb dieser Wände lagerten Dinge, von denen wir, oder hauptsächlich unsere Eltern, sich nicht trennen konnten.

Sollte ich ein Fenster öffnen? „H-ha." Mit dem Handrücken rieb ich mir über die Nase. Dann eben nicht. Vorsichtig – bloß keine hektischen Bewegungen – drehte ich mich zu Ilvy. Langsam kam sie wieder zu sich. Meinen Körper überzog erneut eine Gänsehaut bei dem Gedanken, was wir auf halbem Weg hier herauf erfahren hatten – oder nicht erfahren ... Kurz gesagt, meiner Besten hatte schlagartig der Mut verlassen.

Das letzte Stockwerk war zu hoch – wir lebten in einem ganz normalen Einfamilienhaus: Keller, Erdgeschoß, erster Stock und Dachboden – AUS!

Sie hatte ein echtes Problem, wenn es darum ging, hochhinaus zu wollen. Wir sprechen hier nicht von sportlichen oder schulischen Erfolgen, nein, von Höhenmetern. Es musste nicht mal sehr hoch sein. Ein zweites Stockwerk reichte voll und ganz aus, um diese Angst zum Ausbruch zu bringen. Vor was hat dieses Frauenzimmer keine Angst? Pferde. Höhe. Langsam machte mir das Angst. Was mich aber immer wieder in Erstaunen versetzte, dass sie ohne irgendwelche Bedenken in ein Flugzeug steigen und quer über Europa jetten konnte. Ging es aber darum, einen unbeweglichen Berg zu besteigen oder alles was höher war als ein Haus, schrillten alle Alarmglocken – Schwindel, rasender Puls, Angstzustände – das volle Programm. Der Auslöser war bislang unbekannt. Deshalb hatte ihre Mutter sie bereits als kleinen Pimpf zum Kinderpsychologen geschleppt. Mit Hypnose ging auch nichts – außer Dünnpfiff, laut Ilvy, nix gewesen. Irgendwann gab der schwedische Elternteil auf, aber ihr Dad nicht. Seine Versuche basierten vermehrt auf natürlichen Vorgehensweisen. Kleine Wanderungen in unterschiedlichen Höhen, soweit es möglich war, und beim nächsten Mal eine kleine Steigerung. Persönlich fand ich es nicht von Vorteil, dass sie Länder ihr Zuhause nannte, in denen es nur so von Bergen wimmelte. Aber von allen Lösungsansätzen fand ich den ihres Vaters am besten. Dieses Höhenproblem gestaltete sich als ein immer wieder auftretendes Alltagshindernis – Schule, Einkaufscenter, sogar unser jetziges Stammkino waren anfangs eine immense Herausforderung. Auch mit der Züricher Straßenbahn gab es unerwartet Schwierigkeiten, zu viele Steigungen. Zum Glück lebte in ihr ein starker Wille, und mit viel Überwindungs- und Überzeugungskraft schafften wir bislang die meisten Hürden.

Mit der Schule war es am einfachsten – oder anders formuliert, sie hatte keine andere Wahl. Unsere Chemie- und Physikräume befanden sich im obersten Stockwerk, und jedes Jahr schob sich unser Klassenzimmer etwas weiter nach oben. Das Shoppingcenter plus Kino hatte den Vorteil, dass sie dorthin wollte, aber ohne Training und spezielle Entspannungs- und Atemübungen bildete auch das eine ordentliche Anstrengung. Mittlerweile überschritt sie diese Eingangstüren ohne jegliches Zögern. Spontan ging aber kaum etwas. Bei meinem Tandemsprung hatte sie Höllenqualen gelitten, auch wenn sie mit beiden Beinen fest am Boden gestanden war.

Bei der Mitteilung – auf zum Dachboden – wurde sie totenbleich und schüttelte benommen den Kopf. Der letzte Vorfall war zwei Jahre her, darum hatte ich nicht mehr daran gedacht; leider hatten wir noch nie den Dachboden erkundet. Warum auch? Mit dieser Hausstauballergie fand das Nies-Karussell kein Ende. Apropos: „Hatschiii!" Endlich! Das andauernde Kitzeln in der Nase nervte gewaltig.

Die Chance, Ilvy aus dem Wohnzimmer zu bekommen, hatten bei weniger als Null gestanden. Betteln: ich sah mich bereits zu ihren Füßen auf dem Parkett kniend. Endlich wieder eine greifbare Spur, keine hypothetischen Vermutungen und Recherchen aus dem Internet, und dann verweigerte meine Beste mir ihre Unterstützung. Haben wir nicht alle unsere Probleme? Am Ende war der Geduldsfaden zum Zerreißen gespannt. Wir waren kurz vor mein Zimmer gekommen, und ich zog und zerrte an ihr – doch dieses durchgeknallte Stück von Freundin war in eine Art Angststarre verfallen, die sich erst wieder löste, als ich die Absonderungen ihrer Hilflosigkeit mit voller Wucht zu spüren bekam. Mein Fehler! Die Hände beruhigend auf ihren Schultern gelegt: „Ilvy, der verdammte Dachboden liegt genau über meinem Zimmer." Ein gewisser Hauch von Hysterie hatte sich in meine Stimme geschlichen. „Die identische Treppe, die auch in dieses Stockwerk führt. Du brauchst auch nicht aus dem Fenster zu schauen. Stell dir doch vor ... du gehst in den ersten Stock." Das war definitiv einer der blödesten Hinweise, die man in einer derartigen Situation geben konnte. Reflexartig wird genau das getan, das man vermeiden sollte, und alles wird dadurch nur schlimmer – natürlich sah sie zum Fenster hinaus! Zum Glück klammerte sich Ilvy an das Treppengeländer, als sie mir eine Art unbewussten Stromschlag verpasste. Natürlich hatte ich keine Ahnung, wie sich ein derartiges Brizzlerlebnis in der Realität anfühlte. Wenn es diesen innerlich verbrennenden und unerträglichen Kribbel-Zuckungs-Gefühlen, die sich wie Lavawellen durch die Blutbahn schoben, nur ansatzweise ähnelte, war ich nicht scharf auf ein Live-Erlebnis. Wie schlimm musste diese Angst in ihr arbeiten, wenn meine Gabe mit dieser Wucht darauf reagierte? Wer weiß, am Ende wäre sie die Treppe wieder nach unten gepurzelt.

Meine Hände wurden von ihren Schultern geschleudert, und ich landete drei Meter von ihr entfernt, mit dem Hinterteil zuerst, auf dem Boden. Handflächen und Sitzfleisch brannten wie Feuer. Schockiert sah ich darauf hinab. Im Geiste nahm ich imaginären Qualm und schwarze Bremsspuren wahr. Ich hatte Angst, den Po abzutasten. Was würde mehr schmerzen? Das geprellte Hinterteil oder die Reibung der Handflächen daran? Sicherheit war in diesem Moment ein guter Begleiter, und ich blieb, wo ich war. Langsam fragte ich mich, wer hier die Gabe aufgebrummt bekommen hatte. Aber es weitete auch die Gehirnwindungen über Ilvys Hilflosigkeit in dieser Situation. Schockiert riss sie die Augen auf und war sofort an meiner Seite, um mir beim Aufstehen behilflich zu sein. Im ersten Moment zögerte ich, gedanklich war ich immer noch bei meinem Allerwertesten. Kopfschüttelnd ließ ich mir von ihr auf die Beine helfen. Benommen torkelte ich ein paar Schritte zur Seite – wow! Was war das? –, bis ich gegen die Wand rempelte. Von ganzem Herzen wünschte ich mir unseren Kühlschrank herbei, in dessen Eisfach die Hände einen wunderbaren Platz zum Abkühlen gefunden hätten. Etwas humaner schoben sich die Wellen des Schlags durch meinen Körper, begleitet von Ilvys Angst, die mir die Schweißperlen aus den Poren trieb. Der Schmerz zog sich in die Körpermitte, zurück zu den anderen tosenden Blitzen. Erschöpft sank ich entlang der Wand zu Boden. Die Haut glühte, und im Inneren bildete die Angst einen dicken zerstörungswütigen Eisberg, der mit jedem dieser Energieschläge wuchs – und er wuchs verdammt schnell! Jede dieser Wellen rüttelte am Körper. Erschrocken verkrampften sich die Muskeln noch weiter, in der Hoffnung, den nächsten Schlag auf diese Art ein wenig abmildern zu können. Dann kapierte ich: Ilvys Arme umklammerten mich, fest drückte sie sich an mich und wiegte mich hin und her. Wie ein kleines Kind, das gerade einen Krampfanfall erlitten hatte und Schutz brauchte. Doch diese Umarmung hatte noch einen anderen Effekt. Die Wellen kehrten langsam wieder an ihren Ursprungsort zurück – zu ihr. Interessant ...

In ihren Augen standen Schock, Schuldgefühle, und die Angst lauerte im Hintergrund. Versteckt lag Furcht darin, und dann offenbarte sie sich mir auf eine Weise, mit der ich absolut nicht gerechnet hatte ...

Kleine Kinderhände, die hektisch versuchen, etwas zu greifen.

Was, ist nicht zu erkennen. Alles ist verschwommen. Sind es Tränen, die das Bild verfälschen? Das Kind kann ich nicht sehen, nur ihre kleinen ausgestreckten Hände.

Eindeutig, dieses Mal befand ich mich nicht außerhalb. Doch diese Szene war mir gänzlich unbekannt: Ich stehe auf einem Stein, nein, auf einem Felsen, an einer Klippe – STOPP! Nicht weiter. Das Bild wackelt zu stark. Es ist schwer, genaueres zu erkennen. Warum schwankt es so – wie in einem Stummfilm? Eine Gänsehaut überzieht den Körper. Eine neue Welle der Angst formt sich. Macht sich startbereit für den Countdown. Bewegungen, immer hektischer, je weiter ich mich über den Rand der Klippe beuge. Umrisse von Bergen kann ich erkennen. An abgelegenen hohen Stellen schimmert es weiß. Aber es sind nicht meine Berge ... Und dann seh ich es!

Dort in der Tiefe! Etwas liegt dort. Die Umrisse werden klarer – nicht etwas, sondern jemand! Abgestürzt.

Und dieser zuckende Film, verursacht durch mein Schluchzen, mein Weinen und mein hektisches Atmen. Vielleicht verursacht durch ..., nein, der Person.

Und doch war es nicht mein Weinen, nicht mein Schluchzen und nicht mein Atem ...

Erschrocken von dieser Erkenntnis, riss ich mich mit aller Gewalt von dem Bild los – „Lass mich!" – und auch von Ilvys blauen Augen. Verunsichert kämpfte ich mich aus ihrer Umklammerung frei.

„Cleo." Sie versuchte, unsere Augen aneinander zu binden. „Was hast du gesehen!"

Wackelig rappelte ich mich in eine aufrechte Position. Warum ich? Warum konnte ich nicht mit einer Gabe bestraft werden, die mich nicht so tief berührte? Die mich nicht so dermaßen ins Unglück anderer Menschen riss?! Ilvy trat vor mich, hielt sich aber im letzten Augenblick zurück, mich an den Schultern zu berühren. Bitte nicht! Ich konnte sie nicht ansehen. Was, wenn das noch nicht alles war? Wenn diese Vision noch nicht zu Ende war ...

„Ich bin gleich wieder da." Ohne ein weiteres Wort stürmte sie die Stufen hinunter.

Ja klar, runter geht's immer einfacher. Die Reaktion meines verschollenen inneren Ichs auf diesen Kommentar war nicht ladylike. Klar, jetzt wagst du dich auch wieder aus deinem Versteck. Meine kleine feige Nudel setzte sich mir gleichgestellt auf die imaginäre Treppe und bemitleidete mich für einen Augenblick. Bis es versuchte, mir klar zu machen, was ich da eigentlich gesehen hatte.

Das war nicht ich?! Es nickte.

Ilvy ... War das vielleicht der versteckte Hinweis auf ihre Höhenangst? Was sollte ich mit diesen Informationen anfangen? Und wer war die Person in der Tiefe? Wieder legte sich diese Gänsehaut über meinen Körper. Unruhig suchte ich nach klaren Gedanken, um sie doch wieder zu vertreiben. Das hatte keinen Sinn. Ilvy hatte nie einen Absturz erwähnt. Wie alt war sie in dieser Vision? Diese kleinen Hände. Ich versuchte, sie mir wieder ins Gedächtnis zu rufen. Klein. Sehr klein.

Keine vier Jahre oder so? Meine Erfahrung mit Kinderhänden beschränkt sich auf meine eigenen, und selbst sah man diese Zeit aus einem anderen Blickwinkel. Zustimmend nickte meine kleine Wichtigtuerin. Trotzdem begann sie im nächsten Augenblick, wieder mit mir zu diskutieren. *Was willst du ihr darüber erzählen?*

Sollte ich überhaupt etwas sagen? Dazu tendierte ich verstärkt. Und falls ich etwas sagte, womit soll ich beginnen?

Ilvy tauchte auf und reichte mir ein Glas eiskaltes Wasser, das ich dankend entgegennahm. Sie setzte sich, mit einem guten Stück Abstand, auf die Treppe. In einem Zug kippte ich das Wasser in mich hinein. Keine Ahnung, was ich mir davon erhoffte: Die glühende Haut von einer Abkühlung zu überzeugen oder den Eisberg einzufrieren?

Keines von beiden gelang. Nur eines konnte beides für diesen minimalen Augenblick vertreiben: Zeit und eine Aussprache. Ja, ich hatte mich entschieden.

Ersteres entriss sie mir nach dem zweiten Atemzug. „Was hast du gesehen?" Sie nahm mir das leere Glas aus der Hand. Zitterte ich? Oder warum war ich Glasunwürdig? Die richtigen Worte. Wofür? Was hatte ich gesehen?

„Ich weiß, dass es meine ... meine Angst war, die dich durch die halbe Etage geschleudert hat." Frustriert fuhr sie sich mit der Hand durch ihre Igelfrisur. „Aber da war noch was. Hab' ich recht? Du ... du hast etwas gesehen. Es stand in deinen Augen. Sie waren, ... sie waren weit aufgerissen, und wie du dich von mir losgerissen hast ... Du nimmst immer eine ganz eigene Haltung ein, und deine Pupillen sind so ganz anderes, ... unnatürlich." Hm. Wollte ich wissen, wie ich wirkte, wenn ich in die Vergangenheit trampte? Nein, diese Info lockte mich nicht aus der Reserve – eindeutig gruselig. Was die zurechtgelegten Worte betraf, ich hatte nicht mal den Hauch einer Chance, etwas zu leugnen, selbst, wenn ich dies geplant gehabt hätte. Die letzten blitzenden Wellen verließen schleichend den Körper, und ich merkte wie der Eisberg der Sonne entgegen glitt.

„Das mit der Angst ist richtig." Einem weiteren Glas Wasser wäre ich nicht abgeneigt. Der Mund fühlte sich an, als hätte ich Mehl gegessen. „Sie kam wie ein harter Stromschlag, und viele kleine weitere folgten." Abwechselnd massierte ich die Handflächen. „Immer wieder von neuem." Ich vermied es, genauer ins Detail zu gehen, es würde ihr nur mehr Kummer bereiten. „Eigentlich solltest du die Hexe sein. Mit dieser Power in den Schlägen nietest du jeden um." Zumindest zauberte dieser Kommentar etwas Humor in das ganze Geschehen und ein kleines Lächeln auf ihr Gesicht.

„Vielleicht." Leider nur ein kleines, sie atmete tief durch. „Aber das ist nicht alles. Ich hab's gesehen Cleo. Du hast ... du hast einen Blick auf meine Seele erhascht. Ich hab' es gefühlt. Was hast du gesehen?" Mit jedem Wort wurde ihre Stimme eindringlicher. Fast flehentlich. „Was weißt du, was ich nicht weiß." Tränen funkelten in ihren Augen. Das machte mir Angst!

„Ich weiß nicht, was ich gesehen habe, aber ich kann es dir beschreiben. Doch zuerst muss ich dich etwas fragen." Mut, Mut, komm herbei. Ich brauch' dich. Lass mich nicht im Stich!

„Sicher. Frag."

„Gab es ... hm ... gab es in deiner Familie jemals einen ... einen Unfall." Verständnislos sah sie mich an. „Keinen Verkehrsunfall, eher in der Natur oder so."

Ihr Blick wurde bohrend, dann wandte sie ihn ab und starrte auf das Glas in ihren Händen. Die Minuten verstrichen und ich wartete. Der Kampf war offensichtlich. Sie spürte etwas tief in sich drin, aber sie konnte es nicht greifen. Vielleicht war es zu lange her. Oder jemand hatte versucht, ... es zu löschen. Die vielen Besuche beim Psychofatzke, der Hypnose-Versuch. Alles von ihrer Mutter eingefädelt.

„Du bist dir nicht sicher, oder?"

Unsicher sah sie aus dem Fenster. Die Sonne schlich um die letzte Hausecke.

„Nein, bin ich nicht. Ich weiß, dass irgendetwas irgendwann mal vorgefallen ist. Aber ich weiß nicht was." Auf einmal wirkte sie müde und ausgezehrt. Erst da kam mir in den Sinn, dass die vergangenen Stunden auch für sie anstrengend gewesen waren, nicht nur aufregend, und dann das noch.

„Soll ich dir sagen, was ich gesehen habe?" Nun wirkte sie unsicher. Rutschte am Treppenabsatz hin und her. Vielleicht sollte ich wieder das Glas übernehmen?

Nach einer gefühlten Ewigkeit straffte sie die Schultern. „Ja. Erzähl es mir!" In ihrer Stimme klang nichts von der vorangegangenen Unsicherheit.

„Gut." So genau wie möglich schilderte ich ihr die Erlebnisse. Versuchte, mich an Details zu erinnern, die für mich vielleicht unwichtig waren, aber bei ihr etwas auslösen könnten. Erst als sie mich nach der Beurteilung der Situation fragte, teilte ich ihr meine persönlichen Gedanken mit. Auch die Hypnosesache betreffend.

Weitere stumme Minuten verweilten wir auf der Treppe. Während der Schilderung war sie immer unruhiger geworden und dann bei der Klarstellung, dass es sich um einen Menschen gehandelt hatte, der dort in der Tiefe lag, zusammengeschreckt und in eine Art Totenstarre verfallen.

Sollte ich etwas sagen? Was nur? Mein kleiner innerer Klugscheißer stupste gegen das Zwerchfell. Na toll! Lass diesen Mist!

„Ilvy." Als ich sie ansprach, sog sie tief die Luft in ihre Lungen und ließ diese langsam und präzise wieder entgleiten – ah! Atemübungen. „Sagt dir das was?"

„Ich ... Ich bin mir nicht sicher." Hektisch befeuchtete sie ihre Lippen. Lieber noch mal numerisch durchatmen. „So wie du es geschildert hast, wirkt es wie ein Déjà-vu auf mich." Man was ging da unterbewusst vor sich. Eins war klar, so kamen wir nicht weiter. Vielleicht sollten wir eine Nacht darüber schlafen, vielleicht sollte sie auch mit ihrem Dad sprechen. Vielleicht wusste er mehr. Eindeutig zu viel vielleicht. Sie sollte nach Hause. Schließlich ging es mir besser, und im Spiegel konnte ich mich auch wieder ansehen, ohne zusammenzuzucken. Na ja, das war gelogen – trotzdem!

„Komm." Ich stand auf und zog sie mit mir hoch. Das Glas hatte ich auf die Fensterbank gestellt, und Hand in Hand schritten wir die letzten Stufen nach oben.

Da standen wir nun. Ich, zwei Meter weiter im Raum als sie, mit einer juckenden Nase und sie mit überfordertem Innenleben. Diese verdammte Gabe – sie veränderte mein ganzes Leben! Alles wurde nur ... komplizierter deswegen. Wütend ballte ich die Hände zu Fäusten. Ich öffnete sie erst wieder, als der Schmerz unerträglich wurde. Nachdenklich betrachtete ich die Abdrücke meiner Fingernägel an der Innenfläche. Schluss damit! Um eines der Fenster zu öffnen, überwand ich ein paar Kisten. Der Windzug würde den Staub noch mehr durch den Raum wirbeln, aber zumindest erhielt meine Nase frische Luft. Endlich. Erleichtert stand ich davor und atmete die sanfte Brise ein. Von hier oben war der riesige Raum besser zu überblicken, und bei dem Anblick sank der Optimismus in die kleinste Zehe – ich hatte es eindeutig unterschätzt. Verdammt, was hatten wir alles in den letzten Jahren gedankenlos hier nach oben geschleppt? Typischer Sammlertrieb. Das würde Tage dauern, alles zu durchsuchen. System hin oder her.

Mein kleiner innerer Kumpel klopfte mir tröstend auf die Schulter. Das half nichts – ich brauchte einen Lösungsvorschlag, und zwar schnell.

Die Luft verlor nur mäßig von ihrem stickigen Anteil, und mir graute davor, das staubfreie Plätzchen hier oben neben dem Fenster aufzugeben. Was blieb mir anderes übrig? Schließlich waren wir hier, um etwas zu finden. Nach Orientierung suchend, nahm ich den Dachboden genauer in Augenschein. Irgendwann hatten wir begonnen, eine Art Raumaufteilung in das Durcheinander zu bringen. Nach Mams Tod war nichts mehr davon zu erkennen. Ihre Kisten verstreuten sich über den Raum. Ein trockener Husten meldete sich aus den Katakomben des Brustkorbs – aha, waren die Staubkörner bereits hier angelangt? An einer Wand lehnte mein Cello, dessen Kasten verlassen vor sich hin verstaubte. Daneben standen einige Kisten von mir und meine ersten Ski plus Schuhe. Mann, waren die klein. Eindeutig meine Ecke – uninteressant.

An einer anderen Wand war ähnliches aufgehäuft. Allys Seite – ebenso uninteressant.

Weiter hinten befand sich Mams und Dads Ecke. Dort stand der größte Teil der Kisten, fein ordentlich gestapelt. Eine Reihe war verrutscht, als hätte jemand etwas ohne Rücksicht herausgezogen. Diese Seite zog verstärkt an meiner Aufmerksamkeit, genauso wie die Schachtel- und Kleidersack-Pyramide zu meinen Füßen – das mussten Mams Sachen sein. Einfach abgestellt. Vergessen oder mit der Absicht zu vergessen.

Wohin zuerst? Die Sonne lag bereits tief, und das Licht hier oben war weniger als spärlich. Die Zeit drängte. Ich musste mich beeilen, um noch ausreichend zu sehen.

Als ich wieder von dem Schachtelpodest springen wollte, stand Ilvy vor mir. Abwartend setzte ich mich auf eine der Kisten und ließ die Beine baumeln. Was war los? Warum rang sie die Hände und schaute zu Boden? War ihr das auf der Treppe etwa peinlich?!

„Hej?"

„Tut mir leid."

Oh mein Gott! „Was, verflucht?" Mit aufkeimender Wut im Bauch sprang ich runter, stellte mich neben sie und legte eine Hand auf ihre Schulter.

„Dass ich so außer Kontrolle geraten bin."

Interessante Formulierung. Ich hob beide Augenbrauen – darüber würde ich später nachdenken, aber jetzt: „Wenn du das schon außer Kontrolle nennst, was bin dann ich seit zwei Tagen?"

Endlich hob sie den Kopf und sah mich an. „Du kannst nichts dafür ..."

Moment mal! „Du etwa?" Dieses sinnlose Thema musste beendet werden. „Ilvy, du weißt, dass wir keinen oder kaum Einfluss darauf haben, was andere tun oder was von mir aus auch das Schicksal für uns bestimmt hat, aber was wir tun können, ist unser Leben selbst in die Hand zu nehmen und zu gestalten. Ich kann nichts für meine blöden Gene, und du kannst nichts für deine eigenartige Höhenangst. Die dich interessanterweise nicht mehr zu belasten scheint, für den Moment zumindest.

Wie dem auch sei, aber was wir tun können, ist das Beste daraus zu machen und nicht den Kopf hängen zu lassen." Während meines Minivortrags nickte sie fleißig, und langsam zeichnete sich auch wieder ein Lächeln auf ihrem Gesicht ab. Mein inneres Ich stupste mich mit seinem Besenstiel an. Was? Fegst du jetzt schon imaginären Staub? Was ist mit dir? Es lehnte sich darauf und deutete auf mich und auf sein Herz. Ich wurde nicht schlau daraus und schob es zur Seite, um mich wieder auf das Nervenbündel neben mir zu konzentrieren: „Alles wieder im grünen Bereich?"

„Naja. Ja." Neugierig blickte Ilvy sich um. „Wo sollen wir anfangen?"

„Gute Frage. Aber ich schlage vor, du nimmst diesen Haufen ganz vorne", ich deutete auf die Kleidersäcke. „Und ich versuche herauszufinden, was da hinten entfernt wurde" Zustimmendes Nicken. „Wir haben nicht viel Zeit, das Licht wird immer weniger." Schnell machten wir uns an die Arbeit.

Die Zeit, die wir dort oben verbrachten, verflog, ohne eine Spur zu hinterlassen. Irgendwann stand sie neben mir. „Ich kann fast nichts mehr erkennen."

Stocksteif richtete ich mich aus der gebeugten Haltung auf – autsch – und griff mir an den unteren Rücken. Verdammt, so musste sich Herta nach der Gartenarbeit fühlen. Nochmal autsch! Wie ein Pendel schwenkte ich den Oberkörper und war froh über die Gegenbewegung. Bewusst ignorierte ich den Lachkrampf, den mein inneres Ich von sich gab – dieses kleine Miststück lag doch glatt am Boden, hielt sich den Wamst vor Lachen. In den Augen glitzerten sogar die ersten Lachtränen. Kopfschüttelnd ließ ich dieses fiese Ding ohne weitere Reaktion hinter mir. „Du hast recht." Ein prüfender Blick glitt zum Abschluss über die Kisten. Wir hatten den Großteil geschafft und trotzdem nichts gefunden. Mams Sachen entdeckt, und geprüft. Jede Handtasche durchwühlt. In jede Hosentasche gegriffen, aber darunter befand sich nichts Wertvolles – nichts, das uns hätte weiterbringen können. Die Kiste, nach der ich Ausschau gehalten hatte, war nicht auffindbar. Frustriert griff ich mir mit den Fingern in die Haare, ballte die Hände zu Fäusten und zog an den Strähnen. Der Schmerz schoss mir augenblicklich in die Kopfhaut. Während dieser sinnlosen Suche hatte sich die positive Erwartung, etwas zu entdecken, so dermaßen in die Höhe gepuscht, dass sich jetzt schlagartig alles in Enttäuschung und Wut entlud ... die ganzen Erinnerungen, die jedes Kleidungsstück und jeder Gegenstand in mir hervorgerufen hatte, ... Ich zwang mich, nicht weiter darüber nachzudenken. Hielt alles fest in mir drin unter Verschluss. Doch wenn es genug war, war es genug! Wütend riss ich die Augen auf. Zog die Hände vom Kopf. Hastig sprang Ilvy auf. Ich trat mit dem rechten Fuß mit voller Wucht gegen einen Karton.

Oh Gott, tat das gut! Gleich noch einmal – oh ja! Die Tritte wurden immer fester und schneller. Das Adrenalin steigerte die Wut. Eine Schachtel hinterließ ich nur noch in Fetzen. Der Inhalt lag verstreut daneben. Doch das änderte nichts an dieser Zerstörungswut, es stand noch ausreichend zur Verfügung. Quer durch den Raum zog sich eine Spur dieses Vernichtungswahns. Fassungslos stand meine beste Freundin daneben. Wie wahnsinnig kickte ich auf unterschiedliche Dinge ein. Jeder Tritt war von Schreien und wilden Schimpftiraden begleitet. Der Atem ging schnell. Hektisch. Wie ein wildes Tier hielt ich neben dem Cellokasten inne. Ich war versucht, mit der blanken Faust nach ihm zu schlagen. Doch das Gegenteil geschah – damit hatte ich absolut nicht gerechnet. Kraftlos und am Ende sank ich zu Boden. Tränen und Wut. Wie konnte mir das Mam antun?! Wie konnte sie mich mit diesem ganzen Scheißhaufen alleine lassen?!

Weinkrämpfe ließen mich auf die Seite kippen. Ich lag im restlichen Staub, der sich noch nicht in eine sichere Ecke verzogen hatte. Ilvy stürmte zu mir. Zögerlich strich sie mir über den Arm. Immer noch flossen die Tränen in Strömen. Die Erinnerungen an Mam saßen noch zu tief, und ich fand es mit einem Mal absoluten Mist, hier oben herumzukramen. Dann wurde jedoch die keimende Wut auch noch angestachelt: DU hast mich allein gelassen!

Mich im Stich gelassen! Mit einer verrückten Schwester, einem Vater, der es nicht schaffte, seiner Rolle gerecht zu werden, und als kleine Draufgabe auch noch mit dieser verdammten Gabe. Warum hast du es nicht verhindert? Du hast es doch gewusst! Mit nur langsam verrauchender Wut griff ich nach herumliegenden Klamotten und schleuderte sie mit einem erstickten Schrei quer durch den Raum. Halbherzig wendete ich mich zu den Kleidersäcken, die ebenfalls unter Schreien auf der anderen Seite des Dachbodens landeten. Ilvy zog sich wieder zurück.

Eine zweite Wutwelle rollte über mich hinweg. Mit heißen Tränen im Gesicht rappelte ich mich erneut auf. Ilvy griff erst ein, als ich eine kleine Holzkiste in Richtung Fenster anvisierte. Mit aller Kraft entwand sie es mir. Schwer atmend stand ich da. Der Blick wild. Immer noch stinksauer, aber total erschöpft. Langsam verzog sich der rote Nebel. Mitten im Chaos. Ich war entsetzt. „Mein Gott, wenn das Dad sieht!", ging es mir schlagartig durch den Kopf. Aber er sah es nicht, und es betrat auch keiner den Dachboden, also hatte ich Zeit, das Chaos wieder zu beseitigen. Ohne ein Wort schnappte mich Ilvy und platzierte mich auf eine der Kisten, die ich wie durch ein Wunder verschont hatte. Dann ging sie vor mir in die Hocke und sah mich lange nachdenklich an.

„Besser?" In ihrem Blick lagen keine erschrockenen Züge, nichts Sorgenvolles. Auch kein Vorwurf. Ganz im Gegenteil, jetzt lächelte sie mich an.

„Ja." Schwer entrang sich der Atem, aber freier. Nun war es leichter, viel, viel leichter. Auch sie betrachtete die Unordnung über meine Schulter hinweg, und ich schob die letzten Tränen mit dem Handrücken aus dem Gesicht.

„Seit fast zwei Jahren warte ich darauf, dass du endlich mal so richtig ausflippst."

„Hä? Wieso?" Ein überraschter Blick traf sie.

„Trauer und Weinen, ja, ok! Aber du hast den Verlust deiner Mutter und die Wut, die du dadurch auf sie hast, weil sie dich alleine gelassen hat, in dich rein gefressen." Als ich sie unterbrechen wollte, hob sie abwehrend die Hand. „Sicher, du hast verstanden, dass der Unfall nicht ihre Schuld war; trotzdem fühlst du dich im Stich gelassen. Der Tandemsprung hat dir geholfen, aber er hat nur die obere Schicht abgekratzt." Sie zuckte mit den Schultern. „Es wurde wirklich Zeit, dass das endlich ein Ventil fand."

Das verdutzte Gesicht musste sich vertieft haben, denn sie fing an, mir zu erklären wie sie auf dieses Psycho-Gesäusel gekommen war. „Na ja, das stammt natürlich nicht von mir." Soviel war klar. „Glaubst du, etwa ich komme selbst auf so etwas?" Ne, das hätte mich auch gewundert – Ilvy und Psychologie, ja klar! „Von meinem Psychologen natürlich." Überrascht hob ich die Augenbrauen – was? – sie bequatschte meinen Scheiß bei ihrem Psychoheini?! „Nach diesen unendlichen Stunden, in denen ich lernen und erkennen musste, dass ich nichts dafür kann, dass meine Mutter so ist, wie sie ist, ich sie auch nicht ändern kann und ich trotzdem ein toller und guter Mensch bin, habe ich auch ein bisschen verstanden, wie wir Menschen ticken. Wohin wir unseren seelischen und psychischen Müll abladen und so. Übrigens ein super Typ, mein Psychologe ..." Oh je! „Mann, wenn der zwanzig Jahre jünger wäre ..."

„Oh, Ilvy, halt die Klappe!" Beide lachten wir und begannen, die Unordnung, die ich fabriziert hatte, unter Kontrolle zu bringen, soweit dies bei dem spärlichen Licht möglich war. Doch eine Frage blieb, und auf einmal musste ich die Antwort wissen. „Hast du mit ihm über mich gesprochen?"

Sie richtete sich über einem Kleidersack auf. Ihr schuldbewusster Blick sprach Bände. „Ja. Ein wenig." Mutlos sanken ihre Schultern.

Erst jetzt verstand ich, was ich damals wirklich angestellt hatte. „Ich hab' dich echt fertig gemacht."

Unsere Blicke trafen sich wieder. „So kann man es auch sagen. Du bist einer der wichtigsten Menschen in meinem Leben – wenn nicht sogar der wichtigste. Und dir ging's scheiße. Kein Wunder, aber du hast mich nur von dir gestoßen. Mir ging's echt dreckig. Er hat es gemerkt und mich darauf angesprochen." Sie räumte weiter. „Zuerst sagte ich nichts. Irgendwann brach ich dann bei ihm zusammen, und er versuchte, mir zu erklären, was in dir vorging. Er hat etwas Licht ins Dunkel gebracht." Entschuldigend zuckte sie die Schultern. Wahnsinn – womit hatte ich das verdient? Ich stellte den Besen zur Seite, ging zu dem Schweden-Girl, und nahm sie ohne Vorwarnung in die Arme. Scheiße – ich kann echt von Glück sprechen, dass ich so eine beste Freundin hab!

„Danke", flüsterte ich.

„Wofür?"

„Dass du einen derartig eisernen Willen hast und nicht aufhörst, an unsere Freundschaft zu glauben!" Wir lächelten uns an. „Schluss für heute." Ein letzter Blick schweifte über das Chaos. „Wir haben uns dieses tolle Chili echt verdient. Aber zuerst sollten wir uns entstauben. Wenn Herta das wüsste!" Lachend verließen wir den Dachboden. Unsicher knipste ich das Licht aus und schloss die Tür. Nach unserem Ausflug war das Chili perfekt, um verspeist zu werden. Wir blieben nicht die Einzigen mit knurrendem Magen. Dad war eindeutig um den Kochtopf herum geschlichen – der Kochlöffel lag achtlos auf der Arbeitsfläche. Herta und Mam hatten mir eingetrichtert, derartige Sauereien zu unterlassen. Auch war der Deckel nicht ganz geschlossen. Tztztz, Dad, wenn das Mam sehen würde! Als Ilvy unschuldig nach Reis bettelte, kochten wir auch davon ein Töpfchen – für ihren empfindlichen Magen.

Geistesgegenwärtig deckte sie auch für Ally. Eigentlich rechnete keiner mit ihrem Kommen, aber falls doch, wollten wir gerüstet sein.

„So, alles fertig. Dann hol' ich Dad." Auf dem Weg zum Arbeitszimmer hörte ich Klavierklänge. Bewusst ließ ich mir etwas mehr Zeit und begann zu grübeln. welches Lied er spielte. Hm. Aber ich kam nicht dahinter. Leise öffnete ich die Tür. Wie erwartet, fand ich ihn am Flügel. Die Lampe hinter ihm war angeknipst, seine Augen geschlossen, um sich voll und ganz auf die Töne und deren Reihenfolge zu konzentrieren. Er komponierte.

Weihnachtsabend – Ich spielte erst seit wenigen Monaten Cello, und die Bewegungen waren noch eckig und ungelenkig. Trotzdem begleitete mich Dad am Klavier zu *Kommet ihr Hirten*, und Mam hielt alles auf Video fest. Auch Ally versuchte, sich meinem unrunden Rhythmus anzupassen. Es war ein schöner Abend – Schwesterchen war zu dieser Jahreszeit immer ganz anders, was ich nie verstehen konnte Aber auch das hat sich mit Mams Tod verändert. Dad schloss auch an diesem Abend die Augen, um sich dem Rhythmus anzupassen oder Fehler meinerseits zu kaschieren.

Erleichtert, dass diese Erinnerung von mir kam, schlich ich weiter in den Raum. Vorsichtig versuchte ich, der knarrenden Stelle auf dem Parkett auszuweichen, um ihn nicht aus seiner Konzentration zu reißen. Bewusst stellte ich mich vor die Lampe, und mein Schatten legte sich über das Notenblatt. Augenblicklich standen die Tasten still, und seine Finger schwebten unbeweglich in der Luft. „Ist das Chili fertig?"

Verdammt. „Jap." Aus einem Impuls heraus umarmte ich ihn. Es tat gut, seinen Duft einzuatmen und seine Wärme zu spüren. Liebevoll drückte er meine Schulter.

Nach kurzer Zeit drehte er den Kopf. „Geht es dir gut, Mäuschen?" Er zog mich an einem Arm etwas auf die Seite, um mich besser betrachten zu können.

„Ich denke schon." Es tut mir leid, dass ich dir nicht alles sagen kann. Es wäre umso vieles leichter.

„Du denkst?" Eine skeptische Falte bildete sich auf seiner Stirn.

„Alles okay, Dad. Lass uns Essen gehen. Ilvy wartet schon auf uns." Ein letzter bohrender Blick, bevor er mir auf die Unterarme klopfte und wir gemeinsam in die Küche schlenderten.

In der Küche stand Miss-Anti-Chili-Scharf am Herd und rührte gleichzeitig in zwei Töpfen – ein erheiternder Anblick. „Endlich! Mein Magen spielt bei den ganzen Düften total verrückt." Schallend begannen Dad und ich zu lachen. Jeder bediente sich und langte kräftig zu. Für meinen Geschmack zu human gewürzt, aber naja ... Auch Ilvy schmeckte es, und sie warf ihren Kalorienzähler für heute über Bord und schlug sich den Bauch voll. Das war genug Entschädigung. Das Essen verlief gemütlich und im spaßigen Tratsch – schade, dass sie nicht meine Schwester war. Dad zog mich und Ilvy wegen unserer beruflichen Unentschlossenheit auf und wir ihn wegen seiner Geheimniskrämerei um sein aktuelles Projekt. Die Zeit verflog wie im Flug – vierundzwanzig Stunden waren eindeutig zu kurz für einen Tag; schließlich musste etwas Schlaf auch noch irgendwo reingepackt werden. Erst nach mehrmaligem Gähnen und einem tadelnden Blick aus der väterlichen Ecke, der eindeutig hieß: „Langweilen dich etwa meine Geschichten?!"

Nonverbale. Antwort meiner Unschuldsmiene: „Nein, mein liebster Vater, das würde ich mir nie erlauben." Dennoch schweifte mein Blick zur Uhr, und mir wurde klar, wie viele Stunden ich bereits auf den Beinen war.

Eindeutig zu viele!

*Prophezeiung aus dem 1. Buch
der 7. Generation*

Zu Litha geboren,
mit ihr auf immer verwoben,
wirst Du erkennen,
Gutes vom Bösen zu trennen.

JD

Neun

Die Akzeptanz

Maria und Jakob Veldenz – deren Kinder, Laurence, Lilian und Elisabeth, standen ganz oben. Laurence hatte keine Frau gehabt, Lilian war wohl auch alleine gewesen, nur Elisabeth hatte geheiratet, und zwar Giuseppe Salini. Salini ... Bei diesem Namen klingelte etwas, aber die Erinnerung war zu weit weg, als dass ich sie fassen konnte. Ich wartete einen Augenaufschlag, bevor die mysteriöse Gänsehaut den Rücken hoch kroch. Was war nur mit diesem Namen? Die beiden hatten ebenfalls drei Kinder: Constantin, Nikolaus und Tara. Von den beiden ersten waren keine Nachkommen dokumentiert. Tara war mit einem Giovanni verheiratet. Schon wieder ein Italiener. Schon wieder drei Kinder – eigenartig. Stephano, Theodore und Elisabetha. Lasst mich raten: Die ersten beiden waren unverheiratet. Langsam bekam ich Kopfschmerzen. Was für ein Durcheinander! Nein, eigentlich war es das nicht, oder doch? Das bisschen Durchblick, das ich nie wirklich hatte, ging langsam auch flöten.

Seit einer halben Stunde saß ich am Küchentisch und brütete neben dem dritten Kaffee über einem Ausdruck, der fast die Größe eines Quadratmeters einnahm. Dazu belagerte ich die Gehörgänge mit dem neuesten Nickelback-Album, das keinerlei Verantwortung für das Pochen hinter den Schläfen trug.

Mein kleines inneres Ich wirkte mit ihrer Frisur wie ein Abbild Albert Einsteins. Ob die Entstehungsgeschichte dieser abstehenden Haare von meiner Verwirrung oder seinem verfrühten Zwangserwachen herrührte, sei dahingestellt – wie man es dreht und wendet, am Ende ist es sowieso immer meine Schuld. Vielleicht waren es auch die harten Klänge der Rock-Kanadier, die es dem Schönheitsschlaf beraubt hatten. Um ehrlich zu sein, war es mir egal.

Der Rest des gestrigen Abends war mehr oder weniger unspektakulär verlaufen. Dad hatte sich wieder in seine vier Wände verkrochen. Beim Abendessen hatte er noch anklingen lassen, dass morgen die ersten Proben für ein neues Stück anstanden und er noch einiges vorzubereiten hatte.
Ilvy wollte unbedingt nach Hause zu ihrem Vater und ihn über die Vision befragen. Vision? – Nannten wir das jetzt so, wenn ich austickte und in anderen Leben herumschnüffelte, obwohl ich das gar nicht wollte?
An der Haustür hielt sie inne und scannte mich – für meinen Geschmack etwas zu lang. Nachdem ich ihren prüfenden Blick und ihr Urteil bestanden hatte, traute sie es mir dann doch zu, die Nacht alleine zu überstehen. Was dachte sie überhaupt? Dass mich die Panik überkommen und ich vom Balkon springen würde – mal davon abgesehen, dass ich mir bei dieser Höhendifferenz kaum mehr als beide Beine brechen könnte, hatte ich nicht vor, mir noch mehr Schmerzen zuzufügen. Warum auch?! Um ehrlich zu sein, war ich froh, ein paar Stunden ganz für mich und ohne Aufsicht zu haben. Nichts gegen Ilvy, Dad und Herta, aber sobald sich einer von ihnen in unmittelbarer Nähe befand, verspannte sich mein gesamter Körper und schaltete alle Sinne auf höchste Aufmerksamkeit. Es tat gut, für ein paar Stunden diesen roten Schalter auf „Out" zu legen und ihm dann den Saft komplett abzudrehen.
„Es tut mir so leid ..."
„Was denn nun schon wieder?" Langsam hatte ich diese Worte satt. „Dass du dir die Schuld an dem Sturz gibst? Das du mich von dir geschleudert hast? Dass ich einen Einblick in deine verkrüppelte Seele erhalten habe oder dass du so dumm warst und auf Marc-den-Scheißer hereingefallen bist? Ilvy, das hatten wir schon und es ist alles gut! Bitte hör auf, dich andauernd zu entschuldigen, das macht mich ganz kribbelig. Mir tut auch nichts weh,

solange ich keinen Kopfstand mache." Vorsichtig legte ich die Hände auf ihre Schultern. Beiden wollte ich etwas damit beweisen. „Du kannst beruhigt nach Hause fahren und mit deinem Dad darüber sprechen. Ich schaffe das und du genauso – nur Mut." Was wohl mehr wog? Ihr Gewissen, mich mit diesem Gendefekt alleine zulassen, oder, dass ich aussah wie nach einer Nacht im tiefen, dunklen Wald? Um sich zu beruhigen, versprach sie mir – von sich aus –, im Internet weiter zu recherchieren. Wenn sie sich dadurch besser fühlte, von mir aus! Mir war wichtiger, dass sie das mit ihrem Vater klären konnte und eine Mütze voll Schlaf bekam; schließlich musste sie in die Schule.

Nach einer Dusche und der Versorgung der Blessuren tippte ich sinnlos auf dem Lapi herum. Gab es nach geraumer Zeit auf. Die Konzentration hatte sich bereits schlafen gelegt, und bald schloss ich mich ihr an. Seit langem konnte ich von keiner traumlosen Nacht mehr berichten. Solche Nächte lösten in mir eine innere Angst aus – ich war es einfach nicht gewohnt, dass mein Spiegelbild nicht bei mir war. Erst bei Sonnenaufgang, ich hatte vergessen die Vorhänge zu schließen, geschah etwas Eigenartiges! Ich war mir jetzt, Stunden später, immer noch nicht sicher, ob ich mir das nicht nur eingebildet hatte. Ich war felsenfest davon überzeugt, dass sich eine weitere Person im Zimmer befunden hatte. Zu Beginn wollte ich es als Restschlaf-Einbildung abtun, aber ich schwöre, es lag ein Schatten auf mir. Ein warmer. Oder war es doch das Sonnenlicht? Nein, ich war mir sicher. Da war etwas!

Durch den heller werdenden Schein war es mir nicht möglich, Genaueres zu erkennen. Aber ich fühlte etwas. Das war keine Einbildung! Keine Geräusche. Keine Gerüche. Kein Luftzug. Keine Berührung. Und doch lag etwas Vertrautes in diesem Kontakt. In dieser Nähe ... Das war ausreichend. Ruckartig schoss ich vom Bett empor, ein Augenzwinkern zu viel, denn der Schatten war verschwunden und auch dieses Gefühl, beobachtet zu werden.

Lange lag ich im Bett und starrte an die Decke. Dachte darüber nach. Dad betrat mein Zimmer nicht ohne Erlaubnis, auch dann war es ungewiss. Ally, ja, aber die Tür blieb verschlossen. Herta fiel ebenso aus, sie klopfte immer. Aber dieser Schatten … Vielleicht war jemand auf dem Balkon. Genau über dem Bett, dafür stimmte der Lichteinfall nicht, und wie sollte jemand da raufkommen? Zugang gab es nur über meine Balkontür. Am Ende wollte ich es als halbherzige Halbtraum-Halbschlaf-Erwachen-Szene abtun. „Unmöglich!" Erneut setzte ich mich auf, schwang die Beine aus dem Bett und blinzelte ins Licht. Die Vorhänge, ich hatte sie am Abend zugezogen. Hundertprozentig! Nun standen sie offen …

„*Vergiss die Vorhänge! Der Postbote!*", schrie mir mein inneres Morgenmonster entgegen. „Scheiße!" Endgültig hellwach sprang ich aus dem Bett und polterte im Pyjama, den Laptop unter dem Arm, das Handy plus Kopfhörer in der anderen Hand und natürlich barfuß, die Treppe hinunter in die Küche. Beim Vorbeihuschen riskierte ich einen vorsichtigen Blick auf die andere Seite der Haustür – puh! –, noch alles leer. Oder war Ally schneller? Eiskalt rann es mir den Rücken hinab.

Ein hastiger Blick aufs Handy bestätigte mir – ich lag noch gut im Rennen. Während der Lapi hochfuhr, startete ich die Kaffeemaschine. Wieder zurück, blieb ich wie angewurzelt, den Tassenrand an den Lippen und die Augen weit aufgerissen, vor dem Bildschirm stehen.

„Verdammt. Ilvy!" Die Tasse stellte ich auf dem Tisch ab, ohne einen Schluck Koffein genommen zu haben.

Sie musste online sein. Schlief sie? Quatsch, heute war Montag – Schule.

Hatte sie ihn absichtlich auf Standby belassen? Bei genauerer Betrachtung bemerkte ich, dass ich viele, sehr viele Nachrichten via Skype empfangen hatte und die letzte enthielt eine PDF-Datei. Hä?! Verwundert setzte ich mich, aber nicht ohne zuvor noch einen Blick in den Briefkasten geworfen zu haben – immer noch leer.

Beruhig' dich! Hast ja recht. Mein kleines inneres Ich sah mich aus seiner Yogi-Position entspannt an. Yoga am

Morgen? War das nicht eher eine Abend-beruhigungs-Bett-schlaf-gut-Sache? Wie dem auch sei, ich hatte keine Ahnung.

Es war eindeutig zu früh für den Postboten.

Dad tauchte in der Küche auf. Irgendetwas stand an ... Er hatte es mir gesagt, aber der Versuch, in den Gedanken nach dem Grund zu kramen, scheiterte kläglich. Ich war viel zu beschäftigt, die Dokumente zu verarbeiten. Nachdenklich stand er am Tresen und beobachtete mich. Absichtlich übersah ich seinen eindringlichen Blick. Dachte er wirklich, ich würde das nicht merken. Natürlich entging ihm manche Veränderung nicht. Es war unmöglich zu übersehen, wenn ein Siebenschläfer zum Eichhörnchen mutierte. Nach langjährigem Training hatte ich mich als der Langschläfer unserer Sippe etabliert, und es gehörte auch nicht zu meinem Morgensport, unbeobachtet die Post anderer zu durchschnüffeln – das war Allys Lebenselixier. Großteils hatte Dad zu den Postboten-Zeiten noch nicht mal das Bett plus Polster und Decke tiefer betrachtet. Hoffentlich würde bald die Zeit kommen, an der er seine Tag-Nacht-Umkehrung wieder rückgängig machte. Heute Morgen war aber etwas anders an ihm, ich konnte nicht sagen, was. Waren es die fehlenden Augenringe, oder lag es an der knitterfreien Kleidung? – Verdammt! Er trug einen Anzug! Ich fragte ihn nicht und er fragte mich ebenso wenig nach dem frühmorgendlichen Befinden. Sein einziger Kommentar, neben einem Guten-Morgen-Gruß, war eine hochgezogene Augenbraue – wie machte er das nur?!

Nachdenklich tippte er mit dem Zeigefinger immer wieder gegen seine Kaffeetasse, während er Löcher in meine Schädeldecke bohrte. Ich hasste dieses Gefühl! Tat er das absichtlich? Wollte er indirekt meine Aufmerksamkeit erlangen? Warum sagte er dann nichts? Wartete er auf eine erneute Beichte? Reichte einmal in der Woche nicht? Dieses Missgeschick würde mich bis Ende des Jahres begleiten! Doch die Schrecksekunden zogen vorüber, nachdem ihm dergleichen erspart geblieben war. Es gab ja auch nichts zu erzählen – wie auch! Ich konnte das

Haus nicht verlassen, ohne mit der Angst zu leben, an der nächsten Ecke zusammenzuklappen, weil vielleicht die Nachbarn gerade ihren Sohn zur Schnecke machten. So blieb er Tasse klopfend auf seinem Stammplätzchen hinter dem Küchentresen stehen. Warum fiel es mir heute so schwer, ein Gespräch mit ihm zu führen? Die letzten Tage waren toll. ... Schuldbewusst schob ich den Kopf tiefer zwischen die Schultern – warum? Ich war mir keines Vergehens bewusst. Blöde Reaktionen!

„Alles klar bei dir, Mäuschen?" Ich zuckte zusammen und unterdrückte den Impuls, die rechte Hand, schützend über das Herz zu legen. Warum begann er ohne Vorwarnung zu sprechen?

„Jap, alles im grünen Bereich." Bevor ich den Kopf hob, kleisterte ich mir noch ein hoffentlich geglücktes Standardlächeln ins Gesicht – natürlich war ich gegenüber Ally in dieser Hinsicht eine Niete. „Und bei dir?" Erneut dachte ich, irgendetwas verpasst zu haben, aber mir wollte einfach nichts einfallen. Mit zusammengezogenen Augenbrauen nickte er und nippte schweigend an seinem Kaffee – dafür war ich ihm dankbar! Aber seine Beobachtungen nahmen dennoch kein Ende. Alle Zweifel waren nicht ausgeräumt – auf beiden Seiten. Bei mir war es die Unsicherheit, gepaart mit der Gewissheit, dass ich es nicht schaffen würde, ihm direkt ins Gesicht zu lügen. Darauf würde es aber über kurz oder lang hinauslaufen. Zumindest konnte ich mir damit die Schuldgefühlsreaktion von vorhin erklären. Wie sollte man seinem Erzeuger verklickern, dass mit der eigenen Tochter etwas Gravierendes nicht stimmte und dass die Frau, die er über alles geliebt hatte, aus einer Familie mit einem Magic-Gendefekt stammte? Diesen Gedanken, der alles andere als eine prickelnde Wirkung auf mich ausübte, verschob ich in eine der vielen schwarzen Ecken des Gehirns und schaffte Freiraum für Aktuelles. Die Entscheidung, mit dem neuen Face-Look zu Hause zu bleiben, war nicht schwer. Es waren nur noch wenige Tage Schule, die Noten standen fest, und mich wegen dieser Grünblau-Verfärbung schräg anquatschen zu lassen, zählte zu keinem Bedürfnis, das nach Erfüllung lechzte. Wer wusste schon, was diese neu gewonnene Gabe mit mir in der Schule anstellen würde. Nö, keine gute Idee. Ich erwartete Ilvys Berichterstattung nach der Schule. Außer ... die Nuss schlief selbst! Auf diese Schwänzer-Ausrede war ich gespannt. Nervös sah ich auf die Uhr. Nicht mehr lange und Ally würde mit ihrem Knäckebrot auf der Matte stehen. Die innere Unruhe stieg. Das war übel. Abi erledigt und dann zu Hause Abwarten und Tee trinken?!

Nach Dads Abgang hing nur mehr der Kaffeeduft in der Luft. Ich war wieder allein. Am Esstisch, mit Sicht auf die Küchentür, wandte ich mich endlich meinem ersten Kaffee zu – mittlerweile fast kalt. Nach Dads Abtauchen checkte ich zur Sicherheit doch seinen Aufenthaltsort. Das Arbeitszimmer war leer. Wo dann? Auto weg – perfekt! Ilvys Datei musste ausgedruckt werden. Dieses andauernde Herumscrollen machte mich ganz schwindlig. Ein photographisches Gedächtnis wäre ein Hit.

Wo blieb dieser verdammte Postbote? Ich musste an Dads neuen Drucker. Diese Datei zählte nicht in die Kategorie Schule, aber ich brauchte einen sauberen Druck.

Ha! Endlich! Wie verschroben war ich eigentlich?! Dad war den ganzen Tag in der Oper. Das hatte er uns gestern beim Essen erzählt. Ich verdrehte die Augen und grinste – das klappte wieder ohne Einschränkungen. Die Ansätze dieses kleinen Freudentanzes verzogen sich schnell, als die Erkenntnis mich traf. Bei derartigen Anlässen hatte ihn Mam immer begleitet. Jetzt wurde mir klar, warum er mich so lange angesehen hatte.

Laut fluchend sprang ich von seinem Schreibtisch auf und sah mich hektisch im Raum um – verdammt! Ich war so dumm. So dumm, dumm, dumm. Mit der Faust klopfte ich mir auf die linke Stirnseite. Mein kleiner innerer Teufel sah mich vorwurfsvoll an. Na klar, du hattest das sofort durchschaut. Eine Metallkiste mit einem schweren Vorhängeschloss und den tiefsten Teil unseres Sees, mehr wünschte ich mir ab und zu nicht für mein klugscheißerisches Unterbewusstsein. Überschlagende Gedanken rauschten durch den Kopf. Hin und her gerissen blickte an mir herunter. Deprimiert musste ich mir eingestehen, wie mein Dad-lieb-dich-Unterstützungs-Plan den Bach hinabströmte. Was das Kultivieren betraf, war ich zwar um ein Vielfaches schneller als Ally, aber die versäumte Zeit würde selbst ich nicht mehr aufholen, ohne dass Dad sich meiner schämen musste. Deprimiert entnahm ich dem Drucker die Seiten und schaltete das Gerät aus. Die Kurzsichtigkeit gegenüber Dad ärgerte mich.

Und dieser verdammte Postbote kroch im Schneckentempo durch die Siedlung! Das Risiko, Allys Neugierde zu provozieren, war erdrückend. Mit der Klebestreifenrolle unter dem Arm kehrte ich zurück zu dem endgültig erkalteten Eiskaffee – mhm, lecker. Bäh! -, um mich erneut mit dem Stammbaum zu befassen. Die Nachrichten, die mir Ilvy im Laufe der Nacht immer wieder hatte zukommen lassen, enthielten ihre unterschiedlichen Fortschritte. Die erste zur Erleichterung ihrer Schuldgefühle.

ILVY*vs.*WICKI	hej. entschuldige dass ich gefahren bin ☹ dad hat das gespräch auf morgen verschoben 22:05
ILVY*vs.*WICKI	habe nachgedacht – kann nicht schlafen. es gibt so vieles was ich im netz suchen kann. aber ich kann mich nicht entscheiden. ☹ 22:58
ILVY*vs.*WICKI	es soll dir ja schnell nützlich sein. ☺ und darum werd ich deine familie etwas genauer unter die lupe nehmen und dort ansetzen 23:09
ILVY*vs.*WICKI	unfassbar! du wirst nicht glauben was ich gefunden hab. deine familie ist in

	halb europa verstreut und ich bin erst im 19 Jh. 01:17
ILVY*vs.*WICKI	kaum zu glauben was man alles im internet findet. ☺ 03:22
ILVY*vs.*WICKI	so das wars im groben – ich geh jetzt mützen! bin gespannt was zu dazu sagst 06:44
ILVY*vs.*WICKI	weck mich gegen mittag – ich mach heute blauenmontag. eh nix mehr los in der schule 06:47
ILVY*vs.*WICKI	außer es kommt ein brief!!!! ☺ 06:50
ILVY*vs.*WICKI	ich bin so aufgeregt, kann nicht einschlafen – verdammt cleo! steh endlich auf! 06:53
blackfairy1	Datei wird abgerufen. Zum Speichern drücken. 08:16

Tja, da hatten wir uns knapp verpasst, fleißiges Lieschen. Die Papierseiten lagen auf dem Küchentisch ausgebreitet, ich sortierte sie und klebte sie zusammen. Lauthals sang ich nebenbei einen alten Queen-Song. Ich fand die Band einfach genial! Freddy war mit einer Statue am nicht allzu weit entfernten Genfer See verewigt worden, und schon hatten wir in der Schweiz eine Pilgerstätte mehr. Meine persönliche Wahl, die immer unschlüssig war bei diesen vielen Hits, endete oft mit einem der Durchhalte-Lieder: *Headlong*! Lauthals schmetterte ich den Refrain wie einen Pingpongball zwischen den Küchenwänden hin und her. *„And you're rushing headlong down the highway, and you're rushing headlong out of control, and you think you're so strong, but there ain't no stopping, there's nothin' nothin' nothin' you can do about it ..."* Wild hüpfend, Kopf und Arme im und auch total neben dem Takt herumwirbelnd, gab ich ein Bild des bald einkehrenden Wahnsinns ab, aber ich stand auf diesen Song. Alles außer Kontrolle – Yeah! Es machte Spaß, das Haus für mich zu haben. Langsam beruhigte ich mich wieder, als die letzten Gitarrenklänge verhallten. Wild schnaufend und mit einem breiten Grinsen griff ich wieder zur Schere, die ich sicherheitshalber bei der Spontan-Tanzeinlage zur Seite gelegt hatte – Moment! Bei dem Gehopse hatte ich einen Blick auf die Uhr erhascht. Es war fast neun und noch nichts von Ally in Sicht. Hatte sie sich ohne Frühstück aus dem Staub gemacht? Unsicher hielt ich inne – war sie überhaupt nach Hause gekommen? Der Gedanke an ihr Wohlbefinden hielt sich hartnäckig. Den Großteil meines Enthusiasmus verloren, hatte ich das Guten-Morgen-Projekt wie einen Stadtplan zusammen- und wieder auseinandergefaltet. Zur Not musste es auch in eine Tasche passen.

Nachdenklich rieb ich mir den wirren Kopf. Bei wem war ich hängengeblieben?
Ach ja – Tara! Der älteste der drei Geschwister, sein Name klang auch südländisch – Stephano –, war mit einer Maria verheiratet, keine Kinder ersichtlich. Hm. Ich lehnte mich weiter über den Tisch. Irgendetwas an dieser Auflistung machte mich stutzig. Unsicher knabberte ich an der Unterlippe. Lag fast mit dem ganzen Körper auf der Platte. Mit einem letzten Ruck drehte ich dieses viel zu große Stück Papier und verpasste dem Lapi den letzten Schubs, den er benötigte, um das Gleichgewicht zu verlieren. Reflexartig schoss die Hand vor. Er verschwand aus dem Sichtfeld. Verdammt! Das Papierchaos kam in Fahrt. Kurz bevor es krachte, ergriffen die Fingerspitzen den letzten Rand des Bildschirms. Die Stirn sank auf die

Tischplatte. Autsch! Schwer drang der Atem aus den zusammengedrückten Lungen. Vorsichtig riskierte ich einen Blick, nur um schnell wieder die Augen zu schließen. „Scheiße, war das knapp!" Der unterste Teil des Laptops hing geschätzte zwei Zentimeter über den Todesfliesen. Umständlich krabbelte ich zur Gänze auf den Tisch. Welch komisches Bild musste das abgeben?! Auf allen dreien zog ich mit bereits brennenden Armmuskeln mein Hightech-Schnuckelchen zurück in den sicheren Hafen.

Den Hintern direkt auf dem Plan geparkt, checkte ich seine Funktionen und atmete erleichtert aus – alles in Ordnung. Um die Lebenszeit des Lapis noch länger zu gewährleisten, stellte ich ihn auf einem Sessel ab und suchte konzentriert nach dem zuletzt erwähnten Namen. Einmal noch tief durchatmen ... Stephano und Maria – genau. Der zweite der Geschwister war Theodore und mit einer Julia verehelicht. Drei Kinder – warum immer drei oder keine? – Amelia, Theodore der 2te und Katharina. Nachdenklich kratzte ich eine imaginäre Laus am Hinterkopf.

Die letzte im Bunde der drei Kinder von Tara und Giovanni war Elisabetha. Die mit einem Claudio Alciato verheiratet war – wieder drei Kinder: Tristan, Josephine und Claudia. Langsam rauchte mir der Schädel! Ich bewunderte Ilvys Ausdauer und detektivisches-Können; was sie mit dieser Auflistung vollbracht hatte, grenzte an ein kleines Wunder. Wo hatte sie nur dieses ganze Material ausgegraben? Dass sie darauf keine hundertprozentige Gewähr vergab, war mir klar, aber das alles in einer Nacht!?

In diesem Moment war mir das Kleingedruckte egal; ich nahm es in Kauf, um den Hauch eines Überblicks zu erhalten. Da der Stammbaum derartig viele Lücken aufwies, vermutete ich, dass sie sich nur auf die wichtigsten Namen konzentriert hatte. Genauso waren auch die Jahreszahlen nur eine Schätzung. Mit Taras Familie befand ich mich erst im 18. Jahrhundert. Trotzdem steckte bereits eine Genauigkeit in dieser Arbeit, die mich perplex zurückließ. Fehlten nur noch passende Bilder zu den Namen. Plötzlich bildete sich Gänsehaut auf den Unterarmen. Ein Muster ... Es steckte eindeutig ein Muster dahinter. Die aufgestellten Härchen wanderten weiter nach oben. Unbehaglich beendete ich die Durchsicht, glättete das Papier und stieg auf einen Sessel, um das Ganze aus einem anderen Winkel zu betrachten.

Hm. Das war also meine Familie.

Die Arme in die Hüften gestemmt, sah ich nachdenklich hinunter. Würde nur einer von ihnen an der richtigen Stelle fehlen, gäbe es mich nicht. Furchteinflößend. Das waren die Generationen, die einen Teil der Familie aufgebaut hatten – wer von ihnen trug ebenfalls einen Gendefekt? Tatsächlich konnte ich von dieser Warte aus eine Wiederholung feststellen ... Eine kalte Hand strich mir über den Rücken. Wärmend rieb ich über die Oberarme und hoffte, dieses Gefühl abzuschütteln. Die Anzahl der Nachkommen schien sich zu wiederholen. In jeder Generation entdeckte ich mindestens ein Ehepaar mit drei Kindern. Das letzte dieser Kinder war immer ein Mädchen – war das möglich? Ich näherte mich wieder der Skizze, um aus dieser Perspektive das gleiche Muster zu finden. Schnell machte ich auf dem Laptop ein paar Notizen und unterstrich wichtige Fragen. Noch etwas fiel mir auf: Nach Großmutter endete dieses Muster. Zwei Töchter und bei den beiden wurden es auch nicht mehr als zwei Mädels. Was hatte sich bei ihr verändert? Oder war es nur ein blöder Zufall? Moment mal! Was war das? Ein Geräusch ließ mich hochfahren.

Postbote! Fast stolperte ich auf dem Weg zum Fenster über die eigenen Füße. Hektisch sah ich von einer Seite zur anderen. Niemand in Sicht. Der Briefkasten war noch leer. Ally? War sie doch zu Hause? Mein Herz raste.

Angespannt und ohne etwas Ungewöhnliches erkannt zu haben, kehrte ich wieder zurück zum Küchentisch. Die Freude, die ich bei der Entdeckung und Bastelarbeit am provisorischen Stammbaum wahrgenommen hatte, kehrte nicht mehr zurück. Den Großteil der darauf verzeichneten Namen kannte ich nicht und konnte mir somit nichts darunter vorstellen. So viele Namen, von denen ich nur die meiner Familie hier in der Schweiz und die der Großeltern zuordnen konnte. Na ja, den der Tante plus fremder Cousinen in England auch. Moment Mal ... Wer war das?

Christopher? Wer bitteschön war Christopher? Laut Stammbaumerläuterung müsste er Mams Bruder sein. Meine Mutter hatte einen Bruder?? Wieder eine weibliche Person am Ende der Kette ... Ich hatte einen Onkel?!? Verdammt! Warum erwähnte ihn niemand? Hm ... Christopher. Diese Familie wuchs eindeutig zu schnell für diesen kurzen Zeitraum. Notiz – Dad nach seinem Schwager fragen! Der Rest blieb mir völlig fremd.

Die ersten im Stammbaum verzeichneten Vorfahren waren Maria und Jakob Veldenz, im 16. Jahrhundert datiert.

Veldenz ... Bei diesem Namen klingelte es nicht, und diese Gänsehaut blieb mir ebenfalls erspart. Im Gegensatz zu dem anderen, der mir schon wieder entfallen war. Zurück zum Start. Maria wäre meine Ur-Ur-Ur-Ur-Ur-Urgroßmutter. Bei diesen *Urs* lief man Gefahr, den Überblick zu verlieren. War es Zufall, dass Ilvy sie als Anfangspunkt gewählt hatte?

Verdammt! Frustriert griff ich mit beiden Händen in meine Haare. Kann ich sie schon wecken?! Die Story wurde immer konfuser. „Aber etwas anderes haben wir nicht!" In einem plötzlichen Energieausbruch wischte ich das Papierzeug vom Tisch. Den Kopf in den Händen gestützt, saß ich schwer atmend und um Ruhe ringend da und versuchte, die Stille zum Vorteil zu nutzen. Doch sie wurde erneut durchbrochen. Die Gedanken verloren sich in Flüchen, als mir klar wurde, um welches Geräusch es sich gehandelt hatte. Autotür!

Meine Augen weiteten sich ... Schlürfender Gang!

Wie ein Wirbelwind raffte ich die Sachen zusammen. Klemmte den Stammbaum zerknittert zwischen mich und den Laptop und sprintete zur Haustür.

Puh! Nichts von Ally in Sicht. Wo war nur dieses gemeine und hinterlistige Ding von Schwester? Wie eine Katze zum Sprung auf das Mauseloch verharrte ich hinter der Haustür und wartete, bis der Postbote wieder abdampfte – hau endlich ab! Keine Sekunde länger hielt ich es aus und riss die Tür auf – unfassbar! Dieses Miststück!

Sie flirtete mit dem Postboten. Da trieb sie sich rum! Also war das Geräusch zuerst doch eine Tür. Schockiert sah ich von einem Gesicht zum anderen. War Ally denn gar nichts heilig? Der Mensch in Arbeitsuniform gewann an gesunder Gesichtsfarbe durch ihre Anmachversuche. Hoffentlich sprengte es ihm seine überreife Tomate nicht! Diese ungesund neugierige Schwester starrte mich mit offenstehendem Mund an. Lag es an meiner Gesichtsverfärbung oder am Überraschungseffekt, dass ich sie flirtend mit dem Postboten erwischt hatte? – Ich konnte es nicht sagen. Mir war es auch egal. Ich wollte nur dieses verdammte Altpapier, und das hielt diese graue Maus immer noch in seinen dürren Händen! Warum hüllte ihn eine Smogwolke ein? Stimmte schon wieder etwas nicht mit meinen Augen? Mühevoll unterdrückte ich den Drang, mit der Hand darüber zu reiben.

Die Gesichtsmuskeln meiner Schwester erholten sich am schnellsten und die Zeit drängte. Smogi trug die Beute immer noch bei sich. Jetzt oder nie! Entschuldigend entriss ich ihm in dem Moment den Papierhaufen, als Allys Reaktionen wiederkehrten. Ihre Augen weiteten sich. Wut bahnte sich den Weg in ihre Mimik. Ein Bein schob sich nach vorne. Eine Hand legte sich auf seine Schulter – was beabsichtigte sie zu tun? Ihn aus dem Weg schubsen? Mit einem letzten nachdenklichen Blick schleuderte ich unserer grau verhüllten Posttomate noch ein „Danke" entgegen und knallte die Haustür hinter mir zu. Genüsslich beobachtete ich durch den Türspion, wie Ally die Kinnlade nach unten klappte. Schwer atmend und mit einem Grinsen im Gesicht lehnte ich mit dem Rücken an der geschlossenen Haustür. Kurz spielte ich mit dem Gedanken, sie auch noch abzuschließen – vergaß ihn aber genauso schnell wieder. Sinnlos! Nur wo hin? Ich hörte, wie sie sich für ihre geistig zurückgebliebene Schwester entschuldigte und auf dem Kies kehrt machte – Terrassentür! Da war sie raus! Das war das Geräusch von vorhin gewesen! Wohin? In meinem Zimmer würde sie zuerst nach mir suchen. Keller? Ne!

Arbeitszimmer! – Und schon sprintete ich los. Fast hätte der Lapi erneut mit den Fliesen im Flur geknutscht – aber nur fast. Verdammt, so viel Papier rutschte. Bekamen wir jeden Tag einen derartigen Haufen? Welche Verschwendung! Wie viele Bäume wurden tagtäglich dafür abgeholzt? Wut flammte auf – verdammt! Ich musste mit Dad darüber sprechen. Werbung stornieren, ablehnen: Irgendetwas musste dagegen unternommen werden. Schlitternd landete ich fast auf allen Vieren im anvisierten Raum und schloss umso leiser die Tür. Keuchend ließ ich die Post angeekelt auf den Boden fallen und legte meinen technischen Oldtimer sachte darauf. Mit einem Ohr klebte ich an dem kühlen Holz der Tür. Nichts zu hören. Wie handhabten die das in den Spionagefilmen? Mit einem Glas hört man's besser?

Quatsch! Keine Zeit für derartige Kleinigkeiten! Wenn Ally nach mir suchte, würde ich das durch das gesamte Haus hören – ganz ohne Glas und durch die verschlossene Tür.

Erschöpft und grinsend ließ ich mich an der Tür entlang auf den Boden sinken. Das Adrenalin fuhr immer noch Achterbahn in den Adern. Um es schneller loszuwerden, kämpften Gehirn plus Körper mit einem Lachanfall – oh. Mein. Gott! Nicht auch noch das! Allys verdutztes Gesicht würde ich nie vergessen ... und dann der Blick des Briefträgers! Mit großer Willensanstrengung schluckte ich das verräterische Lachen hinunter und blätterte glucksend in dem Papierhaufen. Zeitung – würde ich später auf Dads Schreibtisch deponieren. Reklame. Nochmal Reklame. Wie sehr ich sie hasste!

Oh! Meine Sportzeitschrift – sehr gut! Mal schauen, was es Neues im Bereich Extremsport gab. Hatten wir schon wieder Monatsende? Fast. Die ganze Zeit spürte ich ein Kribbeln in den Fingern. Der ersehnte Brief von Mam war dabei.

Ich wusste es. Noch mehr Reklame. Ich fühlte ihn. Er war der Letzte.

Wie betäubt blätterte ich weiter. Wovor hatte ich Angst? Das Zittern verstärkte sich. Dumpf vibrierte der Herzschlag in den Ohren. Die Versuchung, den Umschlag einfach nach vorne zu ziehen, war fast übermächtig. Doch ich sortierte brav weiter die Briefe und verteilte sie auf drei Stapel. Natürlich stürzte der schiefe Turm von Dad, von einem Türknall-Erdbeben erschüttert, zu einem ungeordneten Werbeschutt zusammen. Die Zeit drängte. Allys Fauchen erschüttert das Haus. Auf Pudding-Beinen trug ich Dads Angelegenheiten zum Schreibtisch. Als ich zurück wackelte, fiel mein Blick auf einen von Allys Briefen. Aus England? Lange dauerte es nicht und ich erlag dem Drang, den Brief genauer zu betrachten. Zuerst vermutete ich, er könnte von Tristan sein. Doch der Briefkopf stammte von einer Uni. Dann traf mich die Erleuchtung. Ally hatte nie aufgegeben. Mal schauen, wie du das Dad erklären wirst, Schwesterherz. Eine Uni in England? Waren das ihre Zukunftspläne? In diesem Moment hörte ich ihre wütende Stimme erneut durchs Haus poltern – immer lauter!

Wohin damit? Hektisch einen Ausweg suchend, griff ich nach meiner Zeitschrift, schob den Brief von Mam zwischen die Seiten. Mir blieb nicht die Zeit zu kontrollieren, ob er es tatsächlich war. Schnappte mir die restlichen Sachen plus Reklame und Allys Briefe, die ich noch schnell wie ein Kartenspiel mischte.

Ein bisschen Glück – biitte – und noch einen Funken Mut. Ally wollte gerade die Tür öffnen, als ich sie von innen mit einer gehörigen Portion Schwung öffnete. Erneut sah sie mich verdutzt an. Das Siegergrinsen versteckte ich in der Hosentasche. Ohne ein Wort drückte ich ihr die Post in die Hand und rauschte an ihr vorbei. Als sie ihre Verdatterung überwunden hat, maulte sie irgendetwas hinterher, doch durch das Pochen in den Gehörgängen war es unverständlich. Da sie kein weiteres Mal mit Worten feuerte, schien sie sich mit meiner Nichtantwort zufriedenzugeben – bereits Gewohnheit? Erinnerungen an das Küchenerlebnis von gestern stiegen in mir auf. Panisch beschleunigte ich die Schritte, aber im

Geiste feierte ich einen kleinen Triumph. Doch dieser hielt nicht lange. Wenn das nun jeden Morgen so ablief, konnte ich mir gleich die Kugel geben. Das hielt ich keinen weiteren Tag durch. Noch dazu sollte ich so schnell als möglich wieder zur Schule – zu Hause fiel mir die Decke auf den Schädel. Wie sollte ich dann die Postboten-Überwachung managen?

Dieses Grau. Eigenartig. Es hatte den Postboten komplett eingehüllt. Ich fand keine Erklärung, verschob das Problem und würde mich ihm später widmen.

Es gab Wichtigeres!

Wir Menschen sind Perfektionisten, wenn es sich um die Eigenschaft des Verdrängens handelt.

Ilvy anrufen! – Es hämmerte die Worte durch den Kopf – Ilvy anrufen! Eilig schloss ich die Zimmertür und zögerte. Zum ersten Mal seit langem dachte ich darüber nach, den Schlüssel umzudrehen. Von Ally war zwar nichts zu hören, aber sicher war sicher!

Nervös klappte ich den Lapi wieder auf und wartete, bis er startbereit war; nebenbei begann ich zu rechnen: Zehn Minuten brauchte sie zu uns. Naja, anziehen. Bisschen kultivieren – geschätzt zwischen hektischen zwanzig und trödelnden dreißig Minuten? Hielt ich das aus? „Haha, ruf mich an!", forderte Ilvy mich gedanklich auf. „Mach ich ja. Aber du musst ja gerade jetzt Winterschlaf halten!" Das musste doch zu schaffen sein. Oder? „Steh endlich auf!!", schrie ich ins Handy, bekam aber nur die Mobilbox ran. Skype startete endlich – ihr Status war noch unverändert. Das Programm wählte sie an. Dreißig verdammte Minuten ... Mit jeder schlafenden Sekunde wurden es mehr! Mit zittrigen Fingern blätterte ich für ein misslungenes Ablenkungsmanöver durch die Zeitschrift. Kein Wort verstand ich. Die Finger brauchten etwas zu tun. Immer noch keine Reaktion.

„Verdammt!" Gleichzeitig probierte ich es am Handy und Skype. „Ich schwöre dir Schweden-Girl, wach endlich auf, oder ich mach den Brief ohne dich ..."

„Cleo?" Verschlafen. Kein Wunder. „Hej. Was ist ...?" Ilvy kam nicht weiter.

„Frag nicht so blöd. Putz dir die Zähne, zieh dich an – ach was! Scheiß auf die Zähne, die kannst du auch bei mir putzen –, aber schwing deinen Hintern so schnell wie möglich auf deinen Roller und komm. Hier. Her!"

„Hast du etwa ... ich meine", ein Gähnen unterbrach ihre nuschelnden Wörter, „einen Brief ..."

„Nein – wie kommst du denn darauf?? Ich schlage nur aus Jux Alarm." Meine Stimme triefte vor Sarkasmus. „Sicher, du Nase, hab' ich einen Brief! Jetzt beeil dich endlich, oder ich mach' ihn ohne dich auf." Was benötigte diese weibliche Version eines Homosapiens? Eine Extraeinladung mit Empfangsbestätigung?

„Gib mir zwanzig Minuten."

Echt? Mein kleines inneres Ich zog eine ihrer eleganten Augenbrauen in Richtung Haaransatz. Alter! Ich war echt gut im Schätzen. „Keine Minute mehr", brummte ich ins Handy, „und wage es nicht deine Klapperkiste zu nehmen!"

„Mach ihn nicht auf. Versprochen!"

Ach verdammt! Nie und nimmer würde sie es in dieser Zeit schaffen. „Versprochen." Und schon bereute ich es. Krötenschleim! Das würden die längsten unechten zwanzig Minuten meines Lebens werden. Ohne ein weiteres Wort hängte ich auf – Ilvy kannte sich aus. Was sollte ich in der Zwischenzeit machen? Im Zimmer, auf den Fingernägeln kauend, tigerte ich auf und ab. Auf und ab. Ich könnte Ally suchen und es auf einen Streit anlegen ... Immer wieder warf ich dem Brief einen abschätzenden Blick zu. Auf und ab.

Nee, das würde zwar indirekt die Zeit beschleunigen, aber ich hatte null Nerven für die Zicken meiner Sister und dem auch noch freiwillig ausliefern ... Nein, Danke!

Langsam begann es im Bauch zu brodeln. Furcht, was würde drinstehen? Der erste Brief kam mir in den Sinn. Irgendwie musste ich mich sinnvoll beschäftigen. Die Gedanken flitzten durch die Gehirnwindungen. Hm, nicht öffnen lautete das Versprechen. Mit den Zähnen bearbeitete ich die Unterlippe.

„Nicht öffnen." Nachdenklich fand ich mich vor dem Schreibtisch ein. „Mach ich ja nicht." Und zuckte mit den Schultern, bevor ich entschlossen nach dem Umschlag griff und die vertraute Handschrift betrachtete. Ja, mein Gefühl hat mich nicht getäuscht – fast identisch. Kurz zerrte Wehmut an mir, doch der unerwartet starke Wille rettete mich. Zur Kontrolle hielt ich beide Briefe in den Händen. Nachdenklich wendete ich den Zweiten – kein Absender - hatte ich auch nicht erwartet. Das Ritual fiel mehr unter den Aspekt Gewohnheit. Weiter zum Poststempel. „Was?!" Vielleicht sollte ich nicht zu viel darüber nachdenken. „Irland, also." Irland? Das mit dem Denken war so eine Sache. In Dublin gestempelt. Hm ... sonst nichts Auffälliges. „Wieso Irland?" Die Vermutung, dass ich mich beim ersten Brief bezüglich Chartres in etwas verrannt hatte, verstärkte sich wieder. Zweifel kamen meist schleichend. Vielleicht war das nur ein blöder Scherz. Vielleicht war Mam am Ende ihres Lebens geisteskrank. Man spekulierte so herum bei Künstlern, die dem Tode nahe waren ...

Vielleicht war aber auch bei mir eine Schraube locker? Unbewusst trieben die Gedanken zu Ally ... Viel zu schnell hatte sie aufgegeben – schließlich drehte es sich doch um die heilige Post. Wollte sie, dass ich sie einkassierte? Der Brief aus London ... Hat sie deshalb so lange mit dem Postboten geflirtet? Ja, genau! Und seit wann bin ich eigentlich so leicht zu verunsichern? Das ergab doch keinen Sinn. Nachdenklich sah ich aus dem Fenster. Ja, war es mir denn zu verübeln, dass ich Gespenster sah?

Trotzdem!

Nach Mams Tod hatte sich einfach zu viel verändert. Dad verkroch sich in seinem Arbeitszimmer und ließ sich nur nach Notwendigkeit-Skala blicken. Autsch! Was denn? Mein inneres Gleichgewicht verpasste mir einen Tritt in den Magen. Hast ja recht! In den letzten Tagen hat sich bei ihm vieles gewandelt – hoffentlich war das nicht nur eine Laune, sondern blieb auch dabei. Und Ally – tja – markierte das Prinzesschen und wurde von Tag zu Tag nur noch zickiger und von sich überzeugt.

Mit beiden Briefen tippte ich mir gegen das Kinn. Was war das mit dieser Uni?

Zum Glück war da noch Herta. Oh je, ich sollte anrufen und fragen, ob sie beim Arzt war. Apropos Arzt, verdammt, das hatte ich vergessen! Lieber sollte ich mich selbst an der Nase ziehen. Mit gemischten Gefühlen betrachtete ich das Gesicht in der Fensterscheibe. „Iiii!" Die äußersten Schattierungen der Blutergüsse hatten sich Lila verfärbt. Gott! In geraumer Zeit würde das alles ins Grün wechseln. Ich ähnelte einem Reptil. Ich torkelte ins Bad, um mir das Gesicht zu waschen – bloß nicht zu stark darüber rumpeln. Wie lange wird es dauern, bis ich wieder eine normale Gesichtsfarbe habe? Wenn das, das Resultat von zwei Tagen ist, wird es mit Sicherheit noch ein interessantes Farbenspiel geben. Den Gedanken, beim Doc anzurufen und ihm mitzuteilen, dass ich es heute nicht schaffen würde und vielleicht morgen vorbeischaute, speicherte ich. Der Versuch die Haar-Spinnweben unter Kontrolle zu bringen, scheiterte im Ansatz. Während dieses sinnlosen Kampfes dachte ich erneut an Herta und trieb ab von der imaginären Schere, die dieser unzähmbaren Mähne wieder mal mit einem hinterhältigen Überfall drohte.

Meine Ersatz-Oma hatte uns davor bewahrt im eigenen Müll zu ersticken. Ohne Widerruf auf uns alleine gestellt. Dafür gab es nur eine logische Lösung und die rechnete ich Dad hoch an, in der durchgerüttelten Zeit nach Mams Tod. Er hatte Herta einen Vollzeitposten angeboten und nicht nur zu Extremzeiten auszuhelfen. Genaugenommen herrschte seit Mams Tod immer Ausnahmezustand. Ohne Gewissensbisse konnten wir behaupten, dass sie die beste Köchin der Welt war, denn Mams Künste in diesem Bereich bezogen sich auf Toast, Suppe und Omeletts. Das verwirrende daran, sie konnte unglaublich gut Backen – wie diese Kombi einher ging? Das würde auf ewig ein Rätsel bleiben. Der Hungertod wäre fixiert ohne Herta, ohne Schulküche und ohne Pizza. Verdammt ... das hatte ich total vergessen! Eine Entschuldigung für die Schule. Schnell verließ ich das farbenfrohe Spiegelbild und eilte zum Lapi, loggte mich in Dads privaten E-Mail-Account und tippte eine kurze Nachricht. Diese Art der Krankheitsausfall-Benachrichtigung für die Schule, hatten Dad und ich nach Mams Tod vereinbart. Es war für beide Seiten praktisch gewesen und wir waren dabeigeblieben. Nach der Unterschriften-fälscher-Aktion hatte ich die gerechte Strafe erhalten. Das war genug Einkerkerung mit Folgen für mich, kein zweites Mal würde ich sie ungerechtfertigt verwenden. Außerdem wusste er, dass ich kein Problem mit Schule hatte – auch wenn es sich absurd anhörte, für einen fast-Jugendlichen in meinem Alter.

Plötzlich Stimmen. „Was willst du eigentlich von mir, Ally?" Ah! Ilvy polterte die Treppe rauf. Ein Blick auf die Peace-Wanduhr bestätigte mir, dass sie einiges an Verspätung aufgebaut hatte. Ich schickte die Mail ab, bevor mich dieses kleine Nebenbeigespräch ganz in seinen Bann zog und ich sie schlussendlich vergaß. „Lass mich in Ruhe und wenn du was von deiner Schwester wissen willst, musst du sie selbst fragen! Schließlich wohnt sie nur ein paar Meter weiter." Wow! Das war echt laut. Nachdenklich wandte ich mich zum Eingang. Ob sie das absichtlich tat? Was soll's. Vorsichtig öffnete ich die Tür einen Spalt. Hegte Ally einen Verdacht? Leider konnte ich nichts sehen, aber der Lautstärke zu urteilen, konnte Ilvy nicht mehr weit entfernt sein. „Einen Verehrer? Cleo? Spinnst du!?" Halloo? „Die weiß ja nicht mal, was sie damit anfangen soll." Hey! Jetzt mach mal halblang! Mein inneres Selbstbewusstsein spannte ihre Mukis und stemmte die Hände in die Hüften – danke!! Schwester, jetzt hast du gewaltiges Glück, dass ich nicht neben dir stehe. Was denkt die eigentlich? Dass ich auf dem Mars gezeugt worden bin? Dass die Story von den Bienen und Blumen plus Storch Schwachsinn war, war auch mir bekannt! Mam startete ihre ersten Aufklärungsversuche vor fast zehn Jahren und schließlich gab es noch den Sexualkundeunterricht - Ätsch! Außerdem war Miss-ach-ich-bin-so-schnell-verliebt noch genauso Jungfrau wie ich.

Was aber die Frage unterstrich, wie sie auf eine derartige Aussage kam? Und warum ich mich dazu rechtfertigte ... „Nein, Ally. Sorry. Ich weiß nicht, was Cleo so an Post bekommt. Bin ich der Postbote? Du bist doch seine Busenfreundin." Gott! Ich musste wirklich an mich halten, um nicht die Tür aufzustoßen, dieses verrückte Huhn ins Zimmer zu zerren und meine Schwester zu fragen, ob sie ihren Rest Verstand mit Haarspray zusammengeklebt hat. Was ging das alles diese neugierige Ziege an? Sie wusste doch sowieso immer über alles und jeden Bescheid. Schade, dass ich nicht verstand was sie antwortete. Nur Gemurmel gelangte die Treppe rauf. „Ally", Ilvy wirkte genervt. „Ich glaube du hast genug mit deinen Verehrern zu tun, oder ist Marc nicht mehr up to date?" Ooh ja! Der saß! Strike – Punkt für den Punk aus Schweden. Ilvy vor, noch ein Tor. Jubelnd stand ich hinter der Zimmertür. Es bereitete mir Schwierigkeiten den Enthusiasmus zu zügeln. Wenn ich weiter so gegen die Tür drückte, plumpste ich durch den Spalt oder zerquetschte mir die Finger. Egal, was kommen würde, ich war live dabei – Ilvy befand sich heute in Bestform! „Ach. Das tut dir leid? Das ist aber nett von dir, aber keinen verdammten Franken wert." Stille. Meine Schwester sprachlos, nein, unmöglich! „Eigentlich sollte ich dir dankbar sein. Du hast mir die Augen über diesen Waschlappen geöffnet. Also, danke", vorsichtig stieß sie gegen das Holz – ein deutliches Signal, sie war da und hatte mich bemerkt. „Viel Spaß mit Marcimarc und noch einen wunderschönen Tag." Oh, oh! So hatte ich ihn genannt. Endlich! Sie war da. Raus aus dem Gefahrenbereich. Ein wildes Grunzen erklang. Ilvy lehnte mit dem Rücken an der geschlossenen Zimmertür. „Deine Schwester ..." erklang es durch ihre zusammen gebissenen Zähne. Ihr Atem kam stoßweise. Dieses Parole-bieten musste sie mehr Mumm gekostet haben, als es den Anschein gemacht hatte.

„Ja?" Eine Bestätigung. Ich wusste, dass ich sie bekommen würde.

„Deine Schwester ist Brechreiz im wahrsten Sinne des Wortes!" Wie ein wilder Stier baute sie sich auf.

„Danke für das Kompliment. Ich weiß." Breit grinsend stand ich ihr gegenüber. Bis die angespannte Luft aus ihr entwichen und sich ein Grinsen darauf ausbreitete. Um die geladene Atmosphäre und mögliche Auswirkungen zu entschärfen, öffnete ich die Balkontür – frische Luft.

„Hej. Entschuldige die Verspätung, aber dieser Roller streikt natürlich dann, wenn ich ihn dringend brauche – ich musste das Rad nehmen."

Ich verdrehte die Augen. Verdammt, ich hatte es gewusst. „Batterie leer?" Beschämt senkte sie den Kopf. „Du musst das Ding öfter fahren und nicht nur auf dem Rad durch die Gegend treten ..." Sie reagierte nicht. Wohin war die Schlagfertigkeit von vor zwei Minuten verschwunden? Was los? Panisch trat ich einen Schritt auf sie zu. „Hey ...?"

„Entschuldige wegen der Aktion vor zwei Tagen. Ich war so dumm und hab nur ROSA gesehen." Mit Reue erfülltem Blick sah sie mich ganz in weiß gekleidet an. Weiße Shorts, weißes T-Shirt, weiße Segelschuhe – weiße Haarspitzen?

„Kein Thema. Schon vergessen!" Das Adrenalin legte sich wieder beruhigt schlafen. „Wann hattest du Zeit deinen Frisör zu belästigen? Macht der seit neuesten auch Hausbesuche, oder streicht ihr dein Zimmer?" Entspannt stiefelte ich zum Schreibtisch hinüber.

Geistesabwesend griff sie an ihre Stacheln. „Ich hab's aus zwei Gründen gemacht."

„Lass mich raten – du wolltest das Violett loswerden?"

„Auch", sie kam hinterher. „Eigentlich war es als Gag für Dad gedacht." Schelmisch grinste sie mich an. „Seine Geheimratsecken sind nicht mehr zu leugnen, und dass er langsam ergraut, kann er auch nicht mehr verbergen." Belustigt zuckte sie mit den Augenbrauen und entlockte mir ein Grinsen. „Aber sieht doch toll aus, oder. Marke Eigenbau ..." Vorsichtig betatschte sie erneut die Spitzen mit der Hand. „Ach, vergiss es!" Das erübrigte eine Antwort meinerseits.

„Hör auf zu schwafeln und komm her. Ich will endlich den Brief öffnen. Länger halt ich es echt nicht mehr aus!"

„Du hast ihn wirklich nicht aufgemacht?" Mit weit aufgerissenen Augen und offenstehenden Mund sah sie mich an.

„Nö." Endlich kam sie näher. Wie Groupies standen wir um den Tisch und starrten den Gegenstand unserer Begierde an, „ich hab's ja versprochen."

„Du bist echt die Beste." Ein dicker Schmatzer landete auf meiner Wange. „Ich weiß nicht ob ich das durchgestanden hätte."

„Halt endlich deine schleimerische Klappe", nervös grinste ich sie an. „Meine Geduld ist am Ende ..."

„Sorry", neugierig beugte sie sich runter, „er sieht genauso aus wie der andere."

„Ja. Nur, dass dieser aus Dublin kommt." Um es zu beweisen hielt ich ihr den Umschlag dichter vor die Nase. „Aber nichts drauf oder dran, dass auf etwas hinweisen könnte."

„Wie meinst du das?" Neugierig musterte sie mich.

In Gedanken durchlief ich die Infos, die ich ihr über meine Erkenntnisse mitgeteilt oder nicht mitgeteilt hatte. Die Marke vom ersten Brief und die Vermutungen diesbezüglich hatte ich vergessen zu erwähnen. Diesen Fehler korrigierend schnappte ich mir den ersten Umschlag und zeigte auf die Briefmarke. „Weißt du was das ist?"

Unwissend zuckte sie die Schultern. „Eine französische Briefmarke?"

„Das ist richtig. Auf der Marke ist die Kathedrale von Chartres abgebildet ..."

„Chartres? Diese geheimnisvolle Kathedrale? Die Kathedrale, um die sich unzählige Geheimnisse ranken?" Ihre Augen wurden immer größer und ihre Hände begleiteten diese Veränderung mit schwankenden Bewegungen. Gruseliges Girl.

„Ähm, wenn es in Chartres nur eine Kathedrale gibt, dann wird es wohl die Selbige sein." Geheimnisse?? Also ich fand die Infos jetzt nicht soo interessant ...

„Setz das mit Chartres mal kurz aus, ich glaub ich hab' verstanden was du mir damit sagen willst. Kümmern wir uns um diesen Brief. Vielleicht ist dieses Mal etwas innen drin."

Hoffnungsvoll befühlte ich das Papier auf Verhärtungen. Frustriert landete er auf dem Schreibtisch. „Oder ich hab' mich nur auf etwas versteift", entmutigt sanken die Schultern, „ein dummer Zufall. Oder ich bin einfach nur total durchgeknallt ..." Wow, jetzt wusste ich wie es sich anfühlte, sich um Kopf und Kragen zu reden. Frustriert landete der Hintern auf einem Sitzsack. Pause. Durchatmen. Einige Minuten war es mucksmäuschenstill im Zimmer.

„Nichts drauf und dran?" Ilvy würdigte mich eines kurzen verständnislosen Blickes, sie hielt den Umschlag in der Hand. „Mädel. Bist du blind?" Wie der Blitz war ich wieder auf den Beinen. Yes! Doch nicht ganz durchgeknallt. Aber was hatte ich übersehen? „Da", sie zeigte auf die rechte, obere Ecke, „Schau dir die Briefmarke genauer an." Was wollte sie? „Nicht den Poststempel – die Marke!" Frustriert schüttelte sie den Umschlag. Langsam und fasziniert nahm ich ihr den Brief aus der Hand. Oh mein Gott! Wie konnte ich das übersehen ...

„Ein keltisches Kreuz", jetzt lag es an mir, mein Mund schaltete auf Durchzug.

„Ganz recht. Ein keltisches Kreuz. Es ist eindeutig. Diese unendlichen Linien. Ineinander verworren. Kein Anfang. Kein Ende."

Diese Erleichterung, die mich überwältigte, war unbeschreiblich. Millionen von Gedanken schwirrten durch den Kopf: Ich bin nicht durchgeknallt! Das alles ist kein Traum. Mam hat mich nicht alleine gelassen ... Es nahm kein Ende. Die dominierenden Gefühle: Angst, Erleichterung und Trauer.

„Danke Mam!" Nur mit Mühe verkniff ich mir ein selbstironisches Grinsen.

„Warum?"

Mit dem Umschlag in der Hand plumpste ich wieder auf den Sitzsack. Ich hatte die Befürchtung, dass die Knie mir jedem Moment ihre Kraft entzogen. „Die ganze Zeit, denke ich über Großmutters Kette nach."

„Die Hausaufgabe deiner Mam ..." Sie schleppte den zweiten Sack herbei und platzierte sich neben mich.

„Sie trägt etwas Ähnliches um den Hals. Etwas keltisches, aber kein Kreuz. Eine Scheibe, aber es ist keltisch, da bin ich mir ganz sicher." Die Aufregung über diesen Hinweis pulsierte durch den Körper. Erinnere dich Cleo – denk nach! Ilvy angelte nach dem Laptop auf dem Schreibtisch, pfiff auf den zweiten Sitzsack und setzte sich zu meinen Füßen. Mit dem Rücken, zwischen meinen Knien, lehnte sie sich an die Sitzgelegenheit – somit erhielt ich perfekte Sicht auf den Bildschirm und ihre Eingaben.

„Es muss sich doch herausfinden lassen, welches keltische Symbol um den Hals deiner Granny baumelt. Mach du mal den Brief auf ..."

~ Zehn ~

Hallo, mein Krümelchen,   *21.Juni ...*
wie geht es dir?
Ich hoffe, Deine Fähigkeit reißt Dich nicht zu sehr aus deiner Welt!

Dieses Mal, während ich Deinen Brief schreibe, bin ich ganz nervös.

Ich meine, ich bin immer nervös, wenn ich an diese Zeit denke, in der Du jetzt lebst und ich Dir schreibe, aber dieses Mal stelle ich mir vor, wie Du Dich entwickelt hast und das nicht nur seit meinem Tod, sondern auch schon davor! Wie Du wächst. Wie sich Deine Gesichtszüge von dem runden Babygesicht in eine längliche Form wandeln. Wie Du an dem Datum erkennen kannst, ist heute wieder Dein Geburtstag und Du wurdest 4 Jahre alt.

Ally schläft bei einer Freundin, und Dein Papa bringt Dich heute ins Bett. Er war beruflich in Deutschland unterwegs, und Du hast den halben Vormittag mit Warten verbracht. Als er dann endlich mit einem großen Paket zum Mittagessen aufgetaucht ist, hast Du ihm sofort seine Verspätung verziehen und bist nicht mehr von seiner Seite gewichen. Vielleicht hast Du ja noch die eine oder andere Erinnerung an diesen Tag. In dem Paket befand sich ein Puppenhaus aus Holz mit einer kleinen Stoffpuppen-Familie. Du warst begeistert! Dein kleines Gesicht hat gestrahlt wie das eines Engels. Du hast es den Rest des Tages mit Papa zusammengebaut und gespielt.

Aber jetzt genug in der Vergangenheit gekramt, zurück zu wichtigeren Themen!

Zuerst die Hausaufgabe:

Kannst Du Dich erinnern, was Deine Granny um den Hals getragen hat?

Na, weißt du es noch? Ich helfe dir auf die Sprünge.

*Es ist ein altes Amulett, genannt der **Ring der Himmel**! In der Mitte schimmert ein Stein, ein grüner Stein. Als Kind hat er mir Angst eingejagt, aber das war völlig überreagiert. Es ist ein glänzend polierter Aventurin.*

Und schon trommelten Ilvys Finger auf die Tastatur des Lapis.

Das Geheimnis um diese Amulette werde ich Dir ein andermal erzählen. Denn Dich wird etwas viel Wichtigeres drängen: Wie bekommst Du Deine Fähigkeit in den Griff?! Bestimmt wird sie sich noch nicht so schnell entwickelt haben, dass Du nicht mehr das Haus verlassen kannst.

„Ha! Du hast ja keine Ahnung Mam!"

Wenn doch – oh, mein armer Schatz! Es tut mir leid, dass der Brief erst so spät eintrifft! Ich komme lieber gleich zum Thema. Damit Du Deinen „Schutzmechanismus" verstehst, muss ich etwas weiter ausholen beziehungsweise zurückgreifen. Es Dir vielleicht auf unterschiedliche Weise erklären, damit Dir klar wird, auf welchem Prinzip Dein Schutzmantel basiert.
Du hast mir sicher irgendwann beim Yoga zugesehen – ich kann mir nicht vorstellen, dass ich in der Zukunft damit aufhören werde. In meinem Arbeitszimmer hängt ein Bild von einer Frau, ganz in Weiß, im Schmetterlingssitz und die Hände im Schoss gefaltet. An verschiedenen Körperstellen kannst du bunte „Flecken" erkennen, mit unterschiedlichen Symbolen darin. Es sind sieben. Verteilt vom obersten Teil des Schädels bis hinunter zum Steißbereich.

„Das hört sich nach den Chakren an. Kannst du dich an das Bild erinnern?"
„Ich kann mich nicht nur erinnern ..." Sanft schob ich Ilvy etwas von mir, um ihr zu signalisieren, dass ich auf-

stehen möchte. Aus dem Spalt zwischen Kleiderschrank und Wand zog ich einen schmalen Pappkarton in der Größe von einmal einen Meter hervor. „Ich hab' es gerettet, nachdem Ally anfing, Mams Arbeitszimmer auszuräumen. Sie plant dort ihr persönliches Fitnessräumchen. Dad hat es zum Glück nicht erlaubt, aber er hat mir erlaubt, das Bild abzunehmen und aufzubewahren, falls sie uns irgendwann vor vollendete Tatsachen stellen sollte."

„Würde mich nicht wundern. Dieses Miststück!" Bei ihrem tödlichen Blick würde mein Schwesterherzchen glatt umkippen. „Pack es aus."

Es war nicht irgendein Poster, das man schnell mal so an die Wand nietete, nein, es handelte sich um ein Aquarell. Vorsichtig lehnte ich es gegen die Bettkante – im selben Moment ergossen sich die Tränen wie ein reißender Fluss über die Wangen.

Wow, mit dieser Spontanreaktion hatte ich absolut nicht gerechnet. Wo hatten sich die versteckt? Sofort war Ilvy an meiner Seite und zog mich auf einen der Säcke.

„Komm her. Es wundert mich, dass du nicht bei jeder direkten Konfrontation mit Erinnerungen in Tränen ausbrichst. Sie war echt cool." Tat ich das etwa nicht? Ich verwandelte mich doch bei jedem Anzeichen in die Niagarafälle! Verdammt noch mal! Wann hatte das endlich ein Ende?! Aber sie hatte recht, ja, das war sie. Sie war eine coole Mutter! „Es ist bewundernswert, wie du damit umgehst und das alles wegsteckst." Meine Beste reichte mir ein Taschentuch. Verdrängungsmechanismus!

„Wwgstekn? Du ast a keine anung!" Gott, diese verheulte Stimme hörte sich mit diesen halb erstickten Wortfetzen, die verzweifelt den Ausgang suchten, wirklich erbärmlich an. „Wwi mmusste es ir nu bbeim sreiben der Bbriefe gggagn sin?"

„So wie es dir jetzt geht. So wie ich deine Mutter kannte, hat sie jeden Augenblick mit ihrer Familie in vollen Zügen genossen!" Minuten verstrichen, in denen ich den Tränen wieder mal freien Lauf ließ. Ich vermutete, die dicksten hatten einen Reifeprozess von geschätzten zwei Jahren hinter sich. Leider war es bei diesem Wässerchen nicht so wie beim Wein – je länger dieser gammelte, desto besser wurde er; veraltete und runter geschluckte Tränen schmerzten nur umso mehr! Keine, keine einzige schwor ich mir, je wieder zu schlucken. Ilvy war da und spendete mir Trost und Taschentücher. Wie lange wir so da saßen und nur die Anwesenheit des anderen ausreichte, konnte ich nicht beurteilen, aber irgendwann versiegte auch die letzte. Ein unglaublich leichtes Gefühl legte sich auf meine Brust. Eigentlich konnte es gar nicht liegen, weil es so leicht war – ich sollte an der Decke schweben. Endlich verstand auch ich, welche Last ich in mir herumgeschleppt hatte, und dass mir diese Tränen dies etwas erleichtert hatten. Bewusst atmete ich tief durch – ja, es war leichter! Ein Lächeln schlich auf dem Gesicht herum. Mann, war ich froh, dass ich zu faul war, um mir Makeup ins Gesicht zu schmieren. Welche Sauerei musste so ein Wein-Schnief-Tränen-Krampf auf Allys Gesicht hinterlassen? Bei der Vorstellung entschlüpfte mir ein nicht sehr weiblicher Grunzer, der mir einen interessierten Blick aus Ilvys Ecke bescherte. „An was denkst du? Sag es mir! Ich brauch auch was, um Schweinchen zu spielen." Mit beiden Handflächen rieb ich mir übers Gesicht, einerseits um die roten Beweisflecken zu vertreiben, aber auch um Zeit für eine kleine Denkpause zu ergattern. Aber warum um den heißen Brei reden?

„Ich hab mir gerade vorgestellt, wie wohl mein liebes Schwesterchen nach so einem Tränenfluss aussehen würde."

Ilvys Lacher war der Hammer. Gekoppelt mit Spontanität, war er der Brüller schlechthin. Der toppte das Gegrunze von einer ganzen Schweineherde, aufgepeppt mit einem Dutzend Hühnern mitten in einem Erstickungsanfall. Gepaart mit einem Elefantenbaby, das ein paar Happy-Tränen aus den Augenwinkeln drückte über die Freude, endlich ein passendes Schlammloch gefunden zu haben. Nebenbei hielt sie sich den Bauch, als würde dieser jeden Moment platzen.

„Würdest du mir sagen, warum du gleich erstickst?" Langsam wurde ich misstrauisch. Hatte ich an diesem einfachen Satz etwas überhört, das bei ihr aber wie ein Comedy-Zäpfchen eingedrungen war.

„I-i-ich w-w-es auch ... n-nict w-waum. Stre-e-es ver-a-arbetung o-oder sooo."

„Ahh." Am einfachsten erschien mir, sie einfach mal so richtig lachen zu lassen. Solange das nicht beendet war, erhielt ich sowieso keine Chance, ein normales Gespräch mit ihr zu führen. Das Problem bestand darin, dass diese Schwein-Huhn-Elefanten-Lache ansteckend war. Gemeinsam ahmten wir Tiergeräusche nach.

Nachdem halbwegs Ruhe in Lautstärke und Körperbewegungen einkehrt war, wusch ich mir gründlich das Gesicht und ging in die Küche, um uns ein paar Flaschen Wasser zu besorgen – mein Vorrat war letzte Nacht zur Neige gegangen. Natürlich fand ich dort keinen Dad vor und zum Glück auch meine ach so tolle Sister nicht – Gott, sei mir gnädig! Das hätte den perfekten Anstoß für einen erneuten Lachkrampf heraufbeschworen - auf den darauffolgenden Sturm konnte ich gut und gerne verzichten. Dafür traf ich auf Herta, die adrett gekleidet hinter dem Küchentresen stand und Zwiebeln schnitt – ohne auch nur die kleinste Träne zu vergießen. – Wie machte die das nur? Seit dem gestrigen Zwiebel-Zwischenfall hatte ich mir geschworen, derartige Tätigkeiten nur mehr mit Taucherbrille zu absolvieren. Bei mir lief das immer anders. Entweder ich heulte und schimpfte oder heulte und kicherte, je nach Kochpartner schwankend. Eines der zerfließenden Augen musste ich auf die Fingerspitzen richten, damit ich mir diese nicht aus Versehen abhackte. Wenn es dann auch noch ganz blöd lief und die Konzentration kurz flöten ging, wischte ich mir standardmäßig die Tränen mit der Hand aus dem Gesicht, mit der ich die Zwiebel hielt und nicht mit der Hand, die das Messer führte, oder gar mit einem sauberen Geschirrtuch. Das Auge erlitt dadurch einen zehnmal so starken Tränenfluss-Verstärker, aber das alles wurde nur von einer Chilischote getoppt. Chili schneiden und dann nicht Hände waschen – hey! - das war ein absolutes No-Go! Befand sich auch nur der kleinste Rest auf dem Finger oder unter dem Nagel, und gelangte genau dieser ins Auge oder in die Nähe, brach dort die Hölle auf Erden aus. Da half kein Wischen, kein Rubbeln, kein Gesicht Waschen, da musste sich das geöffnete Auge direkt unter den Wasserstrahl stürzen und hoffen, dass es nicht herausgespült wurde und im Abfluss verschwand. Wie diese mittlere Katastrophe auf Milch reagierte, kann ich nicht beurteilen, aber im Extremfall war es mit Sicherheit einen Versuch wert – beim nächsten Mal daran denken! Bei meinem Glück hatte ich wahrscheinlich exakt in diesem Moment den letzten Rest Milch für einen Kaffee verschwendet.

Herta machte das nichts. Die Frau war taff und Küchen-kriegserfahren.

„Hallo, Herta. Wie geht's dir heute?" Keine Reaktion. Hatte ich zu leise gesprochen? „Halloo. Herta!" Hm. Wieder nichts. Erstaunt hielt ich am halb geöffneten Kühlschrank inne. War sie seit Neuestem schwerhörig? Abrupter Gehörverlust? Stirnrunzelnd kratzte ich mir die Nase. Die gestrige Verletzung betraf das Bein, oder?

Lautstark schloss ich die Kühlschranktür. Dafür bekam ich sonst immer eine auf den Deckel. Konnte man so tief in Gedanken versunken sein? Eine Idee tauchte zu plötzlich auf, um sie als abwegig zu empfinden. Hm, sollte ich es auf einen Test ankommen lassen? Warum eigentlich nicht – es war eine gute Übung.

Vorsichtig streckte ich meine Fühler aus. Überrascht zuckte ich zusammen. Wow! Was ist das?! Augenblicklich war Herta von einem ausgeglichenen, entspannten, orangenen Schleier umgeben. Nur um ihr verletztes Bein flackerte es etwas.

Aber orange! Hä? Zuviel Zwiebeln gestern geschnitten? Seit wann sah ich Farben? Noch dazu in Schattierungen. Quatsch! Das waren die Nerven. Ich war durcheinander und aufgekratzt ..., oder? Dieses Oder klang etwas zu schrill in den Gedanken. Auch für mein inneres Ich. Erschrocken hielt es in seiner Tätigkeit, den imaginären Küchenboden zu schrubben, inne und sah mich verunsichert an. Vermehrt blinzelte ich. Vielleicht verschwand diese Erscheinung dann wieder von selbst.

Fehlanzeige. Was sollte ich damit anfangen? Ein weiteres Mal glitt mein Blick an Herta entlang. Das Orange hüllte sie zur Gänze ein. Was war es? Ich unterdrückte den Impuls, sie wie ein Wesen aus dem Universum zu umkreisen. Was war hier los? Verdammt, irgendetwas lief hier schon wieder aus dem Ruder. War das wieder so eine Neuzugangs-Macke meiner ach so berauschenden Fähigkeit? Hatte das denn nie ein Ende? Dass meine Nerven kurz vor dem Zusammenbruch standen, hob die Laune keineswegs. So verschob ich diese farbliche Veränderung auf eine spätere Analyse. Handelte es sich dabei wirklich um eine Facette der Gen-Mutation, würde sie mit Sicherheit erneut auftauchen – eins nach dem anderen. Für diesen Moment beschloss ich, mich dem Mysterium „Herta" von vorne zu nähern. Als ich damit sofort des Rätsels Lösung fand, hätte ich mir am liebsten selbst in den Allerwertesten getreten. Vorsichtig, um sie nicht zu erschrecken, zog ich behutsam einen der kleinen Ohrstöpsel aus Hertas linkem Ohr.

„Hallo, Herta", und gab ihr einen Kuss auf die Wange.

„Oh! Hallo, Kleines. Alles gut bei dir?" Ihre fröhlichen grauen Augen vergruben sich noch mehr in die Lachfältchen, die sich in all den Jahren um ihre Augen gebildet hatten.

Meine Lippen kämpften mit einem selbstironischen Lächeln. „Ja, danke. Wie steht's bei dir? Wie geht's deinem Bein? Kann ich dir etwas helfen?" Zu ihrem letzten Geburtstag hatte ich ihr einen MP3-Player geschenkt. Beim Kochen summte sie immer so melodisch. Irgendwie hatte ich das Gefühl, dass sie gerne mit Musik kochte. Doch als ich ihr die Anlage im Wohnzimmer erklären wollte, die auch das ganze Soundsystem um und im Haus regelte, blockte sie sofort ab und meinte, dass sie lieber beim Summen bliebe, als an diesem High-Tech-Firlefanz Hand anzulegen. Tja, und da ich unsere Herta lieb hatte, begab ich mich auf die Suche nach einem Player, den auch ein Kindergartenkind oder ein unerfahrener High-Tech-Mensch bedienen konnte – verdammt, das war Schwerstarbeit! Am Anfang spielte ich mit dem Gedanken, ihr ein Handy zu schenken. Doch da sie nicht gerätetauglich war, vergaß ich den Blitz gleich wieder, aber ich wurde fündig. Über ihre geschockte Überraschung legte sich bald Neugierde, vermischt mit Freude. Mittlerweile war sie eins mit dem Ding, nur ich irgendwie noch nicht!

„Danke. Ich komme gut klar. Ich habe deine Bestrafung nicht vergessen ..." Eine hochgezogene Augenbraue und ein bohrender Blick trafen mich. „Ich hole dich, wenn ich dich brauche, und ja, es geht." Sie schenkte ihrem Bein einen tödlichen Blick. „Ich war, wie versprochen, beim Arzt und die Verletzung ist halb so wild", seelenruhig schnippelte sie weiter, „Ich hab' mir den Knöchel verstaucht und am Bein entlang eine leichte Prellung, die sich aber gewaschen hat. Zum Glück ist es kein Bruch und auch das Knie hat alles gut überstanden. Bei den alten Knochen ein Wunder, meinte der alte Knacker von Arzt." Mit dem Griff des Küchenmessers tippte sie gegen ihre rechte Schläfe. Ein paar Sekunden brauchte meine Reaktion, um wieder aufzutauen, nach dem eiskalten Tonfall, den sie heimlich eingeschmuggelt hatte, als sie vom Arzt gesprochen hatte. Nur gut, dass sich meine Gabe gerade auf ihr Farbenspiel konzentrierte und nicht auf die Überleitung von Gefühlen.

„Und da bist du nicht zu Hause auf der Couch?" Ich schnappte nach einem Stück geschälter Karotte.

„Bist du verrückt?! Was soll ich da? Vor Langeweile sterben?" Entsetzt weiteten sich ihre Augen. Zu viele Fragen in einem Atemzug – ich dachte über ihre Worte nach.

Ja, ich verstand sie. Würde mein Leben nicht gerade die flammende Aufschrift CHAOS tragen, würde ich leiden wie ein geschlagener Hund mit diesem Hausarrest.

„Was hast du mit dem Hackfleisch gemacht?" Herta bearbeitete ein Stück Sellerie. Was plante sie mit dem ganzen Gemüse?

„Chili."

Zur Bestätigung erhielt ich ein Nicken. „Ich schätze, Ilvy hat mal zur Abwechslung zu Hause gegessen?"

„Nö, – sie hat auch was abbekommen."

Überrascht hob sie erneut eine Augenbraue und sah mich neugierig an. „Dann hast du keine Chilis reingegeben", und deutete mit dem Messer auf mich. Warum wusste sie so genau, wie das Essen abgelaufen war?

„Zumindest hab' ich es human gehalten und dein Mexican-Gewürz für Dad und mich auf dem Tisch deponiert." Wissend nickte sie. Schweigend knabberte ich an der Karotte, während sie nach dem passenden Topf suchte. Orange ... wie die Karotte. Warum war Herta orange? Ich meinte, irgendwie passte es zu ihr, aber... aber warum konnte ich das sehen? Und vor allem, was sah ich da??

„Holst du mir bitte die Tomatensoße aus der Kammer."

Nachdenklich schwang ich mich vom Tresen und rieb mir die Augen. Die minimalistisch kleingehackten Zwiebelstücke landeten im heißen Topf und reizten sogar beim kleinsten Windhauch meine Augen. „Was zauberst du heute Leckeres?", rief ich aus der Speisekammer.

„Mal sehen. Bleibt Ilvy?" Sie griff nach dem Bund Chilischoten, die über dem Herd hingen und mit einer verlängerten Schnur-Ketten-Konstruktion rauf und runter gezogen werden konnten. Da unsere Küchenfee doch um einige Zentimeter kleiner war als wir, mussten wir eine Lösung finden, damit besonders sie an alle Kräuter ran kam und wir uns nicht die Köpfe blau stießen – haha, welch Ironie! Dieses Flaschenzugsystem war die einfachste und schnellste Lösung, bei der wir auch blieben.

„Ich schätze schon."

„Dann mach' ich Pizzateig. Den könnt ihr euch selber belegen."

„Mhm, lecker. Herta", ich drückte meiner Ersatzoma einen dicken Schmatzer auf die Wange „du bist und bleibst einfach die Allerbeste!"

Als Antwort tätschelte sie mir die Wange, begleitet von einem ungläubigen, aber fröhlichen Lachen.

„Was bekommt der Rest der Family?"

„Dein Dad bekommt eine Bolognese, und deine Schwester teilte mir mit, dass sie außerhalb dieser heiligen Hallen speisen würde, und wenn doch, isst sie außer

Wasser und Brot am Abend sowieso nichts." Total falsche Gewichtkalkulations-Taktik. Wenn sie schon die Ansicht vertrat, zu viel um die Hüften zu polstern oder sonst wo, sollte sie die Kohlenhydrate – also ihr heiliges Brot - am Abend reduzieren, aber das konnte ich auch der nächsten Wand erzählen. Ally war nicht da? Wo streunerte die wieder rum? Erst in diesem Moment ging mir ein Licht auf – ich fuhr wirklich auf Energiesparkurs –, sie war ja bereits befreit! Abitur erledigt. Wartezeit abhängen. Sie wirkte viel zu selbstsicher, als dass etwas schiefgelaufen sein könnte. Hm, was soll's, so haben wir wenigstens unsere Ruhe vor ihr.

Herta beklagte sich noch die Standard-fünf-Minuten über das Verkriechen meines Erzeugers, bei dem wir wie immer zu dem Schluss kamen, dass wir nicht viel daran ändern könnten, weil wir ihn nicht ändern könnten. Aber sie merkte auch an, dass ihr kleine Spaziergänge außerhalb seines Mauselochs aufgefallen wären und vielleicht doch noch Hoffnung für ihn bestünde. „Er hat sein Stück fertig. Die ersten Proben beginnen", merkte ich nebenbei an und spürte das Aufkeimen der unterdrückten Schuldgefühle. Ich sollte wieder nach oben gehen. Nach einem weiteren Kuss auf die andere Wange verschwand ich Richtung Treppenhaus. Beim Hinaufjumpen in den oberen Stock verweilte ich kurz vor Allys Zimmer – kein Mucks zu hören. Entweder war sie schon weg oder mit Schminken beschäftigt.

Zurück in meinen vier Wänden reichte ich Ilvy eine Flasche Wasser und pflanzte mich wieder auf den Sitzsack. „Herta macht uns Pizzateig."

Schwedengirl strahlte mich an. „Sie ist der Hammer! Mit ihr habt ihr einen wahren Glücksgriff gemacht. Ich will auch eine Herta." Ihr Gesichtsausdruck wechselte zu schmollend.

„Ja, als hätte Mam genau gewusst, dass wir sie brauchen ..." Erst nachdem ich die Worte ausgesprochen hatte, wurde mir klar, was sie bedeuteten. „Natürlich hat sie es gewusst. Sie hat Herta bewusst ausgewählt, weil sie wusste, dass wir eine Stütze brauchen würden."

Stille. Die Erkenntnis tat nicht so weh wie erwartet. Was hatte sie noch im Bewusstsein ihres Todes arrangiert? In dem Moment, als ich Ilvy mit diesem Gedanken belagern wollte, fing sie mich ab. „Darüber darfst du nicht nachdenken. Hörst du, Cleo! Du darfst nicht daran denken, ob deine Mutter dies oder jenes nur getan hat, weil sie wusste, dass sie sterben würde." Beste Freundinnen können wirklich hart sein, umso besser, wenn man eine hat, die einem am Boden festhielt.

Mir war klar, dass irgendwelche Grübeleien kein Ende nehmen würden, und Spekulationen würden ja auch ins Nichts führen. Schlussendlich würden sie mich in den Wahnsinn treiben, und das wäre nicht in Mams Sinn und ihrem Handeln.

„Willst du weiter lesen oder mir erzählen, was du von den Chakren weißt?"

„Hm. Ich würde sagen, wir lesen weiter, damit ich mich nicht zu sehr blamiere!" Unser gemeinsames Gelächter war Balsam für meine Seele. Ilvy wird mich nie verlassen!

Zumindest dachte ich das in diesem Moment.

Diese sieben Flecken oder Punkte sind Energiezentren, auch Energiewirbel genannt, die sich entlang der Wirbelsäule unseres Körpers ziehen – die Chakren. Jedem dieser Punkte ist eine Farbe zugewiesen. Diese Energiezentren sind aber nicht vorrangig für Dich. Sie dienen nur zur Überleitung zu Deinem Schutz vor Deiner eigenen, so komisch es klingen mag, Deiner eigenen Fähigkeit.

Nun stell Dir bitte vor, in der Mitte Deines Körpers, ungefähr fünf bis zehn Zentimeter unter Deinem Bauchnabel, liegt einer dieser farbenprächtigen Flecke. Das Sakralchakra trägt die Farbe Orange. Sieh es aber nicht als eines der sieben Symbole, sondern als ein Öfchen. Ein kleines Öfchen, das immer vor sich hin glimmt. Sollte das Deine Vorstellungskraft überschreiten, kannst Du

Dir auch eine goldene Kugel vorstellen. Versuche, es Dir vorzustellen. Forme es in deinen Gedanken, bis Du es vor Deinem inneren Auge sehen kannst. Wenn es Dir schwerfällt, Dich zu entspannen oder auf die Schutzübung zu konzentrieren, kannst Du das auch mit einem einfachen Satz unterstützen: „Ich bin zentriert im goldenen Schwerpunkt meiner Mitte.", bis Du die goldene Kugel oder das Feuer findest.

Wenn Du Deine goldene Mitte siehst, beginnt das eigentliche Schutzritual.

Dabei visualisierst Du, wie Deine Aura und Deine Chakren von einem hellen oder goldenen Licht eingehüllt werden. Suche Dir einen Punkt an Deinem Körper, an dem du beginnst. Am besten eignet sich für den Start der Bereich unter den Füßen oder auch über dem Kopf. Lass das Licht einfach hinab- oder hinauffließen. Vergiss nicht, die Fußsohlen miteinzubeziehen! Die Visualisierung, sich in ein Ei – das Welten-Ei – einzuhüllen, ist eine gute Möglichkeit.

Ich hörte erneut Finger auf die Tastatur hämmern. Ob sie „Welten-Ei" oder „Schutzritual" eingab? Oder beides? Die neuerliche Skepsis war nicht unbegründet. Es hörte sich mehr als nur surreal an. Dieses Esoterik-Zeugs war so gar nicht mein Fall. Ja, es lag mir viel daran, mentale Stärke aufzubauen, aber musste das gleich über diese Schiene laufen? Hilflos starrte ich auf das Aquarell. Warum fiel es mir so schwer, mich einfach in diese Geschichte und in das ganze Drumherum fallen zu lassen? Es zu akzeptieren ... Weil diese Dinge zu weit entfernt von meiner Welt lagen.

Aber, das ist nun auch ein Teil deiner Welt. Mein inneres Ich sah mich, unter ihrem Baum liegend, verträumt an. Unsicher sah ich zum ersten Brief. Chartres. Voller Geheimnisse und doch von dieser Welt. Zum Angreifen - deutlich sichtbar.

Glauben - an sich selbst glauben.

Selbstvertrauen und ein bisschen Wahnsinn.

Mein inneres Ich zuckte mit den Schultern. *Versuchen wir es einfach.*
Also, ich suchte ein Feuer im Körper. Mitten im Bauch. Das in Verbindung zu meiner Fähigkeit steht? *Konzentration, Cleo!* Schon gut, vielleicht fand ich später eine Antwort – welch' Neuigkeit! Heute verschob ich wieder gerne Gedanken auf später.
Den Brief legte ich auf den Boden. Vor meinem inneren Auge sah ich mein kleines, ab und zu gemeines Unterbewusstsein – im Lotossitz auf einem Kissen verweilen. Flutsch! Und schon war der Baum, unter dem es noch vor einer Sekunde gefaulenzt hatte, Geschichte. „So schnell geht das also bei dir?" – Keine Reaktion auf meine flapsige Ansage. Die Augen geschlossen und die Hände zu einer Art Schälchen übereinandergelegt, in Höhe des Bauchnabels oder etwas darunter – a-haa, und das sollte ich jetzt nachmachen? Es war einen Versuch wert. Was würde noch alles passieren, wenn ich nicht endlich etwas zum Schutz tat? Auch wenn es sich noch so eigenartig anhörte ...
Mit einem mulmigen Gefühl suchte ich nach Entspannung und faltete die Hände. Einen klitzekleinen Spalt öffnete ich ein Auge und schielte zu der Lady in Leinwand.
Eine spezielle Sitzhaltung einnehmen? Liegen? Oder vielleicht doch stehen? Oder wie mein innerer Besserwisser – den Schmetterlingssitz? Genervt griff ich nach dem Brief. Das war ja noch nicht alles. Das frustrierte Aufstöhnen meines kleinen inneren Buddhas überging ich absichtlich.

Ich bitte Dich, lass Dich nicht entmutigen, wenn es nicht auf Anhieb funktionieren sollte! Diese Schutzhülle braucht viel Übung und verstärkt sich, je intensiver Du sie visualisieren kannst und je mehr Du übst. Am besten ist es, Du bereitest Dich gleich am Morgen nach dem Aufwachen darauf vor.
Visualisiere im Liegen oder im Sitzen Deine goldene Mitte, bis Du sie siehst. Im Liegen empfindest Du es viel-

leicht als angenehmer. *Das musst Du selbst herausfinden. Oder setze Dich auf und stell' Deine Beine/Fußsohlen bewusst auf den Boden. Erde Dich, Cleo. Dann hülle Deinen ganzen Körper mit dem goldenen Licht ein. Das Licht soll nicht exakt an Deinem Körper entlanggleiten!*

Die Chakren und Deine Aura liegen nicht direkt am Körper auf, es existiert ein kleiner Abstand zwischen Deiner Haut und diesen Punkten. Besonders wichtig ist dies am Scheitelpunkt. Du solltest mit dem Lichtkreis ein Stück über Deinem Kopf ansetzen, denn das oberste Chakra liegt ebenfalls nicht am Kopf auf, und Du musst auch dieses miteinbeziehen!

Alles klar.
Hoffentlich ...
Was?! Nein! Gar nichts war klar! Woher sollte ich wissen, ob ich einen dieser Punkte nun eingeschlossen oder ausgesperrt hatte? Verunsichert betrachtete ich die Verteilung der einzelnen Chakren auf dem Bild genauer. Schön bunt. Hm.

Einen Versuch ist es allemal wert. Zuversichtlich zwinkerte mir mein inneres Ich zu.

Das sollte ich doch hinbekommen! Puh ... Irgendwie. Erneut richtete ich mich auf, streckte den Rücken durch und schloss die Augen. Die Hände legte ich im Schoß ab. Den Kopf neigte ich entspannt nach vorne und die Füße ... die Fußsohlen. Hm. Vielleicht sollte ich die Wuschelsocken ausziehen – zwecks Bodenkontakt und so. Ja, heute trug ich Socken, auch um diese Jahreszeit! Und ja, ich wusste immer noch nicht, wer oder was die Hausschuhe verschlungen hatte.

Also ... hüftbreit hinstellen. Ja, das fühlte sich okay an.
Tief durchatmen –- das tat immer gut. Fast verschluckte ich mich am eigenen Speichel – vielleicht sollte ich es nicht übertreiben ...

Also gut. Ich atmete bewusst ein – Ruhe.
Eine goldene Kugel. Ich suchte eine goldene Kugel.
Wo warst du?

Es blinkte nichts, es schimmerte nichts ... Kügelchen, Kügelchen, komm herbei!
Wo bist du?
Kuckuck!
Nur ein beengendes Schwarz mit nichts.
Hm ... Und ein versteinerter innerer Buddha.

Auf den Handinnenflächen bildete sich ein feiner Schweißfilm. So würde ich diese verdammte Kugel niemals finden! Mann! Das war doch echt zum Kotzen, und wieder einmal befand ich mich an einem Punkt, an dem ich die ganze Situation am liebsten verfluchen würde. Mühsam rief ich mich zur Ordnung. Das mit den wörtlichen Flüchen sollte ich besser lassen. Wer konnte einschätzen, wieweit das wirklich mit der Realität in Kontakt trat? Flüche waren doch etwas Schlechtes, oder? Schwarze Magie und so ... AHH!! Warum nur ich?! Warum musste sich ausgerechnet mein Leben so verändern? Da draußen gab es wirklich genug irre Möchtegernjugendliche, deren Leben ihnen zu langweilig war. Warum musste es ausgerechnet mich treffen? Mit geschlossenen Augen schüttelte ich den Kopf.

Ein letztes Mal ermahnte ich mich, das Fluchen endlich zu lassen – als halb geoutete Hexe ... Iiich musste mich dringend darüber informieren. Konzentration! Das war das Schlagwort! Erneut straffte ich die Schultern. Der Adrenalinpegel musste runter. Ungewohnt, da ich immer darauf bedacht war, es auf einem bestimmten Level zu halten: je höher, desto besser! Aber es nun in den Keller zu stopfen, war echt ... komisch und schwierig. Trotzdem, es musste sein. Schließlich ging es um meine geistige Gesundheit. Wieder atmete ich tief durch.

Weitere vier Mal zog ich die Luft tief in die Lungenflügel und ließ sie langsam wieder rausströmen. Zaghaft spürte ich, wie der Körper die Verkrampfungen löste, die Muskeln sich lockerten und die Sehnen nicht mehr auf Absprung bereit verharrten. Erst da wurde mir bewusst, wie sehr ich immer unter Spannung stand. Den ganzen Tag lang, wie ein Reh, das auf den alles entscheidenden Schuss wartete.

Die letzten nervösen Gedanken verzogen sich durch ein verstecktes Hintertürchen.

Alles war schwarz. Dieses Schwarz war anders als vorhin. Es war nicht unangenehm.

Es strahlte etwas Ruhe aus, eine positive Nähe, und ich entspannte mich noch weiter.

Plötzlich fiel mir ein, wonach ich suchte. Erschrocken zuckte ich zusammen. Diese Millisekunde war alles andere als förderlich für die neue schutzlose Welt, in die ich mich begeben hatte. Alles wackelte. Ich wollte bereits die Augen öffnen, als es ein versteckter Reflex schaffte, dieses Ungleichgewicht zu beheben. Was, wenn ich komplett aus der Konzentration gerissen wurde? War das Schutzschild dann auch dahin? Hoffentlich würde sich das mit einigen Übungseinheiten vermeiden lassen.

Der Satz! Wie lautete der Satz noch mal? Goldene Mitte, nein, etwas mit Schwerpunkt. „Verdammt!"

„Was ist?"

„Der Satz?!"

Ilvy kramte nach dem Brief. „Warte." Die Sekunden wurden in meiner Gefühlswelt zu Minuten - ich hatte Angst, diese Ruhe zu verlieren.

„Hier! Hier." Hektisch las sie die Worte. „Ich bin zentriert im goldenen Schwerpunkt meiner Mitte – meinst du den?"

Erleichtert nickte ich nur. Keine Ahnung, wie lange ich so dasaß. Mich nicht bewegte. Den Satz in Gedanken immer wieder aussprach und dabei keinen Mucks von mir gab. Aber eines konnte ich mit Gewissheit sagen: Ich fühlte mich wohl in dieser Finsternis, auch wenn ich nichts fand, das einem Glitzern oder Schimmern glich. Es war unglaublich, wie sehr ich es genoss loszulassen.

Irgendwann stupste mich etwas an. Nein. Diese Ruhe war so angenehm.

„Erde an Cleo! Bist du noch da? Halloo?"

„Womit kann ich dir dienen, Meisterin?"

„Hej, bezaubernde Jeannie, ich wünsche mir einen Trip in den Süden, ans Meer. Wo keine Menschenseele ist außer mir und meiner besten Freundin."

„Dieser Wunsch soll dir erfüllt werden, Meisterin. Klingelingeling!"

„Na toll, so viel zu deiner Hexenkunst. Aber ich nehm' mal an, du hast die beschriebene Kugel nicht gefunden. Sonst würde hier bereits ein Lagerfeuer brennen und du mit Höllengesang darum herumtanzen." Hm? Was ging da ab, Schwedengirl? „Könntest du vielleicht deine Suche für einen kurzen Moment unterbrechen und dir ansehen, was ich gefunden habe." Unwillig bewegte ich die eingeschlafene Gesäßmuskulatur. „Außerdem ist der Brief deiner Mutter auch noch nicht zu Ende."

Ich wollte da nicht raus. Um nichts in der Welt. Aber es ließ sich nicht vermeiden und ich ergab mich dem Schicksal – schon wieder. Ein leichtes Schwindelgefühl setzte ein, als ich die Lider öffnete. Wow, es war echt hell hier! Zum Glück regulierte das mein Körper innerhalb weniger Augenaufschläge.

Ilvy musterte mich.

„Was ist?"

„Hast du es gesehen?" Forschend sah sie mich an.

„Was?"

„Na, die goldene Kugel!" Sie starrte mich an. Was suchte sie? „Im Übrigen denke ich, dass sie vom Qi spricht, das du finden sollst."

„Ähm ... Nö und aha und hey, du hast doch gesagt, ich hab's nicht gefunden."

„Stimmt. Was hast du dann die ganze Zeit gemacht, als du so dagesessen bist, als hättest du einen Stock verschluckt?"

„Ich habe das Schwarz um mich genossen."

„Hä?" Sie sah mich an, als würde ich nun komplett am Rad drehen.

„Auf einmal war alles ganz ruhig und angenehm. So ganz anders – einfach ohne Spannung."

„Aha. Mädel, ich glaub das nennt man Meditation."

„Hm. Interessant." Ich zuckte mit den Schultern. „Keine Ahnung, was es war, aber es fühlte sich gut an."

„Ok." Nervös wetzte sie am Boden herum. „Irgendwie war es gespenstisch. Ich hab ein paarmal mit dir gesprochen und es kam nichts. Als wärst du nicht da. Du bist immer gleich dagesessen. Hast keinen Muskel bewegt. Unheimlich. Echt unheimlich." Sich gruselnd schüttelte sie die Schultern. „Gut, dass du wenigstens noch geatmet hast."

Das empfand ich nun selbst als etwas furchterregend. „Tut mir leid. Aber ich hab' nicht gehört, dass du ..., was du gesagt hast, und ich wollte nicht unheimlich wirken. Ehrlich!"

„Das ist mir schon klar. Magst du zu Ende lesen?" Sie setzte sich mit dem Lapi wieder auf ihren Platz zwischen meinen Beinen. Hatte ich eine Wahl?

„Ja." Ich angelte nach dem Brief.

Cleo, mach Dir keine Sorgen, tiefer oder intensiver wird der Kontakt zu den Chakren nicht werden, außer es wurde Dein Interesse geweckt. Trotzdem hoffe ich, ich konnte Dir mit dieser Beschreibung ein wenig helfen, und hoffentlich habe ich es verständlich genug formuliert. Ich kenne die Anwendung des Schutzkreises nur auf mich und meine Mutter – sie verfiel oft in eine Art Trance –, aber ich weiß, dass es bei Dir in Bezug auf Deine Fähigkeiten auch so verlaufen muss. Deine Granny hat mir ein paarmal davon erzählt, wie sie es handhabt, aber bei ihr ist es auch etwas anderes. Sie nimmt die Welt nicht in einem derartigen Ausmaß wahr wie Du!

Mein Krümelchen, irgendwann wird der Zeitpunkt kommen, an dem ich Dir nicht mehr helfen kann und Du eine erfahrenere Person um Rat und Hilfe bitten musst.

Doch bis dahin, werde ich Dich bestmöglich unterstützen!

Mein nächster Brief wird bald bei Dir sein ...

Ich liebe Dich,
pass auf Dich auf!

Deine Mami
C.

Elfs

Bis zum Mittagessen tüftelten wir an dem Brief herum. Ilvy mehr als ich. Schließlich wollte ich so schnell wie möglich wieder am öffentlichen Leben teilnehmen, und so suchte ich weiter nach der inneren Feuerstelle – erfolglos! Frustriert feuerte ich die restliche Post quer durchs Zimmer. Verdammt!

Um mich abzulenken, zog mein Spürhund das Thema auf den Stammbaum, den ich ausgedruckt und zusammengeklebt hatte. „Vergleich' ihre Angaben mit den Verbindungen." Mam hatte Recht. Seit dem achtzehnten Jahrhundert stellte unsere Familie einen fixen Bestandteil der britischen Bevölkerung dar, großteils verankert in der Oberschicht. Bei der ersten Durchsicht war mir nicht aufgefallen, dass der Titel Lord einige der männlichen Namen zierte. Hin und wieder verlief der Stammbaum ins Leere oder wies Lücken auf. Ilvy erklärte mir, dass bei solchen *losen Enden* ihre Recherchen keinen Erfolg erbracht hatten. Sie tippte auf „jung verstorben" oder „aus der Stadt verzogen" oder „ausgewandert". Doch der Großteil lebte in England, sogar im näheren Umkreis Londons. Hm, London ... Der Buckingham Palace oder mit einem roten Doppeldeckerbus über die legendäre Brücke düsen. Zu leicht verloren sich die Gedanken zwischen den Denkern und Dichtern der Stadt und des Landes. Shakespeare und seine unglaublichen Werke ... Macbeth. Darin war die Rede von Hecate, der Göttin der Hexen. Thomas Hardy und seine Tess von den d'Urbervilles; dieses Werk hatte mich schwer beeindruckt. Dass er es gewagt hatte, einen Roman zu verfassen, der die Sexualmoral seiner Zeit infrage stellte, Respekt! Eine Großstadt im Wandel, die wie auch die anderen immer deutlicher die Kluft zwischen Ober- und Unterschicht präsentierte. Dort zu leben, konnte sich kaum noch jemand leisten. Wohnungen und leere Auslagen waren keine Seltenheit. Die Stadt wurde von Bankern und Politikern regiert, und alle trugen sie diese überdimensional großen Hüte. Innerlich schüttelte ich mich bei der Erinnerung an einen Zeitungsartikel mit Bildern der Queen. Darauf hatte sie eine große pinke Kopfbedeckung getragen, die einen Sonnenschirm hätte erbleichen lassen. Dennoch hätte ich nichts gegen einen netten Clubauftritt meines augenblicklichen Lieblings-Singer-Songwriters. James Bay live – in einem eher kleineren Umfeld, nur wenige hundert Menschen. Sehr verlockend! Trotz allen Vor und Nachs wäre es eine Stadt, die ich gerne besuchen würde. Stand im nächsten Schuljahr nicht eine Klassenfahrt dorthin an? Vielleicht würde sich ein Abstecher zu meinen Verwandten ergeben ...

„Wie hast du es geschafft, einen so detaillierten und umfangreichen Stammbaum in so kurzer Zeit zusammenzustellen?", bewunderte ich Ilvy.

„Ich hab' rückwärts gearbeitet." Und ein Schulterzucken. Nachvollziehbar, aber wie sie die ganzen Namen und Verwandtschaftsgrade und Zweige gefunden hatte, blieb mir ein Buch mit sieben Siegeln, und eine genauere Antwort erhielt ich nicht. Interessant wie sich unsere Rollen vertauscht hatten. In der Schule war es umgekehrt. Ich paukte kaum für eine Prüfung. Musste nur selten etwas zwei Mal lesen. Notizen fertigte ich nur auf Wunsch der Lehrer an. Alles ging nebenbei, und die Noten hielten sich in einem guten Durchschnitt. Das war nicht immer so. Dieses Gedächtnis funktionierte nur, wenn ich nicht emotional involviert war. Bei Erinnerungen schien es den Aktivierungsknopf nicht zu finden. Vielleicht war es Adrenalin, das Ilvy beim Lösen von Rätseln antrieb.

Wikingergirl versuchte doch glatt, mich über diese Tatsache hinweg zu trösten. „Ach, Cleo, ich hab ihn doch selbst noch nicht richtig verstanden." Kein Zweifel, diese Auflistung der Namen würde uns noch nützlich sein bei den Inhalten der Briefe.

Stutzig hielt ich inne. Irgendetwas passte hier nicht zusammen. Ich kam nicht gleich dahinter. Es dauerte, aber dann war es sonnenklar – ihre Wortwahl. „Was meintest du damit, dass dir noch der Durchblick fehlt?"

Wir standen vor dem Schreibtisch mit dem ausgebreiteten Namensplan. Sie begann zu zappeln. Trat von einem Fuß auf den anderen. Zupfte an ihrer Fingernagelhaut herum – was für eine schmerzhafte Angewohnheit, iiih! Aber da war was, ich hatte mich nicht getäuscht. „Was verschweigst du mir?" Unter meinem prüfenden Blick senkte sie den Kopf. „Spuck's schon aus!" Hatten wir nicht erst vor Kurzem besprochen, dass das mit den Geheimnissen immer in die Hosen ging? Statt diesem Öfchen fand ich in diesem Moment einen Funken Wut an der von Mam beschriebenen Stelle – aha! Merken! Nach einigen Sekunden Herumdrücken folgte dann der weitaus interessantere Teil der Stammbaum-Aufstellung.

„Er war im Netz." Was? Verständnislos sah ich sie an. „Er war fix fertig im Netz. Nur ohne euch Schweizer." Was?! „Ich hab' den Stammbaum im Netz gefunden. Ich kann dir nicht beschreiben, wie glücklich und erleichtert ich war." Sie strahlte über das ganze Gesicht. „Aber nach dem Download konnte ich ihn nicht mehr finden."

„Wie meinst du das?"

„Die Datei war auf dem PC, aber das Dokument im Netz war verschwunden."

„Was?" Das klang mehr als unlogisch.

„Ich schwör', das File war nicht mehr auffindbar! Ich hab' die halbe Nacht nach ihr gesucht. Fand aber keinen Hinweis, dass der Stammbaum je existiert hätte."

„Die IP-Adresse?"

„Keine Chance, diese zurückzuverfolgen." Unmöglich! Das konnte ich nicht glauben. Sie war auf eine derartige Reaktion von mir vorbereitet und zog aus ihrer Tasche einen USB-Stick, den sie in den Laptop steckte. Wenige Sekunden später saßen wir vor besagtem Dokument. Interessiert betrachtete ich die Originalversion. Naja, Original war relativ – es war am PC angefertigt worden. Schnüffelnase hatte es fast genauso übernommen. Schade! Die Spannung, die sich während des Öffnens der Datei aufgebaut hatte, verließ mich schnell. Entmutigt versuchte ich, mich wieder auf das Wesentliche zu konzentrieren – die IP-Adresse. Wem gehörte sie? Kurz zögerte ich, dann kramte ich in der Schultasche, aus der ich eine CD zog, die ich zusammen mit meinem guten Schulkumpel Tobi in der Mittagspause vor einigen Wochen fertiggestellt hatte. Keine Ahnung, warum die noch im Rucksack lag; ich dachte, ich hätte sie ihm vor seiner Abreise gegeben. Hm, so wusste ich zumindest, wo sie abgeblieben war. Laut seiner und meiner Theorie sollte es damit leichter fallen, IP-Adressen zum Ausgangsserver zurückzuverfolgen, verschlüsselte Dateien im Netz zu finden und einer IP zuzuweisen. Theoretisch sollte es auch möglich sein, gelöschte Dokumente wiederzufinden. Irgendjemand speicherte diese immer geheim ab, sobald man sich im Netz bewegte. Sei es nun auf Facebook, WhatsApp, Twitter, Google, Instagram oder was es da noch so alles gab - ganz egal, einer hat immer die Finger mit von der Partie. Wir leben in einem Glashaus! Dieses Glashaus begann bereits beim Besitz eines Smartphones, richtige Einstellungen hin oder her! Diese Firmen fanden immer einen Weg, uns auszuspionieren. Unbestritten, die Scheibe war nicht ganz legal. Die CD rutschte über den Zeigefinger – der perfekte Test, ob es funktionierte.

„Cleo?!"

Ohne größere Probleme loggte ich mich in den Schulserver ein, auch das haben Tobi, ich und ein paar andere in einer Langeweile-Pause getestet. Unsere Schule sollte sich für dieses schlechte Sicherheitssystem schämen!

Bereits jetzt drangen Ilvys hoffnungslose Ächz-Stöhn-Geräusche zu mir, die sie zum letzten Mal von sich gegeben hatte, als ich mich für den Fallschirmsprung entschieden hatte.

Auf dem Server öffnete ich einen verschlüsselten Browser. Mal sehen, ob uns das von Nutzen sein würde. Und schob die CD ins Laufwerk.

„Cleo!" Ihr Gesicht verlor an Farbe. „Ist das eine von Tobis CDs?"

„Nein! Das ist die CD, die Tobi und ich gemeinsam beschrieben haben." Die Betonung verstärkt auf mich bezogen, tippte ich leicht angepisst ein paar Anweisungen in die Tastatur und lehnte mich zurück. Die Fingerspitzen kribbelten. Das Programm begann mit der Arbeit. Der Haaransatz juckte und ich scharrte nervös mit einem Bein – verdammt! Wenn unsere Gesetzeshüter davon Wind bekamen, würde ich um eine Gabe betteln, mit der ich mich unsichtbar machen oder, noch besser, wegbeamen konnte. Genau! Das wäre doch ein cooler Gendefekt.

Der Magen drohte am Adrenalinüberschuss zu explodieren.

Mit einem lauten Platsch tauchte ich kopfüber in den Pool.

Ich wartete auf Schmerzen ... Entspannte mich überrascht. Das kühle Nass schien dem geschundenen Körper gutzutun. Wie hab' ich mich danach gesehnt. Ohne diese Qualen. Es war ... erleichternd. Ja, das war es. Die verspannten Muskeln lockerten sich. Ich genoss das Vakuum, das mir das Wasser bescherte. Mit mir im Reinen, tauchte ich eine ganze Länge des Pools und genoss diese dumpfe Stille. Wie erwartet, war meine hinreißende Schwester mit der regelmäßigen und gleichmäßigen Bräunung ihrer Haut ausgelastet. Umso besser. Vielleicht bescherte mir das eine Streit-Diskussions-Auszeit.

Ohne einen Ton in Allys Richtung war ich im kühlen Nass verschwunden. Ein kurzer Atemzug, und ich tauchte wieder unter Wasser. Neugierig streckte ich die Antennen nach ihr aus. Bevor ich ins Wasser gesprungen war, hatte ich versucht, mir ein Bild von ihrer Gefühlswelt zu machen. Ausgeglichen – dies war mein erster Eindruck, obwohl ich den Augenblick fühlen konnte, als sie bemerkt hatte, dass ich auf der Bildfläche erschienen war. Es war kein Hass, aber auch alles andere als Freude. Es glich eher Vorsicht. Zum Glück tat dieses Gefühl nicht weh.

In Ruhe zog ich meine Bahnen. Immer wieder warf ich einen vorsichtigen Blick in ihre Richtung. Irgendetwas stimmte hier nicht. Bis ich erstarrte, Luft aus der Lungen drückte und tiefer sank. Das verstand ich nicht ... entsetzt starrte ich unter dem Wasser in ihre Richtung. Die Gefühle ... Allys Gefühle, sie verwandelten sich in ein Grün

... Farben? Schon wieder?! Woher kamen nur diese Farben?

Von diesen ganzen Eindrücken wurde mir schwummrig.

Ich mochte grün, wirklich, aber ich mochte Zickensister nicht. Darum fand ich es doof, dass ausgerechnet sie meine Lieblingsfarbe trug. Es war kein strahlendes Grün.

Beängstigend schnell wechselte es – unentschlossen, flackernd. Diese Variante lag mehr auf der, nennen wir es, dunklen Seite. Düster, nicht einfach dunkel oder beängstigend. Im Augenblick verharrte es bei einem Blaugrün, wirkte nun etwas entspannter. Mal sehen, wie es sich veränderte, wenn ich aus dem Wasser stieg.

Aber ich wartete noch. Wo blieben die passenden Gefühle? Irgendetwas musste ich doch spüren. Einen Stich? Ein Ziehen?! Interessiert verharrte ich an ein und derselben Stelle. Bis mir ein Licht aufging. Unglaublich! Ein Gefühlsblocker. Wasser fungierte als eine Art Abwehrmechanismus. Wenn ich das gewusst hätte, wäre ich viel früher aus dem Loch gekrochen. Doch was brachte mir diese Erkenntnis? Es würde kaum reichen, wenn ich nass wie ein Fisch durch die Gegend spazierte!

Regenbogenfarben, grün, orange und violett ... Seit der Begegnung mit Herta konnte ich diesen Farbentick nur kurz ablegen. Vielleicht hatte diese Verstärkung etwas mit der Suche nach der Feuerquelle zu tun? Verwundert stellte ich fest, dass ich mich erstaunlich schnell an die verschiedenen Facetten der Gabe gewöhnte, aber sie selbst zu akzeptieren, bereitete mir Probleme. Da verstand noch einer die Welt!

An Ilvys Anblick hatte ich mich augenblicklich gewöhnt. Dieser spiegelte sie perfekt. Vielleicht war das auch der Grund, warum ich in ihrer Gegenwart nicht näher darauf eingegangen war. Wie ein bunter Blumenstrauß strahlte sie. Hoffentlich begann dieser nie zu welken bei der Nachricht, die sie zu Hause erwartete.

Nachdem die CD ihren Verfassern alle Ehre bereitet hatte – sie funktionierte einwandfrei –, musste ich Ilvy trotzdem zustimmen. Die IP-Adresse war nicht auffindbar, geschweige denn zum Ausgangsserver zurückzuverfolgen. Die Suche rannte gegen eine Mauer und landete nicht genauer zuweisbar in der Schweiz. In der Schweiz?! Dad? Das war mein erster Gedanke. Das konnte ich mir nicht vorstellen. Er wollte immer, dass Mam den Kontakt zu ihrer Familie in England wieder festigte, aber sie verweigerte dies schonungslos. Um sicher zu gehen, startete ich zwei weitere Testläufe. Einen zu Dads PC und den anderen zu Allys MacBook. Es war ein Kinderspiel sie zu finden. Meine ach so kluge Schwester dachte wohl, sie benötigte keine Sicherheit, nur weil ein angebissener Apfel auf ihrem Schreibtisch thronte.

Unglaublich – ich konnte mit meinem verhältnismäßig alten Lapi Allys neues MacBook durchsuchen. Hm, die Schweizer und ihre Erfindungen! Warum ließ diese dumme Nuss das Book auch immer am Netz hängen! Nachdenklich verweilte meine Hand über der Maus. Verdammt! Ich konnte das nicht. So ein Mensch war ich nicht. Ally würde wohl keine Sekunde zögern. Dieses Programm diente nur zum Zeitvertreib für die letzten sechs Monate, die Ilvy in Schweden abhocken musste. Kurz gesagt, trotz der CD Marke Eigenbau bekam ich nicht viel mehr raus als Ilvy. Das Dokument war weg, die ungenaue Serverspur brachte uns nicht weiter. Da hatte jemand sehr viel Ahnung gehabt, was das Verschleiern oder Verwischen von Spuren betraf. Interessant!

Der Magen knurrte – ich dachte an Herta ... Essen und ihr orange. Nachdenklich betrachtete ich Ilvy. Während ich grübelte, klingelte ihr Handy – die neue Nummer von Hozier; der Typ hatte eine echt geile Stimme. Schlagartig veränderte sich alles an ihr. Ihre Haltung. Ihre Stimme. Von der Mimik ganz zu schweigen. Ilvy hatte einen minimalen Gefühlsausbruch, der nur an der Oberfläche kratzte und mir dadurch ihr Farbenspiel zum ersten Mal präsentierte. Durch ihr aufgewühltes Innenleben wirkte es, als würde sie glühen. Allgemein wirkte es trüb und verschwommen.

Ihr Vater wollte, dass sie nach Hause kam. Sofort. Das kam weiß Gott nur sehr selten vor und war ein Indiz für etwas Negatives. Mit keinem Wort erwähnte er den Grund.

Die Regenbogenfarben flirrten wild um ihren Körper, pulsierten im Takt ihres Herzschlags. Die dunkleren Farben stärker. Die helleren ließen sich treiben. Etwas blass um die Nase sah sie mich an. „Ich ... hab' keine Ahnung was los ist, aber ich ruf dich an, sobald ich mehr weiß."

„Okay, mach dir keinen Stress." Wir verabschiedeten uns. Nachdenklich sah ich ihr hinterher. Somit gab es Pizza-ohne-Rücksicht zum Mittagessen – rauf mit den Chilis! Das mit der Taucherbrille verschob ich aufs nächste Mal. Um ehrlich zu sein, ich hatte keine Ahnung, wo sich dieses Plastik-Gummiding befand. Garage?

Ich verspeiste das extra scharfe Futter auf der Terrasse. Bei den letzten beiden Stücken schaute Dad vorbei. Überrascht blinzelte ich. Er schwamm in einem ausgeglichenen Violett-Blau durch die Gegend, das schnell hin und her schwankte. Mal dunkler oder heller. Mal mehr ins Blau, dann wieder ins Violett. Als er nach einem Stück Pizza griff, pulsierte sein Violett-Blau. Gern hätte ich ihm grün gegeben, aber diese Allein-Wette ging daneben. Kurz und hektisch erzählte er zwischen einigen Bissen, was er vergessen hatte und wie es in der Oper voranging. Ich nahm die Worte nur am Rande wahr, so fasziniert war ich von seinem farblichen Gefühlschwankungen. Diese Verfärbungen einzustufen, war durch seine Erzählungen vom Vormittag in der Oper und dem dazu gehörenden Wechselspiel leicht einzustufen. Dunkle Akzente – negative Beeinflussung; je heller, leuchtender - desto positiver das Ganze.

Auf einmal überzog ihn ein dunkles, trübes Blau, und ich wusste instinktiv, er dachte an Mam. Ihre Meinung, die ihm immer so wichtig gewesen war. In diesem Augenblick machte mir diese Gabe Angst und flößte mir Respekt ein.

Was würde sie mir noch alles bescheren?

Er fing sich schnell wieder – war er doch Vollprofi im Verdrängen! –, verputzte den Rest des Pizzastücks und klatschte mir einen Chili-Schmatzer auf die Wange.

Keine Ursache, Dad! Ally isst dieses Fettbrett sowieso nicht. Welche Farben wohl mich umkreisten? Nachdenklich nippte ich an der Wasserflasche. Leider klappte das nicht im Spiegel. Schon versucht. Kaum vorstellbar, wie das auf der Straße wirken musste bei Menschen, die ich nicht kannte. Die graue Wolke, die ich beim Zusammentreffen mit dem Postboten abbekommen hatte. Am Anfang war mir nicht klar gewesen, was ich da wahrgenommen hatte – Smog? –, aber nun wusste ich, dass dies der erste Kontakt mit einem *Farbenmensch* war. Es war nicht so, als würde ich die Menschen nur in ihren Farben sehen. Als wäre Ilvys weißes T-Shirt auf einmal mit bunten Punkten übersät. Oder Dads gelbes Hemd durch die Blauüberlagerung auf einmal grün, oder Hertas blaues Kleid verwandelte sich mit dem schönen Orange in ein grässliches Braun. Obwohl bei Ally würde das sicher witzige Effekte hervorrufen.

Nein, so war es nicht. Die Erscheinung wirkte wie eine Art Schleier, der sie umgab, sich mit den Menschen bewegte und immer da war. Vorausgesetzt, diese Gabe hatte gerade Lust dazu. Ihre Körper kamen nicht direkt mit dem Farbschleier in Kontakt, aber es war eindeutig, dass dieser ein Teil von ihnen war. Ein schützendes Etwas, ein Nebel. Nun ja, ... ein Schutzschild ...

Still verharrte ich im Wasser. Konnte das sein? Gab es einen natürlichen Schutzkreis? Einen, der uns immer umhüllte, Ohne dass wir auf ihn achten mussten? Eine Art angeborener Mechanismus? War er es, der mich vor den Gefühlen anderer schützen sollte? War er zu schwach? Wegen der Gabe? Musste ich ihn deshalb stärken?

Luft! Ich brauchte dringend Luft! Prustend erreichte ich die Oberfläche. Langsam wurden diese Gedanken lebensgefährlich, wenn ich sogar das Atmen vergaß.

„Na, wärst du jetzt ertrunken?" Klar. Ohne diesen ätzenden Kommentar auszustoßen, wäre Ally womöglich an ihren eigenen Worten erstickt.

„Und wenn schon. Du hättest mich sowieso nicht gerettet." Etwas enttäuscht hievte ich mich auf den Beckenrand und schlenderte zur Liege, auf der ich das Handtuch ausgebreitet hatte.

„Das wäre verweigerte Hilfeleistung gewesen, dafür geht's ab ins Gefängnis." Da lag sie, Miss Möchtegern. Am liebsten hätte ich sie samt ihrer Ausrüstung in den Pool geschmissen. Unverändert chillte sie in derselben Haltung wie vor meinem Jump ins Wasser: Sonnenbrille auf und Haare streng nach hinten getrimmt mit hundertzehn Haarnadeln, damit kein einziges Härchen einen verräterischen Schatten auf das Gesicht werfen konnte. Unterstützt wurde die Gesichtsbräunung von einer dieser aufklappbaren Kartonschachteln, überzogen mit Alufolie, für die es sicher eine tolle hyper-intelligente Bezeichnung gab, die mich aber nicht die Bohne interessierte.

„Aber warum sollte dich das stören? Du bist allein hier mit mir und würdest gewiss die perfekte Ausrede finden. Damit stünde dir der Weg frei, mein Zimmer zu erobern und in eine Beautyhölle zu verwandeln." Langsam verwandelte sich der Nebel um meine Schwester braungrün. Interessiert beobachtete ich sie hinter dem Handtuch.

Was war sie? Ein Chamäleon?

„Warum denkst du eigentlich immer nur das Schlechteste von mir?!" Ally stemmte ihre Beine auf die Terrakotta-Bodenfliesen, die rund um den Pool verlegt waren.

Hm ... war die Frage ernst gemeint oder rein hypothetisch? „Weil du mir, seit ich mich erinnern kann, noch nie freundlich begegnet bist – außer, du wolltest etwas von mir." Ich kramte nach dem iPod, breitete das Handtuch wieder aus und schwang die Beine auf die Liege. Diese blöde Ziege konnte mich am Allerwertesten kratzen. Ich hatte null Bock, mit ihr zu diskutieren. Lieber peppte ich den Vitamin-D-Haushalt etwas auf. Eigentlich rechnete ich damit, dass sich Ally, unbeeindruckt von meinen Worten, zum Weiterbrutzeln wieder perfekt in Richtung

Sonne drapieren würde – denkste! Heute war absolut nicht mein Tag und das bereits den dritten hintereinander.

„Du bist echt das Letzte. Spielst immer die Tolle. Die Brave. Die fehlerfrei ist und auch noch damit durchkommt!" Sollte ich den Lautstärkenregler einfach hochdrehen? Aber das waren ganz neue Töne von ihr. Mit einem Mal packte mich die Neugierde. Ich stellte einen Fuß auf jeder Seite der Liege und schob die Sonnenbrille vorsichtig nach oben. Auge um Auge. Zahn um Zahn. Na gut, Schwesterchen ... Doch die Worte blieben mir im Hals stecken, als ich sah, wie sie im leuchtenden Grün neben ihrer Liege in Flammen stand.

Mein Gott! Dieses helle Grün loderte um ihren Körper Das, was ich an direkten Gefühlen abbekam, war kein Hass. Nein! Wut und Verzweiflung. Keine Ahnung, was mich mehr schockierte. Zum ersten Mal konnte ich beides gleichzeitig wahrnehmen. Die Farben und die Gefühle einer Person. Ally war wütend. Nicht nur auf mich, sondern auf die ganze Welt. Diese versteckte Verzweiflung plus die Traurigkeit hinter dieser Wut trafen mich mitten ins Herz und zerquetschten fast meine Lunge. Die restlichen Organe wurden davon gefesselt, geknebelt, und irgendetwas zog immer fester an diesem Seil. Meine erste Reaktion: aufspringen, ihr entgegentreten und ihr in der gleichen donnernden Lautstärke erklären, dass sie ihren Frust und was sonst noch alles sein Unwesen in ihr trieb bei ihren Busenfreundinnen abladen konnte. Im Gegenzug fiel mir nur die Kinnlade runter, und irgendwie war Ally über meine Sprachlosigkeit genauso geplättet wie ich. Was den Zug am Organseil etwas lockerte.

Warum ist sie nur so, wie sie ist? Mam schrieb bereits im ersten Brief, dass Ally mir nicht gerade schwesterlich gesonnen war. Aber warum? Hab' ich als Baby zu stark an ihren Haaren gezogen oder sie angepinkelt, dass sie es mir bis zum heutigen Tag nachtrug? Meine Verblüffung schien Ally nur noch mehr zu verunsichern. Im Gegenzug klappte sie ihren Mund zu, kramte im Lichtgeschwindigkeitsmodus ihre Sachen zusammen und verschwand stampfend im Haus.

Punkt.

Verdutzt landete ich mit dem Hintern wieder auf der Liege. Im Geiste befand ich mich im Pool, umhüllt vom schützenden Wasser ... Aber so war ich einfach nur froh, dass meine Organe wieder ohne Fesselungsspiele arbeiten konnten. Das konnte nicht gesund für den Körper sein. „Was war das denn?" Langsam füllten sich die Lungenbläschen wieder mit Sauerstoff, und auch das Herz war froh über das Blut, das es zum Pumpen benötigte. Wenn das so weiterging, würde ich noch an unerklärbarem Multi-Organversagen sterben. Nachdenklich sah ich zum Haus.

Viele, sehr viele große Fenster und Terrassentüren öffneten die Außenwände. Was Mams Einfluss zu verdanken war, aber auch zu dieser Niedrigenergiebauweise gehörte. Sonnenlicht durchflutete die Räume. Sie hatte nicht viel übrig für künstliches Licht gehabt und wollte so lange wie möglich die letzten Strahlen des Tages in den Wänden einfangen. Unser Hightech-Zuhause lag auf einer Anhöhe. „Berg" war übertrieben, aber der Ausdruck „Hügel" traf es auch nicht. Wenn ich als Kind mit dem Rad runter zum alten Kramer auf ein leckeres Eis oder etwas zum Naschen wollte, musste ich nur den kurzen Abhang hinunterrauschen. Das Hochschieben war das Doofe an der ganzen Sache. Die Plackerei trimmte den Zuckerspiegel wieder in den Normbereich. Versteckt hinter hohen grünen Hecken und Sträuchern und einem großen weißen Gartentor verbarg sich unser Zuhause. Auf dem Flachdach thronten ausreichend Anlagen, um unsere ganze Siedlung mit Strom zu versorgen, was nur indirekt der Fall war – den Strom, den wir nicht nutzten, wurde ins öffentliche Netz eingespeist.

Ich fühlte mich hier pudelwohl. Mit dem Zug und der Tram war ich in wenigen Minuten in der Schule. Ergab sich spontan eine frühmorgendliche Freistunde, konnte ich mir sogar erlauben, mit dem Schiff über den Zürich See zu gondeln, um echt relaxed in der Schule einzutrudeln. Freie Sicht auf den See und die Berge ringsherum ... Das nenn' ich entspannen und einfach an nichts denken!

Der herumschweifende Blick verfing sich im Apfelbaum. Unsere Eltern hatten zur Geburt, jedem ihrer Kinder einen Baum gepflanzt. Ally war eine Birne. Weitere böswillige Ableitungen in Bezug auf die arme Obstfrucht und meine Schwester untersagte ich mir. Ich war ein Apfel. Ich mochte Äpfel, aber Kirschen noch lieber. Ein solches Kirschengewächs stand auch im Garten. Es wurde gleichzeitig mit dem Apfelbaum gepflanzt – angeblich wünschte sich Mam einen Kirschbaum und Dad einen Apfelbaum zu meiner Geburt. Hm, der Birnbaum. Was hatte ich meiner Schwester getan, dass sie immer so negativ auf mich reagierte? Die Unmöglichkeit, dieses Rätsels zu lösen, trieb mich endgültig aus dem Liegestuhl und ins Haus. Dieser Gedanke bedurfte einer dringenden Klärung, damit ich dem Durcheinander endlich ein Ende setzen konnte. Sonst würde ich irgendwann mein eigenes Zimmer nicht mehr verlassen können!

Vom Chlor befreit und angefressen, saß ich eine Stunde später mit dem Handy am Schreibtisch. Ally war wie vom Erdboden verschluckt – im ganzen Haus nicht auffindbar. Dann packte mich eine andere Neugierde Schrägstrich Erinnerung.

Seit geschlagenen dreißig Minuten und zwei deprimierenden Kaffees später, versuchte ich Ilvy auf alle erdenkliche Art und Weise – Anrufe, SMS, E-Mail, Skype – zu erreichen. Was wollte ihr Vater Peter so Wichtiges von ihr? Es war ungewöhnlich. Seine drängende Stimme und ihre Unsicherheit durch die Situation ... Vier Stunden waren bereits vergangen und noch immer Funkstille. Dringender denn je benötigte ich etwas zur Ablenkung. Nur was? Diese Öfchen-Suche trieb mich bereits ans Ende der Belastungsgrenze – vergiss es! Keine Chance, auch nur einen Funken Konzentration oder Nichtkonzentration von irgendwoher aufzutreiben. Wie Mücken schwirrten die Gefühle in mir herum – keine Aussicht auf Erfolg. Die Finger der rechten Hand trommelten unablässig auf der Tischplatte herum. Kaum zu fassen, mir war langweilig!! Dieses Gefühl war mir, keine Ahnung seit wann, unbekannt. Diese Tatsache, kombiniert mit der Situation, traf mich wie eine schallende Ohrfeige.

Ich bin eingesperrt!! Eingesperrt im eigenen Zuhause – und warum?! Nur wegen dieser saublöden Gabe, iie ich nicht haben wollte und um die ich erst recht nicht gebeten hatte! Frustriert sprang ich auf und stapfte herum. „Ich kann nicht raus! Nicht zu Ilvy. Nicht zu Celtic. Nicht mal spontan ins Kino …" Ein Wutschrei entlockte sich meiner Kehle und im Unterbauch begann es zu brodeln. A-ha. Mein kleines wiffzackiges inneres Ich zog die Aufmerksamkeit auf sich. „Was willst du?!" schnauzte ich es an.

Geschickt wich es meinen imaginär lodernden Hörnern aus. „Weißt du überhaupt, wie kacke das ist?! Nicht einfach mal ins Kino oder raus zum Shoppen – auch wenn ich nur geknebelt und unter Vorbehalt shoppen gehe. Aber das steht hier nicht zur Debatte." Mit Armen und Händen fuchtelte ich herum und führte eine intensive Diskussion mit meinem Unterbewusstsein. Nur gut, dass mich niemand dabei sah! „Es ist eine Tatsache, dass ‚mal einfach so' nicht möglich ist! Von freier Natur kann auch nicht die Rede sein." Echt angepisst trat ich einen der Sitzsäcke. „Wer weiß, zum Schluss knockt mich ein Eichhörnchen auf der Jagd nach einer Nuss einfach so aus." Allein diese Vorstellung machte mich wütend und rief doch ein Schmunzeln auf mein Gesicht. Diese lästige Unterbewusstseins-Wanze deutete immer wieder auf ihren Bauch und wedelte hektisch mit den Armen. Gott! Die Wut stieg erneut – wollte sie nur von mir?!? Frustriert warf ich die Arme gen Himmel. „Sonst sagst du doch auch, was dir nicht passt! Aber weißt du, was am allerschlimmsten ist? Dass ich immer noch nicht raus kann! Zu meiner besten Freundin. Um herauszufinden, was bei ihr ab geht. Vielleicht geht es ihr dreckig?" Um Verständnis suchend, sah ich zu meinem inneren Hampelmann. „Und ich kann einfach nicht zu ihr. Weil ich es vielleicht gar nicht zu ihr nach Hause schaffe." Ein weiteres Mal trat ich frustriert den verdammten Sitzsack. „So. Eine. Verfluchte. Scheiße!" Und wieder trat ich dieses Ding und schleuderte es durch den halben Raum – bewusstlos blieb er vor der Tür liegen. Wilde Gedanken stürmten auf mich ein. Hektisch atmend und erschöpft fiel ich auf die Knie. Mit den Händen drückte ich mir die Ohren zu und kniff die Augenlider fest zusammen. Wo kam nur diese tödliche Wut her?

Ich musste das in den Griff bekommen ...
Diese Wut im Bauch.
... Kann nicht mehr in die Schule ...
Im Bauch brannte es wie Feuer!

Mein innerer Bodyguard kniete am Boden der eigenen Welt. Tränen liefen über das hochrote Gesicht. Beide Hände lagen schützend auf dem Bauch. Endlich sah ich es bewusst an. Mein kleiner innerer Weinkrampf rappelte sich auf, witterte eine Chance und zeigte erneut auf seinen Unterbauch. Vorsichtig nahm ich die Hände von den Ohren – diese Gedanken waren sowieso im Kopf. Die Bewegungen meines inneren Ichs wurden ruhiger. Beide merkten wir, dass es endlich meine volle Aufmerksamkeit erhielt. Was wollte es mir sagen? Die Wut war immer noch da. Mein Erst-Helfer zeigte immer noch auf die gleiche Stelle am Körper. Wut im Bauch.

Schmetterlinge im Bauch – Gefühle im Bauch.

In mir keimten Gedanken auf. Immer noch hing ich in der Luft, ohne Fallschirm und Sicherung ... Bis endlich die aufgewühlten Gedanken einlenkten und ich es sah.

Eine Feuersbrunst an Gefühlen ... im Innersten meines Körpers. Scheiße, was war das? Konnte man innerlich verbrennen? Löschen! Schnell ... Stopp! Nein, verdammt, ich hatte es gefunden!! Nicht zu fassen. Mein inneres Feuer - ich hatte es gefunden!

Fasziniert konzentrierte ich mich genauer auf diese Flammen in mir. So real, damit hatte ich nicht gerechnet. Mental – ich dachte, es sei eine rein mentale Sache. Da hatte ich wohl etwas missverstanden. Vielleicht war das bei uns Gendefektlern etwas anderes. Das Feuer war weit von einem Flämmchen entfernt und loderte vor sich hin.

Es wuchs nicht an, wurde aber auch nicht kleiner. Was schürte dich?

Was nährte dich?

Auf einmal stand mein kleiner Fuchs neben dem Feuer und wärmte sich die Hände. Triumphierend sah es mich an, aber am tiefsten traf mich sein selbstzufriedenes Lächeln. Ja, ich weiß, beim nächsten Mal sollte ich schneller auf dich reagieren.

Tief atmete ich durch. Zum ersten Mal zeigte mir diese Gabe etwas von mir selbst. Ich wusste nicht, woher diese Wehmut, gepaart mit Erleichterung und Glück herkam, aber es zeigte Wirkung. Die Flammen des Feuers loderten wild auf – hastig trat mein inneres Marshmallow zurück. Als Dank erntete ich einen tadelnden Blick.

„Hast du das gesehen? Hast du **das** gesehen?!", wollte ich von ihm wissen.

Irgendwie ergab es Sinn – Gefühle im Bauch.

Diese spontane Wut musste den Brand in mir derartig angefacht haben, dass ich es nicht mehr übersehen konnte. Geistesabwesend versank ich im Spiel der Flammen. Sah ihnen zu, wie sie tanzten. Wie sich die Farben veränderten. Keine Hitze – ich fragte mich, ob ich ihm auch so nahe sein konnte wie mein inneres Ich. Wie hypnotisiert starrte ich darauf und versank in diesen Anblick – es beruhigte mich. Mein kleiner Helfer hockelte daneben und starrte ebenso in die Flammen. Alles war ruhig. Kein Knistern von Holz oder das Schlagen der Flammen. Kurz wankte die Konzentration, als meine Begleitung sich wieder erhob. Sein Blick suchte meine Aufmerksamkeit. Es war schwer sich loszureißen. Es musste sein.

Nun wusste ich, wo und wie ich dich finden konnte.

Mit letzter Kraft schleppte ich mich aufs Bett. Ich fasste neuen Mut.

Das Klingeln des Handys kam zu spät – der Schlaf hatte mich übermannt.

Prophezeiung aus dem 2. Buch der 6. Generation

Erstrahlen wird die Hoffnung des Aventurins.
Kraft und Glaube musst du beweisen,
dann wird seine Macht dir nicht entgleisen.

JD

zwölf

Die Suche

Mit konzentriertem und begeistertem Blick sieht das Mädchen der Frau zu, wie ihre Finger über die weißen und schwarzen Tasten fliegen. Der Oberkörper der Frau bewegt sich rhythmisch zu den Klängen des Klaviers. Diese Verbundenheit zwischen Instrument und Pianistin ist so greifbar. Fast schmerzlich erkennt das Mädchen die aufkeimende Eifersucht. Doch sieht sie den Unterschied und versteht es, trotz ihrer jungen Jahre. Die Mondscheinsonate. Eines ihrer Lieblingsstücke. Oft hat das Kind bereits hier gesessen, neben seiner Mutter und ihr beim Spielen zugesehen. Hat sich die Takte der Stücke und die Fingergriffe eingeprägt. *Irgendwann mal*, sagt sie sich immer wieder vor, *irgendwann mal, werde ich so spielen wie Mami.*

Die Dämmerung legt sich bereits auf die umliegenden Berge, und die Sonne schickt ein letztes violett-rotes Farbenmeer über den See. Den ganzen Nachmittag haben sie am Klavier verbracht, wie im Fluge war ist die Zeit vergangen, und das Mädchen weiß, es trennen sie nur mehr wenige Takte vom Zubettgehen. Wie auf Knopfdruck meldet sich die Müdigkeit. Eingehüllt von der Musik, schließen sich langsam die Lider des Kindes - erschrocken reißt es die Augen wieder auf. *Nicht schlafen! Es ist gleich zu Ende. Vielleicht spielt sie noch ein Stück, wenn ich wach bleibe ...* Doch der einhüllende Schutz der Träume bettet sich um die Kleine. Erneut fallen ihm die Augen zu. Der kleine Kopf sinkt sich auf die Brust. Die Klänge des Klaviers tragen sie fort in eine andere Welt. In eine Welt, weit weg vom Hier und Jetzt – an einen fernen Ort. Doch ist er nicht so fern, wie er auf den ersten Blick scheint. Dort fühlt sie sich sicher, dort ist sie nicht so allein, wie sie zuerst denkt.

Langsam sinkt der Kopf des Kindes gegen den Arm der Mutter. Lächelnd spielt diese weiter. Erschöpft ergibt sich das Mädchen ihren Träumen.

In ihrer ganz eigenen Welt sitzt sie am Klavier und versucht, mit ihren kurzen Armen und Fingern die Tasten zu erreichen. Manches Mal gelingt es ihr. Triumph baut sich in ihr auf. Doch andere Wege bleiben ihren Händen verwehrt. Der Ärger ist hartnäckig. Er hält genauso lange an wie das Siegesgefühl – wenn nicht sogar länger! Doch was kann sie ändern? Es ist nicht möglich, den Abstand zwischen ihren Fingern auf Wunsch zu erweitern, diese müssen wachsen. Genauso wie ihre Arme. Hm ... entmutigt senkt das Mädchen den Kopf. Tapfer verkneift sie sich die Tränen.

Da nimmt sie eine Bewegung neben sich wahr. Hoffnung. *Das wird bestimmt Mami sein, ich werde sie bitten, mir zu helfen.* Die Überraschung ist ihr ins Gesicht geschrieben, als nicht ihre Mutter neben ihr auftaucht, sondern ihr eigenes Spiegelbild. Eingehüllt in goldenen Glanz, den es immer um sich trägt.

Liebevoll lächelnd, bleibt es neben der Bank stehen. Schüchtern lächelt das kleine Mädchen zurück. Die Freude über den Besuch ihres Spiegelbildes verfliegt. Es ist keine Lösung für ihr Problem. Auch ihr Abbild hat zu kurze Finger. Traurig legt sie die Hände in den Schoß. Was soll sie tun? Sie kommt einfach nicht schnell genug an die Tasten ran. Vielleicht könnten ...

Das Mädchen will das Spiegelbild fragen und öffnet den Mund. Sammelt ihren ganzen Mut zusammen. Nichts. Panik befällt sie. Aus ihrem Mund kommt kein Ton! Verängstigt greift sie mit beiden Händen an ihren Hals und starrt entsetzt in ihre eigenen warmen, beruhigenden Augen. Ihr Gegenüber lächelt immer noch. Legt den erhobenen Zeigefinger auf die Lippen und zwinkert. *Du brauchst nicht zu sprechen. Ich kann dich auch ohne Stimme hören.*

Überrascht geben die Hände des Mädchens den Hals wieder frei. *Wie?*

Es zuckt nur mit den Schultern. *Es ist einfach so.*

Das Mädchen rückt ein Stück weiter nach links und bittet es, Platz zu nehmen.

Gerne nimmt es diesen ein. Wie ist es möglich, dass sie sich unterhalten können, ohne zu sprechen? Lächelnd zuckt das Mädchen ebenfalls die Schultern. *Es ist nun mal so.*

Ihr Blick verfängt sich an dem braunen Mal. Unwillkürlich gleitet ihre Hand zu derselben Stelle an ihrem Hals, aber da ist nichts. Wie kann das sein? Ist ein Spiegelbild nicht identisch? *Versuche, manche Dinge einfach zu akzeptieren, auch wenn du nicht weißt, warum sie so sind.*

Das versteht die Kleine nicht. Auch das will sie nicht akzeptieren. Es gibt immer eine Erklärung! Aber was sie versteht, ist die Freude über eine Partnerin, mit der sie nun Klavierspielen kann. *Kannst du spielen?*

Das Spiegelbild kichert. *So gut wie du.*

Das Mädchen versteht. *Lass es uns versuchen.*

Gemeinsam erreichen sie alle Tasten des Flügels. Jetzt geht es darum, ein gemeinsames und taktgerechtes Stück zu finden: wer mit den Fingern die Fragen stellt und wer die Antworten gibt. So hat ihr Mami das Gegenspiel der Hände erklärt.

Erst nach mehrmaligen Wiederholungen und viel Geduld erreicht die Melodie eine wage Ähnlichkeit mit dem Original. Aber das ist nicht mehr wichtig. Wichtig ist, dass sie gemeinsam Spaß daran haben! Zusammen lachen sie über Patzer und kleine Wiederholungsfehler. Rempeln sich scherzhaft an, damit sie sich erneut verspielen.

Neugierig betrachtet das Mädchen die Hände ihres Spiegelbildes. Die Finger gleiten genauso wie ihre über die Tasten. Gleiches Tempo. Gleiche Bewegungen. Gleiche Haut. Gleiche Nägel ... Ihr Blick streift weiter nach oben. Das gleiche dunkelblaue Kleid. Die gleiche Frisur mit den wirren Locken. Auf der Suche nach

Unterschieden findet sie keine – nur den Fleck am Hals und diesen goldenen Schleier. Ja, eine weitere Abweichung, den das Mädchen bereits des Öfteren kontrolliert hat. Kein Glitzern oder Glänzen. Auf der Suche begegnet sie ihren Augen und einem frechen Grinsen.

Was suchst du?

Weiß sie es doch selbst nicht. Das Mädchen ist sich nicht sicher, aber irgendetwas ist nicht so, wie es sein sollte. Es liegt nicht an diesem braunen Fleck. Es ist etwas anderes, das sie verwirrt, aber sie findet keine Erklärung. *Ich weiß es nicht. Weißt du es?*

Ihre Sitznachbarin sieht nachdenklich aus dem Fenster. Das Mädchen fühlt sich bestätigt. Da gibt es etwas, aber aus irgendeinem Grund kann es ihr das Spiegelbild nicht sagen.

Bitte sag es mir!

Es schüttelt den Kopf. *Noch nicht. Aber ich kann dir versprechen, du bekommst deine Antworten.*

Das Kind will noch etwas erwidern, aber aus einem unerklärlichen Gefühl heraus gibt sie sich mit dieser Antwort zufrieden – vorläufig. Die Fröhlichkeit kehrt wieder zurück und sie klimpern weiter ihre gemeinsam erfundene Melodie.

Irgendwann, das Zeitgefühl ist schon lange eingefroren, erhebt sich das Spiegelbild. *Ich muss gehen, aber wir werden uns wiedersehen!*

Das Mädchen ist auf die Traurigkeit nicht gefasst, die sie bei dem Abschied überrennt. Und doch winken sie einander lächelnd zu …

Zu schnell erwacht das Mädchen in den Armen ihres Vaters und erkennt das Gemurmel vertrauter Stimmen.

„Und sie ist einfach so eingeschlafen?"

„Ja. Aber nicht irgendwie. Es sah aus, als würde sie im Traum weiterspielen." Die Stimme ihrer Mutter beherbergt einen unerklärlichen Unterton.

„Was?"

„Ja."

„Du hast eine blühende Phantasie, mein Liebling, wie deine Tochter."
„Hm?"
„Autsch." Flüstert ihr Vater theatralisch.
„Psst! Du weckst sie ja noch auf!" Jetzt kichert die Mutter.

Das Gesicht in den Händen versteckt, versuchte ich zu verstehen, warum es ausgerechnet dieses Jahr sein musste. Ja, sicher war es jedes Jahr so – seit vielen Jahren. Trotzdem gab es noch nie einen unpassenderen Zeitpunkt wie in diesem. Noch dazu kam, dass ich immer daran dachte, und genau dieses Jahr hatte ich es total verdrängt, und dann verlegte diese blöde Schwedenbombe den Wechsel auch noch nach vorn!
Verdammt! Hier war eindeutig Sabotage am Werk.
„Cleo? Mann, Cleo, ich kann doch auch nichts dafür!" Ilvys trübselige Stimme hörte sich aus dem Lapi nach Science Fiction an.
Aufgeregt hatte sie mich via Skype vor knapp zehn Minuten angerufen und berichtet, dass sie noch einiges herausgefunden hatte – ich dachte, sie wäre in der Schule? Wiederum wollte ich ihr unbedingt von diesem Doppel-Traum erzählen, nachdem ich gestern kraftlos, fast komatös im Bett versunken war.
Aber alles kam anders!
Mit dem Handy hatte Ilvy gestern den Brief fotografiert. Sie war fest davon überzeugt, dass sie noch etwas herausfinden würde. Mir leuchtete nicht ganz ein, was das sein sollte – aber bitte.
Beim Aufwachen brütete ich, wie von Mam angeordnet, über dem ... diesem Feuerchen, Öfchen oder was auch immer, aber es regte sich nichts. Somit ging die erlangte Motivation von gestern schnell flöten. Vielleicht war es nach der Überanstrengung erloschen? Mochte es an der mangelnden Phantasie liegen oder an einer falschen Ausführung, dass ich es einfach nicht schnallte ... Ich konnte doch nicht jedes Mal einen Wutausbruch

heraufbeschwören, nur um das kleine Feuer zu finden. Verzweifelt – ja, das traf es perfekt.

Der letzte Rest an Mut verließ mich am frühen Morgen am Briefkasten, Post rein, und Tür wieder fest verschlossen. Eingesperrt im eigenen Zuhause, ohne dass die Tore verschlossen waren. So verkorkst es klang, irgendwie war ich froh, dass mein Gesicht aussah wie ein dunkelviolettes Batik-Shirt. So musste ich mich nur indirekt mit dem Verlangen nach Hobbys und der unterschwelligen Angst, mein Körper könnte explodieren, auseinandersetzen.

Ich dachte an den Tandemsprung. Wer weiß, vielleicht wär' ich dort oben in luftiger Höhe für ein paar Sekunden frei von all den Gefühlen, welche die Menschen mit sich herumschleppten. Solange sich nicht gerade ein Neuling unter den Springern befand oder ein wütender Vogel den Weg kreuzte.

„Cleo, es tut mir echt leid! Ich hatte gestern schon ein mulmiges Gefühl, als ich heimgefahren bin. Es macht mich total fertig, dass ich dich in dieser Situation allein lassen muss." Ihre mitfühlenden Worte waren tröstlich. Trotzdem machte mich der Gedanke rasend, nervös und noch vieles mehr, dass ich noch nichts auf die Reihe bekam und die Einzige, die davon wusste und zu mir stand, bald hunderte von Kilometern entfernt sein würde.

„Warum früher? Ich meine, sie lässt dich sogar gerne mal eine Woche oder länger bei deinem Dad." Genervt stöhnte Ilvy. Irgendwie war ich froh, dass sich doch etwas Abstand zwischen uns befand – diese Gefühle, die in diesem Augenblick in ihr brodelten, waren durch die Webcam gut erkennbar und würden sicher sehr heiß und schmerzend für mich sein.

Ilvy hatte ihr Ohr ganz fest an die Tür gedrückt. Nur wenige Worte konnte sie von der anderen Seite verstehen. Die Eltern schritten abwechselnd auf und ab.

„Wie kannst du es wagen, von mir zu erwarten, einfach so mein Leben nach deinen Arbeitsverhältnissen zu verändern?" Das war die Mutter. Hastig zog sich das

Mädchen einen Schritt zurück. Dabei schlugen ihr die langen Zöpfe ins Gesicht. Diese piepsige, schrille Stimme kannte sie gut. Wenn sie etwas getan hatte, das in den Augen der Mutter nicht richtig war, veränderte sich die Tonlage erschreckend schnell. Leider verstand sie meist nicht, was an ihrem Handeln falsch gewesen war. Eine Erklärung bekam sie nie. „Ich habe auch einen Beruf ..." Ihre Stimme wurde leiser, sie entfernte sich wieder. Neuer Versuch.

„Das ist eine unglaubliche Chance für mich!" Die Stimme des Vaters war deutlicher. „Warum kommt ..."

„Peter, du hast wohl vergessen, dass wir bereits getrennt leben. Daran bist du mit deinen Karrierewünschen nicht ganz unschuldig." Wieder diese Stimme. Ilvy kämpfte mit den Tränen. Sie hatte gehofft, nachdem ihr Vater überraschend vor der Tür aufgetaucht war, dass sie wieder eine Familie werden würden.

„Ich werde Schweden nicht verlassen ..." Jetzt klang sie bedrohlich.

„Wer spricht denn von dir? Ilvy ist genauso mein ..."

„Du bist gar nicht hier, um mich zu fragen, ob ich dich auf deiner Forschungsreise begleiten möchte?" Das war nicht gut! Es war nicht gut, wenn die Stimme der Mutter zu diesem gemeinen Flüstern wechselte. Ilvy zog sich endgültig zurück. Nur wohin – was sollte sie tun? Ihr Blick schweifte zur Balkontür. Sie stand einen Spalt offen ... Großvater! Ohne an die Folgen zu denken, öffnete sie diese vorsichtig. Warf einen letzten Blick zurück ins Zimmer und sprintete los, quer über die Wiese.

Das weinrote Holzhaus mit den weißen Fenstern war ihr Ziel. Der Himmel war grau. Er drückte dem Mädchen auf die Schultern. An der Tür angekommen, zögerte sie ein letztes Mal. Der Blick lag auf dem schwarzen Volvo ihres Vaters. Sie kniff die Augen zusammen und zog an der Schnur, die von der Wand baumelte.

„Komme schon", war es dumpf von der anderen Seite zu hören. Die Tür öffnete sich geräuschlos – er hatte sie geölt, kein Krächzen mehr. „Ilvy-Hamsterchen. Was machst du denn hier? Alles in Ordnung?" Sie liebte seine großen blauen Augen, die dichten Augenbrauen. Das weiße Haar. Den Vollbart, in dem sie als kleines Kind ihre Finger vergraben hatte. Seine Opa-Figur, an die man sich so wunderbar schmiegen konnte. Heute trug er einen weißen Wollpullover mit blauen Sternen. „Mädchen, komm doch rein. Es ist nicht mehr so warm wie am Nachmittag. Der Sommer ist schon vorüber." Die Hand auf ihrer Schulter führte er seine Enkeltochter zu zwei großen Ohrensesseln. Ilvy durfte immer auf dem ihrer Oma sitzen. An die Großmutter konnte sie sich nicht mehr erinnern – das stimmte sie traurig und tat ihr im Herzen weh. „Warte, ich bereite dir deinen Lieblingstee. Bin gleich wieder da." Zärtlich strich er ihr über das zerrupfte Köpfchen, bevor er das Wohnzimmer verließ. Aus dem Fenster konnte sie von Weitem ihre Eltern gestikulieren sehen. Keinem war ihr Verschwinden aufgefallen. Traurig und enttäuscht ließ sie den Kopf hängen. Großvater kehrte mit ihrer Lieblingstasse, leuchtend rot und mit Rudolf dem Rentier geschmückt, zurück ins Wohnzimmer. Er stellte sie neben dem Ohrensessel auf einen kleinen Beistelltisch ab und setzte sich ihr gegenüber. Beide sahen sie ins Feuer, dass er, um diese Jahreszeit, immer im Kamin entzündete. Das sechs jährige Mädchen wagte immer wieder einen Blick zum anderen Haus ...

„Sie streiten wieder." Großvater sah sie nicht an.
Stumm nickte sie.
„Weißt du, worum es geht?"
Stumm schüttelte sie den Kopf.
„Möchtest du darüber reden?" Erst jetzt sah er sie an, die Augenbrauen zu einer buschigen Linie verbunden. Sie wandte den Blick ab. Er erkannte immer die Dinge, die sie tief in ihren Gedanken und ihrem Herzen hütete. Wollte sie darüber sprechen? „Was hast du gehört?" Seine Neugierde störte sie nicht. Er war ehrlich. Einer der wenigen, der es immer war.

„Dass Papi wegwill", ihre Lippen begannen zu beben. „Aber ohne Mami und mir." Mit den Worten kamen die Tränen.

„Denkst du das wirklich?" Interessiert musterte er seine Enkelin. Wieder zuckte sie mit den Schultern. Woher sollte sie das wissen? Mutter sprach nie mit ihr darüber. Nur wenn sie nach Papi fragte oder etwas angestellt hatte, sagte sie, dass er keine unartige Tochter bei sich haben wolle. Vielleicht wollte er sie wirklich nicht! War sie wirklich so unartig? Angst schlich wie Gift durch ihren Körper.

„Großvater!" Die Tränen kamen, und sie wusste nicht wohin.

„Komm her, Hamsterchen." Schnell deutete er ihr, auf seinem Schoß zu krabbeln. Wie ein kleines Häufchen kroch sie in seinen schützenden Armen in sich zusammen. Sein Geruch. Ihr Gesicht an seinem ruhig schlagenden Herzen. Erschöpft schlief Ilvy ein. Traurig wanderte sein Blick von der Enkeltochter durch das Fenster. Türknallend verließ Peter sein ehemaliges Zuhause. Er mochte seinen Noch-Schwiegersohn. Er war immer ein guter Vater gewesen, er tat alles für die Kleine. Es tat ihm weh, mitansehen zu müssen, wie seine Enkelin unter der Situation litt. Er musste mit seiner Tochter sprechen! Bislang hatte er sich nicht eingemischt. Nicht nach dem Unfall. Und schon gar nicht wegen seiner Aufgabe. Nicht nachdem die Ehe der beiden in Brüche gegangen war. Er ließ seine Tochter nach ihrer Meinung handeln. Woher sollte er wissen, was richtig für Ilvy war? Selbst war er doch auch nie für seine Tochter da gewesen. Konnte nicht für sie da sein, es wäre zu gefährlich gewesen. Welches Urteil durfte er sich erlauben? Doch die Kleine flüchtete immer öfter zu ihm. Es musste sich etwas ändern!

„Und das ist dein Zimmer, mein Schatz." Der Vater öffnete eine weiße Tür.

Das Haus war groß. Ilvy dachte an die Worte ihres Großvaters. „Du schaffst das, Hamsterchen. Ganz sicher! Dein Papa hat dich sehr vermisst. Und wenn du dann zurückkommst, werde ich hier sein." Sein Blick war besorgt gewesen, aber seine Stimme zuversichtlich.

Unsicher sah sie den Mann an, der neben ihr stand. Er strahlte über das ganze Gesicht. Die letzte Erinnerung an ihn war anders gewesen. Er hatte Tränen in den Augen gehabt. Hatte sich zu ihr gebückt und traurig gesagt, dass er sie nun für einige Monate verlassen müsse, aber sie immer in seinem Herzen sei, und er hoffe, dass sie ihn bald besuchen käme. Warum würde sie ihn so lange nicht sehen? Warum musste er weggehen? Ilvy bekam Angst! Sie hatte die Mutter gefragt, doch von der bekam sie nur böse Antworten: Er fühle sich weit weg wohler. Er wolle dort arbeiten und könne sie dabei nicht gebrauchen ... So oft hatte sie die Worte wiederholt. Immer wenn sie nach ihm gefragt hatte. Dann hatte sie aufgehört zu fragen. Und irgendwann kam Hugo.

Hugo war der neue Freund. Schnell Mutters Mann. Und noch schneller war sie schwanger. Hugo schien zuerst nett zu sein. Ilvy freute sich, aber irgendwann wollte er sie nicht mehr. Sie spürte es. In der Art, wie er mit ihr sprach. Er spielte nur selten mit ihr. Sprach nur wenig mit ihr. Wenn er fragte, wie es ihr in der Schule ginge, wusste sie, dass ihm ihre Auskunft nicht wichtig war. Aber sie antwortete brav. Sonst behauptete er wieder, sie hätte keinen Respekt vor ihm. Was war Respekt? Keiner erklärte es ihr. Das verstand sie nicht. Sie sprach doch kaum mit ihm. Fühlte sich nicht wohl in seiner Nähe. Musste immer bitten und betteln und ordentlich bitte und danke sagen, wenn sie etwas haben wollte, war es auch nur ein Joghurt. Großvater reichten einfache, höfliche Worte, ohne Verschönerungen und genau gewählte Worten. Hugo sah ganz anders aus als ihr Vater. Papi war groß und schlank. Der Blick immer freundlich – fast immer! Hugos war unbeteiligt. Gleichgültig. Desinteressiert. Er war so groß wie Mami. Legte seine Arme komisch um sie. Dabei sah er Ilvy immer eigenartig triumphierend an, ohne dass die Mutter es bemerkte. Sie war doch ihre Mami. Warum musste sie um ihre Aufmerksamkeit kämpfen? Seine dunklen Augen bereiteten ihr Unbehagen.

Ilvy wusste, dass ihr Vater gestern in Stockholm angekommen war. Um sie abzuholen, in ein fremdes Land. Zu Menschen, die sie nicht kannte. Zu einer Sprache, die sie nicht verstand. Mutter hatte ihr das oft genug erklärt. Nun fürchtete sie sich vor diesen Monaten, die sie hier verbringen sollte.

„Trau dich, Ilvy. Wenn dir etwas nicht gefällt oder du gerne etwas ändern möchtest, sag es. Wir werden es ganz nach deinen Wünschen gestalten." Da waren sie wieder, die Tränen. Warum weinte er immer, wenn sie sich sahen? Gestern auch.

Mutter hatte sie am späten Abend mit … mit Hugo zu ihm ins Hotel gebracht. An der Rezeption hatte sie sich verabschiedet. Keine Tränen. Kurz gedrückt. Seit die Koffer gepackt waren, konnte Ilvy nicht mehr aufhören zu weinen. Sie klammerte sich an Mutters kurze Jeansjacke. Die zog ihre kleinen Hände weg und strich das Shirt über dem rundlichen Bauch wieder glatt. Keine Tränen.

Hugo war im Auto sitzen geblieben.

Vater stand neben ihr, bückte sich, um ihr in die Augen sehen zu können. „Ilvy-Schätzchen, erkennst du mich?" Seine Stimme war weich. Er roch gut! Sie erinnerte sich sehr gut an den Geruch. In seinen Augen standen Tränen, aber er lächelte. Auch seine Augen. Ilvy wollte die Mutter noch einmal umarmen, aber diese begann bereits mit ihm zu diskutieren.

„Na, bist du jetzt glücklich? Musste es so weit kommen?" Sie kramte in ihrer großen Handtasche herum, in der sich nicht einmal ein Taschentuch befand. „Musstest du unbedingt mit mir um das Sorgerecht streiten?"

„Du wolltest es so. Du hast mir keine andere Wahl gelassen. Sie ist auch mein Kind …" Sobald er die Mutter ansah, war sein Lächeln verschwunden und auch seine Augen wurden hart.

„Klar, mit dieser sündteuren Rechtsanwältin." Böse unterbrach sie ihn.

„Stella!" Seine Stimme war schneidend. Zum ersten Mal erlebte das Mädchen ihn wütend. Das Kind zuckte zusammen, erkannte aber schnell, dass die Schärfe in seiner Stimme nicht gegen sie gerichtet war. „Warum fängst du wieder damit an?! Vor Ilvy ... Hat es dir am Telefon nicht gereicht, mir alles Mögliche an den Kopf zu werfen? Dieser ganze Rechtsstreit wäre uns erspart geblieben, wenn du mir einfach meine Vaterrechte zugestanden hättest!" Während er sprach, war er aufgestanden. Mit eisigen Augen an sie herangetreten ... seine Stimme klang unnachgiebig.

„Warum hätte ich dir das Kind einfach so überlassen sollen? Du hast mich auch ohne Umschweife aus deinem Leben gestrichen!" Ihre Stimme schmerzte Ilvy, und aus Reflex entfernte sie sich einen Schritt.

„Das ist doch gar nicht wahr! Dir konnte man es einfach nicht recht machen. Du kritisiertest immer meine Arbeit ..."

Etwas Fröhliches! Sie suchte nach Trost. Ihr Blick verfing sich in den Blüten der Bäume. Endlich war es Frühling. Doch diesen Frühling würde sie nicht zu Hause verbringen. War es überhaupt noch ihr Zuhause?

Zum Abschied strich ihr die Mutter über die blonden Haare und marschierte durch die Glastür. Immer noch keine Tränen. Keine einzige Träne hatte sie vergossen. Ganz anders als das Mädchen.

Das Zimmer sah toll aus: an der linken Wand ein großes Prinzesssinnenbett mit Rutsche und Turm; ein weißer Schrank auf der anderen Seite; ein großes Bild, darauf eine hübsche Ballerina. Zaghaft setzte Ilvy einen Schritt über die Schwelle.

Die Sonne erhellte den Raum. Von der Decke hingen Elfen, die um den Lampenschirm baumelten. Darunter stand ein Tisch und darum vier Stühle. Die Vorhänge waren rosa-violett. Ganz anders als das kleine Zimmer, in das sie übersiedeln musste, da bei ihrer Rückkehr die Zwillinge bereits auf der Welt sein würden. Sie wagte sich weiter hinein. Ein zaghaftes Lächeln bildete sich. Hinter der Tür befand sich ein Regal, das bis zur Decke reichte, vollgestopft mit Büchern und Brettspielen – sie liebte Brettspiele.

„Geh nur! Sieh dich um. Es gehört alles dir, Engelchen." Mit einem unsicheren Blick wandte sie sich einer Truhe zu, die an der gegenüberliegenden Wand stand. Vater brachte die Tasche und den Koffer herein. „Möchtest du, dass ich dich alleine lasse?"

Es dauerte, bis sich das Mädchen zu einer Antwort durchrang und den Kopf schüttelte. Seit Wochen hatte sie nicht mehr gesprochen. Je mehr die Mutter sie beschimpft hatte, desto mehr hatte sie sich in ihre Welt verkrochen.

Sie setzte ihren abgewetzten Stofflöwen, von dem sie nicht wusste, woher er stammte, neben sich auf den Boden und öffnete den Deckel. Eine Puppe kam zum Vorschein: braunes, lockiges, langes Haar; grüne, leuchtende Augen; gekleidet in einen rosa Traum aus Tüll.

Ilvy entkam ein Freudenschrei, und sie angelte nach ihrer neuen Freundin. Die Puppe auf dem Arm, wandte sie sich ihrem Vater zu, der auf einem der Stühle Platz genommen hatte. „Hast du schon einen Namen für sie?"

Liebevoll strich sie der Puppe über den Kopf und zuckte mit den Schultern.

„Das brauchst du auch nicht gleich zu entscheiden, schließlich habt ihr euch gerade erst kennengelernt." Schweigende Minuten. Der Vater atmete hörbar aus. Unwillkürlich zuckte Ilvy zusammen – was hatte sie falsch gemacht? „Möchtest du mit mir deinen Koffer auspacken?" Das Mädchen hörte die Traurigkeit in seiner Stimme, aber er versuchte trotzdem zu lächeln. Nein, er war nicht böse. Sie mochte sein Lächeln. Stumm nickte sie. „Schön. Lass uns mal alles auf dem Tisch ausbreiten, und dann schauen wir, wo wir alles verstauen können. Hoffentlich finden wir genug Platz, sonst besorgen wir dir morgen noch eine Kommode." Aufmunternd zwinkerte er ihr zu.

Der Beginn ihrer ersten zwei Monate in der Schweiz. Im Juli ging es zurück nach Stockholm und Ende Jänner wieder zu ihm. Dann würde sie zum ersten Mal durchgehend sechs Monate hier verbringen.

„Warum soll ich wieder zurück? Ich will da nicht hin! Die sind froh, wenn sie mich nicht an der Backe haben!" Ilvy stand in der Küche und bereitete für sich und ihren Dad Spaghetti zum Abendessen. *Naja, vielleicht nicht alle.* Traurig dachte sie an ihren Großvater, den sie jedes Mal schmerzlich vermisste. Sie waren immer in Kontakt geblieben. Nun lebte er im Altersheim. Abgeschoben, weil keiner Zeit für ihn hatte. Weil er sich kaum noch an seine Familie erinnern konnte. Von plötzlicher Traurigkeit gepackt, wischte sie sich eine Träne aus dem Gesicht. Er war ein Grund, der Grund, zurückzukehren. Ein guter Grund! Der einzige Grund ...

Dad deckte den Tisch und versuchte, seine Tochter zu verstehen, wie er es die letzten Jahre bereits versucht hatte. „Ilvy-Schatz, es dauert ja nicht mehr lange. Du bist bald sechzehn, und in zwei Jahren kannst du selbst entscheiden ..."

Sie unterbrach ihre Arbeit und wandte sich ihm wütend zu. „Aber warum warten? Du weißt, dass ich nicht wieder zu ihr will! Dass ich bei dir bleiben möchte. Du könntest doch diese Dr. Was-weiß-ich wieder anheuern und fragen, was wir tun können! Sie hat es doch vor zehn Jahren auch geschafft, mich zu dir zu holen. Mutter hat sich damals genug gewehrt. Ich hab' die Telefongespräche gehört. Sie hat das ganze Haus zusammengeschrien. Und immer ihre falsche heile Welt ..." Sauer schlug sie mit der Faust auf den Tisch. „Ich bin hier zu Hause! Hier bei dir. Bei Cleo, in dieser Schule, verdammt!" Mit dem Zeigefinger tippte sie immer wieder auf die schwarze Marmorplatte.

Er umrundete die Kücheninsel und drehte seine fast erwachsene Tochter, deren Haarspitzen die Farbe wechselten wie manche die Hemden, zu sich. „Ich sage nicht, dass ich dich nicht verstehe. Aber ich möchte, dass du nicht vergisst, wo du herkommst, welchen Menschen du deine Gene, dein Leben verdankst ..."

„Sprichst du von Mutter?" Dieses Wort triefte vor Verachtung.

„Nein, ich spreche von deinem Großvater."

Ilvy schüttelte die Hände ihres Vaters ab. „Er erkennt mich nicht mehr. Es tut weh, ihn so zu sehen!" Wütend und zugleich traurig schlug sie sich mit der Faust auf die linke Brustkorbseite. „Ich will an Weihnachten auch mal bei dir sein. Es bricht mir das Herz zu wissen, dass du an diesen Tagen alleine bist. Dich vielleicht in deine Arbeit vergräbst. ... Was heißt hier vielleicht – ich weiß, dass du das tust!"

Er trat erneut auf seine Tochter zu und schloss sie dieses Mal in die Arme. „Gott alleine weiß, warum ich dich verdient habe! Ich danke ihm jeden Tag, dass ich diese zweite Chance erhalten habe, und darum ist es mir gleichgültig, welche Intrigen deine Mutter wieder spinnt. Wir beide wissen, was wir aneinander haben, und das kann sie nicht zerstören." Er nahm das Gesicht des Mädchens in seine Hände. „Hörst du?! Es ist egal, was sie tut, du und ich, wir sind ein unschlagbares Team. Und wir hatten die beste Unterstützung der Welt."

Ein Lächeln breitete sich auf ihrem Gesicht aus, und sie schmiegte den Kopf an seine Brust. „Danke, dass du nicht aufgehört hast, um mich zu kämpfen." Danke, dass du an uns geglaubt hast, Papa. Sie dachte an Lisa, die Puppe in Tüll, die immer noch auf der Truhe in ihrem seit gestern neu gestrichenem Zimmer saß – Rosa war wirklich nicht mehr ihre Farbe. Die rote kleine Couch sah top darin aus!

Kopfschmerzen. Unbewusst griff ich mir an die rechte Schläfe. Musste ich mich an diese Ausflüge gewöhnen und musste ich Ilvy von jedem Trip erzählen, den ich in ihre Welt unternahm? Ich entschied mich dieses Mal dagegen. Der Abschied würde ihr nur noch schwerer fallen.

„Weil Dad ins Ausland muss, er findet es ja selber urdoof. Wir haben uns wirklich gut zusammengerauft, und am liebsten würde ich immer bei ihm sein und nicht zu

Mutters Möchtegern-neuer-Familie nach Schweden, wo ich doch sowieso nur das zehnte Rad am Wagen bin." Irgendetwas flog durch ihr Zimmer. „Weißt du, was ihr Argument ist?!"

„N-ein?" Aus irgendeinem Grund achtete ich auf das, was ich sagte.

„Du!"

„Ich?!?" Scheiß auf alles! Was ging jetzt ab? Ich kannte ihre Mutter nicht persönlich, trotzdem befand sich mein Sympathieregler ihr gegenüber im glühend roten Bereich. „Warum ich?"

„Weil ich vor zwei Jahren länger hier war. Wegen dir." Alter, was ging ab bei dieser Tante? Verdammt! Mitgefühl konnte diese Frau nicht mal buchstabieren – hey, sorry, dass meine Mutter gestorben ist. Feingefühl bis zum Abwinken! „Dad hatte so einen Verdacht, dass es dir um diese Jahreszeit nicht gut geht und unterbreitete ihr den Vorschlag, dass ich bis zum regulären Abflug bei euch bleibe. Vergiss es!" Sie führte eine wegwerfende Handbewegung aus. „Brauchst die Augen nicht so hoffnungsvoll aufreißen – ich wusste, dass sie nein gesagt hatte, bevor Dad den Satz beendet hatte."

Gott! Ich hasse diese Frau, die da so selbstgerecht in Skandinavien hockte und über das Leben anderer bestimmte. Wut loderte in mir. Langsam wuchs sie heran. Augenblicklich spürte ich die Veränderung in mir, ohne mit der Nase darauf gestupst zu werden - Anmerkung an mein hinreißendes inneres Ich: „Es geht auch so." Auch entdeckte ich das Feuer ohne lange Suche. Die Flammen waren noch klein, aber je mehr die Wut und Frustration anstieg, desto mehr wuchsen auch sie. Wenn es mit Wut klappte, musste es doch auch mit positiven Gefühlen funktionieren, oder? Ilvys Gequatsche, wie sehr ihre Mutter sie nervte, riss mich wieder aus der Konzentration. Dieses frustrierte Aufstöhnen legte einen Verdacht frei. „Wann fliegst du?"

„Am gleichen Tag wie Dad." Oh ja! Meine beste Freundin war echt stinksauer. Die neuen roten

Haarspitzen passten wirklich ausgezeichnet zu ihr und unterstrichen ihre Wut. Aber ich verstand sie. Das tat ich!

„Wann fliegt ihr?" Meine Gefühle lagen zum Zertrampeln auf dem Boden bereit – nur sprang keiner darauf.

„In ein paar Tagen." Sie steckte doch glatt den Kopf ein.

Die Sinne schärften sich. „Was heißt das konkret?" Dieses mulmige Gefühl verstärkte sich. Da stimmte etwas ganz gewaltig nicht. Ilvy kroch in sich zusammen. Wie ein Häufchen Elend saß sie vor dem Handy. Mit der Hand fuzelte sie an irgendetwas außer meinem Sichtfeld herum. Ihr Blick schwenkte überall hin, nur nicht in die Kamera oder auf das Display. „Komm schon! Spuck's aus."

„Am Wochenende – Samstagnachmittag."

Nein!! Verdammt. Nicht schon in vier Tagen! Ich musste das verhindern. Irgendwie. Egal wie. Irgendetwas Dummes würde mir schon einfallen. Krank werden. Mir ein Bein brechen – oh, das brachte nichts! Am besten Ilvy brach sich das Bein ...

STOP!! Meine kleine innere Gefühlsbremse stemmte beide Handflächen an den Rand ihrer Wohnblase – als könnte sie mich damit aufhalten. Pah! Hm, das vielleicht nicht, aber sie brachte mich dazu, durchzuatmen und den Gedanken etwas Sauerstoff zu schenken. Mann, das war verdammt schwer! Warum ausgerechnet jetzt? Hatte die Tante da oben Antennen für den schlechtesten Moment? *Der Abschied fällt euch immer schwer, egal ob früher oder später.* Da musste ich meinem kleinen Klugscheißer zustimmen – der Abschied war immer Kacke! Aber dieses Mal war es eben durch die Umstände kaum auszuhalten.

„Warum bist du nicht vorbeigekommen? Warum sagst du es mir auf diese Weise?" Annonce an die städtische Zeitung: Suche ein Dampfventil! – DRINGEND!! Verwundert sah mich mein inneres Ich an. Was?!

Ilvy blieb stumm und sah auf etwas, das dem Kamerawinkel entging.

„Das ist nicht dein Ernst?! Ilvy!"

„Was sollte ich denn machen? Glaubst du, ich füge dir absichtlich Schmerzen zu, wo ich doch weiß, wie du auf Gefühle reagierst! Ich bezweifle, dass du es geschafft hast, dein inneres Feuer zu finden ... Bin ich verrückt?! Ich bin zwar fuchsteufelswild aber nicht verrückt." Was sollte ich darauf antworten? – Das nannte' ich eine beste Freundin –, aber ich fand, es wäre nett von ihr gewesen zu fragen, ob sie vorbeikommen könne. Irgendwie hätten wir das schon hinbekommen, oder? Und was das Feuer betraf ...

„Cleo, es tut mir leid. Ich komme morgen, wenn sich das alles in mir drin etwas abgekühlt hat. Versprochen. Ich würde auch viel lieber bei dir sein und mit dir über alles quatschen, was ich herausgefunden habe ... Auf diese Art ist das irgendwie totaler Mist."

„Ja, da hast du recht." Der Traum! Ich musste ihr davon erzählen.

„Ich werde heute noch den Großteil der Koffer packen, damit das meiste erledigt ist und wir die restlichen Tage noch richtig nutzen können. Willst du morgen an den See?"

„Vielleicht noch etwas frisch." Immer noch am Boden, schaffte ich es einfach nicht, mich von dieser Hiobsbotschaft aufzurappeln.

„Möglich, für dich sicher nicht. Das heißt aber auch, dass kaum Leute da sein werden. Es übt sich auf jeden Fall leichter in der Sonne."

Langsam erhob ich mich aus dem Gefühlsboden-Dilemma. Sie gab sich echt Mühe, das Beste daraus zu machen. Wie konnte ich da noch länger schmollen? Das Angebot war wirklich verlockend und durchdacht, und ich kam endlich wieder mal raus – über die Mauern unseres Gartens hinweg. Hoffentlich überlebte ich das!

Mann, ich vermisste Celtic und unsere Ritte schmerzlich. Ob er mich auch so sehr vermisste? Was war überhaupt los mit mir?? Dieses ewige Gejammer und Gemecker. Hokuspokus, ich verwandelte mich in ein Weichei! Wenn das Wetter einige Tage schlapp machte, konnte ich mit Celtic das Gelände auch nicht unsicher machen. Die Reithalle mochte ich nicht. Also – Pause und

Meckern auf OUT! Und besuchen konnte ich ihn trotzdem, irgendwie kam ich schon hin. „Ok, hört sich akzeptabel an."

Dieses Schweigen, das danach eintrat, war nicht gut. Gar nicht gut. Es lastete auf uns, und jeder sah woanders hin, nur nicht in die Webcam. hatten wir das Problem gelöst oder einfach nur verschoben? Zum Glück kam die Erinnerung wieder in Schwung. „Ilvy ..."

„Jap."

„Ich ... ich hatte vergangene Nacht ... wieder einen Traum." Warum fiel es mir mit einem Mal so schwer, es auszusprechen? Schweigen.

„Möchtest du ihn mir erzählen oder lieber auf morgen warten?"

„Haben wir noch Zeit?"

Sie sah auf die Armbanduhr. „Wenn du so fragst, muss es dir gewaltig im Magen liegen. Zehn Minuten, dann muss ich wirklich los. Find ich übrigens Obermist, dass ich in die Schule muss, wenn ich sowieso in vier Tagen fliege." Sichtlich angepisst von den Wellen, die diese ganze Aktion schlug, überkreuzte sie abwartend und schmollend die Arme vor der Brust.

Toll. Jetzt musste ich mir auch noch ein Grinsen verkneifen. Ich räusperte mich. „Zehn Min? Geht sich locker aus." In kurzen Sätzen berichtete ich ihr. Dem Gesichtsausdruck nach zu urteilen, kannte sie diesen noch nicht. Immer wieder mal was Neues! Nebenbei machte sie sich Notizen – vielleicht versuchte sie, einen Überblick über meine Traumwelt zu wahren. Super! Auf derartiges hätte ich selbst kommen können. Am Ende klopfte sie sich mit dem Kuli nachdenklich ans Kinn. „Was denkst du?"

„Wer ist sie?" Was sollte die Frage? – Das Mädchen war mein Spiegelbild.

„Wie meinst du das?"

„Dann sag' ich es anders. Für. Was. Steht. Sie. In. Deinem. Leben? Und wer ist sie? Du weißt doch, dass wir in unseren Träumen Unterbewusstes, Momente, die wir am Tag nicht verarbeiten konnten, noch mal durchackern. Darum die Frage – wofür steht sie?" Hm ... Es schien mir besser, den Vorhang runterzulassen und dieses Gespräch auf morgen zu vertagen. Sie konnte es an meinem Gesicht ablesen. „Du hast recht – wir reden morgen weiter und außerdem ... Scheiße! Ich komme zu spät." Sie verschwand aus meinem Sichtfeld. Sie kramte nach etwas. „Cleo?"

Wo steckte sie? „Was?"

„Beende du die Verbindung und vergiss nicht, beim Doc vorbeizuschauen! – versprochen?" Uh! Den hatte ich geschickt verdrängt – machte der Hausbesuche? Auch in meinem Fall? „Cleo! Sag einfach ja. Und denk' später darüber nach ... Sonst kann ich nicht ohne Sorgen in die Schule."

„Ja, ja. Keine Sorgen. Meldest du dich noch mal, wenn dich deine Koffer nicht erdrückt haben?"

„Sicher doch!" Nun lächelte sie wieder zu mir rüber. Danke Gott, dass du mir Ilvy geschickt hast! „Bis später!"

„Ciao-ciao." Hm, was nun mit diesem angebrochenen Tag? Versprechen halten und einen Termin beim Doc machen, bevor ich noch Schwierigkeiten bekam? Vielleicht reichte auch ein Anruf? Hoffnung keimte in mir.

Dreizehn

Natürlich machte der Herr Doktor wegen derartiger Lappalien keine Hausbesuche. Mit solchen Verletzungen musste es doch bitteschön möglich sein, in die Ordination zu kommen – quasi, wenn es mir so gut ging, dass eine Ferndiagnose ausreichte, wäre kein Hausbesuch nötig, und ich sollte gefälligst meinen faulen jugendlichen Arsch ins Untersuchungszimmer beamen. Blöde Schnepfe! Duhast ja null Ahnung, Nurse.

Also, wie sollte ich möglichst ohne Kontakt zur Außenwelt oder anderen Mitmenschen in die Stadt gelangen? Dad war bereits weg, Ally zwar zu Hause, aber hey, alles hatte seine Grenzen. Dieses unerklärliche Bedürfnis, mit ihr ein klärendes Gespräch zu führen, war genauso schnell verschwunden wie aufgetaucht. Hm, Herta konnte mich schlecht aufs Rad schnallen und mit ihrem kränkelnden Bein durch die Straßen cruisen – überhaupt, wie doof hätte das ausgesehen! Am Ende würden wir mit den ganzen Schaulustigen bei dieser Gratis-Show noch einen Verkehrsunfall verursachen. Außerdem, soweit ich mitbekommen hatte, war sie am Morgen selbst mit dem Taxi gekommen. Selber fahren? Diesen Gedanke legte ich schnell wieder auf Eis. Vielleicht aber mit dem Taxi. Leider hatte ich null Lust mit weiteren fremden Personen zu kollidieren, und die Franken dafür waren woanders besser investiert.

Mittlerweile war es fast Mittag und ich wartete seit geschlagenen dreißig Minuten im Wartezimmer. Aber man muss schon sagen, es gab sie ja doch! Diese Menschen, die kleine Glücksmomente in unser Leben zaubern – auch Engel genannt! Man musste sie nur lassen und mit offenem Herzen durch die Welt gondeln.

Während ich zu Hause noch am Fluchtplan in Richtung Doc tüftelte, schepperte das Handy. Benn. Gut, dann konnte ich mich gleich nach Celtic erkundigen. „Keine Sorge, dem geht es gut. Karin fährt jeden Tag zu ihm." Ein Felsbrocken stürzte bei seinen Worten von meinem Herz – Mensch, die besuchte ihn ja öfter als ich in gesundheitlich uneingeschränkten Zeiten. Das Gespräch hielt sich konstant, und ich erzählte ihm, dass Ilvy früher zu ihrer Mam musste und deshalb Celtics bereits im Vorhinein angezweifelte Betreuung nicht übernehmen konnte. Fünf Sekunden später hatte ich Karin am anderen Ende in der Leitung, die sich – Gott segne sie – freudig bereit erklärte, bis zur Genesung auf ihn zu achten. Dieses Wort „Genesung" brachte dann den Stein ins Rollen. „Wie geht's dir? Tut's sehr weh? Hast du ein Regenbogengesicht? Warst du schon zur Kontrolle beim Arzt?"

„Gut, danke! Nein, nicht sehr. Ein bisschen – könnte schlimmer sein. Ähm – nein."

„Warum nicht?!"

Ohne ein bisschen Geflunker ging's leider nicht, aber im Endeffekt kam es auf das Gleiche raus – ich hatte niemanden, der mich zum Doc kutschierte ...

Blitzschnell hatte ich Benn wieder an der Strippe – was ging ab bei den beiden? Standen die nebeneinander? Ohr an Ohr? Oder Ohr, Handy, Ohr? Kurz und ohne die Chance auf Widerrede erklärte er mir: „In einer halben Stunde bin ich bei dir." Wie sich herausstellte, war auch ein gratis Betreuungsdienst in dieser Leistung mitinbegriffen.

Benn saß neben mir. Im Wartezimmer. Nebenbei blätterte er in einer Zeitschrift. Genervt wetzte ich auf dem Stuhl herum. Neben ihm kam ich mir vor wie ein kleines Mädchen. Fehlte nur noch, dass er mich hineinbegleitete. Glaubte er, ich würde nicht reingehen? Kneifen? Die Flucht ergreifen?? Hm ... Vielleicht kannte er mich doch zu gut.

Beim Eintreten in die Ordi hatte ich mich in die letzte abgeschiedene, freie Ecke verkrochen. Verunsichert sagte ich mir immer wieder diesen einen bescheuerten Satz wie ein Mantra vor: „Ich bin zentriert im goldenen Schwerpunkt meiner Mitte." Und was geschah? Nichts! Dieses blöde Schild! Wie sollte das klappen? Ich hatte schon Probleme damit, mir das Ganze nur im Ansatz vorzustellen. Gefangen in einer erleuchteten Blase. Wie sollte ich es finden, überstreifen oder irgendetwas anderes damit anstellen? Dieses Mal fand ich nicht einmal dieses schwarze ruhevolle Nichts. Wie sollte ich dann ein Öfchen, Feuerchen oder irgendetwas anderes entdecken, das glühte? Vielleicht auf einem anderen Weg? Mir war alles recht. In Gedanken hüllte ich mich in eine Blase aus hellem Licht. Es war einen Versucht wert. War doch egal, wo der Schutz herkam, Hauptsache, er machte seinen Job! Was man aber nach wenigen Minuten nicht behaupten konnte. Keine Chance! Wieder rutschte ich auf dem Platz hin und her. Der letzte Arztbesuch als Kind kam mir in den Sinn: „ich will keine Spritze vom Onkel Doktor, Mami!" Verdammt, wer will das schon?!

Die Handinnenflächen waren verschwitzt und die Oberschenkel der Jeans feucht. Gott! Wie ich diesen Geruch hasste. Kein Wunder, dass es mit dem Schild nicht klappte, so etwas Ähnliches wie Konzentration war schlichtweg nicht vorhanden. Die Verzweiflung stand mir wohl ins Gesicht geschrieben. Benn warf mir immer wieder nachdenkliche Blicke zu. Irgendwie schaffte er es, seine Gefühle im Gleichklang zu halten. Ich bekam kaum etwas davon ab, oder diese Gabe machte gerade Mittagspause.

Im Gegensatz zu den körperlichen und psychischen Schmerzen der alten Frau am anderen Ende des Raums. Unsere Blicke trafen sich kurz, und diese Traurigkeit, die ich sah, drang tief in mein Innerstes vor. Dieses Leid rüttelte an einer Stahltür, die ich fest verschlossen dachte, die ich um Erinnerungen und einen Lebensabschnitt gelegt hatte, an die ich nicht erinnert werden wollte. Im gleichen Atemzug wurde mir aber klar, dass ein Teil der Gefühle dieser Frau mit großer Liebe und Zuneigung verbunden waren. Müde wandte sie den Blick ab und versank noch tiefer in den Rollstuhl, der ihr die Beine ersetzte, die zu müde wurden, um für sie noch eine Erleichterung im Leben zu sein.

Neben ihr saß eine Frau – ich schätzte sie zwischen sechzig und siebzig. Eine ihrer Hände ruhte auf dem linken, dünnen Unterarm der Gebrechlichen, in der anderen hielt sie ein Buch. Die jüngere der beiden trug eine dicke Schicht Make-up, was aber ihre Falten nicht wegkleisterte. Sie war adrett gekleidet: Ton in Ton, und zwar in Königsblau, verziert mit Goldakzenten. Selbst die Frisur saß perfekt. Mein Tipp: Mutter und Tochter. Doch eines trübte dieses harmonische Bild – die graue Regenwolke, die über den beiden schwebte. Langsam begann ich, wieder an meinem Verstand zu zweifeln – der Farben-Crashkurs musste wohl mit Benn geendet haben. Bewusst wandte ich den Blick etwas zur Seite. Es waren kaum Patienten anwesend. An einem Tischchen mit zwei Bänken saßen ein Junge und ein Mädchen. Eindeutig Zwillinge. Braune Augen, Dunkelbraunes Haar – die gleichen Gesichtszüge. Circa vier Jahre alt. Der Junge spielte mit Bauklötzen, das Mädchen malte ein Bild. Ihre Mutter saß lesend auf einem Sessel ganz in ihrer Nähe und beobachtete lächelnd über den Buchrand hinweg das Geschehen. Die Liebe der Drei zueinander war fast greifbar und ließ mich aufatmen. Zum ersten Mal erkannte ich etwas Positives an meiner Gabe. Am liebsten hätte ich in ihrer Liebe gebadet und Kräfte getankt. Die unterschiedlichen Gefühle und ihre Auswirkungen auf mich musste ich dringend genauer testen. Vielleicht konnte ich Energie aus den positiven gewinnen, wenn mir die negativen die eigene Kraft raubten. Post-it ans Gehirn!

Ein herzzerreißendes Stöhnen weckt meine Aufmerksamkeit. Instinktiv drückte ich mich tiefer in die Polsterung des Sessels auf der Suche nach der Ursache. Einige Sekunden sondierte ich die Lage, aber niemand schien diesen Schmerzenslaut wahrgenommen zu haben. Vielleicht war es auch nur Einbildung.

Die dunkle, durchdringende Wolke, die um die beiden Frauen wehte, schien zu wachsen. Angst gesellte sich zu dem Unwohlsein, und ich flehte mein inneres Ich an, mir zu helfen ... Verdammt! Dieses graue Ding kam immer näher.

Dann machte es einen Ruck in mir – um Himmelswillen! Hoffentlich hatte keiner mein Zucken wahrgenommen. Da! Wieder dieser Seufzer! Hektisch sah ich mich um. Erneut schien ihn niemand gehört zu haben. Irgendetwas Dunkles zog dieser Ausbruch hinter sich her. Schneller als beim ersten Mal folgte die nächste Gefühlsmitteilung. Entsprungen aus der untersten Tiefe einer Seele, begleitet mit dem Wunsch nach einem baldigen Ende. Erschrocken griff ich mit der Hand an meinen Hals. Aufmerksame Augen beobachteten mich, und ich wusste, wer diesen Wunsch in sich trug. Doch am meisten schockierte mich, dass mir dieser Wunsch nicht unbekannt war. Zum Glück öffnete sich die Tür, und eine junge blonde Frau kam herein, nickte uns freundlich zu und setzte sich zur anderen Seite der alten Frau. Die Junge nahm eine der dürren, faltigen Hände in die ihren und drückte sie zart. Die alte Dame reagierte und lächelte ihren Engel an. Als diese zu sprechen begann, konnte ich nur schwer etwas verstehen – welche Sprache? Es war unwichtig, denn die Reaktion der Alten sprach Bände. Liebevoll führte sie den Handrücken der jungen Frau an ihre Wange und schloss lächelnd die Augen. Die Wolke wurde kleiner.

Zwischen den beiden bestand ein anderes Band – kein familiäres, das stand fest, aber es war genauso dick. Eine andere Tür öffnete sich. Erschrocken zuckte ich zusammen. Eine freundlich wirkende Frau, ganz in Weiß, bat das Damen-Trio einzutreten. Erleichtert atmete ich aus und hoffte zugleich von ganzen Herzen, dass niemand mehr das Wartezimmer betrat. Die unbeeinflussten und offenen Gefühle der zwei Kids trugen zur Entspannung bei, sie schienen ein Gleichgewicht mit den anderen zu bilden. Ob sie nach dem Besuch beim Doc immer noch eine derartig positive und unvoreingenommene Energie ausstrahlen würden? Warum konnte ich an ihnen keine Farben erkennen? Immer öfter fragte ich mich, welche Farben mich umgaben, und ob ich es je herausfinden würde. Während der Autofahrt hatte ich versucht, Benn zu scannen. Es war frustrierend – ich konnte nichts wahrnehmen. Gar nichts! Nada! Keine Gefühle – nichts! Machte diese Gabe wieder mal unangemeldet Pause?

Die Gedanken kehrten zu seiner Körperwärme zurück, die ich links neben mir fühlte. Erneut streckte ich die Antennen nach ... irgendetwas aus. Unbewusst musste ich stöhnen, das war frustrierend!

„Alles okay, Cleo? Hast du Schmerzen?" Benn hat die Zeitschrift zusammengefaltet, hielt sie in der linken Hand und musterte mich mit intensivem Blick.

War dieses Ächzen wirklich so laut?! „Nein. Nein, alles in Ordnung. Ich hab nur an die Schule gedacht."

Am liebsten hätte ich mich selbst in den Hintern getreten für diese miserable Lüge. Benn nickte: „Bist du nervös wegen der Untersuchung?" Er legte die Zeitung zur Seite – jetzt war es endgültig vorbei mit der Ruhe. Nur mit Mühe unterdrückte ich ein weiteres Stöhnen. Ich hatte keine Lust auf Quatschen. Viel besorgniserregender fand ich es, dass mein innerer Hosenscheißer mich wieder mal im Stich gelassen hatte und die Gabe nur teilweise funktionierte oder einfach so aus heiterem Himmel wieder verschwinden konnte. „Wie geht's dir bei beim Gedanken, da rein zu gehen?" Oh nein! Nicht auf der Psycho-Schiene! Aber hey, daran hatte ich noch gar nicht gedacht. Danke! Musste er das zum Thema machen? Jetzt liefen überall in und auf meinem Körper rote Ameisen, die mich anpinkelten, und diese Stellen brannten höllisch. „Jetzt, da du es so nett auf den Punkt bringst – beschissen!" Sollte er es doch ruhig wissen. Diese Antwort schien ihm die Sprache zu verschlagen. Recht so. Ich denke, dass ich nicht den Eindruck erweckt hatte, unruhig oder ängstlich zu sein. STOP! „Unruhig" nahm ich zurück. Verdammt! Er hatte es nur falsch interpretiert. Woher sollte er es auch besser wissen. Ich atmete tief durch. „Entschuldige, Benn. Es war ..." Nervös unterbrach ich mich. Ja, was war es?

„Nein, ist schon gut. Ich dachte nur, durch deine Kittel-in-weiß-Phobie ..."

„Danke." Erleichtert umarmte ich ihn. Sichtlich überrascht über diese intime Reaktion, legte er nach kurzem Zögern die Arme um mich.

„Cleophea Wyss?"

„Scheiße!" Nur ein Flüstern, aber es gelangte direkt an Benns Ohr.

Der löste sich aus der erstarrten Umarmung. „Ruhig Blut, Cleo. Es ist nur eine Nachkontrolle. Du schaffst das." Gleichzeitig mit mir stand auch er auf. Am Rande des Gefühl-Personen-Radars registrierte ich, dass sich das kleine Mädchen auch erhoben hat. „Das Wichtigste ist, dass du kaum noch Schmerzen hast." Zögerlich und einmal tief durchatmend erwachte ich langsam aus der Totenstarre und nickte ihm zuversichtlich zu. Wen wollte ich überzeugen? Ihn oder mich? Mit vorsichtigen Schritten rückte ich von ihm ab, aber irgendwie bildete sich kein Abstand zwischen uns. Fragend sah ich ihn an. „Soll ich dich nicht begleiten?"

Meine Augen wurden riesig. „N-nein." Mit Sicherheit nicht – wie peinlich, „Ich glaub', das schaff ich schon." Die Arzthelferin stand immer noch lächelnd an der geöffneten Tür. Den Rücken gestrafft, visualisierte ich die Frau und den Durchgang an – ich schaffe das! Nur noch zwei Meter und ich war bei ihr ... Plötzlich durchkreuzte eine kleine Gestalt mein Vorhaben.

„Hier." Verwundert sah ich einen guten Meter nach unten und entdeckte das runde, strahlende Gesicht des kleinen Mädchens. O-kay, was ging jetzt ab? Die Frage was sie von mir wollte, lag mir schwer auf der Zunge, bis ich das Blatt Papier entdeckte, dass sie mir hinhielt. Was sollte ich damit?

„Anna, komm her!" Die Mutter des Kindes. Wie es schien, wurde die Situation langsam unangenehm. Nicht für das Mädchen und auch nicht für mich. Wärme kombiniert mit ihrer Nähe zeigte mir, dass die Gabe sehr wohl aktiv war und einwandfrei funktionierte. Um mit Anna auf Augenhöhe zu sein, ging ich in die Hocke. Ihr Sonnengesicht entlockte auch mir ein Schmunzeln. Einen großen Batzen beruhigter und froh über die Sonnenstrahlen, nahm ich die Zeichnung entgegen und warf nur einen flüchtigen Blick darauf. Mehr faszinierte mich das Geschehen um Anna. Unglaublich! Das kleine Mädchen war die Sonne. Sie strahlte in einem kräftigen, sonnigen Gelb.

„Ich danke dir, Anna." Spontan umarmte sie mich. Fast hätte ich das Gleichgewicht verloren. Die Mutter erhob sich. Unsere Zeit neigte sich dem Ende zu, dann flüsterte sie: „Du bist das Licht, das die Finsternis erhellt – du bist Gold und Silber." Das Mädchen löste sich aus der Umarmung, grinste mich an und tanzte vergnügt zu ihrer Mutter zurück. Geistesabwesend falte ich das Papier und stecke es in die hintere Hosentasche. Die Arzthelferin stand immer noch lächelnd an der geöffneten Tür. Es wirkte nicht mehr gekünstelt – wohl ein nötiges Utensil für ihre Arbeit. War sie die unhöfliche Stimme am Telefon gewesen? Egal, denn diese Freundlichkeit entsprang einem berührten Herzen. Nun konnte ich auch ihre Farben erkennen. Nachdenklich warf ich noch einen Blick zu Benn – er war immer noch frei von jeglichen neuen Farbverschönerungen. Eigenartig.

Interessiert sahen mir die beiden Kids nach, als ich mich auf Pudding-Beinen erhob und in Richtung Angst-Schrein begab. Das Lächeln blieb trotz der Gerüche, der Gefühle, der Farben; damit war es irgendwie leichter mit dem Gesamtsituation klar zu kommen.

Dieses Gespräch, eine Untersuchung war es nur im übertragenen Sinne, dauerte keine zehn Minuten. Der Doc sah sich die Verfärbungen an. Drückte auf manchen Stellen herum. Fragte da und dort nach Schmerzen, testete wieder Reflexe und Gleichgewichtssinn. Ihn umgab eine ähnliche Wolke wie Anna, die mich einhüllte und in eine Art Ruhezustand versetzte. Ob nur ich das spürte oder ob er auch auf andere Patienten eine ähnliche Wirkung verströmte, konnte ich nicht erfassen. Warum hatte ich das nach dem Sturz nicht wahrgenommen? Ich hätte mir viel Panikadrenalin erspart. Egal, ich war froh über diese Wirkung, auch wenn ich Probleme hatte, mich auf seine Worte zu konzentrieren – ich konnte nicht vergessen, was Anna gesagt hatte. Am Ende unseres Termins erklärte er mich im Großen und Ganzen für wiederhergestellt. „In die Schule kannst du wieder ab nächster Woche. Aber kein Sportunterricht und zu hastige Bewegungen." Um seinen Worten Nachdruck zu verleihen, zeigte er mit dem Kugelschreiber hinter seinem Glasschreibtisch auf meine Male. Als er mich nach dem Schmerzmittelkonsum fragte, schlüpfte ich bereits wieder in die Klamotten.

„Ohne die Pillen ging es mir besser. So spüre ich wenigstens meinen Körper." Diese Antwort war unbedacht und erhielt zwei hochgezogene Augenbrauen und einen wachsamen Blick von seiner Seite. Leider ließ er mich an seinen weiteren Gedanken nicht teilhaben, das brauchte er auch nicht. Das Sonnenblumengelb flackerte kurz trüb, dann notierte er sich etwas, und nach einem netten Händedruck tauschte ich mit den Zwillingen und deren Mam die Plätze. Gerne wollte ich mich bei Anna nochmal für die Zeichnung bedanken, aber sie sah mich nicht an, sondern hüpfte neben ihrem Bruder lächelnd in die Ordination. Zum Glück fühlte ich die Zeichnung in der Hosentasche, ansonsten hätte ich es mit einem Tagtraum abgetan.

„Celtic muss noch ein bis zwei Wochen ohne mich auskommen."

„Süße, das ist kein Problem." Benn trat mir entgegen. „Karin freut sich und wird sicher gerne weiterhin auf ihn achten. Die ist momentan mehr in den Stallungen als im Hangar!" Er brach in Gelächter aus. Das erleichterte meine durch Schuldgefühle verspannten Schultern. Beim Verlassen der Praxis fragte ich ihn, ob die drei Damen wieder aus der Tür rausgekommen waren.

„Welche drei Damen?" Die Antwort ersparte ich mir. Hoffentlich ging der Wunsch der alten Frau bald in Erfüllung.

Die Rückfahrt verlief entspannt. Benn berichtete mir von seinen aktuellen Schülern und dass er bereits jetzt wusste, welche er im nächsten Kurs wiedersehen würde. Nach einer Pause gestand er mir: „Karin meint, du fehlst an allen Ecken und Enden. So ein Saustall, überall krie-

chen die Staubmonster hervor. Dein ewiges Genörgel, die andauernden Klugscheißereien und deine nervigen herumflatternden Löckchen werden auch immer weniger."
Da steckte doch mehr dahinter. War es nur Celtics Betreuerin, die jammerte, oder war er es auch? „Besonders der Verlust deines Lach-Gegrunzes, als stünde ein Schwein ums Eck, macht es still im Hangar, meint Karin."

Gegrunze?! Wie konnte er mein Lachen mit einem schweinischen Geräusch vergleichen? Der gekonterte Gesichtsausdruck – beleidigt, empört und entsetzt zugleich – rief in ihm nur einen heftigen Lachanfall hervor. Hä? Von wegen, ich würde wie ein Schwein klingen! Hatte er sich schon mal Lachen zugehört?

In der Hauseinfahrt angekommen, wandte er sich mir zu und entschuldigte sich. Da fiel mein Blick auf die Kette um seinen Hals. Sie war schon immer dort, nur jetzt achtete ich zum ersten Mal bewusst darauf – alte Symbole. Sie waren mir bekannt. Keltische? Wenn ja, warum trug Benn keltische Symbole um den Hals? Zufall oder einfach nur Trend? Mit Mühe riss ich den Blick davon los. Diese Symbole brannten sich mir ins Gedächtnis. Sollte Benn die Verwirrung aufgefallen sein, überging er sie ohne Kommentar. Vielleicht ein Danke-schön-Kaffee? Ich entschied mich dann doch dagegen. Ich musste allein sein. Gedanken ordnen und herausfinden, was diese Symbole bedeuteten. Geistig abgelenkt, aber mit einem Situations-Lächeln bestückt, stieg ich aus und verschwand im Haus. Ohne mich umzudrehen, hörte ich wie er mit seinem Pick-up die Einfahrt verließ. Ich musste Ilvy erreichen – wie lange war heute Schule?

„Was meinst du damit: Das sind keine keltischen Symbole? Was ist es sonst?", genervt hockte ich hinter dem Schreibtisch und scrollte mich durch die Liste, die Google mir serviert hatte.

„Es sind Runen", bevor ich einen blöden Kommentar einwerfen konnte, sprach Ilvy hastig weiter. „Runen sind eine Art Schrift, die auf viele Arten benutzt wurden –

schreiben, magische Handlungen, Geheimschrift und jede hat ihre eigene Bedeutung."

Die Gehirnwindungen entschieden sich, auf halber Fahrt auszusteigen. *Willkommen am Hauptbahnhof Zürich! Ihre weiteren Anschlüsse ...* gab eine versteckte Stimme in meinem Inneren von sich. Wovon quatschte sie da? Ich schnallte überhaupt nichts!

„Es gibt vierundzwanzig davon. Sie wurden von unserer lateinischen Schrift abgelöst. Hast du in Geschichte gepennt?" Fragend sah zog sie eine Augenbraue nach oben.

„Was? Wie alt sind diese Runen?" Langsam verstand ich gar nichts mehr, und ihren Kommentar über meine Geschichtskenntnisse ließ ich ungerührt an mir abprallen. Ich und pennen? Ich hatte keine Zeit, in Geschichte zu schlafen!

„So an die zweitausend Jahre, also um Christi Geburt." Selbstgerecht lehnte sie sich in ihrem Sessel zurück. Pah! Nur weil sie es aus dem Netz herauslesen konnte, war sie nicht besser ...

„Moment. Wenn diese Symbole nichts mit den Kelten zu tun haben, mit wem dann?" Meine Verwirrung wuchs, und ich vergaß die aufkeimenden sarkastischen Worte.

„Die Kelten lebten lange vor der Entstehung der Runen, das hat nichts mit dem Gebiet zu tun. Hundertprozentig kann ich nichts ausschließen, ich bin ja auch kein Geschichtsprofessor, und du hast mir auch kaum Zeit gegeben, genauer darauf einzugehen. Außerdem ist die Zeit der Kelten mächtig lang. Du wolltest wissen, was es ist, und ich habe mich darauf beschränkt." Wieder dieser besserwisserische Ausdruck in ihrem Gesicht. Dennoch, so viel zum Thema „Geschichtsunterricht im Internet".
„Aber was ich sicher weiß – die meisten Runenfunde stammen aus dem skandinavischen Raum, und meines Wissens waren die Kelten weniger im Norden unterwegs – aber wie gesagt, bis morgen weiß ich sicher mehr." Endlich, ihre Gesichtsmuskeln durften wieder zur Normalfunktion zurückkehren.

Hm – Skandinavien ... „Dann waren es die Wikinger, die hauptsächlich diese Schrift verwendet haben?" Nachdenklich fummelte ich mit der rechten Hand an den Resten des Verbands herum.

„Möglich. Cleo, die Kelten lebten vor Christi Geburt in Mitteleuropa – hast du alles vergessen?" Anklagend weiteten sich ihre Augen.

Hey! Was geht? „Nein, hab' ich nicht. Aber mein Gehirn scheint es für nichtig abgestempelt zu haben und ist momentan nicht so schnell wie dein Computer." Aus einem mir unerklärlichen Grund fühlte ich mich nun doch gekränkt – aber ich hatte keine Zeit für solche Hindernisse. „Erzähl weiter!"

Ilvy schien sich ebenfalls wieder ihrer Rolle anzupassen und nicht mehr die Oberlehrerin heraushängen zu lassen. „Die Runen-Schrift entstand angeblich im ersten bis zweiten Jahrhundert nach Christi an einem ganz anderen Ort. Verstehst du, was ich sagen will?"

„Es gibt keinen direkten Zusammenhang." Der Mut sank. Warum? Was hatte ich mir erhofft?

„Das kann ich dir noch nicht sagen, aber ich glaube, ich habe die Symbole gefunden, die du um Benns Hals gesehen hast. Warte ... ich schick sie dir." Endlich war meine beste Freundin wieder zurück von ihrem Trip!

Schwedengirl musste im Schneckentempo nach Hause gekrochen sein. Der Glockenschlag nach Schulende war noch nicht verklungen, als ich sie bereits am Handy belagert hatte. Aufgeregt versuchte ich, ihr zu schildern, was ich entdeckt hatte. Warum ich zu blöd war, es selbst herauszufinden, wusste ich nicht. Ich schob es auf die momentan sehr wankelmütigen Gefühle und auf die Tatsache, dass ich mein kleines liebliches inneres Ich nicht fand. Was mich fast wahnsinnig machte – wo verkroch es sich nur? Vielleicht trug auch Ilvys Funktion als persönlicher Info-Puffer ein bisschen dazu bei. Bei all den Informationen im Netz weiß ja kein Mensch, was der Wahrheit entsprach und was in die Schublade „Erfunden" gehörte! Fake News ...

Auf dem Bildschirm tauchten zwei Symbole auf, bei denen ich auf Anhieb wusste: Ja, die waren es! Ilvy war einfach die beste Schnüffelnase die ich kannte.

Lange starrte ich auf diesen Vogelfuß, denn so wirkte das eine Zeichen auf mich, und dieses ‚M'. Immer wieder las ich mir die Bedeutung durch. Hm.

„Cleo!"

„Verdammt!", erschrocken schlug ich die rechte Hand über das heftig schlagende Herz. „Bist du verrückt? Was willst du?"

„Entschuldige, ich wollte dich nicht erschrecken, aber ich hab da was Interessantes entdeckt."

„Ich hoffe, dass es die verlorenen Lebensjahre wert ist ...", grummelte ich.

„Ich denke schon." Pause. Was wollte sie? Warum sprach sie nicht weiter? Hänger im System? „Es wirft ein noch interessanteres Licht auf Benn."

„Spuck's endlich aus."

„Schon gut, schon gut. Spitz die Ohren!" Genervt verdrehte ich die Augen. „Um eine besonders konzentrierte Wirkung der Runen zu erhalten, besteht auch die Möglichkeit, sich einer sogenannten Binde Rune zu bedienen. Sie besteht aus mehreren übereinander gesetzten Einzelzeichen und kann zum Beispiel als Amulett getragen werden –, das wäre dann so wie bei Benn. Dass das Ganze von einem sehr erfahrenen Runenheiler mit botanischen und medizinischen Kenntnissen zusammengestellt werden soll, versteht sich von selbst ..." Ihren ironischen Unterton ließ ich bewusst ohne weiteren Kommentar stehen. „A-ha." Begann sie jetzt mit sich selbst zu sprechen? „Aber jetzt zum interessanteren Teil: Mithilfe der Runenenergie ist es außerdem möglich, sich vor schlechten Einflüssen zu schützen. Man kann zur Unterstützung ein für sich bestimmtes oder zugeordnetes ‚Fylgia' – keine Ahnung, wie man das ausspricht –, das heißt, sein Krafttier hinzubitten, welches einem in Verbindung mit der gewählten Rune hilfreich zur Seite stehen kann, ... Cleo ..."

„Wolf. Es ist ein Wolf." Sie las den Artikel zu Ende, doch ich verstand bereits, was sie beabsichtigte, mir zu sagen. Aber dieses Amulett trug Benn seit ich ihn kannte. „Er trägt einen Wolf um seinen Hals, der den Vollmond anheult." Unsere Kommunikation wurde schweigsam. War es nur ein Zufall? Ich hatte mir nie Gedanken über Benns Anhänger gemacht. Warum trug er ihn?

„Cleo?"

„Hm?"

„Was denkst du?!

Ich atmete tief durch: „Wenn dieses Amulett vor schlechten Einflüssen schützt, kann ...", ich wurde unsicher mit dieser Theorie, „kann es vielleicht auch umgekehrt wirken?"

„Hm. Ein interessanter Ansatz. Besonders da du nichts von seinen Gefühlen empfangen konntest." Das gab Stoff zum Nachdenken. Schweigsame Minuten verstrichen. „Cleo?"

„Was?"

„Warum sollte Benn ein Amulett tragen, das seine Gefühle verbirgt?"

Das war ja das Wackelige an der Theorie, „keine Ahnung."

„Kommst du alleine klar? Ich muss weiterpacken, und Dad will mit mir Essen gehen – vielleicht schaffe ich alles bis zum Abend klarzumachen, dann kann ich noch kurz bei dir vorbeischauen."

„Okay, mach nur. Keinen Stress. Ich kann nirgends hin." Erneut fragte ich mich, was an dieser Packerei nur so lange dauerte. Sie schickte mir noch den Link für die Website, aus der sie mir vorgelesen hatte, dann war sie endgültig aus dem Netz verschwunden.

Trotzdem tippte ich *Krafttier Wolf + Runen* bei Google ein. Präsentiert bekam ich vieles – zu vieles! Es war immer wieder eine Herausforderung, das wirklich Wichtige herauszufiltern. Nach mehreren Klicks fand ich etwas Vielversprechendes. Eine Seite behandelte allgemein das Thema Magie, Magisches Werkzeug und Krafttiere – BINGO! Wie ich herausfand, gab es zweiunddreißig dieser Krafttiere, und jedem Menschen stand sein eigenes zu. Sie stellten eine Art Schutz- oder Schicksalsgöttin – Schutzengel? – auf böse und gute Art und Weise dar. Generell handelte es sich um ein übernatürliches Wesen deiner Sippe oder Gruppe - also der Familie, oder? Menschen mit starken Krafttieren hatten starke Schutzgeister und damit mehr Glück als andere. Manche Menschen oder Gruppen hatten auch mehrere Krafttiere. Manchmal zeigten sie sich vor wichtigen Ereignissen. Sofort musste ich an mein kleines faules Ich denken. Es tauchte meist auf, wenn es kritisch wurde oder ich eine Entscheidung treffen musste – mal sehen, was noch auf dieser Seite zu finden ist. Besonders zeigten sie sich aber vor dem Tod. Uh! Die alte Frau und ihre Regenwolke kamen mir in den Sinn, aber die Wolke war kein Krafttier, oder konnte ich durch die schwankende Verlässlichkeit der Gabe nicht alles sehen?

„Dein Krafttier enthüllt sich in deinen Träumen", las ich laut, und die Gedanken wanderten zum Spiegelbild. „Die handelnden Personen oder besser ihre Seelen, erscheinen dir in Tiergestalt. Manche Menschen können ihre Gestalten wechseln. Das Umwerfen eines äußerlichen Gewands bringt den Wechsel der Gestalt hervor – okay, das wird mir jetzt echt zu viel." Noch vor einer Woche hätte ich auf derartige Aussagen ganz anders reagiert. Kopfschüttelnd scrollte ich weiter. „In deinem Fylg ... Hm? Was? Fyl ... gia – ach, das ist das Wort das Ilvy auch nicht aussprechen konnte! – verkörpert sich deine Seele. Du bist die Gestalt, in der sich die verwandelte Seele zeigt. Die Seele ist die Kraft, die dem menschlichen Körper innewohnt. Manchmal kannst du dein Krafttier im Traum sehen. Wenn du hellsichtig bist, erscheint es dir im Wachzustand." Hellsichtig? Alter Schwede! Genug von Seelen und unaussprechlichen Wörtern. Ich scrollte zur Auflistung der Krafttiere. Wou! Das waren wirklich viele. Kurz überflog ich die Liste und fand auch das Pferd unter den Tieren – Celtic! Vielleicht war er mein Krafttier? Später würde ich mich dem Mythos „Pferd" widmen. Doch bevor ich mich dem Wolf zuwenden konnte, streifte mich eine Erinnerung. Nachdenklich griff ich in die Gesäßtasche der Jeans und zog das Bild von Anna heraus. Neugierig faltete ich es auseinander und strich es glatt – ich sollte mir wirklich abgewöhnen, nicht alles dahinten zu verstauen.

Als ich das Blatt wendete, stockte mir der Atem. „Woher ...? Wieso ...?" Ein schwarzer Hengst in aufsteigender Pose, zu perfekt für ein so kleines Mädchen, war auf dem Papier abgebildet. Fasziniert und auch fassungslos starrte ich darauf – ein Abbild von Celtic! So hatte ich ihn damals auf der Weide zum ersten Mal gesehen und mich unsterblich in ihn verliebt. Eine Träne der Freude und der Sehnsucht bahnte sich ihren Weg über die rechte Wange. Ein letztes Mal strich ich andächtig über das Papier, bevor ich es an der Magnetwand neben dem Schreibtisch befestigte. Unglaublich! Woher wusste sie das ...? Nachdenklich wandte ich mich dem Wolf zu. Mit dieser Zeichnung hatte ich Celtic wieder etwas näher bei mir. Danke Anna! Den Gedanken, dass ich mich mehr über das Bild und die süße Kleine wundern sollte, steckte ich in die hintere Hosentasche. Heute nicht mehr! „Die Legenden vieler Völker ranken sich um den Wolf als mächtiges Krafttier. Der germanische Göttervater Odin besaß Reitwölfe und wird oft mit einem Wolfskopf dargestellt ..." Herzlich willkommen im heutigen Geschichtsunterricht! Über was wollen wir dieses Mal sprechen?" Der Sarkasmus blieb mir leider nicht im Hals stecken. Klar wusste ich, wie wichtig das war, aber – hey! – ich war ein durchgeknallter Teenager, der keine Ahnung hatte, was er hier machte. Und wenn ich daran dachte, was ich bei der letzten Internet-Recherche alles entdeckt hatte, drehte sich mir heute noch der Magen um. Wie viele Tage war das erst her? Frustriert stieß ich den Atem aus. Halbherzig konzentrierte ich mich auf den Absatz. Scrollte weiter und verzog angewidert das Gesicht, als mein Blick auf das zähnefletschende Tier fiel, das etwas weiter unten auftauchte. Bei einem derartigen Anblick verging einem der letzte Funke an positiven Gedanken. „Also, wo war ich. Keltische Druiden – schon wieder die! – verehrten den ausgeprägten Familiensinn des Wolfs als Beschützer und

..." die Stimme wurde leiser, und ich versank in den Worten, die sich vor mir entfalteten. ... Anführer seiner Sippe. Die Rede war von den Inuit und Shoshonen, die dieses Tier als eine Art Schöpfer ansahen. Er sollte eine Verbindung zur Anderswelt und zum Mond haben – naja, irgendwoher musste das mit dem Jaulen kommen. Langsam schmolz der Sarkasmus und wich einem anderen Gefühl ... „Spirituelle Kraft" war das nächste Schlagwort, das mir ins Auge sprang. Mit „lernen" und „wachsen" ging's weiter zum Lehrer und Führer. Freiheit zu leben und vor falschen Freunden zu warnen, Führungsqualitäten zu nutzen zum Wohle aller. Fassungslos saß ich da und starrte den Bildschirm an. Eins konnte ich mit Bestimmtheit sagen: Eieses Krafttier passte wie angegossen zu Benn. Es war wie für ihn geschaffen. Trotzdem wurde ich nicht wirklich schlau daraus. Es war ein Schutzamulett, aber was trugen die Runen dazu bei? „Ich befinde mich in einem Irrgarten! Ich brauch jemanden, der sich damit auskennt!" Frustriert und entmutigt sank der Kopf auf die Handflächen.

Warum fragst du ihn nicht einfach? Mit Unschuldsmiene sah mich mein inneres Ich fragend an. Auch wieder mal da? Will ich wissen, was du die ganze Zeit gemacht hast?

Ja, warum fragte ich ihn eigentlich nicht? Hatte ich Angst vor Benn? Nee ... warum auch? Naja, vielleicht ein bisschen, aber er würde mir antworten, das wusste ich!

Worauf wartete ich eigentlich? Dieser Gedanke wurde immer lauter. Ich musste etwas unternehmen. Während ich mir Mut zusprach, kramte ich ein paar Sachen in den Rucksack – iPod, Taschentücher, Schmerztabletten. Roller oder Fahrrad?

Getrieben, endlich wieder etwas unternehmen zu können, schlüpfte ich getrieben endlich wieder etwas unternehmen zu können, in die Sneakers. Befand mich wie ein Wirbelwind auf der Treppe und griff nach Helm und Schlüsselbund.

Vierzehn

„Hatschi!" Verdammt, ich hasse diese Hausstauballergie! „Hatschi!" Beim letzten Besuch mit Ilvy auf dem Dachboden war mir der Staub nicht so dermaßen in die Nase gestiegen. Die Augen waren bereits rot und juckten wie wild, am liebsten hätte ich sie herausgerieben. Vielleicht lenkte mich die Verwirrung der Allgemeinsituation zu sehr ab, oder ich grub dieses Mal tiefer ... Obwohl der Großteil von Mams Sachen wieder gut behütet in Kisten und luftdichten Säcken verstaut war, war ich immer noch schockiert über diesen Wutanfall und was ich daraus fabriziert hatte. Irgendwann musste ich die Reste des hinterlassenen Chaos beseitigen. „Hatschi!" Grrr, ich durfte gar nicht an all die geheimen Ritzen denken, in denen sich diese miesen, hinterhältigen Staubmonster versteckten. Seit einer guten Stunde durchforstete ich den Speicher nach Verdächtigem. Und nein, ich war nicht zu Benn gefahren.

Die missfallenden Blicke meines schimpfenden inneren Ichs ignorierte ich. Und ja, ich hatte den Schwanz in der Garage eingezogen und war deprimiert und von mir enttäuscht zurück ins Zimmer gestolpert. Und noch einmal ja, ich machte mir selbst und meiner Feigheit genug Vorwürfe. Schlagartig verließ mich der ganze Mut, und ich war mir nicht mehr sicher, als ich meinen Hintern auf den Sitz des Rollers geparkt hatte. Diese Gabe war unberechenbar – was, wenn ich gar nicht bei Benn ankam? Es gab sicher einen anderen Weg, diese Runen- und Krafttier Frage zu klären. Es musste ja auch nicht gleich sein, oder?

Wieder im Zimmer, wusste ich wieder mal nichts mit der Masse an unbeanspruchter Zeit anzufangen. Um weiter nach diesem hinterhältigen Feuer zu suchen, fehlte mir die positive Energie. Da kam von irgendwoher der Gedanke: Dachboden. Warum auch immer, ich hatte ihm nachgegeben. Jetzt stand ich wieder zwischen all dem

Staub – ohne Taschentücher – und Mams Sachen. „Hatschi! Scheiße noch mal."

Im untersten Kleidersack befand sich ein langer schwarzer Mantel. Mam hatte ihn immer getragen, wenn sie unterwegs war und etwas Elegantes zum Überwerfen benötigte. „Ärzte tragen weiße Kittel. Ich trage diesen Mantel", hatte sie immer gesagt, wenn Dad ihr bei seinem Anlegen behilflich gewesen war.

Nach kurzer Überlegung zog ich den Sack hervor – was wollte ich finden? –, öffnete ihn und griff in die Taschen. Nicht anders als erwartet, waren sie leer. Nach einem erneuten Innehalten gab ich dem Impuls nach und suchte den Mantel nach weiteren Öffnungen ab. Nichts sichtbar. Systematisch glitten meine Handflächen über das seidige Futter. Da! Nein, das war unmöglich. Und doch, auf der rechten Innenseite wurde ich fündig. Etwas raschelte. Wurde etwas eingenäht?

Wie kam ich da rein? Ich drehte und wendete die Stelle. Bis ich in einer Falte einen gut getarnten Reißverschluss fand. Mit vorsichtigem Aufziehen kam ich nicht weit. Das Futter des Mantels schlitterte jedes Mal mit. „Nun komm schon, du blödes Ding! Geh auf!" Dieser Dachboden war alles andere als positiv förderlich für Stimmung und Seelenleben. Ganz und gar nicht förderlich. Nach einigem Rütteln verfing sich das Futter im Reißverschluss. „Wahh!" Wütend schmiss ich den Stofffetzen auf den fein sortierten Kleiderhaufen, der sich neben mir auftürmte. Das war echt zum Haare raufen. Mit glühendem Blick sah ich den Mantel an. Eigentlich müsste er in Flammen aufgehen. „Ich will wissen, was da drin ist." Wieder griff ich danach und suchte nach der geheimen Stelle. Die still vor sich hin keimende Wut legte sich augenblicklich, als ich es schaffte, den störrischen Verschluss einen Spalt zu öffnen. Hoffentlich riss ich kein Loch hinein. Der Spalt reichte gerade, dass ich zwei Fingern hineinfummeln konnte. Die kleinen Zacken rieben gemein auf der Haut. Fast entwischte es mir. Mit den Fingerspitzen konnte ich es gerade noch festhalten – wer wusste schon, wie groß diese Innentasche war ...

Was ich herauszog, irritierte mich: Ein Papierstück.

Florenz
Teatro Comunale
17Uhr

Hm. Was hatte das zu bedeuten? Ja, Mam war viel in Italien unterwegs gewesen, besonders in den letzten Monaten vor ihrem Tod. Vielleicht der Termin einer Probe? Aber warum versteckte sie den Zettel in einem – was war das? – Geheimfach ihres Mantels? Beim näheren Betrachten der Handschrift wurde klar – das war nicht ihre. Die von Dad auch nicht!? Und trotzdem wirkte sie vertraut ... Wessen dann? Die des Dirigenten? Einer Musikerkollegin? Das ergab keinen Sinn. Da mir nichts darauf einfiel und ich nicht wusste, wohin mit dem Zettel, schob ich ihn in die hintere Hosentasche, gleichzeitig Knitterschutz.

Bei den anderen Kleidungsstücken fand ich nichts Interessantes. Sie rochen alle noch nach Mams Parfüm, einem Geschenk von Dad.

Erleichterung und gleichzeitig Enttäuschung stiegen in mir auf. Ich hatte es geschafft. Ich hatte ihre Sachen durch. Nur was hatte es mir gebracht? Als ich auch sie wieder ordentlich in die riesigen Kartons schlichten wollte, fand ich im letzten ganz unten eine Holzkiste mit Schnitzereien. Ihre selbst komponierten Stücke. Unsicher verharrte ich.

Die hatte ich total übersehen. Der Moment des Zögerns zog sich hinaus. Kopfschüttelnd legte ich die Kleidungsstücke zur Seite. „Puh!" Verdammt, war die schwer, aber wunderschön. Andächtig strich ich mit den Fingerspitzen darüber. Die Schnitzereien zeigten wilde Blumen, Rosen verwachsen mit den eigenen Dornen. Auf dem Deckel befanden sich ihre Initialen – *C. W.* –, die Punkte zwischen den Buchstaben verzierten grüne Steine. Dicht schob ich die Nase davor – waren das dieselben wie bei Großmutters Amulett? Die Kiste plante ich auf jeden Fall, mit nach unten zu nehmen. Ob ich einen Blick hinein riskiere? Jetzt gleich? Ob jetzt oder später, wo lag der Unterschied? Mit zittrigen Fingern schob ich das Schloss auf und schnappte, als der Deckel von einer dunkelgrünen Kordel am Überkippen gehindert wurde, nach Luft. Ein Berg von Notenblättern quoll hervor. Fein säuberlich sortiert.

Andächtig strich ich über die oberste Seite. Ich setzte mich auf einen der Kartons, der wie durch ein Wunder den gestrigen Wutausbruch unbeschadet überstanden hatte, und begann, den Inhalt durchzublättern. Viele Stücke waren mir bekannt, saß sie doch oft stundenlang an ihrem Klavier und feilte daran. Durch Zufall entdeckte ich ihre letzte Komposition: Magic.

Die Erinnerungen an ihre Werke waren sehr deutlich, aber besonders dieses blieb mir verstärkt im Gedächtnis. Es wartete am längsten auf die Fertigstellung.

Bei der Durchsicht der einzelnen Blätter traf ich auf etwas Verwirrendes. Bassschlüssel. Nichts Ungewöhnliches für ein Klavierstück. Trotzdem stutzte ich. In der rechten Ecke jeder Seite befand sich ein kleines, rotes, eingekreistes C. Ein anderes Stück? „Was?" Verwirrt begann ich von Neuem die Seiten durchzublättern. „Wie ...?" Es war dasselbe Lied. Eindeutig – die Melodie! Interessiert begann ich, sie nach den Noten zu summen. Nach zehn Minuten war ich mir sicher – es war *Magic!*

Unseren Eltern, beide Herzblutmusiker, war es oberstes Gebot, dass ihre Kinder ein, oder wenn die Begabung es erlaubte, mehrere Musikinstrumente beherrschen.

Blasmusik war nie so mein Ding. Diese ewigen, langweiligen Flötenstunden. Dieses feuchte Holzding im Mund. Ich wollte mitsummen, vielleicht auch singen, aber nicht den Mund mit etwas verstopfen oder zugestöpselt bekommen. Das war Allys Repertoire. Sie spielte fast alle Varianten der Flöte, angefangen von der ganz normalen Kinder-Blockflöte, der typischen Sopranflöte bis hin zu den Tenor-, Alt-, Bassflöten. Ob sie noch immer spielte, wusste ich nicht. Wenn, dann sicher nur im Geheimen. Mam und Dad hatten sie oft gebeten, mehr aus ihrem

Talent zu machen, weil diese Flöten ihrer Meinung nach zu wenig gewürdigt wurden und Ally wirklich die wunderschönsten Töne aus diesen Holzstangen quetschen konnte. Irgendwann hatten sie dann ihre Ablehnung enttäuscht akzeptiert.

„Ich will nicht auf dieser blöden Holzstange spielen." Wütend stampfte ich mit dem Fuß auf.

Ally glotzte schon wieder so überheblich in meine Richtung. Wenn sie sich in dieser Stimmung befand, glitzerte es besonders hell um ihren Kopf. Dieses Glitzern hatten alle Menschen. Manche stärker, manche schwächer. Schade, dass ich meines nicht sehen konnte. Mit einem fiesen Lächeln ordnete sie auf dem Notenständer neben dem Kamin die blöden Weihnachtslieder. Ja, sollte sie doch machen! Heute Nachmittag hatte sie mir beim Proben wieder mal bewiesen, wie dumm ich mich beim Spielen anstellte. „Also, Cleo, diese Note ist eine halbe. Das heißt, sie dauert zwei Schläge. Kannst du schon bis zwei zählen?" Ihre Schultern waren ... stramm nach hinten gezogen. Als hätte sie einen Besen verschluckt. Natürlich konnte ich bis zwei zählen. Es ging auch bis vier, damit wäre die ganze Note ebenfalls geklärt. Auch noch weiter, wenn es sein musste. Blöde Ziege! Natürlich bildete sich aus dieser Bloßstellung ein Streit, den Mam wieder mal schlichten musste.

Trübselig saß ich auf der Couch und schmierte den Korken des Mittelstücks der Flöte mit Fett ein, damit der obere Teil besser rauf und runter rutschen konnte. Nebenbei warf ich meiner wunderbaren Schwester einen neidischen Blick zu. Sie durfte ein weißes Kleid mit Rüschen tragen. Dad hatte es ihr von seiner Reise aus Paris mitgebracht. Und ich? Ich steckte in einem weinroten Samt-Ding, das schwer wie Blei an mir hing und einer weißen Spitzenbluse, die an Hals und Ärmeln kratzte. Und als Zugabe durfte ich Allys Flöte ebenfalls zusammenbauen.

Mir ekelte es bereits bei dem Gedanken, dieses blöde Mundstück in den Mund zu nehmen. Es war sicher noch nicht mal trocken von der Probe. Ich schien einen erhöhten Speichelfluss zu entwickeln, sobald ich den Schnabel zwischen den Lippen spürte. Diesen Block weichte ich regelrecht ein, aber das konnte ich nicht abstellen. Auch wenn ich mich noch so sehr bemühte.

Um mich abzulenken, betrachtete ich den Christbaum. Hoch erhoben und strahlend stand er in der Ecke. Er glitzerte von Kopf bis Fuß. Das Schönste an Weihnachten. Klar, Geschenke waren toll – keine Frage – aber er war immer das Schönste. Dieses Jahr durfte ich Helferlein sein, darum war er besonders schön. Das Christkind hatte immer so viel Arbeit. Mam hatte gemeint, wir sollten ihm helfen. So war es das erste Mal, dass ich beim Schmücken dabei sein durfte. Die Einteilung, die Mam und Dad machten, fand ich doof. Er arbeitete mit Ally und ich mit Mam – das war nicht das Blöde an der Sache. Nein, was mich nervte und ablenkte, war, dass Ally die Lichterkette und den Stern ganz oben an die Spitze stecken durfte und ich mich mit den Kugeln zufriedengeben musste. Dass sie mir dabei wieder mal einen ihrer boshaften Blicke zuwarf, übersah ich absichtlich. Ich verstand sie nicht. Was hatte ich ihr getan?

„Nächstes Jahr darfst dann du, Cleo-Mäuschen", sagte Dad zu mir, als er Ally hochhob. Damit musste ich mich zufriedengeben, denn schließlich war es schon geschehen und Mam versuchte mich abzulenken – was ihr ohne Schwierigkeiten gelang, schließlich arbeitete ich hier im Auftrag des Christkinds. Es war seine oder ihre Geburtstagsparty! Diese Sache verstand ich nicht wirklich. Also, die mit dem Christkind ...

War nicht Jesus das Christuskind? Warum sah es am Adventmarkt dann wie ein Mädchen mit blonden Locken aus? Mit weißem Kleid und Flügeln?

Jesus war doch ein Junge gewesen, oder?

Ich plante, einen Elternteil genauer danach zu fragen, und wenn wir schon dabei waren, über Wichtiges zu sprechen, wollte ich diese Flöten-Einweichgeschichte noch mal erklären. Diese Röhre verstopfte meinen Mund, und das mochte ich überhaupt nicht. Eklig!

„Wie weit seid ihr, Mädels? Können wir beginnen?"
Mam saß am Flügel. Schwarz glänzend, im Schein des Kamins. Die Flammen und der Baum, nichts anderes erhellten den Raum.

Die Schnute, die ich vor dem Spiegel einstudiert hatte, würde mein Trumpf werden – Unterlippe vor, frommer Blick mit bettelndem Augenaufschlag und alles kombiniert mit einem gleichmäßigen Zittern. Bei Ally trug dieses englische Bulldoggen-Gesicht immer Früchte – das musste doch auch bei mir klappen!

„Ja, sicher, Mami." Fröhlich, ein Auge auf die Geschenke gerichtet, nickte sie. Innerlich stöhnte ich auf und schleppte mich an meine vorgesehene Position in der Nähe des Kamins. Dort wartete Miss Perfekt auf mich. Mürrisch reichte ich ihr ihre Flöte und versuchte, das selbstgerechte Grinsen zu übersehen, das sie mir schenkte.

Dad saß auf der kleinen Couch. Stolz sah er uns mit glänzenden Augen zu.

Mam zählte an – und wer verpasste den Einsatz?

Ich! Und warum?

Weil dieser Kloß im Bauch nicht mehr an gewohnter Stelle saß, sondern mir bis zum Hals hinaufgerutscht war. Von Ally erhielt ich einen genervten Blick.

Mam spielte ungerührt weiter, und Dad verzog keine Miene.

Nervös wartete ich auf einen passenden Takt und fügte mich dem Stück ein. Als ich merkte, wie harmonisch das Lied dahinfloss, wollte ich am liebsten mitsingen. Wer mochte das nicht bei ‚Kling, Glöckchen, klingelingeling' oder ‚Oh, du fröhliche'?

Doch der Kloss wurde schlimmer, dicker. Hinzu kam, dass sich mein Rücken immer weiter erwärmte und sich auf der Stirn Schweißperlen sammelten – dieses blöde Kleid! Langsam wurde es immer schwieriger, Luft in diese Holzstange zu blasen. Dann verspielte ich mich. Und natürlich erhielt ich wieder einen dieser typischen Ally-Blicke.

Es reichte!

Wütend zog ich das Mundstück heraus.
Bedrohlich sah ich es an.
Ich hasste diesen holzigen, aufgeweichten Geschmack. Angeekelt strich ich mit der Zunge über die Lippen. Es änderte sich nichts. Mami und Papi würden mir sowieso wieder nicht zuhören! Ich wusste es.
Es war nicht das erste Mal. Dieses Ding würde ich nie loswerden!
Ich spürte, wie sich Allys Blick fragend in meinen Kopf bohrte.
Sollte doch ihr Glanz noch mehr erstrahlen!
Wütend packte ich mit der linken Hand die Flöte. Sah sie ein letztes Mal mit zusammengezogenen Augenbrauen an – nie wieder! – und feuerte das Ding direkt in die Flammen des Kamins. Überrascht sah ich zu, wie es auf der Glut landete. Augenblicklich konnte ich wieder leichter atmen.
„Cleo!" Ally hatte aufgehört zu spielen und starrte mich mit weitaufgerissenem Mund an. „Dad ... Mam!" Sofort trat ein selbstgerechter Ausdruck auf ihr Gesicht – ach! Lass mich doch in Ruhe! Stinkig wandte ich mich vollends zum Kamin und sah zu, wie sich das Holz der Flöte veränderte. Das hellte meine Stimmung auf. Ich atmete durch und als ich mich erleichtert umdrehen wollte, hatte ich schon eine sitzen.
Nicht von Dad.
Nicht im Gesicht!
Sondern am Hintern. Der nun brannte wie die Hölle.
Das anfängliche Lächeln verzog sich genauso schnell, wie es seinem Ursprung entwichen war. Die Tränen stiegen mir in die Augen. Kullerten über die Wangen. Sie hatte mich noch nie geschlagen. Keiner von ihnen! Weinend ließ ich mich auf den Boden vor dem Kamin sinken.
„Ich will ... nicht mehr ... Flöte spielen!" Die Tränen wurden immer mehr. Geschüttelt von den Wellen der Enttäuschung und des Schmerzes, saß ich wie ein Häufchen Elend da.
Mam und Dad sahen sich fragend an, nicht wissend, was sie mit mir anstellen sollten.

„Bist du verrückt? Du hast die Flöte verbrannt." Ally stand wild gestikulierend da. Ihre Augen suchten angriffslustig die meinen. Fanden sie. Die Freude über den Feuer-Hintern stand ihr ins Gesicht geschrieben.

Dad stand auf. Kam zu mir. Ging in die Hocke und strich mir die wirren Locken aus dem Gesicht. „Cleo?"

Mürrisch schüttelte ich den Kopf. Keiner hörte mir zu! Warum sollten sie es jetzt tun?

„Mäuschen, warum hast du die Flöte ...?" Anders als erwartet war seine Stimme ruhig. Zu Mam traute ich mich nicht emporzusehen. Oft hatte sie uns eingebläut, wie teuer Musikinstrumente waren, und dass sie kein Spielzeug darstellten. Entmutigt sank mein Kinn auf die Brust – ich würde nie an Mams Klavier dürfen. Ich würde nie spielen lernen.

Ein neuer Weinkrampf schüttelte mich.

Dann spürte ich Arme um mich. Arme, die mich hochhoben und von der Hitze wegtrugen.

Dad setzte sich mit mir auf dem Schoß auf die Couch. Ich lehnte mich an seine Brust und weinte weiter still vor mich hin. Mami hat mich gehauen ...

Erst als seine Arme über meinen gebeugten Rücken strichen und er begann, mich hin und her zu wippen, wurden die Schluchzer weniger. Vorsichtig wagte ich einen Blick ins Feuer. Von der Flöte war nur mehr die Glut zu erkennen. Schnell schloss ich die Augen wieder. Zu Mami wollte ich immer noch nicht rüber sehen. Sie war bestimmt stinksauer.

„Cleo", zum Glück war das Dad. „Weißt du, was du getan hast?" Seine Stimme ruhig. Leise flüsterte er mir ins Haar. Langsam nickte ich. „Weißt du, warum dir Mami einen Klaps gegeben hat?" Erneutes stummes Nicken. „Warum hast du aus der Flöte Brennholz gemacht?" Nun strich er mir über den Kopf und schaffte es so, dass ich ihn ansehen musste.

Ich schniefte, zog den Rotz, der sich in der Nase sammelte, nach oben. Diese unfeine Aktion brachte mir eine hochgezogene Augenbraue seinerseits ein, aber dieses

Vergehen war nichts gegen das, was ich bereits begangen hatte.

„Weil ..." Ich wischte mir die Reste der feuchten Nase in den Ärmel dieser Kratz-Bluse – wieder Minuspunkte. „Weil, weil ich nicht mehr Flöte spielen will." Endlich fand ich irgendwo etwas versteckten Mut. „Ich möchte Klavierspielen – so wie Mami! Nicht diese blöde Flöte." Erst da wagte ich es, sie anzusehen. Mit einem Arm lehnte sie am Klavier und starrte ins Feuer. Den anderen hatte sie angeekelt von sich abgewendet – es war der mit dem sie mich geschlagen hatte. Bei meinen Worten wandte sie mir und Dad langsam den Blick zu, und da konnte ich es sehen. Glitzernde Tränenspuren lagen auf ihrem Gesicht. Wem hatte dieser Schlag mehr wehgetan? Ich suchte nach einem weiteren Funken Mut in mir und rappelte mich aus Dads Umarmung empor. Den Kopf zuerst eingezogen, stapfte ich in ihre Richtung. Nein, ich hob den Blick und sah sie fest an. Vor ihr blieb ich stehen. Sah sie an. „Es tut mir leid." Noch einmal musste ich mir die Nase am weißen Stoff putzen. „Ich wollte sie nicht ins Feuer werfen." Stille lag im Raum. „Es ist einfach so passiert." Warum sagte niemand etwas? „Aber ihr habt mir nie zugehört ..." Nervös stieg ich von einem Fuß auf den anderen. Die nächsten Tränen befanden sich bereits im Anmarsch.

Nach einer gefühlten Ewigkeit rührte sie sich endlich.

„Komm her." Sie zog mich an sich und schloss mich in die Arme. Beide atmeten wir die aufgestaute Anspannung aus. „Ich wollte dich nicht ... hauen. Aber das geht nicht, Cleo. Du kannst nicht einfach etwas ins Feuer werfen, nur weil du es nicht magst." Mein Kopf lag an ihrem Bauch und ich kämpfte immer noch mit dem Wasserstrom. Stumm nickte ich wieder.

„Komm." Erschrocken verspannten sich meine Schultern. Was passiert jetzt? Mam löste sich von mir und führte mich ums Klavier. Nun standen wir vor dem Hocker und den vielen schönen weißen und schwarzen Tasten. „Setz dich!" Sie rückte die Bank zurecht und nahm Platz. Zögerlich folgte ich ihren Anweisungen. War das

Wirklichkeit? Ich wagte es nicht, mich zu freuen. „Das hier." Sie legte ihre Finger in eine spezielle Position auf die Tasten. „Ist die C-Lage. Mit dieser werden wir beginnen."

Das war der beste und erfolgreichste Heilige Abend, den ich bislang erlebt hatte. Das konnte nicht einmal das Christkind toppen.

Es blieb nicht beim Klavier. Keine Frage, das Instrument war der Hammer, aber es war nicht hundertprozentig meins. Achtzig, ja, aber nicht hundert.

Hundert Prozent bekam das Cello.

Mam war nervös gewesen.

Sie war immer nervös vor einem Auftritt, aber so wie an diesem Abend erlebte man sie selten.

Eine Prämiere ... Was war das? Neugierig saß ich, Beine schwingend, auf dem Bett der Eltern und sah ihr zu, wie sie sich chic für den Auftritt machte.

Das Opernhaus. Eigentlich sollte ich nervös sein, denn es war mein erster richtiger Besuch dort. Klar, ich war schon bei den Proben dabei gewesen, aber so ganz offiziell und so herausgeputzt .... Ally benutzte immer das Wort „beeindruckend", wenn sie davon sprach. Naja, das fand ich nun wieder nicht. Beeindruckend fand ich, den Hügel mit dem Roller runter zu flitzen, um bei dem kleinen Laden am Ende der Straße ein Eis zu kaufen. Oder mit der Schaukel so hoch zu schwingen, als wäre ich ein Vogel, und der Magen klebte dabei an der Innenseite meines Bauchs.

„Na, was sagst du, Krümelchen?" In einem langen schwarzen Kleid stand sie vor mir. Dünne Träger hielten es auf ihren Schultern an Ort und Stelle. Es war luftig leicht, und wenn sie sich im Kreis drehte – so wie sie es jetzt tat –, bildete der Rock eine schwingende Glocke.

„Du siehst hübsch aus, Mami!" Ich hüpfte vom weichen Thron, strich das himmelblaue Tüllkleid, mit viel zu vielen Steinchen darauf, glatt und kam zu ihr, um sie zu umarmen.

„Danke, Krümelchen. Hast du deine Hausaufgaben fertig?" Ihr Blick war streng, aber in ihren Augen glänzte es.

Stumm nickte ich. Die zweite Klasse war um einiges leichter als die erste. Dieses blöde Schreiben immer! Sachunterricht und Rechnen gefielen mir viel besser.

„Gut, dann lass uns Dad und Ally holen." Sie griff nach dem langen Mantel und meiner Hand. Gemeinsam verließen wir das Schlafzimmer.

Das Gebäude bestand aus viel Glas. Noch mehr Säulen. Fahnenstangen mit Portraits von Mam, auf denen ganz groß ihr Name prangte. Es lag nicht weit entfernt vom See und um ehrlich zu sein, wäre ich viel lieber dort hingegangen, um Tauben zu füttern.

Wir waren früher im Opernhaus als die anderen Zuschauer. Die Familienmitglieder der Mitwirkenden und Ehrengäste versammelten sich im Spiegelsaal. Um zu diesem großen Raum zu gelangen, der nach meinem Geschmack eindeutig zu wenig Spiegel an den Wänden hatte, um diesen Namen zu verdienen, mussten wir das weiß-goldene Eingangsfoyer mit seinen Verschnörkelungen, eingemauerten Engeln und die Treppe mit rotem Teppich hinter uns bringen. Eingemauerte Engel? Ich war mir nicht sicher, was ich gruseliger fand, diese Engel oder den Nikolaushelfer, der im Dezember immer mit seinen Schauergestalten an die Tür klopfte.

Die Musiker waren am einfachsten zuerkennen. Warum mussten die immer in Schwarz gekleidet sein? Durfte es nicht mal weiß oder himmelblau sein? Neugierig wanderte ich im Saal umher, auf der Suche nach weiteren Spiegeln. Mam und Dad tratschten, gefühlt mit jedem Anwesenden. Schüttelten Hände und stellten Ally und mich vor. Für mich gestaltete sich die Umsetzung dieses Rituals eher schwierig, da ich mich nicht um ihre Beine herumwickelte wie meine zuckersüße Schwester.

Am Ende des Raumes entdeckte ich eine Frau in einem schwarzen Hosenanzug. Sie war gertenschlank und die Einzige in Hosen. Ihr braunes Haar hatte sie zu einem strengen Pferdeschwanz gebunden. In der rechten Hand hielt sie ein Glas Wasser, die linke steckte locker in der Tasche. Ich schlich weiter um die Beine anderer Gäste, den Blick fest auf sie gerichtet.

Ich konnte nicht sagen, was mich an ihr fesselte. War es ihre lockere Art, ihr Lachen? Leider blieb mir keine weitere Zeit, die Musiker wurden auf ihre Plätze gerufen.

Mam suchte und fand mich an der Tür, durch die sie gleich den anderen folgen würde.

„So, Krümelchen ..."

„Alles Gute, Mami. Viel Glück!" Ich legte die Arme um ihren Hals. Zum Glück hatte sie sich runter gekniet – ich war einfach viel kleiner als alle anderen im gleichen Alter! „Du machst das mit links! Du bist die Beste", flüsterte ich ihr ins Ohr.

Feucht glitzerten ihre Augen. Erschrocken trat ich zurück. Hatte ich etwas Falsches gesagt?

Doch ihr Lächeln war noch da.

Erleichtert atmete ich aus. „Nicht weinen. Sonst war die ganze Arbeit im Bad umsonst."

Ihr Lächeln wurde breiter. „Ich freue mich, dass du dabei bist." Sie drückte mich noch einmal ganz fest und richtete sich auf. Strich mir durch die Locken und verschwand durch die Tür.

Gemeinsam mit Dad und Ally betrat ich den Zuschauerraum.

Wow! Wie viele Menschen fanden hier Platz? Ich sollte das mit diesem „beeindruckend" vielleicht noch einmal überdenken. Wieder diese Engel an der Decke, zwar in Bildern versteckt, aber sie waren da. Und erst der Kronleuchter – wenn der in die Menge krachte! Meine Augen weiteten sich. Ein mulmiges Gefühl. Gut, dass wir in einer der obersten Logen saßen. Wir hatten freie Sicht, aber für meinen Geschmack befanden wir uns zu weit entfernt von Mam und dem Klavier. Interessiert beobachtete ich vom Balkon, wie sich der Saal füllte. Stimmengewirr. Hinter dem Vorhang erklangen schiefe Klänge der Instrumente. Den Kopf legte ich auf dem dicken Geländer ab. Langsam fühlte ich die aufkeimende Müdigkeit. Um diese Zeit schlief ich normalerweise. Dad strich mir immer wieder über die Haare, während er sich mit irgendeinem Direktor, der bereits beim Empfang bei ihm gestanden hatte, unterhielt.

Die Bühne lag hinter dem roten samtenen Vorhang verborgen. Er passte perfekt zu dem rot-goldenen Farben, die den Zuschauerraum dominierten. Das Licht war noch hell ...

Ein tiefer Gong ertönte. Erschrocken fuhr ich aus der Halbschlafposition empor.

„Kannst du denn nicht für einen Abend die Augen offen halten?", zischte Ally zu mir rüber. Sie saß auf Dads anderen Seite.

In dem Moment beschloss ich, sie für den Rest dieses Abends auszublenden. Trotzdem tat mir ihre böse Frage im Bauch weh, und ich kroch in der Polsterung des Sessels in mich zusammen.

Ein neuerlicher Gong ertönte, und Dad sah mich lächelnd und freudig nervös an. „Solltest du zu wenig sehen, kannst du dich auf meinen Schoß setzen, Mäuschen." Seine schimmernden Augen lösten den Knoten, den Ally mir beschert hatte, und ich lächelte ihn erleichtert an.

Kerzengerade konzentrierte ich mich auf die Bühne

Es wurde dunkel. Die Scheinwerfer richteten sich auf einen Punkt am Vorhang.

Leise waren Violinenklänge zu hören.

Es ging los! Die Aufregung zog mich nun komplett in ihren Bann.

Vor so vielen Menschen hatte ich Mam noch nie spielen gehört ...

Als sich der Vorhang öffnete, konnte ich nicht fassen, dass dies meine Mutter war, die dort an dem schwarzen, schimmernden Flügel saß. Aber sie war es.

Ihr feuerrotes Haar fiel ihr in geschmeidigen Wellen über die Schultern.

Das Orchester befand sich im Hintergrund. Alle in Schwarz.

Unbewusst lächelte ich.

Viele der klassischen Stücke, die vorgetragen wurden, kannte ich.
Es war immer spannend gewesen, beim Proben zuzusehen.
Mams Oberkörper bewegte sich im Rhythmus der Musik.
Schnell und dann wieder langsam bewegten sich ihre Finger über die Tasten.
Kein einziges Notenblatt befand sich auf der Halterung.
Alles war in ihrem Kopf gespeichert.
Neugierig sah ich mich weiter um. Versuchte, alles in meinen Gedanken festzuhalten.
Die anderen Musiker. Männer und Frauen. Beim ersten Mal, als ich Mam zu einer Probe begleiten durfte, hatte sie mir erzählt, dass es in Wien ein Orchester gab, das 155 Jahre lang nur aus Männern bestanden hatte. Das fand ich unfair! Zum Glück hatten sie es geändert.
Ich dachte an die Frau im Spiegelsaal. ... Schnell entdeckte ich sie unter der ganzen Musikerschar.
Mit ihrer Hingabe änderte sich meine Leidenschaft für das Klavier.
Da sah und hörte ich es: diesen Ton, der so tief und voll aus der Mitte des Körpers des Instruments drang. Die Musikerin wiegte ihren Kopf und Oberkörper im Einklang mit dem Instrument. Ihr Gesicht war so entspannt. Ihre Augen geschlossen. Der Rhythmus.
Die Form. Die Farbe. Die Saiten, aus denen diese unglaublichen Töne flossen. Zum ersten Mal in meinem Leben war ich ... ja, verliebt. Wie Mam in ihr Klavier.
Tja, die Tochter von Vollblutmusikern!
Die Töne, die diese Frau aus dem Cello hervor brachte, waren so beeindruckend, dass ich nichts anderes mehr spielen wollte!
Ich bettelte und klammerte mich in den darauffolgenden Tagen abwechselnd an meine Eltern. Es ging sogar so weit, dass ich den Klavierunterricht verweigerte. Das stimmte beide nachdenklich. Eine derartig massive Reaktion kannten sie von mir nur aus sehr wenigen Situatio-

nen. Vielleicht befürchteten sie, ich würde mit dem Klavier ein Lagerfeuer veranstalten ... So ein Schwachsinn, ich war ja keine fünf mehr!

❦ Fünfzehn ❦

Alle Rebellion hatte sich bezahlt gemacht. Insgeheim freuten sich meine Eltern, dass ich ein weiteres Instrument lernen wollte, aber sie mussten auf Nummer sicher gehen. Meinte ich es ernst oder handelte es sich dabei nur um eine Augenblicksschwärmerei von mir? Sie wollten nichts riskieren
Augenblicksschwärmerei?! Hallo? Geht's noch? Ein weiteres Hobby! Sollten sie sich nicht darüber freuen? Schließlich wollte ich Cello lernen und nicht die Bedienung eines Handys. Zu diesem Zeitpunkt fragte ich mich, ob das mit dem improvisierten Lagerfeuer doch keine so üble Idee gewesen wäre – nein, damit wäre dieser Traum unerreichbar geworden. Instrumente waren teuer, keine Frage. Ich dachte bei den Verhandlungen, dass sich wegen der Kosten die Entscheidung hinauszögerte. Aber dass diese sogenannten Erziehungsberechtigten an meinem Durchhaltevermögen zweifelten, traf mich härter, als ich erwartet hatte. Ich war sauer und enttäuscht. Ließen sie mich darum so lange zappeln? Im Ernst? Nachdem die Klauseln des Vertrags zwischen mir und meinen Erzeugern ausgehandelt waren – keinerlei schulische Verschlechterung, keine Vernachlässigung des Klavierunterrichtes und keine Ansammlung von Unrat in meinem Zimmer –, wurde dem Cello zugestimmt. Hm.

Um die Schule machte ich mir keine Sorgen; bislang reichte das Notwendigste, um meine Leistungen auf einem guten Durchschnitt zu behalten. Mochte es an den immer drehenden Rädern meines Gedächtnisses liegen oder an einem Quäntchen Glück, dass ich mir nur einmal einen ordentlichen Patzer eingefangen hatte. Bis heute hab' ich keine Ahnung, was mich an diesem Prüfungstag abgelenkt hatte.

Außer einer Ermahnung und „schauen wir mal, was der nächste Test bringt" hatte ich den Ausrutscher ohne weitere Auswirkungen überstanden. Somit konnte ich den Großteil meiner Aufmerksamkeit dem neuen Interessensobjekt widmen.

Natürlich holte mich die Realität schneller als erwartet ein. „Cleo, hast du heute schon Cello geübt?" Diese Nachfrage ereilte mich bereits täglich seit fast einer Woche. Woher wusste Mam das immer? „Krümelchen?!" Ich könnte doch auch spielen, wenn sie nicht da war. Verdammt! Ich hatte keine Lust.

Schuld an diesem Widerwillen war meine Lehrerin, Frau Kaiser, die mir nur lahme Sachen zum Üben aufgab. „Du musst auch Stücke beherrschen, die du nicht magst oder die dir nicht liegen. Du bist sehr begabt, trotzdem musst du diese Varianten ebenfalls im Schlaf können. Du hast gewusst, dass du dich für ein klassisches Instrument entschieden hast ..."

Ja, ja, ja. Sicher habe ich das gewusst. Sicher war ich mir über die Höhen und Tiefen des musikalischen Interesses bewusst. Aber wen interessierte das im Moment? Niemanden!

Ich lag im Bett auf dem Rücken und starrte an die Decke. Durch die Boxen des Radios donnerte *Nickelback*. Zu leise, um Mams Frage zu übertönen.

Ich sollte Hausaufgaben machen.

Ich sollte meiner Schwester wieder mal sagen, wie sehr sie mich nervte – nur damit sie es nicht vergaß. Ich sollte das Zimmer aufräumen ...

Ich sollte endlich Cello üben ...

Die Unordnung im Blick, wanderten die Augen durch den Raum. Wie verhext blieben sie an dem Holzkörper mit Hals und Saiten hängen. Herausfordernd sah er mich an. Grinste hämisch.

„Ja, grins' nur!" Demonstrativ wandte ich mich ab. „Das hättest du wohl gern."

Mein inneres Ich quiekte fröhlich auf ihrer Querflöte herum. Was sollte das? War es verrückt? Darum hatte ich mich doch für Saiteninstrumente entschieden. Blöde Blaserei! Genervt schwang ich die Beine aus dem Bett und betrachtete meinen aktuellen Feind angriffslustig. Am liebsten würde ich ihn am Hals ergreifen, in die Luft schwingen und mit voller Wucht auf den Boden knallen. Wie die verrückten Rockstars mit ihren Gitarren in diesen eine-Nacht-Hotelzimmern. Leider war ich kein Rockstar, und mein Zimmer war auch alles andere als einem Hotel ähnlich.

Um dieser Wut zumindest irgendeinen Fluchtweg zu verschaffen, rappelte ich mich auf und trat nach dem Sitzsack, der vor dem Bett herumlümmelte. Nach einem tiefen Atemzug fühlte ich mich besser und spekulierte mit einem weiteren Tritt. Stattdessen griff ich nach der Umhängetasche, in der sich die Notenblätter befanden. Was hatte mir die Lehrbeauftragte diese Woche Schönes zum Üben mitgegeben? Hoffentlich nicht wieder diesen Klassik-Mist. Ja, ich spielte ein klassisches Instrument und ja, ich wusste, worauf ich mich eingelassen hatte, aber es ging auch anders. Viele Musiker vermischten die Genres, und es entsteht etwas Unerwartetes, Sensationelles. ... Warum muss es schon wieder Klassik sein? Mam erwartete beim Klavier nichts anders von mir, und dennoch spielte sie selbst quer durch die Bank.

Mit mehr Nachdruck als nötig beförderte ich das Kolophonium und ein paar weiße Zettel auf den Ständer. Die Tasche fiel neben mir zu Boden. Ungerührt stieg ich darüber hinweg und griff nach meinem augenblicklichen Lieblingsfeind – Ally war mir heute noch nicht über den Weg gelaufen. Feind war vielleicht übertrieben ...

Zähneknirschend schnappte ich das Cello am Hals, sah es kurz mit angespannten Gesichtsmuskeln an und setzte mich auf den Schreibtischsessel. Bereit und gepuscht durch das Ich-will-nicht-Adrenalin, riskierte ich einen Blick auf die neunen Lieder.

„Klassik." Ein Zettel flog. „Noch mal Klassik – Gott! War das ein Teil aus den ‚vier Jahreszeiten'?" Das nächste Blatt flatterte zu Boden. „Und wahrscheinlich nochmal ..." Interessiert hielt ich inne. „Was ist das?" Meine Augen verengten sich, als ich die Takte genauer betrachtete. Mit schwarzer Farbe war der Titel unkenntlich gemacht worden. Ich hielt ihn gegen das Licht. Nichts zu erkennen.

Hm. Neugierig besah ich mir die Notenfolge genauer. Summte. Unabsichtlich. Unschlüssig summte ich weiter. Schlussendlich gab ich mich geschlagen – das Stück hatte mein Interesse geweckt. „Das hat sie absichtlich gemacht." Gemein grinsend, positionierte ich das Blatt. Frau Kaiser kannte mich zu gut. Was erwartete ich nach fast sieben Jahren Unterricht bei ihr?

Mein inneres Ich zuckte die Schultern und packte seine Querflöte wieder weg. Gott sei Dank! Das hielt doch keiner auf Dauer aus.

Konzentriert stimmte ich die ersten Takte an. Hielt inne. Dachte nach. Spielte sie ein weiteres Mal – doch ich erkannte die Melodie nicht. Die nächsten folgten. Immer noch wusste ich nicht, worum es sich handelte. Die Finger schlossen sich fester um Bogen und Hals. Das war unmöglich. So nicht! „Ich will wissen, wer du bist", dachte ich wild entschlossen.

Nach einer Stunde hatte ich, mit einem breiten Grinsen auf dem Gesicht, der Lehrerin eine SMS geschickt.

Nicht übel!
Gar nicht übel!
Karl Jenkins sei Dank!
Cleo ☺

Langsam kehrte ich aus der Vergangenheit zurück auf den Dachboden.

Eines dieser Musikinstrumente als Lebensgrundlage zu sehen, so wie es meine Eltern taten, war mir nie in den Sinn gekommen. Eher würde ich das Springen aus luftigen Höhen als Einnahmequelle der Zukunft sehen – laut Statistik würde das mit einem sehr kurzen Leben enden. Außer man überlebte so wie Felix Baumgartner. Der, ja, der hatte es drauf! Ich sah ihn nicht als Idol, aber seine Sprünge waren legendär: die Christusstatue in Rio, die Aktion vom achtundachtzigsten Stockwerk der Petronas Towers in Kuala Lumpur. Dann der Wahnsinnsflug mit den Carbon-Flügeln, den er gegen eine Propellermaschine gewann. Es gab einige Sprünge, bei denen er danach schleunigst das Land verlassen musste, aber der Volltreffer schlechthin ließ alles im Schatten stehen: der Stratos-Jump! Alter Schwede, den hatte nicht nur ich mir live im TV reingezogen. Die halbe Welt wusste nun, wo Österreich lag, und dass Austria nix mit Australia zu tun hatte. Der Rest wusste es seit dem Song Contest 2014 oder dem bulligen Energiedrink.

Zurück zu Felix. Nein! Er war gewiss nicht mein Idol. Trotzdem, wie gern würde ich einmal im Leben die Stratos-Kapsel mit eigenen Augen sehen. ... Schluss mit Träumen! Seit fast zwei Jahren hatte ich das Cello nicht mehr angerührt. Es wanderte mit Mams Sachen auf den Dachboden, und dort stand es in der hintersten Ecke im limettengrünen, verstaubten Koffer. Zum ersten Mal seit langer Zeit sah ich es an und registrierte verwundert, dass es mich in den Fingern juckte, Besonders da ich nun wusste, dass Mam eine Cello-Version von *Magic* angefertigt hatte. Wie würde es klingen? Viele ihrer Kompositionen existierten auch für Cellobegleitung. So konnten wir ihre Stücke gemeinsam spielen. Es waren ganz besondere Stunden, die noch mehr an Glanz gewannen, wenn wir Ally zum Mitmusizieren überreden konnten. Leider blieb das die Ausnahme.

In einer anderen Ecke entdeckte ich einen Hocker, auf dem ein alter Koffer stand. Warum eigentlich nicht? Die Neugierde siegte über die Trauer. In wenigen Tagen jährte sich Mams Todestag zum zweiten Mal; da war es doch mehr als angebracht, eines ihrer Stücke zu spielen.

Das alte Lederding stellte ich zur Seite. Zog den Hocker unter eines der Dachfenster. Drapierte die Noten auf den herumliegenden Sachen. Atmete durch, wartete auf ein Niesen, das nicht kam, und beäugte den giftgrünen Kasten an der Wand. Langsam wandte ich mich ihm zu. „Wovor hab' ich Angst? Dass er mich beißt? Mir Vorwürfe macht, wo ich die vergangenen Jahre abgeblieben bin? Ja, genau." Und tippte mir selbst mit dem Zeigefinger gegen die Stirn.

„Du bist nicht mein Feind", beruhigte ich ihn. Ein Schmunzeln überkam mich wie die Wärme, die sich in mir ausbreitete. So sehr vertraut, und in diesem Augenblick wurde mir klar, dass ich diese Wellen vermisst hatte. Bereits als die Schnallen aufsprangen, kribbelte es in den Fingern, und genauso vertraut war dieses kurze Quietschen, das sich beim Öffnen des Deckels aus den Scharnieren schob. „Manche Dinge ändern sich nie." Kopfschüttelnd und mit einem kleinen Lächeln auf den Lippen, ließ ich den Deckel in die Halterung sinken. „Hallo, meine Schöne", es war nur ein Hauchen. Immer noch empfand ich ein ehrfürchtiges Gefühl beim Anblick des glänzenden Holzes und des geschmeidigen Halses. Natürlich befanden sich an manchen Stellen Gebrauchsspuren, aber die machten es noch einzigartiger und zu meinem.

Es dauerte eine Zeitlang, bis ich mich endlich überwand, das Instrument herauszunehmen.

Angespannt hielt ich den Atem an. Mit zittrigen Fingern griff ich danach.

Glatt und kühl lag es in den Händen. Stockend entwich die Luft aus meinen Lungen.

Ein letztes Mal atmete ich tief durch und nahm es aus dem Kasten.

Mit Bogen und Cello ließ ich mich auf dem Hocker nieder. Instinktiv nahm ich die richtige Haltung ein. Genauso wie es Instinkt war, den Stachel auf meine Größe einzustellen und den Bogen zu spannen. Die Saiten zu stimmen gestaltete sich nach der langen Abstinenz schwierig, doch ich verließ mich auf mein Gehör. Perfekt lehnte der Körper zwischen den Beinen. Wunderschön!

Ein paar Probetöne. Griffe mit der linken Hand, welche die Starre aus den Fingern lösten und mein Herz fast zerrissen. Eine weitere gefühlsduselige Welle zeigte mir, wie sehr ich diesen Klang vermisst hatte. Die Vibrationen und Töne, die das Cello sandte, stimmten mit meinem Innersten überein. Das alles verband uns wie in vergangenen Zeiten. Zum Abschluss der Aufwärmübungen ein paar Bewegungen mit dem Bogenarm, um den angestauten Rost aus Schulter und Ellenbogen zu schütteln.

Erwartungsvoll versuchte ich mich an Mams Komposition. Tja, denkste ...

Frustrierend! Die ersten Schwierigkeiten zeigten sich bereits bei der Bogenführung. Schief wie zu den Anfangstagen glitt ich nach unten ab. Die Finger am Hals richtig zu positionieren, geschweige etwas zu finden, das den Ausdruck „Rhythmus" verdiente, lag weit von meinen momentanen Fähigkeiten entfernt. Die Finger waren starr und verkrampft. Doch genau das schürte meinen Ehrgeiz. Jetzt aufzugeben, kam nicht in Frage!

Nach einigen Versuchen bekam ich langsam ein Gefühl für die Melodie. Moll, interessant. Immer wieder spielte ich jene Passagen, die mich zu Fehlern verleitet hatten. Ein Siegesschrei entlockte sich meinen Lippen, als ich eine schnelle Notenfolge fehlerfrei hinbekam.

Das Lied war eine gekonnte Mischung aus strengen und weichen, warmen, einfühlsamen Klängen, die in einem Streicheln endeten. Die Töne legten sich angenehm ins Gehör und schmiegten sich geschmeidig ins Blut. Nach vielen Versuchen floss das Stück dann wie von selbst. Es war in meinem Kopf, meinen Händen und Armen gespeichert. Die Noten strömten aus den Gedanken, über die Arme und über die Bewegungen in das Instrument.

Mein kleines musikalisches inneres Ich wagte sich endlich aus der Versenkung hervor. Irgendwie wirkte es verschlafen. Jetzt gähnte dieses faule Ding auch noch – ich grinste. Erschöpft ließ es sich auf das Sofa fallen, machte wieder die Augen zu und überließ sich den Wogen der Musik.

Seinem Beispiel folgend, schloss ich ebenfalls die Lider und sah Mam am Klavier vor mir: Wie sie immer wieder inne hielt. Die Stirn in Falten legte. Ihre Finger nachdenklich über den Tasten schwebten. Nach dem Bleistift griff. Etwas auf dem Notenblatt korrigierte. Erneut einspielte und umschrieb. Den Stift zurück hinter dem Ohr oder zwischen die Lippen eingeklemmte. Den Takt auf dem Holz hin und her klopfte.

Es blitzte.
Notenblätter flogen durch die Luft ...

Fester kniff ich die Augen zusammen.
Mam ... War das Mam?
Krampfhaft versuchte ich weiterzuspielen.
Bleib da!
Der Atem versagte.
Ich klammerte mich an das Cello.
Verlier den Kontakt nicht!
Die Finger wurden kälter. Die Saiten waren nur mehr schwer greifen. Die Bogenführung geriet erneut aus dem Gleichgewicht. Eine gefühlte Eisschicht überzog Hände und Arme. Bitte, bitte, komm wieder zurück! ...
Die Finger brannten.
Da war es wieder!
Doch die erwartete Erleichterung stellte sich nicht ein ...
Mam wirkte jünger. Viel jünger. Immer wieder sah sie sich hektisch um. Ihr rotes Haar flatterte wild in der dunklen Nacht. Der dunkelgrüne Mantel, der ihren Körper umwehte, ließ es noch mehr hervorstechen. In der Hand trug sie einen Koffer.
Warum so schnell? Wovor lief sie davon?

Schlagartig wurde mein inneres Ich hellwach und verkroch sich hinter dem Sofa. In diesem Moment verschwand das Bild. „Verdammte Scheiße!" Wie erstarrt saß ich da und wagte es nicht, die Augen zu öffnen. Was zur Hölle war das?
Eine Ausgeburt meiner Phantasie? Wieder eine Vision? Aus der Vergangenheit?
Der Pulsschlag spielte in meinen Ohren stürmische See.
„Ich habe gehofft, dass du irgendwann mal wieder spielen würdest!"
Ein lauter Schrei entwich meiner Kehle. Erschrocken riss ich die Augen auf, „Dad!" Mein Blick richtete sich in Richtung Treppenaufgang. „Wie kannst du mich nur so erschrecken?!" Schützend lag meine Hand über dem stark pochenden Herzen. Der Bogen war neben meinem rechten Fuß gelandet.

Eine himmelblaue Wolke umgab meinen schuldbewusst lächelnden Vater. Diese Farbe passte wunderbar zu ihm. Sie schmeichelte ihm. Ich hatte bemerkt, dass je heller und strahlender die Farben waren, desto ausgeglichener und mit sich im Reinen befand er sich. Er schien sich wirklich darüber zu freuen, dass ich wieder die Saiten erklingen ließ.

„Entschuldige, Cleo." Die letzten Stufen legte er bedacht zurück. „Du spielst noch immer mit der gleichen Hingabe und Verbundenheit, dass es mir das Herz zusammenzieht und gleichzeitig die Gänsehaut über den Körper jagt."

Im Moment wollte ich das Cello auf schnellstem Weg loswerden. Zum ersten Mal in meinem Leben jagte es mir Angst ein. Nicht auch noch du!

„Habe ich etwas Falsches gesagt?" Besorgt schaute er mich an.

„Nein." Ablenkung! Ich hob den Bogen auf und betrachtete die Perlmuttverzierungen, „es ruft nur Erinnerungen hervor, die ich zu vergessen versucht habe."

„Erinnerungen an deine Mutter?" Vorsichtig testete er eine der herumstehenden Kisten, bevor er sich auf ihr niederließ.

„Ja." Trotz des Unbehagens entschied ich mich, dass vertraute Gefühl des Cellos in mir zwischen den Armen und Beinen beizubehalten.

„Warum willst du sie vergessen?"

„Weil ..., weil sie so schrecklich wehtun!" Mit der Faust klopfte ich auf die linke Seite des Brustkorbs.

Dad faltete die Hände und beugte sich vor, um sich mit den Ellenbogen auf den Knien abzustützen. „Ich verstehe dich, mein Schatz. Ich verstehe dich sogar sehr gut, denn mir geht es auch so." Ruhig suchte er meinen Blick. Der Schmerz darin war deutlich zu erkennen, aber er besaß nicht mehr die Oberhand. „Trotzdem möchte ich keine einzige der Erinnerungen missen, geschweige denn vergessen! Deine Mutter hat mein Leben besser, schöner, vollkommener gemacht." Er seufzte, und sein Blick wanderte zur Decke. „Auch wenn sie jetzt eine schmerzliche

Leere hinterlässt, die niemals geschlossen werden kann, so bin ich doch überglücklich, dass wir einige Jahre gemeinsam durchs Leben gehen konnten, und ohne sie hätte ich euch nicht." Er sah mich mit einem kleinen Lächeln an.

Nachdenklich knabberte ich an der Unterlippe. Er hat recht. Vielleicht sollte ich es langsam aus einem anderen Blickwinkel betrachten. Auch wenn man dem Tod kaum etwas Positives abgewinnen konnte. Die Zeit mit Mam wollte ich ebenfalls nicht vergessen oder in eine Besenkammer sperren, aber dieser Schmerz musste sich doch irgendwie lindern lassen.

Diese eigenartigen Bilder von vorhin schoben sich wieder in meine Gedanken. Vielleicht wusste Dad, wovor sie davongelaufen sein könnte.

„Was ist los?" Fragend sah er mich an. „Mir ist aufgefallen, dass du kaum noch rausgehst, kaum noch etwas mit Ilvy unternimmst. Ihr hängt nur bei uns herum. Entschuldige, aber das ist eigenartig. Ihr wart immer unterwegs. Am See, im Zoo, im Kino ... bei einer Demonstration oder einem Event. Ich meine, ich verstehe deine momentane Situation mit deinen ... nun ja, Verfärbungen, aber das sollte dich nicht davon abhalten, die Umwelt mit deiner Anwesenheit zu beglücken." Na, das hatte er ja schön formuliert. „Alles in Ordnung mit dir und Ilvy? Oder liegt es wirklich an den Verletzungen?" Wieder diese Augenbrauen. Gott!

Sieh der Tatsache ins Auge! Mein selbstgerechtes Ich blickte mich vorwurfsvoll mit vor der Brust überkreuzten Armen an. Es hatte recht; es war nur eine Frage der Zeit gewesen, bis es jemandem auffallen würde, aber dass es ausgerechnet Dad war, fand ich etwas krass. Eine Korrektur musste her – in den vergangenen Tagen hatte nicht nur ich mich verändert!

„Nein, es ist alles in Ordnung. Wir haben uns für morgen am See verabredet ... und natürlich ist mein Äußeres nicht ganz unschuldig an dem unfreiwilligen Hausarrest. Abgesehen von deinem." Zumindest war das nicht ganz gelogen. Eine Frage nagte an mir.

Taste dich heran, du Feigling – EINS. ZWEI. LOS!
„Darf ich dich was fragen?" Unsicher wetzte ich mit dem Hintern auf dem Hocker herum.
„Natürlich, Mäuschen." Er sah sich im Dachboden um, als wäre er zum ersten Mal hier.
„Hat Mam dir mal erzählt ... na ja, dass sie vor etwas", trau dich doch du Feigling! Was sollte schon passieren? „Dass sie vor etwas davongelaufen ist?"
„Wie kommst du darauf?" Dass er sich bei der Frage verspannt hatte, blieb nicht mal meinem ungeschulten Auge verborgen. Doch wie kam ich jetzt zu einer Antwort?
„Ich weiß nicht." Unschlüssig zuckte ich mit den Schultern, „nur so ein Gefühl."
„A-ha." Schweigend beobachtete er mich. „Seit wir uns kennen, weiß ich von nichts dergleichen."
Mein Gefühl täuschte mich nicht, aber was war mit der Zeit davor ...? Ich verfolgte seine Bewegungen. Da war was. Es war greifbar. Wie konnte ich das aus ihm herauskitzeln?
„Als wir uns kennenlernten, dachte ich, sie wäre vor etwas auf der Flucht." Huch! Damit hatte ich nicht gerechnet – Schlachtplan ade! Sein Blick verfing sich in den vielen Notenblättern in der Kiste. „Sie absolvierte viele Vorspiele, auch bei dem Orchester, mit dem ich damals zusammengearbeitet hatte. Du kennst ja unsere Geschichte, du hast deine Mutter oft genug damit gelöchert." Er lächelte in sich hinein. Ja. Mam war auf der Suche nach einer Möglichkeit gewesen, ihr Geschick und ihre Begabung unter Beweis zu stellen. Wurde wie unzählige andere immer wieder abgewiesen, bis sie bei Dads damaligen Boss vorspielte, der die Hingabe, die Verbundenheit und die Liebe zu dem Instrument in dieser jungen, zerrupften und auch etwas schmutzigen Frau entdeckte. „Sie trug einen grau-schwarz-rot karierten Rock, eine schwarze Bluse, schwarze Strümpfe, und sie hatte immer ihren dunkelgrünen Mantel und diesen alten Koffer bei sich. Damals war das alles, was sie besaß."

Dunkelgrüner Mantel. Alter Koffer ... Meine Augen weiteten sich. Das war genau das Bild, das ich gesehen hatte. „Gibt es die Sachen noch?" Adrenalin durchflutete meinen Körper – ich liebte dieses Gefühl! Es war wie ein Rausch, aber mir fehlte die Zeit, ihn länger zu genießen. Hier war ich an etwas dran. Endlich!

„Wo die Kleidungsstücke abgeblieben sind, weiß ich nicht. Aber der Koffer steht dort drüben." Überrumpelt folgte mein Blick seinem ausgestreckten Finger.

Das konnte nicht sein! Er zeigte auf den Koffer, den ich von diesem Hocker gehoben hatte. Fassungslos starrte ich das zerschundene Teil an.

Nachdenklich sah ich zu der Lücke im Schachtelstapel der Dachbodenecke meiner Eltern. Unschlüssig drehte ich den Kopf. Das Loch könnte zum Koffer passen.

„Was ist da drin?" Gänsehaut überzog den Körper.

„Ich habe keine Ahnung." Er zuckte mit den Schultern, „deine Mutter hat ihn irgendwann hier raufgetragen. Lange Zeit lag er unter unserem Bett, und als wir uns für ein neues Schlafzimmer entschieden haben, trug sie ihn hoch. Im selben Moment hat sie auch gleich etwas System in die Dachbodenaufteilung einfließen lassen. Das ist jetzt, puh, wie lange her? Zwei oder drei Jahre? Ja, so ungefähr ... zwei Jahre." Auch ihm wurde schlagartig bewusst, von welchem Zeitraum er sprach. Damit offenbarten sich Spekulationen, dass Mam derartige Aktionen bewusst arrangiert hatte. Vielleicht wollte sie das alte Schlafzimmer ersetzen, damit ihn ihr Verlust am Ort der intimen Zweisamkeit nicht noch härter traf.

Das konnte kein dummer Zufall sein. Es war unmöglich! Zufälle gab es nicht genauso wenig wie das Schicksal. Jeder war seines Schicksals eigener Schmied!

„Manchmal kommt es mir so vor, als hätte sie alles für ihren letzten Tag organisiert – damit uns der Abschied nicht so schwer fällt ..." Traurig schüttelte er den Kopf. „Sie hat sich gewaltig getäuscht – und doch ist alles nur ein dummer Zufall." Nein, Dad! Das war es nicht ... Der Drang wurde immer stärker, es laut rauszuschreien und ihm zu sagen, wie recht er doch hatte und ihm damit ein bisschen von seinem Schmerz zu nehmen, ... aber das konnte ich nicht. Irgendetwas musste ich aber etwas sagen, es brach mir das Herz, ihn so niedergeschlagen zu sehen.

„Vielleicht ...", die Stimme drohte mir zu versagen, „vielleicht hat sie das unbewusst getan." Sein Blick fixierte den Koffer. Was sollte ich sagen? Themawechsel?

„Kann ich reinschauen?", fragte ich zögerlich.

„Natürlich!" Er wirkte erleichtert. „Ich bezweifle, dass sich etwas darin befindet, das dem Jugendgesetz nicht entspricht." Wie ein kleiner Junge, der etwas angestellt hatte, grinste er mich an.

Nein! Ich wollte das Bild der Eltern im Bett nicht – oh Gott! Bitte, verschwinde wieder in die hinterste Ecke meines Unterbewusstseins. Oder verschwinde am besten gleich aus dem ganzen Bewusstsein. Kein Kind wollte eine derartige Vorstellung im Kopf mit sich herumschleppen. Bäh! Nur knapp widerstand ich der Versuchung, die Augen verzweifelt zusammenzukneifen.

„Wer weiß." Ein aufgesetztes Schmunzeln quetschte ich aus einer unbekannten Ecke meiner Gefühlswelt.

Vorsichtig legte ich das Cello auf dem Boden ab und ging, das alte Lederding fixierend, auf die andere Seite des Raumes. Welche Überraschung würde es mir bescheren? Dunkelbraun war einst das geschundene Leder gewesen. An den Ecken war der Koffer mit Metallplatten verstärkt. Mit den Händen betastete ich die Nähte und den Griff und endete bei den Verschlussknöpfen. Was, wenn er verschlossen ist?

Aufbrechen? Wenn er verschlossen war, wollte Mam sicher nicht, dass ihn jemand öffnete. Aber ich musste wissen, was sich darin befand! Eine Bitte ans Universum sendend, schloss ich die Augen und atmete tief durch.

„Du bist offen. Du bist offen. Bitte, geh auf", flüsterte ich die Worte wie ein Mantra vor mich hin. Mit zitternden Fingern drückte ich auf die Knöpfe. KLICK-KLICK – und er war es! Ohne Probleme sprangen die Verschlüsse auf.

Der Fußboden knarrte unter Dads schnellen Schritten. „Trau dich, Cleo, öffne ihn!" In seiner drängenden Stimme blieb die Furcht nicht verborgen. Vor was hatte er Angst?

Mit bebenden Händen hob ich den Deckel an. Oh! Bei dem Anblick setzte mein Herz einen Schlag aus und auch seiner Kehle entschlüpfte ein überraschtes Keuchen.

Nach dem ersten Schock kämpfte mein Körper immer wieder mit einer Schwärze, die drohte, sich über die Augen zulegen. Immer wieder dachte ich: „Mam, wo sind wir da nur reingeraten?" Natürlich konnte sie mir diese Antwort nicht geben.

Wie es schien, hielt sich Dad besser als ich auf den Beinen. Er bemerkte meinen wankelmütigen Gemütszustand, stützte mich und führte mich zurück zu dem Hocker, auf dem ich Cello gespielt hatte. Selbst etwas desorientiert legte er mir den Koffer vor die Füße. Dann wusste keiner weiter. Warum stellte er ihn vor mir ab? Er sollte darin graben. Aber er hockte sich neben mich auf den Boden.

Die Zeit verstrich. Irgendwann, mir war bereits nicht nur innerlich kalt – toll! – und das bei fast dreißig Grad Außentemperatur, begann er zu sprechen. „Du hast ihn gefunden. Du siehst dir als Erstes eine Erinnerung an."

Kannte er den Inhalt? Wie sollten wir mit damit umgehen? Von oben nach unten einfach durchwühlen oder geordnet herausnehmen? Gab es überhaupt ein System? Die Frage, die mich beschäftigte: Konnte ich den Koffer leerräumen, ohne irgendwelche Bedenken? Was, wenn sich etwas darin befand, das nicht für seine Augen bestimmt war? Oder für meine? Ich hatte keine Lust, ihn wegen miesem Magie-Schrott noch mehr anzuschwindeln. Blieb mir eine Wahl? Er machte keinerlei Anstalten, sich irgendwie vom Fleck zu bewegen. Na, dann ...

An oberster Stelle lag ein Bild, das uns vier zeigte bei genau dem Campingausflug, den Ally so verabscheute. Nur leider strahlte auch sie, von einer Backe zur andern! Tja, da hatte sich mein Schwesterchen verraten. Verkrampft hielt ich das Foto in der Hand und kämpfte mit den Tränen. Auch von seiner Seite vernahm ich einen tiefen Atemzug. Was für ein Hammer-Start. Unwohl kroch ich runter neben den Koffer, näher zu Dad und legte das Foto auf den Hocker. Davor wendete ich es in der Hoffnung, eine Notiz oder etwas dergleichen zu finden.

Tatsächlich. *Meine Familie!!* – stand in ihrer Schrift auf der Rückseite. Warum schrieb sie das darauf? Wer, dachte sie, würde dieses Bild finden? Eins stand fest, dies würde ein sehr tränenreicher Restnachmittag werden.

Dad rückte ebenfalls ein Stück näher, und gemeinsam durchforsteten wir den Inhalt. Seine Miene wirkte wie eine Maske. Angespannt wartete ich auf eine Welle des Schmerzes, die mich außer Gefecht setzen würde. Die Feuerwelle ließ nicht auf sich warten. Wogte über meine Haut, bevor sie sich aufmachte, in tiefere Lagen des Körpers vorzudringen. Wie sehr er auch Mam vermisste, diesen Schmerz begleitete eine Akzeptanz, die diese Hölle für mich erträglicher machte und ihn mit einem warmen blauen Schimmer umgab. Danke, Dad! Langsam pendelten sich die Qualen in einem Bereich ein, in dem Denken noch möglich war. Damit konnte ich momentan leben!

Zufällig streifte ich mein Innerstes und bemerkte zum ersten Mal das kleine Ich in einer Meditationshaltung – schirmte es für mich das Schlimmste ab? War es deshalb so ausgepowert?

Dad zog Mams restliches Briefpapier heraus. Drei Stück waren geblieben – oh verdammt, da kam noch einiges auf mich zu! Ihre Füllfeder war an der Mappe befestigt. Dieses Set hatte viele Kilometer auf dem Buckel: An jedem Ort, zu jeder Zeit. Der Füller war ein Geschenk von Dad – ihre gemeinsamen Initialen waren eingraviert: CT. Mit gemischten Gefühlen nahm ich ihn von Dad entgegen. Damit brachen nun endgültig seine letzten Tränen-Staudämme. Das Set entwand ich seiner Hand und legte es auf die Seite. Ganz fest schloss ich ihn in die Arme. Im ersten Moment erschütterte mich eine neue Welle aus Schmerz und Sehnsucht, vielleicht war dieses tiefe, dunkel verzerrte Blau dafür verantwortlich. Doch ich ließ es über mich hinweggleiten und versuchte nicht, darin zu graben oder mich zu verfangen. Gemeinsam und eng umschlungen wiegten wir uns hin und her. Auf eine verdrehte Art und Weise machte mein Herz bei dem Gedanken, dass sie uns doch noch nicht ganz verlassen hatte, einen erleichterten Satz. Aber der widerliche, bittere Beigeschmack war nicht abzuwenden.

Nach vielem Schniefen und durchnässten Ärmeln angelte Dad nach dem Füller, um ihn wieder an der Mappe anzuklemmen, dabei fielen drei Briefe zu Boden. Er hob sie auf, und als seine Hände zu zittern begannen, war mir klar, für wen sie bestimmt waren. Jeder trug einen Empfängernamen.

„Und wieder lässt mich das Gefühl nicht los, dass sie es wusste." Verwundert starrte er die Briefe an.

„Vielleicht ist es tatsächlich so …", ich räusperte mich, „dass manche Menschen fühlen, wann ihre Zeit gekommen ist." Mit dieser Antwort konnte ich gerade noch leben. Es war schwierig, sehr schwierig, an diesem Grat zwischen Wahrheit und Lüge nicht abzustürzen.

Bald würde Ilvy nicht mehr da sein. Ich brauchte jemanden, der mich unterstützte. Der mit mir diese Veränderungen durchstand. Auf den ich mich verlassen konnte. Aber war mein Vater der Richtige für diesen Job?

Wer weiß, was Mam noch für uns bereithielt, welche weiteren Überraschungen uns die Zukunft noch bescheren würde.

„Hier, das ist deiner." Er reichte mir einen der Umschläge.

„Danke." Dieses Briefpapier … Dieses Mal konnte ich mir die Suche nach einem Stempel oder einer Marke sparen – keine vorhanden!

Ich wusste nicht, wie lange wir dasaßen und auf den Umschlag in unseren Händen starrten. Sollten wir oder sollten wir nicht? Meine Angst vor dem Inhalt war vielleicht nicht so groß wie die von Dad. Trotzdem war es ungewohnt, neben ihm einen von Mams Briefen zu öffnen.

„Sollen wir auf Ally warten?" Wie immer dachte er unterschiedslos an alle Familienmitglieder. Zurückhaltend zuckte ich mit den Schultern. „Nicht dein Ernst, Dad?!", schrie ich innerlich.

„Also ich halte das mit Sicherheit nicht aus!" Überrascht sah ich ihn an und grinste verstohlen unter dem Tränen-Wimpern-Schleier hervor.

„Dann auf drei?"

„Ja, auf drei!" Er hatte recht. Es musste sein, und Ally war nicht zu Hause. Warum warten?!

„Eins." Er begann zu zählen.

„EINS!"

„Zwei."

„ZWEI!"

„Dddrei."

„DREI, Dad!"

Gleichzeitig rissen wir an dem Papier und zogen die Seiten heraus.

Nach dem ersten Keuchen und der folgenden Ruhe war ich mir sicher, dass ihn Mams Worte fesselten. Nun konnte ich mich entspannter auf meine Seiten einlassen. Die Finger zitterten.

Taten sie das nicht schon die ganze Zeit?

Nervös faltete ich den Brief auseinander.

Hallo mein Krümelchen,   *21. Juni ...*

heute ist Dein 14. Geburtstag!

Im letzten Moment unterdrückte ich einen Aufschrei – was war mit den letzten zehn Jahren passiert?

Und meine Uhr tickt.

Ja, verdammt – ganze zwei Wochen noch! Vorsichtig schielte ich zu Dad – eins stand fest, er war wesentlich ruhiger als ich. Mein kleiner innerer Yogi öffnete ein tadelndes Auge und schloss es wieder. Das war doch alles so ... so ... unmöglich!

Ich habe nicht mehr viel Zeit, und doch weiß ich, dass ich Dir noch so viel zu sagen, beizubringen hätte. Aber die Zeit reicht nicht!

Du wirst wahrscheinlich zwei oder drei Briefe von mir erhalten haben, bevor Du den Koffer findest.

In diesem Koffer befinden sich kostbare Dinge. Vielleicht sogar das Kostbarste, das ich in Bezug auf Deine Gabe besitze und an Dich weitergeben kann.

Aber zuerst zu den anderen beiden Briefen: Allys Brief, ich erwähne es auch in dem an Deinen Vater, müsst ihr weiterhin aufbewahren. Es muss noch einige Zeit vergehen, bis sie sich selbst findet! Ihr eigenes ICH ans Tageslicht kommen wird. Ihr werdet es merken, wenn sie so weit ist, und dann gebt ihn ihr, bitte!

Dein Vater muss einige Dinge erfahren, wozu Du noch nicht bereit bist, aber ohne diese er Dich die kommenden Schritte, die Du machen musst, nicht umsetzen lassen wird. Das klingt jetzt kompliziert, aber Du wirst zum richtigen Zeitpunkt verstehen, was ich damit meine.

Cleophea, meine kleine Cleo ... Klein ist untertrieben, Du hast mich schon in Deiner vollen Größe eingeholt.

Ich erinnere mich an den heutigen Tag und wie Du Ally gemustert hast – Du würdest am liebsten einen Teil Deiner Größe opfern, um nur ein bisschen von ... ihr zu haben. Ach, Cleo, tröste dich! Auch Du wirst noch in diese Richtung wachsen – es schmerzt mich in jeder Zelle meines Körpers, euch und besonders Dir in der Zeit Deines Erwachsenwerdens nicht beistehen, Deine Fragen nicht beantworten zu können ... und Du hast soo viele davon.

Cleo ... Weißt Du eigentlich von der Bedeutung Deines Namens?

Ich denke nicht. Du mochtest ihn noch nie.

Cleophea – „ans Licht bringen" – ja, das bedeutet er und das wirst Du auch!

Ans Licht bringen? Das kleine Mädchen beim Doc in der Ordi fiel mir wieder ein. Was waren ihre Worte??

Du bist das Licht, das die Finsternis erhellt – Du bist Gold und Silber. Finster starrte mich mein Yogi an: „Danke! Was wäre ich nur ohne dich!" Genau das hatte sie gesagt. Bestand da ein Zusammenhang? Zu gerne würde ich Ilvy um ihre Meinung fragen.

Dir steht noch ein langer steiniger Weg bevor, aber ich will Dir keine Angst einjagen, denn ich kann Dir mit einem guten, sehr guten Gefühl mitteilen, dass die Kraft, dies zu bewältigen, bereits in Dir steckt!!
Auch wenn es oft tief vergraben scheint. Egal, wo Du sein wirst, Du wirst Unterstützung von Menschen finden, von denen Du es nie erwartet hättest. Die Dir bei Deiner Aufgabe beistehen, die Dich nicht alleine lassen werden.
Cleo, Dein Vater weiß nicht, dass Du dieses Gen in Dir trägst, aber er hat eine Ahnung, scheitert aber an der Unmöglichkeit der Situation. Gib ihm Zeit, er wird Dich nicht abweisen, und wenn Du das Gefühl hast, er ist so weit, und Du brauchst jemanden, vertraue Dich ihm an.

Oh Mann! Warum wusste Mam derartige Dinge und auch noch zum richtigen Zeitpunkt?

Ich kann Dir nicht voraussagen, wie er reagieren wird, aber er wird Dich unterstützen, soweit es ihm möglich ist! So wie er es immer versucht hat.
Ilvy wird nicht mehr lange in Deiner Nähe sein.

MAM!!!

Und Deine Aufgaben werden Dich irgendwann aus Deiner geliebten Heimat weglocken. Es ist unausweichlich! Es klingt hart, aber am besten freundest Du Dich gleich mit diesem Gedanken an.

Unglaublich! Dieser Brief sprengte alles bereits Dagewesene. Verunsichert warf ich einen unauffälligen Blick zu Dad. Immer wieder griff er sich mit einer Hand ins Haar oder wischte Tränen fort.

Oh, Dad – wie wird das weitergehen?

Wenn Dein Vater seinen Brief verstanden und sich damit angefreundet hat, wird auch er Dir sein Vertrauen darüber schenken!

Vorsichtig schielte ich zu ihm. Prüfte sein Gedanken-Gefühls-Chaos. Mit dem stetigen, harten Pochen in der Brust und den zeitweiligen Bauchtritten, die es auslöste, konnte ich umgehen. Interessiert checkte ich erneut meinen Yogi. Er schien tief versunken – waren das Schweißperlen auf seiner Stirn??

Jetzt zurück zum Inhalt des Koffers, der größtenteils für Dich bestimmt ist.
In diesem befindet sich Deine Hausaufgabe: das Foto Deiner Granny!
Sieh es Dir genau an, besonders das Amulett, das sie trägt – präge es Dir ein!

Aus dem Koffer angelte ich das Bild, es lag verkehrt an oberster Stelle. Das Datum der Aufnahme war angeführt – etwas mehr als vor zwanzig Jahren.

Der Wunsch, es nicht umgedreht zu haben, wurde erschreckend in mir wach. Dieser stählerne Blick meiner Großmutter war noch schlimmer als in der Erinnerung – er zog sich über ihr ganzes Gesicht und ließ sie fast hässlich wirken. Was hatte diese Frau nur so hart gemacht? Die Gesichtszüge entspannten sich erst wieder, als ich Grandpa betrachtete. In ihm spiegelte sich das meiste von Mam wider. Was verband die Großeltern? War ihr erstes Kind ein Versehen gewesen? War es eine arrangierte Heirat? Gab es zu dieser Zeit überhaupt noch derartiges? Das war doch verrückt! Wo kamen überhaupt diese absurden Gedanken her? Kopfschüttelnd legte ich das Foto zur Seite.

Gegensätze zogen sich vielleicht wirklich an ...

Deine Granny sieht nicht nur so aus, sie ist auch der strengste Mensch, den ich in meinem Leben kennengelernt habe! Zumindest ihren Kindern gegenüber.
Du wirst im weiteren Verlauf meiner Briefe erfahren, warum der Kontakt zwischen ihr und mir mehr als dürftig war.
Ich bitte Dich dennoch, wenn ihr euch kennenlernt, Dir eine eigene Meinung über sie zu bilden. Es sind Jahrzehnte vergangen, und Menschen können sich ändern ...
Sie musste viel Schmerz und Leid ertragen, und es sind meine eigenen Erfahrungen mit ihr, die haben nichts mit Dir zu tun.
Zum nächsten Stück.
In dem kleinen Samtsäckchen befindet sich ein silbernes Amulett.
In dieses wunderschöne indianische Amulett ist ein schwarzer Stein eingearbeitet.

Wie angeordnet, griff ich nach dem Säckchen. Es war schwer. Mühelos glitt der Inhalt auf meine Handinnenfläche. Die Schönheit entzog mir den Atem! Der Stein schimmerte und fing die letzten Sonnenstrahlen ein, die ihren Weg in das Dachgeschoss fanden. Doch etwas würgte der Überraschung und der ersten Freude die Luft ab. Unmöglich zu erkennen, was es war. Rein Schwarz, fast düster wirkte er. Nicht zu groß und auch nicht zu klein. Er passte perfekt in die Szenerie. Neugierig hielt ich ihn mir genau vors Gesicht und erwartete, mich darin zu spiegeln. Geschliffen und poliert, aber spiegeln – dem war nicht so. Unheimlich. Erst bei längerer Betrachtung wurde mir klar, was dieser Stein darstellte. Der Anhänger zeigte ein aufsteigendes Pferd, die Mähne zerzaust, die Haltung aggressiv verteidigend. Symbolisierte der schwarze Stein die Sonne oder den Vollmond?
Vollmond?
Ein Krafttier?
Gänsehaut bildete sich auf den Unterarmen. Die Hand zitterte. Es kostete mich Mühe, das Amulett nicht fallen

zu lassen. Etwas umgab dieses Stück Silber ... Doch nur was? Die Erinnerung an Benns Wolf lenkte mich von diesen dunklen Gefühlen ab. Die Gedanken schweiften zurück zu Ilvys Recherchen und zu Großmutters Bild.

Es gab keine Zufälle!

Celtic war mein Krafttier. Er beschützte mich und verlieh mir Mut und Energie. Befestigt an einem dünnen, schwarzen Lederband, baumelte er von meiner Hand, und zum ersten Mal seit der Entdeckung der Briefe schaute auch Dad mit verweinten Augen von seinen Seiten auf.

„Das kenne ich nicht!" Vorsichtig befühlte er es, „aber es sieht schön aus."

„Ja, das ist es." Meine Stimme klang geschwängert von unterdrückten Gefühlen. Trotzdem, irgendetwas stimmt damit nicht! Hm, Dad sträubte sich nicht, es zu berühren. Ich sah bereits überall Gespenster.

„Es ist ein Geschenk deiner Mutter." Keine Frage, „Celtic, nicht wahr?"

Nur ein Nicken, um die aufkeimenden Tränen wieder runterzuschlucken, und zugleich wuchs meine Neugierde über den Inhalt ihres Briefs an Dad.

„Darf ich mir das Bild deiner Großeltern ansehen?"

Was hatte Mam an Dad geschrieben?

„Sicher!" Ich reichte es ihm und legte das Amulett auf das Säckchen. Die Gänsehaut löste sich wieder von mir. Nachdenklich warf ich dem Schmuckstück einen Blick zu – hatte ich mir das nur eingebildet? - und las weiter.

In mir bestärkte sich, während ich Deine Briefe verfasste, die Vermutung, dass Du das mit deinem Schutzkreis nicht so leicht hinbekommen würdest, wie ich am Anfang gedacht habe.

Cleo, Du hast Dich zu einem wunderbaren Menschen entwickelt. Du glaubst an Dich und auch an die Menschen um Dich herum. Du glaubst an das, was Du siehst und was Du berühren und erforschen kannst. Du wirst einmal eine hervorragende Naturwissenschaftlerin werden – aber Du glaubst nicht an das Überirdische! An

Dinge, die Du nicht sehen, nicht berühren oder erklären kannst.

Ich rede hier nicht von Gott! Trotzdem ist es der Glaube, von dem ich spreche.

Der feste Glaube an etwas ist ausreichend, um es entstehen zu lassen oder zu verändern.

Irgendwann im Laufe Deiner Kindheit hast Du diese Gabe der Phantasie verloren. Ich weiß nicht, ob es rein an der Entwicklung eines Menschen liegt oder an Deinem ICH. Oder ob wir Dir diese Gabe durch irgendeinen Auslöser genommen haben. Nach meinem Tod wirst Du Dich mit Händen und Füßen wehren, auch nur den kleinsten Funken von phantastischem Glauben in Dein Leben zu lassen. Cleo, bitte glaube!

Versuche zu glauben!

Und gib dem kleinsten Funken Phantasie eine Chance.

Diese Gedanken haben nichts mit Kindereien zu tun. Auch Erwachsene haben Phantasie und stürmen bei „Herr der Ringe" oder anderen Phantasie-Abenteuern in die Kinos. Phantasie hat keine Altersgrenze genauso wenig wie Träume!

In unserer Welt geht die Phantasie viel zu sehr verloren ...

Du musst es versuchen!

Schlüpfe aus Deinem Kokon und versuche, die Welt mit anderen Augen zu sehen. Du siehst so vieles, vieles, das andere übersehen, und doch übersiehst Du selbst dabei das Unfassbare! Aber bis dahin wird es noch ein steiniger Weg für Dich sein.

Darum habe ich Dir dieses Amulett besorgt. Dieser Stein ist ein schwarzer Turmalin – einer der stärksten Schutzsteine, die es gibt!

Diese Variante wird auch Schörl genannt und stammt aus Madagaskar. Das Amulett wurde von einem Schamanen hergestellt und mit Schutzzaubern besprochen. Er soll Dich vor Deiner Umwelt schützen. Vor den unzähligen Gefühlen, die Dich belagern, sobald Du einen Fuß vor die Tür setzt.

Trotzdem darfst Du nicht vergessen weiter zu üben! Es ist wichtig, dass Du Dich ohne diesen Stein schützen lernst/kannst.

Du wirst mit der Zeit erkennen, dass der Stein nicht nur die Gefühle Deiner Mitmenschen blockiert ... Aber finde es selbst heraus, denn irgendwann wirst Du daran glauben, und dann wirst Du Deinen Mittelpunkt finden, und Deine Gabe wird sich damit noch um ein Vielfaches verstärken. Wenn Du dazu bereit bist, wirst Du Dich auch zu schützen wissen.

Trag den Stein direkt auf der Haut, das ist wichtig, und reinige ihn unter fließendem lauwarmem Wasser, danach kannst Du ihn zum Aufladen in die Sonne oder in die Amethyst-Druse legen, die immer in meinem Arbeitszimmer stand – ich habe keine Ahnung, wo ihr sie nach meinem Tod hinbringen werdet ...

Mein Bauch verkrampfte sich bei ihren Worten. Wie konnte sie nur so sachlich über ihren Tod schreiben?! Mein inneres Vertrauen sah mich mitfühlend an: „Vielleicht war es für sie so leichter, damit fertig zu werden."

Nach einem letzten zweifelnden Blick auf das Amulett, hängte ich es mir um und ließ den Anhänger unter das Shirt gleiten – uh! Kalt! Ich wartete auf die Gänsehaut, aber erleichtert stellte ich fest, dass sie nicht erneut den Weg zu mir fand.

Ein kurzer Blick zu Dad sagte mir, dass er mit den beiden Fotos und dem Brief ausreichend beschäftigt war. Na dann, abwarten was dieser Stein für Wunder vollbringen sollte.

Dass Dein Amulett zusätzlich mit einem emotionalen Pferd geschmückt ist, hast Du sicher bereits entdeckt. Glaub an Dich und Deine Freiheit! Lass sie Dir nicht nehmen, und besonders nicht Dein freies Denken!

Du findest auch ein kleines Buch in dem Koffer: mein Notizbuch. Es ist eine kleine Zusammenfassung von etwas, an das Du noch nicht glauben kannst. Lies es zu einem geeigneten Zeitpunkt und denke darüber nach. Es

wird Dir ebenso helfen, Dein kleines „Öfchen" zum Lodern zu bringen.
Langsam leert sich der Koffer.
Wenn die Sachen nicht zu sehr verrutscht sind, müsste an nächster Stelle ein Schal auftauchen. Dieser Schal begleitet mich, seit ich England verlassen habe. Er begleitete mich auf meinen Reisen. War bei mir, als ich versuchte, in der Schweiz Fuß zu fassen und meinem Leben einen neuen Sinn zu geben. Er hat mich bestärkt, nicht aufzugeben. Er war ein Geschenk Deines Großvaters – meines Vaters!
Wenn Du ihm begegnest, und das wirst Du, gib ihm das gute Stück bitte zurück und richte ihm von mir aus, dass ich ihn all die Jahre immer geliebt habe, egal, wo ich gerade war!

Bei diesen Worten kämpfte ich erneut mit den Tränen – Wie gerne würde ich deine Wünsche erfüllen. Auch wenn ich nur deshalb nach London fliegen musste.

Auf den ersten Blick war dieses Stück Wolle nichts Besonderes und wirkte abgetragen. Was wollte man auch erwarten nach über zwanzig Jahren. Zum Großteil war er Schwarz mit einem weinroten und dunkelgrünen, gezackten Muster.

Aus einem Impuls hielt ich ihn mir vors Gesicht. Keine Ahnung was ich mir erhoffte – ein Geruchspartikelchen von Mam? Dem war aber nicht so.

„Den hatte sie um den Hals, als wir uns kennenlernten. Sie trug ihn bei fast jedem Date – zum Glück war Winter. Was hätte sie nur ohne dieses Stück Wolle im Sommer getan ..." Dad versank wieder in Erinnerungen, und ich wartete auf eine Verstärkung meines Bauchzwickens ...

„Wie meinst du das?" Ich reichte ihm den Schal. Neugierig lugte ich unter mein Shirt.

„Es kam mir immer so vor, als hinge sie nicht nur extrem an diesem Schal, nein, als würde er sie an etwas erinnern, sie sogar stärken und schützen. Ja, als wäre er wie eine Schutzmauer für sie, hinter der sie sich verstecken konnte, falls nötig." Auch er hielt ihn sich vor die Nase. „Hm, er liegt eindeutig schon zu lange hier oben, aber eigenartig."

„Ja. Die anderen Sachen sind vielleicht besser verpackt."

„Möglich." Schulterzuckend widmete er sich wieder seinem Brief.

Ein anderes Mal werde ich ihm erzählen, dass der Schal ein Geschenk von Grandpa war.

Als letztes findest Du in dem Koffer noch Papierstücke, Dokumente.

Einige sind bereits ziemlich alt. Keine Sorge, es handelt sich um Kopien und Aufzeichnungen von mir. Das größere Dokument ist ein Stammbaum.

Dein Familienstammbaum!

Konzentriere Dich nicht zu sehr auf Einzelheiten, Du wirst die unterschiedlichen Notizen am Rand der Namen nicht verstehen. Es gibt auch keine Zeichenerklärung. Ich meine, es gibt sie schon, aber die habe ich vergessen mitzunehmen, als ich das Haus Deiner Großeltern verlassen habe.

Sie hatte den Stammbaum gestohlen? Hatte ich das richtig verstanden? Aber warum? Schlimme Mama! Böse Mama! – Aber warum?

Ich faltete alle Papiere auseinander. Fand Zeichnungen von unterschiedlichen Amuletten. Notizen in einer ähnlichen Handschrift meiner Mutter und auch Kopien von alten Fotos und Gemälden, auf denen Frauen und Männer aus den verschiedensten Epochen abgebildet waren. Jede Frau trug eines dieser Amulette. Schnell überflog ich den Stammbaum. Massive Ähnlichkeit mit dem von Ilvy.

Das waren meine Vorfahren. Die anderen Genträger meiner Familie?

Die Aufzeichnungen endeten mit den Kindern meiner Großeltern.

Der Stein auf der Haut schien sich zu erwärmen. Er wurde richtig heiß, und ich spielte mit dem Gedanken, ihn wieder abzunehmen. Vorsichtig schielte ich unter das Shirt. Wer wusste das schon, zum Schluss bildete sich eine Brandwunde. Was aber so gar keinen Sinn ergab! Dieser rasende Puls machte mich verrückt. Erschrocken zuckte ich zusammen. Dads Blick lag konzentriert auf mir.

Ohne es realisiert zu haben, hatte ich begonnen, mich unbewusst auf die Fähigkeiten zu verlassen. Hatte sich der Stein deshalb erhitzt?

Mano! Unglaublich – die Gabe fehlte mir! Nach dieser kurzen Zeit hatte ich mich bereits so sehr an sie gewöhnt, dass ich mich blind auf sie verließ. Das gab mir genügend Brennstoff zum Nachdenken. Was mir Kopfschmerzen verursachte und ein schlechtes Gewissen. Dieser Stein war der Hammer. Er würde mich wieder gesellschaftsfähig machen ... aber mir entging die Heimtücke nicht, die in ihm verborgen lag! Bei diesem ganzen Durcheinander musste ich mir ernsthaft Gedanken darüber machen: Was wollte ich wirklich?

Wenn wir uns ehrlich waren, die Chancen, diese Gabe wieder loszuwerden, lagen bei mehr als gering. Sie abzulegen und wieder überzustreifen wie ein Sweatshirt war ebenso reines Wunschdenken. Da kam diese totale Sperre, wie sie dieser Stein hervorrief, einem normalen Allgemeinzustand am nächsten. Aber dies würde ebenso zu keinem gewünschten Dauererfolg führen ...

Unbewusst massierte ich die Stelle zwischen den Augenbrauen. Dads forschender Blick irritierte mich. „Was ist?" Die Worte taten mir aufrichtig leid, falls sie eine überfüllte Ladung an Frustration enthielten, aber auch ich konnte nicht aus meiner Haut.

„Kann ich dir irgendwie helfen?" Zumindest ließ er sich nichts anmerken, sollte ich ihn gekränkt haben.

„Ich bin mir nicht sicher." Mein Blick sprach wohl Bände.

Schwer atmete er durch, als würde ihm ein tonnenschwerer Steinblock auf der Brust liegen. „Sie schreibt, ich soll dir Zeit geben. Wenn du mich brauchst, würdest du zu mir kommen. Aber ich soll dich nicht drängen, auch wenn mir bis dahin einiges eigenartig erscheinen sollte." Er klang hin und her gerissen, verunsichert, einfach das ganze verdrehte Paket. Verdammt, ich wusste, wie er sich fühlte, und ich hasste diesen inneren Konflikt, den wir beide empfinden mussten – er sah richtig zerrissen aus.

„So etwas Ähnliches hat sie mir auch geschrieben. Ich soll zu dir kommen, wenn ich fühle, dass ich soweit bin." Meine Anspannung wich wie die Luft aus einem Ballon.

„Cleo, du warst schon immer ganz anders als Allegria. Nicht nur, was eure Interessen betrifft. Aber du, du scheinst immer von einer Aura umgeben zu sein, die, die ... die so rein ist wie der Wind. Ich kann es nicht anders erklären. Je älter du wurdest, umso schwächer wurde sie, aber sie ist immer noch da."

Aura? Rein wie der Wind?

Sein Blick huscht über die Papiere, die anderen herumliegenden Sachen und verweilten bei Allys Brief hängen. „Bei Allegria kam es mir so vor, als spürte sie diesen ... diesen Unterschied seit deiner Geburt." Wieder dachte ich an das Mädchen in der Ordination – können Kinder die Aura anderer wahrnehmen? Das würde das Gold und Silber zumindest ansatzweise erklären. Und die anderen Farben? „Nur konnte sie es nicht deuten, und es hat sich zu einer Art ... ich will es nicht Abneigung nennen, aber es hat sich eine tiefe Kluft zwischen euch gebildet." Er atmete tief durch, bevor er weitersprach. „Vielleicht empfindet sie es als Eifersucht. Deine Mutter und ich wussten nie, wie wir diese Kluft schließen könnten oder zumindest verkleinern."

Wenn ich an Ally dachte, tauchten sofort unzählige Erinnerungen, versehen mit Streitereien, in meinen Gedanken auf. Sicher, Geschwister zankten sich, aber mir kam es immer mehr vor als bei anderen. Viel mehr. Viel zu viel. Unser heutiges Zusammentreffen am Pool ... seitdem hatte ich sie nicht mehr gesehen.

„Kannst du mir irgendetwas geben, einen kleinen Anhaltspunkt?"

Sein Schmerz war auch ohne die Gabe deutlich spürbar. Die Körperhaltung. In den Augen. Die Qualen umgaben ihn voll und ganz! Instinktiv hielt ich nach seiner Farbe Ausschau und fast hätte ich frustriert aufgestöhnt, als mir bewusst wurde, was der Stein alles abhielt.

„Ich kann dir sagen, dass nichts so ist, wie es scheint, und dass ich erst lernen muss, an etwas zu glauben, das man nicht sehen und auch nicht berühren kann." Was konnte ich ihm noch sagen, um nicht für verrückt erklärt zu werden? Oder dass ich es selbst tue?

„Hm. Mit Gott und Jesus ist es ein ähnliches Phänomen! Keiner weiß, ob es sie wirklich gab oder gibt. Es gibt nur die vielen Geschichten und angeblichen Wunder, und immer wieder heißt es, man solle an sie glauben. Man fragt sich, brauchen wir Menschen etwas, an das wir glauben können, um auch in schlimmen Zeiten Halt zu finden? Sind die beiden eine Erfindung der Ängstlichen, der Hilfesuchenden?"

Und Dad fuhr fort: „Also wissenschaftlich gesehen, besonders was Gott betrifft – ja. Die Erde konnte nicht in sieben Tagen erschaffen werden! Das waren Millionen und Abermillionen Jahre, und dann dauerte es noch mal fast so lang, bis wir Menschen uns tatsächlich Menschen nennen konnten." Mein Blutdruck stieg. Es war mir unmöglich, an etwas zu glauben, das es mit logisch erklärbaren Mitteln einfach nicht geben konnte! „Und was Jesus betrifft. Nach damaligen Aufzeichnungen gab es ihn, aber Menschen neigten immer schon dazu, Geschichten durch kleine Veränderungen aufzubauschen. Schau dir nur die Klatschpresse an."

„Wolltest du nicht versuchen an etwas zu glauben, das du nicht sehen kannst?" Er zog eine Augenbraue so weit nach oben, dass sie nur noch eine schmale Linie bildete.

„Ich muss da aber sicher nicht ausgerechnet bei Gott anfangen! Das wäre doch genauso mit Drachen, Einhörnern, Feen, Vampiren, Werwölfen und allen anderen Fabelwesen. Sie sind ebenso aus der Phantasie der Menschen entsprungen." Stutzend dachte ich über meine Worte nach. Versuchte ich gerade, mich selbst von etwas zu überzeugen? Nur dass es nicht die Richtung war, in die mich Mam führen wollte. Gab es die Fabelwesen vielleicht doch? Dracula – Gänsehaut überzog meinen Rücken. Nein, der wurde bereits wissenschaftlich widerlegt. Wir Menschen konnten genauso grausam sein wie ängstlich. Verflucht seist du Bram Stoker!

„Wenn Cassy dir geschrieben hat, du sollst lernen, an Dinge zu glauben, die du nicht sehen kannst oder dergleichen ... Cleo-Maus, dann hast du noch einen weiten Weg vor dir!"

„Danke." Frustration schlug mir ins Gesicht. „Das schrieb Mam auch, und das Schlimmste dabei ist, dass ihr beide Recht habt." Mut und Optimismus sanken ins Bodenlose. Trotzdem verblüffte mich mein Vater! Vielleicht war er mir in dieser Hinsicht doch um einiges voraus. Er glaubte an Gott – ich nicht! Ich glaubte an den Urknall, Albert Einstein und Stephen Hawking ... und dennoch war es die Naturwissenschaft, die einen veranlasst, in anderen Sphären zu denken. Es existierten genügend Beispiele, die für das normale Auge nicht sichtbar waren. Für das normale Auge nicht sichtbar ... aber nachweisbar. Moment mal. Die Gabe war für mich selbst sichtbar. Konnte ich das vielleicht auch für andere schaffen? Das würde mir zumindest bestätigen, dass ich nicht komplett übergeschnappt war ...

Sorry dass ich so tickte, aber bei mir musste nun mal alles Hand und Fuß haben! Es musste immer das Warum? Wieso? Weshalb? beantwortet werden.

Dad war offener als ich. Glaubte an Dinge, an die ich nicht glaubte.

Auf dem staubigen Fußboden verstreut lag der Inhalt des Koffers, und in der Mitte saßen wir. In verdatterter Einstimmigkeit verharrten wir regungslos. Stille Minuten verstrichen.

„Genug für heute, was meinst du?" Dad stupste mich mit seiner rechten Schulter an. Ja, es war spät, und das Licht wurde immer spärlicher. Stumm nickte ich.

Wir sortierten alles zurück in den Koffer, verschlossen ihn und verließen schweigsam den Dachboden.

Am Ende der Treppe fragte er mich, „Abendessen?"

Lachend nickte ich. Dann trennten sich unsere Wege.

Sechzehn

Ein gemeinsames Abendessen. Langsam gewöhnte ich mich an die widerbelebten gemeinsamen Essensgewohnheiten. Diese zählten zu den Raritäten in unserer Familie. Entweder war Dad unterwegs oder Mam oder beide gemeinsam. Darum wurde dieses seltene Miteinander zu einem heiligen Ritual erhoben. Besonders wichtig war uns der letzte Abend vor einer Abreise. Meistens wurde bereits zusammen gekocht. Ich konnte mich nicht mehr erinnern, wer in diesen Momenten das Zepter in der Küche schwingen durfte. Aber die Vermutung lag nahe, dass Herta gravierende Vorarbeit geleistet hatte. Seit Mams Tod hatte sich dies radikal verändert; jeder aß, wie und wann er wollte.

Die aktuelle Variante beinhaltete überraschende Vorteile. Die Beste, Herta, war bei Weitem nicht mehr so übel gelaunt. Eines ihrer größten Anliegen war es, uns wieder als gesunde, normale Familie zu sehen. Frage: Was zeichnete eine gesunde oder normale Familie aus? Ich bezweifelte, dass unserem Hausgeist klar war, dass die zurückliegenden Sitten nicht viel anders waren. Vielleicht lag der Unterschied darin, dass diese Veränderungen mehr ihren eigenen Wünschen und Träumen entsprachen. Etwas herzlicher und kommunikativer, ja, aber nicht anders. Schließlich wurden wir Mädels auch langsam, aber sicher erwachsen und gingen unsere eigenen Wege, und das schloss die liebreizenden familiären Essen plus Unternehmungen mit ein. Gebt uns Flügel im richtigen Moment!

Herta lächelte glückselig. Hoffentlich spielte sie nicht mit dem Gedanken einer Schwesternvereinigung. Wie sollte sie etwas schaffen, an dem unsere Eltern bereits gute fünfzehn Jahre Schwerstarbeit geleistet hatten und gescheitert waren?

Ein anderer Vorteil war der Informationsaustausch über die Tätigkeiten und momentanen Interessen der anderen Familienmitglieder. Was nicht unbedingt etwas damit zu tun hatte, dass es auch die anderen interessierte. Gerne gestand ich mir ein, dass dieser kleine Seitenhieb meiner ach so liebenswerten Schwester ganz alleine zustand. Egal, wie man diese unglückliche Fügung nennen wollte – Schicksal, Pech, dumm gelaufen –, dass sich Ally herabgelassen hatte, mit dem anderen Teil ihrer Familie zu speisen, ich akzeptierte es. Versuchte es zumindest und nahm mir vor, den Teller leer zu essen, in der Hoffnung auf einen besseren morgigen Tag! Zum Glück rettete Dad den Gesprächsverlauf und setzte uns über seine neuesten Aktivitäten ins Bild. Tatsächlich handelte es sich um eins von Mams Stücken, dass er gemeinsam mit einem Freund gestaltete. Leider ließ er sich nicht weiter in die Karten schauen, um welches es sich dabei handelte – Überraschung! Wie ich das hasste. Mit dieser Verschleierungstaktik wollte er uns nur zur Premiere locken. Also, was mich betraf, hatte er mich bereits fest am Haken!

Ally ließ das kalt. Oder spielte sie uns nur Gleichgültigkeit vor? In mir regte sich der starke Verdacht, dass sie einiges von Grannys Genen geerbt hatte, und ich verdächtigte nicht das „freudestrahlende" Lächeln auf dem Foto.

Mam hatte nicht viel über sie geschrieben, aber dass sie aus England abgehauen war, sprach doch Bände. Auf dem Bild der Großeltern bestand eine sehr starke Ähnlichkeit zwischen meiner Schwester und der großmütterlichen Genträgerin. Ob es nun an den ähnlichen scharfkantigen Gesichtszügen lag, dem harten Blick oder der Tatsache, dass Mam und Ally auch nie miteinander warm geworden waren, blieb für mich ungewiss. Langsam kam ich mir wie ein Psychologe vor. Aber war das ein Wunder, wenn man ein solches Durcheinander seine Familie nennen durfte, Schrägstrich musste? Sollte meine Analyse Früchte tragen, stand einem positiven Verhältnis zwischen mir und meiner Großmutter nur der Grand Canyon im Weg. Verbundenheit durch Magie hin oder her! Antipathie auf den ersten Foto-Blick nannte ich das.

Vor dem Abendessen hatte Dad ohne Ankündigung das Cello vom Dachboden geholt und in mein Zimmer gestellt. Ein eindeutiges Zeichen. Wahrscheinlich hegte er bereits bei meinem Geburtstagsgeschenk Hintergedanken. Die Frage, wen ich plante, zum Konzert mitzunehmen, hatte ich noch nicht geklärt – Ilvy oder Dad? Somit erweiterte dieser alte und gleichzeitig neue Kleiderständer mein Mobiliar. Neugierig sah er sich in meinen vier Wänden um. Als ob sich so viel verändert hätte – ha, das ich nicht lache! Einen Moment lang stand er unschlüssig herum, bis sich ein unsicheres Lächeln auf seine Lippen schob.

„War ganz schön eigenartig da oben, hm?"

„Du sagst es!" Er hatte ja keine Ahnung, wie eigenartig das Ganze wirklich ist.

„Es freut mich, dass du wieder spielst."

Tat ich das?

„Mach ihm doch die Freude", zischte meine innere kleine Natter.

„Na ja, nachdem ich gehandicapt bin, hab' ich etwas Zeit übrig. Die Finger sind eingerostet." Unwillkürlich bewegte ich die Abgesandten meiner linken Hand.

„Kein Wunder nach zwei Jahren Spielpause." Das darauffolgende Schweigen wurde beklemmend. Ich freute mich, dass er endlich wieder in meinen vier Wänden stand, aber es war mir nicht möglich, auf das Thema aufzuspringen. „Brauchst du noch etwas?"

„Hm." Ich überlegte … „Nein, danke. Es geht schon. Und du?" Ups. Schon war die Frage draußen. Hoffentlich würde ich sie nicht bereuen und biss mir auf die vorlaute Zunge.

„Ich weiß nicht." Unentschlossen sah er sich weiter um. „Der Brief von deiner Mutter hat alte Wunden, von denen ich dachte, sie wären wenigstens ansatzweise verheilt, wieder aufgerissen." Vorsichtig fühlte ich in seine Richtung. Würde ich mit dem Schmerz klarkommen, den er ausstrahlte? „In ein paar Tagen jährt sich ihr Todestag zum zweiten Mal. Mir kommt es vor, als wäre es erst gestern gewesen, dass sie an ihrem Flügel gesessen und an einem Stück gefeilt hat."

Ohne einen weiteren Gedanken trat ich vor und umarmte ihn. Mir fiel nichts anderes ein, denn er hatte genau das gesagt, was auch ich empfand. Ich schämte mich für meine egoistischen Gedanken. Nach einem kurzen Zögern schlossen sich auch seine Arme um mich. Ich genoss die Sicherheit, die er mir schenkte und die ich seit Mams Tod vermisste. Angespannt wartete ich und wartete, doch ich fühlte nichts. Keine seiner Gefühle drangen zu mir durch. Dieses Nichts gefiel mir immer weniger. Keine Ahnung, wie lange wir so da gestanden.

Nachdem er mein Zimmer verlassen, seinen Brief und den für Ally mitgenommen hatte, steckte ich den iPod in die Halterung der Anlage. Die Lippen geschürzt, scrollte ich mich durch die Playlist und tippte auf James Bay. Bei den ersten Gitarrenklängen nickte ich zufrieden und begann, den Inhalt des Koffers auf dem Bett auszubreiten. Auch den angefertigten Stammbaum von Ilvy legte ich dazu. Bis auf wenige Einzelheiten waren sie sich sehr ähnlich. Die Antwort auf die Frage, wer die die vereinfachte Version ins Netz gestellt hatte, stand immer noch offen im Raum – ich bezweifelte, dies je herauszufinden.

Dann saß ich da. Im Schmetterlingssitz; ein paar verirrte Staubmonster in den Haaren und an den Klamotten. Warum sah ich so verwüstet aus? Ich war doch nicht am Boden herumgekrochen. Eine dieser grauen Leichen lugte sogar aus einem Loch am Knie meiner zerrissenen Jeans – meinen Lieblingsjeans, die Konzertgeschichten erzählen könnten. Herta hatte schon ein paarmal den Versuch gestartet, mich zu überzeugen, ihr diese *Fetzen in Blau* zum Flicken anzuvertrauen oder der Mülltonne zu überlassen. Schade, Herta, unser persönliches Modebewusstsein zog eindeutig nicht am selben Strang. Was die Models auf den Laufstegen trugen und uns die Zeitschriften vorgaukelten, war mir ziemlich egal – ich zog das an, was mir gefiel. Und wenn es aus einem Secondhand-Shop stammte, war es mir umso lieber. Kopfschüttelnd zog ich den ungeladenen Besucher aus dem Riss am

Hosenbein und beobachtete, wie er zu Boden glitt. Sachte landete er auf dem Teppich. Nachdenklich wandte ich den Blick ab und erkannte schockiert, dass sich auf den wenigen Papierstücken vor mir mein Leben ausbreitete. Der Inhalt dieses alten Koffers rief nicht zur Ermutigung auf. Das alles auf ein paar Blätter reduziert zu sehen, wo es doch mein Leben komplett auf den Kopf stellte, wirkte sich nicht positiv auf meine Motivation aus. „Trotzdem, ich muss was tun." Mein Blick verfing sich an den Kopien der alten Bilder. Zusammenhänge. Ich musste Zusammenhänge herstellen. Um den ausgebreiteten Stammbaum aus Mams Koffer sortierte ich die Kopien, passend zu den Namen.

Mit dem Foto der Großeltern waren es sechs. Sechs Bilder, hm. Was mir sofort ins Auge stach: Alle hatten den gleichen Aufbau. Nur das jeweilige Ehepaar war darauf abgebildet. Keine Kinder oder andere Familienmitglieder. Nur die Frau und der Mann. Die Damen saßen und die Ehemänner standen entweder daneben oder schräg hinter ihnen. Sogar das damals unerlässliche Accessoire des modebewussten Herrn, der Spazierstock, war abgebildet.

Nein, stopp, eine Aufnahme stach hervor. Das Paar war nicht wie die anderen vor einem neutralen Hintergrund wie einer Wand oder einer Mauer abgebildet, sondern befand sich in einem Garten, umgeben von wuchernden und blühenden Pflanzen. Lavendel war deutlich zu erkennen. In weiterer Entfernung waren ein Fluss und eine Brücke zu erkennen. Die Szene wirkte freundlich und südländisch, nicht so streng wie die anderen. Ich wendete die Kopie und las: Tara und Giovanni DiPardo.

Wahllos griff ich nach einem anderen, der Kopie eines farbenprächtigen Aquarells. Laut Mams Aufzeichnung auf der Rückseite handelte es sich um Katharina und Caspian Montgommery. Ein dickes Fragezeichen bildete sich hinter meiner Stirn. Ahnte, dass mir das noch öfter passieren würde. Das Kleid war echt ... wow! Für nichts in der Welt würde ich so etwas anziehen. Es bestand fast ausschließlich aus feinen, fast durchsichtigen Stoffschichten. Dieses Ding würde bei meiner Tollpatschigkeit freiwillig den Löffel abgeben. War hier bereits die Zeit mit diesen tödlichen Schnürungen vorüber? Es wirkte irgendwie freizügiger, ... sehr viel freizügiger. Es war in ... was war das? Cremefarben gehalten? Hatte kurze bauschige Ärmel. Wirkte romantisch – soweit ich das beurteilen konnte. War reich verziert mit Stickereien und raffte sich um ihre Füße. Auch wenn sie saß, war es eindeutig: Das Teil reichte ausgestreckt bis zum Boden, wenn nicht sogar weiter. Ich tippte auf eine kleine Schärpe. Wie viele Frauen hatten sich wohl zu dieser Zeit den Knöchel oder gar ein Bein deswegen gebrochen? Die Arme steckten in langen Handschuhen, die über die Ellenbogen reichten, und ein dünnes Tuch hatte sich dort verheddert. Wie hießen diese Umhänge noch mal? Stola oder so? Es sah nicht so aus, als wäre es dazu geschaffen worden, um Wärme zu spenden, rundete aber den Unterarm-versteck-dich-Trend ab.

Was mich im ersten Moment aber dazu animierte, den Mund überrascht zu öffnen, war der extrem tiefe Ausschnitt. Ich hörte bereits Herta schockiert rufen: „Da sieht man ja vom Dekolletee runter bis zum Bauchnabel!" Meine Leihoma hoffte, dass die wilden, bauchfreien Jahre bald ein Ende haben würden. Jede Mode findet ein Revival, und dieses war im vollen Gange, aber ohne mich. Fassungslos starrte ich wieder auf das Bild. „War das wirklich einmal Trend? Und da beklagten sich manche Leute, was die Jugend von heute ans Tageslicht beförderte. Zzz ... Ein Band direkt unter der Brust rundete das Kleid im Stil dieser Epoche ab. Da gab es aber noch etwas anderes, das meine Aufmerksamkeit wie magisch auf sich zog, und es war nicht Caspian. Es war das Amulett!

Es musste sich bei diesen nicht endenden Windungen wieder um ein keltisches handeln. In der Mitte schimmerte ein weißer, nein, dieser Stein war heller ... fast durchsichtig. Man sah es Katharina an: Sie trug es mit Stolz. Ihre Gesichtszüge waren nicht so hart wie die von Großmutter, und sie hatte, wie nicht anders zu erwarten, stechend grüne Augen, aber etwas Trauriges verbarg sich darin. Unglaublich, wie der Maler es geschafft hatte, diese Emotion festzuhalten. Fasziniert konnte ich den Blick kaum abwenden. Meine Ahnin saß auf einer gepolsterten Bank, und neben ihr lag ein Hütchen – sah aus wie zu heiß gewaschen –, das mit zwei unendlich langen Bändern um den Hals gewickelt wurde, um es irgendwie elegant wirkend zu tragen. Ihr Haar war locker aufgesteckt und einige Locken umschmeichelten ihr Gesicht. Es besaß nicht Mams Flammenrot, mehr ein warmes Braun.

Der Mann hinter ihr verlor an Präsenz, obwohl er elegant und auch witzig gekleidet war. Der Frack reichte am Rücken fast bis zu den Kniekehlen, bedeckte dagegen vorne kaum den Bauch. Da er halb versteckt hinter der Bank stand, war nur ein Bein zu sehen. Wie auch Großvater stützte er sich mit einer Hand an einem Gehstock ab. Die andere ruhte auf der Schulter seiner Gemahlin.

Das Bild von Katharina und Caspian war früher angefertigt worden als das meiner Großeltern. Nicht auf das Entstehungsdatum bezogen, nein, das war klar, – es handelte sich um das Alter der Personen. Bei meinen Großeltern waren die ersten Falten um Augen und Mund deutlich sichtbar. Bei Grandpa ergraute bereits der Haaransatz hinter den Geheimratsecken. Die beiden auf dem Aquarell wirkten jünger, viel jünger. Kein Schimmer einer grauen Strähne oder einem Fältchen. Vielleicht hatte es der Maler gut mit ihnen gemeint, oder es lag daran, dass die Menschen damals nicht ein so hohes Alter erreichten, und darum Portraits zu einem früheren Zeitpunkt angefertigt werden mussten.

Im gleichen Verfahren betrachtete ich die anderen Kopien.

Die darauf abgebildeten Personen waren in der jeweiligen Epoche gekleidet, verweilten in der gleichen Position.

Bis auf eine einzige. Alleine und selbstsicher war sie abgebildet. Sie sah so ganz anders aus als der Rest der Sippe. Sie hatte die gleichen strahlend grünen Augen, dann war es aber auch schon vorbei mit der Ähnlichkeit. Weiche Gesichtszüge, und sie wagte es sogar zu lächeln.

Ihr blondes Haar – ja, blond! – war zu einem lockeren Zopf geflochten, der über die linke Schulter hing. Die Frau saß auch nicht, sie stand. Es wirkte, als wäre sie in Eile und könnte nur wenige Minuten Zeit abzweigen, um sich hier sinnlos zu drapieren. Über dem himmelblauen Kleid trug sie einen langen weißen Kittel. Das Amulett war deutlich erkennbar. Der Stein in der Mitte schimmerte leicht rosa. Ganz anders als die anderen.

Neugierig drehte ich das Bild um und erschrak, als ich ihr Todesdatum las.

Dr. Claudia Alciato
* *30. April 1777*
✝ *21. Juni 1815*

Als Erste unter diesem ganzen Klan, war sie mir wirklich sympathisch. Traurig wendete ich das Foto. Ausgerechnet sie musste so früh sterben. Es war mir klar, dass alle bereits verstorben waren, aber dieses Datum war mit Sicherheit nicht ohne Grund vermerkt worden. Vielleicht starb sie keines natürlichen Todes?

„Alles klar, Cleo! Und wie gelangst du zu dieser Vermutung?". Versunken in Gedanken kratzte ich mich mit einem Bleistift an der Stirn. „Doktor Claudia Alciato. Warum bist du anders als die anderen?" Nebenbei fertigte ich mir Notizen an. Nachdenklich ruhte meine rechte Hand auf dem Papier. Irgendetwas störte mich an diesem Todesdatum. Erneut betrachtete ich die Notizen. Es war einiges zusammengekommen. Überrascht zog ich die Augenbrauen nach oben. Aber was war mit diesem verdammten Datum? Diese ganzen Neuigkeiten ... Ilvy musste unbedingt davon erfahren! Morgen war zu spät – es musste heute noch sein.

Koffer packen hin oder her, das war wichtiger. Mein Blick wanderte zu der Uhr an der Wand. Unschlüssig trommelte ich mit den Fingerspitzen auf dem Papier herum. Später, nein, vielleicht würde sie dann schon schlafen. Dieser Informationsaustausch war wichtiger als ... als Kofferpacken.

Zum Glück war ich bereits beim Einsortieren des Dachbodenfundes, als meine Schwester, verkleidet als Wirbelwind, ins Zimmer platzte und mir kreischend mitteilte: „Essen ist fertig! Komm runter." Verdutzt hielt ich inne, hoffte, mich möglichst unauffällig zu verhalten und sah ihr verwundert hinterher. Da fehlte doch etwas? Irgendetwas fehlte bei Ally, aber ich kam nicht darauf, was es war.

Meine Kinnlade klappte nach unten, als sie bereits wieder aus dem Türspalt verschwunden war. Was war es nur? Und was hatte sie geritten, mich zu informieren?

Mit einem tiefen Seufzer sah ich aus dem Fenster. Draußen war es bereits dunkel geworden. Wie lange hatte mich dieser Kram beschäftigt? Und wie spät war es überhaupt? Abendessen schien eine interessante Bezeichnung, das grenzte eher an einen Mitternachtssnack. Jegliches Hungergefühl wurde aus meinem Magen verdrängt. Ich konnte jetzt nicht ans Essen denken! Es war viel wichtiger, Ilvy auf den neuesten Stand der Dinge zu bringen. Unschlüssig nestelte ich an der Nagelhaut herum, um mir bei der Autsch-Erkenntnis angeekelt auf die Finger zu klopfen. Blöde Nervöseleien fingen an, sich zu Gewohnheiten zu entwickeln. Aber es brachte auch niemandem etwas, wenn ich unterzuckert vom Stuhl kippte.

Die Gedanken kreisten in Dauerschleife um Fotos, Amulette, Gesichter und Namen. Abgelenkt stocherte ich in Hertas Abendessen herum. Und dann lenkte mich immer wieder etwas anderes ab. Etwas fehlte. Was war es? Es fehlte nicht nur bei Ally. Aber ich schaffte es nicht, diese Blockade zu überwinden. Ich wusste, es lag genau vor mir und ich brauchte nur zuzugreifen, aber es gelang mir nicht. Ein dunkles Gefühl breitete sich tief in mir aus und bestätigte meine unterschwellige Vermutung. Innerlich wand ich mich bei der Leere, die dieses Gefühl in mir hervorrief. Es drückte an allen Seiten, als hätte ich eine eingelaufene Jeans oder ein zu enges Shirt an, obwohl das eine angenehmere Vorstellung war als das, was ich verspürte. Es war grausam, als wäre ich in meinem Körper gefangen. Schlimmer als die Erkenntnis, das Haus nicht sorgenfrei verlassen zu können. Tief in mir drin ahnte ich, wonach ich suchen musste, aber der Weg an die Oberfläche schien abgeschnitten. Je mehr ich darüber nachdachte, danach suchte, desto mehr verschlimmerte sich das Erstickungsgefühl, in etwas eingekerkert zu sein.

Und dieses verdammte Datum? Frustriert massierte ich den Nasenrücken mit Daumen und Zeigefinger. Eingestehen musste ich mir aber die Ruhe, die in mir entstanden war. Keine Spur, kein Fünkchen oder Anzeichen von fremden Gefühlen oder Farben. Es war erholsam, nicht immer auf Absprung bereit sein zu müssen, nicht Angst vor der Überraschung hinter der nächsten Ecke haben zu müssen. Die Löcher im Abendessen vergrößerten sich, nicht weil ich es endlich zu mir nahm, sondern weil ich es weitgefächert auf dem Teller verteilte.

Zum Glück funktionierte dieses Möchtegern-Familien-Gehabe nicht lange, auch nicht Herta zuliebe. Jeder war spürbar froh, als Ally sagte, sie habe noch eine Verabredung, und somit fiel der Startschuss, dass jeder wieder seinen Beschäftigungen nachgehen konnte.

Es war bereits weit nach dreiundzwanzig Uhr, als ich in mein Zimmer zurückkehrte. Unschlüssig nagte ich an der Unterlippe. Sollte ich Ilvy noch anrufen? He holen? Videotel reichte doch auch, oder? Morgen konnte ich ihr alles genau zeigen! Es lief uns nichts davon ... oder? Nur meine Nerven. Frustriert griff ich mit beiden Händen in meine Locken. „Schluss jetzt, neuer Plan. Ablenken." Unter die Dusche und den letzten Dachbodenstaub vom Körper spülen.

Nackt und überrascht verharrte ich vor dem Badezimmerspiegel – das Amulett ... Ich hatte es vergessen. Sollte ich es abnehmen? Lang starrte ich es an. Es war faszinierend schön, besaß etwas Fesselndes und doch bereitete es mir Unbehagen. Der Mensch war ein Gewohnheitstier. Für mich gehörte es bereits zur Normalität, die sensiblen Fühler, versehen mit einem wackeligen Schutzschild, auszufahren. Damit ich die Zusammensetzung der Gefühle der mich umgebenden Menschen abtasten konnte und somit böse Überraschungen vermeiden konnte. Eigentlich nur um einschätzen zu können, ob ich schnellstmöglich abrauschen oder doch bleiben konnte. Trotz der Erholungsphase für die Emotionenantennen war ich unschlüssig ... Immer diese Entscheidungen! „Ich geh' nur duschen! Das ging davor auch." Das Amulett hängte ich über einen der Handtuchhaken. Mit einem Bein befand ich mich bereits in der Dusche, doch was folgte, traf mich unvorbereitet: Schlagartig löste sich etwas von mir, von dem ich nicht einmal registriert hatte, dass es mich umgab. Alles begann sich zu drehen. Ich schwankte. Mir wurde übel. Mit der linken Schulter prallte ich gegen die kalten Fliesen. Zu schnell wandte ich mich in Richtung Toilette. Der Schwindelanfall legte noch eins drauf. Erst jetzt wurde mir bewusst, dass ich die letzten Stunden in stark gepolsterter Watte verbracht hatte, und diese Schutzhülle alles, wirklich alles gedämpft hatte. Es fühlte sich an, als hätte mir jemand die schützende Haut abgezogen. Kälte überfiel mich so eisig wie Nadeln, die tief eindrangen. Eine Welle des Schauderns überrannte meinen Körper. Sollte ich mich nach vorne beugen? Aufrichten? Tief durchatmen? Abstützen war ein guter Anfang. Misstrauisch beäugte ich den Stein. Unschuldig baumelte er am Haken vor sich hin. Mams Andeutung in ihrem Brief ... Das musste sie damit gemeint haben. Panik ergriff mich. Ein lauter Schrei löste sich aus der Tiefe meines Inneren. Stützend und geschwächt sank ich auf die Knie und hielt mir die Ohren zu. Der ganze Körper zitterte. Schmerztränen flossen über meine Wangen. Ich registrierte kaum, dass ich weinte. Verkrampft kippte ich zur Seite. Mit den Armen umklammerte ich die angezogenen Knie. Presste die Beine fest an mich. Auf den kühlen Fliesen zitterte ich vor mich hin und bettelte darum, das Ganze irgendwie zu verstehen ... zu überstehen.

Die Sekunden verstrichen. Nur langsam kehrte Ruhe ein. Das Beben ließ nach. Die Körperwärme nahm wieder zu. Langsam vertrieb sie die Kälte, die sich um mich und in mir aufgebaut hatte.

Aufgeben? Einfach hier liegen bleiben und abwarten ... Ein verlockender Gedanke!

Die Erinnerungen an einen bekannten Begleiter tauchten auf: Mein Nebel ...

Nein! Nie wieder würde ich ihn an mich heranlassen. Nie wieder würde ich mich hinter ihm verstecken! Aufgeben war keine Option. Mit Schweißperlen übersät, rappelte ich mich unsicher am Waschbecken empor.

Geh rational an die Sache ran! Donnert es durch meinen müden Kopf.

Was hat den Schrei ausgelöst? Kam er von mir?

Kalt. Mir war immer noch kalt.

Dieser verdammte Stein! Ein wütender Blick traf ihn. Was bist du? Wieder dachte ich an den einhüllenden Nebel der Vergangenheit. Dieses Feuer in mir, dieses Öfchen ... Ich musste es schnellstmöglich entfachen.

Zuerst aber aufwärmen. Zähneklappernd verfrachtete ich mich in die Senkrechte. Heiß duschen, sehr heiß, um die Kälte zu vertreiben.

Fünfundvierzig Minuten später saß ich im karierten Flanellpyjama und mit feuchten Haaren vor dem Lapi, inmitten einer Diskussion mit Ilvy. Im Hintergrund zupfte James Bay immer noch an den Gitarrenseiten. Mussten sich seine Songs immer um Liebe drehen? Vielleicht sollte ich mich auch mal verlieben, damit ich sie besser verstand ... Naja, dieser Gedanke beflügelte mich nicht gerade. Dennoch übten seine Melodien eine entspannende Wirkung auf mich aus.

Misstrauisch betrachtete ich das Amulett, das neben mir auf dem Schreibtisch lag. Immer wieder trafen es meine skeptischen Blicke. Unter der Dusche war ich nach langem Hin und Her und Abwägen des bereits Erlebte zu dem Entschluss gekommen, nur in Notfällen auf Mams Unterstützung zurückzugreifen. Etwas Dunkles, etwas Geheimnisvolles umgab den Anhänger. Es war eine zwiespältige Situation. Zum einen brauchte ich das Teil, um mein Leben halbwegs normal weiterführen zu können, zum anderen flößte es mir derartig viel Respekt ein, dass es fast an Mistrauen und Angst heranreichte. Vielleicht reichte es aus, den Stein bei mir zu tragen, nicht direkt auf der Haut. Naja, außer ich verließ das Haus oder setzte mich bewusst gefährlichen Gefilden aus – Ally zum Beispiel – oder geriet aus Versehen in Gefahr. Wie auch immer dieses Versehen aussehen mochte ... verdammt, da lag schon wieder der Hund begraben! Ich konnte mich auf Unvorhergesehenes nicht vorbereiten.

„Ich kann dir die Papiere nicht mailen, mein Scanner hat das Zeitliche gesegnet. Du musst bis morgen warten." Irgendwie schwang etwas Schadenfreude in mir mit. So leid es mir tat und Ilvy unschuldig war, so konnte ich dieses Gefühl nur schwer unterdrücken. Schließlich war sie selbst schuld. Wer nahm schon so viel Rücksicht auf einen anderen? Wäre sie hier gewesen, wäre sie bei meinem Fund dabei gewesen. Obwohl ... Erneut weitete ich diesen Gedankengang aus. Wir waren schon auf dem Dachboden und hatten nichts gefunden. Vielleicht sollte es einfach so sein. Ich alleine da oben herumschmökernd und Dad der dazukam ... „Ja klar, Cleo. Jetzt brennen deine letzten Sicherungen durch", dachte ich selbstironisch. So ein Unsinn! Nun fing ich tatsächlich schon an, an diesen ganzen überirdischen Mist zu glauben und so zu denken. Mein kleines inneres Ich rekelte sich wie ein Bär nach dem Winterschlaf und wunderte sich über meinen Pyjama und die Finsternis auf der anderen Seite des Fensters. Na, gut geschlafen? Auf diese Frage erntete ich nur eine schwungvoll gehobene Augenbraue. Angriffslustig hob es den Zeigefinger und deutete auf sein Herz.

Hä?

„*GLAUBE!*", schrie es mir entgegen.

„Ja, danke! Ich hab' dich gehört, du musst nicht so schreien."

Hm ... Moment. Das sollte ich auch, oder ... Warum tat ich mich dabei so schwer? Ich wollte doch, aber es war einfach unmöglich. Wie konnte ein rational denkender Mensch an etwas derartig Unerklärliches glauben? Das war doch ein Widerspruch in sich – in allem!

„Hast du schon einen Blick in das Notizbuch geworfen?" Zum Glück rissen mich Ilvys Worte aus diesem geistigen Irrgarten. Wer weiß welche Gedanken sich noch bildeten.

„Nur einen flüchtigen. Ich werde mich näher damit befassen, wenn du in den Flieger gestiegen bist. Da hab ich dann ausreichend Zeit."

„Du hältst mich auf dem Laufenden, ja?!"

„Ja, Boss! Das werde ich." Salutierend saß ich vor dem Bildschirm.

Breit grinste sie durch die Kamera zurück. „Du wirst mir fehlen, du verrückte Ziege!"

„Du mir auch, du buntes Schaf!" Du und dein hüpfender Regenbogenschleier. Moment! Interessiert betrachtete ich sie genauer. Oh mein Gott! Ich war tatsächlich auf allen Sinnen erblindet. Wie Schuppen fiel es mir von den Augen. Wie konnte ich das nur übersehen? Über diese emotionale Einschränkung konnte ich nur den Kopf schütteln. Mir war klar, dass die Gabe durch die technische Übertragung kaum eine Wirkung haben konnte, aber ich hatte beim Essen die anderen ebenso wenig wahrnehmen können. Das war es, was mich die ganze Zeit gestört hatte! Die Farben, in denen ich Dad, Ally und Herta bereits gesehen hatte, fehlten. Klar machte die Genmutation immer wieder ihre eigenständigen Schwankungspausen, aber diese Farbenphase hielt bis jetzt am längsten an. Frustriert stöhnte ich auf und schlug mir mit der flachen Hand auf die Stirn. Autsch! So dumm. Ich war einfach so blind. Ungeübt. Einfach die falsche Person für diesen Job.

„Würdest du mich an deinen Gedanken teilhaben lassen?" Ilvy hatte mich die ganze Zeit beobachtet. Bei dieser neuerwachten Klarheit hatte ich ganz auf ihre Pseudo-Anwesenheit vergessen. Wie sollte ich ihr das mit den Farben erklären? Mittlerweile verschwieg ich ihr bewusst dieses Detail. Ich wollte nicht, dass sie sich noch mehr Sorgen machte, und am Anfang wusste ich nicht, ob dieser Zustand auf Dauer blieb oder gleich wieder verschwand – wie dieser kurze Seelenblick.

„Kannst du dich erinnern, als wir Mams letzten Brief gelesen haben?"

„Ja, sicher!" Sie verdrehte die Augen.

„Ich bin runter in die Küche und hab' uns zwei Flaschen Wasser geholt."

„Jaa?"

„Unten traf ich auf Herta, die mich zuerst nicht hörte, weil sie mit dem MP3-Player mitsummte. Aber egal, darum geht's nicht." Puh, war das anstrengend, und die Nervosität stieg. Keine Ahnung, warum. Vielleicht weil ich mir mit dieser Erzählung erneut meine Andersartigkeit eingestehen musste? „Herta war orange."

„Was?" Verständnislos sah sie mich an: „Was meinst du mit *Herta war orange*?"

„Naja, orange eben. Sie war umhüllt von einem entspannten orangefarbenen ... Schleier." Mit fuchtelnden Armen versuchte ich darzustellen, wie ich es wahrgenommen hatte.

„War das das einzige Mal?" Sie wirkte wieder ganz in ihrem Element und irgendwie ... professionell. Natürlich machte sie sich Notizen. Gab es einen Beruf wie paranormale Aufklärung? Das wäre der absolut maßgeschneiderte Job für meine beste Freundin. Hey, da gab's doch diese Serie in den Neunzigern, die zog sich Tristan heute noch rein. Der stand auch auf diese unerklärlichen Phänomene und hatte die ganzen Staffeln auf DVD – der Wahnsinnige. Wie hieß die Serie noch mal? Verdammt! Es fiel mir absolut nicht ein. Egal.

„Cleo? Hat sich das wiederholt?" Diese Frau konnte einen sehr drängenden Ton hervorzaubern. Schlimmer als Frau Schmidt, unsere Lateinlehrerin. Wozu eine tote Sprache? Wozu Frau Schmidt??

„Ja, es hat sich sogar irgendwie eingependelt." Meine Stimme wurde schuldbewusst – ich wusste, was gleich folgen würde. Warum hatte ich gedacht, es wäre eine gute Idee gewesen?

„Wie meinst du das?" Wow! Jetzt nahm ihre Stimme einen piepsigen Tonfall an.

Schulterzucken. „Dass ich mich daran gewöhnt habe."

„Heißt das, du siehst die Aura bei jedem Menschen?"

Überraschung zog über mein Gesicht. Warum dauerte es bei mir so lange, bis ich schnallte, um was es sich dabei handelte, und bei ihr funkte es in einer Millisekunde? Aura – hm. Ähm, ... interessant! Was war ich doch für eine komplette Schnarchnase! „Bei jedem, der mir seitdem über den Weg gelaufen ist?" Warum klang meine Antwort wie eine Unschuldsfrage? Stand ich vor Gericht?

„A-ha!" Pause. In Ilvy arbeitete es. „Moment mal." Pause beendet. „Du hast mich zwischenzeitlich auch gesehen! Heißt das, du konntest meine Aura auch wahrnehmen?" Die Aufregung war unverkennbar.

„Jap." Plumps! Kinnlade im Keller, nur dieses Mal die von Ilvy. „Aber ich wollte erst mal abwarten und sehen, was sich entwickelt."

„Cleo, du bist echt 'ne Nummer!" Kopfschüttelnd notierte sie fleißig weiter.

„Hoffentlich, die Nummer Eins, aber warum?" Das verstand ich nicht. Das entzog sich zur Gänze meinem nächtlich langsam arbeitenden Verstand.

„Du merkst gar nicht, wie du diese Gaben bereits nach wenigen Augenblicken akzeptierst. Wie du sie annimmst. Sicher du machst dir Gedanken über Allgemeines, aber nicht über die Gabe an sich. Das klingt etwas verwirrend, aber verstehst du, was ich meine?"

Kurz dachte ich über ihre Worte nach. Hm ... In gewisser Weise schien sie recht zu haben. Hertas Orange hatte nur kurzzeitig Verwirrung in mir ausgelöst. Die Analyse hatte ich wie immer auf später verschoben. Schlussendlich hatte ich es dann vergessen. So viel zum Thema „später"! Auch als mir Ally in Grün über den Weg stolperte, dachte ich zwar darüber nach, fand es aber irgendwie faszinierend. Wieder schob ich es in die Schublade „Einfach vergessen". „Ich denke schon, dass ich verstehe, was du mir damit sagen möchtest." Etwas unsicher schaute ich in die Webcam.

„Gut. Aber sag mir endlich, welche Farbe umgibt mich?"

Das Schmunzeln war nur schwer zu unterdrücken. Es war klar, dass sie ausflippen würde. „Ähm. Gar keine."
„WAS?!"
Oh, mein Gott! Es war schlichtweg der Hammer zu beobachten, wie sie, kurz vorm Ausflippen, auf der anderen Seite ihres Laptops, hockte. „Naja, Im Moment ..." Ihr Blick wurde verständnislos. „Ich kann durch technische Übertragungen keine Farben, ähm Aura wahrnehmen."
Ilvys offenstehender Mund klappte wieder zu. „Cleo ..."
Oh! Oh! In ihrer Stimme schwang eine unterschwellige Drohung mit. Vorsichtshalber steckte ich mein Grinsen wieder in die hintere Hosentasche und gestand: „Du bist wie ein strahlender Regenbogen."
„Was?" Sie dachte immer noch, ich veräppelte sie, doch am Ernst meiner Gesichtszüge erkannte sie die Wahrheit. „Ich trage die Farben des Regenbogens?"
„Ja. Auf unterschiedlichste Weise. Die Farben zeigen mir auch, wie dieser Mensch gerade drauf ist. Gefühlsschwankungen. Fröhlich. Traurig. Ally war heute am Pool wieder mal stinkesauer und hat mich wild beschimpft. Dennoch war es unglaublich interessant zu beobachten, wie schnell die Farben schwankten."
„Ally – Grün? Grün wie die Hoffnung? Deine Schwester? Kann nicht sein, dass die deine Farbe trägt."
„Tja, ist aber so." Schulterzucken – was sonst?
„Was hat sie dir dieses Mal vorgeworfen?" Ihr gelangweilter Gesichtsausdruck würde Ally so richtig in Rage versetzen. Mein Schwesterherz würde glatt darauf vergessen, vor dem Verlassen des Hauses sich die Lippen anzumalen.
„Irgendwie das Übliche, nur als Zugabe, dass ich so unglaublich selbstgerecht bin und immer alles bekomme, was ich will."
„A-ha, ein weiterer Segensspruch aus ihrem Munde. Welche Farbe hat dein Dad?"
„Violett-blau, schwankend." Meine wackelnde Hand hing in der Schwebe.

„Hm. Das passt irgendwie zu ihm." Nachdenklich tippte sie sich mit dem Kuli gegen das Kinn.

„Wenn er glücklich ist, insofern man das von ihm behaupten kann, oder in einer fröhlichen Stimmung, umgibt ihn ein schimmerndes Himmelblau." Das gefiel mir besonders, und ich grinste vor mich hin.

„Ja, das ist dein Dad. Es wäre interessant gewesen, welche Farben deine Mam umgeben hätten. Auf was tippst du?"

Das Mädchen beim Doc fiel mir wieder ein, und so kam es wie aus der Pistole geschossen: „Gelb!" Ich war davon überzeugt, dass dies ihre Farbe gewesen wäre. Der Schleier der Traurigkeit legte sich über meine Stimmung. Nicht mehr lange und wir würden sie besuchen. An einem Fleck dieser Erde, den sich die Menschen ausgesucht hatten, um ihre Liebsten nie zu vergessen, und an dem sie sich ihnen näher fühlten. Bei derartigen Gedanken schweifte mein musikalisches Ich immer zu einer bestimmten Nummer meiner Lieblingsband ab: *Nur zu Besuch*. Der Frontmann drückte es sehr passend aus: die Übriggebliebenen sind nur Gäste an diesem Ort. Ich hasste diese Melancholie. Irgendwie war es gerade wieder besonders schlimm. Auch Ilvy hatte bereits Ähnliches angedeutet. Dazu kam, dass sie das Gefühl hatte, mich in einem Augenblick im Stich zu lassen, in dem ich sie dringendst brauchte. Unrecht hatte sie damit nicht. Schließlich war sie die Einzige, die davon wusste und mich tatkräftig zu unterstützen und schützen versuchte.

Angst. Diese Angst kam unerwartet. Wie ein Faustschlag ins Gesicht. Ich befürchtete, vom Sessel zu kippen. Sie war dunkel. Tief in mir befürchtete ich, diese neue Situation nicht in den Griff zu bekommen. Dass ich dem nicht gewachsen war, worum mich meine Mutter noch bitten würde – denn ich wusste, es würde noch mehr kommen. Dieses Gefühl war genauso unerklärlich wie dieses Gen, das mich zu diesem anderen Menschen machte. Einer völlig fremden Person. Wie sollte ich diese Gefühlsschwankungen für Ilvy in Worte fassen. Doch es lastete noch etwas anderes zwischen uns: Zum ersten Mal würde sie an Mams Todestag nicht an meiner Seite sein. Ganz schön viele Tiefschläge für einen so kurzen Zeitraum. Aus diesem Irrgarten gab es kein Entrinnen. Augen zu und durch.

„Diese Notizen, von denen du gesprochen hast ..."

„Was ist damit?" Zu diesem Zeitpunkt war sie aber noch da!

„Hast du sie nur überflogen oder auch genauer gelesen?"

„Zu meiner Schande muss ich gestehen, dass ich sie noch nicht einmal überflogen habe. Ich hab' mich sofort auf den Stammbaum und die Bilder gestürzt. Wie bereits gesagt, ich wollte damit warten, bis du weg bist und ich zu viel Zeit habe."

„Schon klar. Willst du jetzt mal reinschmökern?"

Warum nicht? Ich griff in den Koffer und fischte das kleine Notizbuch heraus. Es war in braunes Leder gebunden, und wie dem Schal sah man auch ihm das Alter an. Auf der Vorderseite des Einbands war ein Symbol eingestanzt. Es kam mir bekannt vor, aber ich konnte es nicht zuordnen. Solche Situationen waren schlimm: nicht zu wissen, wohin mit den ganzen Informationen.

„Was siehst du?" Ilvys Ungeduld war deutlich zu hören. Warum lang erklären? Ich hielt das Buch in die Kamera. „Was ist da aufgedruckt? Ich kann es nicht richtig erkennen."

„Es ist nicht aufgedruckt. Es ist in das Leder gebrannt." Was stellte es dar? „Sieht aus wie ein Baum oder so. Es ist rund und ... es ist ganz sicher ein Baum." Mit zusammengezogenen Augen betrachtete ich das Symbol. Vorsichtig befühlte ich mit den Fingerspitzen die Vertiefungen. „Man kann die Äste, sehr viele Äste erkennen und der Stamm ist gewaltig. Als würden sich die Wurzeln und Äste miteinander verbinden. Es ist ..."

„Der Lebensbaum! Cleo, das ist der keltische Lebensbaum!" Ihre Ungeduld vermischte sich mit Aufregung und Nervosität. Angespannt fuchtelte sie mit den Armen. Immer noch glitten meine Finger über das Symbol. Ohne

Punkt und Komma plapperte sie weiter. Was versuchte sie mir zu erklären? Mir wurde übel.

Der Lebensbaum ...

Ilvy vergrub sich in ihren aufgeregten Worten.

Alles begann sich zu drehen.

Mein kleines scheues inneres Ich erwachte panisch aus dem Schlaf. Schon wieder eingeschlafen? Kreidebleich begann es, um sich zu schlagen und um sein Leben zu schreien. Das Letzte, das ich wahrnahm, bevor mein Kopf auf dem Teppich vor dem Bett aufschlug und alles um mich herum schwarz wurde, war: „Er steht für das Leben und die Erdgöttin ..."

Beschützend folgte mir mein inneres Ich auf die dunkle Seite.

Siebzehn

Ich falle.
Weich.
Etwas fängt mich auf.
Dann wird es kalt ...
Schwarz ...
Alles ist schwarz.
Dunkelheit umgibt mich.
Schlimmer als eine Nacht ohne Mond und Sterne.
Alles um mich trägt eine Einsamkeit mit sich, die mir ein Schaudern über den Rücken jagt.
Ein Ziehen – Fingernägel, die eine Glasplatte entlang kratzen.
Das macht mir Angst.
Eine Scheißangst!
Deutlich zeigt sie mir, wie alleine ich bin ...
Alle haben mich verlassen!
Mam!
Warum hast du nichts unternommen, obwohl du es wusstest?!?
Alleine mit dieser Gabe ..., die mein Leben aus den Fugen reißt, zum Negativen verändert und mich in die Finsternis gestoßen hat.
Suchend sehe ich mich erneut um, in der Hoffnung, doch irgendwo einen Funken entdecken.
Nein.
Da ist nichts.
Einsam krieche ich in mich zusammen, um das bisschen Wärme, das noch in mir steckt, zu bewahren.
Hin und her.
Hin und her wiege ich mich.
Warum tue ich das?
Warum gibt es mir ein angenehmes, sicheres Gefühl?
Ich weiß es nicht ...

Der Schock über den Verlust der Erinnerungen löscht die letzte Wärmequelle in meinem Körper. Was ist hier los?!

Zitternd versuche ich, mich aufzurappeln ..., doch die Muskeln sind wie eingefroren.

Wo bin ich?

Verwirrt, verloren suche ich nach Anhaltspunkten.

Ist das ein Traum?

Bitte, lass es einen Traum sein!

Bei dem Gedanken an meine Träume vermisse ich etwas, aber ich weiß nicht was.

Nur den Schmerz des Verlusts, tief in der Brust, nehme ich wahr.

Was habe ich verloren?

Verzweifelt greife ich mir an die Stirn ...

Was ist nur mit meinem Gedächtnis los?!

Panik schiebt sich wie Säure durch den Körper.

Erinnern ... Ich kann nicht.

Erinnere dich!

Wie bin ich hier hergekommen?

Wo ist hier?

Was war davor?

Kann ich mir überhaupt sicher sein, dass ich ich bin?

Mein Herz droht zu stocken.

Wer bin ich??

Cleo! Meine eigene Stimme drängt mich zur Vernunft. *Du weißt, wer du bist!*

Ein Brennen wie Feuer liegt auf dem Brustbein.

Meine Hand legt sich darauf.

Die Stelle ist heiß und pulsiert. Trotzdem wärmt es mich nicht.

Panik wechselt in Wut. Diese verdammte Gabe ... Ich hasse sie!

Alles hat sie verändert – sie ruiniert mein Leben.

Stiehlt mir die Eigenständigkeit und nun auch meine Erinnerungen!

Da sind Menschen, um die ich trauere. Tief in mir drin finde ich den Schmerz des Verlustes, auch wenn ich nicht sagen kann, um wen es sich handelt.

Gnadenlos überschwemmt mich heiße Wut. Bauscht sich auf.
Formt sich zu einem glühenden Ball.
An meinen Schläfen bilden sich Schweißperlen.
Es brennt. Tief in mir drin. Dieser Schmerz zieht weiter in den Bauch und hinterlässt glühende Spuren. Wege des Feuers. Der Zerstörung. Der Verwüstung.
Fest halte ich die Augen geschlossen.
Warum soll ich sie öffnen?
Es ist sowieso alles pechschwarz. Doch die Schweißperlen brennen. Mit den Händen will ich dem ein Ende setzen. Es hilft kaum. Wütend reiße ich sie Lider auf und da ... da sehe ich es!
Nein, ich muss mich irren!
Da war nichts ...
Da kann nichts sein!
Und doch ...
Erneut blinzle ich.
Zuerst verschwommen ...
Nur eine Einbildung?
Nachdem sich der letzte Schleier lichtet, sehe ich deutlicher. Nicht weit entfernt ein kleines Feuer. Sachte flackert es vor sich hin.
Steif setze ich mich mühevoll in Bewegung. „Wo ein Feuer ist, muss auch jemand sein!", donnert es durch meinen Kopf. Die Muskeln schmerzen bei jeder Bewegung. Keuchend dringt der Atem aus mir. Immer deutlicher kann ich es sehen. Stück für Stück schiebe ich mich näher an das Feuer heran.
Hoffnung verwandelt die Wut. Doch die Angst vor dem Ungewissen bleibt schlummernd im Hintergrund.
Mit jedem Schritt wird es heller.
Als ich endlich davorstehe, schlägt mein Herz rasend schnell. Tief in mir lebt ein Gedanke. Ein Wunsch. Doch dieser Wunsch schwankt. Immer stärker ...
Jeder Muskel zittert. Dieses Beben übernimmt die Kontrolle. Doch habe ich es geschafft. Stehe vor einem kleinen Lagerfeuer, das beruhigend vor sich hin lodert, aber es ist niemand da, der es am Leben erhält. Niemand!

Niemand außer mir.
Müde und erschöpft sinke ich daneben nieder.
Allein. Mein Spiegelbild ...?
Allein gelassen von allen!
Mein kleines inneres Ich ...?
Keiner mehr da!
Aber warum?
Was habe ich getan?
Ich bin nie allein. Dessen bin ich mir sicher. Das Einzige, dessen ich mir sicher bin.
Würde mir ansonsten diese Einsamkeit nicht als das schlimmste Gefühl auf der Welt erscheinen?
Der Kloß im Bauch, aus Wut, niedergeschmetterter Hoffnung und Angst, quillt weiter auf, gefüttert durch die Einsamkeit, die mich erdrückt ... Allein!
Schmerzerfüllt beginne ich zu schreien ...

„NEEIN!!"
„Cleo! Cleo, hör auf!"
„Nein! Ich will das nicht!" Mit Armen und Beinen strampelte und schlug ich wild um mich.
„Cleo, bitte wach auf! Du träumst!"
Ein Schluchzen. Meins?!?
„Es ist nur ein Traum!" Hände strichen über mein Haar. Andere hielten meine Arme fest.
„Ich will nicht alleine sein ..." Meine Stimme verebbte in einem weiteren Schluchzen.
„Das bist du auch nicht, mein Schatz!" Wärme. Die eines Körpers. Deutlich spürbar. Hin und her wippen. So vertraut. Aber ich bin doch allein? Doch diese Innigkeit, direkt in Kontakt mit mir.
„Komm zurück, Cleo-Maus!" Dads Arme hielten mich fest. Sachte wiegte er mich in stockenden Wellen.
Erinnerungen ...
Immer wieder streichelte mir Dad über die wilden Haare. Die Lider weiterhin geschlossen, nahm ich die Anwesenheit einer weiteren Person wahr.
Wer wagte es? Ally? Zorn gab mir Kraft. Wütend riss ich die Augen auf, löste mich aggressiv aus der Umar-

mung und wollte bereits zum Schreikrampf ansetzen, als ich sah, dass es gar nicht meine Schwester war.
Ilvy.
Ilvy war hier?
Erschöpft sank ich wieder zu Boden. In Dads Arme. Fest an seine Brust gedrückt, hörte ich sein schnell schlagendes Herz. Es beruhigte mich. Warum war alles so verwirrend? Ich musste mich täuschen. Unsicher blinzelte ich. Es änderte nichts an dem Bild. Gut zwei Meter entfernt stand meine beste Freundin. Die Fingerspitzen abwechselnd im Mund und kreidebleich beobachtete sie mich.
„Hör mit dem Nägelkauen auf. Das ist eklig." War dieses Krächzen meine Stimme? Blitzschnell zog Ilvy das aktuelle Opfer aus der Umklammerung ihrer Zähne – erwischt! Alte, schlechte Gewohnheiten wurde man nur selten zur Gänze los. „Was tust du hier?", versuchte ich es erneut. Es war schwer zu sagen, welche Emotionen die Worte begleiteten. Ilvys Stöhnen nach zu urteilen, schwang noch zu viel von meinem gerade erlebten Trip darin herum – abgefahren. War das alles? Abwartend suchte ich ihren Blick. War das alles? Mehr hatte sie mir nicht zu sagen?
Ihr Schweigen genügte Dad, um meine Aufmerksamkeit auf sich zu ziehen. „Cleo!" Er legte seine Hände auf meine Schultern, überprüfte damit zugleich meine Stabilität, bevor er mich zu sich drehte. Eindringlich sah er mir in die Augen. Als wollte er abschätzen, ob ich bei klarem Verstand war. „Ilvy hat mich ... aufgelöst angerufen. Zwischen ihren wirren und hektischen Worten verstand ich dann irgendwann, dass du während eures Telefonats einfach umgekippt bist." Abwartend sah er mich an. Was erwartete er? Ich folgte ihm aufmerksam. Leider hatte ich keine Ahnung, wovon er sprach, darum nickte ich nur und hoffte, dass er weitersprechen würde. „Du hast nicht mehr reagiert. Durch den Kamerawinkel konnte sie nicht erkennen, ob dir etwas passiert ist, und so hat sie mich angerufen. Ein paar Minuten später war sie selbst da." Wieder so ein Quieken. Bestätigung? Ich blinzelte und

besah mir Schwedengirl ein weiteres Mal. Blass um die Nase. Weit aufgerissene Augen.

Neugierig kehrte die Aufmerksamkeit zurück zu Dad. „Weiter."

„Ich fand dich am Boden. Ich nehme an, du bist vom Sessel gerutscht und zum Glück auf dem Teppich gelandet. Ich muss zugeben in einem etwas eigenartigen Winkel, als hätte dich im letzten Moment jemand abgefangen", ungläubig schüttelte er den Kopf. „Naja, so bist du wenigstens nicht mit der Bettkante kollidiert. Ich hab' dich hierher gelegt." Er deutete auf die Matratze und sprach schnell weiter – zu schnell! Mano, er hing an seinen letzten Nervenenden. „Du warst ohnmächtig, bewusstlos. Wir bekamen dich nicht wach. Ilvy kam dazu, als ich gerade versuchte, dich aufzuwecken, aber wir schafften es nicht." Und schon wieder quietschte sie wie eine eingerostete Tür. Dieses Geräusch machte mich ganz kirre.

„O-kay." Erneut sah ich skeptisch zu ihr.

„Kannst du dich an irgendwas erinnern?"

Dann war es also nur ein Traum gewesen. Ich unterdrückte ein erleichterndes Aufstöhnen. Die Angst, die ich gefühlt hatte, diese unbändige Wut und die aufkeimende Hoffnung – das alles waren so starke und reale Gefühle gewesen.

Erinnerungsfetzen blitzten auf. Mein Körper hatte mir von einem Moment auf den anderen jede Unterstützung entzogen. Keine Kraft. Keine Energie. Irgendetwas hatte alles aus mir ... gesaugt. Plötzlich kam mir dieses Erlebnis nicht mehr als ein bloßer Traum vor.

Unbewusst rieb ich über die rechte Schulter. Autsch! Schmerzhafte Erinnerungen. Der Anhänger auf der Haut fühlte sich warm an und gewann immer weiter an Hitze – warum lag er nicht auf dem Schreibtisch?

Ilvy schien meine Gedanken zu erraten. „Das ... das, das war ich! Ich sah ihn auf deinem Schreibtisch liegen, und als du nicht wach wurdest, dachte ich, er würde dich viel ... er würde vielleicht helfen." Wie ein scheues Reh stand sie an der Tür. Dieser Anblick war so surreal: Ilvy und unsicher? Dafür hasste ich diese Gabe nur noch mehr! Nicht, dass sie nur mein Leben auf den Kopf stellte, nein, sondern auch das der wichtigsten Menschen in meinem Leben. Es musste sich etwas ändern, und zwar schnell!

„Cleo, weißt du, warum du umgekippt bist?" Dad musterte mich eingehend.

Es war schwer, sich in dem Durcheinander meiner Kopf- und Gefühlswelt auf seine Worte zu konzentrieren. „Ich ..." Was war mit meiner Stimme? Hatte ich in diesem Traum zu viel geschrien? Ich kam mir vor wie nach einem Konzert. „Hm, hm." Test, Test. Okay. „Ich weiß noch, worüber Ilvy und ich geredet haben, und ... auf einmal drehte sich alles. Dann ging es ziemlich schnell, und ich rutschte vom Sessel." Bewusst benutzte ich seine Worte. Ich wollte ihm keinen weiteren Schrecken einjagen und so etwas wie „knallte" oder „aufschlagen" verwenden. „Von dem ... Aufprall hab' ich nichts mitbekommen." Vorsichtig setzte ich mich auf und stellte die Beine fest auf den Boden. Dabei brach für einen kurzen Augenblick der Kontakt mit dem Anhänger ab. Ein aufatmender Luftschnapper, der bereits wieder vorbei war, bevor ich ihn genauer hinterfragen konnte. Ja, ich war wieder in der Realität – irgendwie.

„Wie fühlst du dich?" Dads Blick verlor etwas an Besorgnis, was aber immer noch Lichtjahre entfernt von entspannt sein lag.

„Abgesehen von diesem eigenartigen Traum und der Gruselstory, die ihr mir da erzählt habt ... Meine Beine fühlen sich noch an wie Pudding, aber sonst – gut."

Ich bezweifelte, dass er mir das abkaufte. „Vielleicht noch eine Reaktion auf deinen Sturz." Skeptisch beobachtete er mich weiter. „Der Arzt meinte, wir sollen dich im Auge behalten ... auf Nummer Sicher gehen."

Diese Dummheit werde ich noch lange auf der Stirn mit mir herumschleppen. Ich konnte von Glück sprechen, wenn er die Strafe nicht verlängerte.

„Die Nachkontrolle verlief ohne Probleme." Panik befiel mich.

„Vielleicht hat er doch etwas übersehen." Seine Stimme gewann an Schärfe, gepaart mit Sorge. „Wir sollten morgen zur Sicherheit ins Krankenhaus fahren."

„Was?" Kein Krankenhaus! „Lass uns abwarten." Mein Blick war flehend. Nicht noch mehr Ärzte. „Bitte!" Fest umklammerte ich mit beiden Händen seinen Unterarm. „Es geht mir gut. Wirklich!" Die Furcht sprach deutlich aus meiner Stimme. Kein Krankenhaus – da kommt man nur im Leichensack wieder raus!

Müde atmete er aus und betrachtete den Schraubstock aus Fingern um seine linke obere Extremität. Ein letztes Mal strich er über meinen wirren Kopf, warf mir einen gemischten Blick – aus unterdrückter Sorge und großen Zweifeln – zu, küsste mich auf die Stirn und verließ dann mit einem „Ich lass euch mal allein, und wenn was ist, meldet euch bitte!" mein Zimmer.

Antwort? Mit weit aufgerissenen Augen sah ich ihm hinterher ... Und nun? War das alles? Verunsichert und ängstlich sah ich Ilvy an. Als er die Tür schloss, sank mein Kinn erschöpft gegen die Brust. Er wusste es wohl selbst nicht.

Der Kreislauf meldete sich, ein leichtes Schwindelgefühl setzte ein. Vorsichtig schob ich die Beine zurück in die Waagrechte.

„Ist dir nicht gut?" Augenblicklich saß Schwedengirl neben mir und sah mich besorgt an.

„Nein, mir ist nicht gut. Mir geht es total beschissen, und ich hab' diesen Magischen-Gaben-Dreck so dermaßen satt!" Wütend griff ich nach dem schwarzen Amulett und schwenkte es vor ihrer Nase hin und her. „Alles dreht sich nur noch darum. Was würde ich dafür geben, mein altes Leben zurück zu bekommen!" Frustriert stöhnte ich auf und stopfte es wieder unter das Shirt. „Es reißt alles um, und ich weiß nicht mehr, wo oben oder unten ist, und was richtig oder falsch!" Frustriert klatschte ich die Handflächen gegen mein Gesicht.

Eine gefühlte Ewigkeit zog in Stille über uns hinweg. Das gab mir ausreichend Gelegenheit, mich weiter selbst zu bemitleiden. Total untypisch für mich, und das zog nur noch mehr meinen Selbstwert nach unten. Unglaublich, wie weit mich dieser ganze Mist getrieben hat: Ausgelaugt, ohne Energie und ohne Willensstärke – so fühlte ich mich, ... das war ich aber nicht!

Machte dieser Anhänger es wirklich erträglicher? Oder war es ein Trugschluss? Was raubte er mir?? „Ich weiß nicht, ob er", auf der Unterlippe kauend betrachtete ich die Stelle meines Shirts, unter dem der Hengst mit dem Vollmond verborgen lag, „es besser macht oder schlimmer." Aber eines wusste ich gewiss: Ich musste etwas ändern! An meiner Einstellung. Den Blickwinkel überarbeiten. „Ich fühle mich eingesperrt, zugeschnürt mit diesem Ding um den Hals. So gar nicht mehr ich ..."

„Vielleicht kommt es dir nur so vor, weil es dir deine neuerweckten Sinne raubt."

Vielleicht. Vielleicht sollte ich es einfach als eine Art Nebenwirkung betrachten, wie bei einem Medikament. Aber das war nicht gut! Ich fühlte mich nicht wohl mit dieser neuen ... Unterstützung.

„Vielleicht liegt es aber nicht ausschließlich an dem Stein." Unsicherheit sprach aus ihrem nächsten Versuch, etwas Positives aus dem Augenblick zu ziehen.

„Wie meinst du das?" Mir schwante etwas. Es war nicht nötig, dass sie weitersprach. Ohne weiteren Anstoß begaben sich meine Gedanken auf Reisen und landeten bei der Abzweigung Schicksal. Mein Schicksal. Vielleicht sollte ich mich endlich damit abfinden. Oder zumindest einen Weg finden, damit umzugehen, ohne den Verstand zu verlieren.

Ilvys mitfühlender Blick lag auf mir: „Ich kann die Situation nicht verstehen, in der du dich befindet, das können nur wenige. Und die, die es können, sind weit weg." Sie nahm meine Hand. „Aber ich kann dich unterstützen. Dir helfen und versuchen, dir beizustehen – egal, wo wir sind." Hin und her gerissen betrachtete ich unsere körperliche Verbindung. „Zum Glück hat ein kluger Schweizer mal das Internet erfunden."

Ein Gedanke trieb in den Vordergrund: Vielleicht brauchte ich etwas mehr Sicherheit. Mehr Vertrauen in mich selbst, damit ich diesen schwächenden Träumen Einhalt gebieten konnte. Eine tolle Idee, nur wie sollte ich das umsetzen? Ein trauriges Lächeln, dann straffte ich die Schultern und atme tief durch. „Ich BIN eine Hexe." Den dicken Kloß im Hals versuchte ich zu überspringen und räusperte mich. „Eine Hexe. Die Nachfolgerin einer lang existierenden Hexengeneration. Auch wenn ich das immer für unmöglich empfunden habe, so BIN ICH, Cleo, eine geborene Hexe mit der Gabe der Empathie." Weiter! Ilvys positive Haltung bestärkte mich. Ich kann das! „Meine Gabe entwickelt sich fast täglich weiter, und ich muss mit ihr Schritt halten, sonst werde ich untergehen – aber ich will leben! Ich will mein Leben wieder zurück!" Mit diesen Worten sah ich meiner besten Freundin fest in die Augen. Dort fand ich neuen Mut und Willenskraft, dieser Aufgabe entgegentreten zu können.

Was auch immer sie mir noch bringen vermochte ...

„Wahre Worte." Stärkend drückte Ilvy meine Hand.

Draußen war tiefste Nacht. Hatte Dad Pyjamahose und eines seiner Schlabber-Shirts getragen?

„Wie spät ist es?" Ich stützte mich auf einem Ellenbogen ab.

Ilvy schaute auf die Uhr: „So gegen Vier."

„Waas?! Mitten in der Nacht! Wie lange war ich knock-out?" Verdammt! Aber irgendwie rechnete ich mit diesem skurrilen Zeitmanagement. Passte doch perfekt zu dieser Situation.

„Fast vier Stunden."

Vier verdammte Stunden war ich in dieser Dunkelheit umhergeirrt ... einsam. Verloren. Aber warum?

„Was ist wirklich passiert? Was hast du geträumt?" Ilvys linke Hand lag nun besorgt auf meinem Unterarm. „Das eine war die Story für deinen Dad, aber da ist noch mehr. Hab' ich recht?" Wie sollte ich das erklären? „Dein Dad und ich haben auf den Säcken gedöst, als du angefangen hast zu schreien. Wir waren ratlos und besorgt. Wir wussten nicht, was wir machen sollten. Bis er dich einfach schnappte und ..." Von der Erinnerung gepackt, steckte sie den Kopf ein. „Ich habe noch nie so viel Angst in seinen Augen gesehen." Unbehagen stieg in mir auf. Ich wollte niemandem Angst einjagen, schon gar nicht denen, die mir am meisten bedeuteten!

„Es tut mir leid! Wenn das alles vorbei ist, schulde ich ihm eine Erstickungs-Umarmung und eine Unmenge an Erklärungen." Tief atmete ich ein. Hoffentlich bot sich irgendwann mal eine passende Gelegenheit, um ihm die ganze Geschichte zu erzählen. Vielleicht wurde es etwas leichter, wenn ich damit bei Ilvy startete. „Es war stockdunkel ..."

Entsetzt saß mir Schwedengirl mit weit aufgerissenen Augen gegenüber. Dieser Traum hatte nicht nur mir eine Heidenangst eingejagt, nein, auch beim Erzählen bescherte er mir eine Erinnerungsgänsehaut und würgte jeden positiven Kommentar von Ilvys Seite im Ansatz ab.

Beide saßen wir, mit den Rücken an die Wand gelehnt, auf dem Bett, ich eingehüllt in meine Decke. Kraft und Wärme kehrten nur langsam wieder in meinen Körper zurück. Ich wartete auf ein Glühen des schwarzen Steins an meiner Brust. Diese Hitze, die er aussandte. Nur mit größter Willensstärke hielt ich die Finger still, um nicht unter das Shirt zu schielen und diese widersprüchlichen Gefühle zu überprüfen. Die Beine aufgestellt, schob ich, in Erinnerungen des Traums versunken, eine Deckenfalte auf meinem Knie hin und her.

„Das war ein richtiger Albtraum." Ilvys Stimme bildete nur ein Flüstern. Ja, das war es, und er hatte kleine Risse in meinem Herzen hinterlassen. Ilvy rieb sich über die Unterarme. Ein verzweifelter Versuch, die innere Kälte zu vertreiben, die meine Erzählungen hervorgerufen hatten. „Cleo, ich mach mir große Sorgen beim Gedanken an die Zeit, in der ich nicht da bin. Am liebsten würde ich Mutter meinen lieben, netten, rot lackierten Mittelfinger zeigen und ihr sagen, dass ich dieses Jahr mit großer Verspätung eintrudle – wenn ich überhaupt noch auftauche!" Deprimiert zog Ilvy den Kopf ein. Ihr Beschützerinstinkt brachte meine rötliche Gesichtsfarbe ins Spiel. Ich wollte gar nicht daran denken, wie sich diese verhielt, sollte ich irgendwann mal dem *Mann für den ersten Lebensbeziehungsabschnitt* gegenüberstehen – wie eine überbeladene Tomatenstaude? –, wenn ich bereits bei Ilvys Gefühlsbekenntnissen derartig reagierte. Naja, vielleicht sollte ich die ersten Erfahrungsrunden mit Jungs aussetzen – jetzt noch mehr! Starke Zweifel hegte ich an diesen Liebesthesen und auch an dem Für-immer-und-ewig-Gefasel. Jede zweite Ehe wurde geschieden, und diese Scheidungsrate lud nicht dazu ein, von der Zweisamkeit kombiniert mit Ring am Finger zu träumen. Leider, oder zum Glück, zählte ich nicht zu jener Sparte des weiblichen Geschlechts, die von einer romantischen weißen Hochzeit träumte. Oder sich gerne mit der Organisation von Mann, Haus, Garten, Beruf und ein paar Kindern abquälte. Ich war zu sehr Realistin und bevorzugte einen gesunden Selbsterhaltungstrieb. Vielleicht auch ein klein wenig Egoist. Meine Skepsis begann bereits bei der Monogamie. Nicht, dass ich nichts davon hielt, ganz im Gegenteil – tolle Sache! –, sondern dass sie tatsächlich durchführbar war. Wo begann sie, diese Treue? Und wo endete sie? Wenn man es genau nahm, endete sie bereits im Kopf. Bereits beim bloßen Gedanken an eine andere Person, mit der ich intim sein oder die ich gern küssen würde, war der Partner nicht mehr der Einzige in meinem Leben. Oder? Das lag einfach nicht in unseren Genen – Jäger und Sammler, und das bezog sich nicht nur auf das männliche Geschlecht. Mein Sinn für die Realität war etwas, das mir sehr wichtig war, aber zum ersten Mal im Leben stand mir dieser im Weg. Es musste doch irgendwie zu schaffen sein, meinen Gedanken Flügel zu verleihen – es ging doch auch als Kind!

„Ilvy, ich weiß, das hört sich jetzt doof an, besonders da ich gerade umgekippt bin. Aber ich gehe davon aus, dass es einfach eine Reaktion auf den Druck war, der sich in mir aufgebaut hat." Eilig hob ich den Finger. Ich spürte, wenn sie mich unterbrechen wollte. Bei der Erinnerung an das Amulett, das ich in Händen gehalten hatte, regte sich Übelkeit. Schnell schluckte ich den verhängnisvollen Speichel wieder runter. „Tatsache ist aber, dass ich nicht mit dir auf dem Dachboden war, als ich Mams Koffer gefunden habe, sondern mit Dad. Und Tatsache ist auch, dass wir ihn bei unserem gemeinsamen Besuch da oben nicht entdeckt hatten." Ilvy schloss den Mund, und ich senkte meinen Finger. „Vielleicht muss ich einen gewissen Weg alleine gehen, und alle, besonders du, ich und Dad, müssen das einfach akzeptieren." Sie ließ den Kopf hängen. Es tat mir weh, sie so zu sehen, aber ich wusste, dass ich hier – zum letzten Mal – mit beiden Beinen auf der Erde stehen musste, bevor ich mich gehen lassen konnte. Wenn ich meinen Geist zu früh öffnete, war die Angst vorprogrammiert, und ich würde meine beste Freundin mit allen Mitteln daran hindern, mich zu verlassen. Doch das wäre die falsche Abzweigung. Diesen Weg musste ich alleine gehen. Nicht ohne Freunde und nicht ohne Unterstützung, aber doch alleine. Ich ließ die vergangenen Tage Revue passieren. Das alles war mein Leben. Ich musste dazu stehen und ich musste versuchen, mich durchzuboxen, ohne einen dicken Rettungsanker an meiner Seite zu haben! Ilvy würde niemals fliegen. Sie würde eine Möglichkeit finden, um hier zu bleiben, um mir bei allem beistehen zu können, was noch auf mich wartete. Aber nach diesem Traum war ich mir sicher, dass ich diesen Weg nur zum Teil mit ihrer Unterstützung gehen konnte. Es war mein Schicksal.

Allein war ich dennoch nicht! Das durfte ich auf keinen Fall vergessen ...
Noch so viel Finsternis um mich. Dieses Gefühl, richtig entschieden zu haben, war das beste! „Du wirst fliegen! Komme, was wolle."
Ihr Kopf landete auf meiner Schulter. „Wir vereinbaren eine fixe Zeit, an der wir uns vor dem PC treffen, meine Mutter wird mich nicht davon abhalten! Du erzählst mir ganz genau, was passiert. Und du brauchst dringend einen neuen Scanner. Das macht mich verrückt, wenn du Hinweise hast und nicht weißt, was du damit

anfangen sollst!" Ihre Stimme lächelte. Wenig, aber es war hörbar.

„Heyy! Soll das heißen, ich bin zu blöde? Und wozu brauche ich einen Scanner?! Ich hab ein Handy. Klickklick." Mit den Händen ahmte ich das Knipsen eines Fotos nach.

„Neee!" Mit dem Zeigefinger klatschte sie mir gegen die Stirn. „Du hast eine Übermenge Grips da drin, nur arbeitet er in dieser Situation zu, zu ... realistisch", und schon waren wir wieder beim Thema. „Und beeinträchtigt dein Denken. Ja, das passt!" Sie freute sich doch tatsächlich über ihre treffende Wortwahl – nicht zu fassen!

„Ich war immer stolz darauf, Realist zu sein ... Aber jetzt, jetzt ist es zu einer richtigen Plage geworden." Nun war es an mir, den Kopf einzustecken.

„Es ist keine Plage, nur im Moment ungünstig. Ich bin mir sicher, irgendwann wirst du froh sein, so tief mit beiden Beinen in der Erde zu stecken, aber im Moment musst du dich einfach ein bisschen davon befreien."

Kein übler Gedanke. Zu tief drin. Zu tief in der Realität verwurzelt. Die Frage war nur, wie befreite ich mich aus dem Schutz von Mutter Erde, ohne den Halt und die Verbindung zu verlieren?

Ein starkes Gefühl baute sich in der Mitte meines Körpers auf. Es wurde wärmer und kräftiger, und da fühlte ich es: „Ich schaffe das!" Ich fühlte es nicht nur – ich wusste es! Auch diese Hürde würde ich nehmen.

Aus eigener Kraft, aber nicht alleine!

Diese Erkenntnis machte einen großen, sehr großen Unterschied.

Die ersten Spuren des Tageslichts fanden den Weg in mein Zimmer. „Gehen wir auf die Terrasse? Ich möchte den Sonnenaufgang erleben." Es war mir ein tiefes Bedürfnis, nach diesem Traum so viel Licht und Wärme einzusaugen wie möglich.

„Sicher."

Ilvy sprang vom Bett, und ich? – ich achtete auf jeden Muskel, den ich benutzte, und kam mir vor, als wäre ich über achtzig.

Prophezeiung aus dem 1. Buch der 7. Generation

Zweifel sind des Menschen sein,
doch kommt die Stund',
in der die Macht
an Kraft verliert.
Dann wirst Du zu Dir finden,
die Macht zu deiner werden,
um zu erlernen,
sie zu beherrschen.

JD

Achtzehn

Der Glaube

Wehe, ich wäre in einem Krankenhausbett aufgewacht, vielleicht auch noch bekleidet mit einem dieser Nachthemden, die im Nacken zusammengebunden wurden und den Allerwertesten nur mit verrenkenden Armbewegungen schützten. Das hätte ich ihm nie verziehen.

Gegen sechs Uhr hatte Dad mein Zimmer gestürmt. „Cleo?!"

„Hier draußen, Dad." Ich liebte die Sonne. Ich liebte die Sonne in den Herzen der Menschen, die mich umgaben.

Sein Kopf erschien im Türspalt. Er musterte mich. Die Falte zwischen seinen Augen lichtete sich, und er trat zu uns, um sich an meine freie Seite am Boden zu setzen. Dort wurde ich von Wärme und Zuneigung überflutet und speicherte alles im Inneren ab. Wer wusste schon, wann mir das wieder passieren würde?!

„Danke, dass du mich nicht ins Krankenhaus verfrachtet hast." Mein Kopf sank an seine Schulter.

„Dank nicht mir, danke deiner Mutter." Ich hatte es bereits geahnt, dass der Brief der Auslöser für sein Handeln war. Danke, Mam!

Den Stein hatte ich vor dem Betreten des Balkons abgenommen. Irgendwie hegte ich die unangenehme Befürchtung, er könnte auch die Sonnenstrahlen abblocken – Einbildung, ein großer Künstler, trotzdem war ich froh, dass ich es getan hatte.

Wir sprachen über die vergangene Nacht. Dad äußerte sich kaum dazu. Er wirkte nachdenklich. Erneut schob ich seine Reaktion auf Mams Brief.

„Vielleicht solltest du besser zu Hause bleiben. So lange du dich nicht … gut fühlst oder wieder halbwegs in

Ordnung bist." Bei seinen Worten betrachtete er meine blau-grün verfärbten Stellen.

„Da hast du aber gestern etwas ganz anderes gesagt. Stubenhocker?" Meine Augenbrauen hoben sich, und ich lächelte ihn fragend an.

Kapitulierend hob er beide Hände. Schnell waren seine Anmerkungen wieder Geschichte. In Gedanken machte ich mir trotzdem eine Notiz: Bedeutung von „halbwegs" später abklären! Zum Abschluss unserer kleinen Balkonsitzung erklärte er uns, dass Peter bereits telefonisch über unseren gemeinsamen Relax-Tag informiert war. „Zuerst gab er sich etwas mürrisch, aber es war deutlich zu erkennen, dass er erleichtert war, dass du die Augen wieder aufgeschlagen hast."

„Er hat wirklich zugestimmt?" Breit grinsend strahlte ihn Ilvy an.

„Ja, ihre zwei habt noch ein paar Tage für." Hatte ich schon mal erwähnt, dass ich meinen Dad liebte? – Grins!

Nach einem gemeinsamen Frühstück und dem Zusammenkramen der ganzen neuen Beweismittel brachte uns Dad zu Ilvy. Von dort ging es mit ihrem Roller zum See – sie fuhr!

Dieser Schutzsache traute ich immer noch nicht. Trotz Ilvys Worten schraubte sich meine innere Vorsicht wegen des schwarzen Steins weiter in die Höhe. Und immer wieder dachte ich: Etwas fehlt. Doch was es war, blieb mir verschlossen. Was hatte ich vergessen?

Die Sonne.
Was wären wir nur ohne sie?
Nichts! Wir wären nichts, und es gäbe auch nichts. Nichts ohne Sonne, Wasser, Luft, Erde und hartnäckige Zellen. Auch nicht ohne Mond. Diese Faktoren machten es lebenswert auf unserem Planeten. Und seit Millionen vergangener Jahre ...

Die Arme hinter dem Kopf verschränkt, das Gesicht der Sonne entgegengestreckt und ein kleines, zufriedenes Lächeln auf den Lippen genoss ich die Energie, die meinen Körper durchströmte. Ja, kaum zu glauben: Ich war zufrieden.

Unverständlich nach dieser Nacht und der allgemeinen Situation. Nach allem was ich hinter mir hatte – aber ich war es! – und das auch nur durch ganz einfache Dinge, die ich im Moment uneingeschränkt genießen konnte.

Ich lag am Bootssteg und döste vor mich hin. Aus den Ohrstöpseln drangen die Gitarrenklänge meines momentan auserkorenen Lieblingsmusikers, James Bay – ich liebte diese harmonische Stimme und seine Kunst, Musik zu machen; sie verstärkte das Gefühl der Ausgeglichenheit.

Die Strahlen dieser heißen Kugel mit ihren wilden Stürmen wärmten jeden Millimeter meines Körpers bis in die untersten Schichten.

Ausnahmsweise kreisten meine Gedanken nicht um diese vertagte Situation. Für den Augenblick hatten wir Waffenstillstand geschlossen – ich hatte das Zepter an Ilvy übergeben. Es war weiterhin eine Tatsache, dass die Spontanität noch nicht zurück in mein Leben gekehrt war und ich nicht tun konnte, wonach mir gerade der Kopf stand, aber ich konnte davon träumen. Von neuen Herausforderungen. Pläne schmieden für bessere Zeiten. Irgendwann würde es wieder anders werden – besser! Leichter! Hoffentlich ... Zu einem dieser Träume gehörte die Suche nach neuen Herausforderungen, die mein Adrenalin wieder etwas nach oben treiben würden.

„Ich überlege, das Kitesurfen mal zu versuchen." Aber das Allerbeste an diesem Moment war, dass ich nicht von fremden Gefühlen bombardiert wurde. Einfach hier liegen, ohne Angst und auf das Drumherum achten zu müssen.

Wir befanden uns allein am Steg, an dem das Motorboot von Ilvys Vater ankerte. Die Entscheidung, dort hinzugehen, hing aber nicht nur von einem möglichen Geschwindigkeitsrausch ab, den mir dieses Schiffchen bescheren könnte. Ein öffentlicher Badeplatz würde uns nicht die Möglichkeiten bieten, frei über meine Entdeckungen zu sprechen, über denen Schwedengirl bereits seit einer guten Stunde brütete. Okay, ich gab's ja zu: Ich scheute immer noch die Konfrontation mit fremden Aurawesen, trotz Anhänger. Konnte ich ihm wirklich vertrauen?

„Aha." Diese drei Buchstaben waren kaum zu verstehen. Mit einem Appell an meine Musikverliebtheit plus Lautstärke stellte ich den Sound des Players leiser.

Wie immer war Ilvy in ihrem Element. Warum sollte ich mich mit diesen Rätselsachen abquälen, wenn sie es liebte, darin einzutauchen? „Willst du jetzt auf Wasserextremsport umsteigen, nachdem du bis achtzehn warten musst, um dich erneut aus schlappen fünftausend Metern Lufthöhe in den Tod zu stürzen?" Wow, sie sprach sehr laut. Unvorbereitet zuckte ich zusammen. Offensichtlich hatte sich bei meiner Offenbarung meine Stimme der Lautstärke des Songs angepasst – wir Menschen waren ja soo anpassungsfähig. Aber ich freute mich, dass Ilvy doch am Gespräch teilnahm, und somit bewies, dass ein paar ihrer Gehirnzellen noch in die Realität zurückfanden. Um sie besser beobachten zu können, schielte ich unter der Sonnenbrille durch. Ein weitkrempiger Strohhut, an dem am unteren Rand ein weißes Band mit dem Freiheitssymbol des schwarzen Korsenkopfes abgebildet war, schützte sie vor den heißen Strahlen. Diesen Hut liebte sie, den sie nach einem Urlaub mit ihrem Vater angeschleppt hatte. Ein cooles Accessoire, und es machte seinen Job hervorragend. Dieses Mal hatte sie sich ohne Aufforderung mit Sonnenblocker zugekleistert. Bevor sich ihre Haut auch nur eine Nuance dunkler verfärbte, wurde diese zum Saisonstart krebsrot. Da Ilvy es nun doch vorzog, dem Hautkrebs lieber aus dem Weg zu gehen, entschied sie sich für Schatten und passenden Schutz – kluges Mädchen. Jede Wette, nächsten Sommer hatte sie alles wieder vergessen. Zumindest war sie heute klüger als ich. Für meinen Teil brauchte ich diese natürliche Hitze an möglichst vielen Stellen meines Körpers. Ich war süchtig nach ihrer Wärme und dem positiven Gefühl, das sie mir schenkte. Heute fühlte sich dieses Bedürfnis stärker an als an anderen Tagen. Jede Pore saugte sich mit dieser Energie voll.

Papier raschelte. Ilvy versank wieder tiefer in den Notizen.

„Surfen ist langweilig, aber Kitesurfen – das hat irgendwas, und es juckt mich in den Fingern, wenn ich daran denke." Hinter meinem geistigen Auge hielt ich mich bereits an dem Segel fest, das in luftiger Höhe schwebte und mich hinter sich herzog.

Ein Auge. Sie sah mich doch glatt über die Sonnenbrille hinweg mit nur einem Auge an. Nachdenklich, vielleicht auch fragend, oder doch besorgt? „Das Springen juckt dich auch ..."

„Und? Ich muss noch zwei Jahre warten, ZWEI JAHRE, bis ich wieder aus einem Flugzeug springen darf. Und nein, ich habe keine Todessehnsucht – auch nicht im Moment." Das Gespräch schien mir zu entgleiten! So war das nicht geplant. „Und ja, irgendwann mal werde ich Base-Jumpen, und auch dann werde ich nicht an einer Felswand oder dergleichen zerschellen." Es war ja nicht zu fassen! Warum verteidigte ich mich eigentlich?

Da! Das zweite Auge sah mich jetzt auch über die Brille hinweg an – eher interessiert. „Warum verteidigst du dich dann?"

War ich hier die Hexe oder sie? Ich hasste es, wenn sie unter Beweis stellte, wie gut sie mich kannte und Ähnlichkeiten mit einer Gedankenleserin annahm.

„Das tue ich doch gar nicht!" Doch ich tat es, und wir wussten es beide.

„Wie du meinst." Schulterzuckend wandte sie sich wieder den Aufzeichnungen zu.

War's das jetzt?

„Warum äußerst du immer wieder Einwände gegen diesen ... Wunsch? Du und Tristan, ihr wart es doch, die mich damit gelockt haben." Ja, auch ich konnte bockig wie ein kleines Kind sein. Auch wenn ich es wusste, wollte ich nichts an meiner Argumentation verändern und an der kindischen Art, die mich gerade fesselte.

Oh, oh! Sie legte den Papierkram zur Seite und nahm die Sonnenbrille ab. „Erstens, das war nicht meine Idee, und das weißt du. Ich fand sie von Anfang an eher gefährlich als der Sache nützlich, aber ich habe mich eines Besseren belehren lassen – denn es hat seinen Zweck erfüllt." Gott, wie ich es hasste, wenn sie diesen Oberlehrerton anschlug. „Zweitens, woher sollte ich wissen, dass es in dir eine Art Drang oder nennen wir es Sehnsucht auslöst, das zu wiederholen, vielleicht auch noch öfter, und die waghalsige Idee in dir hervorrufen könnte, es zu einem Hobby oder gar Lebensinhalt werden zu lassen?" Interessant. Theatralisches Seufzen und Hände-in-die-Luft-Schleudern folgten ihrer Aufzählung. „Cleo, ich hab' keine Ahnung, was du da oben erlebt hast, ich weiß nur, dass es dich wieder zurück ins Leben katapultiert hat, und darüber bin ich sehr froh. Aber ich verstehe nicht, was du da oben hoffst, Neues zu entdecken, wenn du es wieder tust." Da sie wusste, darauf keine zufriedenstellende Antwort zu erhalten, setzte sie sich nach einem weiteren Seufzer wieder die Brille auf und vergrub sich im Papierchaos. „Als würde es nicht reichen, dass du von allen möglichen Klippen am See ober im Meer springst, die dir gerade in die Quere kommen. Ich will nicht sagen, dass du lebensmüde bist, aber ich verstehe diesen Kitzel nicht, den du dabei zu verspüren scheinst."

Dass sie es nicht verstand, wusste ich, aber ich wünschte mir nichts mehr als alleine, nicht als Kängurubaby, aus einem Flugzeug zu springen. Zumindest war das mein momentanes Ziel. Wer wusste es schon? Vielleicht war es danach auch erledigt. Was ich bezweifelte, aber wie hieß es so schön: die Hoffnung stirbt zuletzt. Und hey! Was sollte die Nerverei wegen der Klippensprünge? Mehr als ein paar blaue Flecke vom Aufprall auf dem Wasser gab's nie. Wichtig war die Sprungtechnik und ... klar, jeder Sprung barg ein gewisses Risiko. Wasser konnte hart wie Beton sein. Trotzdem! Für mich war es den Kick allemal wert. Die Straße zu überqueren oder in ein Flugzeug zu steigen konnte genauso gefährlich sein.

„Zurück zum Kitesurfen. Der Zürich See ist angeblich durch die schlechten Windverhältnisse nicht unbedingt geeignet zum Kiten."
„Na ja, dann wäre dieses Thema auf unbestimmte Zeit verschoben."
Aussichtslos. Sie hörte mir bereits nicht mehr zu. Hm. Irgendwie hatte dieses Gespräch den unbeschwerten Moment zerstört. Was aber nicht weiter tragisch war; es gab ja viele andere Gewässer, die sich für einen Testlauf anboten. Dafür war es ihre Versessenheit, die meine Neugierde über mögliche Entdeckungen entfachte. Nicht umsonst war sie bereits wieder eingetaucht in die Vergangenheit meiner Familie. Sie war an was dran, ich fühlte es – auch mit dem Stein um den Hals.

Als wir losgebraust waren, hatte ich mit mir gehadert. Am Steg waren wir unter uns, warum also sollte ich den Stein brauchen? Dachte aber erneut an Ilvys Worte: Vielleicht müsst ihr euch erst aneinander gewöhnen, eine Art Einspielzeit oder gegenseitiges Beschnuppern. Was? Benötigte das Amulett einen Bewerbungsbogen? Kopfschüttelnd hatte ich mir diesen Gefühlsblocker um den Hals gelegt.

Eine Erinnerung bestärkte mich: Im schützenden Vakuum des Wassers war der Stein nicht nötig, und ich spürte, wie ich eine Möglichkeit gefunden hatte, ihn für einen kurzen Zeitraum loszuwerden. Langsam mit den entspannten Pferden: Zuerst die müden und entspannten Muskeln ausgiebig dehnen. Ein paar Schwimmzüge im See würden mir wirklich guttun. Den Player legte ich zur Seite. Nachdenklich streifte mein Blick die Umgebung und dann meinen Körper entlang. Die Sonne hatte bereits kleine Spuren auf der Haut hinterlassen. Eine leichte Bräune überzog die freien Körperstellen. An meiner Oberweite hatte sich immer noch nichts verändert. Skandalös, das mit einem neongrünen Stück Stoff zu präsentieren. Was sollte ich machen? Ich hatte einen Fable für diese schrillen Farben, und das Oberteil passte perfekt zu den neongrün-weiß-gestreiften Shorts. So ein echter Bikini mit Push-up und knappem Höschen passte nicht zu meinem dürren Gestell. Das würde diese jungenhafte Figur nur noch mehr betonen.

Etwas neidisch starrte ich zu meiner Besten hinüber. Gott! – Innerlich seufzte ich – War das unfair! Sorglos saß sie neben mir in einem perfekt ausgefüllten knallroten Bikini – no Push-up, so etwas hatte sie nicht nötig. Verdammt! Wann hatte Ilvy dermaßen an Oberweite gewonnen? Nahm sie die Pille? Warum sollte sie die nehmen? Sie hatte keinen Freund. Oder? Verschwieg sie mir etwas? „Sag mal, pumpst du die Dinger auf?" Raus damit, bevor es drohte mich zu zerreißen.

Ein verwirrter Blick auf der Suche nach einem Hauch von Erkenntnis. „Bitte?" Erneut nahm sie die Sonnenbrille ab, und ein verständnisloser Blick traf mich.

Mein Zeigefinger richtete sich direkt auf die angesprochene Körperpartie.

Ihr Blick folgte. „Nein. Die wachsen von selbst." Diese Antwort kam so sorglos, dass ich sie am liebsten in den See geschubst hätte.

„Ach ja? Tun sie das …?" Warum sollte ich mir die Mühe machen, meine Frustration zu verbergen?

„Cleo …" Wollte sie mir wirklich erklären, dass sie nichts dafürkonnte?

„Vergiss es!" Und mit einem Sprung tauchte ich in die Frische und Tiefe des Sees.

Das kühle Nass raubte mir den Atem, bescherte mir aber dann einen klareren Kopf und zeigte mir, wie dumm ich mich gerade verhalten hatte. Was konnte sie wirklich dafür? Nichts, dass ihre Brüste Turbowachstum einschlugen und meine im Schneckentempo durch die Gegend krochen. In diesem Moment fehlte mir Mam schmerzlich. Gerne hätte ich sie um Rat gefragt. Ob es bei ihr auch so war?

Was war ich nur für ein Komplexhaufen!

Keine Ahnung wie viel Zeit vergangen war, als vor meinem Gesicht das Amulett auftauchte. Es hatte sich von meiner Haut gelöst. Der Schutz des Wassers. Leider konnte ich in diesem Moment nicht testen, ob ich hier befreiter atmen konnte. Trotzdem fühlte ich, dass erneut etwas von mir abfiel. Bei der Erinnerung an mein Vor-Duscherlebnis wollte ich sofort an die Oberfläche zurückkehren ... besann mich aber – schließlich befand ich mich bereits unter Wasser. Ich versuchte, Unterschiede zu erkennen. Tauchte bewusst mit dem Amulett auf der Haut und dann wieder mit einem Zwischenraum. Am Ende dieser kleinen Forschungsreise war ich mir sicher, dass ich mich unter Wasser um vieles wohler und freier fühlte als mit dem Turmalin auf der Haut.

Ja, ich konnte besorgniserregend lange die Luft anhalten. Tauchen war eine weitere Leidenschaft von mir, die ich mit Dad teilte. Für ein Kind, das eine unbändige Neugierde in sich trug, war es eine Herausforderung, so lange wie möglich unter Wasser zu bleiben, um sich ungestört umsehen zu können und die Unterwasserwelt zu erforschen – oder sich dort vor der wasserscheuen Schwester zu verstecken. Doch am Bootssteg stand eine besorgte Ilvy, deren suchender Blick über das Wasser glitt. Das schlechte Gewissen drückte nur noch mehr.

Trotzdem war die Verlockung zu groß, und daher tauchte ich von einer nicht überschaubaren Seite heran. Leise schlich ich die Holzstufen hinauf.

Hinterlistig beugte ich mich zu ihrem Ohr. „Na, was entdeckt?"

„Wahhh! Cleo! Du blödes Huhn!" Schnell atmend und eine zitternde Hand über ihrem Herzen sah sie mich mit weit aufgerissenen Augen an. „Bist du total bescheuert?"

Nun erschlug mich mein schlechtes Gewissen vollends. An ihrer Stelle wäre ich jetzt einfach gegangen. Doch sie sah mich weiterhin entsetzt an.

„Tut mir leid. Ich wollte dich nicht erschrecken – nur ein bisschen!" Dieses unschuldige Bisschen zeigte ich ihr zwischen Daumen und Zeigefinger. Der Versuch, sie mit einer grinsenden Grimasse wieder aufzulockern, scheiterte kläglich. „Hallo?"

Auf was starrte sie denn? Interessiert drehte ich mich um – war da jemand? – Sie sah mir ja gar nicht in die Augen.

„Was ist? Hab ich Seegras im Haar?" Suchend sah ich an mir runter – würde mich nicht wundern. Entdeckte aber nichts Auffälliges.

Was hatte sie nur? Langsam ging ich auf Ilvy zu und zog sie vom Rand des Stegs weg. Am Ende fiel sie wirklich noch rein, und beide wussten wir, dass ihr das kühle Nass eher einen Herzinfarkt bescherte als irgendeine Art von Erleichterung.

Worauf starrte sie? Ich versuchte ihren Augen zu folgen. „Hast du einen Schock? Hallo?! Sag doch was!" Mit der flachen Hand fuchtelte ich vor ihrem Gesicht herum. „Sind meine Brüste doch gewachsen?" Nicht mal auf diesen schlechten Witz reagierte sie. Mir wurde unbehaglich. Ihre Augen, irgendetwas war anders, und jetzt schnallte ich auch, was sie anstarrte: den Stein! Sie starrte auf den Turmalin, der an dem Lederband an meiner Hand herunterbaumelte. Ja, ich hatte ihn abgenommen – Pause! Erholungspause. „Ilvy, sag mir jetzt sofort, was los ist!"

„Sie kommen immer wieder?" Ihre Gedanken befanden sich nicht hier bei mir. Wie ein Medium. Ich wartete nur darauf, dass eine meiner Vorfahrinnen durch sie zu mir zu sprach. Gruselig. Innerlich schüttelte ich diesen Gedanken ab. Aber, hä? Frage ans Gehirn: Wer war hier am Durchknallen? Endlich kam ich mit dieser Situation so halbwegs klar, da begann sie in Rätseln zu sprechen und zerschlug das letzte heile Geschirr in ihrem und meinem Oberstübchen.

„Wovon sprichst du?" Sachte drängte ich sie zu den Handtüchern. Aus dem Picknickkorb, den uns Herta zusammengestellt hatte, reichte ich ihr eine Flasche Wasser. Vielleicht war ihr ja trotz Sonnenhut die Hitze zu Kopf gestiegen. Kurzer Check, aber es war nichts von einem Hitzeschlag zu erkennen. In kurzen, fast gierigen Schlucken trank sie, aber das schien eher von der Aufregung der Erkenntnis zu stammen als von irgendwelchen Überhitzungen. Aber welche Aufregung?

Welche Erkenntnis?
Ich gewährte ihr noch einen Moment, bevor ich plante nachzuhaken.
Doch Schwedengirl kam mir zuvor. „Sie wiederholen sich."
„Was wiederholt sich?"
Verständnislos sah sie mich an. „Hast du dir die Bilder denn gar nicht angesehen?"
Natürlich hatte ich das, aber was sollte ich übersehen haben und sie wieder mal nicht.
„Jede Frau trägt ein Amulett."
„Jaa."
„Jede ein anderes. Richtig?"
„Jap."
„Du trägst einen", sie zeichnete Häschen-Ohren in die Luft, „normalen Stein. Einen Anhänger, der rein gar nichts Keltisches an sich hat."
Mein Blick schweifte nach unten. Ein- einfacher schwarzer Stein – ja, mit einem wilden Pferd. Aber auf den anderen Bildern befanden sich auch Steine. Und?
„Jede der Hexen in deiner Familie besaß einen Anhänger seit – keine Ahnung, ... was sind es, vierhundert Jahre?" Mit beiden Händen deutete sie eine fragende Bewegung an.
Mal kurz überschlagen. „In etwa."
„Jede trägt ein Amulett. Wo ist deines? Und die vielleicht noch etwas interessantere Frage: Wo ist das von Maria?" Maria? Beide sahen wir den Turmalin an. Das war eindeutig kein keltisches Amulett. Mam hatte es auch mit keinem Wort mit den anderen in Verbindung gebracht – ganz im Gegenteil. „Okay, warte! Eins nach dem anderen. Jedes dieser Amulette ist ein keltisches beziehungsweise ein nordisches Symbol, in das ein Edelstein verarbeitet ist."
Naja, ich verstand, was sie meinte, aber ich begriff nicht ganz worauf sie hinauswollte. Vielleicht hatte auch ich einen Sonnenstich?
Ilvy schien das zu reichen, „Sieh her." Und angelte nach den Bildern. „Das deiner Großmutter haben wir ja

schon entlarvt, besser gesagt, deine Mam hat es uns gesteckt. Das war der ..."

„Der *Ring der Himmel*", antwortete ich brav wie in der Schule. Unter Mams Notizen hatten wir einzelne Abbildungen der Amulette entdeckt – größer und weit besser zu erkennen als auf den Portraits. Ein paar handschriftliche Anmerkungen von ihr befanden sich auf der Rückseite.

„Korrekt." Nein, das war schlimmer als in der Schule. „Das sternförmige Design zeigt die acht Winde und acht Welten des alten Glaubens; danach stellt unsere Welt – damals auch Midgard genannt – das Zentrum der Schöpfung dar. Dieses Symbol soll Führerschaft und Fortschreiten fördern. Was immer das in Bezug auf deine Großmutter heißen soll ..." Sie schob das Foto beiseite. „Das, was Katharina um den Hals trägt ..." Katharina? Verunsichert zog ich beide Augenbrauen nach oben. Wer bitteschön war das nun wieder? Ilvy fing meine wirren Gefühle ein und wartete auf meine Erleuchtung, die nicht kam. „Katharina, die ... du weißt schon." Abwartend starrte sie mich an. Unsicher bewegte ich den Kopf von einer Seite zur anderen. „Na, die mit dem tiefen Ausschnitt." Ahh! Sag das doch gleich! Bauchnabel, bauschige Ärmelchen und lange Handschuhe. Meine Muskeln um die Augenpartie entspannten sich wieder, und Miss Schnüffelnase fuhr mit ihren Erläuterungen fort. „Gut, ähm, die keltische Dreiheit war ihres. Es symbolisiert die Wechselwirkungen von Zukunft, Vergangenheit und Gegenwart, die Zusammengehörigkeit von Körper, Seele und Geist ..." Nur zur Erklärung: Ilvy zog sich das nicht alles aus den Fingern oder besaß ein so megagroßes Gedächtnis, um sich das alles merken zu können. Ne, das stammte zur Gänze aus dem Netz – woher sonst? Ihre Recherchen beruhten rein auf den Bedeutungen der Amulette und Steinen, die sie zierten. Natürlich musste der Lapi mit hier her! Jetzt, wo die Sache durch ein paar Anhaltspunkte erst so richtig ins Laufen kam. Es lebe die lange Akkukapazität – juhu! „Was den Stein betrifft, bin ich mir nicht sicher, aber er ähnelt einem Bergkristall."

Ich betrachtete das schimmernde Gestein, der die Mitte der Dreiheit festigte. Er kam mir bekannt vor.

„Und da haben wir Claudia. Bei ihr war das Sterbedatum auf der Bildrückseite notiert. Bei ihrem Amulett handelte es sich um Gwydyons Knoten. Der war eine echte Herausforderung und schwer zu finden!" Ilvy gab sich kurz verzweifelt.

„Wer?" Aus dem Korb angelte ich mir einen Apfel. Meinem Gefühl zu urteilen, würde das länger dauern, und mein Körper konnte nicht genug Energie bekommen. Einen Großteil des Tages war ich mit Essen beschäftigt. Nach dem Sonnenaufgangserlebnis genehmigte ich mir ein ausgiebiges Frühstück mit allem Drum und Dran. Angefangen von Müsli über ein paar Scheiben Brot mit Marmelade und Honig, bis hin zu Toastbrot mit Rühreiern und Speck. Natürlich von Herta höchstpersönlich zubereitet, die sich wie der Weihnachtsmann darüber freute, dass ich so viel aß. Dieser Gruseltraum hatte mir mehr Energie geraubt, als ich anfangs gedacht hatte. Also brauchte ich Nachschub und davon so viel, wie ich bekommen konnte. Vielleicht hoffte mein Körper auf diese Art, einen erneuten Zusammenbruch vermeiden zu können ...

„Gwydyon war ein Barde und mächtiger Zauberer. Er war besonders geschickt in der Heilkunst und Kriegsführung ..."

„Das würde zu Claudia passen. Das mit der Heilkunst, meine ich ..." Entschuldigend zog ich den Kopf ein. Ich wollte sie während ihrer Ausführungen nicht unterbrechen. Verwirrt sah sie mich an. „Na ja, sie war Ärztin", erklärte ich den Zwischenruf.

„Stimmt. Das habe ich ganz vergessen. Dann passt der Stein auf ihrem Amulett ebenfalls perfekt zu ihr. Es ist der Rosenquarz. Da bin ich mir ganz sicher! Der Maler hat diesem Stein ein so dickes Rosa geschenkt, dass er unverwechselbar ist, und das beweisen auch die anderen Bilder." Dass ich sie unterbrochen hatte, schien sie nicht im Geringsten aus dem Konzept gebracht zu haben. „Dann sind hier noch zwei weitere Amulette, aber ..."

„Drei Portraits ..."

„Ist mir auch aufgefallen. Was denkst du?" Die Kopie des ältesten der Gemälde legte sie mir direkt auf den Schoß und deutete auf die Frau. „Marias Amulett fehlt. Schau her." Jetzt breitete sie alle übrigen Abzüge vor mir aus. Mir war klar, worauf sie anspielte. Bei der Schnelldurchsicht in meinem Zimmer war mir bereits aufgefallen, dass die Bilder nicht zur Gänze übereinstimmten. Ich hatte es unbewusst als eine meiner schlampigen Launen abgetan. Ich sollte mehr auf mein Bauchgefühl hören. „Laut Stammbaumaufzeichnungen ist sie die Erste."

Zustimmend nickte ich. „Und auf dem Portrait trägt sie eindeutig ein Amulett." Vielleicht hatte Mam vergessen oder übersehen, es zu fotografieren.

„Trotzdem konnte ich herausfinden, um welches es sich handelt. Auch dieser Maler hat es geschafft, es perfekt einzufangen."

Das beherrschte Schwedengirl aufs Beste! Mich auf die Folter zu spannen: „Boah, Ilvy! Spuck's endlich aus!"

Tadelnd warf sie mir einen ihrer Oberlehrerblicke zu. „Hast du es dir überhaupt genauer angesehen?"

Nein, hatte ich nicht, aber das musste ich ihr nicht auch noch auf die Nase binden. Genervt angelte ich nach dem Ausdruck und folgte ihrer Anweisung. In gekrümmter Haltung starrte ich darauf und beschrieb, was ich sah. „Ein Kreuz." Unbeeindruckt sah ich kurz zu ihr, ohne sie wirklich wahrzunehmen. „Ein keltisches Kreuz." Zum Glück zählte Geschichte zu den Fächern, die mir lehrerabhängig wirklich Spaß machten.

„Wofür steht es? Weißt du auch das?" Eine derartige Selbstherrlichkeit ließ ich nur bei ihr gelten. Ally hätte ich schon längst niedergeschnauzt oder in den See gestoßen.

Etwas unzerkaut plumpsten die Worte aus meinem Mund, ein halbzerkautes Stück Apfel sprang darin herum: „Kne nug", und ich zuckte mit den Schultern.

„Das *keltische Kreuz* steht für die vier Sonnenfeste: Ostara, Litha, Mabon und Yule, und der Kreis um den

Stein steht für den ewigen Kreislauf des Lebens und der Sonne." Unruhig wetzte sie mit dem Hintern hin und her. Warum nur war sie so aufgeregt? Wegen dieses Kreuzes? Ich gab zu, es sah beeindruckend aus. Den Stein in der Mitte zu beschreiben gestaltete sich als schwierig: milchig-weiß, mit dunklen Sprenkeln darin. Je länger ich ihn betrachtete, desto stärker zog er mich in seinen Bann. Aber ich hatte keine Ahnung, was Ilvy mir damit sagen wollte – schließlich war sie der Schnüffelhund und nicht ich. „Warte." Nachdenklich kratzte sie sich an der Stirn. „Ich muss das anderes angehen." Warum musste ich auf einmal diese Rätsel selber lösen? Sie konnte es mir doch einfach sagen, so wie sie es immer tat. Mit geschlossenen Augen dachte sie nach, somit erhielt ich etwas Zeit, sie eingehend zu mustern. Nichts Neues, außer dass sie aufgeregt war wie ein Welpe, der zum ersten Mal einen Igel im Garten fand. Das nahm ich aber mit meinen Augen wahr und nicht mit der Gabe. Hm. Dieses verrückte Huhn würde mir fehlen. Vielleicht dachte sie, sie müsste mir noch irgendetwas liefern, damit sie beruhigt abreisen könnte …

„Dein Geburtstag!"

„Verdammt!" In hohem Bogen flog der restliche Apfel in den See. Na bravo! Hoffentlich freuten sich die Fische über die Nahrungsabwechslung. „Erschreck mich doch nicht so!"

„Dein Geburtstag, Cleo!" Warum war sie denn so ungeduldig?

„Du weißt, wann ich Geburtstag habe. Zur Erinnerung, einundzwanzigster Juni."

„Ja, aber was ist das für ein Tag?"

„Hä? Dieses Jahr war es ein Samstag." Wenn sie nicht bald aufhörte, so blöd zu quatschen, würde sie dem Apfel Gesellschaft leisten! Mein knackiger Zwischensnack – verdammt!

„Sommersonnenwende! Cleo, du bist am Tag der Sommersonnenwende geboren. Weißt du, was das ist?"

„Irgendein besonderer Tag?" Nicht schwer zu erraten, nachdem sie so ein Brimborium darum machte.

„Das ist einer der wichtigsten Hexen-Feiertage im Jahr! An diesem Tag, am einundzwanzigsten Juni, steht die Sonne an ihrem höchsten Punkt, und die Nacht ist somit die kürzeste des Jahres. Dieser Tag wird in manchen Ländern immer noch gefeiert. Mit großen Feuern, die hoch in den Nachthimmel reichen." Ach so! Dieser Tag. Endlich wurde mir auch klar, wovon sie sprach. Mittlerweile fand ich es nicht mehr lustig, wenn die Gedanken mit Überschallgeschwindigkeit durch meinen Kopf düsten. „Du bist durch und durch eine Hexe, Cleo!" Sollte ich mich darüber freuen? Somit kam ich noch weniger von diesem Magie-Kram los, als es davor bereits der Fall war! Moment. Stopp. Das waren die absolut falschen Gedanken. Nach dem Entschluss, mich dieser ganzen Hexen-Familien-Geschichte anders zu nähern, musste ich mir ab und zu noch selbst ein paar Tritte in den Allerwertesten verpassen, wenn ich drohte, in alte negative Muster zu verfallen. Wie auch immer, durch die Geschichte der Amulette hatte Ilvy meine Neugierde für sich gewonnen. „Da ist noch etwas, aber ich weiß nicht, wie wichtig das ist."

Misstrauisch scannte ich sie. „Spuck's aus, dann werden wir sehen, ob du im See landest oder nicht."

Entsetzt sah sie mich an, und ich verkniff mir nur schwer ein Grinsen. „Dir war doch Claudia von Anfang an sympathisch, oder?!"

Unschlüssig zuckte ich mit den Schultern. „Ja. Zumindest mehr als alle anderen. Warum?"

Ilvy hielt mir das Foto meiner Vorfahrin dicht unter die Nase. Dann wendete sie es. Mir blieb nichts anderes übrig, als auf das darauf Gekritzelte zu schielen – das Datum. Der Versuch, an dem Stück Papier vorbeizulugen, misslang. Kein Kommentar, stur beobachtete sie mich, bis sich mein Gesicht endlich aufhellte und wieder verdunkelte. „Oh! Mein. Gott!"

„Auch schon geschnallt? Sie ist an deinem Geburtstag verstorben. Also, ohne passendem Jahr, nur der Tag und der Monat ... Du weißt schon."

Überzeugt, ein Brett vor dem Kopf zu tragen, schlug ich mir mit der flachen Hand auf die Stirn. „Darum hat mich dieses Datum so verunsichert." Keine Ahnung, was das alles zu bedeuten hatte, aber ich würde es auf jeden Fall im Hinterkopf behalten.

Nun doch etwas mulmig in der Bauchgegend, drängte es mich, in Erfahrung zu bringen, welche Bedeutung hinter den anderen Amuletten steckte. „Was ist mit dem zweiten, dem von Tara, Marias Enkelin?"

Verwirrt sah mich Ilvy an. Wahrscheinlich hatte sie mit einer anderen Reaktion auf ihre Entdeckung gehofft. Was hatte sie erwartet? Der Tag meiner Geburt stellte kein wichtiges Ereignis für mich dar, und nur weil er nun auch noch auf einen Hexenfeiertag fiel, gewann er nicht an mehr Gewicht.

„Warte." Sie kramte nach dem Bild. „Ah, da ist es! Sieh es dir genau an!"

Ich erkannte es auf den ersten Blick: Es war das einzige mit anderem Hintergrund. Mitten im Garten, umgeben von bunten Blumen, waren die beiden dem Maler Modell gesessen. Der Fluss, die Brücke – auch dieses Mal war ich davon überzeugt, dass es sich um eine südländische Umgebung handeln musste. Wie die meisten anderen war das Amulett rund, aus Silber. Es war in Ringe, Wege gegliedert. In der Mitte befand sich ein kleines verschnörkeltes Gebilde, das der keltischen Dreiheit glich, aber nicht so gleichmäßig wirkte. Umrandet wurde dieser Teil von vielen eingravierten schiefen, unregelmäßigen Formen, die Achtern glichen. Unendlich miteinander verbundene Linien. Der äußerste Ring zeigte ein Symbol, das einem Baum ähnelte, und einen Edelstein. Vergleichbar mit Katharinas Amulett. Auch von diesem Abbild ging eine unerklärlich magische Wirkung aus. Wie groß musste es tatsächlich sein?

Ich reichte ihr das Bild, „Was ist es?"

„Sie werden die *Juwelen des Mondes* genannt. Im Netz habe ich Folgendes entdeckt." Laptop, komm zu Ilvy-Mama! „*Die Mondphasen regieren über die scha-*

manische Magie, genannt Seidr, die Göttervater Odin von der nordischen Göttin Freya beigebracht wurde und die die Gestalt dieses Anhängers inspiriert hat, der Hellsichtigkeit und psychische Fähigkeiten unterstützen soll. Aber was mich etwas verwirrt, sind die Steine. Die Abbildungen dieser Amulette zieren meist blaue Steinchen, aber die von Tara sind grün. Aber ist dir klar, was das heißt?"

„Dass Tara die Gabe der Hellsichtigkeit hatte und somit auch diejenige sein könnte, die Prophezeiungen verfasst hat."

Ilvy schien sichtlich überrascht über meinen Geistesblitz – ich im Übrigen auch –, aber in diesem Moment war alles so klar. Zum ersten Mal zeigte sich ein Lichtfunke in diesem ganzen Durcheinander, und dieser Funke breitete sich zu einem Band aus, das versuchte, mir einen Weg hindurch zu zeigen.

„Ja. Das ... hm ... sehe ich auch so." Hatte ich ihr einen Triumphpunkt streitig gemacht? Rang sie nach Fassung? Wirkte sie etwas eingeschnappt? Hoffentlich täuschte ich mich ... aber wohl eher nicht!

Tara war also diejenige, die diese komplizierten Prophezeiungen verfasst hatte. In mir regte sich ein Gefühl, dass zwischen Hass und Zuversicht hin und her schwankte. Sollte ich ihr dankbar sein, dass sie Mam warnen konnte. Trotzdem konnte sie nicht ihr Schicksal ändern, den unausweichlichen Tod. Tara konnte Mam nur bestmöglich an ihre Aufgabe heranführen. Der Hass schmolz. Die verstorbene Hexe konnte nichts dafür. Erneut warf ich einen Blick auf die Frau, die uns zugleich Leid und Glück beschert hatte. In ihren Zügen lag nichts Böses. Wahrscheinlich schrieb sie nur das auf, dass sie wahrgenommen hatte. Wer wusste schon, wie es ihr dabei ging?

„Welches der Amulette fehlt noch?" Aufbauarbeit musste nun an Ilvys Selbstwertgefühl geleistet werden. Hatte ich gerade ihr Triumphgefühl abgetötet, musste ich nun neues säen.

„Ähm ... das von Rune, Katharinas Enkelin."

Langsam kehrte ihr Enthusiasmus zurück, als sie mir erklärte, dass es sich dabei um Thors Hammer handelte, den die junge Frau auf dem Schwarzweißfoto um den Hals trug. Meine Ur-Ur-Großmutter besaß ein sehr starkes Amulett. Der Hammer des Wikingergottes galt als eine unbezwingbare Waffe von übernatürlicher Stärke, versehen mit einem persönlichen und psychischen Schutz. Was den Stein betraf war, sich Ilvy nicht ganz schlüssig. Man müsste diese Amulette mit eigenem Auge sehen, um sicher festzustellen, welche Steine eingearbeitet waren. Bei Rune wurde die Sache noch schwieriger. Sie lebte in jener Zeit, die man die Geburtsstunde der Fotografie nannte. Alles war etwas schwer zu erkennen. Zum Glück existierten unter Mams Notizen auch eigene Bilder, aber eben nur fünf. Der Stein von Runes Hammer war blau, heller als das übliche Saphirblau; also konnten wir diesen ausschließen – auch er blieb ein Rätsel.

Welche unglaubliche Macht musste diese Hexe in sich getragen haben ...?

Welche unglaubliche Macht mussten all diese Frauen beherbergt haben? Unbehagen breitete sich in mir aus.

Welche unglaubliche Macht steckte vielleicht noch in mir?

Gänsehaut bildete sich schlagartig auf meiner Haut.

Wozu wurden diese Kräfte eingesetzt?

„Ich habe noch etwas im Notizbuch deiner Mutter gefunden." Ilvy grub unter dem Papierberg nach dem kleinen in Leder gebundenen Buch. Mein Verhältnis zu diesem Ding war unheimlicher Natur. Da es gestern Abend der persönliche Auslöser für das Knockout war, stand ich ihm etwas skeptisch gegenüber. Vielleicht war es auch ein blöder Zufall, aber seit geraumer Zeit schwankte meine Meinung, was Zufälle betraf.

Ilvy schlug den Band geschickt auf der gewünschten Seite auf und legte ihn mir ohne Vorwarnung in den Schoß.

„Verdammt!" Erschrocken fuhr ich zurück. „Bist du verrückt?"

„Was ist?" Sie nahm die Aufzeichnungen wieder an sich und hielt sie in der Schwebe.

„Ich weiß es nicht. Irgendetwas Düsteres oder Unheimliches begleitet diese Seiten."

Ilvy musterte mich nachdenklich und dann das Büchlein. „Was fühlst du?"

Unschlüssig zuckte ich mit den Schultern. „Vielleicht liegt es daran, weil ich gestern umgekippt bin, als ich es in die Hand genommen hatte." Jetzt kam ich mir blöd vor. Vielleicht lag es aber auch an dem Stein, der danebengelegen hatte. ...

Wortlos hielt sie es mir hin: „Entscheide selbst."

Stirnrunzelnd und auf der Hut, nicht wieder aus dem Jetzt zu verschwinden, näherte sich meine Hand den in Leder gebundenen Seiten. Sei kein Hase, sei ein Wolf! Sei aber kein dummer Wolf! „Was soll's!" Hastig schnappte ich danach und legte es etwas zu schnell in den Schoß. Ungerührt blätterte Ilvy wieder auf die Seite, die ich im Eifer des Gefechts umgeschlagen hatte.

„Sieh her." Bevor sie weitersprach, warf sie mir noch einen abschätzenden Blick zu. „Alles cool, girlfriend – leg los!", deutete ich mit einem Nicken an. „Deine Mam hat hier ganz genau aufgelistet, welche deiner Ur-Ahninnen welche Gabe besaß. Es ist höchst interessant, wie diese mit den Geschichten der Amulette harmonieren." Ganz nah rückte sie an mich heran, um mir besser zeigen zu können, was sie noch entdeckt hatte. Langsam entspannte ich mich, aber trotzdem berührte ich das Buch kein weiteres Mal mit den Händen.

Ganz oben stand Maria Veldenz. Laut Mams Aufzeichnungen war sie die Erste, die eines dieser Amulette besaß. Ihr Amulett fehlte – warum? Kurz verfolgte ich erneut diesen Gedanken ... Woher stammte das erste Amulett, und warum begann es mit ihr? Nichts davon war vermerkt, aber dafür ihre Gabe.

Das magische Gespür ...

Was konnte man sich darunter vorstellen? Moment Mal, wenn alle Amulette plus Fähigkeiten in diesem Buch beschrieben waren, warum musste ich dann vorhin Rätselraten? Gott, ich hasste diese Zusammenhänge-selbst-finden-und-verstehen-Belehrungen.

„Lies weiter!", trieb mich Ilvy an. „Sie erklärt es."

Ein genervtes Schnauben löste sich aus meiner Kehle – wieder Gedankenlesemodus. *„Maria kann die magische Aura von Personen und Gegenständen wahrnehmen. Durch das Amulett verstärkte sich ihre Gabe, und sie konnte zwischen guter und böser Magie unterscheiden und erkennen, wie stark diese jeweils war."* Wortwörtlich las ich vor, was Mam in ihr Buch geschrieben hatte. Ihre Schrift war kaum vergleichbar mit der, die ich kannte. Sie wirkte jünger und irgendwie ... hektisch. Bei genauerer Betrachtung glich es einem Gekritzel, aber trotzdem bestand eine Ähnlichkeit.

„Was schließt du daraus?" Abwartend starrte mich Schwedengirl an.

„Dass sie mir gerade eine mich bedrückende Frage, die mich von Anfang an beschäftigt hat, beantwortet hat." Diese beiden Worte. Ich starrte sie regelrecht an.

„Was meinst du?" Ilvy hatte eindeutig eine andere Reaktion erwartet oder auf etwas anderes angespielt. „Gute und böse Magie. Schwarz oder weiß. Ich war mir unsicher, ob es einen Unterschied gibt oder ob beides möglich ist? Auf welcher Seite stehe ich?" Mein Blick schweifte zu dem Turmalin. Zum ersten Mal kam mir der Gedanke, dass es sich auch um etwas Böses handeln könnte, das ihn umgab. Nein, ich versuchte, diese Möglichkeit wieder abzuschütteln. Mam würde mir nie Schaden zufügen. „Falls es einen Unterschied gibt und falls ja, wie man diesen beeinflussen kann." Die Erinnerung holte mich wieder ein und präsentierte mir erneut eine ängstliche Frage ohne Antwort. Auf welcher Seite stand ich? Oder die anderen Genträgerinnen? Praktizierten meine Vorfahren schwarze oder weiße Magie? Was und wer war ich?

„Cleo, ich hab' es dir schon einmal gesagt, und ich werde es gerne so oft wiederholen, wie du es brauchst. Du bist definitiv eine weiße Hexe. Denn um eine schwarze Magierin zu sein, reichen nicht nur die Gene, das muss von Herzen kommen, von dort." Behutsam legte sie ihre

Hand auf die Stelle, an der mein Herz schlug. „Dort bist du so weiß und rein wie der Schnee, der auf deinen Bergen liegt. Das weiß ich!" Die Überzeugung sprach so stark aus ihr, dass sich die meisten Zweifel in mir legten. „Du kannst dich genauso wie diese Frauen oder wie ein x-beliebiger Mensch zwischen Gut oder Böse entscheiden." Mit glänzenden Augen sah sie mich an. „Sag es, Cleo! Du musst selbst davon überzeugt sein!" Das fühlte sich kindisch an. Ich verstand aber, was Ilvy damit bezwecken wollte. Na gut, dann tat ich ihr eben diesen Gefallen. Tief durchatmen. Schließlich hatte ich es noch nie so öffentlich und eindeutig ausgesprochen. Das gestern war etwas anderes. Ja, ich hatte es mir selbst gegenüber eingestanden –, versucht einzugestehen. Hatte versucht, mich davon zu überzeugen, aber das auch nur in meinem Kopf und mit kläglichem Erfolg. „Nur Mut. Ich glaub', es tut nicht weh." Zuversichtlich lächelte sie mir zu.

„Ich ..." Na, na und weiter? „Ich bin eine ..." Na, komm schon, Cleo! Spuck es schon aus! Es tut nicht weh! Noch einmal tief durchatmen. Konnte das denn wirklich so schwierig sein? Auf Drei! Komm schon, Cleo, sei kein Frosch. Eins, Zwei uuund Drei! „Ich bin ..." Meine Stimme klang fester als erwartet – das war guut! „Eine weiße ..." und auch überraschend überzeugt von dem, was ich sagte, „Hexe."

Zu leise.

„Noch mal. Du wirst sehen, beim zweiten Mal geht es viel leichter!" Ihr Ansporn trug mich über die Ziellinie.

„Ich bin eine weiße Hexe."

„Nochmal!"

„Ich bin eine weiße Hexe." Immer noch zu leise, aber stärker.

„Ein letztes Mal, Cleo!"

„ICH. BIN. EINE. WEISSE. HEXE!" Und mit Nachdruck, damit es auch wirklich saß. In dem Moment, als diese Worte durch meinen Körper flossen und ich spürte, dass ich es wirklich angenommen, akzeptiert hatte, dass diese Gabe und meine Gedanken weiß waren, wäre ich am liebsten aufgesprungen und hätte es in die Welt hinausposaunt. Unerwartet traf mich eine Welle des Glücks, die tief aus dem Bauch kam und im ganzen Körper ausstrahlte. Mich von innen wohlig wärmte. In jede Zelle drang und mich stärkte. In meinem ganzen Leben, auch als Mam noch bei uns war, hatte ich mich noch nie so lebendig gefühlt wie in diesem Augenblick. Als hätte sich ein fehlendes Puzzleteil hinzugefügt. Nie in meinem Leben hätte ich gedacht, dass noch irgendetwas das Gefühl eines Jumps ähneln könnte. Es fühlte sich an, als würde frische, neue Energie in mir pulsieren. Ein dummes Junkie-artiges Grinsen lag auf meinem Gesicht, und wie versteinert betrachtete ich meine Hände. Für einen kurzen Moment umgab sie ein helles Licht, bevor es verblasste und nur noch die Nachbeben dieser Akzeptanz von den Zehen bis zu den Haarspitzen durch mich flossen.

Damit taten sich weitere Fragen auf. Misstrauisch starrte ich den Turmalin an ...

Was war mit meinem Amulett? Für mich stand nun fest, wenn die anderen eines hatten, wo war dann meins? Mams Anhänger konnte es nicht sein, das hätte sie mir mitgeteilt, und er stand nicht in Verbindung mit den andern. Außerdem, wenn es meins wäre, sollte ich ihm dann nicht positiv zugetan sein? Und was war mit dem von Maria? Nur eine Schlampigkeit? Ein Versehen? Vielleicht hatten wir eines der Bilder übersehen ...

Aber warum existierten die Amulette? Wo befanden sie sich jetzt? Was war mit ihnen geschehen? Verliehen sie dem Besitzer ebenso Macht? Auch ohne der Genmutation? Erhielt er die Macht der Hexe, der dieses Amulett gehörte?

Nicht auszudenken, wie viel gebündelte Magie das ergab und dann vielleicht noch in den falschen Händen ...

Antworten. Ich brauchte Antworten auf diese Fragen!

Doch alles der Reihe nach ...

Von Neugierde getrieben, griff ich nach dem Notizbuch.

~ Neunzehn ~

Langeweile lässt die Zeit stillstehen.
Der Plan: bis zum Sonnenuntergang am See abhängen. Genug Zeit, um Mams Notizbuch eingehend zu studieren und eventuell eine Spritztour mit dem Motorboot zu starten. Letztes Frühjahr hatte Ilvys Dad sich einen kleinen Traum erfüllt – eine Sportjacht, aber mit Elektromotor. Keine Abgase und auch keine Ölrückstände in der Natur. Zwischen Scheibe und Bug wurden Solarzellen montiert. Der Flitzer ging ab wie ein Bankräuber auf der Flucht vor dem Sheriff. Schnittig mit knapp neun Metern Länge und kurvigen zweifünfzig in der Breite. Ehrlich, ich stand auf dieses Geschoss. Mittlerweile hatten wir Ilvys Dad weichgeklopft: Wir durften, oder besser gesagt, Ilvy durfte die Wasserrakete lenken, nachdem sie ihren Segelschein auf einen Motorbootschein getrimmt und unzählige Privatstunden hinter sich gebracht hatte. Selbstverständlich wollte er, dass uns und seiner neuen Freizeitbeschäftigung kein Kratzer anhaftete. Zum Glück hatte sich seine anfängliche Paranoia gelegt – typisch Mann und sein neues Spielzeug!

Bei Absprache alles kein Problem. Ilvy hatte sich als guter Kapitän etabliert, und das musste auch ihr Dad einsehen. In der momentanen Situation, denke ich, konnte sie sich fast alles von ihm wünschen – Schuldgefühle, Herr Professor?!

Mams kleines Büchlein beförderte noch weitere interessante Details ans Tageslicht, und ein paar Vermutungen, die wir bereits gehegt hatten, wurden bestätigt. Doch die Verwirrung über Marias Amulett konnten wir nicht mindern. Auch bei genauerer Durchsicht fanden wir keinen Hinweis auf seinen Verbleib. Maria war eindeutig diejenige, mit der ... unsere Geschichte begonnen hatte. Es blieb ein Rätsel.

Mit Ilvy ging die Fantasie schon wieder durch. Sie vermutete mehr hinter diesem Nichtvorhandensein und konnte sich nicht vorstellen, dass Mam es einfach beim Fotografieren übersehen hatte. Am Ende einigten wir uns darauf, uns mit den Notizen, die uns zur Verfügung standen, zufrieden zu geben. Was brachten uns schon Spekulationen.

Tara DiPardo war Marias Enkelin und mit einem Italiener verheiratet – darum der melodische Nachname. Meine Mutter schrieb über sie:

Tara besaß die Fähigkeit der Hellsicht. Während ihres langen Lebens erstellte sie viele Prophezeiungen und Vorahnungen. Nach der Erweckung ihres Amuletts verstärkte sich ihre Gabe. Sie konnte weit in die Zukunft sehen und verfasste Bücher für ihre Nachkommen.

Das bestätigte unsere Vermutung. Sie war es, die diese ganze Geschichte zu Papier gebracht hatte. Eindeutig, der Koffer war Gold wert!

Taras Enkeltöchter waren Katharina und Claudia. Als wir bei Claudia ankamen, wollte ich am liebsten abbrechen. Es fühlte sich an, als würde ein Felsbrocken auf meine Brust drücken. Engte mich ein. Es war nicht nur das Datum, das uns verband. Aus irgendeinem Grund fühlte ich ein Band zwischen. Davon abgesehen, war ich auch mächtig stolz auf eine derartige Vorfahrin.

Katharina war die ältere und die beiden waren Cousinen. Über sie schrieb Mam:

Die Projektion ist Katharinas magische Gabe. Ihre Seele konnte ihren Körper verlassen und Geschehnisse unweit von ihrem Standort beobachten. Bis zur Aktivierung des Amuletts konnte sie jedoch nicht ins Geschehen eingreifen. Von da an war es ihr möglich, ihre Ausflüge auszudehnen und mit großer Kraftanstrengung Dinge zu bewegen.

Mit weit aufgerissenen Augen starrten wir uns gegenseitig an. „Denkst du ...", begann Ilvy den Satz.

„Dass uns jemand beobachten könnte?", vollendete ich ihn. Unsicher rieb ich mir mit den Händen über die Oberarme, um die Gänsehaut zu vertreiben. Die Vorstellung, wie diese Amulette die Kraft ihres Trägers oder ihrer Trägerin noch verstärkten, bescherte mir zusätzlich Übelkeit. Oder was einer dieser Anhänger in den falschen Händen anrichten könnte ...

Claudias Gabe harmonierte mit ihrem Beruf.

Claudia besitzt die Gabe der Heilkunst. Sie war eine der ersten weiblichen Ärztinnen. Ihre Magie beschränkte sich darauf, körperliche Wunden zu heilen. Nach der Aktivierung konnte sie Gift im Körper lokalisieren und neutralisieren. Sie schaffte es auch, sich selbst und ihren Patienten in eine Art Schutzblase zu hüllen, während sie ihn heilte.

Sicher nützlich in Zeiten des Kriegs.

Dann fehlten nur noch zwei: Meine Großmutter und meine Ur-Ur-Großmutter, Rune Conners, die Katharinas Enkelin gewesen war.

Rune war die Einzige, die ein Element beeinflussen konnte. Ihre Gabe war die Windmagie. Sie konnte zwischen sich und einer anderen Person eine Barriere aus Wind aufbauen. Nach der Erweckung des Amuletts konnte sie Windstöße erzeugen und mit genügend Kraftaufwand und Übung einen Sturm formen und dessen Stärke regulieren.

Wie versteinert saßen Ilvy und ich auf dem Bootssteg. Unbehagen kroch in meine Knochen. Was würde das Amulett aus mir machen? Was würde es aus meiner Gabe machen? Unschlüssig, ob ich wirklich wissen wollte, was es mit meiner Großmutter, Anna Andreae, veranstaltet hatte, siegte irgendwann doch die Neugierde:

Sie ist die Meisterin der Telekinese. Ohne große Mühe kann sie Gegenstände bewegen und auch schweben las-

sen. Mithilfe des Amuletts kann sie mit regulierbarem Kraftaufwand selbst schweben und auch andere Menschen schweben lassen.

Das war genau das, was ich meinte. Genug! Wer wusste, welche Offenbarungen noch zum Vorschein kommen würden, und ich hatte nicht vor, mir noch mehr Angst einjagen zu lassen. Jetzt, da ich mich endlich mit dieser neuen Situation abzufinden versuchte. Wir beendeten unsere Recherchen. Ein Gefühl wie Tonnen von Beton um die Beine machte mich unruhig. Immer öfter wetzte ich auf dem Handtuch herum und hatte Angst, mir einen Holzschiefer in den Allerwertesten zu rammen.

Das hatte keinen Sinn! So kamen wir nicht weiter. Das Gefühl der Enge auf meiner Brust kehrte zurück, und ich benötigte dringend einen Richtungswechsel. Nervös schweifte mein Blick über den spiegelglatten See.

„Wer weiß, vielleicht kannst du mir im nächsten Sommer den Sunblocker aus dem Rucksack herbeischweben lassen." Ilvy sortierte die Bilder zu den passenden Stellen im Notizbuch und deutete mit der linken Hand eine schwebende Geste an.

„Pass auf, dass ich dich nicht übers Wasser schweben lasse ..." Beide Augenbrauen nach oben gezogen, sah ich sie herausfordernd an. Danach versuchte ich, sie mit krampfhaften Fingerbewegungen und unverständlichem Kauderwelsch in einen Frosch zu verwandeln. Dabei fiel ich aber selbst ins kalte Nass und tauchte mit wild rudernden Armen wieder auf – während sich meine beste Freundin den vor Lachen schmerzenden Bauch hielt. Tja, das nannte man dann wohl Gerechtigkeit, da ich es war, die noch vor geraumer Zeit mit dem Gedanken gespielt hatte, sie in den See zu befördern. Diese kleine Attacke zeigte uns, dass wir eine richtige Abwechslung benötigten – etwas mit einem Hauch Adrenalin. Ein Anruf und etwas Gebettel reichten und Ilvy zückte mit einem breiten Grinsen ihren Schlüsselbund, an dem etwas sehr Verlockendes funkelte. Nachdem wir die Abdeckplane sorgsam zusammengefaltet hatten, kramten wir unsere Sachen zusammen und luden alles ins Boot. Mit einem lauten Lachen lösten wir die Taue und sprangen an Bord. Die Vorfreude verdreifachte augenblicklich den Strom meines Adrenalins im Blut. Es musste ja nicht immer ein Fallschirm oder ein Pferd sein. Ein Blick in Ilvys Gesicht zeigte mir, dass es ihr genauso ging. Warum verstand sie mich dann nicht, wenn ich vom freien Fall sprach?

Mit einem letzten „Bereit?" und meinem zustimmenden Nicken betätigte sie die Zündung, und ein Beben durchfuhr den weißen Flitzer.

Aufgeregt wie ein kleines Kind klatschte ich in die Hände.

Noch mehr Vorfreude, denn ich wusste, dass mich Ilvy weiter draußen unbeobachtet ans Steuer lassen würde. Und ich wusste, dass meine Augen aufgepeitscht funkelten. Seit dem Auftauchen der Gabe waren dies die ersten Stunden ohne Sorgen und diesen grauen Wolken am Horizont.

Gekonnt lenkte Schwedengirl das Boot langsam vom Anlegesteg weg und in tiefere Gewässer. „Wohin?" Sie drosselte die Geschwindigkeit. Nachdenklich sahen wir uns um. Rechts von uns lag Zürich. Unsere Blicke glitten nach links. Einstimmig grinsten wir schelmisch über die stille Übereinkunft. Kaum hörbar durch den Elektromotor manövrierte sie das Boot, blickte sich um, nickte mir zu und betätigte den Gashebel.

„Yeah!!" Berauscht riss ich die Arme nach oben und empfing süchtig den Wind und die feinen Wassertropfen auf der Haut.

Häuser, Bäume, Ausflugsschiffe ... Alles zog rasch an uns vorbei. Von Peters Tempolimit befanden wir uns noch ein Stück entfernt. Am Gashebel hatte er es mit rotem Klebeband markiert, trotzdem vermittelte es bereits jetzt das pure, heiße Gefühl von Freiheit.

Ohne Vorwarnung traten mir Tränen in die Augen – Gott! Wie ich meine uneingeschränkte Freiheit vermisste. Hier mitten auf dem See und neben meiner Regenbogenfreundin fühlte ich mich sicher. Um den Augenblick nicht zu vermiesen, schob ich mir die Sonnenbrille über die

Augen, schloss sie und fühlte in mich hinein. Lange saß ich so da und horchte auf meine innere Welt. Ich weiß, dass du da bist. Entspannt reckte ich das Gesicht der Sonne entgegen. Diese Wärme, ich hatte immer noch nicht genug davon. Wie ein Ertrinkender saugte ich alles gierig in mich auf. Entspannung einprogrammiert, sank ich in der weißen Polsterung des Sessels neben der Steuerung nieder. Mann, was für ein Tag! Nie hätte ich gedacht, dass er sich so entwickeln würde. Meine Muskeln und Sehnen begannen ebenso, die Umgebung zu genießen. Still und im Einklang mit der Welt brausten wir über den See. Ilvy hatte jetzt eindeutig das erlaubte Limit erreicht. Trotzdem lag eine Ruhe um uns, die in jede meiner Zellen eindrang.

Ohne dass ich es wahrnahm, driftete ich ab.
Nicht in den Schlaf. Auch nicht in eine Art dösenden Zustand.
Entspannung pur. Fast meditativ ...
Bevor mir das wirklich bewusst wurde, hatte ich es bereits entdeckt, das kleine, ruhig vor sich hin flackernde Feuerchen. Verdammt, woher ...?
Nervös flackerte es ... „Bleib ruhig", trichterte ich mir ein. „Nimm deine Umgebung wahr. Achte darauf, wie du hierhergelangt bist. Wie du dich gerade fühlst. So findest du den Weg wieder hierher zurück." Mit Mühe versuchte ich, die aufkeimende Verspannung, gepaart mit Freude und Furcht, keinen zu großen Einfluss auf mich nehmen zu lassen. Keine Ahnung wie, aber ich trat durch die Finsternis, näherte mich dem Feuerchen. Bewundernd endlich hier zu sein, ganz ohne Wutanfall oder das Bewusstsein zu verlieren, starrte ich wie gebannt auf das Spiel der Flammen. Hatte ich es doch endlich gefunden! Das Feuer wirkte ebenso entspannt und gelassen, wie ich mich im Augenblick fühlte.
Konnte ich noch näher ran? Vorsichtig hockte ich mich davor – Daumen nach oben an meine Phantasie, wusste gar nicht, dass ich eine derartige Vorstellungskraft besaß. Was sollte ich jetzt mit dem Feuer anfangen?

Kurz zuckten die Flammen. Ich wartete auf mehr, aber da kam nichts. Dieses kurze verstärkte Aufflackern machte mich stutzig. War das eine Reaktion auf meine Frage gewesen? Ja, genau, das war eindeutig zu viel Phantasie. Somit verwarf ich den Gedanken wieder – Einbildung! Gut, was jetzt? Kommunizieren? Einfach drauf los reden? Tief durchatmen. Nur Mut, das würde schon werden. Warum auch nicht?

Erstaunt weiteten sich meine Augen. Und doch, da war es wieder, dieses kurze Flackern. Von wegen Einbildung! Ich würde mich hüten das irgendjemanden zu erzählen – außer Ilvy natürlich! Noch ein bisschen mehr Mut. Etwas Mut. Nur zu!

Und dann sprudelte es aus mir heraus.

Ich hatte aber null Ahnung, wie das funktionieren sollte! Dieser Stein um meinen Hals war mir unheimlich. Er machte irgendetwas ... mit mir – nur wusste ich nicht was ...

Meine Gefühle stachelten sich auf. Angst packte mich! „Beruhige dich. Du darfst das Feuer nicht vertreiben", redete ich mir zu. Auch die Flammen züngelten wilder empor. Vermehrt atmete ich tief durch. Es fühlte, was ich empfand, und reagierte darauf. Ruhig Blut! Langsam bekam ich die Situation wieder unter Kontrolle.

Nachdenklich betrachtete ich die schrumpfenden Flammenzungen: „Du und ich, wir sind eins. Gemeinsam können wir uns gegenseitig schützen und stärken."

Nichts tat sich – das Feuer veränderte sich nicht weiter. Deprimiert sank mein Kinn auf die Brust. Was konnte ich nur tun? Ich akzeptierte doch alles! Zweifel kratzten an meinem mühsam aufgebauten Vertrauen – Vertrauensvorschuss! Mhm, ja klar ... Mir war egal, ob meine Hilflosigkeit die Flammen veränderte oder mich gar aus dieser Trance riss ... Es konnte mir ja doch nicht helfen! Müde sank ich in mich zusammen und entdeckte am Rande des Sichtfeldes einen vertrauten grauen Nebel. Er ähnelte einem alten Bekannten, den ich vor gut einem Jahr Adieu gesagt hatte. Warum war er zurück? Meine Gefühle irrten schmerzlich zwischen Vertrautheit, gepaart mit Sehnsucht, und Verlustangst umher. Immer entscheiden ... Wie leicht wäre es, sich von dem Nebel einfangen zu lassen. In eine vertraute Welt, in der mich nichts und niemand zu Entscheidungen zwingen konnte und ich nichts Neues an mich ranlassen musste.

Doch da! Plötzlich blendete mich ein grelles Licht.

Erschöpft hob ich den Kopf. Es drang aus der Mitte des Feuers und schwoll immer mehr an. Eine schimmernde Kugel, die bereits die gesamten Flammen in sich aufgenommen hatte. Immer weiter wuchs der Ball und drängte näher zu mir. Auch der Nebel wurde von dem Licht verschlungen und löste sich auf. Instinktiv versuchte ich, den Abstand zwischen uns zu vergrößern. Natürlich klappte das nicht – wohin auch mit mir? Auf den Nebel wollte ich nicht weiter zubewegen. Der Wunsch nach seiner umschlingenden und betäubenden Wirkung hatte sich in Luft aufgelöst.

Die aufkeimende Panik war nicht hilfreich. Da entsprang ein Gedanke aus der hintersten Ecke meines Gehirns – das Licht ... Mein Schutzschild! Abrupt beendete ich den Widerstand und ließ mich einhüllen. Überrascht über die Erkenntnis und dem geborgenen und beschützenden Gefühl, riss ich die Augen auf.

Die Sonne blendete mich.

Lautstark fluchte ich - zum Glück trug ich die Sonnenbrille. Vorsichtig nahm ich meine Umgebung in Augenschein: Das Boot schaukelte sachte mit den Wellen; der Motor war aus; wir befanden uns in einer kleinen Bucht. Das Schilf ragte weit gen den blauen Himmel und tanzte mit dem Wind. Keine Wolke in Sicht. Langsam rappelte ich mich aus der unbequemen Haltung empor. Mein Nacken schmerzte, und ich versuchte einen Unterschied festzustellen. Suchte nach einer Veränderung und fand sie. Eine dünne Schicht. Vorsichtig befühlte ich sie mit den Gedanken und lauschte in mich hinein. Es war noch da! Ohne Probleme fand ich den Weg zu meinem Feuer. Unfassbar! Ich hatte den Irrgarten bezwungen und mir meinen roten Faden gelegt. Suchend sah ich mich um.

Auch der Nebel hatte sich wieder verzogen – erleichtert atmete ich aus.

Der Schutzschild? Wie erkannte ich ihn?

Erneut schloss ich die Augen. Stand es noch? Oder war es durch meine Hektik zusammengebrochen?

„Du hast es, oder?"

Erschrocken drehte ich mich um. Ilvy saß links hinter mir, die Beine fest auf dem cremefarbenen Deck abgestellt, die Ellenbogen auf den Knien abgelegt und die Hände gefaltet – wie zum Gebet. Nachdenklich musterte sie mich. Nur das Glitzern in ihren Augen zeigte etwas von ihrer Gefühlswelt. Hinter ihr zog ein rotes Segelschiff an uns vorbei. Ich schloss die Augen, atmete den Geruch, der uns umgab, tief ein – der reine Geruch nach Freiheit! Doch ich lenkte die Gedanken bewusst, wenn auch unter Anstrengung, zurück auf das Thema. Hm, hatte ich es?

„Ich weiß es nicht." Mit einem Fuß stieß ich mich ab und drehte den Sessel in ihre Richtung. Ein Schwarm Vögel zog über uns hinweg.

„Das Feuer oder der Schutzschild?" Ihre Miene blieb ausdruckslos, doch das Funkeln verstärkte sich.

Nervös atmete ich aus. „Den Weg zum Feuer habe ich – Labyrinth gelöst ..."

„Aber?"

Mein Blick folgte den schwarzen Punkten weit über uns. „Ich weiß nicht, ob mein Schutzschild stand oder zusammengebrochen war, als ich ... aufgewacht bin." Frustrierend warf ich die Arme gegen den Himmel. Es war nicht so wie mit dem Turmalin oder im Wasser.

Endlich erschien ein Lächeln auf Ilvys Zügen. „Das ist einfach herauszufinden."

„Ach ja? Dann erleuchte mich mit deiner Weisheit."

Mit einem breiten Grinsen stellte sie sich vor mich und hob das Lederband mit dem Stein etwas an. Stockte. Wartete auf Erlaubnis von mir, bevor sie es mir ganz abnahm und auf den anderen Sessel legte – immer noch in Reichweite. Was sollte ich dagegen haben? In ihrer Nähe hielt sich die Befürchtung eines Gefühlsangriffs in Grenzen. Ich trug ihn nur, um mich daran zu gewöhnen, mich mit ihm anzufreunden. Nicht einmal Ilvy schien den Anhänger länger als nötig in Händen halten zu wollen. Augenblicklich fiel die Umklammerung, als der Kontakt mit dem Stein brach. Erschrocken schnappte ich nach Luft. Unfassbar!

Es wurde erneut leichter. Alles! Die Atmung. Die Verkrampfung. Die Umklammerung. Die Last auf meinen Schultern. Auch das dunkle Gefühl, das sich in jede Ritze meiner Zellen geschlichen hatte, zog sich langsam aus mir zurück.

Unmöglich! Fassungslos sah ich sie an.

„Was?"

Mir fehlten die Worte. Wie sollte ich es beschreiben? Von einem Extrem ins andere. So war es gestern definitiv nicht! Die Sympathien gegenüber dem Stein sanken weiter. „Ich kann ... kann wieder frei atmen." War mir doch gar nicht bewusst gewesen, dass es mir schwergefallen war. Erstaunt füllten sich die Lungenflügel mit mehr Sauerstoff. Mit mehr Leben. Mein Bauch weitete sich, und meine Schultern hoben sich. Alles wurde viel leichter. Überrascht sah ich zu Ilvy, die mich immer noch genauestens unter die Lupe nahm. Misstrauisch beäugte ich den Stein. Hatte er so viel Macht? War diese gut oder böse?

„Eigenartig." Auch Ilvy beäugte ihn misstrauisch. „Er sollte dir doch helfen und nicht einsperren. Denkst du ..."

„Ob er noch anderes blockiert?" Da war sie wieder diese Gänsehaut, die mir dieses Mal bestätigte, dass ich an etwas dran war.

Ilvy zuckte mit den Schultern.

„Ich denke, dass ich es wohl oder übel herausfinden werde." Was mich nicht gerade positiv stimmte.

Die Vögel kehrten in einer großen Schleife zurück zu uns und ließen sich auf einem der Bäume in unserer Nähe nieder. Ihr Gesang drang zu uns. Beruhigte mich.

Ein Räuspern gelangte an mein Ohr. „Versuch es." Neugierig musterte sie mich. „Fühle mich und versuch es dann ... abzublocken." Spannung lag in der Luft. Das war das Erste, das ich fühlte. – Handelte es sich dabei um meine Gefühle oder von meinem Gegenüber?

„Fühlst du schon was?"

Mein Blick fing den ihren ein. Fühlte ich etwas? Vorsichtig horchte ich in mich hinein. Entmutigt schüttelte ich den Kopf – nichts!

Mit einem Schmunzeln kam sie näher. Bei jedem ihrer Schritte schwankte das Boot. Sie blieb auf Sicherheitsabstand, wenn das auf so einem kleinen Wasserfahrzeug überhaupt möglich war. „Sollen wir den Testlauf etwas ausweiten?"

Neugierig und interessiert hob ich die Augenbrauen – was hatte sie vor? Zaghaft nickte ich und strich mir das vom warmen Wind zerzauste Haar aus dem Gesicht – kleine Wassertropfen versteckten sich immer noch darin. Nachdenklich zerrieb ich die Perlen zwischen den Fingern. Rasch zog die Feuchtigkeit in die Haut ein.

Einen letzten Schritt trat sie auf dem Deck nach vor. Breitbeinig stand sie vor mir und balancierte die Wogen des Sees aus. Vorsichtig berührte sie mich an der rechten Schulter. Verständnislos verfolgte ich ihre Bewegungen und wollte etwas Freches erwidern, doch das blieb mir im Hals stecken, als ich ein Ziehen und Kratzen im Bauch wahrnahm. Aber das war nicht alles. Diese Veränderung zeichnete sich nicht nur in diesem Bereich ab. Ein weiteres Ziehen! Der Schutzschild veränderte sich, und ich konnte ihn am Rande des Körpers wahrnehmen. Es tat nicht weh, war aber auch nicht angenehm. Mit offenem Mund starrte ich sie an. „Oh. Mein. Gott." Tief zog ich die Luft ein.

Zuversichtlich trat Ilvy ganz zu mir. „Was fühlst du? Wie ist es? Ist es anders?" Optimismus strahlte aus ihrer Stimme, aber ihre Augen straften sie Lügen.

Der Schutzschild stand – er musste da sein. Verdattert sah ich sie an. „An was denkst du?" Die Sonne brannte auf uns nieder – war sie an der Anlegestelle ebenso stark gewesen?

Ilvy senkte den Kopf. „An meinen Abflug." Okee. So fühlte sich also Ilvys Traurigkeit in direktem Hautkontakt an, gepaart mit dem Schutzschild. Mein Gehirn speicherte das Gefühl ab, und in mir formte sich eine Frage: „Kannst du an etwas anderes denken?" Es war sicher nicht einfach, Gefühle und Gedanken so schnell umzulenken. Nachdenklich nahm sie ihre Hand von meiner Schulter und ließ den Blick über die Umgebung gleiten. Meine Augen folgten ihrem Weg. Der blau schimmernde See, der den makellosen Himmel spiegelte. Die kleinen, bunten Schiffe, die über die Wellen schwebten. Der Wind, der die Geräusche des Wassers, das an den Bug schlug, an mein Ohr trug. Das zerzauste Haar. Das Gezwitscher der Vögel. Das saftige Grün, das sich in Bäumen, Wiesen und Büschen rund um das Gewässer ersteckte. Die vereinzelten Häuser in unserer näheren Umgebung. Meine Sinne waren geschärft. Als wären sie aus einem Winterschlaf erwacht. Die Konzentration kehrte zurück zu Ilvy. Meine Nervenenden saugten interessiert die Veränderungen in ihrem Gesicht, ihrer Haut und Aura auf. An was dachte sie? Erleichtert atmete ich auf – sie war ein strahlender Regenbogen.

Nach einigen Minuten blickte sie zu Boden und legte ihre Hand erneut auf meine Schulter, dann sah sie mich an. Keine Gefühlsregung auf ihrem Gesicht und erneut die Frage: „Was fühlst du?" Meine gesamte Aufmerksamkeit bündelte sich an dieser Stelle. Ich wartete, und als sich nichts änderte, öffnete ich verunsichert die Augen und wollte bereits antworten, hielt aber dann doch inne. Ich war viel zu ungeduldig. Wärme! Kaum wahrnehmbar, unschuldig. Wärme, die sich langsam unter Ilvys Handfläche ausbreitete – definitiv keine Körperwärme. Dieses Mal gab es auch kein Ziehen, das ich am Rande meines Bewusstseins spürte, mehr ein Streicheln. War der Schutzschild so stark, dass ich ihre Gefühle nur mehr durch direkten Kontakt wahrnehmen konnte? Neugierig warf ich einen Blick auf das Feuer. Es flackerte stark. Konnte ich es regulieren? Konnte ich die Stärke des Schutzschildes steuern? „An was denkst du?"

Ein scheues Lächeln lag auf ihrem Gesicht. Gegenfrage. „Was fühlst du?"

„Wärme, kaum wahrnehmbar – zart – fast zerbrechlich. Nicht so wie diese." Mit der Hand zeigte ich in Richtung Sonne.

Ilvy nickte und ihr Lächeln wurde breiter. „Ich genieße den tollen Tag und freue mich über deine Fortschritte vor ..." und da war es wieder. Dieses Ziehen und Kratzen wie Nägel auf Glas.

„... vor deinem Abflug." Gespeichert. Aufmunternd drückte ich ihre Hand. Wir beließen es dabei. Nichts auf der Welt würde mich erneut dazu bringen, unsere letzten Tage in Grau zu tauchen. Da ich es momentan schaffte, mich ohne diesen Stein zu schützen, erläuterte mir Ilvy ihre Pläne. Bei mir regte sich der starke Verdacht, dass diese nicht so spontan eintrudelten, wie sie mir weismachen möchte.

„Bevor ich dich mit meinen Relax- und Spaßausflügen behellige, möchte ich dir noch etwas zeigen." Okay. Was hatte sie nun wieder vor? Neben ihr auf der mit weißem Leder überzogenen Bank am Ende des Bootes lag mein Laptop. Oh, nein! Nicht schon wieder recherchieren! Bewusst hielt ich mich zurück. „Als du vorhin auf der Suche nach deinem Feuerchen warst, habe ich etwas gefunden, das dich interessieren dürfte." In freudiger Erwartung wendete sie mir den Bildschirm zu. „Erkennst du das?"

Was sie mir zeigte war eine Kathedrale ... Augenblicklich wurde mir klar, was ich hier sah. „Chartres."

„Richtig."

„Ich hab' die Kathedrale bereits nachgeschlagen und nicht wirklich eine Erleuchtung erhalten." Desinteressiert lehnte ich mich zurück und streckte die Beine von mir.

„Ach ja? Dann hast du wohl die falschen Absätze gelesen!" Ilvy scrollte auf der Seite herum, bis sie das fand, nachdem sie suchte. „Der erste Brief wurde in Chartres gestempelt, und auch auf der Briefmarke ist diese Kathedrale abgebildet." Sie wartete, bis ich bestätigend nickte. Warum griff sie dieses Thema wieder auf, nachdem ich es vor geraumer Zeit zu den Akten gelegt hatte? „Ich habe auf den unterschiedlichsten Seiten nach Hinweisen gesucht, und ich bin nicht die Einzige, die diese

Kathedrale mehr als nur ein bisschen eigenartig findet. Unter den Skeptikern befinden sich auch angesehene Wissenschaftler." Okay, ich gab zu, von da an hatte sie meine volle Aufmerksamkeit.

„Sprich weiter." Mein Körper entledigte sich seiner Lümmel-Haltung und beugte sich interessiert in ihre Richtung.

„Zuerst sagst du mir, was du herausgefunden hast." Sie positionierte sich so, dass wir uns direkt gegenüber saßen.

Kurz dachte ich an die wenigen Punkte, die ich in meiner Nervosität vor ein paar Tagen abgespeichert hatte. „Da ist dieser keltische Brunnen, den sie wieder ausgegraben haben. Diese Kathedrale stimmt mit der üblichen Ausrichtung von Kirchen nicht überein, was auch immer das zu bedeuten hat." Verwirrt zuckte ich mit den Schultern. „Und dann stand da noch etwas von einem Tuch, dass die Jungfrau Maria am Tag ihrer Empfängnis getragen haben soll ..." Sehr überzeugend klang ich wohl nicht bei meinen Ausführungen, denn Ilvys Miene wurde immer finsterer. „Das war so ziemlich alles, danach siegte die Skepsis bezüglich der Briefmarke."

„Dann hast du das Interessanteste übersehen." Fragend sah ich sie an. „Alles richtig, was du gesagt hast – doch denk mal darüber nach, warum ein keltischer Brunnen an diesem Ort gegraben wurde."

„Keine Ahnung?" Habe ich das wirklich wie eine Frage klingen lassen?

„Vor der Verschüttung des Brunnens wurden dem Wasser heilende Kräfte nachgesagt, angeblich eine Art Fruchtbarkeitskult. Die Kelten sollen dort heilige Feste abgehalten haben. Er gilt als das bedeutendste druidische Heiligtum auf dem Festland." Schwer zu entscheiden, was mich mehr interessierte: Ilvys Enthusiasmus für die Geschichte oder die Geschichte selbst. Hoffentlich war es eine gute Kombination.

Dennoch begann meine Aufmerksamkeit zu schwanken. Ich wollte mit dem Boot weiter über den See brausen. Das Peitschen des Windes im Gesicht spüren. Den

Menschen auf den vorbeibrausenden Booten zu winken. Die Fische beobachten, die um die Wette mit uns die Wellen jagten ... Ich wollte meine kleine Welt der Freiheit wieder zurück.

„Chartres soll von den Templern inspiriert worden sein." Oh Mann! Es sah nicht gut aus für meinen Tagtraum – gar nicht gut! „Angeblich befindet sich ein Templerkreuz an der Decke der Kathedrale. Es ist auch ungewöhnlich, dass der Architekt bei einem derartigen Bauwerk unbekannt blieb." Sie suchte wieder nach etwas. „Natürlich wurde sie nach den unterschiedlichsten Verwüstungen wieder aufgebaut, aber trotzdem kein Name, der sich damit brüsten wollte. Sieh her."

Auf dem Bildschirm zeigte sie mir ein Labyrinth auf einem Marmorfußboden. „Das befindet sich in der Mitte der Kathedrale. Das Labyrinth misst 12,5 Meter im Durchmesser, und weist 113 Zähne auf. Der Weg beträgt eine Länge von 261, 50 Metern ..."

Warum müssen wir ausgerechnet an meinem Geburtstag in diese doofe Kirche latschen? Ich will viel lieber nach Disneyland!

Schmollend steht das kleine Mädchen, die Arme fest vor der Brust überkreuzt, inmitten eines Labyrinths und unterdrückt mit all ihrer Kraft den Impuls, mit dem linken Bein fest aufzustampfen.

„Jetzt sei nicht so eingeschnappt, Krümelchen." Von der rechten Seite nähert sich lächelnd eine Frau und streicht ihr übers Haar. „Du kommst schon noch in deinen Vergnügungspark."

„Ja. Aber wann? Mich interessiert das hier nicht und Ally auch nicht." Wütend deutet das Kind auf ihre ältere Schwester, die mit dem Vater vor einem blauen Fenster steht. Kopfschüttelnd reagiert die Größere.

Was bitteschön war an diesen blöden, blauen Fenstern nur so interessant??

Gequält sieht die Mutter ihre Töchter abwechselnd an. Die Zeit drängt, und sie benötigt die volle Aufmerksamkeit ihrer Jüngsten. „Soll ich dir eine Geschichte von dieser Kathedrale erzählen?" Bockig dreht die Kleinere den Oberkörper hin und her. Sie liebt diese Geschichten, aber was soll das schon für eine sein?! „Sie wird dir gefallen."

Unschlüssig nagt Cleo an der Unterlippe, gibt aber dann doch nach. „Na gut, aber nur wenn sie spannend ist."

„Ich verspreche es!" Verschwörerisch zwinkert die Mutter ihrer Tochter zu und führt sie zu einem Sessel. Dort zieht sie ihr langsam die Schuhe und Socken aus. Verwundert beobachtet das Mädchen die Mutter. Nachdem beide barfuß am Beginn des Labyrinths stehen, beschreiten sie Hand in Hand den Weg aus Marmor. Bereits nach wenigen Metern wartet das Kind auf kalte Fußsohlen – doch diese bleiben aus! Verwundert konzentriert sie sich verstärkt auf die Platten; die Unebenheiten. Was soll das? „Wusstest du, dass vor über zweitausend Jahren hier in Europa antike Stämme lebten? Sie wurden die Kelten genannt." Sorgfältig führt sie ihre Tochter über die Platten. „Unter ihnen lebten kluge und weise Köpfe. Sie waren Meister der Kriegsführung, aber auch Druiden, deren Heilkünste verehrt wurden. Besonders um die Druiden rankten sich Geheimnisse. Vielen von diesen Männern wurden magische Fähigkeiten nachgesagt. Damals glaubten diese Menschen an Götter, weißt du?" Der Weg führt die beiden entlang der inneren linken Ringseite. Cleo hält den Kopf gesenkt. Setzt jeden ihrer Füße auf genau dieselbe Stelle, die zuvor von der Mutter berührt worden ist. Immer noch sind die Hände miteinander verbunden. „Wie zum Beispiel: Totengötter. Fruchtbarkeitsgötter. Kriegsgötter. Heilgötter und viele mehr. Die Kelten verehrten und huldigten sie, damit diese die Menschen mit ihren Gaben und Kräften beschenkten. Besonders die Muttererde verehrten sie." Bei den letzten Worten verstärkt sich kurz der Druck auf die Hand der Tochter. Sie hebt den Blick. In Gedanken versunken, geleitet die Mutter sie weiter. Eine Einbildung. Das Mädchen lauscht weiter gespannt ihren flüsternden Worten. Der Weg führt die beiden langsam in den rechten Ring des Labyrinths. „Die Kelten verstanden es, mit der Natur und dem Mond in Einklang zu leben." Nun erhält das Mädchen einen leuchtenden Blick. Enthusiastisch zeigt die Mutter zur Decke: „Ihre Freunde, die Sterne, zu deuten und den Wandel der Jahreszeiten zu beobachten, war ihnen heilig." Leiser fährt sie fort. „Im Gegenzug widmete ihnen die Natur ihre Kräfte. Die Weisen, die Druiden, deren Magie und Rituale stellten für die Menschen eine wichtige Verbindung zu ihren Gottheiten dar." Kurz verweilte sie nachdenklich, fast um sich zu orientieren. „So entdeckten sie diesen Hügel." Sie schließt erneut für den Bruchteil einer Sekunde ihre Finger fester um die kleine Hand und setzt sich wieder in Bewegung. „Weißt du, diese cleveren Männer bemerkten sofort seine Besonderheit. Sie spürten die starke Magie, die darin lebte. Aber das war nicht alles." Sie zwinkerte verschwörerisch. „Die Kelten entdeckten noch etwas anders unter diesem Hügel. Einen Fluss. Einen magischen Fluss." Das Mädchen denkt an den stetigen Drang, weiter in die Tiefen dieses Hügels vorzudringen. Bereits beim Betreten ist ihr der abfallende Eingang der Kathedrale aufgefallen und das unsichtbare Tor, das sie durchschritten hatten. Auch das blaue Licht, das den Fenstern zu verdanken ist und an denen ihre Schwester so interessiert scheint, ist ihr nicht entgangen. Das Licht gefällt ihr. Das Fensterglas scheint zu einem Edelstein zu verschmelzen, der das Licht nicht völlig durchlässt, sondern selbst leuchtend wird. Aber nichts dergleichen wird sie sagen und somit zugeben, dass ihr etwas gefällt, das auch ihrer Schwester zusagt.

„Der Fluss trug heilende Kräfte in sich und die Kelten begannen, an diesem Ort ihre Rituale und Feste abzuhalten." In der Mitte angekommen, dreht sich die Mutter zu ihrer Tochter. „Findest du den Weg wieder hinaus?"

Nachdenklich betrachtet das Kind die Marmorplatten. „Warum auch nicht. Es ist ein Labyrinth und kein Irrgarten – es führt nur ein Weg hierher." Eine typisch neutrale Antwort.

Bestätigend und sichtlich stolz nickt die Mutter. „Geh du voraus."

„Nur wenn du weitererzählst."

„Psst. Nicht so laut – versprochen." Zufrieden visiert das Kind den Rückweg an. „Sie schlugen an dieser Stelle einen Brunnen mit einer Tiefe von fast vierunddreißig Metern." Verblüfft bleibt das Mädchen wie angewurzelt stehen. Das scheint ihr zu dieser Zeit doch ein unmögliches Unterfangen. Sekunden verstreichen, bis es seinen Gang fortsetzt. „Das quadratische Becken ist genau nach den Himmelsrichtungen ausgerichtet. Kennst du diese noch?" Listig beugt sich die Mutter vor und schaut der Tochter über die Schulter.

„Mam! Ich bin doch keine fünf mehr." Empört macht Cleo einen schnellen Schritt nach vorn. Grinsend blickt die Mutter auf die Uhr und erstarrt für einen Augenblick, bevor sie Ausschau nach ihrem Mann und ihrer älteren Tochter hält – die Zeit wird immer knapper. Langsam kommen sie zum Ende ihrer Reise.

„Was wurde aus diesem Brunnen? Haben sie ihn zugeschüttet?"

„Ja", folgt die trockene Antwort, und das Kind sieht sie fassungslos an. „Die Menschen, welche die christliche Religion verbreiteten, machten es sich zur Aufgabe, alle Ritualstätten der Kelten zu zerstören, und Jahrhunderte später wurde er zugeschüttet."

„Es gibt den Brunnen nicht mehr?" Das Mädchen ist davon überzeugt, den Fluss beim Betreten des Labyrinths gespürt zu haben. Die Magie ist nicht stark, aber er trägt sie immer noch in sich.

„Doch, es gibt ihn noch. Anfang des 20. Jahrhunderts wurde er wieder freigelegt." Interessiert beobachtet die Mutter ihre Jüngste. „Warum fragst du?" Beide ziehen sich wieder Socken und Schuhe an.

„Nur so." Gedankenversunken bindet Cleo eine Schlaufe. „Wo befindet sich der Brunnen?"

„In der Krypta." Die Mutter erhebt sich und sieht sich suchend um. Es ist fast Mittag. Die Zeit ist gekommen. „Wenn du möchtest können, wir nachher dort hingehen, aber vorher möchte ich dir noch etwas zeigen." Dem Mädchen entgeht die aufkeimende Nervosität der Mutter nicht.

„Wo sind Dad und Ally?"

Suchend dreht sich die Mutter in Richtung Altar und deutet mit dem Kopf dorthin. „Aber ich möchte dir eine Stelle zeigen, die nur einmal im Jahr zu einer bestimmten Uhrzeit sichtbar wird." Neugierig sieht sich das Mädchen um. Erneut wirft die Mutter einen Blick auf die Uhr, greift nach der Hand des Kindes und zieht leicht daran. „Komm, sonst ist es zu spät." Misstrauisch sieht das Kind zu ihr auf. Was ist nur los? So kennt sie ihre Mami nicht, doch sie folgt ihr ohne Widerspruch.

Gemeinsam umrunden sie einige Säulen, der Blick der Führerin ist abwechselnd auf die vielen blauen Fenster und den Boden fixiert, bis sie endlich findet, was sie zu suchen scheint. Erneut wird ihr Griff fester, und sie beschleunigt ihre Schritte. Neugierig schielt das Kind am Körper der Mutter vorbei. Erhascht einen eigenartigen Strahl, der sich von einem der blauen Fenster löst, um etwas auf dem Boden zu kennzeichnen ...

„Oh verdammt! Das darf doch einfach nicht wahr sein!" Fluchend stand ich an Bord des Bootes und schimpfte wild gestikulierend vor mich hin. So lange und so deutlich hatte ich noch nie eine Erinnerung halten können, und dann, wenn es gerade wichtig wurde, brach sie komplett und ohne Vorwarnung zusammen.

„Beruhige dich, Cleo. Es ist unglaublich, was du da gerade gesehen hast!" Ilvy hatte ich bereits über meine Erkenntnisse informiert. Sie war total aus dem Häuschen, anders konnte ich ihre Reaktion nicht beschreiben, und das nur deshalb, weil ich eindeutig schon mal in Chartres gewesen war. Irgendwie hatte ich aber alles wieder vergessen. Wie alt war ich wohl gewesen? Wann waren wir in Frankreich auf Urlaub? Wie alt wirkte Ally? Ich war acht oder so ...

„Was denkst du, was das für eine Schwelle war, die du damals beim Eintreten gefühlt hast?"

Entmutigt zuckte ich nur mit den Schultern. „Hm, nachdem Mam angedeutet hat, dass ich als Kind bereits empfänglich für Überirdisches war – vielleicht die Raumzeitkrümmung."

„Was?" Verständnislos sah sie mich an.

„Naja, die Raumzeitkrümmung eben. Es ist wissenschaftlich bewiesen, dass die Schwerkraft und die Gravitation dort höher ist als an anderen Orten, was nicht zuletzt mit dem riesigen Merkaba-Feld, das dort rotiert, und mit den hohen erdmagnetischen Kräften zusammenhängt."

„Merkawas?" Ilvy sah mich an, als wollte ich ihr erklären, dass Celtic eigentlich ein weißes Einhorn war und die Flügel in seinem Bauch versteckt hielt. Wahrscheinlich würde sie das leichter verstehen ...

„Eigentlich besteht Merkaba aus drei Wörtern. Mer bedeutet gegenläufig rotierendes Lichtfeld und war in Ägypten das Wort für Pyramide, Ka steht für den feinstofflichen physischen Körper und Ba bedeutet Seele. Das heißt, bei der Merkaba handelt es sich um ein gegeneinander drehendes Lichtfeld, basierend auf pyramidalen Formen, das mit dem feinstofflichen physischen Körper und der Seele verbunden ist ..." Wie eine Seele mit einem Bauwerk aus Holz und Stein zusammenhängen konnte, war mir selbst unklar. Aber woher wusste ich das alles? Verunsichert warf ich einen Blick in die Ferne. Schulterzuckend kehrten meine Gedanken zu ihr zurück. Ihr Gesichtsausdruck hatte sich nicht verändert. „Okay, ein Beispiel: Nimm zwei identische Stoppuhren. Die Uhren werden gleichzeitig gestartet. Die eine bleibt in der Kathedrale, und die andere soll außerhalb, weit außerhalb dieses Feldes deponiert werden. Nach vier Stunden kontrollierst du die Uhren. Verblüfft wirst du feststellen, dass die Uhr in der Kathedrale einen Zeitrückstand von vier Sekunden aufweist. Im ersten Moment sieht das nach wenig aus, doch rechne das auf Jahre oder Jahrzehnte hoch, so ergeben sich andere Dimensionen."

„Wow! Woher ziehst du dir derartiges aus den Fingern?" Ilvys Blick wurde immer fassungsloser.

„Ähm, ich glaub', das hatten wir als Beispiel in der Schule. Sonst kam es sicher mal im National Geographic vor." Unentschlossen zuckte ich mit den Schultern.

„Hast du noch so ein Beispiel?"

„Ähm ja, hätte ich, aber ich denke du hast verstanden, was diese Raumzeitkrümmung bedeutet, oder?"

Nachdenklich sah sie zu Boden, bevor sie mich wieder ansah und grinsend antwortete, „Ja, ich denke schon. Dieses Wissenschaftsding hast du jetzt echt gebraucht, oder?"

Erleichtert entwich mein Atem aus den Lungen. „Ja, ich denke schon." Schallend begannen wir zu lachen, aber sie hatte recht. Es tat mir ungemein gut, etwas für mich Glasklares, das mit diesem Gen in Verbindung stand, auf diese Art erklären zu können. Ich nahm mir vor, mich noch einmal eingehender mit dem Phänomen Chartres auseinanderzusetzen. Wesentlich entspannter hörte ich mir Ilvys Pläne an. In ihr schien sich der wahnsinnige Drang festgesetzt zu haben, die uns verbleibende kurze Zeit so intensiv wie möglich zu nutzen. Bei ihren Vorhaben tendierte ich nun mehr zu einem Energiestein als zu einem Schutzstein. Mein Verständnis dafür war gemischt. Wurde ich doch in gewisser Weise gezwungen, an ihren Aktivitäten teilzunehmen.

Shoppen? – Sie wusste, dass ich das hasste.

Eine Tour ins VIADUKT, einem der größten Einkaufszentren Zürichs ... Neein! Konnten wir nicht auf die Demo, die in ein paar Tagen in der Stadt angemeldet war? Das würde wenigstens der Allgemeinheit und unserer Umwelt etwas bringen und nicht nur der Konsumgesellschaft. Nachdenklich betrachtete ich nach einem herablassenden Kommentar ihrerseits mein Badeoutfit. Naja, saß etwas knapp. Vielleicht war ich doch in die eine oder andere Richtung gewachsen? Wenn ich sowieso zu einem Einkaufsbummel genötigt wurde, sollte ich dies auch gleich mit dem Nützlichen verbinden. Nein! Das war nicht nützlich. Ich beschloss, ihre Idee offen im weiten Raum stehen zu lassen und mich zuerst mit dem aktuelleren Problem auseinanderzusetzen: Kino, und das heute

Abend. Wir feilschten noch um den Film – ich hegte das ungute Gefühl, dass ich bei dieser Wahl den Kürzeren ziehen würde. Vielleicht sollten wir einen Kompromiss eingehen: Sie durfte den Film aussuchen, dafür würden wir das Shoppen streichen und durch etwas Sinnvolles ersetzen.

Aber zuerst kam das Beste des Tages: Ich durfte ans Ruder!

Adrenalin machte sich in meinen Adern startbereit. Spitzbübisch grinste mich Schwedengirl an. Ob sie in diesem Augenblick meine Gefühle erahnen konnte? Geduldig erklärte sie mir noch mal alle Hebel und Knöpfe – hatte dieses Ding im vergangenen Jahr auch so viele? Ja, hatte es. Augenblicklich war meine Erinnerung taufrisch. Gierig schloss ich die Augen und atmete tief ein. Es tat so gut, frei atmen zu können ...

„Es ist zwar nicht wie Fallschirmspringen, aber ich weiß, dass du es genießen wirst. Bereit?" Ilvy hatte das Boot an eine nicht einsehbare Stelle manövriert. Um diese Jahreszeit häuften sich wieder die Kontrollen der Wasserpolizei, besonders bei Jugendlichen, die alleine unterwegs waren. Die Gesetzeshüter guckten immer ganz verdattert, wenn sie Ilvys Lenkerlaubnis sahen. Echt zum Schießen!

„Jap." In meinen Fingern kribbelte es. "Moment!" Ich schüttelte ihre Hand ab und kramte meinen iPod aus dem Rucksack. „Auf was hast du Lust?" Ich scrollte herum und trat wieder neben sie.

„Denkst du, wir werden bei dem Lärm etwas hören?"

Von meinem Vorhaben überzeugt, zuckte ich siegessicher die Schultern. „Das neue Boot deines Dads, ist nicht mehr so laut und hat eine ultrageile Zusatzausstattung ..." Grinsend steckte ich den Player in die dafür vorgesehene Halterung, verstellte ihr den Blick darauf, bevor ich auf Start drückte und die E-Gitarrenklänge von Nickelback aus den Boxen dröhnten. Fast hegte ich die Traumvermutung, dass dieses Spielzeug nur für mich geschaffen worden war. „Verdammt!" Beide brachen wir über den Lärm in schallendes Gelächter aus. „So war das nicht gedacht, aber, hey, ... dieses Schiffchen beheimatet eine Megaanlage!" Ausgelassen lachten wir, bis die Bauchmuskeln schmerzten. Meinem Musikerherz verlangte es heute, ausgiebig zu rocken. Ich regulierte die Lautstärke auf eine etwas weniger aufsehenerregende.

Nun wurde es endlich Zeit, diese Nussschale zu starten. Vorsichtig setzten wir uns in Bewegung. Lauthals sang ich mit Chad Kroeger den Refrain von *Million Miles an Hour*. Ilvy hob eine verzückte Augenbraue und fiel lachend in den Text mit ein.

Vorsichtig drückte ich die Hebel und spürte, wie das Adrenalin gemeinsam mit der Geschwindigkeit stieg. Mein Grinsen nahm dämonische Züge an.

„Gib Gas!" Übermütig rempelte sie mich an der Schulter an, „Trau dich!" Sie stand immer noch dicht neben mir, um falls nötig blitzschnell das Ruder zu übernehmen.

„Jawohl, Madame!" Wie ein Matrose salutierte ich ein letztes Mal und drückte den Hebel. Mit tiefer Zufriedenheit saugte ich die frische Seeluft in mich hinein. Genoss die feinen Wassertröpfchen, die meine Haut benetzten. Wie ein beruhigender und stärkender Mantel legten sich die warmen Sonnenstrahlen um meine Schultern. Meine innere Mitte erwärmte sich – speicherte die Energie. Das rote Segelboot kreuzte unseren Weg, und wir winkten den Passagieren freudig zu. Immer wieder hüpften wir über kleine Wellen. Das bläuliche Wasser peitschte gegen den Bug. Ich pendelte den kleinen Wellenreiter auf die naturbelassene Seeseite ein. Möwen begleiteten uns auf kurzen Strecken, bevor sie abdrehten und auf Futterjagd gingen. Ich wollte nicht zu nah an die Fähre, die in regelmäßigen Abständen übersetzte. Nicht zu nah an die Schokoladenfabrik. Nicht zu nah zu den Menschen, die sich auf einer dieser Seiten vermehrt tummelten. Ich wollte noch länger in dieser Geschwindigkeits- und Einsamkeitsblase mit meiner besten Freundin verweilen. Das Adrenalin gab mir den Rest! Es schenkte mir ein weiteres Stück Lebensgefühl. Ja, ich war am Leben, und ich liebte es! Die Gabe, etwas zu akzeptieren, war ein puschendes Gefühl gewesen, das immer noch in mir wiederhallte, aber dieser Rausch und der Jump wurden von Freiheit begleitet und das befand sich kilometerweit von dieser Fähigkeit entfernt. Frei von psychischem und seelischem Mauerwerk, das sich Selbstschutz nannte und jedes Gefühl unterdrückte.

„*Make me believe again ...*", schrien wir mit Chad um die Wette. Dieses Gefühl, die Ausgelassenheit, mein inneres Feuer und mein Schutzkreis ließen mich hoffen, dass ich das mit der Gen-Mutation doch noch irgendwie auf die Reihe bekam.

Eine Mutation. Ja! So hatte ich es immer gesehen. Ein gravierender Fehler.

Für mich war es nie eine Gabe gewesen, nie ein Geschenk.

Ich fuhr eine Kehre. Auf der Rückfahrt brausten wir an kleinen Dörfern mit ihren Kirchen und verwinkelten Häusern vorbei. Genossen die Kraft der Wellen, die immer stärker gegen das Boot schlugen. Unser Lachen klang laut und frei.

Irgendwann näherten wir uns ein paar Segelbooten. Ein buntes Treiben. Die meisten von ihnen waren weiß. Da war auch wieder unser roter Begleiter – sein Segel glich einem Regenbogen.

Langsam kreuzten auch die ersten Ausflugsschiffe unseren Weg. Groß, mächtig, aus viel Metall und Glas und mit viel menschlichem Gepäck bestückt tuckerten sie über das Wasser. Nachdem sich diese häuften, nickte ich Ilvy zu, und wir tauschten die Plätze. Dieser unglaubliche Moment war mir kein negatives Ende wert, und ich drehte den Lautstärkeregler runter. Breit grinsend – ich will auch so ein Teil!

Langsam senkte sich die Sonne. Nach einer ausgiebigen Schlussrunde brachten wir das Boot zurück an den Anlegesteg.

„Zieh es stramm, du Schnarchnase!" Ilvy war dabei, die Bojen an den Haken zu befestigen.

„Hey, nenn mich nicht Schnarchnase und außerdem, was denkst du, was ich tue?" Ich hing mit dem gesamten

Gewicht auf der Plane. Langsam bekam ich Beklemmungen – hoffentlich riss die Abdeckung nicht. Mussten die Dinger immer so haargenau angefertigt werden? Oder war das eine Macke von Peter? Schweißgebadet, dieses Mal aber nicht von der Sonne, kramten wir unsere Sachen zusammen.

„Also, abgemacht. Heute Kino." Wir packten unsere Rücksäcke und luden einen in den kleinen Koffer der Vesper und einen vorne zwischen Ilvys Beine.

„Jap." Ginge es nach meinem Bauchgefühl, würde ich lieber auf unserer megagroßen Couch versinken und einen Einzeltestlauf über Schnulzenfilm und Ilvy-Reaktion durchführen, aber ihre Freude war ansteckend. Somit schluckte ich die Nervosität runter. Wollte ich doch ebenso raus und unter Menschen! Nach all dem Stress hatte Ilvy einen Ausgleich mehr als verdient. Auch wenn ich bei ihrer Filmauswahl die No-Go-Karte ziehen würde. Ich wusste es einfach ... Wenn alle Stricke rissen und ich mit den hereinstürmenden Gefühlen nicht klarkäme, hätte ich immer noch den Schutzstein. Bei dem Gedanken blieb aber die Hoffnung auf Erleichterung auf halber Strecke hängen.

„Und ich darf auch sicher den Film aussuchen?"

Gott! Bin ich bescheuert? Alleine dieser Satz machte mir Angst – aber wie konnte ich Nein sagen, wenn sie mich anstrahlte wie ein kleines Kind zu Weihnachten? Das gab mir etwas zu denken. War ich herrisch, was die Filmauswahl betraf?

„Jap." Diese Antwort kam zögerlicher als beabsichtigt, aber trotzdem noch zuversichtlich – wen versuchte ich hier zu überzeugen? „Du wirst mit Sicherheit etwas finden, was uns beiden gefällt." Mhm, genau. Das nannte ich mal eine Herausforderung, die kaum zu schaffen war.

Ihre Punk-Frisur verschwand unter dem Helm, bevor auch ich unter meinem abtauchte. Mein Regenbogen setzte mich vor unserem Gartentor ab.

„Um neunzehn Uhr bin ich wieder da. Willst du mit dem Zug in die Stadt?" Nachdenklich beobachtete sie die Gefühlsregungen auf meinem Gesicht, die ich selbst zu analysieren versuchte. Mit dem Zug wäre eindeutig lustiger, gesprächiger, sparsamer und umweltfreundlicher. Mit der Vesper wären wir zeitlich ungebunden, ich etwas geschützter vor den herumirrenden Gefühlen anderer, und außerdem fuhr dieses Gefährt, ohne Abgase zu erzeugen.

„Ich nehm' dir die Entscheidung ab, da wir es nicht gleich übertreiben wollen." Wie gnädig, Madame! „Ins Kino mit der Vesper und morgen shoppen mit dem Zug. Was hältst du davon?" Klar. Wir wollten es ja nicht übertreiben ... und was das Shoppen anbelangte, darüber würden wir später sprechen. Ilvy hatte das Visier nach oben geschoben und ließ mich immer noch keinen Moment aus den Augen.

Ihr Vorschlag für den Abend klang akzeptabel. „Kümmerst du dich um die Karten? Dann ersparen wir uns das doofe anstellen."

Meine Skandy-Freundin nickte: „Mach ich." Sie umarmte mich zum vorübergehenden Abschied, klappte ihr Visier nach unten und fuhr winkend den Hügel runter.

Irgendwann würde ich ein Motorrad fahren. Ein Schwarzes. Ein Schnelles. Eines, mit dem ich mich in die Kurven legen konnte. Eines, das mir Adrenalin bescherte. So eines, wie ich es mit Benn auf der Ausstellung gesehen hatte. Genau! Aber, hey! Verdammt! Wie sollte ich diesen Abend überleben? Dieses ungute Bauchgefühl ließ einfach nicht locker.

Mir summte der Schädel, als hätte ein Bienenschwarm dort seine Waben aufgeschlagen. Wenn das so weiter ging, war ich versucht, die Augen zu zukneifen, die Ohren fest mit den Händen zu verschließen, und das nur, weil ich mich peinlich berührt fühlte, mir eine gestellte Schmuse-Szene der Protagonisten reinzuziehen. Hoffnungsvoll wagte ich mit einem Auge den Blick auf die Leinwand. Oh. Mein. Gott. Musste das sein? Klar lehnte Miss Hauptdarstellerin unschuldig an der Wand. Klar kam ihr Gegenpart der stummen Herausforderung nach. Natürlich schloss sie bereits die Lider, obwohl er noch eine Kopflänge von dem Knutsch-verschling-dich-Moment entfernt lag – so viel zum Thema voreilige Einsatzbereitschaft. Und wir wussten doch alle, dass dieses Ganze ... im Dunkeln enden würde. Vor den Reaktionen dieser neuverliebten und frustrierten Pärchen musste ich meine überaktiven Sinne besonders gut schützen. Die meisten der Besucher konnten es kaum noch erwarten, bis die Schauspieler ihnen in diesen Szenen demonstrierten, wie es sich Autor und Regisseur ausgedacht hatte. Gekoppelt mit den Träumen, die dadurch in die Welt der Beziehungen gesetzt wurden. Die meist kaum zu erfüllen waren, und die Hauptdarsteller abseits der Leinwand komplett verdreht zurückließen. Da wunderte sich dann jemand, wenn sich Realität und Fiktion vermischten und sich die meisten nach zwei oder drei Jahren wieder trennten oder scheiden ließen. Im Endeffekt schafften es nur die, die mit ihrer Beziehung und ihrem Partner gemeinsam in der Wirklichkeit lebten, sich zu gleichen Teilen und in die gleiche Richtung entwickelten, gemeinsam Träume lebten und keiner von ihnen von derartigen Filmbeziehungen oder Momenten im Geheimen träumten.

Und das sagte ich mit meinen sechzehn Jahren – hm! Punkt aus. Klugscheißer! Das sollte eigentlich der Moment sein, in dem dieses Wort aus dem Munde meines kleinen inneren Ichs mir angeekelt und gekränkt vor die Füße geworfen werden sollte. Keine Ahnung, wo sich dieser Dreikäsehoch rumtrieb. Trotzdem. Genau so sah ich das. Nur mit einem Manko: eine Klugscheißerin mit einer Weltanschauung, mit der nur die wenigsten klarkamen.

Bedenklich fand ich aber trotzdem die Sorte Pärchen, die nach dem Film nach Hause stürmten, um die Szene zu imitieren, und die hofften, dass auch sie von derartigen Gefühlen heimgesucht wurden. Zum Glück blieb mir *Shades of Grey* erspart. Da ich nun die Sechzehner-Marke erreicht hatte, durfte ich den Dreiteiler offiziell sehen – bildlich sah ich vor mir, wie ich bei all den Gefühlstornados schreiend aus dem Saal stürmen würde. Zum Glück wurden die Streifen nicht mehr im Kino gespielt, und dieses Szenario blieb nur ein Albtraum. Der Gedanke an Flucht wurde auch für die augenblickliche Situation immer verlockender.

Schweißperlen standen mir auf der Stirn, und ich spürte, dass mein letzter Widerstand bröckelte. Verdammt! Das war eine blöde Idee – ausgerechnet zu einer Premiere! Konnten wir nicht einfach die neueste Marvel-Verfilmung schauen? Oder noch besser, gab's nicht einen neuen Dan Brown mit Tom Hanks? Die Vermutung, dass ich mit diesen Filmen keine derartigen Probleme hätte, lag mehr als nahe. Noch zwei weitere geschlagene Minuten quälte ich mich. Mittlerweile hatte es der Hauptdarsteller geschafft, dem Eifer seiner Partnerin nachzukommen, und klebte mit seinem Mund auf dem ihren Lippen. Sabber. Zungen. Ich spielte mit dem Gendanken, nun auch aus anderen Gründen den Saal zu verlassen ...

Es reichte! Ich konnte nicht mehr! Im Halbdunkeln kramte ich in meiner kunterbunten Umhängetasche herum – wo ist dieser verfluchte Stein?! Ich scheiß auf diese ganzen Gefühle! Am liebsten hätte ich Ilvy eine geklebt! „Ach, Cleo, du wirst sehen, bei dem Film werden dir so viele positive Gefühle entgegengebracht ..." Mhm. Bla bla bla, kotz, würg! Auch diese konnten einem zu viel werden.

Kein Problem! Du wirst sehen, das schaffst du! Erschrocken hielt ich in meiner Suche inne. Wo war wohl dieses verschlafene kleine Ding die ganze Zeit abgeblieben? Irgendetwas stimmte mit meinem inneren Ich nicht. Es sah total fertig aus. Wie nach einem Ringkampf. Kreidebleich. Die Haare standen ihm zu Berge und gehen hatte es allem Anschein verlernt. Der Gang glich dem einer angetrunkenen Banane. Was war los mit ihm? Ich begann, mir ernsthaft Sorgen um es zu machen ...

Ahnungslos zuckte mein Unterbewusstsein die Schultern und setzte sich kraftlos auf den weißen Sitzsack. Hey, es trug einen Jogginganzug und trank Kräutertee. War es krank? Es war doch noch nie krank gewesen! Konnte es überhaupt krank werden, wenn ich es nicht war? Sobald ich diese verdammten Gefühle unter Kontrolle hatte, würde ich mich seinem ... Problem zuwenden. Erschrocken hielt ich inne. Stumm formten meine Lippen erneut die Worte: OH. MEIN. GOTT! Freitag ...

An diesem Abend lag mir bereits das nächste Event bleischwer in der Magengrube. Dads Geburtstagsgeschenk! Das hatte ich total vergessen. Verdammt! Wenn das auch so ablief, konnte ich mich gleich in eine mit Wasser angefüllte tragbare Badewanne legen und das Konzert als Dita Von Teese-Abklatsch genießen. Hm, mit wem sollte ich hingehen? Ilvy oder Dad? Dad oder Ilvy? Ilvy wusste über meine Akutprobleme bei derartigen Menschenansammlungen Bescheid und dort saßen sicher viel, viel mehr Menschen als hier herum! Trotzdem steckte ich wegen ihr hier in der Klemme. Aber ich wollte dahin. Andererseits sollte ich das mit Dad machen. Nicht nur weil es sein Geschenk war – hm - einfach aus Prinzip. Vielleicht sollte ich diese Grübelstudie auf einen geeigneteren Zeitpunkt vertagen und mich wieder auf mein momentanes Problem konzentrieren. Gott! Alle glotzten stocksteif auf diese Leinwand. Nur ein weiterer Test – pah! Dieses verrückte Huhn wollte einfach ohne Rücksicht auf Verluste in den Schnulzenstreifen. Test hin oder her!

Keine Ahnung, wann wir die Kriterien für diese Tests festgelegt hatten. Gab es überhaupt welche? Waren diese allein auf Ilvys Mist herangereift? War ich anwesend gewesen? Nicht nur körperlich, sondern auch geistig? Ablenken! Ich sollte versuchen, mich abzulenken ... Ich wäre viel lieber in etwas Actionreicheres verschwunden. Die nächste Film-Wahl übernahm wieder ich! Shopping hin oder her.

Die Schläfen mit den Fingerspitzen massierend, hielt ich in der Bewegung inne. Irgendwie interessant, dass ich mich der X-Men-Reihe schon immer verbunden gefühlt hatte und nun durch meine neue Andersartigkeit nur noch mehr. Warum X-Men bei meinem Realitätssinn? Keine Ahnung – der Coolness halber? Warum Dan Brown? Weil ich seine Bücher liebte und Robert Langdon Kult war und auch die Filme gut gemacht waren. Was für eine Mischung ... Mein Ärger stieg von neuem und ich verkeilte mich wiederum in der vertrackten Situation. Wie bereits bekannt, hatte ich kaum Mitspracherecht bei der Auswahl des Films. Schließlich diente es einer Versuchsreihe, und ich war das Versuchsobjekt. Wirklich prächtig!

Ich nahm die Suche in meiner Tasche wieder auf. Nicht nur, dass ich einen Film ertragen musste, der mich nicht die Bohne interessierte, nein, ich hing in der Gefühlswelt aller anwesenden Personen in diesem Raum fest. Wo war nur dieser verdammte Stein? Kino war echt toll, und ich redete mich in Gedanken immer weiter in Rage. Mit Bestimmtheit konnte ich behaupten, dass ich noch bei keinem Film so viel Zeit auf der Toilette und an der frischen Luft verbracht hatte. Auch der Satz: „Entschuldigung, es tut mir leid. Ich leide an einer Blasenverengung", war mir noch nie so oft über die Lippen geklettert. Warum mussten wir auch in der Doppelmitte sitzen? – In der Mitte des Saals und der Reihen! Weil's die letzten Schrägstrich besten Plätze waren! Alles andere war bereits belegt gewesen ... bla, bla, bla! Mhm, alles klar! Und warum haben wir dann keinen anderen Film genommen?! Um was ging's noch mal in diesem Streifen?

Da!! Am liebsten hätte ich glücklich aufgeschrieen. Alles, was ich bislang gefühlt hatte, war vergessen, als ich die kühle Oberfläche des Steins mit den Fingerspitzen ertastete. Endlich!

Verwundert stellte ich nach der Kontaktaufnahme fest, dass der Sitzsack in meinem Inneren samt Unterbewusstseins-Sitzpartner verschwunden war.

*Prophezeiung aus dem 1. Buch
der 7. Generation*

Steinig wird dein Weg.
Schweiß wird er dich kosten.
Blut wirst du vergießen.
Schmerz wirst du erleiden.
Doch nie wirst du vergessen,
weshalb du dies auf
dich genommen hast!

JD

~Zwanzig~

Die Veränderung

Mit, aber besonders ohne Stein hatte ich nicht den Hauch einer Chance, das Kino-Gefühls-Chaos wieder unter Kontrolle zu bringen. Natürlich stellte die augenblickliche Konstellation eine Extremsituation dar, in der ich meine Abneigung gegen das Amulett ablegen musste: Kino; viele Menschen; zu viele Gefühle auf zu engem Raum. Zusätzlich deponierte ich diesen Film gänzlich in der Schublade „Geld- und Zeitverschwendung". Viel zu viele Hormone von viel zu vielen Individuen. Das hätte ich auch ohne Gabe nur unter übernatürlich starkem Koffeineinfluss mit wenigen psychischen Blessuren überstanden. Hilfe! Hörte mich denn keiner?

Die Erinnerung daran lässt mich heute noch erschaudern. Keinen Schritt werde ich je wieder in Räume mit hochgradig pubertierenden und liebestrunkenen Menschen setzen. Ich betone: Ich bin nicht selbstmordgefährdet!

Dass dieser Abend aber eine ganz andere Wendung nahm, hätte ich nie erwartet.

Nachdem ich diesen blöden Stein endlich zu fassen bekommen hatte, verließ ich fluchtartig das Gebäude und fiel wie ein Haufen Elend auf der letzten Stufe vor dem Kinoeingang in mich zusammen. Die Beine angezogen und fest an den Körper gepresst. Meine Unterarme ruhten auf den Knien, und die Stirn lag schweißgebadet darauf. Hektisch hob und senkte sich der Rücken. Mit Tränen in den Augen starrte ich abwechselnd meine durchlöcherte Jeans und den Beton unter den Füßen an.

Diesen Abend konnten wir als misslungenen Testversuch verbuchen. Was war schiefgelaufen? Wie bereits mehrmals erwähnt, zu viele Menschen – wir hätten in einer kleineren Atmosphäre und weniger dramatisch beginnen sollen. Vorsichtig betastete ich den Schutzschild. Er war noch da, aber er hatte sich verändert. Hm. Lag es an dem Stein oder an dem Gefühlsbombardement? Er wirkte nicht geschwächt, aber doch anders. Schwabbelig? Mit dem Ärmel der Jeansjacke wischte ich gerade die Tränen aus meinem Gesicht, als sich vorsichtig eine Hand auf meine linke Schulter legte.

„Cleo?" Verwirrt erkannte ich eine Männerstimme und nicht wie erwartet Ilvys. Saß diese Verräterin immer noch im Saal und glotzte diesen Hormon-Film?

„Tobi?" Verdammt! Ansehnlich war etwas anderes, aber bestimmt nicht ich in diesem Moment. Verunsichert stutzte ich. Seit wann war mir mein Äußeres in seiner Anwesenheit wichtig? Natürlich war mir klar gewesen, dass wir auf jemanden aus unserer Schule treffen könnten, aber diesen Gedanken hatte ich bewusst verdrängt. Das Gegaffe der anderen Kinoschaulustigen wegen meiner Verfärbungen reichte fürs Erste vollkommen. Doch ausgerechnet Tobi?

Ally und er waren in der Abschlussklasse. Für mich stellte er einen echt guten Kumpel dar. Was ich am meisten an ihm mochte, war, dass meine Schwester ihn null interessierte und er ein unglaublicher Computer-Freak war. Er war eine Art Tristan-Ilvy-Ersatz für mich – bei dem Vergleich traf mich ein Kübel eiskalter Schuldgefühle, der zum Glück meinen Rücken nach unten rutschte und sich nicht festsetzte. Post-it ans Gehirn: Dringend, aber absolut dringend, Tristan über Allys Pläne bezüglich Studium in London informieren!

„Was tust du hier?" Suchend sah er sich um. Nach wem hielt er Ausschau – Ilvy? Als ich nicht antwortete, deutete er auf den Platz neben mir: „Darf ich?"

Um seine Frage zu beantworten, rückte ich einen Zentimeter zur Seite. Keine Ahnung, wie lange wir schweigend nebeneinander saßen und der warme Wind meine Tränen trocknete. „Mittlerweile kenne ich dich gut genug, um zu wissen, wann du mir auf eine Frage antworten wirst und wann nicht. Darum werde ich meine Neugierde zügeln." War das ein indirekter Hinweis? Hoffte er, dass ich aus freien Stücken das Thema ansprechen würde? In einer abwartenden Haltung faltete er seine Hände und legte die Arme auf die Knie. Zwischen unseren Hüften bestand nur ein geringer Abstand, und irgendwie machte mich das nervös.

Sein Blick ruhte auf den Gebäuden auf der anderen Straßenseite, was mir Gelegenheit verschaffte, ihn eingehend zu mustern. Vielleicht wurde ich so aus dieser ungewohnten Nervosität schlauer. Schmales Gesicht. Viel zu kantig, passte aber zu seinem drahtigen Körper. Kein Sportfan, immer der Streber, aber ein humorvoller mit unglaublich viel Grips. Einer der vielen Gründe, warum wir Freundschaft geschlossen haben. „Was ich aber nicht zurückhalten kann, das ist meine Sorge um dich." Seine Worte rissen mich aus der Betrachtung seiner Züge, und ich war froh, dass das Licht hinter mir nur schwach leuchtete – verdammt! Meine Gesichtsfarbe hatte sich gerade deutlich in Ketchuprot verwandelt. Wie peinlich. Das war mir noch nie passiert! Seine grauen Augen richteten sich forschend auf mich. „Hat dich ein LKW gerammt?" Was war das? Die neue Standardfloskel? In seiner Stimme schwang ein Lächeln, und die Wärme, die er mir dadurch schenkte, überwältigte mich so sehr, dass ich über diesen dämlichen Vergleich hinwegsah und schutzlos in Tränen ausbrach. Gott, Wie peinlich! ... „Cleo., Schsch ..." Unvermittelt zog er mich in seine Arme und wiegte mich wie ein kleines Kind. Hemmungslos schluchzte ich vor mich hin und nahm einen tiefen beruhigenden Atemzug, in dem sich auch sein Geruch vermischte. Das alles ließ mich nur noch verwirrter zurück. Ohne Rücksicht durchnässte ich sein Hemd. Verdammt! Was tat ich da? Das war Tobi. Der Tobi, von dem ich alles über PCs gelernt hatte. Der Kumpel, mit dem ich über alles sprach, wenn Ilvy nicht da war und ich wen zum Lästern wegen Ally brauchte. *Pickel-Tobi* hat ihn meine Schwester immer genannt. Doch das war mehr als zwei Jahre her, und kein einziger Pickel verirrte sich mehr auf seine Haut. Dafür zerzaustes Haar und ein freches Grinsen. Die Mädchen standen Schlange vor seiner Tür, aber für mich war er immer mein Ilvy-Ersatz. Das hörte sich im ersten Moment gemein an, aber das passte perfekt in das zeitliche Arrangement von Ilvys Eltern. Wenn sie nach Schweden abdampfte, kam Tobi gerade aus Berlin zurück, und umgekehrt war es dasselbe. Es überschnitt sich immer nur um wenige Wochen. Seine Eltern hatten ein ähnliches Abkommen wie die meiner Besten, nur nicht so feindselig. Zu Beginn war meine bessere Hälfte nicht so angetan von dieser Freundschaft gewesen. Vermutlich hatte sie Bedenken, was sie bei ihrer Rückkehr vorfinden würde, aber die beiden verstanden sich gut, und insgeheim vermutete ich, dass sich Ilvy damals etwas in Tobi verguckt hatte. Wenn, dann war das wieder etwas Kurzzeitiges. Hoffentlich fand sie mal den richtigen Deckel, ich wünschte es ihr auf das Aufrichtigste! Aber lieber nicht zu bald, obwohl dieses rosa Herzchengejammere ganz schön nerven konnte. Sonst müsste ich sie gleich mit jemand teilen ... Oh, heute schwelgten wir aber auf der egoistischen Welle! Allgemein nannte ich das Gondeln der beiden eine glückliche Fügung, und zwar für mich. Leider hatte ich noch keine Optionen für die Zeit nach Tobis Abschluss. Wohin würde er gehen? Und wann würde er verschwinden? Juni? Moment, was tat er überhaupt hier? Es war zu früh!

Mit dem Shirt trocknete ich die letzten Tränen. „Was ...", verdammt! Was war nur mit meiner Stimme los? „Was ... hm ... Was tust du hier?" Verheult sah ich von seiner Brust zu ihm empor. Irgendetwas hatte sich in den letzten Monaten an ihm verändert. Vorsichtig zog er sich zurück, gab mich frei, entfernte die letzten Spuren auf meiner Wange mit dem Daumen. Mir wurde kalt. Die Arme wärmend um den Oberkörper geschlungen, zog ich mich weiter auf meine Seite der Treppe zurück. „Du bist zu früh aus Berlin zurück." Verunsichert sah ich in sein schmales Gesicht. Betrachtete die kleine Unebenheit seines Nasenrückens. In der Hoffnung, seine Popularität bei den Mädels zu steigern, hatte er vor circa zwei Jahren den Versuch gestartet, einen Kampfsport zu erlernen, und endete mit einer gebrochenen Nase. Zum Glück beließ er es dabei und konzentrierte sich wieder auf seine wahren Fähigkeiten. Die Mädels kamen mittlerweile ganz von selbst.

Er knetete seine verschränkten Finger. „Ich weiß." Was war los? „Das Abi ist überstanden. Ergebnisse sind draußen. Ich wollte nur sehen, wie es den anderen hier ergangen ist."

Aufgeregt sah ich ihn an, „Hast du bestanden?" Ein Kribbeln baute sich in meinem Bauch auf. Hm. „Was ist ...? Sag schon!"

Ein Lausbubengrinsen bildete sich auf seinen Lippen. Dieses Lächeln zog mich magisch an – waren seine Lippen immer schon so schwungvoll gewesen und ...? Hoffentlich stand mir nicht der Mund offen, mit dicken Sabberspuren am Kinn. Himmel! Mädel! Was war denn nur los mit dir? Das musste noch eine Reaktion auf dieses Hormon-Kino sein. Es musste einfach!

„Was denkst du denn?" Verschwörerisch zwinkert er mir zu. Plötzlich verstärkten sich diese Gedanken, die ich gegenüber Tobi nie wahrgenommen hatte. Diese Umarmung – ich wollte wieder zurück. Wünschte mir dieses warme, geborgene Gefühl wieder herbei. „Mit Auszeichnung, Baby!" Ungestüm und glücklich rempelte er mich von der Seite an.

„Wow!" Von ganzen Herzen freute ich mich für ihn und kämpfte nebenbei mit diesem Tornado in mir drin. „Gratuliere!" Freudig umarmte ich ihn, und da war sie wieder, diese Wärme, die er mir entgegenbrachte. „Wir haben nichts anderes von dir erwartet", brachte ich zwischen meinen belegten Stimmbändern hervor. Auf den ersten Blick schien alles wie immer, aber beim genauerem Hineinfühlen empfing ich von seiner Seite eine Veränderung. Etwas Neues. Frisches. Langsam begriff ich. Ich musste es dennoch genauer wissen und schob den Stein, der die ganze Zeit in meiner geschlossenen Hand gelegen war, in die Hosentasche.

Tobi hielt mich für unseren Freundschaftsstatus viel zu lange im Arm. Schamlos nutzte ich dieses stärkende

Gefühl aus. „Cleo, was ist mit deinem Gesicht passiert?" Widerstrebend löste er die Umarmung, distanzierte sich nur so weit, um mich besser betrachten zu können.

In Gedanken ging ich die Verfärbungen und Prellungen durch und zuckte lässig mit den Schultern. „Ich bin vom Pferd gefallen." Meine Stimme, diese Verräterin, war immer noch brüchig.

Vorsichtig strich er mit den Fingerspitzen über mein Gesicht. Über die betroffenen Stellen – ich rechnete mit leichten Schmerzen, aber es kam nichts. Seine Berührungen wurden von einer Sanftheit begleitet, die ich nie erwartet hätte. Mühevoll widerstand ich dem Drang, die Augen zu schließen und wie eine Katze zu schnurren. Seine Augen folgten dem Weg seiner Hände. Ich hatte wirklich zu tun, um nicht vor Wonne zu seufzen und die Kontrolle über meine Kinnlade zu behalten. Dann sah er mir direkt in die Augen. Verdammt! Nein. War es das, wonach Ilvy immer so verzweifelt suchte? Dieser Moment?

Langsam begann ich, sie zu verstehen ...

Was ich in seinen Augen entdeckte, raubte mir den Atem. Das hatte nichts mit Freundschaft zu tun. Abrupt ließ er mich los. „Wann?" Sein Blick war ernst, aber auch voller Sorge. Und in mir rebellierte es ... Hey! Das konnte er doch nicht machen! Mich zuerst so berühren, dann dieser Blick und dann haute er ab.

„Ähm ... Hmhm. Am Sonntag, vor vier Tagen. Halb so wild." Hilfe! Mir war so heiß. Ich verging neben diesem ... was? Kumpel?! Verzweiflung regte sich in mir.

Meine Erklärung tat er mit einem nachdenklichen Nicken ab. Dann sah er sich um: „Und was tust du hier draußen? Alleine?"

Hm, was nun? Auf der Unterlippe kauend, entschied ich mich für die Wahrheit, nur um ein paar Auslöser minimiert. „Ilvy dachte, ich sollte, nachdem ich im Großen und Ganzen schmerzfrei bin, wieder unter Menschen. Und dann hat sie mich ausgerechnet in diesen Schnulzenstreifen geschleppt." Theatralisch atmete ich aus und zeigte auf das dämonische Filmplakat. Mensch, war ich froh über den Themawechsel. „Irgendwann wurde es mir dann zu viel, und ich vertschüsste mich nach draußen. Und du?"

Während meiner Erläuterung hatte er mich nachdenklich betrachtet. „Ich saß im gleichen Kino wie du und hab' mich mehr auf deine Spaziergänge konzentriert als auf den Film." Oh! Gut, dass ich immer lieber für die Wahrheit plädierte. Wieder verschränkte er die Finger ineinander, legte sein Kinn darauf ab und starrte auf die andere Straßenseite. Blei legte sich auf meine Schultern. Ich sackte in mich zusammen. Beide hatten wir Fragen an den anderen ... Mit wem, bitteschön, sah sich Tobi einen Schnulzenfilm an?!?

„Warum hast du immer wieder den Saal verlassen?" Während er sprach, änderte sich sein Blickwinkel nicht. Bevor ich antworten konnte, traf mich unversehens eine Welle seiner Gefühle. Verwirrend. Mir entglitt nun doch die Kontrolle über die Kinnlade. Die Schleimhäute in meinem Mund trockneten aus. Die Hände begannen zu zittern, und meine Augen wurden groß. Mein Gott! Er konnte die Situation selbst nicht zuordnen. Meine Konzentration verlagerte sich ganz auf seine Aura – drei Farben waren deutlich erkennbar: Gelb, Blau und daraus bildete sich ein weiches Grün. Ein warmer süßer Schleier legte sich um meinen Schutzschild. Interessiert beobachtete ich dieses Schauspiel. Wieso konnte sich seine Aura über meinen Schild legen? Meinem Feuer lechzte es nach dieser Süße. Es war verlockend, den Schild für einen kurzen Moment einen Spalt zu öffnen, nur um ein wenig davon zu kosten. Doch dieser Hunger wurde abgelenkt. In der Mitte dieses Farbenspiels pulsierte ein purpurner kleiner Fleck. Dieser war die treibende Kraft. Diese Süße daraus trieb direkt zu mir. Diese Verfärbung brachte alles ins Wanken. Was war das? Und warum war dieser Fleck hier? Es kam mir vor, als würde er süffisant grinsend sagen: *„Sieh genau hin! Ich bin nur wegen dir hier. Nur für dich!"*

Fragend legte sich Tobis Blick wieder auf mein Gesicht. Oh! Seine Frage ... „Blasenverengung?" Warum klang meine Antwort wie eine Frage? Und warum benutzte ich die gleiche Ausrede wie im Kino bei den Besuchern?

Ruckartig erhob er sich und brachte in paar Meter Abstand zwischen uns. Genervt fuhr er sich mit einer Hand durch das wilde Haar, bevor er mich wieder ansah.

„Komm hoch!" Mit einer Handbewegung deutete er mir aufzustehen, „Ich fahr' dich nach Hause ..." Seine Stimme klang schroff. Was hatte ich getan? Irgendwie versuchte er, durch ein gequältes Lächeln seine Worte zu entschärfen. Es war eine Reaktion auf das, was wir beide nicht verstanden.

„Aber ..."

„Ilvy ist sicher mit ihrer Vesper unterwegs. Schick ihr eine SMS – dieses verträumte Mädchen kommt nicht raus, solange der Film nicht sein Happy End gefunden hat."

Ich bewegte mich keinen Millimeter. Auffordernd streckte er mir eine Hand entgegen. Verdammt! Er hatte recht, und es stimmte mich etwas traurig, dass meine beste Freundin diesem Film den Vortritt gab. Trotzdem konnte ich ihr keinen weiteren Vorwurf machen. Sie, meine Stütze. Der Mensch, der mich durch Dick und Dünn begleitete und nie im Stich ließ! Böse, nein, das konnte ich nicht länger auf sie sein. Diese Entspannung und Ablenkung hatte sie mehr als verdient, und ihre selbstsüchtige Wahl konnte ich ihr genauso wenig übel nehmen. Noch etwas unsicher ergriff ich Tobis Hand und ließ mich von ihm auf die Beine ziehen – mein Hintern wurde bereits kalt vom Beton. Durch seine Unterstützung kam ich ihm wieder verdächtig nahe und fühlte die Wärme, die sein Körper ausstrahlte. Meine Augen waren auf seine Brust gerichtet. War er immer schon so groß? Nervös hoffte ich, dass diese Situation irgendeine Richtung nahm – mir war egal, welche! Als hörte er meine Gedanken, legte er Zeigefinger und Daumen unter mein Kinn und zwang mich so ihn anzusehen. „Cleo, ... ich ..."

„Was?" Meine Stimme bebte – wollte ich das? Der rote Fleck pulsierte genau vor mir. War es sein Herz?

„Komm!" Unvermittelt gab er mich wieder frei und ergriff stattdessen meine rechte Hand. Diese fest umschlossen, marschierten wir in Richtung seines parkenden Autos. Gentleman-like öffnete er mir die Beifahrertür. „Schreib Ilvy eine SMS. Sie wird sich sonst Sorgen machen." Und schlug die Tür mit dem Ansatz eines Lächelns zu. Gehorsam angelte ich das Handy aus meiner Tasche, verfolgte aber Tobis Bewegungen im Rückspiegel. Er stand am hinteren Teil des Audis und gab ebenfalls etwas in sein Smartphone ein, dann setzte er sich wieder in Bewegung. Schnell tippte ich die befohlene SMS an Ilvy.

Ich hab's nicht mehr ausgehalten.
Sy hab tobi getroffen.
Er fährt mich nach hause.
Wir hören uns morgen. ☺

„Alles in Ordnung?" Gelassen setzte er sich auf die linke Seite und lächelte mich an, bevor er den Motor startete.

„Ja. Ich denke schon." Gedankenverloren sah ich aus dem Seitenfenster und genoss die Wärme seiner Aura auf dem Schutzschild. Was um alles auf der Welt ging hier nur vor?

Geschickt lenkte er den Wagen durch das abendliche Getümmel der Stadt. Langsam beruhigten sich meine Nerven. Die Atmosphäre im Inneren blieb gemischt. Einerseits herrschte die lockere Kumpelart, die wir kannten, und auf der anderen Seite drängte sich die neue, ungewohnte Situation, gepaart mit den Gefühlen, auf die vorderen Ränge. Aus den Augenwinkeln beobachtete ich ihn. Mit einem Mal fand ich seinen Spitznamen nicht mehr passend. Tobias – ja! Das war besser. Schließlich war er kein kleiner Junge mehr. Im Herbst wurde er zwanzig und transformierte sich zu einem wirklich attraktiven Mann. Neugierig betrachtete ich seine Hände. Eine lag locker auf dem Lenkrad, die andere spielte mit dem Leder des Ganghebels. Schlank, langgliedrig, und am Daumen trug er einen Platinring. Ohne den hatte ich ihn noch nie gesehen. Warum trug er ihn? Und warum machte ich mir über Hände Gedanken, die ich schon seit Jahren kannte? Das graue Hemd hatte er locker bis zu den Ellenbogen hochgekrempelt. Am linken Handgelenk trug er eine silberne Swatch, und das rechte zierten unterschiedliche Armbänder, geknüpft aus Garn, Leder und Erinnerungen von irgendwelchen Festivals. Auch meines trug er. Eine Erinnerung an meinen Freundschaftsarmband-Knüpf-Rausch. Zu diesem Zeitpunkt war unsere Bekanntschaft noch jungfräulich und basierte auf Herumgeschubse und PC-Spiele-Wettkämpfen, die er meistens für sich entschied. Das Freundschaftsband würde bald reißen, es hing nur mehr an wenigen dünnen Fäden. Meine Musterung wanderte seine Oberarme hinauf zu den Schultern, die entspannt an der Lehne des Sitzes ruhten. Weiter zu seinem schlanken Hals, um den eine silberne Kette mit einem Kreuz hing. Dieses konnte ich zwar nicht sehen, aber ich wusste, dass es da war. Tobi, – Verzeihung – Tobias wurde sehr christlich erzogen. Dieses Thema war oft Auslöser für Diskussionen zwischen uns, die nur die gemeinsame Kapitulation beenden konnte. Eben zwei Dickköpfe. Aber ich musste zugeben, es stand ihm! Meine Augen setzten ihre Wanderung zu seinem Gesicht fort. Sein Profil entlang. Mein Herz raste und tauchte augenblicklich ab ins Kellergeschoss!

Verdammt! Seit wann beobachtete er mich? Erschrocken wandte ich den Blick ab und vergrub mich tiefer in die Polsterung des Autositzes – insofern das noch möglich war. Mein verräterischer Bauch war dabei, unter seinem intensiven Blick zu explodieren. Erst als er sich wieder auf die Straße konzentrierte, entspannte ich mich. Keine Gefühlsregung war auf seinem Gesicht zu erkennen. Oh. Mein. Gott! War ich dabei, mich in ihn zu verlieben?!? Panik überkam mich. Alle Farbe wich aus meinen Wangen. Das war definitiv das Letzte, was ich jetzt brauchte.

„Frag!" Hatte er wirklich gerade gesprochen? Fast wäre dieses Wort aus seinem Mund von den Klängen von *One Republic* übertönt worden. Aber was sollte ich fragen? Ratlos verschränkte ich die Finger ineinander und zupfte an den Nägeln herum. „Cleo." Kurz sah er mich an. Bald würden wir bei mir zu Hause sein. „Frag mich!" Seine Stimme wurde drängender.

„Was soll ich denn fragen?" Es gab so vieles! Meine Stimme war nur ein Flüstern, und Tobias stellte das Radio aus. Es knisterte im Auto. Fast greifbar – ich wartete nur auf die Funken.

„Vor dem Kino. Auf der Treppe ... Ich weiß, dass dir eine Frage auf der Zunge gelegen hat. Fang einfach mit dieser an." Nachdenklich sah ich weiter aus dem Fenster. Wollte ich es überhaupt wissen? Vorsichtig checkte ich mein Bauchgefühl, hoffte, mein kleines inneres Ich anzutreffen. Das war ja nie da, wenn man es brauchte! Aber wo steckte es? Wir bogen in unsere Straße ein, und er drosselte das Tempo mehr als von den Schildern angeordnet. Nein! Ich wollte es nicht wissen.

Endlich! Unser Haus ... Meine Hand tastete sich zum Hebel der Tür vor.

Tobias schien aufgegeben zu haben. Er lenkte den schwarzen Audi in die Hauseinfahrt und wendete auch gleich – zur Abfahrt bereit. Wie erstarrt blieb ich sitzen. Mein Körper wollte mir nicht gehorchen.

„Cleo ..."

„Danke fürs Bringen", fiel ich ihm hektisch ins Wort und öffnete die Tür. Hastig schlug ich sie zu und fing an, in meiner Tasche nach dem Schlüssel zu kramen.

Vor der Haustür angekommen, verharrte ich in der Suche. Ich spürte seine Wärme hinter mir, bevor andere Sinne ihn wahrnahmen. Keine Berührung, und doch fühlte ich ihn. Wortlos griff er an mir vorbei und ließ mein Handy in die Tasche fallen. Wie versteinert starrte ich dem Smartphone hinterher. Das verräterische Ding musste bei meinem hastigen Ausstieg auf den Sitz gefallen sein.

„Danke", flüsterte ich und entdeckte erleichtert die Schlüssel.

„Warte, Cleo." Tobias griff nach meiner Schulter, gab mich aber im selben Moment wieder frei. Nervös stieß er den Atem aus, und ich wusste, dass er in einer ratlosen Geste die Hand in seinem braunen Haar vergrub. An meinem Rücken baute sich ein bekanntes Druckgefühl auf. Das Küchenerlebnis mit Ally leuchtete in blinkenden Alarmlettern in meiner Erinnerung auf. Augenblicklich verkrampfte ich mich. Doch seiner Variante haftete etwas Verwirrendes, etwas Zärtliches an. Es veränderte sich. Glich einem Streicheln. Das brachte mich nur noch mehr durcheinander. Sollte ich ... oder lieber nicht? Langsam wandte ich mich ihm zu. Überraschung traf mich trotzdem, als ich die zerrupften Strähnen sah und feststellte, wie gut ich ihn kannte. Gern würde ich die Festigkeit seines Haars erkunden. Vielleicht war es fein und leicht ... Oh nein! Schnell senkte ich den Blick. Am liebsten würde ich mich ohrfeigen für diese Gedanken.

„Sieh mich an, bitte!" Sein Blick war gehetzt. „Um deine unausgesprochene Frage zu beantworten, die ich in deinen Gesten und deinen Augen lesen konnte ... Verdammt! Das wird jetzt alles kaputt machen, und ich werde mir ewig vorwerfen, was für ein Idiot ich doch bin!" Innerlich versuchte ich, mich zu wappnen, aber nur gegen was? „Aber ich kann dich nicht anlügen. Schon gar nicht jetzt ..." Erneut vergrub er eine Hand in seinem Haar – warum berührte er nicht meins? Verflucht! Wo kam das alles nur her? Am liebsten würde ich mir selbst in den Hintern treten!

Genervt rieb er sich mit der anderen übers Gesicht. In seinem Blick lag so viel Traurigkeit, und nun fühlte ich sie auf meinen Schultern. „Ich war mit deiner Schwester im Kino."

Okay, ... das mit den Haaren war zu streichen, detto das mit der Wärme und der Umarmung. Und besonders war die Erinnerung an diesen roten Fleck zu löschen, der zu mir sprach. Augenblicklich zerquetschte der am Himmel stehende Mond meinen Schädel. Zermalmte das Gehirn zu Brei. Die Kinnlade schlug am Boden auf, und dieser gefühlsduselige Bauch landete bewusstlos auf der Intensivstation – zum Glück war von diesem Durcheinander noch nichts bei meinem Herzen eingetroffen – ich fühlte mich wie in einem Comic. Aber ... Was?!

Unmöglich! Tobias – mein Kumpel-Bär Tobi – hatte ein Date mit Ally?!

Mein Tobias?! So schnell wie sie gekommen waren, vertschüssten sich diese widersprüchlichen Gefühle auch wieder. „Unmöglich ..." Meine Stimme war nur ein Hauchen. Ruckartig trat er einen Schritt auf mich zu, und ich wich einen zurück. „Warum?" Die Antwort dann doch abwehrend, hob ich die Hände. Ich wollte es gar nicht wissen, doch er überging meine zögernde Geste.

„Sie lief mir bei meiner Ankunft in Zürich über den Weg." Frustriert wollte er sich erneut ins Haar greifen, brach aber auf halben Weg ab und ließ die Hand sinken. „Ich wusste bereits, dass es ein Fehler war, als ich zugesagt hatte."

„Sie hat dich gefragt? Und du bist trotzdem hin." Keine Ahnung, woher ich die Kraft für den angeekelten Tonfall ausgrub.

Tobias straffte die Schultern. „Ja. Ally und der Film waren von Anfang an uninteressant." Und ließ sie wieder sinken. „Ich wollte nicht unhöflich sein. Die ganze Zeit dachte ich nur, dass du und ich sicher einen besseren Streifen ausgewählt hätten. Und als ich dich dann entdeckte ..., konnte ich mein Glück kaum fassen. Ich wollte nur noch weg von Ally." Meine Gedanken schlugen eine andere Richtung ein, trotzdem zogen seine Worte nicht ganz unbeachtet an mir vorüber. Wut – blutig, aufbrausend – formte sich in meinem Bauch. Dieses Miststück! Das hatte sie mit Absicht getan – ihr Racheplan. Vielleicht nicht unbedingt mit dem heutigen Date und dem Kinobesuch, aber ich war mir sicher, dass sie mich damit verletzen wollte.

„Cleo!" Er streckte die Hand nach mir aus, „sie ist nicht wichtig." Noch mal wagte er einen Schritt auf mich zu, dieses Mal wich ich keinen Zentimeter zurück. „Ich bin zu dir ..."

„Hör auf!" Ich hatte genug. „Wären wir nicht zufällig im gleichen Film gelandet, hätte ich nie davon erfahren.

Stopp!" Er erreichte meinen körperlichen Sicherheitsabstand, aber ich würde nicht weichen. „Ally hätte es mir irgendwann unter die Nase gerieben. Sie weiß, wie viel mir unsere Freundschaft bedeutet." Enttäuscht schüttelte ich den Kopf und wandte mich mit diesen Worten wieder der Haustür zu und entriegelte diese.

„Bitte, Cleo!" In seiner Stimme schwang Furcht. Das wollte ich nicht, aber er hatte mich verraten und diese Gefühle, die er in mir ausgelöst hatte, die ich nicht wollte ... das konnte ich ihm nicht verzeihen!

Zitternd vor Wut, trat ich ins Haus, kratzte den letzten Funken Mut zusammen und sah ihn, wie ich hoffte, ausdruckslos an. „Mach's gut, Tobias!" Mit diesen Worten schloss ich die Tür. In meinem Inneren zog sich alles zusammen. Die Wärme, die mich ausgefüllt, beflügelt hatte ... ihre Reste verlor ich mit dem Einrasten des Schlosses. Die aufsteigenden Tränen stieß ich in das schwarze Loch, das sich bei seinem Verrat aufgetan hatte. Bei Gelegenheit sollte ich über die Freundschaftstheorie zwischen männlichem und weiblichem Geschlecht nachdenken. Vielleicht konnte ich ihm dann verzeihen, aber im Augenblick hatte ich nicht die Zeit, die Kraft und den Willen, geschweige irgendwelche Nerven dazu parat. Erschöpft sank ich an der Tür entlang zu Boden und hoffte, endlich die Geräusche seines Wagens zu hören. Doch es dauerte, bis seine Schritte einsetzten, ihnen eine zufallende Autotür folgte, eine gefühlte Ewigkeit bis er den Motor gestartet hatte und das Geräusch des abfahrenden Wagens in der Stille erloschen war.

Am Morgen danach saß ich nun in der Küche und trank eine Tasse von Hertas grünen Tee. Keine Ahnung warum Tee, aber so war es nun mal. Auf der Lippe kauend und den Blick in die Tasse gerichtet, grübelte ich darüber nach, wie ich in mein Zimmer, geschweige in mein Bett gekommen war. Es nahm kein Ende. Um mich abzulenken, las ich erneut Ilvys abendliche SMS.

Sy wegen dem film!

Hab meinen Fehler eingesehen.
Freut mich, dass du tobi getroffen hast,
ist er schon wieder zurück?
Ich bin leider nur über deine
wütende schwester gestolpert,
die auf ein taxi vor dem kino
gewartet hat.
Meld mich morgen nach der schule.
Schlaf gut! ☺

Hm ... Bei der Erwähnung dieser wütenden Schwester konnte ich nur schwer ein gemeines Schmunzeln unterdrücken. In dieser Minute fand ich die Aktion sogar wieder irgendwie cool, aber auch diese sechzig Sekunden gingen schnell vorüber.

Ja, schlaf gut! Nachdenklich legte ich das Handy zur Seite und betrachtete den Turmalin, den ich vor mich auf den Tisch gelegt hatte. In dieser Nacht hatte ich es ihm gestattet, meinen Schlaf zu bewachen. Ich traute dem Anhänger immer noch nicht über den Weg, aber ich rechnete ihm hoch an, dass es mich gestern aus dieser Katastrophe gerettet hatte. Vielleicht musste ich Kompromisse eingehen? Trotzdem, dieses dunkle Gefühl blieb. Es nahm kein Ende. Es wurde nur durch seine Hilfe gemildert. Warum war ich so unsicher? Warum so misstrauisch?

Vielleicht aus Selbstschutz vor den eigenen Gefühlen, vor Tobias' oder vor Allys? Keine Ahnung, was er in seiner SMS geschrieben hatte, aber es hatte ihr sichtlich nicht geschmeckt, so abserviert zu werden.

Ein Blick auf die Küchenuhr – noch geschlagene zwei Stunden, erst dann würde sich Ilvy melden. Ich gähnte. Die Nacht war kurz, nicht, was den Schlaf betraf, sondern die Erholung. Traum hatte ich keinen gehabt – es war nur schwarz.

Unsicher drehte ich den Stein auf die andere Seite. Schwarz.

Mein Spiegelbild ... besuchte mich nicht mehr, seit ich diesen Stein trug. Zufall?

Nachdenklich starrte ich beim Fenster hinaus. Auch verhielt sich mein kleines inneres Ich eigenartig. Fast unheimlich.

Ein davonbrausendes Fahrzeug zog meine Aufmerksamkeit auf sich. Warum hatte es der Postbote nur so eilig? Schockiert weiteten sich meine Augen „Scheiße!" Der Barhocker kippte um, und ich sprintete in Richtung Haustüre. Verdammt, die Post!

Ally spazierte gerade – zu selbstgerecht, wie ich fand – an mir vorbei. „Suchst du was?" Oh nein, ihr Blick sprach Bände. „Etwa das?" Mit einem Umschlag wedelte sie vor meinem Gesicht herum. Meine Augen weiteten sich und geschockt versteifte sich der Körper. Oh ja, das suchte ich! Diese dumme Ziege hielt doch tatsächlich einen von Mams Briefen in der Hand.

„Gib ihn mir!" Läge in meinem Blick ein Hauch von Magie, würde sie sich vor Schmerzen auf dem Boden winden. Aber nein, ich musste ja die Gefühle anderer spüren! Verzweifelt zog ich mehr Energie in den Schutzkreis – der Stein lag auf dem Tisch. Allys Aura hatte sich in ein grässliches, dreckiges Grün verfärbt, und die Verachtung, die mir entgegen schwappte, schnürte mir zum Glück nicht mehr so schmerzhaft die Luft zum Atmen ab. Danke, geliebter Schutzschild!

Im Augenblick brauchte ich alle Energie, um den äußeren Schein vor Ally zu wahren.

Beim Aufwachen hatte ich Mams Anleitung zum Aufbau der Blase befolgt. Hm, ... nicht ganz mein Ding, aber mit einer kleinen Abwandlung und nach einigen entmutigenden Minuten klappte es dann doch. Diesen, ich nannte ihn Schleier, spürte ich immer deutlicher. Darum konnte ich auch besser erkennen, ob er da war oder nicht, geschlossen oder geschwächt.

„Was, wenn nicht?" Den Umschlag hielt sie mir lange genug vor die Nase, um einen kurzen Blick auf den Stempel zu erhaschen. London. Oh, oh! Langsam dämmerte es mir, und schon kam die alles umfassende Frage. „Wer schreibt dir aus England?" Täuschte ich mich oder schwang Hass in allem mit, was sie von sich gab? Das würde diese scheußliche Farbe erklären. Abwartend stand ich da, aber außer einem verstärkten Kratzen und Ziehen an meinem Bewusstsein, das Ähnlichkeit mit den Übungen mit Ilvy hatte, bildete sich nur der Schmerz in meinem Rücken und um die Lunge. Dieser hielt sich in einem erträglichen Bereich. Erneuter Dank an den Schutzschild.

„Das geht doch dich nichts an!" Ein hastiger Schritt nach vorn, aber sie war schneller. Kein Kunststück, mit einer derartigen Aktion war zu rechnen gewesen.

„Mal überlegen. Wer wohnt in London?" Nachdenklich klopfte sie sich mit dem Umschlag gegen das Kinn. Puh! Er war noch ungeöffnet. „Granny und ihre Sippschaft hat dir schon ihre Aufwartung zum Geburtstag gemacht. Also bezweifle ich stark, dass sie es sind. Wer könnte es also sein?" Ein triumphierender und doch tödlicher Blick traf mich. Innerlich verkrampft, wappnete ich mich gegen die bereits bekannten Schmerzen. Die Spannung stieg. Was braute sich in ihren kranken Gehirnwindungen zusammen? Selbst mir war völlig unklar, in welche verdrehte Richtung sie von ihren Gedanken getrieben wurde. „Tristan!"

„Was?" Diese Synapsen-Misshandlung meiner Schwester war schon immer beeindruckend gewesen und entzog sich komplett meinem Verständnis. Meine Überraschung musste für Ally ausreichend gewesen sein, um sie in die Kategorie ERTAPPT einzustufen. Ohne Vorwarnung schlug sie mit dem Brief auf mich ein.

„Du hinterhältiges Miststück! Du weißt genau, was mir an ihm liegt, und tu nicht so, als wäre es anders. Und das von der eigenen Schwester!" Mit großer Mühe bekämpfte ich meine Verwirrung und den ersten Schock, aber zugleich auch die Erleichterung, dass sie auf so eine dumme Idee kam und nicht mal Mams Handschrift erkannt hatte, geschweige ihr Briefpapier. Aber Trist? Hm. In meinem Kopf rauchte es bald aus den Ohren. Welche Reaktion war die beste auf dieses Durcheinander?

Absichtlich, um Zeit zu gewinnen, ließ ich mir noch ein paar Mal den Brief um die Ohren knallen, bis mir die rettende Idee kam. Sie würde nie Ruhe geben!

Energisch stieß ich sie mit beiden Händen von mir und stellte mich in Verteidigungsposition. Mit dieser Attacke beendete ich vorübergehend ihre Schimpf-Schlag-Brief-Triade. Meine Enttäuschung, Verwirrung und Wut vom vergangenen Abend kehrten im passenden Augenblick zurück zu mir.

„Und du?!", fauchte ich sie an. „Du! Du selbstgerechtes Miststück, machst dich an meine Freunde ran!" Mein kleines verwunschenes inneres Ich rappelte sich, geweckt durch meine hitzige Stimme, unter seiner Decke hervor. Als es mein rasendes Herz spürte, wurde es schlagartig hellwach. Es sah total aus – aschfahl, krank ... verdammt, was saugte ihm die Energie ab?

Überrumpelt riss Ally die Augen auf. Na, da schaute sie! Nie hätte ich erwartet, dass wir uns mal wegen Jungs streiten würden, aber warum auch nicht? Ein geeignetes Ventil, um Dampf abzulassen. Der Druck in meinem Rücken ließ kurzzeitig nach, nur um doppelt so schmerzhaft zurückzukehren. Ich biss mir auf die Unterlippe, um mit den Händen keine schützende Geste auszuführen.

Allys Verwirrung legte sich, und ihr wurde einiges klar. „Du?!" rief sie argwöhnisch, „wegen dir hat er mich gestern im Kino sitzenlassen!" Drohend trat meine teuflische Schwester einen Schritt auf mich zu. Sie dachte doch nicht im Ernst, dass ich vor ihr den imaginären Schwanz einziehen würde! Wie zwei Streithühner standen wir uns angriffslustig gegenüber.

„Na und?! Das sollte dir doch endlich mal zu denken geben, oder? Außerdem ..." Drohend begann ich, sie zu umkreisen, „was denkst du dir eigentlich dabei, mit einem meiner besten Freunde ins Kino zu gehen? Ist er jetzt nicht mehr Pickel-Tobi?"

Erschrocken über die unerwartete Wut trat sie einen Schritt zur Seite. Kurz kam mir ein Gedanke, ... aber nein, so selbstverliebt konnte doch nicht mal meine Schwester sein ... oder doch? Hatte sie das wirklich vergessen? Hatte sie vergessen, wer Tobias war oder mal gewesen war? Der Geistesblitz ließ etwas auf sich warten, aber ich habe sie wohl überschätzt. Doch sie fing sich in für sie gerechneter Rekordzeit und stülpte ihre übliche Maske über.

„Mit wem ich ausgehe, das ist meine Sache, aber du krallst dich ja an jedem fest!" Oh, da war sie wieder Miss-ich-habe-immer-recht.

„Klar." Augenblicklich verging mir die Lust nach einer Fortsetzung dieser Diskussion. „Gib mir einfach den Brief." Das führte zu nichts. Richtungswechsel, sonst entfernte ich mich noch weiter von meinem Ziel. In diesem Moment wurde auch Ally wieder klar, warum wir hier standen und uns anfauchten. Gedankenverloren sah sie den Umschlag an.

„Es tut mir leid, Ally!" Was tat mir noch mal leid?

„Du gibst es zu?" Entsetzt und kreidebleich sah sie mich an. „Du gibst zu, dass das ein Brief von Tristan ist?"

Gott, sie steht wirklich noch auf ihn! Perplex starrte ich sie an. Was sollte das dann mit Tobias? Wieder eine ihrer Ablenkungen? Oder wollte sie mir eins auswischen?

So eine eingebildete Ziege! Aber nicht mit mir „Ja, das war alles immer nur Show. Wir wollten nicht, dass jemand was davon mitbekommt, weil er ein paar Jahre älter ist und ich noch so ... jung war, als wir merkten, dass sich da etwas entwickeln könnte." Ich war nah dran, an dieser Lüge zu ersticken. „Das Ganze wurde erst vor kurzem etwas Tieferes." Was faselte ich hier eigentlich? Gott, ich steckte doch schon genug in der Scheiße! Sorry, Tristan! Irgendwann, hoffentlich in naher Zukunft, würde ich ihm alles erklären – versprochen!

Bamm! Mit voller Wucht knallte der Brief mitten auf meine Nase. Ohne ein weiteres Wort rauschte sie an mir vorbei. Ja, sie liebte ihre inszenierten Abgänge, aber der schien mir doch passend gewesen zu sein. Erprobt für den Ernstfall. Beide Daumen nach oben, Sister. Hauptsache, ich hatte Mams Brief, und das mit Tristan würde sich auch irgendwie auflösen, schließlich lag doch einiges an Meer und Land zwischen uns.

ＳEinundzwanzigＳ

Fast hätte ich das Mittagessen verpasst. Dad erbarmte sich meiner und klopfte an die Tür: „Mäuschen, kommst du runter?" Das hungerstillende Zusammensein verlief in einer verdrehten Art des Schweigens. Einstimmig war nicht ganz korrekt, denn dieses Mal schwieg auch Ally, und ob das stimmig war, zweifelte ich stark an. Trotzdem – abwechslungsreich angenehm.

In Gedanken durchlief ich noch mal unseren letzten Streit. Hatte sie mir tatsächlich unterstellt, ihr zwei Typen ausgespannt zu haben? Mit denen sie nicht mal zusammen war? Geschweige denn ich! Dass ich diese kleine England-Uni-Nebeninfo besaß, würde ich weiterhin als mein Geheimnis oder Trumpf betrachten. Verwundert über ihre nicht nachvollziehbaren Gedankengänge und darauffolgenden Handlungen, ließ ich kopfschüttelnd dieses Thema einfach nur irgendein Thema sein.

Erholsame Minuten, aber ich war mir sicher, dass Dad die Spannung zwischen seinen Töchtern wahrnahm. Aber keinen Mucks gab er von sich, fragte Ally nicht nach dem Grund ihres ungewohnten, auffälligen Schweigens. Was sicher auch ratsamer war. Vermutlich befürchtete er, sich in ein Wespennest zu setzen. Was auch sicher ratsamer war. In einer derartigen Stimmung glich sie einem unkontrollierbaren Atomausbruch. Zum Eigenschutz und aus weiteren Sicherheitsgründen – in Erinnerung an die Gefühlsexplosionen in der Vergangenheit – war ich froh, dass ich mir den Turmalin beim Verlassen meines Zimmers noch umgehängt hatte. Wer weiß, wie viele Schmerzen ich mir damit in ihrer Gegenwart ersparte. Bevor ich aber nach dem Stein gegriffen hatte, dachte ich an mein kleines inneres, verscheuchtes Reh und ihre energielose Erscheinung – was war nur los mit ihm? War es die Gabe, die es so fertig machte? Oder ein anderer Grund? Und dieses neuartige, unerklärliche Verschwinden? Wollte es mir damit etwas sagen?

Die Haut unter dem Anhänger erwärmte sich – viel Arbeit für meinen neuen kleinen Fast-Ersatz-Freund. Blieb mir eine Wahl? Mein Schutzschild war Ally nur bis zu einem gewissen Maß gewachsen.

Als meine Schwester nach dem Essen abrauschte, sah Dad mich fragend an: „Hattet ihr Streit?" Warum wurde immer ich gefragt? Ach ja, ich vergaß! Mit der älteren Tochter war eine normale Gesprächsführung nur schwer möglich.

Standardschulterzucken als Antwort. „Nur das Übliche." Und ein bisschen mehr.

Er gab sich damit zufrieden und jeder ging seiner Wege.

Seitdem lag ich auf dem Bett.
Wartend.
Wieder mal mit kreisenden Gedanken und Fragen über Fragen.

Wie immer war ich irgendwie durch Mams Brief gestolpert. Wie gewohnt einen entsetzten Kommentar hier und einen anderen da eingeworfen und die Briefmarke eingehend studiert. Auch hatte ich einen genaueren Blick in ihr Notizbuch geworfen in der Hoffnung, etwas Erleuchtung zu finden. Ohne Erfolg. Nun starrte an die Decke und wartete wie so oft auf Ilvys Anruf. Adele spendete mir musikalische Nachdenk-Unterstützung. So war die Einsamkeit erträglicher, und ich bekam erneut einen Vorgeschmack, wie es ohne meine beste Freundin sein würde. Einfach beschissen! Dieses Gefühl, in tausend Fetzen zu zerspringen, war echt übel. Aber ich konnte nichts anderes tun als warten. Auf ihrer Mobilbox hatte ich bereits vor dem Mittagessen eine Nachricht hinterlassen und vier SMS auf die Reise geschickt: *Ruf mich schnell an! Beeil dich! Was machst du nur so lange?! Und: Du bist und bleibst eine Trödeltante!*

Endlich erklang mein typischer Klingelton: *Tagen wie diese!*

Erleichterung durchströmte mich.

„Cleo?"

„Wer sonst?", folgte meine trockene Antwort.

„Hej! Wie geht's?" Ilvy klang wie das Wetter – sonnig! –, was gar nicht zu meiner Stimmung passte. Ich befürchtete, dass ihre ansteckend war.

„Danke, ich lebe. Und bei dir? Was hat so lange gedauert? Habt ihr Überstunden gemacht?"

„Zuerst mal Fragen beantwortet: Wann du endlich wieder aufkreuzt und ob du wirklich so entstellt bist, wie es manche Gerüchte verbreiten." Schlagartig wirkte sie erschöpft und etwas genervt. Ohne Probleme konnte ich mir ihr Augen-verdreh-Kunststück live vorstellen.

„Gerüchte? Entstellt?" Halloo?! Ging's noch? Ally ... Du Miststück! Oder Tobias? Nein. Nein, eindeutig Allys verbale Inkontinenz. Ich stutzte. Eigentlich war mir dieses Gequatsche egal, aber am meisten nervte mich, dass meine Schwester wieder mal ihre vorlaute Klappe nicht halten konnte.

„Sogar die Lehrer wurden anhänglich! Was gibt es noch so Wichtiges zu unterrichten oder mitzuteilen? Keine Tests mehr und die Noten sind sowieso schon fixiert." Eine theatralische Pause folgte. Hm, irgendetwas war faul. Mal sehen, wie lange es dauert bis ... „Tobi ist nach der Schule aufgekreuzt."

Oh, oh!

„Darum auch die Verspätung." Ihre Stimme erhielt einen Touch von Besorgnis.

Mit dem Hintern wetzte ich über die Matratze ... Was?! Ich wollte es ihr erzählen! Ehrlich, aber es ergab sich nie der richtige Zeitpunkt.

„Willst du mir was sagen?"

Dieses Mal verdrehte ich die Augen, biss die Zähne zusammen und stöhnte innerlich auf. „Jap. So einiges, aber nicht am Telefon." Ihr Brummen wertete ich als Zustimmung. „Du wolltest doch ins VIADUKT. Treffen wir uns in einer Stunde dort. Im Cafe?" So schnell wurde aus einer Demo, behaftet mit Schuldgefühlen, ein Shoppingzugeständnis.

„Gut. So machen wir's. Irgendwie werde ich meiner Ungeduld schon Herr. Sonst noch etwas, das ich gleich wissen sollte?" Im Hintergrund hörte ich, wie Ilvy die Haustür aufschloss und ihren Dad begrüßte.

„Mit wem telefonierst du?", hörte ich ihn weit entfernt.

„Mit Cleo." Sie küsste ihn auf die Wange.

„Ah. Mit wem sonst." Das Lächeln in seiner Stimme war deutlich zu hören. „Hallo, Cleo!", erklang für eine Sekunde seine Stimme etwas lauter an meinem Ohr.

Ein ansteckendes Lachen und schickte ein grinsendes „Halloo" zurück. Schön, dass sich die beiden so gut verstanden. Mein Grinsen wurde fies. Die Tussi, da oben in Skandinavien, hatte ja keine Ahnung, was sie mit ihren Aktionen anrichtete. Das Universum würde sie irgendwann dafür bestrafen.

„Ich komme gleich wieder runter." Die Worte galten noch ihrem Dad, dann war sie wieder ganz bei mir.

„Ja, gibt es. Ein unglaublich interessanter und erleichternder Streit mit Ally."

Spätestens jetzt war sie wieder zu hundert Prozent bei unserem Gespräch. „Hm, das hab' ich mir schon fast gedacht. Tobi?" Wie kam sie zu dieser Schlussfolgerung? „Ähm, korrekt oder besser gesagt, auch." Ich konnte mir bildlich vorstellen, wie Ilvy in ihr Zimmer schlenderte, den Rucksack in eine Ecke beförderte und sich auf die kleine rote Couch gegenüber schmiss.

„Das ist auch so ein Thema, über das wir sprechen müssen und ..."

„Und was?" Die Stille zog sich. In wenigen Minuten würde sie bei mir auf der Matte stehen, wenn sie das erfuhr.

„Ally hat einen Brief von Mam in die Finger bekommen!"

„WAS?!?!" Mit Sicherheit lümmelte sie jetzt nicht mehr gemütlich auf der Couch. Und wow! Was für eine Lautstärke! Aus Gründen meiner Gehörlanglebigkeit bildete sich zwischen Ohr und Handy ein Lautstärken-Sicherheitsabstand. Ilvy tobte am anderen Ende.

„Hey! Beruhig dich." Mann, mit so viel Power hatte ich nicht gerechnet. „Ilvy, sie hat's nicht geschnallt."

„Was?! Was heißt das: Sie hat's nicht geschnallt?" Und schon befand sich der Geräuschpegel am anderen Ende wieder im schonenden Bereich „Wie dumm und oberflächlich kann man nur sein?" Schweigen. „Es ist mir ein Rätsel, wie deine Schwester das Abi bestanden hat."

„Sie hat bestanden?!" Unglaublich! Und ich freute mich auch noch für dieses Miststück – musste eine Allgemein-Reaktion sein. „Sind die Ergebnisse schon offiziell?" Ally wusste es und hatte es mit keinem Sterbenswörtchen erwähnt.

„Jap. Darum ist auch Tobi wieder da, um mit den anderen zu feiern ... Cleo?"

„Hey", meine Stimmung gelangte am Tiefpunkt an, „geh essen! Wir sehen uns nachher." Ich war es leid, derartige Themen am Handy zu besprechen.

„Okee." Ihre Stimme klang verunsichert, „Cleo, ..."

„Ciao, Regenbogen! Bis gleich!" Diese Bezeichnung entlockte selbst mir ein Grinsen.

„Bis dann, Hexe." Oh! Wie passend! Das entlockte mir wieder ein kleines Lächeln.

Knapp eine Stunde später trudelte ich in weißen Shorts plus weißem Tanktop, kombiniert mit gelb-grünen Flip-Flops, im Café ein. Den Gedanken an meinen farblich unpassenden Gesichtsschmuck verdrängte ich. Was interessierten mich die Gedanken der anderen Menschen, sollten sie doch denken, was sie wollten, wenn sie mein zerschundenes Gesicht sahen. Außer zerstörten Nervenzellen und Kränkungen würde nicht viel übrigbleiben. Nichts! Außerdem, warum sollte ich jetzt mit etwas beginnen, worauf ich noch nie Wert gelegt hatte?

Demonstrativ rückte ich den Gurt der Umhängetasche zurecht. Dort hatte ich den Turmalin griffbereit verstaut. Nach dem Mittagessen hatte ich ihn sofort wieder abgenommen. Immer noch überfiel mich dieses eigenartige befreiende Gefühl, wenn der Kontakt brach. Aber er war notwendig. Eine Art eiserne Reserve. Wer wusste schon, was auf mich zukommen würde?

Ilvy war nicht zu übersehen. Sie scrollte durch ihr Handy.

„Hej!" Ich drückte sie kurz und nahm auf dem Stuhl neben ihr Platz.

Das VIADUKT war der Einkaufsschuppen im Herzen Zürichs. Hier fand jeder etwas, wenn er lang genug suchte, sogar ich. Kurz dachte ich an die Badeshorts und dass ich vielleicht doch mal in etwas „more ladylike" investieren sollte ... nein!

Ilvys Konzentration lag immer noch auf ihrem Handy. Sie schickte eine SMS ab. „Ich brauch' dringend neue Schuhe", streute sie mir in die Gehörgänge. Ein Blick auf ihre nackten Füße, die in ähnlichen Behausungen steckten wie meine, ließ mich die Augenbrauen zusammenziehen. Pah! So ein Quatsch! Keine Ahnung, ob es wirklich der Wahrheit entsprach oder sie es als Testvorwand verwendete. Eins war klar, sie brauchte mich heute nicht mehr von meiner Warten-auf-Post-plus-trübe-Gedanken-Pose ablenken.

Die Fahrt mit den Öffis war ... unberechenbar Nicht die Planung, nein, auch nicht die Menschen, die mich umgaben. Mein Personenradar funktionierte überraschend gut. Die nähere Umgebung schien an sommerlichen Tagen bedeutend besserer Laune zu sein dank den Einflüssen des Nachmittags und dem verminderten Stressaufkommen um diese Uhrzeit. Unvorstellbar, wie viel inneren Ballast die meisten Menschen mit sich herumschleppten. Die hohe Schlaganfall- und Herzinfarktrate rief keineswegs Verwunderung in mir hervor.

Mein zusätzliches Glück – wenn man von Glück sprechen konnte – bestand darin, dass es sich nicht um die Adventzeit handelte und sich mir somit die allgemeine Hektik der Weihnachtseinkäufe nicht schwerstens auf den Magen und die anderen Organe schlug.

Es lebe der Sommer! Urlaubsstress war viel erträglicher. Es war eine herzlich willkommene Wohltat, dass sich mein Leben mit dem Schutzkreis und dem Turmalin wieder einzupendeln schien. Ich schöpfte erneut Zuversicht und legte viel Hoffnung in die Übungen, zu denen mich Mam angeleitet hatte. Irgendwann würde ich dieses Amulett endgültig zu Hause lassen können. Aber ich machte mir nichts vor, ich wusste dieser Weg würde weiterhin steinig sein.

Doch so einfach war die Überfahrt dann doch nicht verlaufen. Ein Unwetter brachte mich aus dem Gleichgewicht. Ohne Vorankündigung war es mit pechschwarzen Wolken über den See gezogen. Hatte sich mit tosendem Wind und lautem Grollen in alle Richtungen entladen. Die hereinbrechende Dunkelheit wurde durch Blitze zerrissen. Das Ausflugsschiff schwankte. Die Passagiere wurden unruhig. Über die Lautsprecher versuchte der Kapitän die Leute zu beruhigen. Alle hatten sich in das Innere gedrückt und gafften aus den Fenstern. Ich kämpfte mit der Angst vor meinen Gefühlen und mit der Sorge, von den Menschen erdrückt zu werden. Mit der rechten Hand umklammerte ich das Amulett. Heiß pulsierte es an meiner Haut – aber es hielt stand!

Innerhalb weniger Minuten war alles vorüber und fast vergessen. Die Sonne schien, und die Wellen bewegten sich ruhig – als wäre nie etwas gewesen. Eine Sinnestäuschung?

„Hm, neue Schuhe? Warum?" Mit dieser Frage stand ich auf und schlenderte mit Ilvy im Schlepptau Richtung Theke. Süchtig bestellte ich mir einen Café Latte. gemahlen aus kolumbianischen Bohnen – mit einem nussigen Abgang –, die leicht geröstete Variante. Natürlich Fair Trade und aus biologischem Anbau. Ganz wichtig ein großzügiger Schuss Karamell.

Meine Begleitung entschied sich für *Coffee Frappuccino Light blended beverage*. Übersetzt: ein Espresso gepimpt mit Eiswürfeln, halber Milch und einem Schuss irgendeines Mischsirups. Natürlich gut gerührt, nicht geschüttelt!

Wieder zurück am Tisch, nahm ich meine Frage wieder auf. „Beschert euch der Klimawandel im Sommer, da oben im Norden", ich deutete mit dem rechten Zeigefinger in die von mir vermutete Himmelsrichtung, „nun auch Schnee?"

Herablassend musterte sie mich. „Nein. Im Gegenteil! Wir hatten in den letzten Jahren schönere und strahlendere Sommer als der südliche Teil Europas."

Mit gemischten Gefühlen musste ich ihr leider zustimmen. Meine Erinnerungen an die vorangegangene Bootsfahrt waren noch zu frisch. Das Wetter samt Klima spielte wahrhaftig immer verrückter. Bald würden wir vermehrt Urlaub im Norden buchen – arme unberührte Natur! Aber im Ernst, der Klimawandel gab uns doch allen zu denken – zumindest sollte er das!

„Welch exklusives Schuhwerk benötigen Madame, die Sie hier in diesem Laden zu finden gedenken und im Königreich Schweden nicht?" Keine Ahnung, aus welcher Ecke diese Ironie so schnell hervorgekrochen gekommen war.

Mit einem Mal wirkte Ilvy angespannt. Diese Veränderung nahm ich auch über den Schutzkreis wahr – ein Ziehen an Stellen in mir, die ich bereits zu gut kannte.

„Das kann warten. Lass uns zuerst mal entspannt beobachten, wie die Stimmungen der Menschen auf dich wirken." Unvermittelt endete dieses Gefühl. Nachdenklich schlürfte ich am Strohhalm. „Wie war die Reise mit den Öffis?" Sie tat so, als hätten die letzten verwirrenden Sätze nicht stattgefunden. Von mir aus ...

In kurzen Sätzen brachte ich die gewonnenen Erkenntnisse auf den Punkt. Sie schien beeindruckt von der Verstärkung des Schildes. Meine Bedenken über den Steins behielt ich für mich. Ihre Ansicht über den Anhänger hatte sich nicht verändert. Hm. Trotzdem schob ich diesen kleinen Erfolg dem Wetter in die Schuhe.

„Erzähl mir endlich von Ally!" Aufgeregt wetzte sie mit dem Hintern auf dem Sessel herum. „Und von gestern Abend." Behielt sie sich die spannendste Frage wirklich bis zum Schluss auf? Wie sie wollte.

Zu Beginn die Geschichte mit Tobias. Lange sagte Ilvy nichts und hörte mir schweigend zu. Manchmal warf sie da und dort eine Frage ein und hob eine interessierte Augenbraue. Nahtlos ging ich zu dem Streit mit Ally über. Wieder einmal dachte ich, wie absurd das alles doch war. Mein langsam schüttelndes Haupt in die linke Hand gestützt, sah ich von meinem Glas zu Ilvy hinüber. „Was denkst du?"

„Was meinst du genau?" Nachdenklich wischte sie mit den Daumen den Beschlag von ihrem Glas, drehte es und zog die Aktion so lange durch, bis nichts mehr von dem Wasser, abgesehen von der feuchten Serviette, zu erkennen war.

„Tobias und Ally, zum Beispiel." Unschlüssig zuckte ich mit den Schultern. Warum beunruhigte mich dieses Thema?

„Vielleicht war es ein dummer Zufall. Vielleicht wollte sich Tobi – im Übrigen ist mir aufgefallen, dass du ihn nicht mehr Tobi nennst – ein letztes Mal was beweisen ..."

„Beweisen?!" Aufgebracht fiel ich ihr ins Wort. „Was meinst du damit?" Zu hoch! Meine Stimme klang viel zu schrill. Warum steigerte ich mich überhaupt derartig in diese Sache hinein? Heute sah dieses Gefühlschaos wieder ganz anders aus. Es musste eindeutig mit meiner Gabe zu tun gehabt haben.

„Scht ... beruhig dich, Cleo!" Beschwichtigend legte Ilvy eine Hand auf meinen Arm. „Ich dachte da so ... ähnlich wie bei Mark." WAS?! Mark?? Diese Flasche?! Diesen schmierigen Typ konnte man unmöglich mit Tobias vergleichen. Schnell sprach sie weiter, als sie meinen entsetzten Gesichtsausdruck bemerkte. „Nicht falsch verstehen! Bitte. Vielleicht war Tobi irgendwann mal ... verliebt in Ally, was wir nicht näher erörtern wollen oder im Moment können. Vielleicht wollte er sich damit nur beweisen, dass sie endgültig ad acta für ihn ist." Jetzt klang ihre Stimme schrill. Aber wie verdreht klang das? „Verstehst du?"

Meine Gesichtszüge entspannten sich. Das Ganze klang so... verrückt, dass es schon fast wieder einleuchtete. Möglicherweise hatte sie recht. Gleichzeitig erschrak ich über die aufkeimende Hoffnung – was war nur los mit mir?

„Und was dich anbelangt ..." Ilvy druckste herum. Hatte sie Angst vor mir? Sie schluckte schwer und begann an ihren Fingern aufzuzählen. „Das ist eine Vermutung von mir ... Zum Ersten und gleichzeitig Zweiten, du bist dabei oder bist es bereits – in Tobi verliebt. Warte, es gibt noch ein Drittens: Oder hättest du dich beinahe, wenn nicht sein Kino-Geständnis und deine Realitäts-Vernunft aufeinandergeprallt wären. Du hast Angst vor diesen Gefühlen." Hey, was war los Zuckerschnecke?! „Cleo, du lässt keinen der Jungs näher als an die von dir aufgestellte Hochspannungsgrenze ran. Sorry, aber du hältst das ähnlich wie Ally."

Jetzt reichte es! Mit erhobenem Zeigefinger und einem tödlichen Blick bewaffnet, wollte ich zum Gegenangriff übergehen .... Doch sie gab mir keine Chance.

„Nur ist deine Art und Weise indirekter, dafür aber eiskalt. Du blockst unbewusst alles ab, wo noch gar nichts ist. Nur dieses Mal scheinst du", sie suchte nach Worten, „offen gewesen zu sein oder zu langsam – vielleicht aber auch durch deine Gabe ... beeinträchtigt ... abgelenkt." Jetzt bot sich die Möglichkeit für einen Kommentar, aber mein Mund war staubtrocken und unbeweglich. Bitte, von welchen Jungs sprach sie? „Tobi war da, und es war eindeutig." Ilvy holte Luft, und mir stieg das imaginäre Wasser bereits bis zum Hals. Was dachte sie? Dass ich in diesem Moment der Schwäche vor dem Kinoeingang für jeden Kerl dasselbe empfunden hätte, der vorüber spaziert wäre? Mal davon abgesehen, dass ich nichts empfunden hatte! Ich hatte das festgestellt und analysiert. „Du hast nicht nur wegen seines *Vergehens*", sie zeichnete Gänsefüßchen mit ihren Fingern in die Luft, „so gehandelt, sondern weil du Angst hattest vor dem, was du in diesem Augenblick gefühlt hast."

Nachdenklich und innerlich um Wasser flehend, rührte ich in dem leeren Glas herum. Dieses Thema ging mir viel zu tief. Ich wollte nicht über derartiges sprechen. Ich griff nach der Umhängetasche. Wiederstrebend kramte ich nach dem Stein – ich hatte keine Lust auf eine Wiederholung von gestern Abend. Ich hatte dazugelernt und verwahrte ihn in einer Seitentasche mit Reißverschluss.

„Cleo, beruhig dich. Warum erschüttert dich dieser Gedanke so sehr? Das ist keine Krankheit." Beleidigt schlürfte sie das Glas leer. Ihre Geduld war am Ende. Ich musste endlich was sagen. Nur was?

„So habe ich das auch nicht gemeint." Was hab' ich dann gemeint? Frustriert hielt ich in dem Suche-den-Stein-Spiel inne. Ja, ich war noch nie verliebt gewesen. Ja, und? Diese Floskeln von Schmetterlingen im Bauch, wie es einem in diesen Schnulzenbüchern erzählt wurde, hielt ich für Schwachsinn – vielleicht war das einer der Gründe, warum nie das Bedürfnis in mir entstand, derartiges zu lesen.

„Klar." Was tat sie? Nach was suchte sie in ihrer Tasche? „Cleo." Ihre Stimme hatte den Beigeschmack einer Mutter, die ihrem bockigen Kind etwas Aussichtsloses erklären musste. „Liebe funktioniert nicht ohne Verletzungen. Das Heile-Welt-Film-Spiel gibt es nicht." Ha! Diese Erkenntnis aus ihrem Munde. Unfassbar – ich riss die Augen auf. Warum schleppte sie mich dann in Filme, aus denen genau dieser Glibber floss? „Aber träumen ist erlaubt. Auch von der großen Liebe. Auch wenn es eine Unmenge an Glück bedeutet, den wirklich passenden Prinzen zu finden. Möglich, dass man auf dieser Suche auch viele glitschige Frösche küssen muss ..., aber es besteht dennoch die Option, dass es wirklich klappen könnte. Vielleicht verlässt einen auch das Glück, und es kommt zur Trennung – aber du hast sie erlebt, die große Liebe! Eine gewisse Zeit war sie Teil deines Lebens ..."

„STOPP!!" Nein! Mädel, was ging ab bei dir? Auf dieses Romantik-Ding ließ ich mich nicht ein. Entsetzt starrte ich sie an. „Du verstehst da etwas falsch. Ich meine damit nicht, dass ich nicht an die Liebe glaube – ich habe sie bei meinen Eltern gesehen. Aber ich musste auch den Verlust und ihre Folgen erleben." Um die richtigen Worte ringend, fuhr ich mir mit einer Hand durchs wilde Haar. „Nicht. Jetzt! Einfach nicht jetzt." Müdigkeit, nein es grenzte an Erschöpfung, breitete sich in mir aus. Die letzten Tage zeigten ihre Spuren, und irgendetwas nagte an meinen Reserven.

Ein Schlag, nein, ein Blitz traf unbarmherzig meinen Körper. Jeder Muskel verkrampfte sich. Brannte. Eine Sekunde später brach der Schutzschild in sich zusammen. Verängstigt verharrte ich in einer Art Schockhaltung. Die Augen weit aufgerissen, die Hände verkrampft in der Schwebe, wartete ich auf den Angriff der mich umgebenden Gefühle. Und sie stürzten auf mich ein – ohne Gnade!

Schwedengirls Enttäuschung über meine Worte war deutlich durch den grauen Nebel in ihrer Aura zu erkennen. Er wand sich gierig um ihre strahlenden Farben. Sie kämpfte mit meiner Einstellung, meinem Unverständnis. Er weitete sich aus, waberte in meine Richtung. Erschrocken schob ich den Stuhl zurück, kam aber durch die Starre nicht weit. Der Atem drang in schnellen Stößen aus meinem Mund. Dieses graue, giftige Zeug stellte aber nicht das Hauptproblem dar!

Ich spürte die umliegenden Gefühlswellen, bevor sie mich trafen ...

Am Nebentisch saß ein Pärchen. Umringt von einer roten Wolke. Sie änderte ihre Farbnuancen im Millisekundentakt. Auf der einen Seite pulsierte es kräftig purpurfarben. Die Ränder vermischten sich mit einem dreckigen Braun. An einem anderen Ende tauchte eine in Rosa getränkte Verschleierung auf, die auf direkten Konfrontationskurs mit der dunkleren Variante steuerte. Na toll!!

„Du hast nie Zeit. Hängst nur im Büro und beschwerst dich dann, dass ich mich mit meinen Freundinnen treffe?" Die Frau war den Tränen nahe, dennoch lag Hoffnung in ihrem Blick, als sie ihren Partner ansah.

„So ist nun mal mein Job, das wusstest du von Anfang an ..." Mit ausgebreiteten Armen und Händen saß er ihr gegenüber.

„Dann hast du aber auch nicht das Recht, mich einzusperren oder so zu tun, als wärst du eifersüchtig!" Nun war es endgültig vorbei mit den Staudämmen. Ein kleiner Bach bildete sich auf ihrem Gesicht. Die Wolke, die das Pärchen umgab, wurde noch dunkler. Rosa schien den Kampf zu verlieren ... Von dem Mann kam keine Reaktion. Enttäuscht trocknete die Frau mit dem Handrücken ihre Wangen.

Ihr Kummer drückte mein Herz und meine Lunge zusammen. Mit aller Macht versuchten meine Organe, die Aufgaben des Körpers in Gang zu halten. Ihr trauriger und enttäuschter Abgang drückte den letzten Rest an Sauerstoff aus meinen Bronchien. Der Betonklotz fiel von meiner Brust. Hektisch schnappte ich nach Luft. Versteinert saß der Mann mit dem Rücken zu mir am Tisch. Trotz all der Schmerzen, die mir die beiden verursachten, hoffte ich, dass dies nicht das Ende ihrer Liebesgeschichte war! Sehnten sie sich doch nach demselben ...

Ein Mann im Business-Anzug schritt mit dem Handy am Ohr an uns vorbei, die Augen zu schmalen Schlitzen zusammengekniffen, die Lippen hart zusammengepresst. Eine dünne Schicht von braun-grüner Aura umlagerte ihn. Sein Ärger über fallende Aktien zerquetschte der Reihe nach meine Rückenwirbel. Schnell sah ich zur Seite ...

Doch den Rest gab mir die Frau, die auf der Bank nicht weit entfernt vor einem Schaufenster saß. Ihre Aura war ein Wirbelwind aus Farben. Nichts war dort, wo es hingehörte. Keine Ordnung. Keine Reihenfolge. Kein natürliches Gleichgewicht. Ihr Blau wurde von einem dunklen Gelb durchzogen. Graue Flecke mehrten sich. Mischten sich in die anderen Farben. Drängten zu dem verzerrten roten Punkt über ihrer linken Brust. Dicke Tränen tropften auf das Display ihres Handys. Das Herz per SMS gebrochen – Arschloch! Schlappschwanz! Ihre Verletzung und Hilflosigkeit bohrten sich wie Pfeile durch meinen

Körper. Erschrocken griff ich mir an die linke obere Körperhälfte. Hektisch atmend wurde mir eines klar: Zum ersten Mal konnte ich auch die Beweggründe der Menschen ... lesen.

Nein! Ich will nie jemanden lieben!

Mir summte der Schädel. Schweißperlen sammelten sich auf meiner Stirn.

Die Hände zitterten. Scheppernd fiel der Löffel zu Boden.

Ich musste mich schützen! Wie nur? Was konnte ich tun?

Mit weit aufgerissenen Augen sah mich Ilvy an.

Meine Organe ... Als befänden sie sich nicht mehr an den dafür vorgesehenen Stellen. Ein Gefühl, wie durch den Fleischwolf gedreht.

„Cleo ...", Angst lag in ihrer Stimme.

Es reichte! Ich konnte nicht mehr.

Keine Ahnung wie lange dieser Kampf bereits andauerte – mir kam es wie Stunden vor. Nach unzähligen Versuchen das Schutzschild zu stabilisieren, meinen Stein aus der Tasche zu kramen, machte ich mich ohne ein weiteres Wort aus dem Staub.

Mit diesen zittrigen Fingern konnte ich den Reißverschluss nicht öffnen. Warum nur hatte ich ihn auch nach der Schifffahrt wieder abgenommen?! Der Sicherheitsweg war blockiert. Durch mich selbst. Wie sehr wünschte ich mir diesen heimtückischen Anhänger um den Hals.

Ich hasste shoppen!

Verdammtes Shopping! Mit einer Mischung aus ängstlich und wütend stürmte ich in Richtung Ausgang.

Ilvy folgte mir – ohne neue Schuhe.

Rennen ...

Ich musste hier weg!

Als ich der großen Schiebetür näherkam, beschleunigte ich noch einmal meine Schritte und hetzte hindurch. Gierig und brennend saugte meine Lunge die frische Luft ein.

Leben!

Im Freien. Sonne. Für eine Sekunde zu glauben, den fremden Gefühlen entkommen zu sein, nur damit sich mein Allgemeinzustand wieder einpendeln konnte. Trotzdem saß mir die Panik im Nacken. Unsicher sah ich mich um. Verlangsamte nur minimalst meinen Lauf. Von wem würde ich die nächste Ladung abbekommen?

Ich musste hier weg! Auf schnellstem Weg. Raus aus der Menschenmasse ...

Wohin? Kein Plan.

Überall Leute.

Das Vorgaukeln von Sicherheit war trügerisch.

Blindlings stürmte ich weiter.

Den Gehweg entlang.

Schob mich an Körpern vorbei. Rammte einen Kerl und seine viel zu junge Freundin. Durchtrennte das Händchenhalten zweier Teenager – waren denn alle im Verliebt-Modus? Wich einer Mutter, ihrem Kind samt Kinderwagen aus. Betete, keinem mehr zu nahe zu kommen. Keinen Hautkontakt – bitte! Alle schmissen sie mir ihre Gefühle hinterher ... Verfolgten mich. Lauerten um die nächste Ecke.

Erschrocken taumelte ich zurück. Verdammt, die Demo! Die hatte ich komplett vergessen. Ein Strom von Hunderten von Menschen tauchte vor mir auf. Ich befand mich den Tränen nahe. Laut drangen ihre Rufe nach Naturschutz und den dringenden Änderungen, um unsere Erde zu schützen, an mein Ohr. Zu einem anderen Zeitpunkt, in einer anderen Verfassung ... ich hätte mich ihnen sofort angeschlossen. So machte ich auf schnellstem Weg kehrt, bevor mich die Wucht dieser vereinten Stärke einholte. Hetzte in die entgegengesetzte Richtung und bremste im letzten Augenblick vor einem alten Mann mit Rollator und seiner empörten Gattin, deren verbalen Wutausbruch ich nicht mehr hörte, mein inneres Mantra immer wieder vor mich hinsagend: Niemanden berühren! Niemanden mehr berühren ...

Weiter über Kreuzungen. Waren die Ampeln zu langsam, ging es auch bei schwankendem Grün oder Rot. Fast wäre ich gestolpert.

Ein Hupen.
Versteinert blieb ich mitten auf dem Zebratreifen stehen. Ein Wagen kam direkt auf mich zu. Adrenalin schob sich durch die Adern. Meine Augen weiteten sich. Ich sah nur den Kühlergrill. Zu schnell ... Viel zu schnell kam er näher.

In letzter Sekunde meldete sich mein Instinkt zurück. Die Beine fanden ihre Muskeln – ich sprintete los, als säße mir das pure Böse im Nacken.

Erst an der Promenade verlangsamte ich meine Schritte.

Nach vorne gebeugt, die Arme auf den Knien abgestützt, drang schmerzlich und in tiefen Stößen der Atem aus meinem Mund. Erschöpft sank ich auf eine Bank unter einem Baum.

Die Gedanken kreisten.

Ilvy hatte ich im Getümmel verloren.

Bei dem Gedanken an sie klingelte mein Handy – es war mir egal. Ich verdrehte die Augen. Endlich allein. Endlich konnte ich wieder atmen.

Vorsichtig warf ich einen Blick auf meine nähere Umgebung. Hier tummelten sich weniger Menschen und vermehrt drangen positive und nicht so aufdringliche Gefühle – tief saugte ich die Ruhe ein. Streckte die Arme zurück.

Während mein Körper versuchte, sich wieder auf Normal-Modus einzupendeln, führte ich nebenbei eine Schadensbestandaufnahme durch und versuchte, mir über die eine oder andere Frage Klarheit zu verschaffen: Was war geschehen? Welchen Fehler hatte ich im VIADUKT begangen? Was war der Auslöser gewesen, dass mein Schutzschild in sich zusammengebrochen war? Ohne Vorwarnung!

Nachdenklich schweifte mein Blick weiter über den See. Verfolgte das große Ausflugsschiff, und in Gedanken ging ich alles, naja das Wichtigste, noch mal durch. Mehrmals. Nachdenklich fixierte ich die Tauben zu meinen Füßen. Die Minuten verstrichen. Ihr Treiben beruhigte mich. In meiner Tasche fand ich einen zerbröselten Keks. Die Krümel kippte ich vor den Füßen aus. Das entspannende Picken und Gurren der Vögel lenkten mich so sehr ab, dass ich die Anwesenheit der nahenden Person erst bemerkte, als sie bereits neben mir saß.

Erschöpft fuhr der Schutzschild die Alarmanlage auf Halbmast – mehr war nicht drin.

Schweigend saßen wir einfach nur da und beobachteten die Vögel. Wieder ertönte mein Handy. Nach einem kurzen stillen Moment begann es erneut.

„Willst du nicht rangehen?" Kopfschüttelnd richtete ich den Blick auf meine ineinander verschlungenen Finger. „Ich hab' dich durch die Straßen flüchten gesehen. Du wärst beinahe meine neue Kühlerfigur geworden. Hast du für den nächsten Stadtmarathon trainiert?" Was sollte man darauf erwidern?

Neugierig schielte ich zu den Talismanen um seinen Hals und erneut meldete sich das Smartphone. Frustriert riss ich den Deckel der Umhängetasche auf und griff nach dem Lärmerzeuger.

Fünf Anrufe in Abwesenheit
Ilvy

Ich drückte sie weg und stellte es auf lautlos.

„Cleo", Benn berührte mich mit seiner Hand an der rechten Schulter, „Was ist los?" Unter dem Hautkontakt zuckte ich zusammen. Es war wie ein feiner Stromschlag. „Hast du einen Geist gesehen?" Er schien meine Reaktion falsch zu interpretieren, denn unsicher glitt seine Hand von meiner Schulter.

Was war das? Reagierte sein Talisman auf mich oder auf meinen Anhänger? War das möglich? Wie absurd klang das eigentlich! Hatte sich heute alles gegen mich verschworen?!

„Du solltest sie zurückrufen. Ilvy macht sich sicher Sorgen." Mit nachdenklicher Stimme fuhr er fort: „Sie hat dich auf halber Strecke verloren."

Pause.

„Du solltest wirklich darüber nachdenken, in die Leichtathletik zu wechseln." Scherzkeks. Konnte er nicht einfach aufhören zu quatschen? Sein Gefasel machte mich nur müde. Müde ...

Verdammt ... Das war's!

Wie konnte ich das übersehen?!

Wie ein aufgescheuchtes Reh sprang ich von der Bank auf.

Erschrocken zuckte Benn zurück.

Panisch flogen die Tauben davon.

Meine Konzentration, ob nun natürlich, bewusst, oder unbewusst, hatte gestrauchelt, nachgelassen – wie man das auch sehen wollte. Das musste es sein! Es gab keine andere Erklärung. Doch was hatte mir so abrupt die Energie geraubt und wie konnte ich verhindern, dass dies erneut passierte?

„Was ist?"

„Ähm, nichts. Mir ist nur gerade etwas eingefallen." Nach Hause. Schnell. „Benn, kannst du mich bitte nach Hause fahren?"

Wie immer sparsam in seinen Bewegungen erhob er sich. „Natürlich. Komm, ich parke da hinten."

In einträchtigem Schweigen gingen wir zu seinem Pick-up. Vage erinnerte ich mich nun, bei meiner Hetzjagd daran vorbeigeschossen zu sein.

Puh! Das war er gewesen? Wirklich knappe Geschichte!

Auf der Heimfahrt hing jeder seinen Gedanken nach. Schwedengirl schickte ich eine SMS, damit sie sich keine weiteren Sorgen machen musste.

„Du warst weg." Nachdenklich sah ich Benn an.

Unruhig rutschte er auf dem Sitz herum. Er wollte nicht darüber sprechen. „Das stimmt." Er sah mich kurz an, „woher ...?"

„Karin. Ich hab' mich nach Celtic erkundigt, da erwähnte sie es."

„Mhm. War etwas Familiäres." Familie. Aha. Wo lebte Benns Familie?

Okee. Er wollte eindeutig nicht darüber sprechen. Die Minuten verstrichen. „Sei nicht so dumm und lass die Gelegenheit ungenutzt vorüberziehen. Frag ihn", redete ich mir zu, denn mein inneres Ich war wiedermal nicht auffindbar. Dann nahm ich all meinen Mut zusammen: „Warum trägst du diesen Talisman?"

Der Griff ums Lenkrad wurde fester, ich konnte es an seinen Fingergelenken sehen. „Wie kommst du denn darauf?" Kurz sah er mich fragend, aber lächelnd an. Doch das war kein Benn-Lächeln.

„Nur so. Ich wollte dich schon länger danach fragen." Lüge – ja! Eine kleine, aber was sollte ich machen?

„Vor vielen Jahren, als ich in den Staaten einige Jumps gesetzt hatte, besuchte ich eine Art Jahrmarkt. Das meiste wurde von Indianern angefertigt. Dort hat mich eine Schamanin angesprochen und mir diese Talismane angedreht. Sie gefielen mir. Auch wofür sie stehen. Seitdem gehören sie zu mir, und ich nehme sie nie ab. Zufrieden, du Naseweis?" Jetzt wurde es doch ein Benn-Lächeln.

Wenn er mir diese Frage fast in den Mund legte, sollte er sie auch bekommen. „Wofür stehen sie?"

„Für ... Führungskraft. Selbstvertrauen. Eine gewisse Art von ... seelischem Schutz. Es geht in diese Richtung."

Ich nickte.

Am Gartentor bedankte ich mich für den Taxi-Dienst. Ausgelöst durch seinen festen Blick, fühlte ich mich gedrängt zu wiederholen, dass es mir gut ging und ich noch ein paar Dinge für die Schule zu erledigen habe. „Mach dir keine Sorgen. Alles im grünen Bereich." Danach stürmte ich ins Haus und aufs Zimmer. Dort lehnte ich mich schwer atmend gegen die geschlossene Tür.

Wo sollte ich beginnen?

Das Handy gab einen kurzen Glugger-Ton von sich und verstummte wieder. Gleich!

Kurz ließ ich die Atmosphäre in Benns Gegenwart Revue passieren. Nichts Außergewöhnliches. Das einzig Eigenartige war dieser Stromschlag gewesen, aber den schien nur ich wahrgenommen zu haben – vielleicht hing ich zu viel vor dem Lapi herum und war dadurch aufgeladen. Jener Zweig meiner Gabe, der die Auren betraf, schien ebenfalls eine Pause einzulegen: Um Benn konnte ich keinerlei Farben erkennen. Diese Schwankungen nervten, und ich hatte keine Ahnung, wie ich das ändern konnte.

Ich angelte nach dem Handy.

Sy! Das mit dem shoppen war eine blöde idee!
Verzeih mir bitte noch mal.
Ich hab immer noch keine ahnung was im brief deiner mam steht ...

Stimmt!
Beides. Plus das Erlebnis von gestern – auch eine blöde Idee!

Über Mams neuesten Brief konnten wir nicht sprechen. Die Augen erneut zur Decke verdreht, legte ich die Tasche aufs Bett und kramte auf dem Schreibtisch nach einem leeren Blatt. Ich wusste, da musste etwas sein!

„Verdammt!" Erschrocken sprang ich zur Seite. Heute war definitiv nicht mein Tag. Klar, dass dieser Bücher-plus-Ordner-Papier-Turm irgendwann mal einstürzen würde, aber warum ausgerechnet jetzt? Schreiend stand ich wie Rumpelstilzchen vor dem neu entstandenen Chaos. Trotzdem hatte dies etwas Gutes. Unter dem Tohuwabohu des Stapels erblickte ich einen halbbekritzelten Block. Den Rest ignorierend, krallte ich mir die zusammengebundenen Seiten und einen Bleistift, den ich unter dem Tisch fand. Nachdenklich ließ ich mich auf einen Sitzsack plumpsen. Wo sollte ich beginnen?

Mit dem Radiergummiende tippte ich mir an die Unterlippe. Hm ...

Eine Tabelle. Ja, genau das war ein guter Anfang. Schnell skizzierte ich eine Art Wochenübersicht, beginnend mit meinem Geburtstag – an dem das ganze Durcheinander in meinem Leben seinen Startschuss erhalten hatte.

Statt „Geburtstag" schrieb ich SOMMERSONNENWENDE in die Zeile zu Samstag – wir bleiben sachlich. In die restlichen Kästchen dieser Spalte fügte ich die anderen Wochentage ein. Danach zog ich eine Rubrik für *Auffälliges*, beginnend mit meinem Sturz von Celtic. Am nächsten Tag folgte der erste Besuch mit Ilvy auf dem Dachboden. Zu Montag fiel mir nichts ein – dieses Kästchen ließ ich leer. Am Dienstag der Arztbesuch und das mysteriöse kleine Mädchen. Dieser Tag war aufregend gewesen! Am Nachmittag war ich wieder am Dachboden, nur dieses Mal mit Dad, und wir fanden Mams Koffer. Am Mittwoch fand endgültig ich mein Feuerchen und konnte den ersten Schutzkreis errichten, der am Abend im Kino kläglich versagte, und dann kam noch das Desaster mit Tobias. Und vor wenigen Stunden das Chaos im VIADUKT.

Dann noch eine Reihe für *Mams Briefe*. Für jede ihrer Nachrichten ein Kreuzchen an besagtem Tag. Daneben führte ich mit demselben Kreuzchen-System eine Spalte für *Träume* ein und in einer weiteren, wie aktiv mein kleines inneres *Ich* am besagten Tag war – das im Übrigen nur noch zu schlafen schien. Ungewöhnlich. Sehr ungewöhnlich. Langsam machte ich mir ernsthafte Sorgen um mein freches Unterbewusstsein.

In der vorletzten Zeile notierte ich meine *Vergangenheitsreisen*. Auf einem Stück Papier zusammengefasst, waren es gar nicht so wenige. In der letzten Spalte machte ich einen großen Punkt an dem Tag, an dem ich den Turmalin zum ersten Mal verwendet hatte. Ich überlegte noch, eine allerletzte Reihe mit der Bezeichnung *Gabe* hinzuzufügen. Vielleicht wie sie sich im Laufe der Tage verändert, entwickelt hatte. Nachdenklich verwarf ich jedoch diesen Gedanken. Dafür würde niemals eine Spalte mit kurzen Ausführungen reichen!

Als alles eingetragen war, kramte ich Mams letzten Brief aus der Umhängetasche und las ihn noch einmal durch.

Unfassbar.

Ich startete den Lapi, öffnete Skype, fotografierte mit dem Handy den Brief und lud ihn auf die Festplatte.

Ilvy war nicht online. Da ich keinen Bock auf Telefonieren hatte, schickte ich ihr eine SMS. Während ich wartete, betrachtete ich das Foto des Briefs auf dem Bildschirm – sollte lesbar sein. Das typische Düdelidüt erklang, und ich klickte auf den grünen Telefonhörer.

„Hej ..." Ilvys betrübte Stimme drang zu mir durch, bevor ich ihr anfänglich verzerrtes Gesicht sah.

„Hej. Ich will nicht lange darauf herumreiten. Mir tut es ebenso leid, aber es gibt Wichtigeres." Gedanken- und Atempause. „Ich hab' was entdeckt. Und *das* ist wichtiger als eine Debatte über mein Verschwinden, geschweige denn über meine Einstellungen zur Liebe und so weiter."

„Okay. Spuck's aus." Ihr Interesse war geweckt.

„Ich schicke dir Mams Brief. Jetzt."

„Aber wie ...?"

Schulterzucken. „Gutes Handy."

„Her damit. Ich warte schon die ganze Zeit auf neuen Stoff."

Zum ersten Mal erwähnte Mam die Amulette und eine Prophezeiung, zu der auch ich gehörte:

Cleo, für jedes Amulett, für jeden Träger eines dieser Amulette, gibt es Prophezeiungen – genauso auch für Dich! Nur leider weiß ich nicht, wie Deine lauten. Vielleicht hätte ich die Bücher bei Deiner Geburt erhalten, um Dein Leben nach den Prophezeiungen zu formen. Vorausgesetzt, Deine Großmutter hätte damals bereits gewusst, dass Du die nächste Genträgerin bist. Aber einen kleinen Teil einer Prophezeiung kenne ich. Vielleicht kann Dir dies nützlich sein.

Acht ist die Zahl der Magie!
Acht ist das Symbol der Unendlichkeit!
Acht ist die Zahl der Macht!
Acht müssen es sein ...
Nur diese Acht können Es befreien!

Ich persönlich wurde aus diesen Zeilen nicht schlau, denn Du bist die Sieben. Aber Deine Großmutter sagte immer, mit der nächsten Generation enden die Prophezeiungen. Vielleicht ist auch eine Deiner Cousinen die Acht. Ich weiß es nicht!

Egal, wie es ist. Cleo, Deine Kräfte werden immer stärker, und ich weiß, dass Du bereits bemerkt hast, wie sehr Dir Deine Gabe ... fehlt und wie schnell sie ein Teil von dir geworden ist – weil sie das immer schon war. Ich kann Dir nicht mehr viel beibringen – Du musst eine Entscheidung treffen!

Nach dem ersten Verdauen des Schocks klinkte sich Ilvy wieder ein. „Es wäre interessant, mehr über diese Prophezeiungen zu erfahren."

„Ja, aber dabei kann mir Mam wohl nicht helfen."

„Das heißt?"

„Woher soll ich das wissen?"

Genervt stöhnte sie auf. „Cleo, jetzt stell dich nicht so dumm." Ich wollte mich aber dumm stellen, weil mich das nicht die Bohne juckte. „Cleo ..." Ihre Stimme klang als würde sie mit einem mies gelaunten und zickigen Kind sprechen.

„Ich weiß, wohin sie mich schicken will, verdammt" Schmollend blickte ich in die Kamera und dachte gereizt an die Briefmarke und den Poststempel. „Was soll ich da? Nein, ich gehe nirgendwohin. Irgendwie bekomme ich das schon auf die Reihe." Mit nach oben gezogenen Augenbrauen sah ich meine beste Freundin an. Das Shopping-Erlebnis hatte mir den Rest gegeben, aber deshalb gleich mein Zuhause verlassen? Neee! Kam nicht in die Tüte!

Ich verstand Mam. Ich konnte auch verstehen, dass sie sich in diesen Briefen mit vielem auseinandersetzen musste, auch mit meiner ungewissen Zukunft, aber trotzdem entschied ich und nicht sie.

„Ich finde es gut, dass du nichts überstürzt. Schlaf darüber."

Da gab's nichts drüber zu schlafen. Basta!

Ilvy schien damit einverstanden zu sein, das Thema zu wechseln. „Was meinte sie mit der Acht?" Schulterzuckend sah ich sie an. War nicht sie die Superschnüfflerin?

„Ich nehme mal an, dass jede Prophezeiung irgendwann mal ein Ende findet, und laut dieser endet es mit der Acht. Die Acht muss sich in meiner Generation verstecken. Hast du den Brief überhaupt gelesen?"

„Nur überflogen. Ich war zu aufgeregt, als ich gelesen habe, was sie von dir verlangt. Die Acht ..." Ilvy verstummte mitten im Satz.

„Was?" Geistesblitz?

„Die Unendlichkeit."

„Was?" Ich brauchte bitte, bitte auch so einen Blitz! Dringend. „Davon hat sie bereits geschrieben ..."

„Cleo", Ilvy klang wieder mal situations-standardaufgeregt, „die Acht."

„Was ist damit, verdammt?" Ich fluche eindeutig zu oft, seit ich diese Gabe mein eigen nennen durfte!

„Cleo, die Acht steht als liegendes Symbol, für die Unendlichkeit."

„Klar! Das. Hat. Meine. Mam. Bereits. Erwähnt!" Was verstand sie an meinen Worten nicht?

„Klar? Was meinst du damit?" Jetzt klang sie verwirrt. Natürlich hörte sie nur das, was sie hören wollte. Aber ich war auch nicht auf einem kleinen Bergbächlein hierhergeschwommen!!

„Das hatten wir in Mathe ..." In Gedanken stellte ich es mir vor.

„Oh, du meinst das ... Aber das hat nicht nur mit Mathematik zu tun. Die liegende Acht, zum Beispiel als Schlange dargestellt, hat wieder viele Jahrtausende auf dem Buckel." Unfassbar dieses Girl! Unbewusst begann ich zu grinsen. „Aber wie du gesagt hast, jede Prophezeiung endet und diese vorrausichtlich mit der Acht. Kein Weiterkommen mehr ... Oder es beginnt wieder von vorne."

Verstanden. Bestätigend nickte ich ihr zu. Wenn wir auf der richtigen Spur waren, könnte sich eine ähnliche Geschichte bereits lange vor unserer Familie schon einmal abgespielt haben. Vielleicht wiederholen sich die ... Ereignisse? Vielleicht musste dieses Muster durchbrochen werden? Bei diesem Gedanken zuckte eine Erinnerung in mir auf – der Stammbaum. Bei ihm hegte ich einen ähnlichen Verdacht. Eine Möglichkeit, die ich nicht außer Acht lassen durfte!

 Plötzlich senkte Ilvy den Blick. Sie knetete ihre Finger – ich wusste es! Auch ohne direkten Kontakt erahnte ich den Grund dafür. „Ach, Ilvy!" Wehmut packte mich. „Ich finde es auch oberbeschissen, aber wir können nichts daran ändern, dass du in zwei Tagen abreist."

Prophezeiung aus dem 3. Buch der 2. Generation

Wachet über eure
Nachkommen,
denn sie sind diejenigen,
die unser Erbe hüten.
Die unsere Richter werden
und über Verrat und
Leben entscheiden!

JD

Zweiundzwanzig

Die Vernunft

Mit Freitag begannen die letzten vierundzwanzig Stunden von Ilvys diesjährigem Aufenthalt in Zürich. Meine deprimierte Stimmung begann schon mit dem Aufwachen. Meine Beste hatte den gestrigen Abend mit ihrem Vater verbracht, was ich verstand! Schließlich war ich keine Glucke und er derjenige, der seine einzige Tochter wieder an seine Ex abgeben musste. Doch nach dem Frühstück hatte ich bereits die erste SMS von ihr auf dem Handy.

hej! was machen wir heute?
dad hat mir den letzten tag
schule geschenkt! ☺
meld dich, wenn du den federn
entkommen bist!

Mann, ich konnte echt blöd grinsen, wenn ich auf der Glücklich-Schiene surfte. Schnell tippte ich die Antwort, sie solle schnellstmöglich auf meiner Matte stehen. Dann würden wir besprechen, was uns dieser Tag noch bringen könnte.

Gegen zehn hörte ich ihre Vesper den Hügel raufschnaufen. Immer wieder interessant, wie diese alte Kiste es schaffte, uns beide durch die Gegend zu chauffieren. Respekt, aber es gelang der old Lady immer wieder aufs Neue.

Nach der morgendlichen Übung zur Aktivierung meines Schutzkreises hatte ich es mir auf der Terrasse mit einer Sportzeitschrift bequem gemacht. Seit kurzen spukte eine neue Idee in mir herum – warum nicht gleich den Flugschein machen? Die Ferien boten sich an, genauere Informationen darüber einzuholen. Aber mein Bauchgefühl und die Erfahrungen mit Dad zeigten deutlich auf das No-go-Schild mit der Aufschrift „Zu jung". Träumen war zum Glück noch erlaubt.

„Hej!" Breit grinsend schlenderte Schwedengirl um die Hausecke und setzte sich zu mir an den Tisch.

„Hej! Alles klar? Ich dachte schon, dein Schnuckelchen packt es nicht mehr den Hügel rauf." Den kleinen Seitenhieb konnte ich mir nicht verkneifen. Was um alles auf der Welt hatte Ilvy nur mit diesen alten Zweirädern?

„Die Vermutung hatte ich leider auch. Vielleicht sollte ich doch einen Abstecher in die Werkstatt machen, bevor ..." Nachdenklich sah sie in die Richtung aus der sie gekommen war.

„Dein Dad könnte sich vielleicht darum kümmern. Die Zeit wird etwas knapp werden." Es auszusprechen, dass morgen wirklich dieser Tag war und wir uns für dieses Jahr verabschieden mussten, kam mir schlimmer vor, als eine eiternde Entzündung im rechten Auge.

Nach einigem Hin und Her stimmte sie mir doch zu, ihren Dad darum zu bitten.

Den restlichen Vormittag verbrachten wir mit viel Geschwafel über Schule, Pläne für die Sommerferien – zum Glück ließ sie das abgewürgte Thema aus dem VIADUKT außen vor – und Geplänkel über die begrenzte Hirnaktivität der Jungs an unserer Schule. Gedanken an die Zukunft blendeten wir bewusst aus.

Zum Mittagessen gab's Hotdogs – einfach, ungesund, aber lecker. Dabei rang sie mir, so ganz nebenbei zwischen unseren Herumalbereien, ein absurdes Versprechen ab: Ich sollte nichts mit irgendwelchen Jungs anfangen, seien sie auch noch so toll und hinreißend und blablabla, solange die andere ihn nicht begutachtet und ihr Urteil abgegeben hatten. Wie kam sie nur immer wieder auf diese abstrusen Ideen? Von dieser Abmachung fühlte ich mich nicht betroffen, aber wenn sie sich dann besser fühlte ... von mir aus! Mein Interesse an dem anderen Geschlecht hielt sich immer mehr in Grenzen. Das Erlebnis mit Tobias hatte meinen Hormonen einen deutlichen Dämpfer verpasst. Hoffentlich nicht auch mein Körperwachstum.

„Jetzt guck nicht so, als wäre ich der Teufel höchstpersönlich und würde als Gegenleistung deine Seele von dir verlangen!" Empört schleckte Ilvy Ketchup von ihrem rechten Zeigefinger. Meine Empörung galt eher ihrer Ketchup- und nicht Senfauswahl. Ketchup zum Hotdog? Graus!

„Ich denke nicht, dass du eine so furchteinflößende Wirkung auf mich hast. Aber ich kann dich beruhigen, wir werden alles nach deinen Wünschen durchziehen." Schnell überdachte ich meine Antwort, und – verdammt! – ich hatte sie komplett falsch formuliert. Das würde meine Seele nicht ohne weitere Erklärungen oder Verteidigungsmaßnahmen überstehen.

„Nach meinen Wünschen?!" Ich hatte recht. Die Zeit fehlte, um mir darüber Gedanken zu machen, ob mir dieses Rechthaben gefiel oder nicht, denn Ilvys Explosion nahm ihren weiteren Lauf. „Denkst du, ich mache das nur wegen mir?" Ihre Gesichtsfarbe passte sich den roten Haarspitzen an.

Frage ans Unterbewusstsein: Was habe ich getan, um sie derartig auf die Palme zu bringen? Mein kleines, Gott sei Dank wieder halbwegs entspanntes Ich lag in seinem imaginären Bettchen, mit einer Wärmflasche – bei diesen Temperaturen? – tief unter der Decke vergraben und einem fetten Schnulzenroman vor der Nase. Bei diesem Anblick wartete ich nicht lange mit einer Antwort.

„Hey, jetzt komm mal wieder runter von deinem Radikal-Entfernungs-Rettungs-Trip!" Ilvy hatte sich vor mir aufgebaut. Wann waren die Sekunden in Lichtgeschwindigkeit an mir vorbei gerauscht, in denen sie diese Chance ergriffen hatte?

„Was?!"

„Ich hab' mit keinem Wort erwähnt, dass ich dieses Versprechen nicht auch dieses Mal ablegen würde!" Gedanklich fügte ich hinzu: „Wenn auch nur, um deinen und meinen Seelenfrieden zu wahren." Dass mich mein sterbenskrankes inneres Ich mit einem schiefen Auge über den Buchrand anschielte, überging ich absichtlich. Seit zwei Jahren wiederholte Ilvy diese Abmachung, obwohl ich nicht verstand, wie wir dieses Versprechen in einer Akutsituation durchziehen sollten? Man stelle sich vor:

Attention, please: Last call to the flight to Stockholm! Aber bitte zack, zack! – Sorry, Leute! Meine Freundin will da mit einem Typen anbandeln, und ich muss ihr das O.K. dazu geben. Erbitte Flugverschiebung.

Was tat man nicht alles für seine Beste, nur damit sie beruhigt abreisen konnte? Zum Glück kapierte diese Freundin knapp vor der Eskalation, dass sie mit diesem kindischen Streit dabei war, unsere letzten gemeinsamen Stunden zu versauen! Ich gab dieses Versprechen und Punkt.

Beim Nachtisch streiften wir das Thema „Tagesgestaltung". Dass wir den Nachmittag gemütlich am See verbringen würden, stand außer Frage. Den Rest ließen wir für spontane Aktivitäten offen. Der Abend war seit meinem Geburtstag durch Dads Geschenk ausgebucht. Bei all dieser Entspannung kehrten meine Gedanken trotzdem immer wieder zu der Auseinandersetzung mit Tobias zurück, die Auslöser für mein erstes Magengeschwür gewesen sein könnte. Ilvy bemerkte meine abschweifenden Gedanken. Ja, ich war nicht ganz bei der Sache. Meine Antworten waren nur halb so witzig und schlagfertig wie an anderen Tagen. Wer hätte gedacht, dass mich Tobias nach ein paar Runden Schlaf immer noch so beschäftigte. Und doch! Er zählte auch zu meinen besten Freunden. Mein Ilvy-Ersatz und mein Lehrmeister in technischer Hinsicht.

Meine wütende Reaktion auf Tobias Kinobesuch mit Ally war für mich, zwei Tage später, noch nachvollziehbar – aber kindisch. Verdammt, das war Tobias! Es wäre eine Schande, würde ich diese Freundschaft bewusst vergessen, verdrängen und in irgendeinen Schrank auf Nimmerwiedersehen wegsperren. Gemeinsam gingen Ilvy und ich auf Ideensuche, wie ich diesen Schlamassel am besten wieder bereinigen konnte. Sie versuchte schon wieder, einen ihrer Vorschläge durchzudrücken. Ich war alles andere als begeistert davon, schließlich wollte ich mit ihr diesen letzten Freitagabend verbringen. Unsere gemeinsame Zeit für dieses Jahr endete hier. Oder mit Dad zu dem Konzert gehen! Schließlich stammte dieses Hammergeschenk von ihm. Ein Freundschaftswiederbelebungskonzert war nicht in meinem Sinn – aber das würde es werden, wenn es nach Ilvy ging.

„Bist du immer noch sauer auf ihn?"

„Neein." Ich war nicht mehr sauer auf ihn. Sie wusste, dass ich kein nachtragender Mensch war. Ihr Blick wurde forschender. Bohrender. „Verdammt! Lass mich in Ruhe, ich werde darüber nachdenken."

„Nachdenken? Nur nachdenken?" Ohne mich aus den Augen zu lassen, schüttelte sie langsam den Kopf. „Nur nachdenken allein reicht nicht."

Frustriert schnaubte ich wie ein in die Enge getriebener Stier. „Na schön, ich hör auf, mich dumm zu stellen, und du hörst auf, mir so auf die Pelle zu rücken." Na dann ... In einem kleinen Tornado verpackt, entwich mein angehaltener Atem. Mit schwer beladener Brust und zittrigen Fingern scrollte ich die Kontaktliste durch. Bewusst zögerte ich es hinaus. Schon lange befand sich seine Nummer unter den Favoriten, aber ich musste Zeit schinden, um mir ein paar Worte zurechtzulegen, denn dabei stellte Schwedengirl keine Hilfe dar!

Mit überkreuzten Armen vor der Brust stand mein momentaner Feldwebel neben mir, um meine Aktivitäten zu überwachen und keinen Millimeter von ihrem Standpunkt abzurücken. Die aufkeimenden Zweifel behielt ich jedoch für mich. Die Gedanken und Gefühle über diesen chemischen und hormonellen Vorgang in meinem Körper tat ich als einen ersten Versuch des Vielleicht-fast-verliebt-sein-aber-gerade-noch-Davongekommen ab – puh! Fühlte sich das wirklich so an? Musste das sein? Ich blieb skeptisch.

Ein letzter flehender Blick zu meiner Besten, aber ihr Gesicht blieb versteinert. „Drück endlich drauf, oder ich tue es."

Mit angeknackstem Selbstbewusstsein drückte ich den grünen Hörer.

Nach mehreren Signaltönen stieg die Hoffnung, Tobi wäre außer Reichweite oder konnte aus anderen Gründen nicht abheben oder wollte nicht mit mir sprechen. Diese Traurigkeit überrumpelte mich. Ich überspielte sie und wollte Ilvy erleichtert angrinsen, aber das verging mir schlagartig, als mein Name verunsichert durch den Lautsprecher erklang.

„Cleo?"

„Ähm. Hej ..." Verdammt! Was sollte ich sagen? Vielleicht: „Hey, sorry, ich war an diesem Abend eine blöde Kuh und hab überreagiert, es tut mir echt verdammt leid. Magst du wieder mein Freund sein?" Ja, klar! Das Verlangen, mit der Stirn immer wieder gegen das Glas der Balkontür zu donnern, steigerte sich zu einem krankhaften Drang. Eine blöde Angewohnheit! Wegen der intensiven Beobachtung meiner Flowerpower-Freundin unterband ich diesen Reflex.

Mann! Jetzt gib dir doch endlich einen Ruck, du Weichei! Donnerte mir mein inneres kleines Kampfferkel entgegen. Genervt verdrehte ich die Augen. Nicht du auch noch! Wie viele Schweigesekunden waren bereits vergangen? Deutlich drang sein Atem an mein Ohr. Von Ilvy erhielt ich einen Rempler, der mich fast vom Stuhl katapultierte. In pantomimischen Gesten zeigte ich ihr, was ich von ihr hielt, und dass sie mich an einer sehr intimen Stelle kratzen könnte.

„Bist du noch dran?"

„Ähm, jap." Still fragte ich mich, ob ich, wirklich ich, mit ihm zu diesem Konzert wollte und ob ich seine Freundschaft vermisste. Letzteres konnte ich sofort mit einem dicken, fetten Ja beantworten. Innerlich straffte ich die Schultern. Unsere Freundschaft war mir wichtiger als dieser blöde Streit! Ja, ich wollte dieses Event mit ihm erleben. „Es tut mir leid!", platzte es aus mir heraus. „Ich will dich nicht als Freund verlieren – du bist mir zu wichtig."

Pah! War das wirklich so schwer? Die Augen verdreht, sank mein Unterbewusstsein erleichtert zurück in die Hängematte.

Ja, das war es! Niemand hatte ja eine Ahnung, wie schwer das war. Aber dafür fühlte es nun leichter auf meiner Brust an. Wie ein Ballon, dem die Luft abgelassen wurde, sank ich in mich zusammen.

„Cleo ..."

„Warte!" Ohne Rücksicht unterbrach ich Tobias. „Ich hätte dich vor zwei Tagen einfach ausreden lassen sollen. Nicht gleich abblocken. Aber als du Ally erwähnt hast, sind alle meine Sicherungen durchgebrannt ..."

„Cleo!" Dieses Mal unterbrach er mich. Gott sei Dank! Ich war dabei, mich zu verzetteln, und das kam sicher alles andere als gut an. „Ally ist mir egal." Seine Stimme klang klar und sicher. Ich mochte seine Stimme. „Vollkommen egal! Es war eine blöde Idee und ein zu großer Anflug von ... Gutmütigkeit, dass ich mich darauf eingelassen habe." Gutmütigkeit? „Ich hätte nie gedacht, dass es so enden könnte ... das mit uns meine ich."

Mit uns? Er sprach von unserer Freundschaft, oder? Was sonst? Mehr war auch nicht zwischen uns. Ich spürte, wie Panik in mir aufstieg. Nein, jetzt nicht!

Die Stille kehrte zurück. Sie war nicht unangenehm. Ein Lächeln der Erleichterung schlich sich auf meine Lippen – ich hatte ihn nicht verloren! Ilvy verließ ihren Posten hinter mir und setzte sich mir gegenüber. Stärkend legte sie eine Hand auf mein Knie und zwinkerte mir zu.

„Tobias, ich ... mein Dad hat mich zum Geburtstag mit einem kleinen Traum überrascht, und ich wollte dich fragen, ob du heute Abend schon etwas in Planung hast?" Meine Stimme überschlug sich fast. Was war nur los? Es war doch schon alles geklärt! „Ich weiß, es ist kurzfristig, und wenn du schon was vorhast, ist es natürlich kein Problem ..."

„Stopp, Cleo!" Er lachte. Ich mochte sein Lachen – es war ehrlich und ansteckend. „Darf ich auch erfahren, um was es sich bei dem Geschenk handelt?"

„Oh! Hab' ich das nicht erwähnt?" Verunsichert richtete ich mich auf und sah Schwedengirl grinsen und den Kopf schütteln.

„Nein, hast du nicht, aber es ist ja noch nicht zu spät. Also, wohin würde uns der Abend führen?"

Im rechten Ohr sammelte sich bereits der Angstschweiß. Auch nahm es durch den Druck, den ich darauf ausübte, rötliche Verfärbungen an. „Dad hat mir Konzertkarten für 2Cellos geschenkt." Stille. Im Bauch begann es unangenehm zu kribbeln. „Was meinst du, bist du dabei?" Wenn meine Stimme bis zu diesem Augenblick nicht unsicher gewirkt hatte, dann tat sie es nun mit Sicherheit. Sein Schweigen verstärkte die unangenehme Situation. Warum sagte er nichts? Ratlos streckte ich hilfesuchend einen Arm von mir und starrte mein Gegenüber an. Als wäre sie mein Spiegelbild, konstruierte Ilvy die gleiche Geste. Und was sollte mir das nun helfen?

„Hm. 2Cellos? Warum eigentlich nicht. Ja! Ich bin dabei. Das Konzert ist seit Monaten ausverkauft!" Das Lächeln, das sich in seiner Stimme spiegelte, erwärmte mein Herz, und ich atmete erleichtert aus. Wie lange hatte ich den Atem angehalten?

„Ja?!" Vor Freude sprang ich auf, zog mit dem rechten Arm einen Strike. Lachend klatschte meine Beste Beifall – warum auch immer? Es war mir egal! Auch dass Tobias den Jubel hörte – ich war auf dem besten Weg, einen meiner besten Freunde zurückzubekommen. Minutenlang entschuldigten wir uns gegenseitig und quatschten über das Konzert, Dresscode – auf den wir uns nicht einigen konnten – und natürlich Treffpunkt. Ganz Gentleman würde er mich gegen neunzehn Uhr abholen. Mit einem breiten Grinsen verabschiedete ich mich und fiel Ilvy glücksstrahlend um den Hals.

„Das war die beste Idee, die du seit langem hattest!" Erleichtert über diese Wendung, konnte ich mein Glück kaum fassen – ich hatte unsere Freundschaft wieder gekittet – zumindest befanden wir uns auf einem guten Weg.

„Kein Problem, Hexe! Gern geschehen." Grinsend erwiderte sie die Umarmung.

Es wurde still. Sie schien mich zu verfolgen – diese Stille.

„Danke, dass du nicht nachgegeben hast."

Wir lösten uns voneinander und bei jeder glitzerten Tränen in den Augen.

„Schau, was du mit mir machst!" Lächelnd wischte sie die feinen Wassertropfen mit dem Handrücken beiseite. Hinter einer wilden Haarlocke versteckte ich die eigenen Tränen.

„Gut, das hätten wir, aber was ziehst du heute Abend an?" Nachdenklich sah mich Ilvy an. Da stimmte doch etwas nicht! Skeptisch betrachtete ich sie. Dachte sie etwa, mich mit Tobias zu verkuppeln?

„Ähm ..."

Meine beste Freundin baute sich vor dem offenen Kleiderschrank auf. „Lass gut sein, Cleo, und versuch einmal, nicht so viel zu denken. Lass deine Gedanken mal ruhen und zerlege nicht immer alles in seine Einzelteile. Versuch, einen schönen Abend mit einem Menschen zu genießen, den du magst, mit dem du gerne zusammen bist und was erlebst." Bei diesen altklugen Worten wandte sie mir immer noch den Rücken zu und versuchte, in meiner Unordnung etwas Brauchbares zu finden. Fassungslos stand ich hinter ihr. Ich denke zu viel? Ich zerlege alles in seine Einzelteile? Den Protest, der mir auf der Zunge lag, würgte ich runter. Es hatte keinen Sinn, über etwas zu streiten, wovon ich wusste, dass sie recht hatte. Außerdem hatte ich genug vom Diskutieren, besonders mit den Menschen, die mir wichtig waren.

Um Entspannung bemüht, kreiste ich mit den Schultern, bevor ich neben sie trat und ebenfalls einen Blick auf den Kleiderhaufen warf.

„Kleid?" Meine persönliche Modedesignerin zog eines der Strandkleider heraus.

„Spinnst du?! Das Ding gehört zu Sand und Meer, aber mit Gewissheit nicht zu Rock, Pop, verfeinert mit Klassik und ein paar tausend Menschen, die tanzen, jubeln und vielleicht sogar mitsingen." Überrascht über ihre eingeschränkte Sichtweise, tippte ich mit dem Zeigefinger an meine Schläfe.

„Warum? Es ist warm. Das Konzert findet in einer Halle mitten im Sommer statt und das bisschen Gehopse und Gegröle hält es doch lässig aus. Und außerdem, Cleo, du gehst auf kein Konzert der Toten Hosen! 2Cellos sind immer noch in der Klassik beheimatet."

Misstrauisch sah ich sie an. Frau, du hast ja keine Ahnung. „Und das heißt, ich soll das kleine Schwarze auspacken, das ich nicht habe?" Mit verschränkten Armen vor der Brust veränderte sich meine Miene zu einem selbstgerechten Ausdruck.

„Vielleicht nicht unbedingt ein derartiges Outfit." Ihr Oberkörper verschwand wieder im Schrank. „Aber passend sollte es doch sein. Stell dir mal vor ..." Und schwups, tauchte sie wieder auf. „Tobi kommt im Anzug oder einfach leger, und du trampelst in zerfetzten Jeans, deinem I LOVE YETI T-Shirt und vielleicht auch noch den ausgelatschten Converse an. Ihr habt euch doch auf eine gemeinsame Linie geeinigt, oder?"

Abgelenkt nickte ich. Dieses Bild, das sie hervorgerufen hatte, gefiel mir auf den ersten Blick, aber gar nicht mehr in Hinsicht auf den heutigen Abend. Somit überzeugte sie mich, schweren Herzens einige Outfits, die sie aus meinen Klamotten zusammenwürfelte, anzuprobieren. Das dumpfe Gefühl eines Verkupplungsversuchs grub immer noch unterschwellig seine geheimen Tunnel in mir. Ilvy verstand das komplett falsch! Tobias war ein guter Freund, den ich um nichts auf der Welt verlieren wollte, aber mehr auch nicht.

Ich ließ Schwedengirl das Gefecht mit meinen Schrank alleine ausüben und unternahm einen Entspannungsabstecher in die Küche. Vielleicht konnte ich Herta helfen. Alles war besser, als den Verwünschungen über meine Unordnung zu lauschen. Sie konnte mich ja rufen, wenn sie ihre modischen Experimente beendet hatte.

Suchend drehte ich mich in der Küche einmal um die eigene Achse – sie war leer, duftete aber nach Kuchen. Neugierig warf ich einen Blick in den noch heißen, aber bereits ausgeschalteten Backofen.

„Gugelhupf!" Mein Herz sprang viele Meter in Richtung Himmel. „Mhm, lecker." Verstohlen sah ich mich um und lauschte auf Geräusche. Nichts, kein Mucks. Vorsichtig und auf Zehenspitzen öffnete ich das Rohr einen Spalt. Eine Welle aus heißem Dampf und Wasser-im-Mund-zusammenlaufende-Düfte drängten sich mir entgegen. „Ah! Heiß ..." Schnell zog ich den Kopf ein und schloss den Backofen wieder.

„Was dachtest du denn?" Lachend und kopfschüttelnd stand Herta in der Terrassentür. Die Arme angefüllt mit Salat.

Sie durfte das: lachen, also, mich auslachen. Trotzdem umrundete ich wie ein schmollendes Kind den Küchentresen und setzte mich auf einen der Hocker.

„Ach, Cleo, du wirst es nie lernen. Er muss auskühlen." Mir gegenüber legte sie den Salat im Waschbecken ab, „sonst ..."

„Bekomm ich Bauchschmerzen. Ich weiß." Überkreuzt legte ich die Arme auf der Marmorplatte ab. Missmutig bettete ich die linke Wange darauf und ließ den Blick in den von Sonne überfluteten Garten schweifen. Meine Ersatzoma lächelte immer noch. Diese mürrische Seite war ihr bestens bekannt. Liebevoll strich sie mir über den Kopf. Blut hin oder her, Herta war und blieb meine Oma! Als sie ihre Hand wieder zurückzog, sah ich sie an. „Kann ich dir etwas helfen?"

Mir den Rücken zugewandt stand sie am Kühlschrank. „Habt ihr Streit?"

„Wer?" Ich dachte an Ally, die ich seit gestern nicht mehr gesehen hatte.

„Du und Ilvy."

Kaffee wäre eine tolle Idee. „Nein, haben wir nicht." In Gedanken wog ich ab, ob das aufkeimende Kaffeeverlangen bereits so hoch lag, um meine Lümmel-Position aufzugeben. „Wie kommst du darauf?" Von der Koffeinsucht geschlagen, rutschte ich vom Hocker und machte mich auf den Weg zum Objekt der Begierde.

„Weil du hier in der Küche herumhängst, als hätte sie dir etwas weggenommen." Tomaten, Mozzarella, Paprika und noch ein paar andere Dinge türmten sich dieses Mal in Hertas Armen.

Nachdenklich schaltete ich die Kaffeemaschine ein und angelte nach meiner Lieblingstasse. Hatte mir Ilvy etwas weggenommen? Meine Augenbrauen wanderten nach oben, als ich mich ihr wieder zuwandte. „Außer meiner uneingeschränkten Freiheit der Kleiderwahl ist alles noch meins."

Verwirrt hielt Herta in ihrer Gemüse-Wasch-Aktion inne. Auf ihrem Gesicht bildete sich eine unausgesprochene Frage.

„Dad hat mir zum Geburtstag Karten für das 2Cellos Konzert heute Abend geschenkt." Wie sollte ich das erklären? Oh je, sie trocknete sich die Hände an der Schürze ab. Verunsichert kehrte ich zu meiner Ausgangsposition zurück.

„Und wo besteht der Zusammenhang?" Puh! Aus einer Schublade entnahm sie ein Brett und ein Messer.

„Das ist kompliziert ..."

„Hast du etwas Besseres zu tun?" Vorwurfsvoll sah sie mich an. Manchmal hatte ich das Gefühl, dass Herta dachte, Mam ersetzen zu müssen. Ich konnte nicht bestreiten, dass ich ihr in so mancher Situation dafür dankbar war, aber mit ihr über die Probleme mit meinen Freunden zu sprechen, war so was von ... stange. Aber um ihre Frage zu beantworten, nein, ich hatte nichts Besseres zu tun. Ungeduldig drehte ich die Tasse zwischen den Händen. Überrascht erkannte ich, dass sie während meines Gedanken-Baseballs, ein Brett und ein Messer vor mir abgestellt hatte. Plus zwei Tomaten. „Würfelig", war ihre Anweisung.

Ich griff zum roten Gemüse und dem Schneidobjekt. Atmete aus und begann zu erzählen. „Ich wollte eigentlich mit Ilvy oder Dad dorthin. Dad kann nicht, er ist in der Oper, die Premiere steht vor der Tür. Und Ilvy ... weiß der Geier, was sie geritten hat." Mit dem Messer in der Luft sah ich Herta an. „Vor ein paar Tagen hab' ich mich mit Tobias gestritten." Aufmerksam beobachtete sie mich. Ich zerteilte eine Tomate und entfernte das giftige grüne Zeug in der Mitte. „Es ging um Ally."

„Um deine Schwester?" Kaum merklich zögerte sie, als sie nach einer der Paprika angelte. Gewissenhaft teilte sie diese in zwei Hälften.

„Jap." Wie Butter glitt das Messer durch das Fruchtfleisch, als ich es in Scheiben schnitt.

„Aber Tobias und Allegria, das hat noch nie funktioniert ..."

„Korrekt und das war auch der Grund für meine Wut und mein Unverständnis ihm gegenüber." Siegessicher deutete ich mit meinem Degen in ihre Richtung.

„Was war denn? Haben sie sich getroffen?" Ich spürte Hertas unterschwelliges Lächeln. Sie wartete nicht auf meine Antwort. „Aber er kann sich treffen, mit wem er will. Ihr seid nicht ... zusammen, oder?!" Hinter dieser einen Frage steckte noch viel mehr Unausgesprochenes! Wie zum Beispiel: Hast du schon einen Jungen geküsst, oder hattest du bereits Sex; müssen wir zum Gynäkologen? Brauchst du die Pille – was weißt du über die Verwendung von Verhütungsmitteln? Pass bloß auf, es gibt genügend Geschlechtskrankheiten! Hat dich deine Mutter HPV impfen lassen?

Lieber sah ich diese Gedanken in Hertas Gesicht und verängstigten Gefühlen als in Dads! Mit ihm ein derartiges Gespräch zu führen, wäre um vieles schlimmer.

„Neein, wir sind kein Paar. Wir sind gute Freunde. Sehr gute Freunde, und er hat aus seiner Abneigung gegenüber Ally nie ein Geheimnis gemacht, und darum war ich so ... so überrascht." Verdammt, ich fing schon wieder an, mich zu verteidigen. Frustriert schnitt ich die Scheiben in Streifen. „Ich versteh' einfach nicht, warum er sich mit ihr getroffen hat. Ich mein, jetzt versteh ich es schon ..."

„Ihr habt darüber gesprochen?" Während meines Verzettelungsversuchs hielt sie beim Schnippeln inne, um mich genau zu beobachten.

„Ja. Vorhin." Das Brett mit den perfekten Würfeln schob ich in Richtung Schüssel und griff wieder nach der Tasse. Mittlerweile hatte der Kaffee die perfekte Trinktemperatur erreicht.

„Du bist eifersüchtig!" Nun zeigte Herta mit dem Messer auf mich.

Mit offenem Mund starrte ich sie an. Die Tasse blieb auf halben Weg in der Luft hängen. Demonstrativ stellte ich sie wieder ab. „Bin ich nicht!"

Ein wissendes Grinsen lag auf ihren Zügen.

BIN ICH NICHT! Verdammt! „Herta, ich bin nicht in ihn ... verliebt." Ich versuchte es auf die verständnisvolle Tour. „Er ist ein guter Freund, mit dem ich viel Spaß habe, besonders wenn Ilvy nicht da ist. Trist ist schon fast ein Jahr in England ... Er ist nur ein guter Freund. Nicht mehr!"

„Das streite ich nicht ab." Wieder diese Messerspitze, die auf mich zielte. „Auch das mit dem DeViner-Jungen nicht, aber ihr seid keine Kinder mehr – verstehst du, was ich meine?" Und schnippelte weiter. „Mädel, ihr werdet erwachsen, und da verändern sich nun mal Gefühle und Prioritäten."

In einer ergebenen Haltung riss ich beide Arme nach oben. „Okay, du hast recht, was die Veränderung mancher Gefühle anbelangt." Hatte ich es nicht selbst vor ein paar Tagen zu spüren bekommen? „Trotzdem trifft das nicht auf jeden zu."

„Es tut mir leid." Herta sah mir in die Augen, und ich senkte die Arme. „Also hat dich Ilvy dazu überredet, dich mit Tobias auszusprechen und mit ihm ins Konzert zugehen." Das war keine Frage. Verdutzt saß ich da und nickte nur. Was sollte ich auch antworten? Sie hatte sich doch alles selbst beantwortet.

„Und jetzt ist unsere süße kleine Schwedin damit beschäftigt, dich konzertgerecht zu kleiden, und du hast die

Flucht ergriffen?" Erneut nickte ich. Was auch sonst! „Ist es für dich in Ordnung, mit ihm dorthin zu gehen?"

Eine Frage – juhu! Warum konnte sie sich diese nicht selbst zusammenreimen?

„Am Anfang war ich von ihrem Vorschlag alles andere als begeistert – schließlich fliegt sie morgen. Aber es war erleichternd. Der Streit lag mir schwer im Magen, und nach dem Gespräch mit ihm ging es mir viel besser, und jetzt freue ich mich auf den Abend."

Herta lächelte mich an: „Na, siehst du. Alles kommt, wie es kommen muss, und du kannst immer nur versuchen, das Beste daraus zu machen." Fröhlich schnippelte sie an den restlichen Tomaten weiter. „Jetzt liegt nur mehr das Modeproblem in der Luft, oder?"

„Ja." Wieder sackte ich in mich zusammen. „Ich weiß nicht, was sie von mir will. Ich denke nicht, dass es dort einen Dresscode oder derartiges gibt. Tobias nahm es auch nicht so förmlich, als wir darüber sprachen."

„Das wahrscheinlich nicht, aber die beiden Musiker fallen trotz ihres Hangs zu moderner Musik in das Genre Klassik." Nein! Nicht auch noch sie. Und? Mit Jeans und Sneakers konnte man sich auch leger kleiden. Außerdem trugen die beiden selbst Casual Look auf der Bühne, ab und zu auch zerfetzt.

„Cleo, sei kein Frosch. Du bist eine hübsche junge Dame, und deine Umwelt darf das auch sehen. Du brauchst dich deiner nicht schämen, und ein paar nette Kleider dürften auch in deinem Schrank hängen. Da ist gar nichts verkehrt daran."

Ist ja gut! Was hab' ich getan, dass alle auf mir herumhackten? Verdutzt sah ich Herta an und breitete die Arme aus ... Moment! „Wie geht's eigentlich deinem Bein?" Hochkonzentriert schnippelte sie weiter, als hätte sie mich nicht gehört. „Warst du schon zur Kontrolle beim Arzt?"

Wieder reagierte sie nicht.

„Aha, du warst also nicht. Und so wie du guckst, nimmst du auch nicht die Medikamente, die er dir wegen einer möglichen Entzündung verschrieben hat."

„Eben! Einer möglichen Entzündung." Schon wieder dieses Messer, jetzt reichte es mir. „Das heißt, ich habe noch keine und brauche somit seine Pillen nicht." Ha! Eiskalt erwischt. Ihr Blick kehrte auf das Schneidbrett zurück. Bestärkt – dieser Punkt ging an mich – verstaute ich die Tasse im Geschirrspüler.

„Gibt es Salat zum Abendessen?" Ich konnte den Triumph nicht lange genießen und legte die Arme von hinten um meine Leihoma. Versöhnlich drückte sie einen meiner Oberarme.

„Ja. Ich rufe euch, wenn alles bereit ist."

„Danke." Nach einem dicken Schmatzer auf ihre Wange marschierte ich mit einem Grinsen aus der Küche. Auf der Treppe graute es mir vor dem Betreten meines Zimmers.

„ZUGABE!!!" Die Masse brüllte.

„One more song!!"

„Come on!!" Mein Gott, das war das erste Konzert, bei dem ich heiser wurde, ohne wirklich gesungen zu haben. Jeder war vom Platz aufgesprungen und applaudierte.

Das Menge rockte! Die zwei Cellisten standen außer Atem, schweißgebadet, aber glücklich auf der Bühne.

Die Hände schmerzten vom vielen Klatschen. Doch es war unmöglich aufzuhören! Grölend jubelten wir mit der Masse. Und tatsächlich, die beiden sahen sich an und nahmen einstimmig wieder auf ihren Stühlen Platz. Wenn noch möglich, steigerte sich der Jubel um weitere Dezibel. Aus den Augenwinkeln konnte ich erkennen, wie sich die Platzanweiser zurückzogen und das Finale damit einläuteten. Die Besucher sprangen von ihren Stühlen, und wer in den hinteren Rängen saß, stürmte nach vorne vor die Bühne. Erst nach Ende dieses Tumults kehrte langsam wieder Ruhe ein.

Spätestens beim zweiten Song, *Welcome to the Jungle*, nach Beginn des Konzerts waren alle ausgeflippt! Jeder hatte mitgesungen. Da wurde den letzten eingefleischten Klassikfans klar – sorry, das hier fällt unter das Genre

Rock. Eine chic gekleidete ältere Dame hatte nach diesem Song mit ihrer Tochter das Konzert verlassen.

Man fühlte, wie die Spannung stieg. Ich wusste, mit welchen Liedern sie enden würden! Meist gehörte das Sting-Cover *Fields of Gold* dazu. Das war in der aktuellen Setlist noch nicht vorgekommen. Oder *The Resistence* von der englischen Band „Muse". Doch meine Cellisten-Seele war befriedigt und voller Tatendrang: Meine Lieblingssongs waren bereits dabei gewesen. Eins konnte ich mit Gewissheit sagen: Sollte Dad mit diesen Tickets tatsächlich den Plan verfolgt haben, mich wieder an dieses Instrument heranzuführen, konnte ich nur sagen: Hut ab, ein voller Erfolg!

Grinsend wie ein Glücksschwein saß ich neben Tobias. Im Grunde war es egal, ob Dad mit meiner Liebe zur Musik spekuliert hatte oder nicht. Das Cello würde nicht mehr unbenutzt und als Kleiderständer in einer Ecke stehen! Man höre und staune, ich plante sogar einen Besuch beim Geigenbauer, um es durchchecken zu lassen. Tipp-topp würde es wieder sein und bereit, wunderschöne Klänge von sich zu geben. Insgeheim überlegte ich, wieder Unterricht zu nehmen. Mal sehen, ob ich mich dazu durchringen konnte.

Die Besucher sprangen von ihren Plätzen. Mit wallenden Lichtreflexen und vielen Feuerfontänen wechselten sie über zu *You shook me all night long*. Mit glühenden Hörnern auf dem Kopf, die ein Statement zu *Highway to Hell* darstellten, rockte Stephan die Menge. Er war der wildere der beiden Jungs. Sein Cello hatte er sich mit einem speziellen Gestänge um den Körper geschnallt und spazierte damit dicht vor den Fans auf und ab. Diese umjubelten ihn für die besondere Aktion. Bei einer immer lauter werdenden Meute bei *Satisfaction* kamen mir jetzt bei den letzten nachhallenden Klängen fast die Tränen. Die Minuten verstrichen zu schnell mit den schönen Momenten.

Erneut tosender Applaus! Es war zu Ende.

Das Konzert war Wahnsinn. Luca und Stephan waren Meister ihrer Instrumente. Apokalyptika fand ich gut, aber die Verarbeitung der Musik von 2Cellos war anders … feinfühliger. Die Leidenschaft und ihre Ideen trieben mich an.

Im Stillen dankte ich meinem Vater noch einmal für sein Geschenk. Tobias und ich setzten uns wieder und sahen dem Menschenmassenstrom beim Verlassen des Saals zu. Nichts, das uns nach draußen trieb. Wir sahen uns an und versuchten, die letzten Reste der Atmosphäre in uns aufzusaugen und festzuhalten.

Irgendwann, das Halle war beinahe leer, spürte ich Tobias Blick auf mir. Er sah mich ruhig an, ergriff meine Hand und half mir beim Aufstehen.

Hey! Das war gar nicht so einfach in diesen hohen Schuhen, noch dazu, wenn man nie Knöcheltöter trug – nicht mal auf einem geheimen Catwalk, wie ihn manche Mädchen in ihren Zimmern aufbauen. Kann mir bitte jemand erklären, warum ich Ilvy diesen Gefallen getan habe?? Falls ich es irgendwann mal gewusst haben sollte, so hatten Angst und Schmerzen diesen Gedanken vertrieben.

Während des Konzerts hatte ich mich dieser Fußmisshandlung entledigt. Damit konnte doch keiner tanzen, shaken und Party machen. In den ersten Minuten hatte ich wirklich Angst, mir etwas zu brechen oder auf den Vordermann zu kippen! Die Leute dachten sicher, meine Gesichtsverfärbung stamme von Gleichgewichtsstörungen, ausgelöst durch die Pumps. Warum keine Sneakers? Jeder trug dieses bequeme flache Schuhwerk, auch bei diesem Konzert! Egal wo, diese Treter passten einfach überall dazu. Aber nein, ich musste mich in diese engen, spitzen Dinger quetschen, bei denen sich beim bloßen Gedanken ein beidseitiger Hallux bildete und sich die Zehen schmerzvoll einkringelten. Um mir nicht gleich die Beine zu brechen, brummte mir meine sogenannte beste Freundin – zu diesem Zeitpunkt Peiniger – Übungseinheiten mit den Genickbrecher-Schuhen auf dem imaginären Catwalk auf. Mein größter Respekt an alle weiblichen und auch männlichen Wesen, die diese unmenschliche

Gangart beherrschten – ich war eindeutig beeinträchtigt und komplett unbegabt, aber ich gab mein Bestes, wie auch jetzt, und je mehr ich damit ging, desto stabiler wirkte ich – wie gesagt, wirkte. Naja, vielleicht waren die Absätze nicht so hoch, vier Zentimeter, aber hey, ich trug dieses Folterwerkzeug nie und stellte damit meinen Geleichgewichtssinn vor eine ungewohnte Herausforderung. Keine Sorge, zum Ausgleich dann morgen eine Runde auf der Slackline.

Noch einmal überprüfte ich den Schutzschild, wie ich es trotz Stein schon unzählige Male an diesem Abend getan hatte. Alles in Butter!

Mein Ziel war es, ihn einfach am Leben zu erhalten, möglichen Schwankungen vorausschauend auszuweichen und besonders keinen erneuten Einbruch zu riskieren. Natürlich war mir klar, dass dies nur erschwert passieren würde, nachdem ich mir den Anhänger um den Hals gelegt hatte. Eine Übung, nicht mehr! Das Unwohlsein, welches das Amulett in mir und um mich herum erzeugte, versuchte ich, soweit wie möglich zu ignorieren. Ich musste einen Weg finden, damit klar zu kommen. Auch mit diesen dunklen Gefühlen, die es in mir herauf beschwor. Immer deutlicher erkannte ich, dass Mams Anhänger etwas in mir und mit mir veränderte, aber ich wusste auch, dass ich noch weit davon entfernt war, ohne diese Abschirmung geschützt das Haus verlassen zu können. Der Schild war noch zu schwach. Zwischendurch hatte er geschwankt, aber das musste an mir gelegen haben. Bei *They don't care about us* war ich mit der Musik eins gewesen, sodass meine Konzentration nachgelassen hatte. Zum Glück kam auch bei mir die Einsicht, nie mehr eine Massenveranstaltung ohne den Stein zu besuchen. Dieses Mal hatte ich nicht gewartet, bis bereits alles vor dem Zusammenbruch stand, sondern hatte mir das Ding bereits zu Hause umgehängt bevor mich Ilvy vor den Spiegel festgenagelt und zugekleistert hatte. Hm ... Gott! Das hatte mich so tief in mir drin genervt, dass mir übel wurde. Warum musste sie mich so aufbrezeln? Ich hatte

Mühe, mich während dieser Prozedur, die meiner Meinung nach viel zu lange dauerte, nicht negativ über ihre Aktivitäten zu äußern. Als sie ihr Ergebnis begutachtet hatte, sank auch der Pegel meines Wutmessgerätes deutlich. Jetzt, Stunden später und mit mir und meiner Welt fast im Reinen, verstand ich diesen innerlichen Gefühlsausbruch ganz und gar nicht mehr! Was hatte mich geritten? Warum immer diese heftigen Hormonschwankungen?

Tobias gab meine Hand nicht frei. Sicher führte er mich auf diesen wackeligen Stelzen nach draußen. Frage ans Gehirn: Warum tat er das? Sah ich dermaßen sicherheitsgefährdet in diesen Dingern aus? Zorn schürte sich im Bauch. Wieder dieses heiße Gefühl wie im Badezimmer mit Ilvy. Oder ... tat er es, weil er mich berühren wollte? Der aufkeimende Sturm verkroch sich zurück in seine geheime Ecke. Diese kleinen Kontaktmomente waren an diesem Abend des Öfteren der Fall. Flüchtige Berührungen am Arm, an der Schulter, meinen Fingern, die mir eine Art heißen Stromschlag versetzten. Seine Wärme zog mich magisch an ...

Mit dem engen Rock kam ich nur langsam voran, und dieses Mal traf die Schuld wirklich diesen Stofffetzen und nicht die Schuhe – ich wusste gar nicht, dass sich dieses Kleidungsstück in meinen Schrank verirrt hatte. Einen – wie nannte ihn Ilvy? – Kreiden ... nein, Filzstiftrock. Quatsch, Bleistiftrock! Innerlich verdrehte ich die Augen über mein modisches Desinteresse. Eventuell ein Überbleibsel der letzten Fasnacht, aber Schwedengirl fand alles, auch Sachen, an denen ich keine Erinnerung hegte. Mürrisch musste ich ihr dennoch recht geben. Zugegeben, das einengende Teil sah nicht übel aus. Schwarz wie die Nacht und hauteng schmiegte sich der Rock an meine wenigen Kurven. Meinen hageren Oberkörper verdeckte eine weiße ärmellose Bluse, zum Glück ohne Spitzenschnickschnack. Diese Kombination ließ mich nicht dürr wirken und zeigte auch nicht mit dem Finger auf mich und schrie: Hey! Seht her, jetzt kommt die ohne Busen.

Langsam kehrte die Erinnerung an diesen Zweiteiler zurück. Mam hatte doch wirklich gedacht, ich würde dieses Schwarz-Weiß-Designerteil bei einer von Dads Aufführungen anziehen. Zum Glück war es mir damals zu groß gewesen ich versank darin, weshalb die Sachen in der untersten Schublade gelandet waren.

Danke, Ilvy!

Was sie mit meinen Locken angestellt hatte, wusste ich nicht. Sie offen und wirr um mein Gesicht hängen zu lassen, würde zwar meine blau-violett-grünen Schönheitsflecke kaschieren, aber absolut nicht zum Outfit passen. Darum gab's eine Hochsteckfrisur. Ich hatte noch nie so viel Gift in den Haaren. Es brachte fast die erwartete glättende Wirkung, aber ein paar rebellische Strähnen kringelten sich tapfer. Am Ende war ich kaum wiederzuerkennen. Gut, dass ich meine Flecken im Gesicht noch hatte!

Tobias hielt immer noch meine Hand, und wir befanden uns bereits in der Nähe des Autos. Hin und wieder strich sein Daumen über meine Fingerknöchel. Diese Berührung verursachte ein Kribbeln, das meinen Arm hinauf und dann direkt in den Bauch hinunterjagte. Es war kurz vor dreiundzwanzig Uhr. Tobias öffnete die Beifahrertür und ließ mich dabei los. Sofort spürte ich den Verlust seiner Wärme. Er hatte nur meine Hand gehalten? Mit Müh und Not schaffte ich es, keine entsetzte Grimasse zu ziehen.

„Hast du noch Lust auf einen Kaffee oder etwas anderes." Einen geschätzten Meter stand er von mir entfernt. Er wirkte entspannt, aber er lächelte nicht.

Komm schon, Cleo, er wartet auf eine Reaktion. Wenn schon mein inneres Ich nicht mit mir sprach, musste ich mich selbst anfeuern. Mein ganzer Körper schrie laut JA! Doch die Gedanken kreisten, analysierten, wogen ab und kamen zu keinem eindeutigen Schluss ... Mein Bauch sprach eine andere Sprache, sandte immer wieder unverständliche Kommentare an mein Gehirn und brachte damit meine chaotische Gedankenwelt noch weiter durcheinander.

„Ich fahre dich jetzt nach Hause, wenn du das möchtest." Mit ausdrucksloser Miene stand er vor mir. Es war meine Entscheidung, das teilte er mir deutlich mit. Warum sträubte ich mich so dagegen? Ein Kaffee mit einem guten Freund – was sollte schon passieren?

„Okay", lächelte ich ihn an, „lass uns fahren."

Tobias nickte.

Im Wagen nahm ich den Stein ab. In Tobias Gesellschaft würde hoffentlich der Schutzschild ausreichen. Vorsichtshalber band ich ihn aber um mein Handgelenk – die Ereignisse der letzten Stunden, nein, Tage hatten mich eines Besseren belehrt. Ob ich mich je an dieses Gefühl gewöhnen würde? Unsicher schielte ich zu dem Anhänger. Dieses Gefühls-Gefängnis, das er mir auferlegte. Nein, wahrscheinlich nicht. Das reichte als Ansporn, um in Zukunft noch mehr Training und Aufbauarbeit in den Schutzschild zu investieren. Mit jeder Minute, die ich ihn trug, wurde mir klarer, wie stark er mich meiner eigenen Persönlichkeit beraubte. Hier lief mehr ab, als ich im Moment verstand! Und diese Watte, in die er mich packte ... als würde ich dadurch irgendetwas verpassen. Diese Gedanken verursachten eine starke Unruhe in mir, da ich nicht wusste, was um mich herum geschah. Auch diese Wut ... viel zu oft keimte sie in mir. Sie fühlte sich fremd an. Natürlich war diese Gefühlsregung eine menschliche Eigenschaft, aber so heftig, so brennend? Die meiste Zeit konnte ich nicht ergründen, woher sie stammte. Das drängte mich dazu, meine eigenen Empfindungen zu hinterfragen.

Waren sie immer noch meine?

Schockiert über den Verlauf dieser Ideen, umfasste ich den Stein fester und ließ ihn erschrocken wieder los.

Er war kalt.

Diese wirren Grübeleien stimmten mich alles andere als positiv. Ich unterdrückte das Kopfschütteln, mit dem ich sie verjagen wollte. Zum Glück lenkte mich Tobias Gesellschaft ab. Ein paar Straßen weiter waren wir bereits in ein Gespräch über Musik vertieft, und ich begann, mich langsam zu entspannen. Ihm war anzusehen, wie sehr ihm der Abend gefallen hatte. Ich mochte sein Lächeln.

In unserem Stamm-Café, in dem er im Sommer immer jobbte, fanden wir schnell einen Platz. Winkten dem Besitzer zu und erhielten innerhalb weniger Minuten unsere Latte.

„Wann bist du wieder fit für die Schule? Hast du schlimme Schmerzen." Mit der linken Hand zeigte er auf mein Gesicht.

Ich schüttelte den Kopf. „Meine Dummheit wurde zu wenig bestraft. Solange ich nicht Druck auf die Stellen ausübe, ist alles im grünen Bereich. Und mit Schule versuch' ich es ab nächster Woche wieder." Ich nahm einen Schluck aus der Tasse. „Ilvy hat erzählt, dass du heute dort warst."

Er nickte. „Ja. Ich dachte, es wäre nett, ein paar Leidenskollegen wiederzusehen. Die Zeit war lang, und viele werden sich aus den Augen verlieren." Wehmut schwamm in seiner Stimme mit. In zwei Jahren war es dann bei mir auch soweit, und dann?

„Hast du schon einen Platz an einer Uni?" Nervös schob ich meinen Hintern über den Sitz. Der Rock war etwas hochgerutscht, und die freie Haut klebte immer wieder an dem Kunstleder fest.

„Es gibt mögliche Verdächtige, aber ich weiß noch nicht, wie es mit dem Wehrdienst weiter geht. Jetzt oder später. Bundeswehr oder Zivi ... Ich muss noch warten." Dieses Gespräch über die Zukunft lag mir schwerer im Magen als erwartet.

„Wo würdest du gerne studieren?" Diese Frage bereitete mir abstürzende Schmetterlinge. Ich wusste es doch. Ich wusste, dass ihn seine Zukunft von hier wegführen würde, und er wusste es auch.

„Ich hab' mich an mehreren Unis eingeschrieben. Meine Hoffnungen liegen bei drei Auserwählten. Die Hochschule Merseburg, die Humboldt, oder die TU in Berlin."

In meinem Kopf versuchte ich, eine Landkarte von Deutschland zu erstellen. Berlin zu fixieren stellte kein Problem dar. Bei Merseburg dauerte es etwas länger. Ab und zu versuchte ich, mir die Bundesländer und Landkreise unseres Nachbarlandes zu veranschaulichen, und scheiterte kläglich daran. Was ich mir aber als kleine Eselsbrücken gemerkt hatte, waren die Flüsse, welche die Länder durchkreuzten. Ich wusste, dass Merseburg an der Saale lag, und diesen Fluss konnte ich im Geiste verfolgen. Nachdem mir die Entfernung klar wurde, zog sich mein Magen zu einem kleinen Klumpen zusammen. Dieser Kloß schob sich hoch bis in den Hals. Mein Blick verstrickte sich mit der Maserung des Tisches. Erneut stieg meine innere Unruhe. Wo würde er in ein paar Monaten sein? Meine Hände umfingen das Glas so stark, dass sich die Finger verfärbten und ich Angst bekam, es zu zerbrechen. Mit keiner Silbe erwähnte er eine Uni in der Schweiz ...

Ohne ein Wort griff er nach meiner rechten Hand. Hatte ich seine Berührung vermisst? Innerlich verpasste ich mir eine schellende Ohrfeige – JA! Ich hatte seine Hand in meiner vermisst. Beruhigend strich er wieder über meine Fingerknöchel und beobachtete meine Reaktionen.

„So schnell bin ich nicht weg, Cleo." Hoffentlich dachte er nicht, dass ich mich alleine fühlte – zuerst Ilvy und dann er. Warum wünschte ich mir, dass er die Wahrheit nicht erkannte? Unvermittelt legte er die Hand zurück auf den Tisch, zog sich kaum merklich – aber ich spürte den Wärmeunterschied – von mir zurück. „Ab der Siebten stand jeder Junge auf deine Schwester." Sein Blick war auf das Glas gerichtet. „Bei vielen steigerte sich das zeitgleich mit dem Aufstieg in die weiteren Klassen." Dieses Thema lastete immer noch auf ihm oder dachte er, dass es noch zwischen uns stand? Tat es das? „Sie war der Hingucker schlechthin und trug es perfekt konstruiert zur Schau." Da konnte ich ihm nur zustimmen. „Vielleicht ... nein, gewiss war es damals Allys Gegenstück, das mich von diesem hormongesteuerten Weg führte und mir zeigte, dass nicht nur perfekte Haut, sondern vor allem Humor und Grips einen Menschen ausmachen." Eine Frage auf den Lippen sah ich von dem zerrührten Milchschaum empor und traf genau seine aufmerksamen Augen. Verdammt! Seine Aura bildete einen wiederkehrender Schleier. Sobald der Stein meine Haut berührte, schwand er und kehrte beim Verlust des Körperkontakts wieder spärlich zurück.

„Oh, du meinst mich?" Wie dumm konnte ich mich eigentlich noch anstellen? Endlich, die Grübchen um seine Mundwinkel erwachten wieder zu neuem Leben. Das reichte aus, um mir klar zu machen, dass ich die ganze Zeit, in der er gesprochen hatte, an dem Amulett an meinem Handgelenk herumgezupft hatte. Nachdenklich starrte ich auf meine Nervöselei.

„Ja, du, Cleo." Kopfschüttelnd nahm er einen Schluck aus dem Glas. „Ally hat mich im ersten Moment nicht erkannt, als ich vor ein paar Tagen angekommen bin." Seine Stimme klang kalt.

Stumm nickte ich. Das war so typisch für Ally.

„Ich weiß nicht, was mich geritten hat. Zu Beginn wollte ich es ihr heimzahlen. Für alles, was sie mir in der siebten Klasse angetan hat. Für alles, was sie dir tagtäglich an den Kopf wirft ... einfach für ihre eingebildete Art." Er verstummte. Die Hintergrundmusik, der momentane Hit von Robin Schulz – hat der nicht jeden Monat einen? – drang in meine Gehörgänge. „Aber in diesem Moment lag etwas in ihren Augen ... das hat meine Meinung geändert. Nie hatte sie mich so angesehen. Das hätte sich damals jeder an unserer Schule gewünscht." War das Sehnsucht in seiner Stimme? Unmerklich verspannte sich mein Rücken.

Das war es. Genau das war es gewesen. Ich war fassungslos, wie nahe Ilvy mit ihrer Vermutung gelegen hatte. Dass Ally berechnend und oberflächlich war, war nicht direkt eine Neuigkeit.

„Ich kann dir gar nicht sagen ..." Er sah mir direkt in die Augen, „wie erleichtert ich war, als ich dich im Saal erkannt habe!" Vielleicht sollte ich ein paar Nachhilfestunden bei Ilvy in Bezug auf Jungs-verstehen beantragen? Wenn ich es mir so recht überlegte ... Nein, lieber nicht!

Es war nach Mitternacht, als Tobias den Motor in unserer Einfahrt abstellte. „Ich bleib' den Sommer über hier. Es wird der letzte sein. Und Kevin hat mir meinen alten Job im Café zugesagt."
„Das ist schön." Mehr brachte ich bei dem Gefühlchaos, das mich nicht mehr loszulassen schien, nicht über die Lippen. Wir saßen in der dunklen Stille. „Steig aus, Cleo!", sagte ich mir immer wieder vor, aber mein Körper war wie gelähmt.
„Cleo, bitte, sag was ..." Déjà-vu?
Nicht wieder alles in den Sand setzen! Mit neutraler Miene hob ich den Kopf und sah ihn an. „Ich habe gehofft, dass du den Sommer hierbleibst." Nun kam es doch, das Lächeln, denn es war die Wahrheit. Ich war froh, dass er blieb, und es nahm mir eine Riesenlast von den Schultern. Nun hatte ich auch den Mut und die Kraft, die Tür zu öffnen. Tobias beeilte sich und half mir beim Aussteigen.
Ohne meine Hand zu nehmen, begleitete er mich zum Eingang.
Ich kramte nach dem Schlüssel und drehte mich lächelnd zu ihm um. Er stand nicht so dicht wie beim letzten Mal vor mir, aber nah genug, um seine Wärme zu fühlen. Bewusst ließ ich den Schutzschild sinken. Es wäre toll, wenn ich ihn besser steuern könnte! Wie stark und wie weit ich ihn senken könnte ... vielleicht würde ich das mit etwas Übung schaffen. Eine Welle aus Wärme und Zuneigung traf mich und schwankend griff ich nach dem Türgriff. Tobias bemerkte die Unsicherheit und trat hastig näher.
„Ich mag dich lieber in deinen Converse." Tief atmete ich seinen Duft und seine Energie ein. „Aber wenn du Schuhe wie jetzt anhast, schwankst du öfter und gibst mir die Gelegenheit, dich eventuell aufzufangen." Ich schluckte einen dicken Kloß hinunter und ermahnte mich, die

Hand von seiner Brust zu nehmen, als er mich lächelnd wieder auf die Beine stellte. Genau! So weit kam es noch. Nicht unbedingt ladylike, aber mir egal, hob ich einen Fuß und zog den ersten Schuh und dann den anderen aus. Barfuß stand ich nun wieder vor ihm und grinste spitzbübisch – genauso wie er!

„Besser?"

„Oh ja! Viel besser." Dann schloss Tobias die letzte warme Luft zwischen unseren Körpern aus und stand dicht vor mir. Keine Möglichkeit auszuweichen – in meinem Rücken befand sich die Haustür. Sachte strich er mir eine Strähne aus dem Gesicht. „Du hast es in der Hand, Cleo" Und sah mir dabei tief in die Augen. Adrenalin, ausgelöst durch meine Nervosität, schob sich durch die Blutbahnen.

Ich? Warum ich?

„Du entscheidest ..." Langsam senkte er den Kopf.

Oh mein Gott! Er würde mich küssen!!

Ich musste etwas unternehmen – wollte ich das?? Wollte ich, dass er mich küsste? Es war die zweite Chance ... Ja! Ich wollte, dass er mich küsst, aber wollte ich es jetzt? Alle Nervenstränge im Körper verstärkten ihre elektrisch geladenen Bahnen. Wo versteckten sich die blauen Blitze und wo entluden sie sich?

Wenige Zentimeter vor meinem Gesicht hielt er inne, als würde er um Erlaubnis bitten. Letzte Chance ... Scharf zog ich die Luft ein. Meine rechte Hand machte sich selbstständig und legte sich auf seine Brust. Der Blick gefüllt mit unausgesprochenen Worten. Seine Augen fixierten meinen Mund. Sie weiteten sich. Schüchtern lächelte ich ihn an. Er kam immer näher. Hauchzart berührten seine weichen Lippen meine Wange, dann zog er mich in eine Umarmung. Verunsichert versteifte ich mich. Was hatte ich falsch gemacht? Hatte ich zu wenig angedeutet? Wie sollte ich etwas andeuten, von dem ich keine Ahnung hatte?

Seine Wärme umfing mich, und das wohlige Gefühl von Stärke und Geborgenheit breitete sich in mir aus. Erneut zeigte er mir, dass ich es selbst in der Hand hielt.

Dadurch fühlte ich mich zwar nicht überrumpelt und verunsichert, aber zufrieden ... auch nicht. Vielleicht war es dieser kleine Funken Unsicherheit, den er wahrgenommen hatte und ich nicht sehen wollte. Trotzdem zog ich all diese positive Energie tief in mein Inneres.

Sätze mit dem Wort WENN waren mir ein Graus. Doch in diesem Moment verleitete es mich zum Nachdenken, denn wenn ich diese Gabe nicht hätte und wenn ich nicht so viel Angst vor einer Beziehungszukunft hätte, könnte ich mir gut vorstellen, mit Tobias eine gewisse Zeit gemeinsam als Paar durchs Leben zu gehen. Doch dieses Wörtchen war von großer Bedeutung, und der Sommer würde uns zeigen, inwieweit ich es noch gebrauchen würde!

Ein letztes Mal erhöhte er den Druck in seiner Umarmung. Tobias Gesicht war dem meinem noch immer ganz nah. „Ich danke dir für diesen wunderschönen Abend." Sein Atem kitzelte auf der empfindsamen Haut an meinem Hals. Gänsehaut zog über mich hinweg. In seiner Stimme hörte ich keine Wehmut oder Enttäuschung. Das beruhigte mich.

„Nein, ich danke dir!" Wir lösten uns wenige Zentimeter voneinander. Unmöglich, ich konnte dem Drang nicht länger widerstehen. Mit der linken Hand wuselte ich durch sein strubbeliges Haar. Es verleitete ihn, tief durchzuatmen und sein Grinsen wurde für einen kurzen Moment breiter.

„Falsche Zeit, falscher Ort." Nun erkannte ich doch den Ansatz von Niedergeschlagenheit in seinen Augen. Widerstrebend ließ er mich los, steckte seine Hände in die Hosentasche und trat einige Schritte zurück.

Mann! Er sah verdammt gut aus in seinen schwarzen Jeans, dem weißen Hemd und der grauschwarzen taillierten Weste. Diese Kombination fand ich chic und sie stand ihm wie angegossen. Fehlten nur noch die Löcher in der Hose.

„Du rufst mich an?" Weitere Schritte rückwärts in Richtung Auto. Sein Blick klebte an mir.

Nur schwer verkniff ich mir bei seinem frechen Lächeln ein belämmertes Grinsen. „Versprochen."

„Süße Träume, Cleo." Mit diesen Worten wandte er sich um und eilte die letzten Schritte zu seinem Benzinschlucker.

„Danke, dir auch!" Keine Ahnung, ob er die Antwort noch gehört hat. Als ich das Haus betrat, stürmte schlagartig die Müdigkeit über mich herein. Erschöpft sank mein Kopf gegen die Haustür Déjà-vu ...

Wie ein Honigkuchenmännlein strahlte ich vor mich hin. Was war hier los? Das Grinsen wurde schmäler, als ich die Kühle am Handgelenk wieder wahrnahm. Ich schielte auf den Anhänger daran. Was stimmte nicht mit mir? Der Mond warf sein Licht durch ein Fenster, direkt darauf. In diesem Moment waberte etwas Dunkles um das Amulett. Erschrocken ließ ich den Arm sinken. „Krieg dich wieder ein! Das war nur ein Schatten ..." Verzweifelt versuchte ich, mich auf andere Gedanken zu bringen und den Knoten, der das Lederband an mich fixierte zu lösen. Dieser Abend verhinderte nicht das Unausweichliche – Ilvys Abflug. Morgen war es soweit. Ich musste dringend ins Bett. Hektisch zog ich an einer Schlaufe, und endlich fiel der Stein zu Boden.

*Prophezeiung aus dem 2. Buch
der 7. Generation*

Stark musst du sein.
Vertrauen muss gedeihen.
Stark wirst du sein.
Vertrauen wird
dir Kraft verleihen.

JD

Dreiundzwanzig

Die Stärke

Dieser Stein machte mich seit meiner Tabelle mit all den Vorkommnissen der letzten Zeit unruhiger, sehr viel unruhiger, als ich bereits schon war! In Gedanken ging ich immer wieder die Veränderungen durch, die ich bislang erkannt hatte. Was nicht gerade zu einem positiven Ergebnis führte. In Anbetracht der Tatsache, wie sehr ich den Anhänger aber im täglichen Leben brauchte und wie weit sich meine Gabe immer noch entwickelte ..., blieben zwiespältige Empfindungen. Irgendwann, vielleicht sogar in naher Zukunft, würde er mir nicht mehr helfen können, und der Schutzkreis war immer noch von meiner Gefühlswelt abhängig. In kritischen Situationen konnte ich mich kaum auf ihn verlassen. Immer wieder dachte ich über den Abend mit Tobias nach. Warum hatte es da keine Schwankungen gegeben? Ich hatte ihn abgenommen. Der Hautkontakt war immer wieder unterbrochen ... Die Unwissenheit nagte böse an mir.

Die Nacht nach dem Konzertbesuch war kurz, unruhig und voller kreisender Gedanken, aber ohne Träume verlaufen.
Am nächsten Tag trafen wir uns am Flughafen.
Ilvy wartete auf das Boarding. Ebenso ihr Vater, der zu einer Forschungsreise nach Alaska musste. In einem stillen Moment, in dem ihr Dad uns einen Kaffee besorgte, versuchte sie, mich über den gestrigen Abend auszuquetschen. Meine Vermutung bestätigte sich: Es war ein Verkupplungsversuch. Als sie erfuhr, dass es nicht zu dem gewünschten Ergebnis, einen Kuss, geführt hatte, klärte ich sie auf: „Es war meine Entscheidung. Tobias hatte mir die Wahl gelassen."

Traurig beobachtete sie die Flugzeuge, die vor den großen Fenstern parkten und auf ihren Start in aller Herren Länder warteten. „Mach dir doch keine Gedanken, Ilvy. Es klappt eben nicht alles auf Anhieb ..."

„Darum geht es nicht."

Hm? „Um was dann?"

Theatralisch seufzte sie. Hatte sie sich das von Ally abgeguckt? „Ich wollte, dass du jemanden hast, der immer bei dir ist. Tobi hat mir gesagt, wie sehr er dich mag ..."

„Was?!" Alter Schwede! Was ging denn hier ab? „Du wusstest, was er empfindet? Du weißt auch genau, was ich empfinde! Verdammt, Ilvy, das ist alles andere als fair!" Wut. Da war sie wieder. Brennend und blitzschnell auf ihrem Posten. Mühsam schluckte ich und atmete tief durch.

Schuldbewusst zog sie den Kopf ein. „Ich weiß. Es tut mir leid, aber, Cleo, gib euch eine Chance!"

Verdattert sah ich sie an. „Wie konntest du nur? Das geht dich absolut nichts an! Ich mische mich auch nicht in deine Angelegenheiten!" Ich sprang von einem dieser Plastiksessel auf und baute mich vor ihr auf. „Du hast kein Recht dazu!" Mit weit aufgerissenen Augen starrte sie mich an. „Wer, denkst du eigentlich, bist du?" Der Schock war ihr ins Gesicht geschrieben. Mit einer derartigen Reaktion hatte sie nicht gerechnet – um ehrlich zu sein, ich auch nicht! Überrascht, verwirrt und beschämt richtete ich den Blick auf den Boden. Was sollte das? Die Wut war immer noch da, aber sie loderte nicht mehr so stark. „.... trotzdem!" Mir fehlten die Worte. „Du ... du hast kein Recht, Kuppeltante zu spielen!" Erneut suchte ich nach Sauerstoff für meine Lungen und zwang mich, mich wieder zu setzen. Den Sessel hatte ich umgestoßen – verdammt, was war das?

Ilvys Mund stand weit offen. Ich musste sie nicht ansehen. Ich wusste, dass ihr Blick glasig wurde. „Entschuldige." Ihre Stimme klag erstickt. Sie räusperte sich. „Ich wollte einfach nur, dass du nicht so viel alleine bist ..."

„Ilvy." Bemüht, Ruhe zu bewahren, starrte ich weiterhin auf meine Füße. „Ich denke, ich kann ganz gut auf mich aufpassen und zu deiner Beruhigung, zwischen Tobias und mir ist noch alles offen." Bedacht entzog ich meiner Stimme die Schärfe. „Falls es doch anders kommt, klappt es bestimmt auch ohne Herzchen und Blümchen und falls doch mit, hat es einen Vorteil, dass du nicht extra aus Schweden herjetten musst, um mir deine Erlaubnis zu erteilen." Den geplanten sarkastischen Unterton beförderte ich in die Mülltonne und versetzte dem Ganzen ein abschließendes Lächeln. Ich musste das noch irgendwie retten. Nicht so kurz vor ihrem Abflug!

Es war deutlich sichtbar, wie ihre Anspannung aus den Schultern wich. Erleichtert atmete ich aus. Sie machte sich zu viele Sorgen. Meine Wut verrauchte so schnell, wie sie aufgetaucht war. Aufmunternd umarmte ich sie und zauberte somit ein scheues Lächeln auf ihr Gesicht.

Trotzdem kam es zu dem gewohnt tränenreichen Abschied, plus Rippen quetschenden Endlosumarmungen. Irgendwann, sie wurde bereits aufgerufen, schritt sie wild mit dem Arm fuchtelnd in Richtung Boarding-Bereich.

Ich war allein.

Scheiße!

Wirklich allein, mit diesem ganzen Haufen Magie und keinem blassen Dunst, was ich damit anfangen sollte. Gedanken an London tauchten auf, die ich schnellstens versuchte zu löschen. Doch durch das Hoffen auf den nächsten Brief gelang mir das nur mit mäßigem Erfolg. Was sollte ich machen? Immer nur mit diesem Stein um den Hals herumrennen und üben, üben und noch einmal üben?

Mir immer die Geduld vor Augen führen, bis Mams nächster Brief eintrudelte? War das meine Zukunft? Lechzend nach dem nächsten Hinweis?

Ein immer stärker werdendes Gefühl hatte gehofft, dass eine neue Nachricht nicht mehr allzu lange auf sich warten ließ. Ein anderes hatte geflüstert, dass es nur Hoffnung war.

Das alles redete ich mir schon seit einer Woche ein. Ja, seit einer Woche herrschte Briefstille. Es klang makaber,

aber ich traute ihr zu, dass sie mir an ihrem Todestag, einen Brief schickte. Auch wenn heute Samstag war und der Postbote frei hatte, das war an meinem Geburtstag ebenso gewesen!

Abgesehen von diesen ganzen nebensächlichen Gedanken und verwirrenden Gefühlen, stand ich nun nach einer kurzen traumlosen Nacht vorm Spiegel und gab das Bildnis einer vom Blitz getroffenen Vogelscheuche ab. Dunkle Augenringe. Mein Gesicht blass, total zerknautscht und noch mal blass. Die Haare standen in alle Himmelsrichtungen. „Im Osten geht die Sonne auf, zum Süden nimmt sie ihren Lauf, im Westen wird sie untergehen, im Norden ist sie nie zu sehn." Dieser Spruch passte perfekt zu meiner Frisur. „Wie ging der andere noch?" Als Kind konnte ich mir die Reihenfolge der vier Himmelsrichtungen nie merken. Nachdenklich kratzte ich mich an der Stirn. „Ach ja, genau. Nie ohne Seife waschen, sagte Mam immer." Die Anfangsbuchstaben standen für Nord, Ost, Süd und West. Wieder zurück zum Gesicht: Heute würde ich freiwillig Make-up auflegen. Verdammt! Wohin war die ganze Bräune der letzten vierzehn Tagen verschwunden? Hatte meine Haut Heißhunger auf UVA- und UVB-Strahlen und verarbeitete diese wie reine Luft?

Nachdem ich die Hautporen zugekleistert und die Haare in einen Haargummi gezwängt und gut versperrt hatte, stand ich vor dem Kleiderschrank. Die Suche nach dem einzigen schwarzen Einteiler, den ich besaß, gestaltete sich schwieriger als erwartet.

Dahinten war doch was Dunkles ...

War ja klar! Das Kleid klemmte in der untersten Ecke des Schranks. Ich hasse schwarz! Abgesehen von schwarzen, cool bedruckten T-Shirts. Ich zog und zog, und als ich es endlich frei bekam, knallte ich mit Rücken und Hinterkopf gegen die Bettkante – Sternchen blitzten auf. Als ich auf dem Boden hockte und mir die betroffenen Stellen mit der Hand massierte, verbrüdert mit einem deftigen Fluch, sah ich geistesabwesend in den Spiegel, der an der offenen Schranktür befestigt war. Augenblicklich erklärte ich mich für geisteskrank!

Ich hab' sie gesehen ...
Ich schwöre es!
Bei allem, was mir heilig ist!
Ich war mir ganz sicher.
Da war was!
Das war keine Einbildung!
Sie kniete neben mir. Strich mir mit einer Hand über den Kopf. Sah dabei in den Spiegel, und ich hätte schwören können, dass Tränen über ihre Wangen rannten.
Verflucht! Warum weinte mein Spiegelbild? Warum saß es neben mir und weinte?
Und warum konnte ich es für den Bruchteil einer Sekunde sehen?
Hier in meiner Realität ...
Ich rappelte mich auf halbmast hoch und kroch auf allen Vieren an den Schrank heran. Auch als ich fast mit der Nase daran stieß und ihn betastete, es änderte nichts!
„Wo bist du?" Jeden Winkel, jede Perspektive – alles checkte ich.
Die Tabelle über die Veränderungen der Genmutation! Vor Ilvys Abflug hatte ich diese noch mit ihr besprochen – sie war in Vergessenheit geraten. Zu einer wichtigen Erkenntnis hatte sie uns dennoch gebracht. Die Träume verschwanden mit dem Stein, auch begann mein kleines inneres Ich ab diesem Zeitpunkt mit einer Art Winterschlaf und massivem Energieverlust. Misstrauisch schielte ich zu dem Amulett, das auf dem Schreibtisch lag. ... Ich träumte wieder – ab und zu. Nur ohne dem Spiegelbild.
Besonders in der letzten Nacht hatte es mir nicht beigestanden.

Alleine stehe ich an Mams Sarg. Alle haben mich verlassen!
Ich weiß, dass es ein Traum ist, dennoch ...
Von Anfang an ist dieser Ausflug düster. Er übertrifft sogar die Realität. Dort waren Dad, Ally und Herta in meiner Nähe.

Ich stehe alleine am offenen Sarg und sehe auf ihren Leichnam hinunter. Ihre rotbraunen Locken liegen in weichen Wellen auf dem weißen samtenen Kissen. Die Augen geschlossen. Sie wirkt so friedlich. Wie durch ein Wunder hat ihr Gesicht bei dem Unfall kaum Schrammen davongetragen. Ich will nicht wissen, wie ihr Körper unter dem Kleid aussieht. Die Hände liegen übereinander und ruhen auf ihrem Bauch. Im Sarg wirkt alles so rein und unberührt. Doch in der Welt um mich ist alles schwarz, und diese Dunkelheit versucht erneut, mich zu erdrücken. Was würde ich dafür geben, dass meine Mutter die Augen aufschlägt und mich schützend in den Sarg zu sich einlädt. So kommt es aber nicht ...

Im hellen Tageslicht fragte ich mich nun, wozu Menschen fähig waren, wenn sie wirklich von Verzweiflung getrieben wurden. Aber warum sie?
Warum hatte mich mein Spiegelbild nicht mehr besucht? Und warum jetzt?
Lange saß ich grübelnd mit dem Rücken an den Schrank gelehnt. Erneut regten sich Zweifel. Verhärteten sich ...
War es wirklich der Stein? War er für all die Veränderungen verantwortlich?
Bewusst hatte ich seinen Gebrauch auf ein Minimum reduziert. Er machte etwas mit mir, dass ich nicht beeinflussen konnte, und es war viel mehr als nur das Blockieren fremder Gefühle. Trotzdem bildete er meine eiserne Reserve, ohne die es einfach noch nicht ging. Menschenansammlungen bereiteten mir immer noch große Schwierigkeiten, an eine Demo war gar nicht zu denken.
Mein kleines inneres Ich hatte sich wieder stabilisiert; je weniger ich den Stein nutzte, desto kräftiger wurde es. Leider fand ich keine Bestätigung darin, ob der Stein an der Schwäche Schuld trug. Durch die schnelle Besserung meines Unterbewusstseins wuchs die Überzeugung jedoch rasch.
Sollten mich ihre Tränen auf etwas hinweisen?

Warum war sie traurig – wegen Mam? Der Gedanke gewann an Stärke. Oder war sie traurig ..., weil sie mich nicht mehr in meinen Träumen besuchen konnte?

Starr betrachtete ich meinen Hals, an dem der Fleck fehlte ...

Ein Kribbeln bildete sich in meinem Bauch ...

War ihr der Weg versperrt? Das Prickeln zog eine Spur durch meinen Körper bis in die Fingerspitzen der rechten Hand. ... Geistesabwesend rieb ich Zeigefinger gegen Daumen, um das Gefühl zu vertreiben. Hm ... Das war doch so was von fernab der Linie! Kopfschüttelnd entfernte ich mich vom Spiegel.

„Cleo, jetzt übertreibst du wirklich! Heb nicht ganz von deinem Erdhügel ab." Entmutigt sank ich wieder zu Boden und zog die Knie an. Die Stirn bettete ich darauf. Aber ... es war nicht unmöglich.

Hallihallo, wir haben hier eine Patientin für die Psychiatrie!

Nein, so war es nicht. Wenn ich eines in den letzten Wochen gelernt hatte, dann meiner Intuition und meinem Bauchgefühl mehr zu trauen. Meist lag ich gar nicht so weit daneben.

„Cleo-Maus, bist du fertig?"

Oh! Shit! – Mein Herz ging auf Tauchstation. Mano. Warum zerrann die Zeit immer zwischen den Fingern, wenn man sie am nötigsten brauchte?!

„Ich komme gleich, Dad!" Wo war diese verdammte Strumpfhose? Ein kurzer Blick aus dem Fenster – vergiss dieses blöde Teil! Hastig schlüpfte ich in das schwarze Kleid. Rein in die Sneakers – ja, genau! Ally würde sich krumm lachen. Den Gefallen würde ich ihr aber nie tun! Irgendwo lagen doch noch Ballerinas herum ...

Die Vereinbarung war, dass wir drei mit frischen Blumen gemeinsam zu Mams Grab fuhren. Jeder würde ihr ein bisschen erzählen, was gerade so im Leben anstand.

Nach ihrem Tod hatten wir das einmal in der Woche gemacht, dann langsam reduziert. Mittlerweile waren wir so weit, dass jeder hinfuhr, wann er wollte oder für notwendig befand. Mam wäre einverstanden mit dieser Besuchsregelung – denke ich. Zu dieser Abmachung war es auf Allys Drängen gekommen. Deren Bedarf nach Mams Grabnähe zerrte bald negativ an ihrem Nervenkostüm – was auch immer sie damit meinte. Meiner Meinung nach hatte sie einfach keinen Bock mehr, am Samstag oder Sonntagnachmittag einen Trip zum Friedhof einzuplanen.

Auch gut!

Mit ihr immer zu Mams Ruhestätte zu gehen und ihre ach so tollen Anekdoten ihres noch tolleren Lebens zu hören, das konnte einem echt den Tag vermiesen. Besonders, wenn sie ihre Klugscheißerei mit den niedlichsten Formulierungen verschönerte.

Als Mam noch lebte, gab es nie solche Gespräche zwischen den beiden – Heuchlerin!!

Die Vermutung lag nahe, dass Dad der Einzige war, der noch wöchentlich zu ihrem Grab fuhr. Bei mir pendelte es sich auf ein bis zwei Besuche im Monat ein. Bei Ally wollte ich es gar nicht wissen.

Da saßen wir nun im Auto auf dem Weg zum Friedhof.

Herta hatte sich angeschlossen. Ich liebte meine Ersatzoma. Seit ich mich erinnern konnte, bekam ich sie jeden Tag zu Gesicht. Bei meinen Kleinkinder-Problemchen hatte sie mir immer mit Rat und Tat zur Seite gestanden. Dies tat sie heute noch, auch dann, wenn ich ab und zu noch eine kleine Süßigkeit zur Aufmunterung benötigte. Dads Eltern konnte ich leider nie kennenlernen, aber von Mam wusste ich, dass sie herzensgute Menschen waren. Die beiden hätten mich sicherlich auch mit Süßigkeiten über Wasser gehalten. Also standen Hertas Zucker-Schock-Aktionen unter einem guten Stern. Irgendjemand musste diese Industrie am Leben erhalten, mal davon abgesehen, dass die uns sowieso von diesem Süßungsmittel abhängig machen wollten. Leicht produziert, ein billiger Geschmacksträger, der Endorphine in unserem Körper freisetzt und uns Glücksgefühle vorgaukelt – so wirksam wie eine Droge –, und natürlich wollen wir mehr davon. Armes Gehirn! Die Synapsen werden dadurch auch lahmgelegt. Hm ...

Vielleicht sollte ich ein Kilo Schokolade in mich hineinstopfen, bevor ich den Gedanken weiterverfolgte, mit der echten und letzten Grandma in Kontakt zu treten. Aber sie blieb bereits vor zwei Jahren lieber in ihrem nebligen und nassen London, als ihren eiskalten Arsch zu Mams Beerdigung zu bewegen. Keiner dieser britischen Verwandtschaft hatte es geschafft ..., warum also zu einem simplen Sterbetag? Angeblich gab es so kurzfristig keinen Flug nach Zürich. Wie hoch lag der Wahrheitsgehalt dieser Story? Zürich – London? London – Zürich? Wie lange war der Flug? Eine Stunde? Zwei? Und wenn Mam gewusst hatte, dass sie sterben würde, da musste es doch Grandma ebenso gewusst haben, oder? Das brachte mich aber auch zu der Frage: Warum sollte sie Trauer vortäuschen? Und wollte nicht jeder seinem Kind die letzte Ehre erweisen? Vielleicht hatte ein Streit Mam aus England und von ihren Eltern vertrieben? Meine Tante – die ältere Schwester meiner Mutter – schien auch zu beschäftigt. Oder mein nagelneuer Onkel ... Eigenartige Familienverhältnisse. Ally würde sich prächtig bei dieser distanzierten Verwandtschaft zurechtfinden.

Als wir am Grab standen und jeder seine Worte vortrug, verirrte sich der Vogelgesang an mein Ohr. Irgendwie passte dieser Tag perfekt zu Mam. Die Sonne schien. Blumen blühten. Sogar der Rosenstock, den ich letztes Jahr im Frühling mit Ilvy eingepflanzt hatte, trug weiße duftende Blüten. Interessiert verfolgte ich die Flugbahn eines Schmetterlings, der sich darauf niederließ. Mam liebte diese Jahreszeit. Was war das? Interessiert starrte ich an dem Falter vorbei. Was war ...?

Was war das hinter den Blättern? Der Rosenstock wuchs am Rand des Grabsteins entlang und überdeckte etwas ... Das war mir noch nie aufgefallen.

Auch wenn Dad mit seinen Erzählungen noch nicht fertig war, trat ich nach vorn und schob vorsichtig die Blüte zur Seite. Fast rutschte sie mir wieder aus der Hand.

Autsch! Ein Kratzer. Ein gut getarnter Dorn hatte mich gestreift. Ja, schütze dich – das Natürlichste der Welt. Den Finger steckte ich in den Mund. Bäh, als würde man an einer Eisenstange lutschen. Doch was ich entdeckte, weckte unterschiedliche Gefühle in mir. Nervös und desinteressiert glitt der Geschmack meine Kehle hinab. Die Rose verdeckte ein Pentagramm.

In der Mitte des Sterns saß eine silberne Halbkugel, und der Stern lag auf einem Kreis, der ähnlich verschnörkelt und verziert war wie die anderen Amulette. Auf dem Kreis zwischen den Zacken waren fünf weitere, aber viel kleinere silberne Halbkugeln platziert.

Stand ein Pentagramm nicht für schwarze Magie oder etwas Böses?

Die Rose legte sich wieder über das Symbol. Was hatte das zu bedeuten?

Fragen über Fragen stürzten auf mich ein ...

Wer? Woher? Warum?

Dad!

Ich musste dringend mit ihm reden. Wer hatte den Grabstein gestaltet? Er? War das Pentagramm schon immer an dieser Stelle? Hatte ich es nur übersehen? Jetzt erst entdeckt, weil ich einen Blick dafür entwickelt hatte?

Nachdenklich kehrte ich an meinen Platz zwischen Herta und Dad zurück. Immer wieder sah ich auf die Stelle. Wie gefesselt hielt ich nach weiteren Symbolen oder Hinweisen Ausschau. Aber ich fand nichts.

In meinen Beinen bildete sich ein nervöses Kribbeln. Auf einmal konnte ich es nicht mehr erwarten, nach Hause zu kommen und Dad zu löchern.

Ilvy würde es bei dieser Entdeckung die Socken von den Füßen reißen.

Es gab etwas Neues zu berichten, aber so würden die nächsten acht Monate verlaufen: Kommunikation via Skype. Wir mussten uns wieder damit anfreunden.

Die Heimfahrt verlief relativ ruhig, abgesehen von Allys Standardgelaber, auf das keiner wirklich einging. Jeder hing seinen eigenen Gedanken nach. Zu Hause verstreuten wir uns in verschiedene Richtungen. Während ich die Treppe hochstieg, feilte ich bereits an meiner Taktik. Wie sollte ich an dieses Thema herangehen? Aber bevor ich mir Dad krallen konnte, musste ich raus aus diesem Kleid. Rein in Bermudas und ein Tanktop – ah, viel besser! – und den Kleister aus dem Gesicht waschen. Zum Glück waren fast alle Verfärbungen und Prellungen von dem Sturz vor zwei Wochen verheilt. Eine letzte Kontrolle beim Doc war ohne Zwischenfälle gut verlaufen; er äußerte sich etwas verwundert über die rasche Genesung und somit saß ich seit zwei Tagen wieder im Sattel.

Dabei hatte ich etwas Unglaubliches festgestellt – ich sollte Tierpsychologin werden! Es war unfassbar, aber ich konnte Celtics Gefühle wahrnehmen. An diesem Nachmittag dachte ich zuerst wirklich über einen Abstecher beim Neurologen oder Psychologen nach.

Als ich den Rappen gestriegelt und versorgt hatte, wirkte alles in den Stallungen friedlich. So überprüfte ich den Schutzschild – stabil – und nahm den Stein ab. Beim Roller- und Radfahren trug ich ihn immer. Man wusste ja nie, welche Menschen in diesem Moment die Straßen bevölkerten.

Wie gewohnt sattelte ich Celtic und spürte die Vorfreude auf den anstehenden Ritt. Meine Muskeln zitterten. Er scharrte mit dem linken Vorderhuf. Immer wieder ging er mit dem Kopf auf und nieder. „Ja, ja. Ich beeil' mich ja schon."

Er beruhigte sich, sobald ich im Sattel saß. Ich spekulierte damit, den Ritt klein zu halten oder abzubrechen. Nach dem letzten Sturz hatte ich mir geschworen, dass ich ganz genau meinen Allgemeinzustand und auch den des Rappens überprüfen würde. Wer weiß, was passieren würde, wenn ich wieder so eigenartig drauf war?!

Kaum verließen wir die Stallungen, öffnete sich meine Lunge, ich atmete tief ein. Genoss die Düfte, die Farben, die Freiheit, die uns umgab. Wir einigten uns auf einen leichten, entspannten Trab. Auf den weiten Wiesen wurde Celtic unruhig – meine Beine kribbelten verstärkt. „Ja, mein Guter, ich weiß. Mir geht es genauso." Unsicher versuchte ich die steigende Intensität dieses Gefühls zu hinterfragen und zu analysieren. Zuerst ein kurzer Check – mir ging's gut. Ihm ging's gut. Beide brauchten wir diesen Ritt, und ich wollte genauso wie er mehr. Kurz übte ich einen leichten Druck mit den Schenkeln aus und verlagerte mein Gewicht. Celtic registrierte sofort die Veränderung. Die Geschwindigkeit des Trabs nahm zu, und mit einem letzten Wink verfiel er in Galopp.

Gott! Einfach unglaublich! Mein Herz öffnete sich. Voller Leidenschaft genossen wir die Sonne, den Wind, der mein Haar und seine Mähne zerzauste. Die Geräusche der wehenden Blätter. Das Zwitschern der Vögel. Die Zweisamkeit und unsere Freiheit. Aus einem Impuls heraus band ich die Zügel am Sattel fest. Breitete beide Arme zur Seite aus, sandte die Signale an ihn nur mehr über die Schenkel. Die Blumenwiese lag frei und unberührt vor uns. Zufrieden schloss ich die Augen und reckte das Gesicht dem strahlenden Licht zu. Sekunden wurden zu Minuten, bis mein tierischer Freund pustete und mich wieder zurückholte. Lobend klopfte ich ihm den Hals. Dann entdeckte ich, was er bereits gesehen hatte.

Ein Hindernis. Hm, warum nicht?! Zuversichtlich steuerte ich es an. Wenn wir es nicht wagten, würden wir uns nie mehr an ein Hindernis wagen. Das Kribbeln in Bauch und Beinen bestätigte mir meine Entscheidung. Wir waren wieder bereit!

Mit hoher Geschwindigkeit jagten wir auf die Hecke zu, welche die Felder voneinander trennte. Kurz vor dem Absprung, veränderte sich mein Blickwinkel …

Alles war verschwommen. Verschoben …

Panik stieg in mir auf. Nein! Das war nicht richtig!

Furcht packte mich. Wir befanden uns nur mehr wenige Schritte von dem Buschwerk entfernt.

Alles lief im Zeitraffer …

Den Sprung abbrechen? – Zu nah, da könnte uns noch Schlimmeres passieren. Alle Konzentration lag auf dem Hindernis, und ich stutzte. Was war das?

Zwei Ansichten, die sich zu überlagern schienen.

Ich verkrampfte mich – was war nur los mit mir?! Hatte ich mich schon wieder getäuscht? Würde ich den Sprung erneut in den Sand setzen?

Mittlerweile wusste ich, was es war, aber an diesem Tag hätte diese Sicht fast unseren Sprung vergeigt: Celtics Blickwinkel hatte sich über meinen gelegt.

Die Farben waren anders. Die Sicht und Bewegungen nicht meine. Die Reibung des Sattels, ein ungewohntes Gewicht, ich nahm einen Druck am Rücken wahr. Ich fühlte es. Für einen Bruchteil konnte ich sehen, fühlen und spüren, was in meinem Rappen vorging. Sein Adrenalinrausch stand dem meinen in nichts nach. Auf diese Weise war es mir bis zum heutigen Tag nur mit ihm passiert. Seitdem horchte ich nur noch mehr auf meine feinen Sensoren. Besonders in seiner Nähe. Somit konnte ich noch leicht erkennen, wonach er sich sehnte und was er sich selbst zutraute. Mehr als ich je erwartet hatte! Er war mein Fels in der Brandung.

Die Suche nach Dad startete ich barfuß.

Um Ilvy zu informieren, war es noch zu früh. Erstens war ich nicht sicher, ob das Pentagramm wirklich etwas mit dem Ganzen zu tun hatte und zweitens war sie nicht online. Ihre Mam gestattete die Nutzung des Internets nur zu abgesprochenen Zeiten, mit einem festgelegten Limit, was einen regelmäßigen und situationsbezogenen Informationsaustausch erschwerte – aber wir fanden immer eine Möglichkeit, die Auflage im Notfall zu umgehen.

Natürlich fand ich meinen Erziehungsberechtigten im Arbeitszimmer – wo sonst!

„Es ist ein Wunder, dich in all dem Durcheinander zu entdecken." Ich schob mich zwischen gestapelten Notenblättern und Aktenordnern durch. „Du solltest Herta mal rein lassen."

„Bloß nicht! Dann finde ich gar nichts mehr." Mein Herz erwärmte sich, als er lächelnd zu mir auf sah. „Alles ok bei dir?"

„Mhm." Neben seinem Schreibtisch blieb ich stehen und griff nach dem Briefbeschwerer aus Ton. Ein Geschenk. Als kleiner Knirps hatte ich ihm im Kindergarten eine Viertelnote zum Geburtstag gebastelt. Beim Transport nach Hause brach mir der Notenhals ab und für mich eine Welt zusammen. Mam hatte alle Hände voll zu tun, um den Tränenfluss abzuschalten. Was schwieriger war als gedacht. Nicht einmal ein großes Stück von Hertas Gugelhupf, der immer ein Lächeln auf mein Gesicht zauberte, stoppte den Wasserfall. An diesem Tag schaffte das nur einer, und das war mein Vater. Der sich über diesen gelben Notenkopf freute wie ein kleines Kind und mir hundert Mal versicherte, dass es das schönste Geschenk sei, das er jemals bekommen hatte.

Es stand immer noch auf seinem Schreibtisch.

„Du warst heute am Grab ungewohnt schweigsam." Er betrachtete meine nackten Füße und die kunterbunten Klamotten, bevor er eine seiner Augenbrauen nach oben schob.

„Du weißt, ich hasse schwarz." Wo hatte ich nur meine Flip-Flops verloren?

„Ich weiß, Maus." Er griff nach seinem schwarzen Füller, ein Geschenk von Mam und ein eindeutiges Zeichen, dass er zu arbeiten hatte, aber den Gefallen konnte ich ihm leider noch nicht tun.

„Ich musste nicht mehr sagen, als dass ich sie immer noch sehr vermisse." Ich lehnte mich an die einzig halbwegs freie und sichere Stelle des Schreibtisches. Nachdenklich sah er mich an. „Ich denke so viel an sie. Ich erzähle ihr fast jeden Tag, was so los war. Es wurde zu meinem ganz eigenen Ritual. Dazu brauche ich nicht vor ihrem Grab zu stehen."

Ein Stöhnen drang aus seiner Kehle. „Ich weiß, was du meinst. Oh ja, das weiß ich sehr gut! Ich habe Eigenarten entwickelt, die ein Psychologe wohl kaum gutheißen würde. Aber es hilft mir! Ich spreche mit ihr, während ich arbeite. Frage sie um ihre Meinung, warte aber nicht auf eine Antwort – denn mir ist klar, dass ich keine erhalten werde." Er klopfte mit dem Zeigefinger an seine Schläfe und zwinkerte mir zu. „Sagst du mir gleich, warum du mich in meinem Bunker besuchst?"

Um die Nervosität zu überspielen, fuhr ich den Notenschlüssel nach. „Woher wusstest du ... Na ja, ich meine ... Moment." Um klare Gedanken bemüht, schüttelte ich den Kopf. „Von vorne." Ich atmete durch und startete von neuem. Mann, war das schwierig! „Wegen der Gestaltung des Grabsteins – woher wusstest du, wie er aussehen soll?"

„Darüber brauchte ich mir keine Gedanken machen. Da hat mir Cassandra ein grausames Stück Arbeit erspart. Das ist wieder genauso eigenartig wie die Briefe, die wir auf dem Dachboden gefunden haben." Er stand auf und ging zu einem der vielen Bücherregale. Dort nahm er ein dunkles schmales Buch zur Hand und fing an, darin zu blättern. Mit einer aufgeschlagenen Seite kehrte er zurück und reichte es mir. „Sie hat alles genauestens festgehalten: vom Lied. Wer dabei sein soll. Wie der Stein aussehen soll und so weiter ... Sie hat ihn sogar skizziert." Er blätterte auf die nächste Seite. „Da. Genauso wollte sie ihn haben. Nur bei den Blumen ließ sie uns freie Hand." Als er sich setzte, wirkte er zwanzig Jahre älter. Die Schultern gebeugt, hängend. „Es ist mir unbegreiflich, warum ein Mensch in der Blüte seines Lebens derartiges plant." Es hatte ihn gebrochen. Mams Tod hatte Dad gebrochen. Dieser Schmerz, den ich bei seinen Gedanken fühlte, war sehr intensiv. Mit der rechten Hand befühlte ich den Turmalin. Er war heiß, sehr heiß, und trotz aller Zweifel war ich in diesem Moment froh, dass ich ihn um den Hals trug. Dennoch fühlte ich immer noch seinen Kummer.

„Wollte sie Grandma und Grandpa dabei haben?" Um Ablenkung bemüht, blätterte ich interessiert, die Seiten vor und wieder zurück.

„Nein." Er setzte sich wieder. „Der Anruf war meine Entscheidung, und irgendwie hat es mich auch nicht gewundert, als die Absage kam. Aber dafür erhielt ich etwas Zeit, mit meinem Schwiegervater zu telefonieren. Er scheint ein netter Mensch zu sein. Über ihn hat deine Mutter nur Gutes erzählt."

Hellhörig schlug ich das Buch zu. „Sie hat über Grandpa gesprochen?"

„Ja. In all den Jahren vermisste sie ihn immer schmerzlich. Besonders, dass er sie nicht zum Altar geleitet hat. Es war ihre Entscheidung, ohne ihre Familie zu heiraten." Gedankenverloren sah er aus dem Fenster. „Er hat sie auch immer vermisst." Hm. Grandpa. Dann sah Dad mich wieder an. „Ich weiß nicht, ob Cassandra je mit ihm darüber gesprochen hat."

„Und über Grandma?"

„Hat sie kaum ein Wort verloren. Deine Großmutter war der Grund, da bin ich mir ganz sicher, warum sie England den Rücken gekehrt hat, und ich spürte, dass ihr nicht wohl war bei dem Gedanken an sie. Ich ließ es gut sein und hörte auf herumzustochern. Ich dachte immer, die Zeit würde kommen, in der sie mir erzählt, was zwischen ihr und Anna vorgefallen war. Aber dazu kam es nicht."

Noch immer lehnte ich am Schreibtisch und beobachtete ihn, wie er über seine Worte nachdachte. Eine tiefe Falte zog sich waagrecht über seine Stirn.

„Was weißt du über Mams Geschwister?" Der Onkel, von dessen Existenz ich bislang nicht mal gewusst hatte, fiel mir wieder ein.

„Puh, ähm. Abbygale ist wohl ein Fall für sich. Über sie hat Cassandra kaum etwas erzählt und das, was sie mir gesagt hat, zeigte mir, dass sie wohl mehr deiner Großmutter ähneln muss. Dein Onkel ..."

„Ich wusste nicht einmal, dass ich einen habe; erst als ich den Stammbaum im Koffer von Mam entdeckt hatte, erfuhr ich von ihm."

„Das ist auch eine dieser Geschichten, die ich nie verstand. Christopher und Cassandra standen sich eigentlich sehr nahe. Cassandra vergötterte ihn als kleines Mädchen, aber er verließ irgendwann mal England. Hin und wieder telefonierten sie miteinander, und als deine Mam für einen Auftritt nach Italien fuhr, gab es angeblich ein

Treffen. Doch auch darüber hüllte sie sich in Schweigen, sie kehrte ... traurig, fast enttäuscht zurück." Italien? Der Zettel in ihrer Manteltasche ...

Sein trauriger Gesichtsausdruck zog mich ins Bodenlose. „Irgendwann, Dad", so versicherte ich ihm in Gedanken, „irgendwann wirst du alles erfahren. Das verspreche ich dir! Dann werden wir alle die Wahrheit erfahren, diese Qualen werden endlich ein Ende haben, und du kannst wieder nach vorne blicken.! Aber die Zeit war noch nicht gekommen und auf alle Fragen hatte ich noch keine Antworten. Mich interessierte genauso wie ihn, was zwischen Mam und Grandma vorgefallen war, und ich schwor, es herausfinden.

„Kann ich mir das ausleihen?" Ich tippte auf das Buch.

„Ja. Aber bring es mir wieder."

„Mach ich." Dieses Mal zwinkerte ich ihm zu. „Wir sehen uns dann beim Essen – vergiss es nicht!"

„Nein, nein." Und schon saß er wieder an seinem Schreibtisch in die Unterlagen vertieft, und ich eilte auf schnellstem Weg in mein Zimmer.

Nach dem Schock beim Mittagessen und der Fülle an neuen Informationen in dem mysteriösen Buch lag ich auf dem Bett und hörte donnernden Rock über die Kopfhörer. Wie sehr wünschte ich mir wieder mal einen *Professor Charles Xavier* herbei, der auf alle Fragen eine Antwort parat hatte. Der einen vor dem nahenden Wahnsinn bewahrte.

Beim Essen schaffte es Ally, uns endlich von ihrem bestandenen Abi zu berichten – weiß der Kuckuck, warum das so lange gedauert hatte. Sie erleuchtete uns auch über die verschiedenen Unipläne, für die sie Interesse zeigte und auf deren Antwort sie sehnsüchtig wartete. Besonders von den ausländischen. Fashion. Nach langer Überlegung hatte sie sich für Mode entschieden – oh! Welch Überraschung! Meinen Sarkasmus versteckte ich hinter einer gut angehäuften Gabel Fusilli. Auch bei einigen Colleges in England ging ihre Bewerbung ein. Am liebsten von allen wäre ihr das LCCA. Klar, weil die genau auf dich gewartet haben Schwesterherz, obwohl ... Keine Sekunde zweifelte ich, dass sie die Namen unserer Eltern ins Spiel gebracht hatte. Bei diesem stillen Gedanken sah sie mich warnend an, und mir rann es kalt den Rücken runter. Ging diese Offene-Buch-Sache wie nach dem Sturz von Celtic wieder los?

Biitte, irgendeine Uni, aber keine in London!

Dad äußerte sich mit Vorbehalt. „Von mir aus kannst du gerne auf eine Uni im Ausland. Aber Mode?" Sein Blick sprach Bände. Er schien sich genauso unschlüssig wie ich. Aber dann schien sich der Wind zu drehen: „Warum auch nicht? Ich hoffe du bist dir über die Konsequenzen im Klaren ..."

Eifrig nickte Ally. Sie witterte die Chance, ihr Vorhaben dingfest zu machen. „Natürlich, Daddy! Es ist mein größter Wunsch an einer dieser bekannten und renommierten Colleges zu studieren ..." Bla, bla, bla. Ich hatte Mühe, das Essen bei mir zu behalten. Hatte Dad damit gerechnet, oder wollte er mal wieder herannahenden Komplikationen ausweichen? Dann dämmerte mir, was diese tödlichen und überheblichen Blicke, die sie mir immer wieder zuwarf, wenn Dad nicht hinsah, zu bedeuten hatten. Wenn sie Tristan aufsuchte ... – Oh! Armes Schwein! Ein weit entsetzlicherer Gedanke schlich vorüber – was, wenn ich mich gerade auch dort aufhielt? Verdutzt hielt ich inne. Aber warum sollte ich mich auch dort aufhalten? Woher war diese Idee so plötzlich aufgetaucht?

Trotzdem, es blieb inakzeptabel! Zum Glück verschwanden diese Vorstellungen wieder in die versteckte Ecke, aus der sie gekrochen waren, und neue führten mich zu dem Buch zurück, denn es war eindeutig: Mam hatte alles bis ins kleinste Detail geplant. Auch das Pentagramm. Es war fixer Bestandteil der Skizze ihres Grabsteins. Leider kam ich nicht dahinter, was es damit auf sich hatte. Nirgends in den Seiten fand ich einen Hinweis. Vielleicht schnallte ich es auch nicht. Übersah etwas oder war einfach zu dumm für solch eine Schnüffelarbeit. Was mich aber beim weiteren Durchblättern schockierte und auch klarmachte, warum Dad das Buch wieder zurückhaben wollte: Er hatte dort seine eigenen Wünsche für seine Bestattung vermerkt. Hatten sie das gemeinsam geschrieben? Oder Dad erst nach ihrem Tod?

Angespannt wartete ich darauf, dass Ilvy endlich ON ging und ich ihr von der Entdeckung berichten konnte. Ich dachte an unser erstes Gespräch nach ihrer Ankunft in Schweden.

„Hej, alles okay? Du wirkst sauer."

Verächtliches Schnauben war aus den kleinen Boxen des Lapis gedrungen. Ich dachte schon, das wäre alles und ich würde den Grund nie erfahren. Doch dann: „Wenn der ganze Aufenthalt so abläuft ... Am liebsten würde ich etwas zerstören!"

Bitte?!?

Noch mal dieses Schnauben. „Angefangen hatte es bereits während des Flugs, der Verspätung hatte. Die Wartezeit hätte ich lieber mit dir und Dad verbracht! Und als ich dann endlich gelandet war, musste ich am Zoll eine halbe Ewigkeit warten. Ich frage mich wirklich, warum die das so genau nehmen? Weil ich aus der Schweiz einreise? Hä? Ich versteh' das nicht. Noch dazu, wo ich doch schwedische Staatsbürgerin bin. Echt, oder sehe ich wegen meiner Frisur wie eine Verbrecherin aus?" Aufbrausend deutete sie mit den Händen auf ihre bunte Igelfrisur. „Immer diese Äußerlichkeiten! Und zum schönen Empfang kam meine liebe Mutter auch noch zu spät, und ich konnte mir dann ihr Genörgel über mein viel zu verspätetes Eintreffen anhören." Ungläubig schlug sie sich gegen die Stirn. „Mein verspätetes Eintreffen? Halloo?! Ich versteh ihre Weltansicht echt nicht. Total konfus! Schließlich hätte sie Termine und könne nicht den ganzen Tag auf mich warten ... Hey, sie war doch unpünktlich! Halloo?! Wäre ich auf die Minute gelandet, hätte ich noch länger herumhängen müssen, und sie wäre trotzdem zu spät aufgetaucht. Weißt du, was ich dir sage", mit erhobenem Zeigefinger zeigte sie direkt in die Kamera auf mich. „Die hat mich einfach vergessen. Darum kam sie auch zu spät am Flughafen an und somit nicht rechtzeitig zu ihrem ach so wichtigen Termin." Ihr kleiner Dialog endete damit, dass sie sich den Zeigefinger in den weit aufgerissenen Mund schob.

Hm, da fühlte ich mich doch in meiner komplizierten, genmanipulierten Welt richtig wohl. Ich war erleichtert, dass sie mir meinen Wutausbruch am Flughafen nicht übelnahm! Es reichte, wenn ich mir immer wieder den Kopf darüber zerbrach ...

Gerade endete ein *Guns N' Roses* Song, und ich hörte zufällig einen eingehenden Anruf auf Skype. Verdattert schaute ich auf die Uhr – oh! Schon fünf Minuten über der Zeit. Hektisch setzte ich mich auf und jumpte zum Laptop.

„Sorry, sorry, sorry!", war meine Begrüßung, nachdem ich auf „Annahme" geklickt habe.

„Wird ja auch langsam Zeit, verdammt! Du weißt, meine Zeit ist begrenzt.", schnatterte Ilvy los.

„Wie gesagt, sorry – Musik zu laut und mit den aktuellen Gedanken eingedämmert." Meine Unschuldsmiene schien Früchte zu tragen – grins!

„Schon gut. Lass uns zur Sache kommen! Gibt es etwas Neues?"

Ihre Aufregung war nicht zu übersehen und zu überhören.

„Alles von Anfang?"

„Natürlich! Ich will alles wissen."

Zum Startschuss das Spiegelerlebnis am Morgen. Danach folgte die Entdeckung auf dem Grabstein. Sie wollte ganz genau wissen, wie das Pentagramm aussah, und ich zeigte ihr die Skizzen.

Als sie wieder vom Einscannen und Mailen anfing, unterbrach sie sich selbst besserwissend. Das Handy schwingend, grinste ich nur frech in die Kamera und erklärte: „Ruhig Blut, ich hab bereits deine Gedanken und Wünsche erfüllt."

Zuerst glich ihr Bild einem nachdenklichen Kaninchen. Langsam klärte sich die zerdrückte Mimik, und ein innerer Lichtstrahl erhellte ihre Miene. „Nur her mit dem guten Stoff!" Via Skype erhielt sie alle Daten in wenigen Sekunden.

Meine Nervosität stieg, als es auf der Schwedenseite für einige Minuten mucksmäuschenstill wurde. Die Kamera zeigte nur eine nachdenklich schauende Ilvy, deren Blick hin und her wanderte. Am liebsten würde ich an den Nägeln kauen, wenn ich das nicht als eklig empfinden würde.

Bis zu dem Moment, als sich ihre Gesichtszüge endlich aufhellten und sie mir mit einem erleichternden Lächeln mitteilte: „Alles in Ordnung." Hä? Bitte um Übersetzung! „Cleo, du musst dich mehr mit dieser Hexen-Kelten-Sache auseinandersetzen. Das ist unausweichlich. Wenn du jetzt endlich akzeptierst, dass du Magie wirken kannst, musst du dir grundlegende Kenntnisse aneignen."

„Aha. Und warum? Für solche Dinge habe ich doch dich, Schnüffelnase!" Aufmunternd zwinkerte ich nach Schweden. Ja, ich gab es ja zu. Ich wollte immer noch nicht zu weit in die Materie eintauchen, obwohl mir bewusst war, dass sich die Schlinge um meinen Hals bereits zuzog und es unausweichlich für mich wurde. Ich konnte mich nicht nur mit der Gabe auseinandersetzen, sondern musste einen Weg finden, allgemeiner an die Sache heranzutreten – aber allgemein würde es noch früh genug werden!

Viele Fragen. Ungeklärte Fragen. Die nach einer Antwort suchten.

„Danke. Das mag schon sein. Aber ..."

„Okay. Ich hab's kapiert. Ich werde mir einen Ordner anlegen." Stille. Ausdruckslos sah sie mich an. Ja, auch ich konnte eine Zicke sein! Sie schüttelte den Kopf. „Grab dich ein bisschen durchs Netz. Da steht so vieles. Du brauchst keinen Ordner."

„Eben! Das ist ja das Problem. Ich weiß nicht, was ich da lesen soll, weil einfach so viel drinsteht. Was ist wirklich wichtig und trifft auch zu? Vielleicht hat Mam doch recht." Mulmig dachte ich an ihren letzten Brief. Seit diesem, vor knapp einer Woche, war Funkstille. Was sollte ich davon halten??

„Was? Was meinst du damit?" Unsicher schielte Regenbogengirl auf den Bildschirm.

„Entschuldige! Vergiss es. Was ist mit dem Pentagramm?"

Ilvy atmete hörbar durch.

Doch meine Gedanken kreisten trotz Stoppschild weiter...

Der Brief. Die Marke.

Es wunderte mich nicht, dass er in London abgeschickt worden war.

Von Granny vielleicht? Wurden die Briefe von ihr versandt?

Es ging nicht nur um Magie oder meine Gabe in den Griff zu bekommen. Nein! Es ging auch darum, endlich Klarheit in Mams Flucht aus London zu bringen. Warum sie kaum von den Menschen, die dort lebten, und doch Teil ihrer Familie waren, erzählt hatte. Zum Glück riss mich Ilvy aus diesen Grübeleien.

„Ich schick dir die wichtigsten Links, druck dir die Infos aus, und leg dir vielleicht doch einen Ordner an, in den du auch wirklich Blicke riskierst." Dankend salutierte ich auf der südlicheren Seite Europas. Grinsend schüttelte sie den Kopf. „Zum Pentagramm. Im Grunde ist nichts Böses daran. Es gibt ein paar wichtige Unterschiede, und ich vermute mal, dass du bereits einen Verdacht hattest. Wenn auch nur indirekt."

„Schwarze Magie." Schlagartig überzog Gänsehaut meinen Körper. Diese beiden Wörter machten mir immer noch eine Schweineangst. Auch wenn ich das Thema für mich geklärt hoffte, nagte in mir die Ungewissheit einen bestimmten Gegenstand betreffend.

„Das ist richtig. Es wird damit in Verbindung gebracht. Aber da gibt es etwas sehr Gravierendes, was die kleinen Unterschiede betrifft."

„Du hast meine volle Aufmerksamkeit."

„Ich schicke dir jetzt zwei Pentagramme, und du vergleichst sie selbst."

Ein paar Sekunden später öffnete ich die Bilder. Auf den ersten Blick schienen sie identisch, aber bei genauerem Hinsehen wurde der Unterschied klar: Bei einem wies einer der Zacken in der Mitte des Sterns nach oben, bei dem anderen nach unten. Welches war nun welches? Ein Zacken, der nach oben zeigte in Richtung Himmel, und der andere nach unten in die Tiefe, in das Dunkle, in die Hölle. Ein ungutes Gefühl, das mich auf etwas hinweisen wollte, nagte an mir. Aber ich bekam es nicht richtig zu fassen ... „Es ist ein weißes Pentagramm auf dem Grabstein." Erleichtert atmete ich aus.

„Ähm ... was den Hexenjargon oder, besser gesagt, die Verfälschung betrifft – ja, das ist es. Cleo, dieses Symbol ist wie so viele andere auf dieser Welt zweckentfremdet worden. Es ist viel, viel älter und hat nichts mit Schwarz oder Weiß zu tun. Willst du mehr wissen?"

„Immer doch." Diese Frage ließ mich grinsen und die Unsicherheit verschwinden. „Nur her mit dem guten Stoff!"

Ilvy lächelte bei der Wiederholung ihrer Worte. „Das Pentagramm auf dem Grabstein deiner Mutter weist noch ein paar interessante Merkmale auf. Ich hab es gleich durchs Netz gejagt, als du es mir geschickt hast." Sie suchte etwas auf ihrem Bildschirm. „Da. Hör gut zu! *Das Pentagramm ist ein Schlüsselsymbol in der westlichen magischen Tradition, wobei die fünf Zacken seines Sterns für die fünf Elemente Feuer, Wasser, Erde, Luft und Geist stehen. Magier und Hexen schreiben dieses Symbols innerhalb des Ritualkreises in die Luft, um so die elementaren Energien nutzen zu können, und auch Praktizierende der Hohen Magie nutzen das Pentagramm, um sich vor negativen Energien zu schützen und diese zu bannen. Das keltische Pentagramm ist eines der ältesten Symbole in der Welt der Magie und wird seit Jahrtausenden eingesetzt. Es versinnbildlicht mit seinem fünfzackigen Stern die mystischen Lebenskräfte, die jeder Mensch in seinem Inneren besitzt, und stellt so die endlose Verknüpfung des Lebens mit dem äußeren Kreis der Unendlichkeit dar.* Unendlichkeit! Hörst du? Da wären wir wieder bei der Acht! Warte ..." Abwehrend hob sie die rechte Hand. *„Es wurde auch getragen, um Willensstärke und Erfolg zu erreichen. Trotz all der magischen Nachrede ist das Pentagramm ein sehr altes Symbol – es reicht bis in die Zeit der Ägypter und deren Götter zurück.* So was sagt uns das jetzt?" Selbstgerecht lehnte sie sich im Stuhl zurück und wartete auf meine Reaktion.

„Dass es ein sehr starkes Symbol ist." Wie betäubt hatte ich ihren Worten gelauscht. In diesem Stern steckte so viel Kraft und Energie. Es bereitete mir Unbehagen.

„Cleo, geht es dir gut? Du bist kreidebleich." Sie lehnte sich wieder näher an den Bildschirm.

„Ich würde lügen, wenn ich sage, es wäre alles in Butter." Mir war übel. Wer immer es trug, besaß eine unbeschreibliche Kraft.

„Cleo, hast du verstanden, was ich dir gerade gesagt habe?"

In Gedanken fasste ich ihre Worte noch mal zusammen. Worauf wollte sie hinaus?

„Das ganze Geplapper von schwarzer Magie, weil jetzt der Stern nach unten zeigt oder nach oben und dann plötzlich weiß wird, ist Schwachsinn. Das nahm wieder mal alles seinen Anfang mit den Religionen, der Kirche, die etwas Negatives in den Naturglauben der Menschen hineinlegen wollten." Sie rückte noch näher heran. Wollte sie hindurch kriechen? „Zeigt der Stern nach oben, steht er für das Weibliche, die Göttin im Hexenglauben, oder wie bei den Kelten für die Erdgöttin Morgan. Zeigt er nach unten, steht er für das Männliche, Pan, den Gott der Hirten Arkadiens. Er wird mit gehörntem Kopf und Bocksbeinen dargestellt. Angeblich spielte er wunderbar Flöte – Panflöte, alles klar?" Sie legte eine Pause ein und wartete wieder, aber von meiner Seite kam nichts. Ich musste zuerst mal versuchen, das zu verarbeiten, was ich da hörte. „Die Assoziation zu Satan, dem Teufel, und der schwarzen Magie könnte eventuell durch die verwechselbare Gestalt herrühren."

„Das ist alles nur Dreck?! Dieser ganze Satanskult und die Verteufelung dieses Symbols?" Ich war geschockt.

Was taten wir Menschen? Mit welchen Mitteln arbeitete die Kirche? Lügen, um Verfolgungen zu rechtfertigen? „Der Davidstern? Ich meine, egal wie ich das Pentagramm drehe und wende ..."

„Es bleibt ein Schutzsymbol mit unbeschreiblicher Kraft. Was den Davidstern betrifft, er hat sechs Zacken und hat rein gar nichts damit zu tun. Du solltest dich selbst noch einmal einlesen. Ich schicke dir auch diese Links. Trotzdem solltest du dich noch einmal wappnen." Oh Gott, was würde noch kommen? Vielleicht sollte ich mich anders setzen und somit die Gefahr eingrenzen, vom Sessel zu kippen. Quatsch! Das Thema hatten wir durch.

Sei nicht immer so eine Memme, donnerte es durch meine Gedanken. Erleichtert sah ich mein dominierendes inneres Ich an. Ich hatte es wirklich vermisst. Trotzdem! Ich war nicht feige. Das zeugte nur von großem Respekt vor Dingen, denen ich nicht vertraute und die ich nicht verstand. Hey! Das war mein gutes Recht. „Okay. Spuck's aus." Schultern gestrafft und in der Hoffnung auf eine gesündere Gesichtsfarbe wartete ich auf die neueste Hiobsbotschaft.

„Das ist jetzt nur reine Spekulation, aber ich vermute, dass deine Mutter dieses Symbol nicht ohne Grund in den Grabstein meißeln ließ."

„Das ist mir klar. Weiter!" Warum sollte ich mich wappnen?

„Hm. Das ist jetzt, wie gesagt, reine Vermutung und nach all den Amuletten ... Stopp, falscher Anfang." Ilvy massierte mit Zeige- und Mittelfinger den Punkt zwischen ihren Augenbrauen. „Hast du dir die Skizze, von dem Pentagramm genauer angesehen?"

„Welche?" Ich blätterte im Buch.

„Vor der des Grabsteins." Konzentriert starrte sie auf den Bildschirm.

„Welche meinst du? Ich finde da nichts!" Hektisch blätterte ich die Seiten immer wieder durch, die ich ihr geschickt hatte, aber ich konnte nirgends das Pentagramm finden.

„Das ist doch ... unmöglich!" Ihre Augen weiteten sich.
„Hm." Mehr kam nicht von ihr. „Was siehst du?"
„Hast du die Dateien geöffnet, bevor du sie mir geschickt hast?"
Verständnislos schüttelte ich den Kopf, folgte aber ihrer Anweisung. Als ich sie öffnete, blieb mir fast das Herz stehen. Jetzt verstand ich, was sie meinte. In dem Buch befand sich eine Seite, die nur zur Hälfte mit Notizen beschrieben war. Konkrete Aufzeichnungen für den Ablauf der Zeremonie. Darunter erkannte man deutlich ein keltisches Pentagramm, genau wie auf dem Stein – die fünf Zacken, der Kreis, die fünf Halbkreise und der große in der Mitte.

Doch eines war anders. Am oberen Zacken war noch etwas abgebildet.

Es sah aus wie eine Schlaufe. Ungläubig blätterte ich noch einmal das Buch durch bis zur besagten Stelle. Hin und her. Ich betrachtete beide Seiten. Hin und Her. Hielt sie gegen das Licht. Beleuchtete es mit Blaulicht, das ich seit einem Landschulwochenstreich in der Schreibtischschublade aufbewahrte.

Auf den Originalseiten des Buches war nichts zu erkennen. Hm.

Falls es noch möglich war, wurde ich nun totenbleich. „Mein Gott ... das ist ein Amulett!" Meine Stimme glich dem Flüstern des Windes. Tausend Gedanken surften auf der Flucht vor einem Tsunami durch mein Gehirn.

„Ja, es macht zumindest den Anschein. Und ich mutmaße nun einfach, dass es deins ist. Was wiederum heißen könnte, dass es bereits existiert. Irgendwo auf unserem Planeten wartet vielleicht dein Amulett auf dich. Cleo?"

Mein Amulett. Das Pentagramm war mein Amulett ...
Vielleicht!
Verdammt! Mit beiden Armen stützte ich mich am Schreibtisch ab und atmete bewusst ein und aus. Aber warum war die Öse nicht überall zu erkennen.

Ein und Aus.

Natürlich wollte ich nun mehr denn je wissen.

Ein und Aus.

Wo befanden sich die Amulette? Was würde passieren, wenn diese acht Amulette zusammentrafen? Was würde dann passieren? Aber waren es nicht sieben?

Wollte ich das wirklich wissen? In mir zog sich alles zusammen – ich wusste, wo es ist!

Der erste Gedanke war, weiter dagegen zu rebellieren. Aber was würde mir das bringen?

„Cleo, was ist los?" Ilvy klang unsicher.

„Ich weiß, wo es ist." Meine Stimme dafür umso fester. Fester als erwartet.

„Was?! Wo?!" Verwirrung. Neugierde. Eigenschaften, die in ihr kämpften.

Um eine kurze Gedankenpause einzuleiten, hob ich den Zeigefinger. Das Pentagramm, dieses unglaublich starke Symbol, war vielleicht mein Amulett ... Was würde es in meinem Leben als Draufgabe noch verändern? Wie würde es meine Gabe beeinflussen? Musste ich diesen Weg finden? Würde es mir helfen, diesen Weg zu finden, und was für ein Weg würde das sein? Langsam gewöhnte ich mich an den Wirbel im Kopf.

„Was?!", wiederholte sie, und ich nahm an, dass ihre Gedanken wieder an Klarheit gewannen und sie einordnen konnte, was ich angedeutet hatte. Eine Träne hinterließ eine schimmernde Spur auf ihrer Wange. „Du gehst wirklich." Schnief. „In die Höhle des Löwen."

Bamm! Unvorbereitet wurde ich von einer Abrissbirne frontal getroffen. War diese Unsicherheit eventuell einer der Gründe, warum ich noch nicht mit Dad darüber gesprochen hatte? Hatte ich immer noch nach einer Möglichkeit gesucht, diese Veränderung, diese Reise zu vermeiden?

Hatte Ilvy ebenso gehofft?

„Bei der Variante, alles so zu belassen und zu schauen, wie weit ich mit dem Stein und dem schwankenden Schutzkreis komme, würde mich vielleicht mein Leben kosten. Das ist es nicht wert, oder? Da geh' ich lieber für ein paar Wochen in dieses rheumafördernde Land." Der Realist in mir starrte Schwedengirl in die weit aufgerissenen Augen. „Ich bin längst wieder zurück, wenn du eintrudelst." Was für ein Käse? Was faselte ich da? Glaubte ich das etwa selbst? Und wann hatte ich mich endgültig entschieden, das durchzuziehen?

„Du könntest mich besuchen. Versprochen, ja? Außerdem, wenn das wirklich mein Amulett ist, will ich es haben, und es steht niemand anderem zu." Zum ersten Mal fügte sich zu diesem Ganzen – ich wusste gar nicht, wie ich es benennen sollte – etwas Positives hinzu. Ich war selbst verwundert, wie überzeugt und selbstsicher meine Stimme klang. Irgendwoher aus meinem tiefen Innersten wusste ich, dass ich dorthin musste, dass mir keine andere Wahl blieb und dass es das Beste für mich war.

„Da würde ich mal nicht zu voreilig sein. Wenn das stimmt, was deine Mam geschrieben hat, und davon gehe ich aus, hat jede Hexe ihr eigenes Amulett und eventuell kann eine andere Hexe gar nichts mit deinem anfangen." Daran hatte ich noch gar nicht gedacht. Trotzdem änderte das nichts an dem Unausweichlichen. Denn eines war klar, irgendetwas würde passieren, sobald die acht Amulette vereint waren – war das nicht immer so? –, und ich war mir alles andere als sicher, ob das wirklich etwas Gutes ergeben würde. „Wie geht es weiter?" Ihre Gefühlswelt schien sich langsam an den Gedanken zu gewöhnen. Wann würde das auch auf meine zutreffen?

Ratlos zuckte ich mit den Schultern. „Ich hatte noch keine Zeit, mir einen Plan zurechtzulegen. Aber ich gehe von eine längeren Reise aus. Irgendeinen Vorwand sollte ich aus dem Hut zaubern, warum ich in London zur Schule gehen will. Obwohl ..." Mir fiel die kleine Auseinandersetzung mit meiner Schwester wieder ein. Vielleicht hatte sie mir unabsichtlich die perfekte Ausrede geschneidert.

Auf eine verdrehte Weise wusste Dad Bescheid, was auch immer ihm Mam geschrieben hatte. Moment! So lange vermutete er schon, was passieren könnte, und da schaffte er es, sich, nennen wir es mal, normal zu verhalten.

Wow. Respekt, Vater!

Ally würde ich das mit Tristan unter die Nase reiben. So in der Art große Liebe und Liebe des Lebens bla bla bla. Er würde das verstehen, wenn ich ihm erzähle ... was erzählte? Verdammt! Es wurde alles nur komplizierter in diesem Lügenmeer. Tobias! Verdattert hielten meine Gedanken inne. Erst vor zwei Tagen waren wir zusammen schwimmen gewesen. Es war ein toller Tag, und ich fühlte mich richtig wohl und entspannt. Erinnerungen, ich sah auf meine rechte Hand, die ich, als wir Sonne tankend auf unseren Handtüchern lagen, vorsichtig in seine geschoben hatte. Zögernd, ich wollte sie bereits wieder wegziehen, schlossen sich seine Finger um meine. Er übte einen sanften, vorsichtigen Druck darauf aus ... Ich war mir immer noch nicht sicher, was aus diesem Gefühlschaos werden sollte.

„Und dein Dad?" Meine Beste holte mich zurück ins Hier und Jetzt.

„Hm ... Dad. Er hatte bereits einen Hinweis von Mam in dem Brief aus dem Koffer erhalten. Ich mache mir eher Sorgen, dass er sich noch tiefer in die Arbeit verkriechen wird." Zustimmend nickte sie – das verstärkte leider nur mein Unwohlsein. Die Zweifel wuchsen wieder. „In letzter Zeit kam er mehr und mehr aus seinem Kokon gekrochen, aber wenn er dann alleine mit Ally ist ... Das ist meine größte Sorge."

„Ich versteh dich, Cleo, aber du kannst dich nicht auch noch um deinen erwachsenen Vater kümmern. Und wenn deine Mam wirklich etwas darüber in dem Brief an ihn erwähnt hat, dann konnte er sich mit dem Gedanken bereits anfreunden, soweit das möglich ist. Außerdem, wer sagt, dass Ally zum Studium in der Schweiz bleibt?!"

Stimmt! Ob das nun positiv oder negativ war, nahm ich für diesen Moment unanalysiert hin, aber zufrieden war ich mit meiner Cleo-Vater-im-Stich-lassen-Situation bei weitem nicht. Erschöpft wedelte ich mit den Händen vor dem Lapi herum und stieß aus Versehen das Buch mit den Begräbnisnotizen vom Tisch.

„Verdammt!" Der hintere Einband des Buchs löste sich. Na toll, jetzt hatte ich das auch noch ruiniert. Müde und genervt bückte ich mich, um den Schaden genauer zu betrachten. Dabei machte ich eine erschreckende Entdeckung.

„Alles in Ordnung?" Ilvy fehlte der Sichtwinkel.

„Ich weiß nicht." Mit dem neuen Fund tauchte ich wieder auf. Nachdenklich betrachtete ich die abgelöste Innenseite. Dort war etwas versteckt, und durch den Sturz hatte sich das provisorisch angebrachte Papier gelöst.

Beides hielt ich Ilvy vor die Kamera. Der stand augenblicklich der Mund sperrangelweit offen.

„Verdammt, wo hast du den her?"

Ich wendete den Umschlag, der mit meinem Namen versehen war. „Er ist aus dem Buch gefallen." Behutsam legte ich es zur Seite.

„Öffne ihn, Cleo! Mach schon ..." Ich konnte nur nicken und riss den Umschlag auf.

Zum Vorschein kam ein Flugticket, datiert auf Ende August und ein kleiner Zettel mit einer Postadresse in London, versehen mit einer Notiz meiner Mam.

Liebe Cleo,
ich hoffe Du hast Dir meinen letzten Brief zu Herzen genommen!
Es ist unausweichlich, Du musst nach London.
Deine Großmutter ist für Deine weitere Ausbildung verantwortlich.
Aber ich werde Dich dort nicht alleine lassen!
Meine Briefe werden Dich weiterhin unterstützen.
In der Nähe Deiner Schule, Du wirst weiter eine International School besuchen, gibt es ein Postamt, dort ist ein Postfach auf Deinen Namen vorbereitet. Gehe regelmäßig dorthin und leere es. Den Code wirst Du dort unter Vorlage Deines Reisepasses erhalten.
Erzähl niemanden davon – verstehst Du! Das ist wichtig – niemanden!!
Egal was passiert, ich werde immer bei Dir sein!
Ich liebe Dich,
Deine Mami C.

Deutlicher ging es nicht.
Es war ihr Wunsch.
Dort bekam ich vielleicht Antworten.
Das Schlimme daran war, es ergab endlich Sinn. Ich musste zur Quelle, und das war meine Großmutter. Noch bevor das neue Schuljahr begann. Dad wartete vielleicht schon darauf, dass ich zu ihm kam und ihm meine Entscheidung mitteilte. Mit welchen Worten sollte ich ihm das sagen? Mit welchen Worten hatte Mam es ihm geschrieben? Großmutter war die Meisterin und somit für meine Ausbildung zuständig. So war es in den vergangenen Generationen der Fall gewesen und so würde es auch bei mir sein.

Also, ich würde nach England übersiedeln. In ein fremdes Land.

Zu fremden Menschen. Zu einer fremden Familie, die mich höchstwahrscheinlich nicht mal mochte! In eine magische Zukunft.

Schweißperlen bildeten sich auf meiner Stirn. Meine Hände begannen zu zittern.

Das Pochen meines Herzes hallte in meinen Gehörgängen wider.

Epilog

Es ist dunkel und eisig im Raum. Die Frau trägt viele Jahre des Kampfes und der Sorge mit sich, doch hat sie nichts von ihrer Stärke und Macht verloren!

Die Zeit drängt. Florenz ist nicht mehr sicher für ihre Familie.

Mit der linken Hand zieht sie das Wolltuch enger um ihren Körper, bevor sie mit einer Kerze in der anderen vollends den Raum betritt. Mit Mühe schließt sie die schwere Holztür hinter sich.

Der Raum, angefüllt mit verschlossenen Schränken und Regalen, liegt im Schatten der zuckenden Flamme.

Ein dicker Schlüsselbund hängt an einem Ledergurt. Diese eiserne Bürde liegt unter der ersten Schicht ihres bauschigen Kleides versteckt.

Die Kerze stellt sie auf den schweren Mahagonitisch in der Mitte des Raumes. Dann wendet sie sich einem der Schränke zu.

Es ist Eile geboten. Ihr bleiben nur noch wenige Monate, um die Schriften zu vollenden. Danach kann sie beruhigt gehen, überzeugt, ihr Bestes getan und die zukünftigen Kinder ihrer Familie mit all ihrer Macht und ihrem Wissen vorbereitet zu haben.

Trotz eines schlimmen Vergehens, das sich noch durch viele Generationen ziehen würde, hat sie Katharina und Claudia bestmöglich ausgebildet. Jetzt geht es nur noch darum, die Schriften der letzten, entscheidenden Generation zu vollenden.

Sie sind diejenigen, die diese Schlacht, diese Jahrhunderte alte Fehde beenden müssen!

Mit schweren Armen entriegelt sie einen der Schränke.

Entnimmt ein großes in Kalbsleder gebundenes Buch. Es ist noch kein Jahr alt und die Brennung des Symbols deutlich zu erkennen.

Andächtig streicht die alte Frau darüber, bevor sie sich setzt und einer Schublade Schreibutensilien entnimmt. Zufrieden betrachtet sie das Arrangement. „Gut. Nur noch eines." Vorsichtig tastet sie an der Unterseite des Tisches entlang – keine falsche Berührung. Ganz genau zählt sie die feinen Einkerbungen und Unebenheiten. Schiebt die zweite Hand direkt unter die Mitte der dicken Platte, bevor sie den Mechanismus auslöst. Über den gespreizten Fingern entriegelt sich ein Versteck im Holz. Schiebt sich zurück. Eine Schatulle fällt heraus. Landet präzise. Mit beiden Händen legt sie die mit schwarzem Samt überzogene Kassette vor sich auf den Tisch. Ehrfürchtig streicht sie über das eingefasste Symbol.

Zittrig öffnet sie den Deckel und hebt ihn an.

Drei glitzernde, reich mit Steinen verzierte Amulette kommen zum Vorschein. Neun Einbuchtungen, fünf davon gehören der Zukunft. Eines fehlt. Bei der Erinnerung an ihr Versagens verkrampft sich nach all den Jahren immer noch schmerzlich ihr Herz. Das eigene Kind, ihr Erstgeborener, hat sie zutiefst enttäuscht. Verzehrende Trauer über seinen Verrat droht sie zu übermannen, doch sie schluckt den Kloß dieser betäubenden Gefühle erneut tief hinunter.

Sie denkt an die Zukunft, liest die Hoffnung darin und fasst neuen Mut.

Dieses Licht wird über die Schatten siegen.

Die Mädchen sind Geschenke des Universums – Gold und Silber!

Behutsam streicht sie über jedes der Amulette. In ihnen pulsiert große Macht und Energie. Bewusst übergeht sie die erste leere Stelle und entnimmt aus der angrenzendem das zweite der Entstehung, um es sich um den Hals zu hängen. Den Deckel schließt sie und schiebt die Schatulle zur Seite. Mit geschlossenen Augen lehnt sie sich entspannt zurück.

„Kommt nur. Ich bin bereit. Der Mond ist in perfekter Position. Die Zeit drängt." Im Raum wird es immer kälter. Der Atem der Frau dringt in Wolken aus ihrem Mund. Die Entspannung ist nicht von langer Dauer. Eine

Vision treibt sie dazu, die Lider erschrocken aufzureißen. Ihr starrer Blick liegt auf der gegenüberliegenden Wand, während sie nach Tinte und Feder greift. Mit eiskalter Hand beginnt sie zu schreiben:

> Die eine, die zwei sind,
> wird das Funkeln der Acht
> zum Lichte führen!
> Denn die eine ist
> ohne die andere nur halb,
> und die andere ist ohne die Halbe nichts!
> Nur durch die Vereinigung
> werden die zwei die Eins sind,
> und das Funkeln der Acht
> zum Lichte führen!
>
> JD